KB189876

1985, 경주,
그리고 메텔에 관한 이야기

1985, 경주, 그리고 메텔에 관한 이야기

발행일	2025년 4월 2일			
지은이	김영			
펴낸이	손형국			
펴낸곳	(주)북랩			
편집인	선일영	편집	김현아, 배진용, 김다빈, 김부경	
디자인	이현수, 김민하, 임진형, 안유경	제작	박기성, 구성우, 이창영, 배상진	
마케팅	김회란, 박진관			
출판등록	2004. 12. 1(제2012-000051호)			
주소	서울특별시 금천구 가산디지털 1로 168, 우림라이온스밸리 B동 B111호., B113~115호			
홈페이지	www.book.co.kr			
전화번호	(02)2026-5777	팩스	(02)3159-9637	
ISBN	979-11-7224-567-2 03810 (종이책)		979-11-7224-568-9 05810 (전자책)	

(주)북랩 성공출판의 파트너

북랩 홈페이지와 패밀리 사이트에서 다양한 출판 솔루션을 만나 보세요!

홈페이지 book.co.kr • **블로그** blog.naver.com/essaybook • **출판문의** text@book.co.kr

작가 연락처 문의 ▸ ask.book.co.kr

작가 연락처는 개인정보이므로 북랩에서 알려드릴 수 없습니다.

김 영 장 편 소 설

1985, 경주, 그리고 메텔에 관한 이야기

1985년 겨울, 이리저리 휘청이던 열여섯의 나
붙잡을 것 하나 없던 그 시절에 구원처럼 나타난 여인이 있었다

북랩

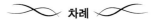 차례

episode 1

1985년 12월 12일.

나는 아직도 그날을 또렷이 기억하고 있다. 그리 아름답거나 자랑스러운 기억은 아니지만 그날은 내 열여섯 인생에서 가장 크고 중요한 시험이 있던 고교 입시 날이었으니까. 그랬다. 그날은 그해 중3이었던 내가, 전국의 많은 중3들과 함께 '고입선발고사(혹은 연합고사라고도 불리었다)'란 걸 치른 날이었던 것이다.

1교시 시험이 끝난 후, 나는 1층에 있는 상고의 변소로 천천히 내려갔다(그때 모인 애들은 모두 2층에 있는 교실에서 시험을 치렀다). 딱히 똥이 마렵거나 오줌이 마려운 건 아니었지만 나는 쿤타랑 함께 담배를 피우며 수다나 좀 떨어야겠다는 생각이 들었던 것이다.

대충 예상했던 풍경이긴 하지만, 상고의 변소 앞은 벌써 담배를 피우러 온 녀석들로 북새통이었다. 정확히 세어보진 않았지만 얼추 한 20~30명쯤 되는 녀석들이 상고의 변소로 몰려와 미친 듯이 담

1985, 경주, 그리고 메텔에 관한 이야기

배를 피워대고 있었다. 노는 레벨에 따라, 출신 중학에 따라 여기저기 흩어져 삼삼오오 둥그렇게 무리를 지어서 말이다.

"어후, 새끼들! 아직 머리에 피도 안 마른 것들이 아침부터 담배는……."

나는 연막탄이라도 피운 듯 뿌연 연기로 가득한 변소로 다가서며 중얼거렸다. 시에서 가장 후지고 농땡이들이 많이 가는 학교라 익히 예상하던 장면의 그림이긴 했지만, 이건 뭐 생전 내가 처음 보는 촌놈에 조그만 녀석들까지 다 입에 담배를 하나씩 꼬나물고선 빠끔빠끔 담배를 피워대고 있었던 것이다.

"어휴, 존만 한 것들! 내 이 새끼들을 진짜 확 다 마……."

나는 괜한 심술과 역정으로 담배를 피우는 놈들의 뒤통수를 한 대씩 갈겨주려다가, 애써 마음을 다독이고 쿤타의 앞으로 건들건들 다가갔다. 쿤타는 벌써 그 변소에 도착해, 몇몇 덩치가 좋고 머리가 굵은 놈들이랑 신나게 담배를 피워대고 있었다. 대체 아침부터 뭐가 그리 즐겁고 행복한지 모르겠지만, 아무튼 녀석은 연신 콧구멍과 입으로 허연 담배 연기를 마구 뿜어대며 신나게 수다를 떨어대고 있었던 것이다.

"어이, 프렌드! 여기야, 여기."

쿤타가 번쩍 한 손을 치켜들며 나를 반긴다. 1교시 시험을 치기 전, 그러니까 불과 한 시간 남짓 전에도 여기서 같이 담배를 피우며 미친 듯 수다를 떨어댔건만, 마치 한 30년 전에 헤어진 이산가족이라도 만난 듯 정답고 반가운 얼굴로 말이다. 쿤타는 당시 마이클과 함께 나랑 가장 친하게 지내던 녀석이었는데, 녀석은 조상구란 본명 대신 **쿤타**라는 별명으로 훨씬 더 많이 알려지고 불리던 놈이었다. 녀석은 분명 조(曺)씨 성을 가진 아버지와 박(朴)씨 성을 가진 엄마 시이에서 태어난 조선 사람이긴 했지만, 녀석의 생긴 바퀴며 이목구비 같은 게 꼭 『뿌리』에 나오는 **쿤타킨테** 같은 모습이었던 것이다. 거의 아프리카 원주민에 가까운 새까만 피부에, 썰면 한 접시는 족히 나올 것 같은 두꺼운 입술, 또 따로 돈 들여 볶지 않아도 퍼머를 한 것처럼 꼬불꼬불한 지독한 곱슬머리 같은 것들이 모두 다.

"그래, 시험은 잘 봤나? 시험 친다고 욕봤제?"

쿤타가 연신 허공으로 도나스를 날리며 물었다. 왜 그 있잖은가? 밀가루로 만든 도나스가 아니라, 입을 동그랗게 오므려 담배 연기로 만든 도나스.

"말도 마라. 내가 무슨 인간 포크도 아니고······."

나는 넌덜머리가 난다는 듯 절레절레 머리를 저었다. 정말이지 내가 그동안 너무 공부를 안 하긴 안 했나 보았다. 상고는 거의 공납금만 내면 들어갈 수 있는 학교여서 입시 공부 따위 전혀 하나도 안 했지만, 솔직히 나는 1교시 시험 내내 나 자신에 대한 한심함과 자괴감 같은 것으로 조금 괴로웠다. 뭐 특별히 공부를 잘하거나 머리가 좋은 편은 아니었지만 나는 그래도 중2 때까지만 해도 그럭저럭 공부를 좀 하는 편이었다. 뭐 그렇다고 썩 그렇게 공부를 잘한 건 아니지만 나는 반에서 한 10~15등 정도는 할 정도로 공부를 했던 것이다. 그런데 그로부터 꼭 1년이 지난 그 입시 날, 나는 내가 푼 문제 중에서 제대로 아는 것은 한 열에 네댓 개 정도밖에 안 되었고, 나머지는 죄다 내 멋대로 연필을 굴리거나 점을 쳐서 찍어야 할 정도로 공부를 못하는 놈이 되어버리고 말았던 것이다.

"하긴, 나도 머리에 쥐 나가 죽는 줄 알았다! 자, 어쨌든 시험 친
다고 수고했는데…… 니도 한 대 빨리 빨아라. 뭐니 뭐니 해도 스트
레스 받는 덴, 니코틴 충전이 최고니까. 자!"

나는 쿤타가 주는 '솔'을 한 대 받아 피우며, 새삼 내 자신의 신세
가 참으로 한심하고 안됐다는 생각을 했다. 엄마의 설득과 엄포에
못 이겨 어쩔 수 없이 상고로 원서를 내긴 했지만 앞으로 이런 학교
를 3년간이나 다녀야 된다고 생각하니 절로 한숨이 나고 눈앞이 다
캄캄해졌던 것이다. 그랬다. 시에서 가장 공부를 못하고 머리가 나
쁜 놈들이 가는 학교라는 선입견 때문인지 모르겠지만, 나는 상고
의 모든 것들이 다 마음에 안 들고 정이 안 갔다. 짜증이 났다. 지
은 지 한 30년은 된 것 같아 보이는 낡고 우중충한 학교 건물도 그
랬고 또 나랑 같이 상고로 시험을 치러 온 애들도 다 더럽게 공부를
못하고 머리가 나쁘게 생겨 보였던 것이다.

그랬다. 당시 상고에 있었던 수험생들이나 상고에 다녔던 재학
생들에겐 미안한 얘기지만, 사실 그날 거기 모인 애들은 각 학교에
서 제일 공부를 못하고 머리가 나쁜 애들이라고 봐도 무방했다. 지
금도 거의 달라진 게 없지만, 당시 내가 살던 경주는 학교와 학교
간의 서열이 뚜렷했다. 당시 경주엔 대여섯 개 정도의 남자 고등학
교가 있었는데, 예를 들어 반에서 한 15등 정도 하는 애들까진 죄
다 지역의 명문이라 일컫는 K고로 원서를 냈다. 그리고 그다음 한
15~35등 정도 하던 애들은 미션 스쿨인 M고로 원서를 냈고(참고
로 그땐 한 반의 인원이 한 70명 가까이 됐다), 또 그다음 한 35~45등 정

도를 하던 애들은 그 한 해 전 새로 생긴 G고로 원서를 냈다. 그리고 또 그 나머지의 뒤쪽 애들은 모두 다 그날 내가 시험을 보러 간 상고나 공고 쪽으로 원서를 내는 형편이었던 것이다(물론 다 그런 건 아니고, 가정 형편상 공고나 상고로 원서를 낸 애들도 영 없지는 않았다. K고나 M고를 갈 만한 성적이 되었음에도 일찌감치 사회로 진출해 돈을 벌려고 말이다. 하지만 우리나라도 그땐 제법 먹고 살 만하고 경제가 발전해서 그런 케이스는 열에 하나도 제대로 안 됐다). 자, 그러니 내가 어떻게 내 자신의 신세가 안 처량하고 안 쪽팔릴 수가 있었겠는가? 비록 공부엔 별 관심도 없고 재능도 부족하긴 했지만, 그래도 나는 내 자신이 다른 또래 녀석들에 비해 훨씬 더 똑똑하고 영리하다고(하긴, 대다수의 바보들이 다 자기 자신을 그런 식으로 과대평가하고 자화자찬하는 법이지만!) 믿는 애새끼였으니까 말이다.

아무튼, 그런저런 내 처지와 상황을 비관하며 뻐끔뻐끔 담배를 피우고 있을 때였다. 그 빌어먹을 **족제비**와 **여드름** 자식들이 나타나, 안 그래도 울고 싶은 내 맘에 고춧가루를 팍팍 뿌리고 휘발유를 콸콸 끼얹어댄 것은!

"에헤이, 이것들 좀 보게? 야, 다 스톱! 동작 그만! 하, 내 이 좆만한 것들을 그냥 확 다 마!"

"야 이 개새끼들아, 다들 담배 못 꺼? 이것들이 감히 어디서 겁대가리 없이!"

난데없는 고함과 쌍욕 소리에 나는 퍼뜩 소리가 나는 쪽으로 고개를 돌렸다. 뭐야? 뭔데 이 형이 담배를 피우는데 감히 땡고함을 지르고 쌍욕을 하고 지랄이야, 지랄이? 그러자 어제 예비 소집 때 잠깐 보았던 족제비 녀석과 여드름 자식이 나타나(나는 놈들의 정체를 대충 파악하고 있었다. 나는 척 보기에도 놈들이 우리보다 나이가 좀 많고 치는 듯해 보여서 애들에게 슬쩍 물어보았다. 어이, 저 자식들 저거 뭐야? 영 우리가 못 보던 상판대기에 개뼉다귀들인데? 그러자 놈들이랑 같은 동네에 살던 한 녀석이 살짝 귀띔해주었다. 놈들은 우리보다 두 살 많은 2년 선배들인데, 여기 시내에서는 잘 모르겠지만 자기가 사는 ○○읍에서는 다 좀 까불고 치는 녀석들이라고 말이다), 변소 앞에서 담배를 피우고 있던 애들의 따귀를 마구 올려붙이고 엉덩이를 걷어차고 하는 것이 아니겠는가!

"……!"

솔직히, 난 약간 쫄았다. 얼었다. 녀석들은 우리랑 같은 나이의 우리 동기가 아니라, 우리보다 두 살이나 더 많은 삼수생들이었던 것이다. 왜 그런 녀석들 있지 않은가? 자기 동기 중에선 별로 싸움도 못하고 이름도 없지만 다른 학교서 퇴학을 당하거나 자퇴를 해, 그해 다시 우리랑 같은 학년으로 학교를 다니러 온 동네 3류 양아치 녀석들.

하지만, 나는 전혀 쫄지 않은 척했다. 얼지 않은 척했다. 다른 녀석들은 다 담뱃불을 끄거나 버리느라 정신이 없었지만 나는 쿤타와 계속 담배를 빠끔빠끔 피워대고 있었다. 그래도 김순철, 아니 **김염세**(는 이름이 아니라 내 별명이었다. 내 이름은 원래 김순철인데, 쿤타 녀석이 어느 날 내게 약간의 조롱과 비판을 담아 그런 별명을 붙여주었던 것이다. 내가 매사 너무 세상을 삐딱하게 보고 염세적으로 생각한다나 뭐 어쩌구 하면서. 다 나를 놀리고 약 올릴 생각으로 그런 별명을 붙여준 거겠지만, 나는 그 별명이 은근히 마음에 들었다. 김염세(金厭世). 그러니까 싫을 염(厭)에, 세상 세(世). 어떤가? 쿤타 녀석이 붙여준 별명의 의도가 조금 괘씸하긴 하지만, 그래도 열여섯 살짜리 꼬마애 별명치고는 제법 고상하고 멋있어 보이는 별명이지 않은가?) 하면 우리 동기 중에선 거의 **김두한**이나 **이정재**급으로 치부되는데, 그깟 아무 족보도 없고 이름도 없는 동네 양아치 둘한테 "어이구, 형님!" 하고 깨갱 꼬리를 내릴 순 없는 노릇이었으니까.

아닌 게 아니라 애들의 시선은 죄다 쿤타와 나를 향해 쏠려 있었다(쿤타와 나는 이미 상고를 깨끗이 접수한 터였다. 중학교 시절의 무용과 명성만으로도 이미 우리에겐 감히 대들거나 뭐라 딴죽 걸 녀석이 한 명도 없었으니까). 쟤들은 과연 어떻게 할까? 쟤들도 우리처럼 바싹 쫄아서 허둥지둥 담배를 끌까, 어쩔까? 나는 애들의 그런 시선을 의식하며, 잘못하면 또 한바탕 육박전을 벌여야 할지도 모르겠군! 생각했다. 말이 났으니까 얘기지만, 사실 내가 그때 다른 누군가와 매일같이 싸우고 시비를 붙고 한 건 많은 부분 아이들의 그런 시선 탓이 컸다. 지금 생각하면 내가 왜 그때 그런 '연예인 병' 비슷한 것에 걸려 그런 짓을 행했을까 싶지만, 나는 그때 아이들로부터 '저 녀석도 알고 보니 별거 아니군!'이라든가, '시시한 놈이군!'이라는 소리를 듣는 게 죽기보다 더 싫었던 것이다. 대체 내가 왜 그때 그런 것에 대해 그렇게 예민하게 생각하고 민감하게 행동한 것이지는 나로서도 잘 이해가 가지 않는 노릇이지만, 뭐 어쨌든!

나는 녀석들이 우리를 좀 가만히 놓아두기를 바랐다. 선수는 선수를 알아본다고, 녀석들도 대충 우리를 알아보았을 것이다. 녀석들의 그런 행패와 폭력에도 불구하고 계속 삐딱하게 담배를 물고 있는 걸로 볼 때, 그래도 우리가 우리 동기들 사이에선 제법 잘나가고 한가락씩 하는 녀석들이라는 것을 말이다. 사실 나로서도 할 만큼은 한 셈이었다. 우리가 모시는 선배는 아니어도 나름 선배 대접을 해주긴 해준 셈이었으니까. 나보다 한 2년가량 빨리 태어났고 나름 좀 노는 녀석들인 것 같아 가만히 참고 있었지, 만약 녀석들이 나랑 같은 학년의 동기에 동갑이었다면 벌써 귀때기가 날아가도 몇 대가 날아갔고 아구통이 날아가도 몇 대가 날아갔을 테니까.

제발 좀 가만히 놓아두길 바랐지만, 녀석들은 우리를 가만히 놓아두지 않았다. 글쎄 잠자는 사자의 코털을 건드려도 유분수지, 그 두 녀석 중 한 녀석인 족제비(족제비처럼 눈알이 반들반들한 게 꽤 깐지게 생긴 놈이었다. 모르긴 모르지만, 녀석이 입고 있는 의상이며 행동거지 같은 걸로 봤을 때 아마 그 두 녀석 중 족제비 쪽이 더 싸움을 잘하고 리더 역할을 하는 놈인 것 같았다) 녀석이 내 뒤통수를 —내가 더 만만해 보인 것일까? 쿤타 녀석도 있는데 하필이면 내 뒤통수를!— 눈알이 빠질 정도로 세게 빡! 후려쳤던 것이다.

"이 새끼가, 귀에 전봇대를 박았나? 담배 끄란 말 안 들리나, 이 존만 한 새끼야!"

뒤통수만 때렸어도 참았을지 모른다. 눈깔이 반들반들한 게 녀석은 한눈에 보기에도 제법 성깔이 있는 것 같아 보였고 또 나보다 키랑 덩치 같은 것도 한두 체급쯤 더 높아 보였으니까(당시 나는 173센티 정도의 키에 63킬로 정도의 체중을 갖고 있었다). 그런데 녀석은 내 뒤통수를 때린 것만으로는 성에 차지 않은 모양이었다. 녀석은 애들 앞에서 자기가 얼마나 싸움을 잘하는 놈이며, 얼마나 다리를 잘 쓰는 놈인지 좀 보여주고 싶었던 모양이었다. 녀석은 자신이 무슨 **강만수**나 **장윤창**이라도 되는 듯 내 뒤통수에다 빠악! 강스파이크를 날리는 것만도 모자라, 몸을 한 바퀴 빙글 돌려 나에게 제법 화려한 뒤돌려차기라는 것까지 해댔으니까!

"에이, 씨팔!"

순간, 나는 돌아버렸다. 수많은 애들이 보는 앞에서 족발(?)을 날린 것도 불쾌했지만, 내가 후끈 더 열받았던 건 내가 입고 있던 파카에 녀석의 발자국이 찍혀버린 탓이었다(내가 퍼뜩 얼굴을 돌린 탓에 얼굴을 맞진 않았지만, 내 파카엔 어느새 녀석의 발자국이 제법 크게 찍혀버리고 말았다). 아니, 이 개새끼가! 감히 이게 어떤 옷인 줄 알고? 다른 건 몰라도 내가 입고 있던 파카에 그런 족발 자국을 낸 이상, 나는 그 녀석을 도저히 더 용서할 수가 없었다. 당시 내가 입고 있던 파카는 그 열흘 전쯤에 산 새 파카였는데(그것도 보통 파카가 아니라, 자그마치 나이키였다! 내가 그 파카를 사려고 얼마나 고생했는 줄 아는가? 나는 그 파카를 사기 위해 그 한 달 전부터 엄마에게 온갖 거짓말에 사기를 다 쳐야만 했다. 괜히 다니지도 않는 독서실에 다닌다는 둥, 사지도 않는 참고서를 산다는 둥, 또 내지도 않는 불우이웃돕기 성금을 내야 한다는 식으로 말이다), 한마디로 그 파카는 내가 갖고 있던 옷 중에서도 가장 값비싸고 또 아끼는 완전 새 패션 아이템이었던 것이다. 생각해보라! 옷에 관심이 있는 사람이라면 누구나 다 공감할 테지만, 길거리에서 파는 오뎅을 먹다 옷에 간장만 살짝 튀어도 온갖 짜증에 성질이 다 나는 법이다. 그런데 그놈은 내 뒤통수를 후려친 것만도 모자라, 내가 입고 있던 그 나이키 파카에까지 그런 몹쓸 짓을 저질러놨

1985, 경주, 그리고 메텔에 관한 이야기

으니 내가 어떻게 그놈의 그런 행패를 가만히 참고 넘어갈 수 있었 겠는가?

정신없이 싸웠다. 닥치는 대로 주먹을 뻗고 상대를 넘어뜨렸다. 싸움을 좋아하지는 않지만, 먼저 걸어온 싸움을 피하지는 않는다 는 것! 그게 바로 당시의 내 생활신조요, 삶의 모토 같은 것이었으 니까! 어떤가, 제법 용감무쌍한 녀석이지 않은가?

족제비와 뒤엉켜 서로 주먹을 날리고 유도에 레슬링 비슷한 것을 하고 있는데, 불현듯 우리의 귓가로 상고의 차임벨 소리가 길고 은 은하게 울려 퍼졌다. 딩동댕 딩동댕…….

그랬다. 상고의 교무실인가 방송실에서는 어느새 상고의 수험생 들에게, 이제 곧 2교시가 시작되니 빨리 자신이 시험 치는 교실로 들어가 시험 준비를 하라는 사실을 알리고 있었던 것이다.

상대를 넉아웃시키지 못해 조금 아쉽긴 했지만, 나는 족제비와 서로 씩씩거리며 싸움을 멈출 수밖에 없었다. 마치 공 소리를 듣고 주먹질을 멈추는 권투 선수들처럼 말이다. 이제 곧 시험 감독관들 이 2교시에 칠 시험지를 들고 1층의 교무실에서 2층의 시험장으로 올라갈 테고, 여기서 계속 더 싸움을 하고 있다간 족제비랑 나 둘 다 2교시 시험을 몽땅 말아먹고 말 터였으니까.

"와아, 내 요 존만 한 새끼를 그냥 콱 마! 야, 니 진짜 다음 시간 에 두고 보자, 응? 내가 확 갈아 마셔버릴 테니깐!"

공 소리에 어쩔 수 없이 싸움을 멈추긴 했지만, 족제비는 연신 눈을 부라리며 나를 향해 욕하고 빠득빠득 이빨을 갈았다. 하긴 꽤 분하긴 분했을 것이다. 괜히 후배들 앞에서 '가오'를 잡으려다 오히려 나 땜에 얼굴에 똥칠만 한 셈이 되어버렸으니까.

"쳇, 웃기는 소리 하고 있네! 새끼가 싸움도 못하면서 괜히 이빨만 살아 갖고선!"

나도 지지 않고 되받았다. 싸움이 일단락됐으니 이제는 이빨 싸움이었다. 치고받고 하는 것도 중요하지만 누가 더 말빨이 세고 기가 세냐, 그것도 아주 중요한 싸움 기술 중의 하나였으니까. 그러나 냉정히 말해, 싸움 자체로만 놓고 보면 내가 조금 밀린 싸움이었다. 굳이 채점을 하자면 6:4나 7:3 정도로 족제비 녀석이 약간 우세한 싸움. 녀석이 다섯 방 때릴 때 나는 녀석을 세 방 정도밖에 못 때렸고, 또 녀석이 세 번 정도 나를 자빠뜨릴 때 나는 녀석을 두 번 정도밖에 못 자빠뜨렸던 것이다. 하지만 그 싸움은 분명 내가 승리한 거였다! 누가 더 많이 때리고 적게 때리고 하는 것을 떠나서, 족제비 녀석은 나보다 키며 덩치가 한두 체급쯤 위였고 또 나이도 나보다 두 살이나 더 많았으니까. 자, 그러니 내가 위너가 아니면 대체 누가 위너란 말인가?

"뭐? 하, 내 요 좆만 한 새끼를 진짜!"

"미친 새끼, 까고 있네! 얌마, 까는 소리 그만하고 빨랑 꺼져. 억울하면 다음 시간에 한 라운드 더 뛰어줄 테니까."

그때였다. 방금 울렸던 차임벨 소리가 다시 한번 더 길고 은은하게 교내에 울려 퍼졌고, 그러자 그때껏 족제비와 나의 싸움을 흥미진진하게 구경하고 있던 아이들이 모두 2층의 교실로 우르르 뛰어가기 시작했다. 내가 족제비였다면 시험이고 나발이고 계속 싸움을 했겠지만, 그래도 그 녀석은 시험만큼은 끝까지 보고 싶은 모양이었다. 녀석은 나에게 몇 마디의 더 더럽고 살벌한 욕지거리와 엄포를 늘어놓고선, 마침내 그 여드름(자식은 멍게도 아니고, 얼굴에 더럽게 여드름이 많았다) 자식과 서둘러 2층의 시험장으로 뛰어올라 가버렸으니까.

"야, 우리도 빨리 올라가자! 선생들 오기 전에 빨리 들어가야지, 안 그럼 시험장에서 쫓겨날지도 모르니까."

그때껏 내 옆에 서서 내 '세컨' —왜 그 있잖은가? 공이 울려 권투 선수가 자기 코너로 돌아오면, 그 권투 선수의 코피도 닦아주고 다음 라운드의 작전 지시도 하고 그러는 그 세컨!— 노릇을 하고 있던 쿤타가 말했다. 연신 자신이 찬 손목시계를 들여다보고 놀란 오리 떼마냥 2층의 시험장으로 우루루 뛰어가는 애들을 보며.

"니 먼저 들어가라. 난 옷도 좀 털고, 세수도 좀 하고 난 다음에 들어갈 테니까."

나는 입에 묻은 피를 쓱쓱 닦고 입안에서 나는 피를 퉤퉤, 내뱉으며 말했다. 코피가 나거나 이가 부러진 건 아니었지만 나는 족제비의 주먹에 맞아 입술이며 입안에서 피가 좀 나고 있었던 것이다(나만 부상을 당한 건 아니었다. 내가 녀석에게 맞아 입술이 좀 째지고 입안에서 피가 나는 것은 사실이었지만 족제비도 내 주먹에 맞아 코가 좀 띵띵 붓고 눈 있는 데가 좀 찢어진 상태였으니까). 또 족제비와 싸우느라 옷도 완전히 넝마가 되다시피 구겨지고 흙이 잔뜩 묻어 있었고.

"야, 니 그러다가 진짜 시험장에서 쫓겨나면 우짤라꼬? 이건 학교에서 매달 치는 월말고사나 모의고사가 아니라서 까딱 잘못하면 실격 처리되고 말 낀데……."

"쳇, 실격이 되든 합격이 되든 내가 알 게 뭐고? 아무튼 겁나면 니나 빨리 올라가봐라. 나는 실격이 되든 말든 세수도 좀 하고 담배도 한 대 피우고 난 다음에 들어갈 테니까."

"아, 새끼 참 고집은! 이건 진짜 단순한 일제고사나 모의고사가 아니라 전국적으로 치러지는 고교 입시라……."

"글쎄, 내 일은 내가 알아서 할 테니까 니나 빨리 들어가봐라. 나는 배탈이 나서 어쩔 수 없이 변소에 있었다거나 계단에서 굴렀다는 식으로 둘러대든지 할 테니까."

"야, 니 진짜 괜찮겠나? 그럼 내 진짜 내 먼저 올라간다, 응?"

"그래, 퍼뜩 올라가봐라. 난 물로 입도 좀 헹구고 담배도 한 대 피우고 한 다음에 천천히 올라갈 테니까."

"알았다. 그럼 내 먼저 올라갈 테니까 니도 빨리 시험장으로 올라온나, 알았제?"

나는 쿤타가 부리나케 2층의 교실로 뛰어가는 모습을 바라보고 있다가, 마치 걸레처럼 구겨지고 흙이 잔뜩 묻은 파카를 천천히 벗기 시작했다. 그러고는 꼭 포로수용소의 그것처럼 변소 앞에 서 있는 상고의 낡고 후진 수돗가로 다가가서 은색의 수도꼭지를 세게 틀었다. 영하 3~4도의 추운 날씨여서 수돗물이 안 나오면 어쩌나 했지만 다행히 수돗물은 쏴아 하고 제법 세고 힘차게 잘 나왔다.

나는 거의 얼음물이나 마찬가지일 정도로 차가운 수돗물로 푸푸 세수를 하고 입안에서 나는 피와 침 같은 걸 깨끗이 헹구고 뱉어냈다. 거울이 없어 직접 볼 순 없었지만 그리 큰 상처는 아닌 것 같았다. 하지만 이빨이 딱딱 부딪칠 정도의 차가운 수돗물이어서 눈물이 찔끔 날 정도로 입이며 입안의 상처가 따갑고 쓰라렸다. 아 씨팔, 진짜 재수 옴 붙었네! 재수가 없으려니 진짜 별 거지 같은 새끼가 다 나타나서……

　나는 1분 정도의 세수와 가글(?)을 한 뒤, 주머니에 있던 티슈로 대충 얼굴의 물기를 훔치고 닦았다. 그러고는 다시 티슈 몇 장에 물을 묻혀 족제비랑 싸우느라 엉망이 된 바지며 파카에 묻은 흙 같은 것들을 깨끗이 닦아내고 털어냈다. 아, 진짜 생각할수록 열받고 짜증 나네! 다른 날도 아니고 하필이면 오늘 같은 날 이게 무슨 날벼락이고 개 같은 일이란 말인가?

　바로 그 순간, 나는 갑자기 어떤 의문이랄까 회의 같은 것이 좀 들었다. 나는 그때까지만 해도 시험 치던 시험장으로 다시 올라가려 했지만, '내가 꼭 이렇게 더럽고 엿 같은 기분으로 계속 시험을 칠 필요가 있을까?' 하는 생각과 또 '이왕 이렇게 일이 꼬이고 스텝이 엉켜버린 것, 차라리 이쯤에서 그만 시험을 포기하고 밖으로 나가는 게 훨씬 더 현명하고 바람직한 일이 아닐까?'라는 생각이 문득 들었던 것이다. 그랬다! 나는 도저히 더 이상 시험 칠 기분이 아니었다. 나는 족제비 놈과의 싸움으로 여기저기 터지고 상처가 난 그 꼴로 다시 시험장으로 들어가 '인간 포크'가 되고 싶은 생각도 없었고(더욱이 난 시험장에 늦게 들어왔다는 이유로 시험 감독관에게 쫓겨날지도 몰랐다), 또 2교시가 끝난 후 그 족제비 자식과 한바탕 힘겨운 싸움에 레슬링(이기고 지고를 떠나서)을 벌이고 싶은 생각도 없었던 것이다. 생각해보라! 내가 전생에 무슨 죄를 그리 많이 지어 그 지겨운 시험 문제를 다시 풀어야 하고, 또 그 족제비같이 덜떨어진 자식과 그런 쓸데없는 육박전에 레슬링을 벌여야 한단 말인가?

지겨웠다. 정나미 떨어졌다. 시험이고 뭐고 모든 게 다 귀찮고 역겹게만 느껴졌던 것이다. 젠장. 엄마 때문에 그냥 죽었다 하고 열심히 한번 학교를 다녀볼까도 했는데, 결국엔 다 이렇게 되고 마는군. 몰라, 모르겠어. 내가 알 게 뭐람. 나는 손에 들린 파카를 대충 꿰입은 후 상고의 교문 쪽으로 빠르게 걸었다. 야, 너 왜 이래? 다른 시험도 아니고 이런 중요한 시험을 치다 밖으로 나가버리면 대체 뭘 어떻게 하겠다는 거야? 나는 내가 하는 짓이 무척 큰 실수를 하는 것이고, 내가 한 행동에 제법 큰 책임을 져야 할지도 모른다는 생각이 얼핏 들었다. 하지만 나는, 나도 잘 알 수 없는 어떤 역겨움과 지겨움에 못 이겨 상고의 교문 쪽으로 자꾸만 빠르게 발을 옮기고 있었던 것이다.

1985, 경주, 그리고 메텔에 관한 이야기

episode 2

상고의 교문을 나선 뒤, 나는 잠시 갈 곳을 몰라 허둥거렸다. 마치 달팽이관이 파괴된 실험실의 개구리나 알츠하이머에라도 걸린 사람처럼 말이다. 그랬다. 나는 나 자신도 잘 설명할 수 없는 어떤 짜증과 치기로 시험장을 박차고 나오긴 했지만, 막상 상고의 교문을 벗어나고 보니 어디로 가야 할지, 어디로 가는 게 좋을지 잘 판단이 서지 않았던 것이다. 아, 씨팔. 어디로 가지? 지금 이 시간에 어디로 가야 좋지……?

나는 상고의 문 앞에서 길잃은 애처럼 망연히 서 있다가, 마침내 르노 형의 방이 있는 '쪽샘'을 향해 천천히 걷기 시작했다. 그래, 일단 르노 형 방으로 가자. 아직 자고 있을 시간이라 조금 짜증을 내긴 하겠지만 그래도 지금 내 마음을 알아줄 이는 르노 형밖에 없을 테니까. 당시 르노 형은 나보다 세 살 많은 열아홉 살이었는데, 그래도 나랑은 거의 친구나 다름없이 친하게 지내는 사이였다. 어려서부터 한동네에 살던 동네 형이었던 것이다. 저 초등학교(그땐 초등학교가 아니라 국민학교란 명칭을 썼지만, 편의상 그냥 초등학교란 명칭을 쓰기로 하겠다) 때부터 같이 짤짤이도 하고, 공도 차고, 또 개울가에서 물고기도 잡고 그러던 불알친구. 당시 그 형은 보문관광단지에 있던 한 호텔 가라오케에서 웨이터로 일하고 있었는데(당시 보문관광단지에는 딱 두 개의 호텔이 존재하고 있었다. 하나는 조선호텔이었고, 또 다른 하나는 도쿄호텔이었다), 나는 딱히 갈 데가 없거나 조금만 심심하다 싶으면 르노 형의 방으로 가서 놀았다. 당시 그 방은 나에게 최고의 안식처이자 놀이터와 같았다. 그 나이 또래 애치고 만화나 영화 같은 걸 안 좋아하는 인간이 과연 몇이나 있겠냐만, 그중에서도 특히 그 형은 만화나 영화 같은 걸 엄청나게 좋아하고 사랑하는 형이었다('르노'란 별명도 당시 그 형이 갖고 있던 수많은 포르노 잡지며 영화에서 비롯된 것이었다. 대체 어쩌다 그런 고상한 취미가 생겼는지 모르겠지만, 그 형은 세상에서 가장 존경하는 인물이 『플레이보이』의 **휴 헤프너**나 『허슬러』의 **래리 플랜트**라는 식으로 얘기를 했다. 물론 그건 다 웃자고 한 헛소리에 10대 특유의 어떤 성적 판타지 같은 게 결합돼 나온 허풍이었겠지만, 아무튼 그 형은 항상 자신의 꿈이 미국의 포르노나 일본의 핑크 영화 감독이라는 식으로 말하곤 했던 것이다). 왜 그런 형들 있지 않은가? 하루 동안 밥을 안 먹곤 살아도 이런저런 비디오나 만화를 안 보고는 못 사는 그런 형들 말이다. 여하튼 그 형의 그런 고상한 취미며 취향 덕분에 그 방엔 항상 이런저런 비디오며 만화 같은 게 지천으로 널려 있었는데, 당시 별로 갈 데도 없고 놀 데도 없던 나로서는 그 형의 방보다 더 편안하고 안락하게 놀 수 있던 공간도 별로 없었던 것이다.

염병! 그러나 그날은 괜히 추운 날씨에 헛걸음만 한 셈이었다. 당시 그 형은 조그만 자취방이 많고 요정(料亭)이 많은 걸로 유명하던 쪽샘(원래 쪽샘은 예부터 유명한 샘물이 있대서 붙여진 지명이었다)에서 혼자 자취를 하고 있었는데, 그 형이 살던 낡은 양옥집의 옥탑방으로 올라가본 결과, 글쎄 그 형은 아침 일찍부터 어디론가 사라져버리고 없고 그 형과 그렇고 그런 사이였던 현주(그녀는 당시 형보다 한 살 적은 18살이었는데, 르노 형과 마찬가지로 일찌감치 학교를 때려치우고 시내에 있는 한 카페에서 여급으로 일하고 있었다) 누나만이 막 이불 속에서 나온 얼굴로 나를 맞았던 것이다. 밤에 라면이라도 몇 개 끓여 먹었는지 눈이 퉁퉁 붓고 잠에 잔뜩 취한 얼굴로.

"어쩌지? 만수 오빠 지금 밖에 나가고 없는데……."

"어디 갔는데요?"

"으응, 좀 전에 집에 갔다. 오늘이 아버지 생신이라서 아침도 같이 묵고 용돈도 좀 드린다 카면서. 와, 만수 오빠한테 무슨 볼일 있나?"

"아뇨, 그냥 한번 와봤어요. 만수 형이랑 뭐 좀 의논할 거도 있고 해서……."

"그럼 퍼뜩 들어온나. 언제 올지 모르겠지만, 만수 오빠 올 때까지 내하고 같이 만화를 보든가 비디오를 보든가 하면서 놀면 되지 뭐."

"아, 아뇨. 그럼 내가 나중에 다시 올게요. 괜히 내 땜에 누나도 잠에서 깬 것 같은데……."

"아이다, 추운데 퍼뜩 들어온나. 우리가 서로 모르는 사이도 아이고, 나도 이제 니 땜에 잠 다 깼는데 뭐."

"아뇨, 다음에 다시 올게요. 괜히 내 땜에 누나 잠만 깨우고……
미안해요."

나는 애써 사양한 후, 르노 형의 옥탑방을 다시 경중경중 뛰어
내려왔다. 괜히 쿨쿨 잘 자고 있는 현주 누나의 잠을 깨운 것 같아
미안하기도 했었지만, 실은 그것보다 이불 속에서 막 튀어나온 현
주 누나의 의상이 너무 야하고 자극적이었기 때문이었다. 당시 그녀
는 아래에는 히프를 꽉 죄는 핫팬츠를 입고 있었고, 위로는 그냥 검
은색의 망사 브래지어만 하나 달랑 걸치고 있는 형편이었던 것이다.
생각해보라! 그러니 내가 어떻게 그녀를 따라 같이 그 방으로 꾸역
꾸역 들어갈 수가 있었겠는가? 히프를 꽉 죄는 핫팬츠와 검은색의
망사 브래지어! 그것은 확실히 남자의 이성을 마비시키는 것 중의
하나였고, 나는 만에 하나라도 르노 형과 서로 원수지간이 되거나
르노 형이 슬퍼할 만한 짓을 저지르고 싶지 않았던 것이다. 그랬다.
혼자만의 착각에 망상이었는지 모르겠지만, 당시 그녀는 내가 귀엽
다며 가끔씩 내게 추파랄까 유혹 비슷한 것을 던지곤 했었는데, 만
약 내가 정신이 헤까닥 해서 그녀와 키스 같은 거라도 하고 후끈한
베드씬 같은 거라도 찍어보라! 대체 내가 무슨 낯으로 르노 형의 얼
굴을 볼 것이며, 또 현주 누나와 나 사이는 앞으로 얼마나 더 불편
하고 어색한 사이가 되겠는지 말이다.

뭐 어쨌든, 나는 르노 형의 방이 있는 옥상에서 내려와 찬바람이
쌩쌩 부는 쪽샘 골목으로 다시 나왔다. 아 씨팔, 더럽게 춥네. 하여
튼 희한하긴 희한하다니까. 평소엔 별로 안 춥다가도 꼭 입시 날만
되면 이렇게 귀때기가 떨어져나갈 정도로 날씨가 춥고 매서운 걸 보

면. 아, 그나저나 르노 형도 없고 이제 어디로 간담……?

나는 잠시 바지 주머니에 손을 꽂고 투덜투덜 서 있다가, 이윽고 역 근처의 본전다방으로 터벅터벅 걷기 시작했다. 당시 그 다방은 어느 도시, 어느 동네에서나 흔하게 볼 수 있는 다방이었다. 왜 그 있잖은가? 다 불법이고 경찰과의 암묵적인 합의 아래 영업하는 거 겠지만, 단돈 500원만 주면 달착지근한 커피도 한 잔 주고 또 하루 종일 그 다방에서 틀어주는 비디오를 보며 죽칠 수도 있는 그런 학생 전용(?) 다방.

'그 겨울의 찻집'. 당시 한창 유행하던 조용필의 노래처럼, 겨울바람이 횡횡 부는 바람 속을 걸어 겨우 본전에 도착했다. 아직 11시 정도밖에 되지 않은 이른 시간이었지만 그곳은 이미 30~40명 정도의 어린 손님들로 꽉 차 있었다. 당시 그곳에 오던 손님들은 다들 각 학교에서 소문난 농땡이거나 아예 학교서 잘린 어린 백수들이었는데(당시 그곳에 오던 손님들 중 나랑 몇몇 내 친구들이 가장 나이가 어렸다. 그곳에 오던 손님들은 다들 우리보다 한두 살이나 서너 살쯤 많은 고삐리에 이런저런 동네 양아치들이었으니까), 언제나 그랬듯 그곳은 그렇고 그런 불량 청소년들과 동네 양아치들로 이른 오전부터 성황을 이루고 있었던 것이다.

"자요, 여기 커피 값."

나는 카운터의 여종업원에게 500원짜리 동전을 하나 건넨 후, 다방 한구석의 어둡고 으슥한 자리로 가서 엉덩이를 부렸다. 그러고는 마치 '동물의 왕국'에 나오는 미어캣처럼 목을 길게 빼고 그 다방 안에 앉아 있던 인간들의 상판을 쓰윽 한번 살펴보고 둘러봤다. 혹

1985, 경주, 그리고 메텔에 관한 이야기

시 내가 보면 즉시 달려가 인사를 해야 할 직속 선배라거나 시내의 잘 나가는 형들이라도 있으면 만사를 다 제치고 그쪽으로 달려가 90도의 상냥하고 깍듯한 인사부터 해야 할 터였으니까. 아침부터 더럽게 재수 없고 일진이 나쁜 날치고는 그나마 다행이었다. 몇몇 낯이 익은 농땡이에 동네 양아치들이 눈에 띄긴 했지만(대체 무슨 잘난 척이었고 특권 의식이었는지 몰라도, 당시 나는 우리 직속 선배거나 시내의 몇몇 잘 나가는 형들만 빼곤 거의 다 맞먹거나 데면데면하게 인사를 잘 안 했다), 요행히 **이노끼**와 **해글러** 같은 직속 선배들은 안 보였으니까. 휴, 그래도 다행이군. 그 인간들 있었으면 또 여러 가지 장난질에 괴롭힘에, 엄청나게 피곤하고 불편했을 텐데…….

나는 나직한 안도의 한숨을 쉬며, 주머니에 있던 담배를 한 대 피워 물었다. 그러자 곧 본전의 여종업원 하나가 내 앞으로 뜨거운 커피를 한 잔 내왔다. 흡사 주사위처럼 생긴 몇 개의 각설탕과 커피를 저을 티스푼과 함께.

"커피 나왔습니다."

"아, 네에."

나는 고개를 끄덕인 후 진하고 뜨거운 커피를 몇 모금 홀짝였다. 그러고는 커피를 마시느라 잠시 꺼두었던 담배를 다시 한 대 붙여 물며 그 다방에서 틀어주고 있는 홍콩 무협 영화를 조용히 보기 시작했다. '돌아온 외팔이'와 '장풍'과 '철사장' 등이 쉴 새 없이 등장하는, 1970년대풍의 낡고 오래된 3류 홍콩 무협 영화를 말이다.

✕ ✕ ✕

내가 본전을 나온 건 2시 40분쯤이었다. 그러니까 나랑 같은 중
3짜리 애들이 모두 고입선발고사란 걸 다 치르고, 학교 밖이며 시
내로 마구 쏟아져 나올 바로 그 시각.

본전을 나온 뒤, 나는 다시 한번 르노 형의 방으로 걸었다. 정확
히 시험이 언제 끝날지는 잘 몰랐지만, 쿤타와 **마이클**은 시험이 다
끝나는 즉시 그 방으로 달려올 거였다. 당시 그 방은 우리가 가장
애용하는 약속 장소이자 아지트와 같은 역할을 하고 있었는데, 우
리는 시험이 다 끝나는 대로 모두 르노 형의 방에서 모이기로 했던
것이다. 이제 지긋지긋한 입시도 다 끝났겠다, 우리는 르노 형 방에
서 우리들만의 조촐한 축하 파티를 벌이기로 미리 다 약속이 되어
있었던 것이다.

현주 누나가 아직 그 방에 있으면 어쩌나 했지만, 이제 그 방은
커다란 자물통으로 굳게 잠겨져 있었다. 하지만 그건 그리 걱정할
문제가 못 되었다. 나는 그 이틀 전인가 사흘 전부터 그 방을 좀 빌
리기로 르노 형과 약속이 돼 있었고, 아울러 르노 형이 그 방을 비
울 시 그 방의 열쇠를 어디다 숨기고 다니는지 훤히 다 알고 있었으
니까.

아나나 다를까, 누런 자물통이 달린 르노 형 방에는 이런 메모
가 한 장 붙어 있었다. 르노 형 특유의 지렁이가 기어가는 듯한 구
불구불한 악필로 이런 웃기지도 않은 메모 하나가.

1985, 경주, 그리고 메텔에 관한 이야기

너희들끼리 오붓하게 파티를 벌이고 싶다니까 방은 빌려준다.

대신, 제발 저번처럼 술 처먹고 방에서 싸움을 한다거나 오바이트 같

은 건 하지 마라! 그럼 진짜 비 오는 날 먼지 나게 확 패버릴 테니까!

그럼 아무쪼록 즐겁고 해피한 파티가 되기를 바라며…….

　　나는 르노 형의 메모에 혼자 키들키들 웃다가, 옥상 구석에 놓인 크고 작은 단지들 앞으로 다가갔다. 된장이며 고추장, 그리고 조선 간장이며 김장 김치 따위가 든 주인집 단지들 앞으로. 르노 형은 항상 밖으로 나갈 때 그 단지들 중에서 가장 작고 앙증맞은 단지 밑에 방 열쇠를 넣어두고 다녔으니까.

　　나는 단지 밑에 있는 열쇠로 르노 형의 방에 무사 입성한 다음, 담배부터 한 대 찾아 물었다. 나는 본전에 있는 동안 10분에 한 대 꼴로 담배를 피워댄 터라 이제 담배만 봐도 머리가 어지럽고 속이 메슥거릴 지경이었다. 하지만 나는 나도 모르게 자꾸 담배를 찾아 물고 있었다. 나는 겉으로는 아무렇지 않은 척하며 본전에서 빈둥거리고 있었지만 아침에 친 그 사건 사고들로 인해 마음이 꽤나 불안하고 초조했던 것이다. 그랬다. 나는 무슨 뇌가 없는 무뇌아처럼 아침의 그 사건 사고들을 치고서도 태연자약하게 본전에서 틀어주는 비디오를 보며 시간을 깨다 오긴 했지만, 실은 그 다방에 앉아 있는 내내 내 마음도 썩 그렇게 편하고 즐겁지만은 않았던 것이다. 편하고 즐거운 게 다 뭔가! 나는 거의 바늘방석에 앉아 있는 거나 마찬가지일 정도로 마음이 편치 않고 괴로웠다. 후회됐다. 흥, 그깟 고교 입시 따위 내가 알게 뭔가? 까짓 고교 입시 따위 그냥 지나가

는 개에게나 줘버리라지! 나는 애써 나 자신을 향해 되뇌고 자기 최면 비슷한 걸 걸고 있었지만, 실은 아주 불안하고 초조한 감정에 휩싸여 있었던 것이다. 나도 잘 알 수 없는 어떤 역겨움과 자괴감 때문에 벌컥 그 시험장을 뛰쳐나오긴 했지만, 장차 그 일로 해서 벌어지게 될 일을 어떻게 감당하고 수습해야 할지 나로서도 도저히 잘 가늠되지 않고 머리가 복잡하고 혼란스러워서 말이다. 제길, 진짜 어쩐담? 만약 엄마가 내가 친 사건 사고 같은 것을 다 알게 되는 날엔 난 진짜 집에서 쫓겨나거나 엄마의 호적에서 지워질 각오를 해야 할 텐데. 아, 골 아파! 에이, 몰라. 모르겠어. 이미 다 엎질러진 물이고 발생해버린 일인데, 대체 뭘 어떡하겠어? 나는 마치 신경쇠약증에 걸린 사람처럼 방 안을 오락가락하고 담배를 빡빡 빨아대고 하다가, 이제 골치 아픈 생각은 그만 버리고 음악이나 좀 듣자는 생각이 들었다. 그래, 뭐니 뭐니 해도 이렇게 골치 아프고 기분이 지랄 같을 땐 음악을 듣는 게 최고지. 그것도 가급적 최고로 신나고 경쾌한 음악을!

나는 비키니 옷장 옆, 그러니까 책상 위에 놓인 카세트 앞으로 가서 찰칵 플레이 버튼을 눌렀다. 그러자 웬 일본 여자가 튀어나와, 일본 여성 특유의 하이톤에 또랑또랑한 목소리로 일본말을 몇 마디 재깔였다. 아유, 놀래라. 이건 음악 테이프가 아니라 르노 형이 공부하는 일어 회화 테이프잖아.

나는 얼른 꺼짐 버튼과 꺼냄 버튼을 눌러 일어 테이프를 꺼냈다. 그러고는 책상 위 테이프 꽂이에 주루루 꽂혀 있는 테이프들 중에서 한 개의 테이프를 골랐다. 그때 그 테이프는 르노 형이 시내의 한 레코드점에서 2,000원을 주고 직접 맞춘 테이프였는데(자신이 가장 좋아하고 애청하는 곡들로만), 그 테이프는 실로 우리 또래 애들 사이에서 최고의 인기를 구가하고 명곡으로 인정받는 곡들로만 엄선한 최고의 명반(?)이었다. 그랬다. 나는 지금도 그 테이프 속에 녹음되어 있던 곡들을 다 선명히 기억하고 있다. 그 테이프의 A면 맨 첫 번째 곡에는 **다이안 레인**이 부른(사실 그건 다이안 레인이 직접 부른 게 아니라, '스트리트 오브 파이어'란 영화에서 가수로 분한 다이안 레인이 살짝 립싱크만 한 것이었지만) '노 웨어 페스트'란 팝송이 들어 있었고, B면의 맨 첫 번째 곡에는 **곤도 마사히코**란 일본 남자 가수의 '긴기라기니'란 일본 노래가 녹음되어 있었는데, 아무튼 그때 내가 뽑아 든 테이프 속에는 그 두 곡 외에도 실로 어마어마한 인기의 팝스타가 부른 팝송들이 빼곡이 다 들어 있었던 것이다. 그 테이프 속에 든 곡을 순서별로 정확히 다 기억하고 있진 못하지만, 내 기억이 틀리지 않는다면 그 테이프 속에는 **마돈나**의 '라이크 어 버진'을 비롯해 **신디 로퍼**의 '쉬 밥', **보니 엠**의 '해피 송', **마이클 잭슨**의 '빌리진', 그리고 **컬츠클럽**의 '카마 카멜레온'이란 노래 등이 숨이 가쁠 정도로 줄줄이 꽉꽉 다 들어차 있었던 것이다.

나는 르노 형이 불법 제작한 사제 테이프를 데크에 꽂은 뒤, 다시 한번 플레이 버튼을 찰칵 눌렀다.

빰빰빰 빠라라라······ 빠라빠라빰 빠라빠라빰 빠빠빰!
빰빰빰 빠라라라······ 빠라빠라빰 빠라빠라빰 빠빠빰!

그러자 밝고 경쾌한 전자 음악과 함께, 곤도인지 곤봉인지 하는 일본 남자 가수가 '긴기라기니'를 밝고 명랑한 목소리로 신나게 부르기 시작했다.

사메타시쿠사게 아츠쿠미로
나미다노코시케 와라이나요

나는 뜻도 잘 모르는 일본 노래를 따라 흥얼거리면서, 밝고 경쾌한 리듬의 일본 노래에 몸을 맡기기 시작했다. 당시 우리나라는 일본 음악을 듣는다든가 일본 영화를 본다든가 하는 걸 법으로 엄격히 금지하고 있었지만, 나는 어쩐지 그 '긴기라기니'라는 노래가 무척 마음에 들었다. 대체 무슨 까닭에 일본 음악과 영화 같은 걸 못 듣게 하고 못 보게 하는지 모르겠지만(물론 나는 다 알고 있었다. 겉으로는 일본 문화가 너무 천박하고 선정적이어서 그렇다는 핑계를 대고 있었지만, 실은 우리나라 문화가 일본 문화에 모두 잠식되고 식민지화될 우려가 있어서 그렇게 하고 있다는 사실을 말이다), 나는 일본 노래고 중공(中共) 노래고를 떠나서 그 노래가 가진 즐거움과 흥겨움이 적잖이 마음에 들었던 것이다.

나는 '긴기라기니' 특유의 밝고 경쾌한 리듬에 맞춰 몸을 흔들며, 르노 형이 벽면 가득 붙여놓은 여우(女偶)들의 사진 앞으로 살랑살랑 다가갔다. 그 왜 있잖은가? 영화 '블루 라군'에 나왔던 **브룩 쉴즈**와 '라붐'에 나왔던 **소피 마르소**, 또 그리고 '파라다이스'에 나왔던 **피비 케이츠**의 커다란 브로마이드 앞으로 말이다(**채시라**나 **하희라** 같은 국내파들도 제법 인기가 있었지만, 딴에 머리가 좀 굵고 여자를 좀 안다고 생각하는 애들은 다 해외파인 **브룩 쉴즈**나 **소피 마르소**나 **피비 케이츠** 쪽을 훨씬 더 선호하고 사랑했다). 확실히 남자에게 여자보다 더 위로가 되고 위안이 되는 존재도 따로 없는 것 같았다. 나는 그 전까지만 해도 울고 싶을 정도로 괴롭고 우울한 기분에 빠져 있었지만, 벽에 붙어 있던 여우들의 귀엽고 섹시한 모습을 보자 나도 모르게 슬며시 입가에 미소가 흐르고 또 괴롭고 우울했던 기분이 얼마간 좀 밝아지고 화사해지는 것 같았으니까. 어유, 요 귀엽고 예쁜 귀염둥이들! 내가 너희들 땜에 산다, 너희들 땜에 살아…….

오도 오마에오
긴기라기니 사리게나쿠 사리케나쿠 이라케따
긴기라기니 사리게나쿠 사리케나쿠 이라케따

나는 '긴기라기니' 중 내가 제일 좋아하는 클라이막스 부분을 꽥 꽥 따라 부르면서, 흥에 겨운 나머지 나를 향해 활짝 웃고 있는 여우들의 입에 쪽! 쪽! 입을 맞추었다. 그건 무척 유치하고 바보 같은 짓이긴 했지만, 어쨌든 괴롭고 우울한 기분을 털어내는 데 있어선 최고의 퍼포먼스였다! 왜 기분이 좋고 업(UP)되지 않겠는가? 그녀들의 입장에서 보면 기분이 별로였겠지만, 그녀들은 그야말로 우리 또래의 남자애들에게 있어 최고의 우상(偶像)이자 여신(女神)에 다름아니었으니까.

쿤타와 마이클이 나타난 건 바로 그때였다. 내가 벽에 붙은 여신들에게 각각 한 번씩의 뽀뽀를 해준 다음, 혼자 이런 기도랄까 푸념 같은 것을 하고 있던 바로 그 찰나. 아, 짜증 나! 나한테는 왜 이렇게 귀엽고 예쁜 여자 친구가 안 생기는 거야? 오, 하느님! 제발 바라건대, 저에게도 부디 이런 귀엽고 예쁜 여자 친구가 하루빨리 좀 생기게 해주시옵소서…….

"얀마, 니 돌았나? 다른 시험도 아니고 어떻게 오늘 같은 시험에, 그런 쌩또라이 같은 짓을 할 수가 있노, 응? 내 참 진짜 어이가 없고 기가 막혀서……."

"진짜 뭐 우째 된 기고? 나도 쿤타 얘기 들었지만, 그래도 싸운 건 싸운 거고 시험은 시험인데……."

애들은 방으로 들어서기가 무섭게 나를 몰아세웠다. 마치 내가 무슨 큰 범죄를 저지른 범죄자라도 되거나 정신이 헤까닥 해버린 정신병자라도 되는 듯 말이다. 하긴 녀석들이 그런 반응을 보이는 것도 무리는 아니었다. 우리가 매달 보던 월말고사나 모의고사 같은 거라면 몰라도, 어쨌든 그날 본 시험은 전국적으로 치러지는 고교 입시였으니까.

"걱정할 거 없어. 어차피 별로 치고 싶지도 않은 시험이었는데…… 오히려 잘됐지 뭐."

나는 짐짓 밝고 명랑한 미소로 말했다. 나를 걱정하고 염려해주는 건 고마운데, 굳이 그렇게까지 호들갑을 떨고 나를 나무랄 일은 아니라는 듯.

"얀마, 암만 그래도 그렇지……."

"그래, 아무리 그래도 시험장을 뛰쳐나온 건 좀 심했어. 그러니까 내 말은……."

나는, 녀석들의 계속되는 걱정과 잔소리에 약간 짜증이 나서 소리치듯 말했다.

"글쎄, 신경 끄라니깐! 내가 니들한테 몇 번이나 얘기했잖아? 엄마 때문에 어쩔 수 없이 상고로 원서를 내긴 했지만, 난 어차피 고등학교 따위 전혀 다닐 생각이 없다고! 상고에 가도 대충 몇 달 다니는 시늉만 하다가 자퇴서를 낼 계획이라고! 그러니까 제발 더 이상 그런 걱정과 잔소리는 좀 삼가줘. 내가 무슨 '정철 영어'의 정철도 아니고, 니들한테 같은 소리를 몇 번씩 똑같이 되풀이해야 할 이유는 없으니까."

사실 나는 그 두어 달 전부터 누차 말하곤 했다. 내 사전에 더 이상 '학교'와 '시험'이라는 단어는 없다고. 그랬다. 나는 그 무렵 나랑 가까운 애들에게 고교 진학 따위 전혀 아무 관심도 없고 미련도 없다고 했다. 애들에게 좀 있어(?) 보이고 센 척하려고 그런 소리를 한 것도 있지만, 사실 나는 고등학교 따위 전혀 갈 이유를 못 느꼈다. 나는 당시 아무 취미도 없고 재능도 없는 공부를 계속할 바에야 일찌감치 사회로 나가 돈을 버는 게 훨씬 더 낫다고 생각했다. 공부를 특별히 잘하거나 대학에 갈 거라면 모를까, 나는 그깟 고교 졸업장 하나 따자고 3년 세월을 허송하느니 차라리 어디 공장에 들어가 공돌이 생활을 하든가 어디 술집에 취직해 빠돌이 생활을 하는 게 훨씬 더 유익하고 바람직하다고 생각했던 것이다. 그럼 적어도 더 이상 학교를 다닌답시고 엄마의 등골을 빼먹지 않아도 될 것이고, 또 별로 선생 같지도 않은 선생들에게 맨날 따귀나 맞고 빠따를 맞고 하는 일은 벌어지지 않을 테니까.

"쳇, 곧 죽어도 지 잘났다 이거네? 그래, 니 똥 굵다, 니 똥 굵어! 원, 애새끼가 친구가 걱정해주면 고마운 줄 알아야지…… 니는 어떻게 맨날 니 혼자만 그렇게 똑똑하고 잘났냐, 응?"

"그래, 내 똥 굵은 거 인자 알았나? 내 똥 굵은 거 알았으면…… 니는 이제 남의 일에 그만 신경 끄고 니 앞가림이나 잘해라. 새끼, 지 앞도 제대로 못 닦는 주제에 남의 일에 무슨 걱정이 그리 많고 잡설이 그리 많노? 사람 짜증 나게시리……."

"와, 새끼 진짜 말하는 것 좀 봐라! 뭐, 내 앞가림이나 잘하라꼬? 새끼가 종로에서 뺨 맞고 한강 가서 눈 흘긴다더니, 와 내한테 지랄이고 지랄이!"

"아, 됐으니까…… 그만하자, 그만해! 니하고 얘기해봤자 괜히 짜증만 나고 대가리만 아프니까…… 제발 우리 그만 좀 하자, 응?"

나는 짐짓 피곤하고 짜증이 난다는 듯 쿤타를 향해 쏴붙였다. 그러고는 괜히 녀석들에게 더 이상의 걱정과 잔소리가 듣기 싫어 얼른 나에게로 쏠린 관심을 마이클에게로 돌렸다.

"참! 마이클아, 니는 시험 잘 봤나? 니는 시험 잘 쳤제?"

"뭐, 그럭저럭……."

마이클은 긁적긁적 뒤통수를 긁으며 말했다. 마이클의 본명은 이성재였는데, 우리 사이에선 거의 마이클로 통했다. 녀석은 그룹 **'웸!'의 조지 마이클**과 엄청 많이 닮은 얼굴을 갖고 있었을 뿐만 아니라(그럼 조지라 불러야 맞겠지만, 원래 남의 별명이란 아무런 맥락이나 관계없이 그저 생각나는 대로 갖다 붙이면 되는 것이어서 굳이 그런 걸 엄격히 따질 게제는 아니었다), 또 영화 '스트리트 오버 파이어'에서 주연을 맡았던 **마이클 파레**와도 많이 닮은 외모를 갖고 있어서 애들은 모두 녀석을 마이클이란 별명을 붙여 많이 불렀다. 뭐 나보다 잘생겨서 배가 좀 아프긴 했지만 나는 누가 제일 처음 녀석에게 그런 별명을 붙여주었는지 몰라도 별명 하나는 제법 잘 붙여주었다는 생각이 들었다. 녀석은 분명 경주서 태어나고 경주서 자란 경주 촌놈이었지만, 왠지 모르게 좀 혼혈아처럼 생긴 외모에 영어도 제법 유창하게 잘해서 (녀석은 장차 '2시의 데이트'의 **김기덕**이나 '팝스 다이얼'의 **김광한**처럼 유명한 DJ가 되는 게 꿈이었는데, 그래서 녀석은 당시 모르는 팝송이 거의 없을 정도로 상당한 팝 지식을 갖고 있었다) 누가 보면 꼭 LA나 뉴욕서 한 몇 년간 살다 온 것처럼 미국 삘이 좀 나는 놈이었던 것이다. 아무튼 그 당시 우리 셋은 항상 '쾌찬차'에 나오는 3인조—**성룡, 원표, 홍금보**—처럼 찰싹 붙어 다니는 삼총사였는데, 상고로 원서를 낸 우리 둘과 달리 녀석은 K고로 원서를 냈다. 녀석은 우리랑 같이 어울려 노느라 성적이 많이 떨어지긴 했지만 그래도 아직까지 K고는 너끈히 들어갈 정도로 머리도 좋고 공부도 잘하던 녀석이었던 것이다.

"어쭈, 말하는 거 보니까 제법 시험을 잘 본 거 같은데? 하긴 썩어도 준치라고 니는 기본 실력이라는 게 있으니까……."

나는 가벼운 한숨을 내쉬며 말했다. 내색을 하진 않았지만 나는 혹시 녀석이 K고에 떨어지면 어쩌나 조금 걱정을 했었다. 나는 녀석의 부모도 담임도 아니었지만 괜히 녀석에게 약간의 죄책감이랄까 부채감 같은 것을 느끼고 있었다. 녀석은 3학년 1학기 때까지만 해도 반에서 한 1~2등 정도를 할 정도로 공부도 잘하고 선생님 말씀도 잘 듣는 모범생이었는데, 3학년 2학기 때부터 어찌어찌 나랑 친해지게 되어 차츰 성적도 떨어지고 농땡이의 길로 들어서게 되었던 것이다. 뭐 아직 나랑 쿤타에 비하면 한없이 착하고 순진한 녀석이긴 했지만, 여하튼 녀석은 우리랑 같이 어울리게 되면서부터 이제 거의 우리와 같은 농땡이에 불량 청소년이 다 되어 있었던 것이다. 자, 그러니 내가 어떻게 녀석에게 약간의 죄책감이랄까 부채감 같은 것을 안 느낄 수가 있었겠는가? 물론 그건 다 제가 반에서 1~2등을 하는 것보다 우리랑 같이 어울려 다니며 노는 게 훨씬 더 즐겁고 재밌어서 제가 한 선택이기는 했지만.

"기본 실력은 무슨……. 대충 그냥저냥 봤어. 겨우 간당간당하게 합격할 정도로만."

"아무튼 축하해. 수석을 노릴 정도로 시험을 잘 봤다면 더 좋았겠지만, 어쨌든 합격은 확실한 것 같으니! 사실 얘기는 안 했는데, 내 요번에 얼마나 많이 빌고 기도했는지 아나? 니 꼭 요번 시험에 좋은 성적으로 합격하게 해달라고 말이야."

나는 마이클의 어깨를 툭툭 두드려주며 말했다. 그러자 내 말에 반신반의하면서도 마이클이 약간 감동을 먹은 듯한 표정으로 나를 보았다.

"와, 진짜가? 역시 친구가 좋긴 좋구나! 난 또 니가 그렇게까지 나를 위해 신경 써주고 마음 써줄 줄은 몰랐는데."

"아니, 너무 그렇게까지 고마워할 필요는 없어. 내가 너를 위해 빌고 기도한 건, 어디까지나 다 나를 위해 빌고 기도한 거지 진짜 너를 위해 빌고 기도한 건 아니니까."

"엥? 그건 또 무슨 소리야?"

나는, 어리둥절해진 표정으로 나를 보고 있는 마이클 녀석에게 말했다.

"농담인지 모르겠지만, 담임인 전두환이 내보고 엄청 겁 주고 엄포를 놓더라고! 만약 이번 시험에 성재 니 떨어지면, 제일 먼저 내부터 작살날 줄 알라고 하면서 말이야."

"응? 그건 또 왜?"

"왜긴 왜겠어? 니가 요새 공부 안 하고 농땡이 치는 게, 다 내 때문에 나쁜 물이 들고 헛바람이 들어서 그렇단 얘기지."

"하하, 난 또 무슨 얘기라고……."

내가 짐짓 쿤타를 무시한 채 마이클 녀석과만 얘기하고 웃고 떠들고 있자, 쿤타가 조금 약 오르고 소외감 비슷한 게 든 모양이었다. 좀 전에 나랑 티격태격하고 면박을 당한 일로 해서 뚱하니 삐쳐 있던 녀석이, 애써 크고 밝은 목소리로 우리 둘 사이에 살짝 끼어들었으니까.

"자, 자, 이제 시험 얘기는 그만하고…… 빨리 한잔 안 할 끼가? 이제 지긋지긋한 고입도 다 끝났겠다, 빨리 우리들만의 조촐한 축하 파티를 벌여야지, 안 그래?"

"당연하지! 우리가 얼마나 이날을 기다려 왔는데."

대체 무슨 꿍꿍인지 모르겠지만, 쿤타가 무슨 좋은 이벤트라도 마련해둔 모양이었다. 마이클이 녀석의 말에 크게 동의를 표시하자마자 녀석이 갑자기 벌떡 몸을 일으키며 말했으니까.

"오케이, 그럼 다들 빨리 일어나라! 오늘 우리랑 같이 축하 파티를 하기로 한 여자애들이 지금쯤 우리가 언제 오나 하고 눈 빠지게 기다리고 있을 테니까."

"여자애들? 니 여자애들하고 무슨 약속돼 있나?"

나는 귀가 쫑긋해져 물었다. 확실히 난 수컷 본능이라는 게 있는, 건강한 수컷인 것 같았다. 나는 입시를 깽판 친 일로 해서 기분이 영 개떡 같았지만, 쿤타의 말을 듣는 순간부터 내 몸에선 엔돌핀과 아드레날린 같은 것이 마구 솟구치는 기분이었으니까.

"응. 니들을 위해 이 형이 미리 신경 좀 썼지! 우리끼리 마시는 것도 좋지만 오늘 같은 날엔 아무래도 여자애들이 좀 끼어줘야 더 신나고 재미있을 것 같아서 말이야. 그렇지 않겠냐, 응?"

"짜식, 그래도 그땐 머리가 좀 돌아가네! 근데 어떤 여자애들인데? 누구랑 약속했는데, 응?"

나는 기특하다는 듯 물었다. 사실 생긴 건 좀 시커매도 쿤타는 우리 셋 중에서 가장 아는 여자애들도 많고 또 친한 여자애들도 많았다. 녀석은 마이클에 비하면 거의 얼굴이랄 수도 없는 얼굴을 가졌고, 또 나에 비해서도 한참이나 수준이 떨어지는 얼굴을 가지고 있었다. 하지만 굼벵이도 구르는 재주가 있다고 했던가? 녀석은 우리 셋 중에서 가장 뻔치(?)가 좋고 바람기가 많아서 우리 또래의 온갖 이상한 여자애들이랑 다 알고 친하게 지내는 형편이었던 것이다. 물론 녀석의 몽타쥬가 몽타쥬고 수준이 수준이니만큼 그중에서 내가 진짜 좋아할 만하고 사귀고 싶어할 만한 여자애들은 하나도 없는 형편이었지만.

"누구긴 누구야? 세희랑 미나 영미, 걔들이지."

"쳇, 난 또 누구라고! 야 걔들 말고 좀 참신한 애들 없냐? 어떻게 된 게 넌 맨날 섭외를 해도……."

나는 김이 팍 샜다는 얼굴로 말했다. 쿤타가 말한 애들은 그리 못생겼다거나 상태가 엉망인 애들은 아니었다. 뭐 **김혜수**나 **이상아** 같은 미소녀는 아니었지만, 셋 다 그런대로 반반한 얼굴에 날씬한 몸매를 가진 사춘기 소녀들이었다. 그럼 그런데도 왜 내가 그런 식의 시큰둥하고 부루퉁한 반응을 보였느냐고? 그건 세희랑 미나 영미 애들이 우리와 비슷한 부류의 불량 청소년에, 소문난 날라리라는 점 때문이었다. 왜 그런 소녀들 있지 않은가? 이제 겨우 열여섯밖에 안 된 어린 소녀 주제에 담배를 피우는 건 물론이고, 툭하면 학교를 안 가고 집을 뛰쳐나오고 그러는 불량 소녀에 가출 소녀들 말이다(세희랑 미나는 이미 중3 초에 학교를 때려치우고 가출하는 것과 집에 잡혀 가는 것을 반복하고 있는 애들이었고, 그나마 영미만이 겨우 학교를 다니고 있는 중이었다). 나는 당시 세희랑 사귀고 있던 쿤타 때문에 미나랑 영미와 몇 번 같이 어울려 논 적이 있었는데, 아무튼 상황이 그랬던 것만큼 나는 좀 시큰둥하고 부루퉁한 반응을 보일 수밖에 없었다. 세희랑 미나 영미에게 나쁜 감정은 없었지만, 그렇다고 걔들이 뭐 내가 쌍수를 들어 반기고 덩실덩실 춤을 추고 할 만큼 귀엽고 청순한 여자애들은 아니었으니까.

"쳇, 짜식이 좋으면서 튕기긴! 야, 니 그라지 말고 영미 개랑 잘 한번 사귀어보지 그러냐, 응? 영미 개 알고 보면 진짜 괜찮은 애다, 니? 애가 키가 좀 작아서 그렇지 그만하면 얼굴도 꽤 예쁜 편이고 또 가슴도 거의 **안소영**급으로 죽여주고 말이야. 그러니까 영미 걔가 니 좋다 그럴 때 퍼뜩 도장 콱 찍었뿌라! 괜히 별로 잘난 것도 없는 게 잘난 척 튕기다 나중에 후회하지 말고. 히히힛."

나는 영미와 나를 엮으려는 쿤타를 좀 짜증스럽게 쳐다봤다. 당시 미나는 마이클을, 그리고 영미는 나를 좀 좋아하고 있었는데, 아마 녀석은 걔들에게 뭐 따로 부탁을 좀 받거나 뇌물 같은 거라도 받아 처먹은 모양이었다. 내가 몇 번씩이나 '노!'를 하고 싫단 표시를 냈는데도 녀석은 틈만 나면 능글능글 나를 영미와 엮어주지 못해 안달이 나 있었으니까.

"글쎄, 일 없다니까! 영미 걔가 그렇게 괜찮다 싶으면 니나 많이 잘해봐라? 니 눈엔 영미 걔가 **안소영**급으로 가슴도 죽여주고 예쁘게 보일지 몰라도, 내 눈엔 거의 오랑우탄이나 침팬지 정도로밖에 안 느껴지니깐!"

"야, 영미 걔가 대체 어디가 어때서? 짜식이 꼴에 눈만 잔뜩 높아 갖고서는!"

쿤타는 같잖아 죽겠다는 투로 말했다. 그리고는 연신 입을 비쭉거리고 가자미 같은 눈으로 나를 잔뜩 흘겨보며 물었다.

"야 그럼, 내가 니한테 하나 물어보자? 니는 그럼 대체 어느 정도 되는 여자라야 마음에 드는데?"

"저깄네! 저기 저 귀엽고 예쁜 여자들 보이제? 난 평생 솔로로 살았음 살았지, 저 정도 되는 여자들 아니면 절대 안 사귀어."

나는 벽에 붙은 여신들의 사진을 가리키며 말했다. 짐짓 얄밉고 잘난 척하는 웃음을 지어 보이면서 말이다.

"그러니까 괜히 영미 걔랑 내랑 엮을 생각하지 말고, 저 정도 되는 여자애 아니면 아예 내한테 여자애 얘기는 하지 마. 괜히 사람 수준 떨어지고 없어 보이니깐."

내가 너무 잘난 척 까불고 밉살을 떨었나 보았다. 쿤타가 발끈 열받아서 금방이라도 나를 한 대 칠 것 같은 표정으로 씨불거렸으니까.

"좋아, 그럼 니는 세희 걔들이랑 같이 놀기 싫다 이거지? 오케이, 알았어! 그럼 넌 혼자 계속 여기서 니가 좋아하는 재들이랑 재밌게 놀아! 재들 얼굴 보면서 혼자 야릇한 상상을 하든가, 아니면 휴지를 들고 신나게 딸딸이를 치든가 하면서. 야, 마이클 가자! 염세 점마는 원체 수준이 높아서, 세희 애들이랑은 같이 못 놀겠다니까 우리끼리 가야지 별 수 있겠나? 야, 뭐 하노? 빨리 나가자니깐!"

"아, 근데 이 새낀! 야, 내가 언제 세희 걔들이 싫다거나 짜증 나서 같이 못 놀겠다 그랬나? 난 그냥 세희 걔들보다 좀 더 참신하고 쌔끈한 여자애들은 없냐는 뜻으로 한 말인데, 짜식이 괜히 내 말에지 혼자 열받아 갖고선!"

나는 쿤타의 서슬에 깨갱, 꼬리를 말 수밖에 없었다. 안 그럼 녀석이 진짜 나만 내버려두고 마이클이랑 둘만 나갈 폼이었는데, 낸들 뭐 어쩌겠는가? 물론 녀석도 괜히 약이 올라 한번 해본 말이고 행동이었지, 진짜 나를 혼자 내버려두고 저희들끼리만 밖으로 나갈 생각은 아니었겠지만.

"좋아, 가자, 가! 내 스타일이 아니긴 하지만, 그래도 오늘 같은 파티엔 여자애들이 몇 명 있는 게 없는 것보다 훨씬 나을 테니까. 야,

근데 세희 걔들 지금 어딨는데? 저그 자취방에 있나?"

나는 쿤타를 따라 방에서 일어서며 물었다. 당시 세희랑 미나는 집을 나와 저희들끼리 생활하고 있었다(노상 같이 어울리긴 했지만, 영미는 아직 집도 나오지 않고 학교도 계속 다니고 있었다. 그래서 영미 걘 우리랑 마찬가지로 그날 고교 입시를 치른다고 했었다). 대체 무슨 돈으로 자취방을 얻고 먹고 생활하는지 모르겠지만(걔들은 가끔씩 엄마의 곗돈을 훔쳐 나오기도 하고, 또 집에 있는 금붙이며 값비싼 물건들을 뚱쳐 나오기도 하는 모양이었다), 아무튼 걔들은 그 몇 달 전부터 가출하는 것과 집에 잡혀 가는 것을 반복하며 살고 있었던 것이다. 참, 대단한 소녀들이지 않은가?

"응, K고 앞에 있는 지들 자취방에."

쿤타가 말했다. 녀석은 아직 많이 삐쳐 있는 상태이긴 했지만, 그래도 내가 살짝 한 수 죽고 들어가자 좀 전보다는 화가 많이 풀리고 열도 많이 가라앉아 있는 상태였다.

"K고 앞? 걔들 자취방 옮겼나? 저번 주까지만 해도 걔들 공고 앞에 있는 자취방에 있었잖아?"

"으응, 어제 걔들 방 옮겼다. 공고 앞에 있던 방에서 K고 뒤쪽으로. 그래서 내가 니들한테 갑자기 세희 걔들하고 같이 파티하자고 한 거다, 알겠나? 걔들이 집들이 겸 입시 쫑파티 겸 조촐하게 같이 파티하자는데, 낸들 어떻게 싫다고 할 방법이 있어야지……."

"음, 그랬군. 그럼 진작에 일이 그렇게 됐다고 얘기할 것이지……."

나는 쿤타에게 약간 미안한 생각이 들어 말했다. 하긴 녀석도 중간에 끼어서 꽤 골치가 아플 거였다. 날이 날인 만큼 자신의 깔치(?)

인 세희는 자기랑 같이 놀자고 하지, 또 나는 나대로 좀 더 상큼하고 쌔끈한 여자애들은 없냐면서 타박 비슷한 것을 하지……. 그러고 보면 진짜 마음에 드는 여자를 만나지 않는 한, 여자를 사귀는 일은 좀 삼가야 할 일이다. 내가 여자를 잘 알지는 못하지만, 여자들은 늙고 젊고를 떠나 죄다 무슨 날만 되면 자기랑 같이 놀아달라거나 같이 시간을 보내자고 징징대는 존재들이니까.

"쳇, 니가 언제 말할 기회나 제대로 줬냐? 내가 세희 애들 얘기 꺼내자마자 대뜸 싫다는 기색으로 한숨 팍팍 쉬고 콧방귀를 팡팡 뀌고 한 게 대체 누군데……."

"아, 그거야…… 하여튼 미안하다, 미안해. 내가 괜히 우리 쿤타의 깊은 뜻도 모르고 초를 치고 재를 뿌려대서 말이야. 아이 엠 쏘리. 쏘리! 이 형이 진짜 니한테 쏘리하다, 쏘리해! 어때? 이제 됐지?"

"짜식, 니도 가만히 생각해보니까 내한테 좀 미안하제, 응? 좋아, 그럼 내가 다 이해하고 용서해줄 테니까 니 제발 영미하고 좀 잘해봐라, 응? 영미 걔 진짜 알고 보면 마음도 깊고 또……."

"와, 이게 진짜 확! 야, 니 자꾸 영미, 영미 할래? 내가 영미 개랑 내랑 두 번 다시 엮지 말라 했나, 안 했나? 엉? 엉?"

나는 쿤타의 목을 감아쥐고 강력한 헤드락을 걸며 말했다. 그러자 쿤타가 반은 숨이 막혀 캑캑대면서도, 반은 웃겨 죽겠다는 투로 킥킥거리면서 계속 내 약을 바짝바짝 올렸다.

"아, 항복! 항복! 우헤헤헷…… 아, 알았어. 다신, 안 그럴게. 아, 항복! 항복이라니까! 으헤헤헤헷……."

episode 3

우리는 세희의 자취방 앞에 있는 미니슈퍼에서 파티에 쓸 물품
을 몇 가지 샀다. 우리는 각자 주머니에 있는 돈을 다 털어 몇 갑의
담배와 싸구려 샴페인, 그리고 그 외의 다른 술이랑 —몇 통의 캔맥
주와 '마주앙'이란 이름의 싸구려 와인— 몇 가지의 자질구레한 안
줏거리 같은 것들을 구입했던 것이다.

　아, 그런데 젠장! 정말이지 나로서는 더럽게 재수 없고 운수가 나
쁜 날이었다. 우리는 각자 한 보따리(?)의 파티 물품을 안고 미니슈
퍼를 나왔는데, 글쎄 하필이면 바로 그때 그 앞으로 **이노끼**와 **해글
러**란 놈이 건들건들 지나가고 있었던 거지 뭐였겠나!

　"……!"

　우리는 모두 똥 밟은 듯 인상을 팍 구겼다. 하지만 언제나 그랬
듯 우리는 모두 인상을 활짝 펴고 놈들의 앞으로 달려가 고개를 팍
꺾었다. 90도의 깍듯한, 깍두기(?) 인사를 딱 올렸다. 그랬다. 하필이

면 왜 그때 그놈들이 그 앞을 지나가고 있었는지 모르겠지만, 그놈들은 바로 우리가 모시던 1년 선배 중에서도 가장 싸움을 살하고 또 잘나가는 선배님들이셨던 것이다.

나는 놈들이 제발 우리를 곱게 좀 보내주었으면 하고 바랐다. 그냥 인사만 받고 점잖게 저희들이 가던 길이나 계속 좀 조용히 가주기를 말이다. 하지만 그건 참새가 방앗간을 그냥 지나치기를 바라는 것과 비슷한 헛되고도 어리석은 바람이었다. 우리가 평소처럼 아무것도 가지고 있지 않았다면 또 몰랐겠지만, 우리에게 각자 한 보따리씩의 파티 물품들이 들려 있는 걸 본 이상 놈들이 우리를 그냥 순순히 보내줄 리 만무했다. 대체 무슨 권리로 그러는지 모르겠지만 놈들은 우리만 봤다 하면 우리가 가진 돈이며 담배 따위를 마구 빼앗는 악당에 날강도 같은 놈들이었으니까.

"야, 니들 다 바쁜 일 없제? 좋아, 그럼 형들이 할 말이 좀 있으니까 다들 형들 좀 따라와봐라!"

제발 좀 곱게 보내주길 바랐지만, 놈들은 미니슈퍼 옆의 작고 후미진 골목으로 우리를 데려갔다. 아니, 끌고 갔다. 당연하지. 그래야 우리가 가진 돈이며 우리 손에 들린 파티 물품들을 마음대로 막 빼앗고 검사할 수 있을 테니까. 예상대로였다. 놈들은 미니슈퍼 옆의 좁고 인적이 드문 골목으로 우리를 끌고 간 뒤 우리 손에 들린 파티 물품들을 하나하나 파헤치고 살펴보기 시작했다.

"새끼들, 참 팔자 좋네, 팔자 좋아! 우리는 쩐이 없어 여태 아침도 못 먹고 다니는데, 니들은 진짜 팔자가 늘어졌구나, 응?"

"글쎄 말야. 우와아, 이거 좀 봐봐? 선배들은 하루 종일 아무것도 못 묵고 쫄쫄 굶고 다니는데, 후배란 놈들은 캔맥주에, 오징어에, 얼씨구, 샴페인까지! 이야아, 정말 부럽다 부러워! 근데 지금 이거 사 갖고 어디 가는 길이고? 오늘 누구 생일이가?"

"아, 아뇨. 그, 그게 아니라…… 그냥 입시도 다 끝나고 해서 우리끼리 조촐하게 축하 파티나 하려고……."

쿤타가 우물우물 말했다. 놈들의 시기와 빈정거리는 말투에, 대단히 미안하고 송구스럽다는 듯이 연신 머리를 긁적이고 어색한 웃음을 지으면서 말이다.

"새끼, 까고 있네! 내가 딱 보니까, 어디 자취방 같은 데서 가시나들이랑 같이 놀기로 했구만 뭐. 맞제, 내 말?"

이노끼가 픽 웃으며 말했다. 이게 감히 어디서 구라를 치냐는 듯 쿤타를 한 대 때리려는 제스처를 취하면서.

"아, 아닌데요. 우린 그냥 우리끼리……."

"새꺄, 아니긴 뭐가 아냐? 니 이맛빡에 다 쓰져 있는데! 그래, 누구랑 마시기로 했노? 세희랑 미나 영미 걔들?"

"예에? 예에, 그게 실은……."

쿤타는 마침내 멋쩍은 웃음을 흘리며 말했다. 하긴 어떻게 더 거짓말하고 사기를 칠 수 있었겠나? 세희 애들을 모른다면 모를까, 놈들도 다 알고 있었던 것이다. 당시 쿤타랑 세희가 석 달째인가 넉 달째 사귀고 있던 중이었고, 또 우리가 세희 애들과 같이 자주 어울려 논다는 것 등을 아주 훤히 다. 그랬다. 동기는 아니지만, 놈들은 세희랑 미나 영미와도 다 알고 지내는 사이였다. 평소 같이 어울려 논다거나 친하게 지내지는 않았지만, 당시 애들 사이에서 좀 논

1985, 경주, 그리고 메텔에 관한 이야기

다거나 까졌다는 애들끼리는 다 서로 이름도 알고 또 상대방의 기본적인 정보 같은 것들도 대충 파악하고 있는 형편이었던 것이다. 이를테면 저 여자애는 전에 누구랑 사귀던 여자애고, 또 저 오빠는 현재 어느 정도로 싸움을 잘하고 어떤 언니—세희 애들의 선배 언니—랑 친하게 지낸다는 사실 같은 것 등등을 모두 다 말이다.

"와, 재밌겠네! 그럼 우리도 니들 노는 데 좀 끼워주면 안 되나? 안 그래도 별로 할 일도 없고 심심해 죽겠는데……."

"예? 아, 예에……."

"뭐야? 그래서 싫타, 이 말이가?"

이노끼가 버럭 화를 내며 말했다. 선뜻 예스나 오케이란 답을 하지 않고 애꿎은 뒤통수만 자꾸 긁는 쿤타를 무섭게 노려보며.

"아, 아뇨, 제 말은 그런 게 아니고……."

쿤타는 흘깃 나랑 마이클 쪽을 보며 웅얼거렸다. 마치 저는 별로 상관없는데, 나랑 마이클 쪽이 그리 좋아하지 않을 것 같다는 식의 비굴한 미소를 띠며. 아, 저 비겁한 새끼. 얍삽한 새끼. 저한테 물었으면 그냥 지가 잘 알아서 대답하고 처리할 것이지, 왜 저한테 넘어간 공을 우리한테 떠넘기고 지랄이야, 지랄이!

"좋아, 그럼 니들은 어때? 오케이야, 노야?"

이노끼가 물었다. 쿤타의 뜻은 알아들었으니까, 이번에는 어디 너희 두 놈이 답을 한번 해보라는 듯 마이클과 내 쪽을 향해 찌릿, 찌리면서. 아, 피곤한 새끼. 추잡한 새끼. 나 같으면 후배들 노는 데 같이 가자고 해도 안 가겠구만, 왜 이 녀석은 나잇값도 못 하고 자꾸 우리가 노는 자리에 끼어들려고 그러는 거야. 에잉, 마음에 안

드는 새끼. 쪽팔리는 것도 모르는 새끼.

"……"

"……"

쿤타가 밉고 짜증스럽긴 했지만, 우리는 쿤타와 마찬가지로 우물쭈물 비굴한 미소만 흘리고 있었다. 괜히 가렵지도 않은 머리만 자꾸 긁고 놈들의 눈치나 슬금슬금 살피면서 말이다. 생각 같아서야 100번이라도 '노!' 하고 싶었다. 손사래 치고 싶었다. 하지만 그랬다간 또 언제 놈들의 주먹과 따귀가 날아올지 모르는데 우린들 뭐 대체 어떻게 할 수 있었겠는가? 젠장, 잘못하면 파티고 뭐고 다 물 건너가게 생겼군! 아, 진짜 귀신은 뭐 하는지 몰라? 이런 거머리 같은 자식들 좀 안 잡아가고. 나는 이노끼와 해글러의 눈치를 핼끔핼끔 살피면서, 제발 놈들이 어디론가 좀 사라져버렸으면 좋겠다고 생각했다. 어떤 집단이 됐든 선배란 존재는 항상 후배를 괴롭히기 좋아하고 군기 잡기 좋아하는 존재들이지만, 그 두 놈은 정말 우리를 괴롭히고 군기 잡는 것을 큰 낙으로 산다 싶은 놈들이었다. 그 두 놈은 당시 우리가 모시던 1년 선배들(그땐 그런 용어 자체가 없던 때였지만, 놈들은 요즘 말로 '일진회'의 '일진' 선배들이었다. 우리는 그 '일진회'의 '일진' 후배들이었고) 중에서도 우리가 가장 무서워하고 싫어하던 놈들이었는데, 거기에는 대충 그럴 만한 이유가 몇 가지 있었다. 그럼 도대체 놈들이 어떤 놈들이었기에 우리가 그렇게 놈들을 무서워하고 싫어하게 된 거냐고? 좋다. 그럼 간단하게나마 내가 놈들의 외모며 성격 같은 것을 잠시 좀 설명해주겠다. 이제 와서 놈들을 욕하고 원망할 생각은 없지만, 그럼 왜 당시 내(우리)가 그 두 놈을 그렇게 무서

1985, 경주, 그리고 메텔에 관한 이야기

워하고 싫어한 것인지 대충 좀 이해가 가고 짐작이 가게 될 테니까.

 그럼 그 두 놈 중 내기 약간 더 무서워하고 싫어하던 이노끼 놈의 외모며 성격에 대해 먼저 얘기해볼까? 눈치가 빠른 사람이라면 벌써 알아챘겠지만, 이노끼는 당시 일본의 유명 프로레슬러인 **안토니오 이노끼**와 꼭 빼닮은 외모와 덩치를 가지고 있던 놈이었다. 녀석은 이제 겨우 열일곱밖에 안 된 어린 청소년이긴 했지만, 그 키며 체중이 실로 어마어마하게 크고 무거운 놈이었다. 녀석은 당시 188센티인가 189센티인가 되는 키에 100킬로에 육박하는 몸무게를 가지고 있었는데, 아무튼 대다수의 그런 거인들이 그렇듯 녀석은 일본의 그 안토니오 이노끼처럼 길쭉한 주걱턱에 웬만한 어른 하나 정도는 그대로 던져버릴 정도의 우람한 덩치와 무시무시한 완력을 자랑하고 있었던 것이다. 정말이지 녀석은 우리가 모시던 1년 선배들 중에서도 우리가 가장 무서워하고 두려워하던 놈이었다. 고 또래의 노는 선배들이란 게 다 그런 양아치에 날강도 같은 놈들이긴 하지만(물론 그중에서도 제법 마음씨가 좋거나 인간성이 괜찮은 형들도 몇몇 있긴 있었다. 어떤 집단이 됐든 항상 나쁜 놈만 있거나 좋은 놈만 있진 않는 게 세상 이치니까), 그놈은 우리만 봤다 하면 우리가 가진 돈이며 담배 같은 걸 마구 빼앗는 놈이었던 것이다. 하지만 우리가 진짜 그놈을 그렇게 싫어하고 무서워하게 된 데에는 그것 말고도 다른 한 가지 이유가 더 있었다. 그건 바로 그 이노끼 녀석이 우리를 한 달에 한 번 꼴로 '집합'시켜놓고, 우리를 마치 미친 개 잡듯 마구 두들겨 패고 잡도리한다는 데에 있었다. 자기 딴에는 다 그게 선후배 간의 정이고 대대로 내려오는 전통이라 생각하는지 모르겠지만, 그놈은 걸핏하면 우리(각 학교에서 다 좀 놀고 시내서 노는 놈들로 구성된 만큼 대략 그 수가 한 20~30명쯤 됐다)를 모두 한데 집합(녀석은 꼭 시간도 토요일 오후나 일요일 정오쯤으로 잡았다. 친구랑 어디 다른 데로 놀러 갈 데도 많고 또 일주일간 밀린 잠도 한숨 푹 자고 싶은데)시켜놓고 우리를 마구 두들겨 패거나 야구 방망이나 각목 같은 것으로 빠따를 치곤 했던 것이다. 그것도 제 친구들보다 훨씬 더 큰 주먹과 발, 그리고 파워 같은 것으로 말이다. 아아, 정말이지 내가 그동안 그놈에게 두들겨 맞은 횟수가 얼마고 또 빼앗긴 돈이며 담배가 대체 얼마더란 말인가?

자, 그럼 이노끼 얘기는 대충 이쯤에서 줄이기로 하고 이노끼의 가장 친한 친구이자 성실한 동업자 노릇을 하던 해글러에 대해 다시 얘기를 더 해보자. 이노끼에 비해 다소 순진하고 어리숙한 편이긴 했지만, 해글러 놈 역시 이노끼에 비해 별반 뒤질 게 없는 나쁜 놈에 성질이 더러운 놈이었다. 녀석은 중학교 때부터 복싱을 좀 한 탓에 당시 미국의 한 복서를 엄청나게 사랑하고 좋아하고 있었더랬다. 그는 바로 당대 최고의 유명 복서이자 '링의 미치광이'로 불리던 **마빈 해글러**였는데, 그래서 그런지 그놈은 미국의 그 마빈 해글러처럼 항상 머리를 면도칼로 싹싹 밀고 다니던 미치광이에다 심각한 정신병자였다. 녀석은 자신의 우상이자 롤모델인 마빈 해글러를 따라 머리를 싹싹 밀고 다니는 것만으로는 부족했던지 언젠가부턴 머리에 이어 아예 눈썹까지 셋트로 싹 다 밀고 다니던 엽기적인 성격에 외모를 가진 놈이었는데, 아마도 녀석은 자신이 그런 몰골을 연출함으로써 상대방에게 뭔가 좀 센 놈이라는 인상을 주고 오싹한 위협감 같은 걸 주는 게 즐거운 모양이었다. 실제로 녀석은 자신이 세상의 그 누구보다 더 킹하고 터프한 놈이라는 걸 과시하기 위해 안달이 난 놈이었다. 당시 고 또래의 많은 양아치들과 불량 청소년들이 하던 짓이긴 했지만, 녀석은 조금만 열을 받으면 담뱃불로 제 팔을 지진다든가 깨진 병조각으로 제 팔뚝을 마구 긋곤 하던 성격 파탄자였던 것이다.

여하튼, 그 두 놈 다 상상을 초월하는 악당에다 불한당 같은 놈들이었다. 둘 다 중학교 때부터 학교서 잘린 문제아에, 벌써 특수절도니 노상강도니 하는 죄명으로 두어 번쯤 감옥까지 다녀온 적이 있는 화려한 경력을 가진 비행 청소년(아직 어린 소년범인 탓에 두 번 다 그리 오랜 감옥살이를 하진 않았다. 한 번은 기소유예로 한 일주일쯤 감옥을 살았고, 또 한 번은 소년부 송치로 한 세 달쯤 있다 감옥서 나왔다). 자, 그러니 우리가 어떻게 그 두 놈을 안 무서워하고 안 두려워할 수가 있었겠는가? 우리도 제법 까지고 사고를 치고 다니는 문제아들이긴 했지만, 그래도 그 두 녀석이 저지른 비행과 탈선에 비하면 우리가 저지른 비행과 탈선은 그야말로 애들 장난에 애교 수준에 불과했으니까 말이다.

"뭐꼬? 딱히 말은 못 하겠지만…… 다들 싫다 이거네, 응? 하, 내 진짜 어이가 없어서……. 존만 한 것들, 하여튼 싸가지라고는 파리 뭣 대가리만큼도 없다니깐! 얀마, 다들 인상 펴라, 인상 펴! 내 더럽고 치사해서 니들 노는 데 안 따라갈 테니까!"

이노끼가 버럭 성질을 내며 말했다. 제 말에 선뜻 오케이나 예스를 하지 않고 있는 우리를 보며 영 기분이 엿 같고 짜증이 난다는 말투로 말이다. 그러고는 괜히 아까부터 혼자 쉭쉭 콧바람을 내며 쓸데없이 섀도우 복싱(녀석은 심심하면, 맨날 혼자 그런 미친 짓을 했다)을 하고 있는 해글러를 보며 슬쩍 동의를 구하듯이 물었다.

"근데, 친구야? 이 새끼들 이거 진짜 우리한테 너무 싸가지 없고 겁대가리 없이 대하는 거 아이가? 우린 1년 위의 형들이 시키면 무조건 다 시키는 대로 다하고 또 까고 그라는데 이것들은 그저……."

"와 아이고? 새끼들, 조만간 다 한번 집합시켜야지…… 이것들이 다들 군기가 처빠져 갖고! 야, 니들 그러다가 진짜 이 형들 손에 다 한번 뒈지는 수가 있다, 응?"

해글러가 크게 맞장구를 치며 말했다. 연방 우리를 향해 원투를 날리고 라이트 보다나 레프트 훅을 날릴 듯한 액션을 취하면서.

"……."

"……."

"……."

우리는 큰 죄라도 지은 듯 머리를 푹 숙이고 있었다. 두 녀석이 뱉는 싸늘한 말투와 살벌한 눈빛에 잔뜩 주눅이 들고 쫄아 가지고 말이다. 그나마 운수가 좋은 날이었다. 잘못하면 또 아무 잘못도 없이 몇 대 얻어맞겠구나 싶었는데, 이노끼가 마침내 성질을 죽이고 우리를 한번 용서해준다는 식으로 주절거렸으니까.

"좋아, 오늘은 특별히 조용히 말로 끝내고 넘어가는데…… 다음에 한 번만 더 형들 말에 토 달고 엉기면 진짜 뒈진다, 알겠나? 새끼들이 형들이 시키면 시키는 대로 할 것이지 어디서 감히……."

조금 치사하고 아니꼬운 기분이 들긴 했지만, 우리는 모두 이노끼의 말에 "예에" 하고 크게 감사의 인사를 올렸다. 마치 조선시대의 신하가 임금의 큰 성은에 납죽 허리를 굽히고 머리를 조아리듯이 말이다. 휴우, 어쨌든 다행이군. 까딱하면 파티는 고사하고 또 한바탕 늘씬하게 얻어터지는 게 아닌가 싶었는데. 그나저나 이 자식들은 왜 계속 우릴 붙잡고 안 놓아주는 거야. 날도 추운데 이제 그만 이쯤에서 우릴 놓아주면 더없이 고맙고 감사하겠구만!

그러나 놈들은 좀체 우리를 놓아줄 생각을 안 했다. 하긴 그 하이에나 같은 놈들이 한번 본 먹잇감을 그리 쉬 놓아줄 리 있겠나? 보나마나 놈들은 우리가 가진 돈이며 손에 들린 파티 물품 같은 걸 뺏으려 할 거였다. 뜯어 먹으려 할 거였다. 그런 이유가 아니라면 대체 무슨 까닭으로 우리를 그렇게 좁고 으슥한 골목으로 데리고 왔겠는가? 내 예감이 옳았다. 언제나 그랬듯 놈들은 우리에게 "10원에 한 대!"니 "뒤져서 나오면 죽는다!"느니 하는 말들을 늘어놓으며 각자 가지고 있는 돈을 다 꺼내보라고 말했고, 우리는 보다시피 방금 슈퍼에서 돈을 다 써버리고 나온 바람에 이제 셋 다 아무것도 가진 게 없는 개털에 빈털터리 신세라고 답했다. 우리가 가진 것이랬자 겨우 100원짜리 몇 개와 10원짜리 몇 개밖에 없는 거지 신세라고 말이다. 그러자 언제나 그랬듯 놈들은 우리가 하는 말을 못 믿고 우리의 주머니와 신발 같은 데를 마구 뒤지고 검색하기 시작했다. 마치 공항 검색대의 보안 직원이 은밀한 곳에 숨긴 마약이라도 찾고 밀수품이라도 찾아내듯 말이다. 다른 날 같았으면 조금 긴장하고 초조한 기분으로 녀석들의 검색에 응하고 뒤짐을 당했겠지만, 그날만큼은 아주 편안하고 홀가분한 기분으로 녀석들의 검색에 응하고 뒤짐을 당했다. 우린 그때 진짜 가진 돈을 다 써버리고 달랑 100원짜리 몇 개랑 10원짜리 몇 개밖에 없는 개털에 빈털터리 신세였으니까.

셋 다 뒤지고 검색해봤지만, 100원짜리 몇 개랑 10원짜리 몇 개밖에 안 나왔다. 그러자 이노끼가 사뭇 허탈하고 실망에 찬 표정으로 투덜거렸다.

"뭐야? 니들 진짜 돈, 이거밖에 없어? 아 새끼들, 난 또 돈 좀 있는 줄 알았더니……."

웬만한 놈들 같았으면 그쯤에서 그냥 우리를 곱게 놓아주었을 것이다. 하지만 놈들은 또래 최고의 악당에 악한들답게 그 뒤에도 좀처럼 우리를 곱게 놓아줄 생각을 안 했다. 우리가 털어봤자 먼지밖에 안 나는 개털에 빈털터리 신세라는 것을 알자 놈들은 이제 꿩 대신 닭이라는 격으로 우리가 산 파티 물품들에 슬며시 손을 대기 시작했던 것이다. 그랬다. 대체 무슨 자격으로 우리가 산 파티 물품들을 함부로 가지고 마시는지 모르겠지만, 아무튼 녀석들은 우리에게 아무런 양해나 허락도 받지 않고 우리가 산 담배도 한 갑씩 챙기고 캔맥주도 한 캔씩 따 마시기 시작했던 것이다.

"왜, 떫어? 형들이 니들 거 맘대로 마시고 챙기고 해서?"

"떫으면 떫다 그래! 물론 그 뒤에 벌어질 참사에 대해선 모두 다 니들이 감당하고 책임져야 하겠지만 말이야. 우하하핫."

어우, 양아치 같은 새끼들. 날강도 같은 새끼들. 나는 두 녀석의 행동에 슬며시 열이 받고 짜증이 나긴 했지만, 설마 그럴 리가 있겠냐는 듯 헤헤거리며 웃었다. 물론 쿤타와 마이클 녀석도 나처럼 헤

1985, 경주, 그리고 메텔에 관한 이야기

헤거리며 하나도 안 떫다는 식으로 밝게 웃었다. 뭐라 불만에 찬 표정을 짓거나 속에 있는 말을 다 털어놓았다가는, 그야말로 그 뒤에 벌어질 참사에 대해선 우리가 모두 다 감수하고 책임져야 할 테니까.

'티켓' 얘기가 나온 건 바로 그때였다. 땅콩을 안주로 캔맥주를 몇 모금 마시던 이노끼가 슬쩍 지나가는 말투로 우리에게 물었다.

"참, 우리가 준 티켓은 다들 열심히 팔고 있겠제? 앞으로 일주일 정도 시간이 남긴 남았다만, 다들 미리미리 열심히 팔아라. 저번에도 말했지만, 만약 일일 찻집 하는 날까지 티켓을 다 안 팔아 오는 놈은 진짜 어디가 부러져도 한 군덴 부러질 각오를 해야 할 테니까."

그랬다. 놈들은 며칠 전 우리에게 각각 20장씩의 티켓을 떠맡겼었다. 당시 크리스마스라든가 연말연시가 가까워지면 여기저기서 몇 장씩 떠돌아다니곤 하던 일일 찻집 티켓을 말이다. 대체 누가 먼저 제의하고 기획한 건지 모르겠지만, 이노끼와 해글러는 우리 셋을 비롯해 각 학교에서 좀 논다는 녀석들을 다 한데 집합시켜놓고 이런 명령을 내렸던 것이다. 그러니까 이번 크리스마스와 연말연시를 맞이해 형들이 일일 찻집을 하루 열기로 했다, 그러니까 너희들은 각자 20장씩의 티켓을 다 팔아 일일 찻집을 하는 날까지 모두 현찰로 갖다 바칠 수 있도록! 어때, 모두 다 형들이 하는 말 잘 알아들을 수 있겠지?

"아, 예. 근데 그게……"

나는 변명을 하는 투로 몇 마디 웅얼거렸다. 그냥 가만히 입 닫고 있었더라면 좋았을 것을, 나는 괜히 입바른 소리를 잘하는 성정이 도져 우리의 부역(?)을 좀 삭감해주시면 안 되겠냐는 식으로 입을 놀렸던 것이다. 제가 생각하기에 20장씩의 티켓은 너무 많은 것 같으니, 제발 한 명당 10장이나 15장씩으로 우리의 부역을 좀 감해주시면 안 되겠냐는 식으로 우는 소리를 했던 것이다.

"뭐? 이 새끼가 지금 장난하나! 니가 지금 내한테 한번 개겨보겠다, 이거가?"

이노끼가 무섭게 나를 째려보며 말했다. 이게 감히 어디서 선배 말에 토를 달고 변명을 하느냐, 바로 이 말씀이셨다.

"아, 아뇨, 그런 게 아니라…… 저, 저는 단지 생각보다 티켓을 팔기가 조금 어려운 것 같아서……."

나는 말을 더듬거리며 몇 마디 더 궁색한 변명을 우물거렸다. 생각 같아선 20장이 아니라 30장이라도 팔아주고 싶지만, 그건 생각처럼 그렇게 쉽고 녹록한 일이 아니더라는 식으로 말이다. 뭐 조금 엄살을 떨긴 했지만, 솔직히 내가 한 말도 그리 크게 틀린 건 아니었다. 녀석들은 비단 각 학교의 '일진'들에게만 티켓을 팔고 맡긴 게 아니라 자신의 동기며 다른 선후배들에게까지 티켓을 마구 팔고 떠맡겼었고, 하여 우리랑 비슷한 부류의 애들은 다들 녀석들이 뿌려댄 티켓을 몇 장씩 갖고 있는 형편이었던 것이다. 자, 그러니 내가 어떻게 녀석들이 떠맡긴 티켓을 그렇게 쉽고 녹록히 팔 수 있었겠는가? 생각해보라! 서울이나 부산 같은 대도시라면 모르겠지만, 한 다리만 건너면 다 아는 친구에 선후배인 조그만 촌동네에서 그 많은 티켓을 뿌려놨으니(얼마나 많은 티켓을 뿌렸는지 모르겠지만, 아무튼 녀석들은 당시 인쇄소에서 2,000장쯤의 티켓을 찍었다는 소문이 돌고 있었

다) 대체 얼마나 많은 티켓이 우리 주위로 떠돌아다녔겠는지 말이다. 과장이 아니라, 녀석들이 뿌린 티켓은 마치 부도난 수표나 어음 쪼가리처럼 우리 주변을 떠돌아다니고 있었다. 한 장에 700원 하는 티켓을, 한 장에 500원에 판대도 아무도 살 사람이 없을 정도로 억수로 많이.

"야, 주둥이 안 닫나? 새끼가 까라면 까지, 이게 감히 어디서!"

일순, 이노끼의 눈에서 파란 불꽃이 튀는 것 같았다. 사람을 괜히 섬찟하게 만들고 오싹하게 만드는 파란 불꽃이.

"야, 김순철! 니 죽고 싶나? 새끼가 오냐오냐해주니까, 이게 간이 완전히 배 밖으로 튀어나와 갖고선⋯⋯."

해글러는 확실히 이노끼의 가장 알뜰한 동업자이자 성실한 동조자였다. 녀석은 언제나 그랬듯 제 친구의 말에 크게 장단을 맞추며 우리 셋에게 날카로운 눈빛을 던졌다.

"하여튼, 후배 새끼들은 잘해주면 안 된다니까! 이것들은 사흘에 한 번씩 두들겨 패고 군기를 잡아야 정신 차리지, 조금만 풀어주면 그저 기어오르려고⋯⋯. 야, 니들 셋 다 이 형들이 우습지? 우리가 영 물같이 보이고 엿같이 보이지, 응?"

놈들의 화를 돋구려고 그랬던 건 아닌데, 분위기가 영 험악하고 살벌한 쪽으로 흐른다 싶었다. 그러자 그 사태를 퍼뜩 간파하고 우리 셋 중에서 놈들의 비위를 가장 잘 맞추고 아부도 잘 떠는 쿤타가 연신 머리를 조아리고 크게 너스레를 떨며 말했다.

"아, 아닙니다⋯⋯ 저희들이 감히 어떻게! 걱정하지 마십쇼. 조금 힘들긴 하지만 어떻게든 우리가 맡은 티켓은 우리가 다 팔아드릴 테니까. 예에, 문제없슴돠! 설마 우리가 실망시키겠습니까? 노 프라블럼이라니까요! 헤헤헷."

"그럼, 그래야지! 암, 그래야 하구말구!"

쿤타의 아부와 아양 덕분에 무사히 위기를 모면하나 했지만, 결국엔 나 때문에 쿤타와 마이클에게까지 불똥이 튀고 말았다. 쿤타의 아부와 아양 때문에 잠시 누그러진다 싶던 이노끼의 얼굴이 다시 무섭게 구겨진다 싶더니, 녀석이 갑자기 들고 있던 캔맥주를 땅바닥에 확 패대기치며 목에 핏대를 팍 세웠던 것이다.

"이 새끼들이 오냐오냐해주니까, 다들 군기가 처빠져 갖고! 야, 니들 셋 다 벽에 똑바로 붙어! 다들 벽에 일렬로 주루루 붙어 서란 말야, 이 개새끼들아!"

우리는 즉각 '실시'했다. 마치 잘 훈련된 군인들이나 군견들처럼. 녀석들은 걸핏하면 우리를 벽에 붙여놓고 샌드백처럼 마구 두들기고 쥐어패고 했으니까.

"어금니 꽉 깨물어! 나중에 또 옥수수가 흔들리니 강냉이가 날아갔니 해도 책임 못 지니까!"

이노끼가 우리의 얼굴에 아구통(?)을 한 방씩 날리는 것을 시작해, 녀석들의 주먹과 발이 우리의 얼굴과 몸으로 사정없이 팍팍 날아들었다.

"욱, 우욱."

"죄, 죄송합…… 욱!"

"자, 잘못했습니다. 읍, 우읍."

뭐 별로 잘못한 것도 없이 얻어맞는 터라 조금 짜증이 나긴 했

1985, 경주, 그리고 메텔에 관한 이야기

지만, 나는 녀석들의 구타에 그리 큰 분노를 느끼거나 억울함 같은 걸 느끼진 않았다. 나는 그 한 해 동안 녀석들에게 그런 식의 구타와 수모를 수도 없을 만큼 많이 당해왔으니까. 하지만 그날따라 문득 전에 없던 어떤 반항심이랄까 의구심 같은 것이 내 안에서 조금 일었다. 내가 왜 지금 이런 엿 같은 자식들에게, 이런 말도 안 되는 이유로 얻어터지고 욕을 먹어야 하는 거지? 하는 회의와 환멸 같은 것들이 불현듯 말이다. 하지만 방법이 없었다. 1초라도 빨리 녀석들의 노여움이 풀려 더 안 두들겨 맞기를 바라고 기도할 뿐, 내가 할수 있는 것은 아무것도 없었다. 솔직히 반항심이 들면 어쩔 거고 의구심이 일면 어쩔 거란 말인가? 한 서너 살 먹은 어린애라면 모를까, 자그마치 열여섯 살이나 먹은 놈 —그것도 제법 터프한 성격에, 나름 애들 사이에서 조금 논다는 놈—이 쪽팔리게 자신의 엄마에게 "으앙, 엄마 쟤들이 나 때렸어!" 하고 일러바칠 수는 없는 노릇 아니겠는가? 그리고 또 그것과 마찬가지 이유로 경찰에 신고하고 학교 선생님들에게 상담을 하기에도 좀 웃기는 일이고. 물론, 그렇게 하면 더 이상의 그런 폭력과 괴롭힘으로부터 벗어날 수 있을지도 모른다. 하지만 설령 운이 좋아 더 이상의 그런 폭력과 괴롭힘에서 벗어날 수 있대도(내 생각엔 아마 전보다 더 큰 폭력과 괴롭힘을 당할 확률이 훨씬 높아 뵈지만!), 내 생각엔 차라리 남자답게 몇 대 얻어터지는 편이 훨씬 속도 편하고 현명한 일일 성싶었다. 다른 녀석들에게 괜히 '밀대'라든가 '고자질쟁이'라는 눈총을 받고, 또 순 계집애처럼 약하고 얍삽한 자식이라는 오명을 뒤집어쓸 바에는 말이다. 그랬다. 다른 애들로부터 그런 비난과 손가락질을 받을 바에야 차라리 물에 빠져 죽는 편이 훨씬 덜 괴로울 거였다. 요컨대 계집애 같은 성정의 애거나 모범생 계통의 애라면 모를까, 이른바 노는 애들의 세계에서는 그건 너무도 당연하고 자연스러운 일이었던 것이다. 선배가 시키면 시키는 대로 하고, 때리면 때리는 대로 맞는 것 말이다. 맞다! 두둔할 생각은 없지만, 솔직히 당시 우리를 그렇게 자주 두들겨 패고 괴롭히던 이노끼와 해글러 놈들도 자신이 모시는 1년 선배들에겐 우리처럼 자주 얻어터지고 괴롭힘을 당하는 처지였던 것이다. 그러니까 그건 다시 얘기해, 어쩔 수 없는 운명이자 숙명 같은 것이었다는 얘기다. 애들 사이에서 조금 논다거나 침을 뱉는 녀석들이라는 소리를 듣는 이상, 결코 피해 갈 수 없는 후배로서의 운명이자 얄궂은 숙명!

그나마 운수 대통한 날이었다. 찬바람이 횡횡 부는 추운 날씨 때문이었을까? 아니면 여자애들과 만나기로 한 탓에 나름대로 우리의 사정을 좀 봐준 것이었을까? 녀석들은 그런 식으로 때리기 시작하면 한 시간이고 두 시간이고 저희들 좋을 대로 마구 때리고 괴롭히는 녀석들이었는데, 다행히 그날은 그렇게 오랫동안 우리를 때리지도 또 코피를 콸콸 쏟거나 어디가 부러질 정도로 심하게 우리를 두들겨 패지도 않았던 것이다. 그랬다. 녀석들은 각자 우리에게 두어 대 정도의 아구통과 서너 대 정도의 싸대기, 그리고 대여섯 대 정도의 쪼인트를 까대더니 마침내 우리에게 뺏은 담배를 한 대씩 붙여 물고선 우리에게 말도 안 되는 훈계며 훈시 같은 것들을 마구 늘어놓기 시작했던 것이다.

"새끼들이 웬만하면 손 안 대려 했더니, 이건 뭐 다들 군기가 처빠져서 봐줄 수가 있어야지……."

"그러게 말이야. 새끼들이 형들이 말하기 전에 미리미리 잘 알아서 하고 그럼 얼마나 좋아? 이건 뭐 꼭 형들이 성질을 내고 폭력을 써야 말을 듣고 말이지……."

"새끼들아, 니들은 정말 선배 잘 둔 줄 알아? 우리가 선배한테 맞는 거에 비하면 니들이 우리한테 맞는 건 진짜 맞는 것도 아니고 애들 장난밖에 안 되니까……."

"글쎄 말이야. 정말 행복한 줄 알아야지. 우리 때만 해도……."

놈들은 말도 안 되는 잡설에 개소리들을 마구 지껄여댔다. 결국은 다 자신들의 행동을 정당화하고 합리화시키는, 말도 안 되는 설교와 훈계로 점철된 헛소리들을 말이다.

"죄송합니다……."

"잘못했습니다……."

"앞으로 잘하겠습니다……."

우리는 한 목구멍에서 나오다시피 말했다. 도대체 뭐가 죄송하고, 뭘 잘못했으며, 앞으로 얼마나 더 잘하겠다는 것인지는 나로서도 도저히 잘 알 수가 없고 이해가 안 가는 노릇이었지만 뭐 어쨌든!

"좋아, 그럼 한 번 더 두고 볼 테니까…… 앞으로 정말 잘해라, 응?"

"하여튼, 오늘은 이쯤에서 대충 넘어가는데…… 앞으론 정말 조심해라, 응! 그땐 정말 국물도 없을 테니까, 알겠나?"

녀석들은 마침내 우리의 죄를 그만 사해주겠다는 식으로 말했고, 우리는 마치 큰 성은이라도 입은 듯 머리를 납죽 조아리며 거듭 감사의 인사를 올렸다. 아이고, 형님 감사합니다. 고맙습니다. 앞으론 진짜 잘하겠습니다 하고 말이다. 사실 운이 좋아 그 정도만 맞았지, 그 정도 맞은 건 맞은 것도 아니었다. 우린 그 한 해 녀석들에게 끌려—녀석들의 자취방이나 인적이 드문 야산 같은 데로—가 하루 종일 두들겨 맞은 적도 있었고, 또 언젠가 한 번은 어떤 여인숙에 감금돼 1박 2일로 얻어터진 적도 있었으니까.

"자, 그럼 형들은 그만 사라져줄 테니 니들끼리 재밌게 놀아라. 근데 니들 이거 한 가지는 꼭 알아야 된다, 응? 다른 놈들이랑 노는 애들 같았으면 세희 걔들 벌써 다 우리가 한 코씩 해버렸겠지만, 니들은 정말 우리가 특별히 아끼고 사랑하는 후배라서 봐주는 거라는 거 말이야. 알겠냐?"

미친 새끼, 송아지 껌 씹는 소리 하고 있네. 고양이 쥐 생각해 준다더니, 내가 진짜 기가 막히고 코가 막혀서! 이노끼의 말도 안 되는 생색과 궤변에 해글러가 크게 장단을 맞추고 베이스를 넣으며 말했다.

"와, 아이고? 우리가 걔들 모르는 것도 아니고……. 하여튼 더 이상 긴말 안 하겠는데, 니들 다 앞으로 똑바로 잘해라, 알았나? 경고하는데, 앞으로 한 번만 더 우리가 하는 말에 토 달고 개기고 하면…… 그땐 정말 다 땅에 파묻어버릴 테니까! 내 말 무슨 뜻인지 알아듣겠제, 엉?"

우리는 다시 한번 고개를 숙이며 "옙!"하고 크게 외쳤다. 그러자 녀석들이 몇 마디 더 주의를 주고 살벌한 엄포를 늘어놓더니, 마침

1985, 경주, 그리고 메텔에 관한 이야기

내 우리를 떠나 우리가 있던 골목을 천천히 빠져나갔다. 참, 대단한 선배님들이셨다. 할 수만 있다면 다 '삼청교육대'로 보내버리거나 '정송감호소' 같은 데로 보내버리고 싶은……. 참으로 대단한 선배님들이지 않은가?

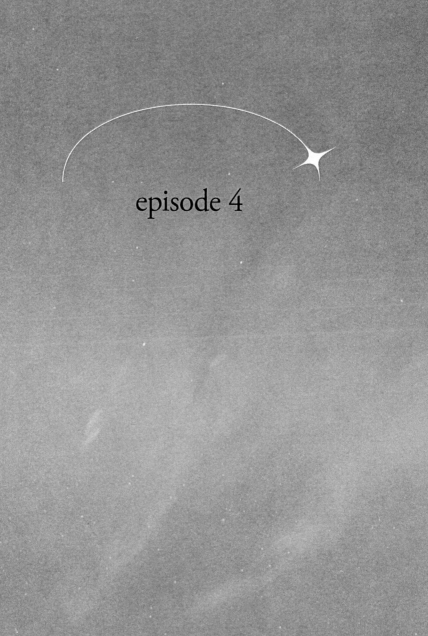

episode 4

세희의 방을 나오니 어느새 날이 새까맣게 어두워져 있었다. 아까 세희의 방에 들어갈 때보다 기온도 훨씬 더 많이 떨어진 것 같고.

"지금 몇 시고? 한 7시쯤 됐나……?"

나는 파카의 지퍼를 목까지 채워 올리면서 물었다. 세희의 방에 있을 땐 술을 마시고 담배를 피우고 하느라 몸에서 열이 팍팍 났지만, 찬바람이 쌩쌩 부는 밖으로 나오자 으슬으슬 추운 게 불콰하게 달아오르던 취기도 겨울 찬바람에 확 다 깨는 것 같았다.

"거의 7시 다 됐어. 6시 55분."

흘깃 손목에 찬 시계를 보며 마이클이 말했다. 그러고는 녀석도 조금 추운지 자신이 입고 있던 점퍼 깃을 귀까지 바짝 치켜올리면서 내게 물었다.

"근데, 쿤타랑 세희 애들은 어디로 사라진 거야? 어디 가면 간다고 말이나 하고 갈 것이지 의리 없이 지들끼리만 쏙……."

"안 봐도 비디오지 뭐! 뻔하잖아? 보나마나 어디 으슥한 공원이나 놀이터 같은 데서 둘이 꼭 껴안고 있을 거야. 서로 누구의 입술이 더 두껍고 얇은가, 혹은 누구의 혀가 더 길고 짧은가 하는 것을 열심히 대보고 맞춰보면서 말이야."

내가 입을 비쭉거리며 말했다. 그랬다. 처음 세희의 자취방으로 들어갈 땐 셋이었지만, 이제 우리 둘만 세희의 길고 좁은 자취방 골목을 저벅저벅 걸어 나오고 있었다. 미나와 영미랑 잘해 보라고 슬쩍 자리를 비켜준 것인지, 그게 아니면 저희들끼리만 있고 싶어서 그런 건지 모르겠지만, 쿤타랑 세희는 그 30분 전부터 어디론가 뿅 사라지고 없었다. 우리가 산 샴페인과 맥주와 마주앙이 다 떨어져 간다 싶자 쿤타랑 세희가 서로 묘한 눈빛을 주고받더니, 우리 넷만 남겨놓은 채 슬그머니 그 방에서 사라져버렸던 것이다.

"그렇겠지? 짜식, 근데 춥지도 않나? 여름도 아니고 이 추운 겨울 날씨에……."

"춥긴 뭐가 추워? 서로 밍크처럼 꼭 껴안고 비비고 만지고 하면 온몸에서 열이 팍팍 날 건데……."

"히힛, 그런가?"

무슨 상상을 하는지 마이클이 혼자 키득거리며 웃었다. 그러다 우리가 나온 세희의 자취방 쪽을 뒤돌아보며 조금 걱정스러워하는 투로 녀석이 다시 내게 물었다.

"야 근데, 미나랑 영미 쟤들 삐치지 않을까? 밖에 잠깐 오줌 누러 간다 해놓고 이렇게 그냥 사라져버리면 아무래도 미나 영미 쟤들 좀 삐치지 싶은데……?"

"아, 그럼 어쩌냐? 오늘 쟤들 완전 우리를 어떻게 해보려고 작정한 눈치던데?"

"에이, 설마."

마이클이 킥 웃으며 말했다. 너무 지나친 상상이고 말도 안 되는 억측이라는 듯이 말이다.

"설마가 아니고 사실이야. 너도 봤잖아? 술 마셔서 덥다는 핑계로 두꺼운 스웨터도 막 벗고 또 '우리 심심한데 고스톱 쳐서 옷 벗기 게임할래?' 하면서 우리를 막 유혹하려고 하는 거 말이야."

"그거야 뭐 진짜 더워서 그럴 수도 있는 거고 또……."

"아냐, 내가 딱 봤는데 오늘은 완전 우리를 어떻게 해보려고 작정한 눈치더라니까! 그러니까 괜히 쟤들한테 미안한 생각 갖지 말고 빨리 토끼는 게 상책이야. 괜히 쟤들 유혹에 넘어가 이상한 짓 하다가는, 내일부터 꼼짝없이 쟤들이랑 사귀어야 될지도 모르니까."

"후훗, 정말 그런가? 니 말 듣고 보니 미나랑 영미 쟤들, 정말 우리를 보는 눈이 다른 때랑 좀 다른 것 같긴 같더라만……."

"맞지? 니도 느꼈지? 그러니까 한시바삐 토끼는 게 수라니까. 괜히 술김에 잘못 엮였다간 쟤들이랑 진짜 사귀어야 될지 모르는 상황이 생길 수도 있으니까. 뭐 쿤타야 치마만 두르면 다 좋아하고 어떻게 해보려고 눈이 뻘건 녀석이지만, 너나 나는 쿤타처럼 아무 여자나 좋다고 막 껴안고 키스를 하고 하는 그런 스타일은 아니잖아? 안 그래?"

"하긴, 괜히 술김에 쟤들이랑 잘못 엮었다간 진짜 골치 아파질 수

도 있겠다! 재들이 자기를 건드린 걸 빌미로 같이 사귀자고 하면 사
귄다고 할 수도 없고 또 안 사귄다고 할 수도 없고……."

"그렇다니깐! 그러니까 괜히 미안하단 생각 말고 빨리 36계를 놓
는 게 수야. 잘못하단 진짜 오늘 재들한테 완전히 엮이는 수가 있으
니까. 원, 계집애들 꿈도 야무지지 어디서 그런 세숫대야에 몽타쥬
로 우리 같은 킹카에 멋진 남자를 꼬시려고……."

마이클이 키득키득 어깨를 들썩이며 웃었다. 그러더니 갑자기 집
에 들어갈 일이 조금 걱정이 되는지 내 옆으로 바싹 몸을 붙여오며
말했다.

"참, 내 입 냄새 좀 맡아봐라? 술 냄새 많이 나나 안 나나……."

"괜찮겠지, 뭐. 소주를 마신 것도 아니고 그깟 샴페인 ―그리고
마주앙― 몇 잔에 맥주 한두 캔 정도밖에 안 마셨는데……."

"에이, 그래도 좀 맡아봐라? 다른 날 같으면 그냥 독서실에서 자
고 간다거나 내 방으로 몰래 들어가서 자는 척하면 되는데, 오늘은
우리 엄마 아버지가 다 나를 기다릴 거란 말야. 시험을 잘 봤나 어
쨌나 한번 확인해보려고."

나는 녀석의 요청에 못 이겨 녀석이 하악, 내뿜는 냄새를 맡아보
았다. 술 냄새가 약간 나긴 했지만, 그렇다고 크게 걱정할 정도로
술 냄새가 많이 나긴 않았다. 내게 했던 것처럼 부러 하악, 입김만
내뿜지 않는다면 자신의 엄마나 아버지에게 술을 마셨다는 사실을
잘 들킬 것 같지 않았던 것이다.

"괜찮아! 조금 나긴 나는데……, 그냥 껌이나 몇 개 씹고 들어가
면 괜찮을 것 같아. 자, 그럼 나도 좀……."

나 역시 녀석의 코에 대고 하악, 입김을 내뿜었다. 하지만 나는 사실 너식처럼 술 냄새며 담배 냄새가 날까 그런 짓을 할 필요가 없었다. 나는 당시 엄마랑 단둘이서 살고 있었는데, 엄마는 식당 일을 하느라 새벽 2~3시나 되어서야 겨우 집으로 들어왔으니까. 그러나 나는 그날따라 엄마가 일하는 식당으로 잠깐 들러볼까 하는 생각이 들었다. 뭐 엄마라고 해서 내가 술 담배를 한다는 걸 모르고 있진 않았지만(나는 술 담배를 하다 몇 번이나 교무실과 파출소에 잡혀 갔더랬다), 아무리 그래도 이제 겨우 중3밖에 안 된 녀석이 엄마 앞에서 술 냄새나 담배 냄새를 풀풀 풍기는 건 좀 아니지 않은가?

"괜찮타! 니도 조금 나긴 나는데…… 그렇게 많이는 안 난다."

"다행이네! 자, 그럼 여기 껌."

나는 주머니에 있던 은단껌을 꺼내 마이클과 두어 개씩 나눠 씹었다. 그러고는 서로의 집이 있는 갈림길에서 정답게 손을 흔들며 헤어졌다.

"자, 그럼 내일 학교에서 봐."

"그래, 그럼 내일 학교에서 보자."

남자끼리 뭘 또 손까지 흔들면서 헤어지는 거냐고 욕할지도 모르겠지만, 녀석이 먼저 정답게 손을 흔드는데 낸들 뭐 어쩌겠는가? 조금 낯이 간지럽긴 했지만, 히프를 흔들거나 발을 흔들 수는 없고 녀석을 따라 나도 적당히 손을 흔들어 보이며 녀석과 '빠이빠이'를 할 수밖에.

1985, 경주, 그리고 메텔에 관한 이야기

✗ ✗ ✗

나는 마이클과 헤어진 뒤, 엄마의 식당이 있는 P로타리 쪽으로 걸었다. 나는 아까 생각한 대로 집으로 가기 전에 잠깐 엄마의 식당에 들러야겠다는 생각이 들었던 것이다.

도둑이 제 발 저린다고 했던가? 당시 엄마는 엄마의 친구 한 명과 P로타리에서 해장국집을 운영하고 있었는데(24시간 내내 장사를 하는 곳이었는데, 엄마는 대략 낮 2시부터 밤 2시까지 근무하고, 엄마의 친구는 밤 2시부터 낮 2시까지 근무하는 시스템이었다), 나는 혹시 엄마가 이미 모든 걸 다 알고 있지는 않을까? 하는 생각이 자꾸 들었던 것이다. 그러니까 오늘 내가 상고서 친 사고와 사건 같은 것들을 모조리다 말이다.

그랬다. 다 쓸데없는 걱정에 망상이라 생각했지만, 나는 아까부터 자꾸 상고의 시험 감독관이 우리 학교로 전화를 걸었을 것만 같은 생각이 들었다. 뭐 별로 그럴 확률이 높아 보이진 않았지만, 나는 상고의 입시 관계자나 시험 감독관이 우리 학교로 전화를 걸어 노발대발 화를 내고 신경질을 냈을 것만 같은 상념에 자꾸 사로잡혔던 것이다. 당신네 학교에 김순철이란 놈 있죠? 글쎄, 그놈이 오늘 시험장에서 이러저러한 사고를 쳤는데…… 제발 그 버르장머리 없고 정신머리 빠진 놈을 혼 좀 내주쇼! 내 살다살다 또 고입 시험을 치다 말고 그런 식으로 시험장을 뛰쳐나가버리는 놈은 처음 봤으니까! 하는 식으로 말이다. 제발 그런 불상사가 없어야겠지만, 만약 상황이 그러하다면 나는 일찌감치 자수를 해 광명을 찾는 편이 몸에 이로울 것 같았다. 매도 먼저 맞는 게 낫다고, 이왕 다 들통난 일이라면 내 쪽에서 먼저 엄마를 찾아 용서를 비는 게 훨씬 더 마음도 편하고 매도 덜 버는 일 같았으니까.

"어? 니가 갑자기 여기 웬일이고……?"

나는 엄마의 표정과 눈빛에서 엄마는 아직 내가 친 사고와 사건 같은 걸 전혀 모르고 있구나 생각했다. 그날따라 별로 손님이 없는 듯 엄마는 텅 빈 홀의 한 탁자에서 해장국에 넣을 콩나물을 다듬고 있었는데, 나는 엄마의 표정과 눈빛에서 평소와 달리 나에게 특별히 화가 나 있다거나 애써 화를 삭이고 있다거나 하는 사실을 전혀 잘 감지할 수 없었던 것이다. 휴우, 다행이군. 나는 또 상고의 입시 관계자나 시험 감독관이 우리 학교로 전화를 걸었으면 어쩌나 했더니. 나는 가느다란 안도의 한숨을 쉬며 짐짓 엄마를 향해 능글맞은 미소를 지었다.

"웬일은 무슨…… 그냥 집에 가는 일에 잠깐 들렀다. 오랜만에 여기서 저녁도 한 그릇 얻어먹고 엄마도 한번 볼 겸, 겸사겸사. 와, 엄마는 내가 여기 온 게 싫나?"

확실히 엄마는 아무것도 모르고 있는 것 같았다. 만약 엄마가 담임이나 학교로부터 무슨 연락을 받았다면, 엄마는 대뜸 나에게 육두문자부터 날리며 빗자루 몽둥이나 연탄집게 같은 것을 찾아 들기 바빴을 테니까. 불행 중 다행이라더니, 그래도 그나마 다행이군. 하루 이틀 내로 모든 걸 다 밝히고 얘기할 수밖에 없겠지만, 엄마는 아직 내가 친 사고며 사건 같은 걸 전혀 들은 바도 없고 알고 있는 것 같지도 않은 기색이니까.

1985, 경주, 그리고 메텔에 관한 이야기

"해 떨어졌으면 퍼뜩 집에 들어가지, 여태 저녁도 안 묵고 어딜 그렇게 싸돌아다니노? 알았다. 정신 사나우니까 괜히 그렇게 건들건들 서 있지 말고 퍼뜩 앉아라. 여기 콩나물 다듬는 거 얼마 안 남았으니까 이거만 다 다듬고 금방 밥 차려줄 테니까."

나는 다시 한번 길고 가느다란 한숨을 내쉬며 엄마의 맞은편 자리에 털썩 엉덩이를 붙였다. 그러자 아무 말 없이 한 1분 가까이 열심히 콩나물 대가리와 발만 다듬고 있던 엄마가 슬쩍 내 얼굴을 쳐다보며 물었다.

"아 참, 니 오늘 시험 친 거는 우째 됐노? 그래, 시험은 잘 쳤나?"

순간, 나는 모든 것을 털어놓고 자수하고 싶은 기분이었다. 딱히 의도하고 그런 짓을 저지른 건 아니었지만, 실은 내가 여차저차한 일로 그만 고입 시험을 다 치지 못하고 중간에 시험장을 뛰쳐나와 버리고 말았노라고 말이다. 그러나 입이 잘 떨어지지 않았다. 용기가 나지 않았다. 그런 말을 털어놓는 순간, 나는 엄마에게 거의 죽은 목숨이나 마찬가지일 테니까. 집에서 쫓겨날 것은 물론, 엄마의 호적에서도 내 이름이 지워질 각오를 해야 할 테니까.

그랬다. 요즘도 그런 무식한 협박과 공갈을 늘어놓는 부모가 있는지 모르겠지만, 엄마는 당시 걸핏하면 그런 식의 무식한 협박과 공갈을 나에게 늘어놓곤 했다. 물론 나는 엄마의 그런 협박과 공갈이 괜히 화가 나서 한번 해본 말일 뿐, 엄마가 진짜 나를 집에서 쫓아내거나 자신의 호적에서 파버릴 거라곤 생각하진 않았다. 나는 어쨌든 엄마에게 하나밖에 없는 외아들이었고, 평소 성격이 좀 거칠고 억척스러워서 그렇지 엄마가 진짜 나를 집에서 쫓아내거나 자신의 호적에서 파버릴 정도의 매정한 성격을 가진 여자가 아니라는 것쯤은 이미 잘 알고 있었으니까. 하지만 나는 도저히 내가 친 사고며 사건 같은 것들을 솔직히 다 고백할 수 없었다. 뭐 한 3~4일쯤 있으면 합격자 발표가 있을 테니 그때까진 솔직히 다 고백할 수밖에 없겠지만(다른 변명을 할 수 없는 게, 내가 시험 친 상고는 모든 애들이 다 합격할 수밖에 없는 학교였다. 부러 시험에 떨어지려고 답을 자기 멋대로 써넣거나 아예 백지 상태로 시험지를 제출하지 않는 한!), 나는 왠지 그날만큼은 엄마에게 그런 사실을 솔직히 다 고백할 면목이 없었던 것이다. 뭐 기왕 면목 얘기가 나와서 하는 말인데, 사실 엄마는 다른 엄마나 아버지처럼 특별히 공부에 대해 스트레스를 주거나 압박감 —소위 말하는 명문고나 명문대에 가야 한다는— 같은 걸 주지는 않았다. 아니, 솔직히 말하면 엄마도 나에게 처음부터 그런 스트레스를 주거나 압박감 같은 걸 주지 않았던 건 아니었다. 내가 중1~2 때까지만 해도 엄마는 당연히 내가 K고 정도는 안 가겠나 하고 있었다. 우리나라에서 제일 좋다는 서울대나 연고대 같은 데엔 가지 못하겠지만, 그래도 지역에 있는 '영'대나 '경'대 정도는 안 갈 수 있겠나 생각하고 있었고. 저 초등학교 때부터 맨날 야구나 하고 만화나 보고 해서 그렇지, 사실 나는 어렸을 때부터 머리 하나는 아주 비상한 놈이라는 얘기를 자주 들었으니까. 내 자랑 같아 싫지만, 사실 나는 초등학교 4학년 때까지만 해도 거의 천재 소리를 듣던 놈이었다. 어린 시절 과연 천재에 신동 소리를 한 번쯤 안 들어본 놈이 어디 있겠냐만(어렸을 땐 누구다 다 한 번쯤 천재에 신동 소리를 듣기 마련이다. 하지만 우리나라는 어떻게 된 게 차츰 학교를 다니다 보면 천

　　　　　　　　　　　　1985, 경주, 그리고 메텔에 관한 이야기

재에서 수재로, 수재에서 범재로, 그리고 급기야는 범재에서 둔재나 돌대가리로 떨어지기 일쑤인 것이다), 나는 그 흔한 과외 공부 한 번 안 받고도 시험만 쳤다 하면 100점에 반에서 제일 공부를 잘한다는 소리를 듣던 놈이었던 것이다. 당시 도에서 주최하던 수학 경시 대회나 과학 경시 대회 같은 것에도 막 나가고 말이다. 하지만 5학년이 되어 야구부에서 야구를 하게 되면서부터 차츰 내 성적은 밑으로 떨어지게 되었고, 그리하여 자연히 내게 항상 붙어 다니곤 하던 천재니 신동이니 하는 수식어도 차츰 멀어지게 되었던 것이다. 하지만 나는 그때까지만 해도 여전히 반 애들이며 담임 선생님께 머리가 좋은 놈이라는 인식을 심어주기에 충분했다. 나는 야구부에서 야구를 한답시고 맨날 수업에 빠지고 운동장에서 뛰어놀기 바빴지만, 그래도 초등학교 졸업할 때까지 반에서 한 5등 정도는 할 만큼 공부도 잘하는 편이었으니까. 하지만 중학교 올라오면서부터 차츰 더 내 성적은 한두 계단씩 밑으로 하락(나는 본성이 무척 게을러서 시험공부란 걸 거의 하지 않고 매번 평소 실력으로 시험을 치렀는데, 그래도 꼴에 자존심은 있어서 내가 원체 공부를 안 하고 학업에 뜻이 없어 그렇지 마음만 먹으면 언제든 내가 원하는 고교도 가고 대학도 갈 수 있다고 자위하고 있었다)하게 되었고, 마침내 중학교를 졸업할 그 무렵엔 3류 실업 고등학교에나 원서를 내야 하는 한심한 처지에 이르게 되었던 것이다. 뭐 어쨌든, 당시의 내 처지가 그렇고 보니 엄마는 이제 내게 아무것도 바라지 않고 있었다. 내가 그 한 해 동안 친 사고와 온갖 개망나니 같은 짓 때문에 나에 대한 기대와 바람 같은 게 다 무너져버렸기 때문이었겠지만, 엄마는 당시 내게 K고에 가야 한다거나 아니면 아무리 허접

한 대학이라도 대학엔 꼭 가야 한다거나 하는 건 아예 바라고 있지도 않았다. 엄마가 내게 바란 건 단 한 가지뿐이었다. 엄마는 이제 현실적으로 내가 K고에 가기도 틀렸고 또 '영'대나 '경'대에 가기도 글렀으니까, 그저 아무 고교에라도 들어가 조용히 그 학교라도 졸업만 하라는 거였다. 공부를 안 해도 좋으니, 제발 이제 더 이상의 말썽은 그만 부리고 고교 졸업장만 무사히 좀 따라는 것이었던 것! 소 잃고 외양간 고치는 격이긴 하지만, 그러고 보면 난 당시 정말 세상에 둘도 없는 개망나니에 불효자식이었다. 생각해보라! 엄마의 기대와 바람이 고작 그런 것밖에 안 되는 작고 소박한 것이었건만, 나는 그런 엄마의 작고 소박한 꿈까지 무참히 짓밟고 외면해버린 미치광이에 천둥벌거숭이였으니까. 그래, 아무래도 지금 얘기하는 것보단 내일이나 모레쯤 얘기하는 게 더 낫겠어. 매도 먼저 맞는 게 낫다는 속담이 있긴 하지만, 소나기는 일단 피하고 보는 게 낫다는 속담도 있으니까 말이지. 그래, 아무래도 좀 더 엄마의 기분이 좋고 얘기하기 좋은 적당한 타이밍을 찾는 게 좋겠어. 다행히 아직 합격자 발표가 있는 날까진 사나흘 정도의 시간이 남았으니까.

"으, 으응…… 그래, 잘 쳤다! 아암, 잘 쳤고말고! 그러니까 엄마는 아무 걱정 말고 기자들이랑 인터뷰할 준비나 잘 좀 해둬라. 믿기지 않겠지만, 아마 이번 고입 시험의 수석은 내가 맡아놓은 것 같으니까. 엄마도 알제? 전국 수석이 되면 신문사나 방송국 기자들이 우리 집으로 우르르 취재도 하러 나오고 인터뷰도 하러 나오고 하는 거 말이야?"

나는 애써 밝고 명랑한 얼굴로 너스레를 떨었다. 도둑이 제 발

저린다는 말처럼, 혹시 엄마가 그제라도 무슨 이상한 낌새를 채거나 의심에 찬 눈으로 내 속을 꿰뚫어 보지 않을까 하는 불안감으로 말이다.

"어휴, 니가 진짜 앞으로 뭐가 될라꼬……."

엄마는 크게 한숨을 지으며 말했다. 나를 보자 괜히 멀쩡하던 머리가 다 아프고 혈압이 크게 오른다는 듯 손으로 떡하니 이마를 짚으며.

"관두자! 내가 더 이상 얘기해봤자 뭐 하겠노? 괜히 니랑 더 말해봤자 내 입만 아프고 혈압만 오르지……."

엄마는 1초라도 빨리 나를 집으로 들여보내는 게 상책이라 생각한 것 같았다. 아직 다 다듬지도 않은 콩나물 소쿠리를 들고 발딱 일어선 뒤, 나에게 아주 사무적이고 단도직입적인 말투로 물었으니까.

"그래, 뭐 묵을래? 해장국 묵을래, 선지국 묵을래? 아이믄 추어탕 주까?"

"음, 보자……."

나는 몇 초간 고민하다가 해장국을 달라고 했다. 당시 P로타리의 해장국집엔(경주에 와본 사람이라면 알겠지만, P로타리는 해장국집이 많기로 아주 유명한 곳이었다. 대체 왜 그곳에 그렇게 많은 해장국집이 생겨난 건지 모르겠지만, 아무튼 P로타리엔 한 20개 정도의 해장국집들이 다닥다닥 어깨를 맞대고 있었다) 다들 똑같은 메뉴—엄마가 말한—의 세 가지 국들을 팔았는데, 나는 그중에서도 메밀묵과 콩나물과 모자반이 들어간 해장국을 가장 좋아하고 즐겨 먹었던 것이다. 뭐 그렇다고 해서 내가 선지국이랑 추어탕을 싫어한다는 얘기는 아니지만.

숙달된 조교, 아니 숙달된! 해장국집 아줌마답게 엄마는 금방 내가 먹을 해장국을 한 그릇 뚝딱 내 앞으로 내왔다.

"자, 뜨실 때 묵어라. 식으면 맛없다."

"엄마는 안 묵나? 엄마도 아직 저녁 전이면 내하고 같이 한 그릇 묵지, 와?"

"됐다. 엄마는 됐으니까 니나 많이 무라. 자, 어서."

나는 해장국에 밥을 말아 후룩후룩 밥을 먹었다. 뭐 별로 배가 고프진 않았지만, 나는 세희 애들과 마신 술로 속이 약간 쓰리고 아팠으니까.

한 서너 숟가락쯤 밥을 떴을까? 내가 앉은 탁자에 마주 앉아 우걱우걱 밥을 먹는 나를 물끄러미 보고 있던 엄마가 물었다.

"근데…… 니 또 누구랑 쌈했나? 입술은 와 또 그래 당나발처럼 팅팅 부었노, 응?"

"아이다, 싸움은 무슨……. 그냥 친구들이랑 장난치다가 좀 다친 거니까 엄마는 별로 신경 쓸 거 없다."

나는 씨익 웃으며 아무 일도 아니라고 말했다. 하지만 엄마는 내 말을 크게 믿는 것 같지 않았다. 엄마는 속에 천불이 난다는 듯 크게 한숨을 푹 쉬더니, 그때까지 한 100번쯤은 들은 신세 한탄 같은 것을 마구 늘어놓기 시작했으니까.

"어휴, 성깔 마른 강아지 콧등 아물 날 없다더니…… 니는 어떻게 애가 갈수록 이렇게 엄마 속을 썩이노, 응? 정말이지 내가 니 땜에 살 수가 없다, 살 수가 없어! 어떻게 자식이라고 딱 하나 있는 게 엄마 마음도 모르고……."

바로 그때, 웬 남자 손님 하나가 가게 안으로 불쑥 들어왔다. 안녕하세요오 하는 굵고 느끼한 40대 후반의 남자 목소리와 함께.

"……?"

나는 고개를 돌려 내 옆쪽에 슬며시 자리를 잡는 손님을 보았다. 순간, 나는 입맛이 확 달아나는 것을 느꼈다. 그는 바로 엄마의 가게 옆에 있던 오토바이 상회의 강 사장이었는데, 그 양반은 당시 우리 엄마에게 약간의 흑심과 연심 같은 것을 품고 있던 작자였던 것이다.

"아, 오셨는교?"

엄마는 냉큼 자리에서 일어나며 말했다. 그 양반이 무슨 대단한 VIP에(하긴, 그는 엄마가 장사를 하고 있는 점포의 주인이었다) 큰 손님이라도 되는 듯 아주 상냥하고 나긋나긋한 미소를 지으며 말이다.

"식사하실라꼬요? 그래, 뭘로 드릴까예?"

"음, 머 묵으꼬? 그래, 선지국으로 주이소. 소주도 한 병 주고."

강 사장이 힐끔 내 눈치를 보며 말했다. 내가 무슨 자신의 상전도 아니고 큰아버지도 아닌데, 괜히 나에게 좀 잘 보이려는 것 같은 어색한 미소를 지으며.

"선지국에, 소주 한 병요? 예, 금방 차려드릴 테니까 쪼매만 기다려주이소."

엄마는 평소 내가 잘 볼 수 없었던 싹싹하고 여성스러운 미소를 지은 후, 아주 날렵한 동작으로 홀 한켠에 마련된 주방으로 향했다. 그러자 강 사장이 엄마를 향해 미안하다는 투로 몇 마디 간단한 인사치레를 했다.

"저 근데, 괜히 저 땜에 방해가 된 건 아닌지 모르겠네요. 모자지간에 다정하게 얘기하시는데……."

"아이라예, 방해는 무슨……."

조금 오글거리긴 했지만, 강 사장은 제법 매너 있고 예의 바른 사람인 것 같았다. 엄마에게 그런 사과조의 말을 한 것도 모자라, 나에게까지 사뭇 점잖고 매너 있는 목소리로 사과의 말이랄까 양해의 말 같은 걸 살짝 덧붙인 걸 보면 말이다.

"미안해요, 철이 학생? 엄마랑 오붓하게 얘기 나누는데, 괜히 내가 훼방을 놓아서……."

"……."

나는 이렇다 할 대꾸 대신 떨떠름한 미소만 지어 보였다. 푸근한 인상에 마음씨 좋게 생긴 아저씨긴 했지만, 나는 강 사장이란 작자가 별로 마음에 들지 않았다. 당시 그는 엄마에게 은근히 구애를 하고 있는 입장이었고, 나는 까딱 잘못하면 그 강 사장이란 작자를 '아버지(하늘이 무너져도 절대 그를 아버지라 부를 생각은 없었지만, 뭐 어쨌든 상징적으로는)'라 불러야 될지도 모르는 위기에 처해 있었으니까. 그랬다. 당시 강 사장과 엄마 사이에는 모종의 연애 감정이랄까 핑크빛 기류 같은 게 살짝 흐르고 있었더랬다. 내가 두 사람의 관계를 처음 알게 된 것은 두어 달 전의 어느 오후였는데, 그날은 바로 엄마와 엄마의 친구들이 한 달에 한 번씩 하던 계 모임이 있던 날이었다. 마침 그달은 엄마의 그 계모임이 우리 집 안방에서 왁자지껄하게 벌어지고 있었는데, 나는 학교를 마치고 집으로 들어서다 문득 엄마와 엄마의 친구들이 웃고 떠드는 소리를 우연히 엿듣게 되었던 것이다. 내가 뭐 '소머즈'처럼 귀가 밝지 못해 자세히 들을 순 없었지만, 나는 우리 집 방문(우리 집은 방이 두 칸밖에 없는 낡고 다 쓰러져가는 슬레이트집이었는데, 그래서 방 안의 소리가 밖으로도 우렁우렁 잘 들리는 구조였다) 사이로 띄엄띄엄 들리는 그 소리들—오토바이 상회, 강 사장, 상처(喪妻), 재혼, 알부자, 이층집, 호강, 팔자, 철이 대학 등록금 등등—을 들으며 대충 이런 상황이 연출되고 있다는 사실을 깨달을 수 있었던 것이다. 대체 어느 정도까지 진도가 나갔는지 모르겠지만, 아무튼 오토바이 상회의 강 사장이 엄마에게 프로포즈 비슷한 것을 했고, 아직 내 눈치를 보느라 이렇다 저렇다 딱 부러진 대답을 내놓고 있진 못했지만 엄마도 분명 강 사장의 구애가 그리 싫지만은 않다는 것을 말이다. 솔직히 난 그날 이후로 엄마에게 적지 않은 배신감과 실망감을 느꼈다. 뭐 엄마라고 해서 평생 돌아가신 아버지만 생각하고 나만 바라보며 파파 할머니가 되길 바란 건 아니지만, 그래도 나는 그날의 그 말들에 제법 큰 충격과 마음의 상처 같은 것을 받을 수밖에 없었다. 다 쓸데없는 핑계고 자기 합리화일지 모르겠지만, 그러고 보면 내가 족제비랑 싸우고 고교 입시를 포기한 것도 다 그날의 상처며 충격에서 비롯된 것인지도 모른다. 나는 그 몇 달 전부터 고등학교 따위 전혀 다니고 싶지 않다는 생각을 갖고 있었지만, 확실히 그날 이후론 그런 생각들을 점점 더 뚜렷하게 다지고 확고하게 굳힌 게 사실이었으니까. 그랬다. 엄마가 들으면 무슨 소리냐며 펄쩍 뛸 테지만, 나는 중학교만 졸업하면 곧장 집을 나올 생각이었다. 집을 나와 내가 번 돈으로 나 혼자 살 생각이었다. 나는 엄마와 강 사장 사이에 끼여 괜히 눈칫밥을 먹거나 짐이 될 생각은 눈곱만큼도 없었으니까. 물론 엄마는 나를 버려가면서까지 팔자를 고치려 하진 않을 것이다. 어떻게든 나를 강 사장 집으로 데려가 함께 살려 할 것이다. 하지만 내가 왜 강 사장의 집에서 그런 눈칫밥을 먹어야 하고(내가 알아본 바에 의하면, 강 사장에겐 딸이 둘 있었다. 어떻게 생긴 누나에 성격을 가진 언니인지는 모르겠지만, 나보다 두 살 많은 고2짜리와 세 살 많은 고3짜리 딸이 각각 한 명씩 말이다), 또 강 사장이 주는 돈으로 학교를 다녀야 한단 말인가? 두 사람의 관계를 모른 척하긴 했지만, 나는 그 일로 정말 엄마에게 적지 않은 배신감과 서운함을 느꼈다. 아버지가 돌아가신 지도 어언 10년이 다 되어가긴 했지만, 엄마는 꼭 아버지가 아닌 다른 남자랑 눈이 맞아 재혼을 해야만 하는 것일까? 아직 마흔도 못 된 젊은 과부에 청춘이 아깝긴 하지만, 엄마는 조선시대의 여인네처럼 평생 돌아가신 지아비만을 그리며 일부종사(一夫從事)할 순 없는 것일까? 뭐 그렇다고 내가 엄마를 위해 열녀문(烈女門)을 세워준다든가 열녀비(烈女碑)를 세워준다는 얘기는 아니지만.

　강 사장의 출현에 밥맛을 잃은 나는, 대충 국에 만 밥만 해치운 후 서둘러 내가 앉았던 자리에서 일어섰다.

　"갈게, 엄마."

　"그래, 밥 다 묵었으면 퍼뜩 집에 들어가라. 날 추운데 괜히 또 다른 데 싸돌아다니지 말고."

　"알았다."

　"좀 이따 집으로 전화할 테니까, 니 또 딴 데로 새면 정말 엄마한테 혼난다. 알았제?"

"그래, 알았다니깐."

강 사장은 나랑 좀 친해지고 싶은 모양이었다. 내가 자신에게 그리 호의적이지 않다는 사실을 뻔히 알면서도(눈치가 있으면 벌써 알아챘을 것이다. 원래 인사성이 좀 없는 편이긴 했지만, 나는 엄마와 강 사장의 관계를 안 후부터 그를 무슨 소 닭 보듯 데면데면하게 대하거나 적의에 찬 눈으로 흘겨보곤 했으니까), 그는 나에게 제법 사람 좋은 미소를 지으며 따뜻한 작별 인사를 건네왔으니까.

"잘 가요, 철이 학생! 추운데 감기 조심하고."

나는 그의 말에 '쌩'을 깐 채 그냥 그 가게를 팩, 나와버렸다. 그건 내가 생각하기에도 좀 예의 없고 버르장머리 없는 행동이긴 했지만, 낸들 뭐 어쩌겠는가? 그 양반이 뭐 내게 큰 죄를 짓거나 양심에 꺼릴 짓을 한 건 하나도 없었지만, 나는 그가 엄마 옆에서 얼쩐거리는 것만 봐도 괜히 막 짜증이 나고 알 수 없는 얄미움 같은 게 치밀어올랐으니까.

episode 5

12월 16일.

그러니까 며칠 전 치른, 고입선발고사의 합격자 발표가 있던 날이었다.

실장을 통해 자습 지시만 내렸을 뿐, 2교시가 될 때까지 따뜻한 교무실에 앉아 있던 전두환은 2교시가 다 끝나갈 즈음에야 겨우 그 모습을 우리들 앞에 나타냈다. 당시 내 담임은 학년 주임에 학생과장 역할까지 맡고 있던 50대 초반의 대머리였는데, 그는 시원하게 벗겨진 대머리와 군(軍) 출신이라는 전력 때문에 김○○이라는 본명보다 오히려 전두환(대체 왜 그랬는지 모르겠지만, 그땐 누군가 조금만 머리가 벗겨졌다 싶으면 전두환 또는 이주일이란 별명을 갖다 붙이기 일쑤였다)이라는 별명으로 더 유명했던 선생님이었다. 그랬다. 그는 교직으로 들어서기 전에 ROTC 출신으로 잠깐 월남전에 참전했던 적이 있던 전직 군인이었는데(중위인가 대위가 될 때까지 군에서 근무했다고 했다),

그래서 그런지 그는 걸핏하면 우리를 군대식으로 기합 주고 두들겨 패곤 하던 무서운 폭력 교사였다. '원산폭격'이니 '한강철교'니 하는 기합은 기본 중의 기본 기합이고, 그는 여차하면 우리들의 뺨을 철썩철썩 후려갈기거나 야구 방망이나 밀대 자루 같은 것을 들고 설쳐대는 선생님이었던 것이다. 아아, 정말이지 내가 그 한 해 동안 그 선생에게 언어맞은 귀때기가 얼마이고 두들겨 맞은 빠따가 대체 얼마더란 말인가?

"자, 조용! 조용! 에, 오늘이 무슨 날인지는 내가 군이 말 안 해도 여러분들이 더 잘 알 것이다! 그래, 오늘은 바로 여러분들이 요 며칠 전에 본 고입선발고사의 합격자 발표가 있는 날이다! 음, 그래…… 아마 지금쯤은 여러분들이 시험 친 학교에, 여러분들의 합격 여부가 적힌 벽보가 크게 붙어 있을 것이다. 그러니까 여러분들은 학교가 파하는 즉시 여러분들이 시험 친 해당 학교로 가서, 자신의 합격 여부를 신속히 잘 알아볼 수 있도록! 에, 또 그리고……"

전두환은 잠시 애기를 끊었다가, 특유의 군대 지휘관 같은 말투로 계속해서 우리에게 주의를 주고 당부의 말씀 같은 것을 주절주절 늘어놓았다.

"……대단히 가슴 아프고 슬픈 일이지만, 지금 여기 있는 학생들 중에서도 제법 많은 수의 학생들이 이번 시험에 떨어지는 참담한 경우를 맞게 될 것이다. 뭐 다 그동안 선생님 말 안 듣고 공부를 열심히 안 해서 생긴 죄이긴 하지만, 그런 학생들도 너무 그렇게 실망하거나 절망하지는 말도록! 자신이 원서를 낸 고교에 모두 1차에 딱 붙었으면 좋겠지만, 그런 학생들에게도 아직 2차로 가는 S고도 남아 있고 또 다른 여타의 변두리 학교도 많이 있고 하니까. 에, 또 그리고…… 이 선생님이 미리 경고하는데, 오늘 시험에 붙은 놈들은 시험에 붙었다는 이유로, 또 시험에 떨어진 놈들은 시험에 떨어졌다는 이유로 괜히 시내에서 술 마시고 사고 치고 그라는 놈이 있을지도 모르겠는데…… 그런 놈은 진짜 이 선생님한테 걸리면 뼈도 못 추릴 테니까 다들 잘 알아서 행동하고 처신할 수 있도록! 어때, 이 선생님이 하는 말 모두 무슨 뜻인지 잘 알아들을 수 있겠지?"

반 애들이 모두 "예에!" 하고 함성에 가까운 소리를 질렀다. 당연했다. 전두환은 항상 자신이 맡은 반 애들이 잘 훈련된 군인들처럼 크고 박력 있게 대답해주길 원했으니까.

"좋다, 그럼 이상! 자, 그만 마치자. 실장?"

담임이 그만 종례를 마치자는 신호를 실장에게 보냈고, 그러자 실장이 자리에서 벌떡 일어나 '차렷! 경례!'를 하려고 했다. 그런데 바로 그 순간, 전두환이 깜빡했다는 듯 창가 맨 뒤쪽에 앉아 있던 나를 호명하며 말했다.

"아 참, 김순철! 그래, 김순철이는 잠깐 내하고 따로 할 얘기가 좀 있으니까…… 집에 가기 전에 상담실로 좀 들러라, 알았제?"

"예? 아, 예에……."

나는 엉거주춤 일어서며 대답했다. 대체 무슨 이유로 상담실로 오라는 건지 모르겠지만, 나는 전두환의 호출에 가슴이 좀 철렁했다. 갑자기 왜 또 나를 상담실로 오라고 하는지 알 수 없었지만, 나는 아무튼 전두환이 상담실로 오라고 하면 덜컥 겁부터 조금 나곤 했으니까.

1985, 경주, 그리고 메텔에 관한 이야기

"자, 그럼 실장! 빨리 인사하고……, 오늘은 이만 이걸로 마치자!"

마침내 실장이 "차렷! 경례!"를 했고, 반 애들이 모두 "감사합니다!"란 인사와 함께 우당탕탕 교실 밖으로 튀어나가기 시작했다. 나는 마치 썰물처럼 밖으로 빠져나가는 반 애들을 보며 혼자 인상을 찌푸리고 있었다. 대체 무슨 일이지? 대체 무슨 일로 또 나를 상담실로 오라고 하는 거지? 그러자 어느새 자신이 있던 4분단에서 내가 있던 1분단의 맨 뒷자리로 다가온 마이클이 물었다.

"야, 무슨 일이고? 무슨 일인데, 전두환이 또 니를 상담실로 오라는 기고?"

"글쎄……."

나는 낸들 알 수 있겠냐는 듯 어깨를 으쓱였다. 하지만 나는 대충 짐작할 수 있었다. 전두환이 나를 부른 이유가 바로 며칠 전 본고입 시험 때문이라는 것을 말이다. 대체 어떤 경로를 통해 어떻게 알게 된 건지 모르겠지만, 나는 본능적으로 전두환이 모든 것을 다 알고 있을 것 같은 기분이 들었던 것이다. 내가 고교 입시 날 상고서 친 사고와 사건 같은 것들을 모두 다 훤하게. 그래, 틀림없어. 전두환은 분명 누군가에게 그 얘기를 들었어. 그게 아니면 대체 무슨 이유로 나를 상담실로 오라고 하겠어? 아, 진짜 또 어떤 놈이 내가 한 짓을 전두환에게 다 일러바치고 꼬아바친 거야? 물론 다 나의 이런 생각과 짐작이 혼자만의 헛된 추측이고 망상이면 더할 나위 없이 고맙고 감사하겠지만.

"여하튼, 상담실로 오라는 거 보니까 나랑 상담할 게 좀 있는 모양이지 뭐. 젠장, 제발 오늘은 말로만 상담받고 몸으론 상담받지 않았으면 좋겠구만……."

나는 애써 유들유들한 미소를 지으며 말했다. 잘못하면 또 엄청 깨질지도 모른다는 생각이 들었지만, 그렇다고 마이클 녀석 앞에서 부들부들 떨고 공포에 질린 모습을 보일 순 없는 노릇이었으니까. 사실 말이 상담실이었지 전두환이 나를 오라고 한 곳은 우리 사이에서 거의 '서빙고'나 '남영동'으로 불려질 만큼 무시무시하고 살벌하게 느껴지던 곳이었다. 왜 그 있잖은가? 보안사의 분실이 있던 '서빙고'와 서울경찰청의 대공분실이 있던 그 '남영동' 말이다. 그랬다. 내가 너무 과장하고 뻥튀기해서 말하는 건지 모르겠지만, 어쨌든 우리 학교의 상담실은 전두환을 비롯해 학교 내에서 좀 악랄하다 싶은 선생님들이 걸핏하면 나처럼 말을 잘 안 듣고 말썽을 피우는 애들을 잡아다 족치고 조지고 하던 공간이었던 것이다. 아아, 정말이지 내가 그곳으로 끌려가 전두환에게 당한 고초가 얼마고 또 작성한 반성문이 얼마더란 말인가?

"혹시 누가 코 땡긴 거 아이가? 내 생각엔 아마 전두환의 정보원들이 니에 대해 무슨 소리를 하고 일러바친 것 같은데……."

"후후, 니가 생각하기에도 그럴 확률이 좀 높은 것 같제?"

나는 자조적인 미소를 지으며 말했다. 내가 우려했던 것처럼 상고의 시험 감독관이나 입시 관계자가 우리 학교로 전화를 걸어 온 건지도 모르겠지만, 그것보단 확실히 마이클 말처럼 전두환의 정보원들이 전두환에게 무슨 고자질을 했거나 정보를 주었을 확률이 훨씬 더 높은 것 같았다. 그랬다. 당시 전두환에겐 그의 정보원이랄까 프락치 노릇을 하는 놈들이 몇몇 암약을 하고 있었더랬다. 대체 자신이 중앙정보부장도 아니고 안전기획부장도 아닌 다음에야 왜 그런 정보원에 프락치까지 두었는지 모르겠지만, 아무튼 당시 우리 학교의 가장 큰 문제아이자 골칫덩이였던 나는 전두환의 정보원과 프락치에게 있어 가장 큰 감시 대상자이자 보고 대상자임엔 틀림없었으니까.

"하여튼, 가보면 알겠지. 전두환의 말투며 표정 같은 걸로 봤을 땐 틀림없이 내가 친 사고며 사건에 대해서 좀 들은 게 있는 것 같아 보였지만……."

나는, 청소를 한답시고 책상을 교실 뒤쪽으로 옮기고 빗자루며 밀대 자루 같은 것을 들고 설치는 애들을 헤치며 털레털레 교실을 나섰다.

"어쨌든 조심해. 제발 그 일로 널 부른 게 아니라야 할 텐데……."

"걱정하지 마. 내가 전두환에게 한두 번 맞는 것도 아니고…… 때리면 맞지 뭐! 이제 졸업도 다 됐겠다, 전두환에게 맞는 것도 얼마 안 남았는데……."

"그래도……."

마이클은 걱정스러운 표정을 짓다가, 그럼 자기는 쿤타랑(녀석의 반은 아직 안 마친 모양이었다. 다른 반 애들은 벌써 종례를 끝내고 시끌벅적하게 복도를 마구 지나가는데, 쿤타 반 애들은 아직 한 명도 보이지 않았으니까) 먼저 '호돌이'로 가 있을 테니까 상담실에서 나오면 호돌이로 오라고 했다. 당시 호돌이는 우리 학교 앞에 있던 만화방이자 분식집이었는데, 우리는 하루에도 몇 번씩 그곳을 들락거리곤 했다. 그곳은 그냥 만화를 보여준다든가 라면이나 핫도그 따위를 파는 걸로는 벌이가 부족했던지 우리 같은 애들에게 슬쩍슬쩍 낱담배 같은 것도 팔고 또 술 같은 깃도 팔고 그랬는데, 어하튼 그곳은 웬만한 중고등학교 앞에는 다 한두 개씩 있던 학교 앞의 불량 만화방에 불량 분식집이었던 것이다.

"아냐, 니들끼리 먼저 가라. 니들은 합격자 명단 확인하러, 니들이 시험 친 학교에 가봐야 된다 아이가?"

"전화로 물어보면 되지 뭐. 애들 얘기 들으니까, 전화로 물어도 다 가르쳐주고 알려준다 그러더라구."

"그래? 그럼 이따 호돌이에서 봐. 내가 오늘 과연 상담실에서 무사히 살아나올 수 있을지 없을지는 나도 좀 의문이지만."

"알았어. 기도하고 있을게. 제발 오늘만큼은 말로만 상담받고 몸으로는 상담받는 일이 없도록!"

나는 손가락으로 V 자를 만들어 보인 후, 전두환이 기다리고 있는 3층의 상담실로 향했다. 마이클 말대로 제발 오늘은 말로만 상담받고 몸으론 상담받는 일이 없기를 간절히 바라고 기도하면서.

✕ ✕ ✕

전두환은 아무도 없는 상담실에서 나를 기다리고 있었다. 그는 등받이가 달린 회전의자에 반쯤 드러누운 자세로 느긋하게 담배를 피우고 있었다. 아마 아이들에게 압수한 것으로 보이는 『선데이 서울』이나 『주간 경향』 따위의 자극적이고 선정적인 잡지를 뒤적뒤적 들여다보고 감상하면서.

그는 상담실로 들어서는 나를 보고도, 그 자세 그대로 계속 담배를 피우며 잡지를 보고 있었다. 그는 내가 상담실 문을 열고 상담실로 들어설 때만 힐끗 나를 한번 쳐다봤을 뿐, 가벼운 목례와 함께 쭈뼛쭈뼛 그의 옆에 와 서는 나를 보고도 일체 한마디 말도 내게 건네지 않았다.

"……."

"……."

말이 다 뭔가? 그는 내가 열중쉬어 자세로 고개를 푹 숙이고 있었음에도, 계속 나를 차갑게 외면하며 나에게 눈길도 제대로 한번 주지 않았다. 대체 무슨 꿍꿍인지 모르겠지만, 그는 상담실로 나를 불러놓고도 계속 담배만 뻐끔거리며 자신의 손에 들린 잡지만 뒤적뒤적 보고 있었다. 나를 상담실로 부른 이유에 대해선 단 한마디의 말도 하지 않고 계속 무거운 침묵만 지킨 채 말이다. 대체 무슨 속셈으로 그런 불편하고 어색한 상황을 만드는지 알 수 없었지만, 아마 그는 그런 행동을 함으로써 내게 더 많은 불안감과 초조감을 느끼게 하려는 수작인 것 같았다. 실제로 그는 나에게 ─그리고 다른 아이들에게─ 종종 그런 식의 고도의 심리 전술 같은 것을 펼쳐 보이곤 했는데, 그러고 보면 그는 학생을 가르치는 교사보다도 보안사나 안기부의 요원으로 근무하는 게 훨씬 더 좋을 뻔했던 선생님이었다. 교내에 자신의 정보원이며 프락치 같은 놈들을 심어놓은 것만도 모자라, 그는 자신의 제자인 나에게까지 그런 고도의 심리 전술을 펼치는 치밀하고 비정한 성격의 노땅(?)이었으니까.

"어이, 김순철이……."

마침내 그가 특유의 거만하고 걸걸한 음성으로 낮게 입을 열었다. 이제부터 슬슬 취조를 시작하고 고문을 시작할 모양이었다. 그는 그때껏 보고 있던 잡지를 자신의 책상 위로 털썩 던져 놓은 뒤, 사뭇 날카롭고 위압적인 눈빛으로 나를 아래위로 한번 쩌려보고 훑어보았으니까.

"예……."

나는 담임 특유의 근엄한 말투와 위협적인 눈빛에 기어 들어가는 소리로 웅얼거렸다. 아이구, 슨상님! 대체 무슨 일 때문에 또 그렇게 화가 나고 공포 분위기를 조성하는지 모르겠지만, 아무튼 제가 죽일 놈이니 제발 저를 한 번만 용서해주십쇼 하는 얼굴로 말이다. 그러자 그가 그때껏 물고 있던 담배를 책상 위에 놓인 재떨이에 꾹꾹 눌러 끄더니, 이윽고 자신의 왼쪽 손목에 차고 있던 시곗줄을 천천히 풀기 시작했다.

"……!"

나는 그가 하는 행동이며 몸짓에, 또 한바탕 귀때기에 불이 나겠구나 싶었다. 그 양반은 항상 나나 다른 아이들의 뺨을 때릴 때면 그런 식의(시곗줄이 터져 시계가 망가지면 낭패니까!) 제스처랄까 의식 같은 것을 치르곤 했으니까. 그는 자신의 손목에서 푼 시계를 책상에 곱게 올려놓은 뒤, 자신이 반쯤 누워 있던 회전의자에서 천천히 몸을 일으켰다. 그러고는 뽀마드(대머리였기 때문에 그는 항상 뽀마드 기름을 매끈하게 머리에 발랐다) 냄새가 확 풍기는 손을 뻗어 내 뺨을 사정없이 세게 잡아 쥐고 무섭게 소리를 질렀다.

"야, 김순철! 니 정말 이 선생님한테 한번 뎌져볼래, 응? 이 새끼가 진짜 이 선생님 알기를 대체 뭘로 알고······."

그는 내 뺨이 한 10센티 정도는 늘어났을 정도로 세고 우악스럽게 막 잡아당기고 흔들어대더니, 마침내 시계를 푼 그 왼손—그는 왼손잡이였다—으로 내 뺨을 강하고 모질게 마구 올려붙였다. 철썩, 철썩, 철썩, 철썩, 철썩. 뒤로 주춤주춤 물러서며 한 대여섯 대 정도의 싸대기를 얻어맞았을까? 마침내 그가 한결 차분해지고 흥분이 가라앉은 목소리로 나에게 슬슬 말도 안 되는 훈계며 설교 같은 것을 늘어놓았다.

"야, 김순철! 니 진짜 정신이 있는 놈이가, 없는 놈이가? 새끼가 그런 일 있었으면 담임인 내한테 제일 먼저 보고하고 용서를 빌든가 해야지······ 니가 그렇게 입 꾹 다물고 있으면 내가 모를 줄 알았나, 엉?"

"······!"

음, 역시 그랬군. 대충 눈치를 긁긴 했지만, 역시 내 짐작이 맞았어. 근데 담임은 대체 내가 친 사고며 사건 같은 걸 어떻게 다 알게 된 것일까? 내 짐작이 틀리지 않다면 분명 전두환의 정보원에 프락치 노릇을 하는 녀석이 다 고자질하고 보고한 듯싶지만.

"새꺄, 와 대답이 없노? 입 붙었나, 응?"

"아, 아닌······ 데요. 죄, 죄송합니다······."

나는 대역죄라도 지은 듯 머리를 푹 숙이고 있었다. 고교 입시를 보고 안 보고는 분명 내 자유였지만, 그가 내 담임인 이상 그런 식의 간섭과 추궁을 하는 것은 어느 정도 나도 인정할 수밖에 없는 노릇이었으니까.

"뭐, 죄송? 내 참 기가 막혀서……. 얀마, 니는 니가 한 짓은 생각 안 하고 그냥 이 선생님한테 죄송합니다, 말민 하먼 이 일이 그냥 곱 게 끝날 것 같나? 니는 우리나라 문교부 장관이, 그리고 이 담임 선 생인 내가 정말로 그렇게 우습게 보이고 물로 보이나, 응?"

"아, 아입니다……."

나는 고개를 저으며 정말 죄송하다는 듯 말했다. 기왕 벌어진 일 좀 더 따뜻하고 부드러운 말로 타일러줬으면 하는 생각이 들었지만 전두환의 기분도 영 이해가 가지 않는 건 아니었다. 그렇다고 전두 환의 폭력과 체벌에 동의하고 찬성하는 건 아니었지만, 어쨌든 입시 날 있었던 일만큼은 나도 여러 가지로 반성할 게 많고 잘못한 것도 많은 게 사실이었으니까.

"새꺄, 아이긴 뭐가 아이고? 니도 생각이 있는 놈이면 니가 한 짓 을 한번 생각해봐라? 다른 날도 아니고 어떻게 그 신성한 입시 날 에 그런 개망나니 같은 짓을 저지를 수가 있노, 응? 하, 내가 진짜 이때까지 수많은 농땡이에 꼴통 새끼들을 봤어도 정말 니처럼 말 안 듣고 제멋대로인 놈은 처음 본다, 처음 봐! 내가 진짜 우짜다가 니 같은 놈 담임 돼 갖고 이 고생을 하고 이 골치를 썩는지……."

나는 그로부터 한 10분간 온갖 험한 욕에 모욕적인 말을 다 들 어먹어야만 했다. 그는 평소 갖고 다니는 지휘봉(그는 무슨 군 지휘관 이라도 되는 듯 군 장성들이 갖고 다니는 것과 비슷한 지휘봉을 갖고 다녔는 데, 걸핏하면 그 지휘봉으로 우리의 손바닥이며 머리통을 때리곤 했다)으로 연신 내 배를 쿡쿡 찌르며 나를 막 나무라고 훈계를 해댔던 것이다. 니가 진짜 앞으로 뭐가 되려고 그러냐, 내가 봤을 때 넌 진짜 앞으로 이 사회의 낙오자에 패배자밖에 될 게 없다, 아니 넌 이미 이 사회의 낙오자에 패배자에 인간 쓰레기다⋯⋯ 하는 식의, 악의에 차고 저주에 가까운 말들을 마구 지껄여대면서 말이다.

나는 전두환의 그런 험한 욕과 모욕적인 언사에, 새삼 전두환에 대한 강한 반항심과 반발심을 느꼈다. 다 내가 선생님이 하는 말을 안 듣고 학교가 가르치는 규정을 안 따랐기 때문에 얻어먹는 욕이고 꾸지람이긴 했지만, 그렇다고 학생을 가르치는 교사가 어떻게 자신이 가르치는 학생에게 그런 심한 욕과 폭력을 행사할 수 있단 말인가? 그리고 보면 당시 왜 내가 남들이 다 가는 고교를 그렇게 가기 싫어했으며, 이른바 제도권 교육이란 것에 대해 그렇게 큰 거부감을 느끼게 되었나 하는 것도 다 그러한 이유에서 비롯된 것인지도 모른다. 공부에 별로 취미가 없기도 했지만, 난 진짜 두 번 다시는 전두환 같은 폭력 교사 밑에서 더 맞고 싶은 생각도 없었고, 앞서 말한 것과 같은 온갖 험한 욕과 모욕적인 언사 같은 것도 더 듣고 싶지 않았으니까.

전두환에게 맞은 따귀와 들어먹은 욕 때문에 기분을 좀 잡치긴 했지만, 그래도 그날은 전두환이 약간 고마웠다. 다른 날 같았으면 벌써 귀때기를 맞아도 열두 대는 더 맞아야 했고 빠따를 맞아도 스무 대는 더 맞아야 할 상황이었지만, 다행히 그날은 전두환이 내게 더 이상의 폭력과 폭언을 행사하진 않았으니까.

아마 그는 방학도 다 되고 졸업도 가깝고 해서, 평소보다 조금 마음이 관대해진 모양이었다. 그게 아니면 정말 나란 놈한테 두 손 두 발 다 들고 완전히 학을 뗐든가! 그거야 뭐 그 자신만이 알 일이겠지만, 아무튼 그는 나한테 약 10분간의 험한 욕이며 훈계 같은 것을 다 늘어놓더니 마침내 사뭇 지치고 피곤한 표정으로 말했다.

"그래⋯⋯, 니 앞으로 우짤 끼고? 애들 얘기 들으니까⋯⋯ 니 2차도 안 본다고 그랬다면서? 고등학교 따위 100억을 줘도 안 갈 거라고 큰소리치면서."

와, 진짜 돌겠네, 돌겠어! 도대체 이런 시시콜콜한 얘기까지 전두환은 어떻게 다 알고 있는 거야? 여하튼 전두환에게 고자질하고 밀정 노릇한 새끼, 걸리기만 걸려봐라. 내가 눈탱이가 밤탱이가 되도록 두들겨주는 것은 물론, 거기다 보너스로 평생 틀니를 끼고 다니게 만들어줄 테니까.

"⋯⋯."

"말해 봐라, 인마? 니 진짜 앞으로 학교 안 다닐 끼가?"

"예⋯⋯."

"와?"

"⋯⋯."

"대답해 봐라, 인마? 니는 도대체 학교에 무슨 불만이 그리 많아 남들이 다 다니는 학교를 안 다니겠다는 거며, 만약 고등학교에 안 가면 앞으로 뭘 하면서 어떻게 살 건지 말이다?"

"⋯⋯."

나는 계속 묵묵히 입을 다물고 있었다. 부드럽고 차분한 분위기 속에서 그런 질문을 던진 거라면 모르겠지만, 나는 절대 그런 강압적이고 폭력적인 분위기 속에선 내 속을 털어놓고 싶지 않았으니까.

"어휴⋯⋯ 그래, 내가 더 이상 니 때리고 욕해 봤자 뭐 하겠노?

그란다꼬 니가 내 말을 들을 놈도 아이고……."

그는 졌다는 듯 절레절레 머리를 내저었다. 그러고는 이제 더 이상 나하고 얘기하는 건 시간 낭비라는 생각이 들었던지 책상 위에 놓인 담배를 한 대 붙여 물며 조용히 다시 입을 달싹였다.

"하여튼 니하고는 도저히 대화가 안 되니까, 니는 내일까지 무조건 너그 어무이 내한테 모시고 온나. 알았나?"

"예? 우리 엄마를…… 요?"

나는 뜨악한 눈으로 전두환을 쳐다봤다. 전혀 예상하지 못한 일은 아니었지만, 나는 막상 그가 엄마를 모셔 오라고 하자 가슴이 콱 막히는 것 같았다. 머리도 지끈지끈 아파오는 것 같고. 사실 나는 입시 날 이후 몇 번이나 엄마에게 얘기하려고 했다. 엄마한텐 대단히 미안하고 죄송하게 됐지만, 실은 내가 여차저차한 일로 상고의 시험장을 그만 뛰쳐나와버리고 말았노라고 말이다. 하지만 나는 결국 입시 발표가 있던 그날에 이르기까지 그런 사실을 솔직히 다 고백할 수 없었다. 나는 지난 며칠간 '오늘은 말해야지, 오늘은 말해야지……' 하면서도, 차마 엄마에게 말할 용기가 없어 그때까지 우물쭈물 엄마에게 아무 말도 하지 못하고 있었던 것이다. 제길. 염병. 빌어먹을.

"그래, 너그 어무이! 니랑 얘기해 봤자 답도 안 나오고 괜히 내 입만 아프니까, 니는 그냥 내일 너그 어무이나 학교로 모셔 온나! 알았제, 내 말?"

"예에……."

"알았다! 그라믄 그만 가봐라. 니가 한 짓을 봐선 진짜 반쯤 죽어놓고 싶지만, 인자 졸업도 얼마 안 남았고 니한테 더 이상 손 대기 싫으니까. 아, 그라고 잠깐! 내가 니한테 미리 얘기해두는데, 저번처럼 또 선생님 말 안 듣고 대충 넘어갈 생각은 꿈에도 하지 마라. 만약 내일까지 너그 어무이 안 모시고 오면, 내가 직접 너그 집으로 가정방문을 가든가 너그 어무이가 일하시는 가게로 찾아갈 생각이니까. 내 말 무슨 뜻인지 알겠제?"

"예에……."

"좋아, 그라믄 그만 가봐라. 니 오늘 진짜 용꿈 꿨다 생각하고……."

나는 전두환에게 꾸벅 인사한 뒤, 어둡고 무거운 얼굴로 조용히 상담실을 나왔다. 도대체 엄마한테 무슨 얘기를 어떻게 다 얘기하고, 엄마를 어떻게 다 내 생각대로 포섭하고 움직이게 할지 엄청 걱정되고 고심에 찬 얼굴로 말이다.

✕ ✕ ✕

호돌이로 가니, 쿤타와 마이클이 만화를 보며 나를 기다리고 있었다. 쿤타는 '오혜성'과 '마동탁'과 '엄지'가 나오는 **이현세**의 야구 만화를 보고 있었고, 마이클은 '구영탄'과 '박은하'와 '마구만'이 나오는 **고행석**의 명랑 만화를 보고 있었다.

"뭐라 카도? 전두환이 무슨 일로 니 불렀다 카도?"

"그래, 퍼뜩 말해봐라? 안 그래도 니 상담실로 불려 갔다길래, 니 걱정 억수로 많이 하고 있었는데……."

1985, 경주, 그리고 메텔에 관한 이야기

나는 녀석들의 옆에 털썩 주저앉아, 내가 상담실에서 맞은 따귀며 얻어먹은 욕들을 대충 얘기해주었다. 그건 뭐 그리 큰 자랑거리나 무용거리는 못 되었지만, 그렇다고 또 무슨 큰 수치거리거나 혼자만 알고 있어야 할 비밀 같은 건 아니었으니까. 내 얘기를 다 들은 쿤타가 그래도 그만하길 다행이라는 듯 크게 웃음을 터뜨리며 말했다.

"야아, 니 오늘 정말 용꿈 꿨다, 용꿈 꿨어! 전두환이 그래도 많이 봐줬네, 뭐? 원래 그 정도 사건이면 중상 또는 사망이어야 정상인데……."

"그건 그런데……, 아 진짜 골치 아파 죽겠다! 내일까지 학교로 엄마 모셔 오라는데, 엄마한테 또 뭐라 얘기를 해야 할지……."

나는 깊고 커다란 한숨을 토하면서 말했다. 벼룩도 낯이 있지 올한 해 내가 엄마를 학교로 불려 오게 한 게 몇 번인데, 또다시 엄마를 학교로 불려 오게 한단 말인가?

"별 수 있나? 사실대로 솔직하게 다 불고 고백하는 수밖에. 오늘이 시험 발표날인데, 더 이상 혼자 머리 싸매고 숨길 수 있는 상황도 아니잖아? 그러게 빨리 얘기 안 하고 뭐 했더노? 매도 먼저 낮는 게 낫다고 빨리 자수하고 끝내지, 뭐 하러 여태까지 이야기 안 하고 질질 끌고 있다가……."

"이 새긴 지 일 아니라고, 말 참 쉽게 하네! 얀마, 그게 말처럼 그렇게 쉽나? 니가 내 같으면 그렇게 쉽게 입이 떨어지겠나, 응?"

나는 쿤타의 말에 왈칵 짜증이 나서 말했다. 녀석의 말이 맞긴 맞지만, 누군들 얘기하고 싶지 않았겠는가? 짜식이 내 사정 뻔히 알면서 괜히 또 남의 속을 뒤집고 있어. 하여튼 새끼가 남에 대한 이해심이라든가 배려심 같은 건 약에 쓸래야 쓸 데도 없다니깐. 에잉, 철딱서니 없는 새끼.

"그건 그렇고…… 참, 너그는 어째 됐노? 시험 발표 말이다? 학교로 전화해봤나?"

나는 그쯤에서 슬쩍 마이클과 쿤타의 합격 여부 쪽으로 화제를 바꾸었다. 녀석들이 걱정하고 신경 써주는 건 고마웠지만, 나는 녀석들에게 더 이상의 약한 모습과 의기소침한 모습을 보이고 싶지 않았으니까.

"아니, 아직 안 해봤다. 궁금하긴 궁금한데, 혹시 떨어졌으면 어쩌나 싶어서. 혹시 떨어졌으면 어쩌지?"

마이클이 살짝 걱정에 찬 표정으로 답했다. 내 생각으론 분명 합격했을 것 같았지만, 녀석은 약간 불안해하고 있는 것 같았다. 하긴 그렇기도 하겠지. 대입만큼 크고 중요한 시험은 아닐지 몰라도, 고입 역시 우리에겐 엄청나게 크고 중요한 시험임엔 틀림없을 테니까.

"에이, 설마? 니는 100프로 합격했을 끼다. 부자 망해도 3년은 간다꼬, 그래도 기본 실력이라는 게 있는데."

"그럴까……?"

"그래! 장담하는데, 니는 100프로 합격했을 끼다. 그것도 꽤 괜찮은 성적으로……"

"얀마, 니는 와 마이클한테만 묻고 내한텐 안 묻노? 사람 차별하는 거가, 뭐고?"

쿤타가 짐짓 나를 보며 투덜거렸다. 듣고 있자니까 약간 짜증 나고 섭섭하다는 투로.

"뭐? 내가 굳이 묻고 자시고 할 게 뭐 있노? 보나마나 넌 이번 시험에 떨어졌을 게 뻔한데."

"이게 진짜! 아주 악담을 해라, 악담을 해. 응?"

나는 쿤타를 향해 키들키들 웃다가, 두 녀석이 보고 있던 만화책을 덮고 치우면서 말했다.

"쇠뿔도 단김에 빼랬다고, 빨리 밖으로 나가자! 시험에 붙든 안 붙든 확인해볼 건 빨리 확인해봐야지. 자, 빨리 공중전화로 가서 확인해보자."

나는 애들과 함께 밖으로 나온 뒤, 호돌이 앞에 있는 공중전화로 향했다. 마이클이 먼저 다이얼을 돌렸다. 114를 통해 알아낸 K고의 교무실인가 서무과 전화번호로.

"저, 합격자 발표 좀 알아보려고요……. 수험 번호요? 에, 제 수험 번호는……."

전화기 너머의 목소리가 '합격!'이라고 말한 것 같았다. 합격자 명단을 확인하는 동안 —한 30초가량 되었을까?— 잠시 굳어있던 마이클의 얼굴이 일순 보름달처럼 확 밝아졌으니까.

"에, 감사합니다! 감사합니다……."

"뭐라 카도? 합격 맞제? 맞제?"

내가 조금 격앙되고 새된 목소리로 물었다. 아직 흥분이 조금 덜 가신 얼굴로 마악 손에 든 수화기를 내려놓는 마이클에게. 그러자 쿤타도 나를 따라 아주 속이 타고 긴장돼 죽겠다는 투로 마이클에게 물었다.

"그래, 빨리 말해봐라? 말하는 거랑 표정을 보니, 100프로 합격한 게 맞는 것 같지만."

"그래, 맞다! 합격이란다, 합격!"

마침내 마이클이 말했다. 약간 쑥스러워하는 것 같으면서도 내심 좀 안도하고 즐거워하는 기색으로.

"야아, 축하한다, 축하해! 봐라, 내가 뭐라 그라디? 니는 100프로 합격할 거라고, 내가 장담 안 하더나?"

나는 축하해주었다. 수고했다는 듯 마이클의 어깨를 툭툭 두드려주며.

"응, 그래. 고맙다."

"야 축하한다, 마이클!"

쿤타도 축하해주었다. 제가 무슨 북한의 김일성이나 중공의 등소평이라도 되는 듯 연신 마이클의 손을 맞잡고 격렬한 포옹을 하면서. 아무튼, 얼마간 쿤타의 열렬한 축하와 포옹을 받던 마이클이 쿤타를 향해 말했다.

"그럼 나는 합격한 거 확인했으니까 됐고…… 쿤타 니도 빨리 전화해봐라? 이제 내 차례는 끝났고 쿤타 니 차례니까."

"그래야지! 근데 뭐 전화하고 자시고 할 거나 있나? 전화하나 안하나, 나도 니처럼 합격했을 게 100프로 뻔한데! 내가 아무리 공부를 못해도 그렇지, 솔직히 내가 상고도 못 들어갈 정도의 빠가나 돌대가리는 아니잖아?"

쿤타는 자신만만하게 수화기를 들었다. 하지만 나는 녀석의 손이 약간 떨리는 것을 느낄 수 있었다. 하긴 좀 떨리긴 떨렸을 것이다. 상고는 웬만해선 떨어지려야 잘 떨어질 수도 없는 학교이긴 했지만, 어쨌든 녀석은 반에서 50~60등 정도를 할 만큼 더럽게 공부를 못했으니까.

"옛? 합격이라꼬요? 옛, 고맙습니다! 고맙습니다……."

쿤타 역시 합격이었다. 100프로 합격일 거라며 큰소리치긴 했지만, 녀석은 내심 많이 불안하고 초조했던 모양이었다. 녀석은 전화를 끊자마자 마치 서부영화에 나오는 아팟치처럼 온갖 발광에 괴성을 다 내며 미쳐 날뛰었으니까.

"으하하하, 합격이란다, 합격! 봐라, 내가 뭐라 그라듸? 나는 전화해보고 자시고 할 것도 없이 무조건 합격일 거라고 안 하더나? 그라고 보면 나도 공부를 안 해서 그렇지 꽤 머리가 좋긴 좋은 모양이야, 응? 니들도 알다시피 난 시험 칠 때까지 맨날 잠이나 퍼 자고 놀기만 했는데, 이렇게 떡하니 시험에 붙고 합격한 걸 보면 말이지! 우헤헤헷."

"야, 웬만하면 좀 참아라 응? 남들이 보면 니가 상고에 붙은 게 아니라, 무슨 서울대나 연고대에라도 붙은 줄 알겠으니까. 으이그, 덜떨어진 새끼! 니는 다른 학교도 아니고 상고에 붙은 게 그렇게도 기쁘고 좋나, 응? 좋아?"

나는 입을 비쭉거리며 물었다. 원체 공부를 못하는 녀석이었으니 기분이 좋은 건 어쩔 수 없겠지만, 나는 왠지 녀석의 그런 행동에 배가 살짝 아프고 기분이 좀 거슬렸던 것이다. 대체 내가 왜 녀석의 그런 행동에 배가 살짝 아프고 기분이 좀 거슬렸던 건지는 나도 잘 알 수가 없는 노릇이었지만, 뭐 어쨌든.

"당연하지! 그럼 넌 이 상황에서 기분이 좋지, 기분이 나쁘겠나? 새끼가 별 걸 다 갖고 시비네, 시비가?"

"하긴, 니 입장에서 보면 기분이 좋기도 하겠지. 내 같으면 쪽팔려서라도 안 다니겠지만, 니같이 무식하고 덜떨어진 애들한테는 상고가 무슨 하버드나 옥스퍼드처럼 훌륭한 학교로 느껴질 수도 있을 테니까."

"짜식, 부러워하긴! 안마, 부러우면 부럽다고 해. 괜히 잘난 척 비아냥거리고 심통맞은 소리해 봤자 니만 약오르고 추해 보이니까."

"내 참, 미치겠네! 내가 대가리 총 맞았나? 내가 공납금만 주면 누구나 다 들어갈 수 있는 학교에 들어간 널 부러워하게?"

나는 헛웃음 지으며 비아냥거렸다. 쿤타가 무슨 잘못을 하거나 실수를 한 건 아니었지만, 나는 왠지 모르게 쿤타의 행동에 조금 짜증이 나고 심술 같은 게 스멀스멀 피어올랐던 것이다.

"생각해봐라, 내가 널 부러워할 이유가 대체 뭐가 있는지? 막말로 니가 합격한 그 학교, 오랑우탄이나 고릴라 정도의 지능만 돼도 다 들어가는 학교 아이가?"

"뭐, 오랑우탄? 고릴라? 와, 이 새끼 진짜 말하는 것 좀 봐라! 친구가 합격했음 축하는 못 해줄망정…… 니 진짜 내한테 말 다했나, 응?"

쿤타가 와락 짜증이 나고 신경질이 난다는 투로 말했다. 내가 원래 좀 말을 심하게 하는 편인 건 알지만, 아무리 그래도 오랑우탄이나 고릴라 같은 발언은 너무 심하지 않냐는 어투로 말이다.

"그래, 말 다 했다! 우짤래?"

나는 '내가 조금 심했나?' 싶은 생각이 들긴 했지만, 계속해서 녀석의 약을 살살 올리고 내 잘못을 시인하지 않았다. 내가 너무 심하고 독한 소리를 했다 싶긴 했지만, 그렇다고 녀석에게 미안하단 말을 하거나 잘못했단 소리는 죽어도 하기 싫었으니까.

"와, 이 새끼가 진짜! 니 정말 그런 식으로밖에 얘기 못 하겠나, 응?"

더 두고 보고 있다가는 서로 주먹질이라도 할까 겁났던 모양이었다. 평소 별로 웃기지도 않고 농담도 잘 못하는 마이클이, 제 딴에 우리를 한번 웃겨볼 요량으로 이런 웃기지도 않은 흰소리에 어설픈 유머 같은 걸 마구 늘어놓아댄 걸 보면.

"제발 그만 좀 해라, 그만 쫌! 너그는 우째 맨날 치고받고 하면 될 걸 갖고 계집애처럼 투닥투닥 말싸움만 하고 그라노? 부탁하는데, 제발 싸우려면 치고받고 제대로 좀 싸워라 싸워! 이건 뭐 계집애들도 아니고 맨날 말로만 죽이니 살리니 하니 어디 관객 입장에 서라도 재미가 있고 스릴이 있어야 말이지……."

마이클의 유머와 흰소리 덕분에 우리는 서로 머쓱한 웃음을 흘리며 싸움을 멈출 수밖에 없었다. 뭐 크게 싸울 일도 아니긴 했지만, 원래 싸움이란 건 옆에 있는 사람이 직접 멍석을 깔아주고 싸우라고 하면 오히려 더 잘 안 싸워지는 법이니까. 쿤타와 내가 서로 어색한 웃음을 흘리며 멋쩍게 서 있자, 마이클이 짐짓 어색하진 분위기를 누그러뜨리고 무마시키려는 투로 자신이 오늘 거하게 한턱 쓰겠다고 했다. K고에 합격한 것도 있고, 또 어제가 마침 자신이 한 달간 쓸 용돈을 받는 날이어서 현재 자신이 갖고 있는 것은 돈밖에 없다나 어쨌다나 뭐 그러면서.

"야야, 그러니까 둘 다 애들처럼 그만 투닥거리고…… 우리 어디 맛있는 거나 좀 먹으러 가자! 뭐 먹을래? 햄버그? 돈가스? 탕수육? 뭐든 말만 해라. 한 10,000원 한도 내에서는 내가 오늘 니들이 사달라는 것 다 사줄 테니까."

"왓, 정말이가? 그럼 우리 오랜만에 반도리아에 가서 햄버그나 좀 묵고 음악이나 듣고 그라자! 사실 우리 요새 그쪽으로 안 간 지도 꽤 오래됐다 아이가?"

"쳇, 반도리아는 무슨 반도리아고? 반도리아에 갈 바에야 차라리 엔젤스로 가서 돈가스를 먹는 게 훨씬 더 낫지……."

나는 쿤타의 말에 슬쩍 딴지를 걸며 말했다. 다른 날 같았으면 나 역시 쿤타의 말에 크게 반대를 하지 않았을 것이다. 본전을 드나들면서부터 그쪽으로 잘 안 가게 되긴 했지만(녀석들은 반도리아 쪽이 훨씬 더 마음에 들고 취향에 맞는 듯했지만, 나는 본전 쪽이 훨씬 더 마음에 들고 취향에 맞았다), 우린 그 몇 달 전까지만 해도 반도리아에 들러 자주 햄버그도 먹고 음악도 듣고 했으니까. 그랬다. 당시 반도리아는 우리 도시에 단 한 개밖에 없던 패스트푸드점이었는데(그때까지만 해도 우리가 살던 경주엔 롯데리아나 맥도날드 같은 패스트푸드점이 하나도 없었다), 그래서 우리 또래의 애들이 가는 음식점이나 놀이터 중에선 그곳이 가장 인기도 많고 분위기도 좋은 공간이었다. 그곳은 순대나 떡볶이 따위를 파는 분식점들과 달리 가게의 인테리어나 메뉴 같은 게 무척이나 세련되고 고급스러운데다, 특히 가게 한 켠에 DJ 박스까지 갖춰져 있어 우리 또래의 아이들에게 일종의 음악감상실 역할까지 하는 곳이었던 것이다(신청곡을 써주면 그곳의 잘생긴 DJ

1985, 경주, 그리고 메텔에 관한 이야기

가 신청곡을 틀어주었다). 그러나 솔직히 말해, 난 그날만큼은 정말 그곳에 별로 가고 싶지 않았다. 가기가 좀 그랬다. 다 못난 나의 자격지심에 피해의식 같은 게 만들어낸 결과물이겠지만, 나는 그곳에서 나를 아는 여자애들을 만날까 봐 좀 겁나고 불안했던 것이다. 그랬다. 나는 그 몇 달 전까지만 해도 애들과 함께 그곳을 자주 들락거렸기 때문에 그곳에 오던 여자애들을 많이 알고 있었는데(딱히 그렇게 친하게 지내진 않았지만), 날이 날인 만큼 그 여자애들이 내가 시험 친 고교며 합격 여부 같은 것들을 물어올지도 모른다는 생각이 들었던 것이다. 물론, 난 그때의 내 처지며 상황 같은 것들이 그렇게 부끄럽다거나 비참하다고는 생각하지 않았다. 남들이 들으면 웃겠지만, 내게는 다 내 나름대로의 꿈이랄까 자기 소신 같은 게 있었으니까.

하지만 그것과는 별개로, 나는 조금 걱정스럽고 부담스러웠던 것이 사실이었다. 부러 나를 욕보이거나 망신 주려고 그런 걸 묻는 여자애들은 없겠지만, 괜히 또 별로 궁금하지도 않은 내 안부를 묻거나 내가 시험 친 고교며 합격 여부 따위를 물어오면 어쩌나 하고 말이다. 그러고 보면 나도 참 내가 싫어하던 많은 놈들과 마찬가지로 겉 다르고 속 다른 위선자에다 이중인격자였다. 나는 평소 명문고가 아니면 고등학교라고 생각지 않고 명문대가 아니면 대학교라 생각 안 하는 인간들을 아주 많이 경멸하고 미워했는데, 실은 나 역시 내가 아주 많이 경멸하고 미워했던 인간들과 마찬가지로 겉 다르고 속 다른 위선자에 이중인격자임을 자인할 수밖에 없는 행동을 보이고 있었던 것이다.

"흥, 그건 니 생각이고……."

쿤타도 가만히 내 말을 듣고만 있진 않았다. 녀석은 내 말에 크게 콧방귀를 뀌더니, 옆에 있던 마이클에게 구원을 요청하듯 물었다.

"야 성재야, 니가 좀 말해봐라? 니는 어디로 갈래? 니는 반도리아 랑 엔젤스 중에 어디로 가는 게 더 낫겠노?"

"글쎄……."

마이클이 슬쩍 내 눈치를 보며 웃었다. 선뜻 답을 하지 않긴 했지만, 녀석도 쿤타와 마찬가지로 엔젤스보다 반도리아 쪽인 것 같았다. 하긴 여자애들과 미팅을 하거나 소개팅을 한다면 모를까, 우리끼리 엔젤스로 가는 건 좀 그랬다. 뭐 남자끼리 칼질(?)을 하지 말란 법은 없었지만, 아무래도 그곳은 여자애들과 미팅을 하거나 소개팅을 한다 그럴 때 분위기를 잡는 경양식집이었으니까.

"글쎄는, 뭐가 글쎄고? 내가 딱 보니까 마이클 니도 내처럼 반도리아 쪽인데? 맞제?"

쿤타의 말이 맞는 모양이었다. 마이클이 나에게 살짝 미안한 표정을 짓더니, 어느새 나를 살살 달래고 설득하는 말투로 자신의 의견을 말했으니까.

"야 철아, 오늘은 그냥 반도리아로 가고 엔젤스엔 다음에 가자. 사실 니가 본전 쪽이 훨씬 더 편하고 좋대서 본전 쪽으로만 갔지, 요즘 우리 반도리아에 안 간 지 꽤 오래됐잖아, 안 그래?"

생각 같아선 그냥 너희들끼리 가라고 말하고 싶었다. 나는 그냥 르노 형 방에서 라면이나 한 개 끓여 먹으면 되니까, 너희들끼리 가서 햄버그도 먹고 음악도 듣고 재밌게 놀라고 하면서. 사실 난 아까부터 혼자 좀 있고 싶다는 생각이 들었다. 녀석들의 합격을 축하하지 않는 건 아니었지만, 나는 왠지 녀석들과 헤어져 혼자 좀 생각도 하고 쉬고 싶은 생각이 들었던 것이다. 하지만 나는 녀석들의 의견에 크게 반대하거나 고집을 피우진 못했다. 괜한 자격지심에 피해의식 탓인지 모르겠지만, 만일 녀석들의 의견에 계속 반대하고 고집을 피우면 녀석들이 나를 막 비웃고 손가락질할 것만 같은 기분이 들었던 것이다. 뭐 대놓고 비웃거나 손가락질하진 못하겠지만, 내가 굳이 그날만큼은 반도리아로 잘 가지 않으려 하는 이유며 심리 같은 걸 훤히 다 꿰뚫어보고 알아채고서 말이다.

"그래? 그럼 그러지 뭐. 니 얘기 들으니까 진짜 거기 안 가본 지도 꽤 오래된 것 같으니까."

나는 애써 태연한 표정으로 말했다. 속으론 그냥 녀석들과 헤어져 혼자 있고 싶은 기분이 들었지만, 낸들 뭐 어쩌겠는가? 괜히 또 녀석들의 말에 계속 고집을 피우고 어깃장을 놓고 하다가는, 내가 진짜 녀석들의 눈에 겉 다르고 속 다른 위선자에 친구의 합격 소식에 배나 아파하는 좀팽이 같은 놈으로 비춰질지도 모르는 일인데 말이다. 에이, 쌍!

episode 6

반도리아로 들어서자 크리스마스가 앞으로 다가왔음을 느낄 수 있었다. 크리스마스가 열흘 앞으로 바짝 다가온 탓에 그곳엔 제법 흥겨운 크리스마스 캐럴이 흐르고 있었고, 실내 장식품이며 분위기 같은 것들도 죄다 크리스마스풍으로 알록달록하고 아기자기하게 바뀌어 있었던 것이다.

나는 전에 왔던 때와 많이 바뀐 가게 안의 소품이며 분위기 같은 것을 쓰윽 한번 둘러보며, 애들과 함께 가게 한쪽의 빈자리로 가서 조용히 엉덩이를 부렸다. 그러자 언제나 그랬듯 '어디 아는 여자애나 예쁜 애가 없나?' 하고 사방을 두리번거리고 살펴보던 쿤타가 DJ 박스 쪽을 보며 크게 웅얼거렸다.

"엇, 저기 현지랑 헤리도 와 있네! 야, 우리 저리로 자리 옮길래?"

쿤타가 가리키는 곳을 보니, 아닌 게 아니라 가게 중앙에 있는 DJ 박스 앞에서 현지와 헤리가 참새처럼 짹짹 수다를 떨며 감자튀

　　　　　　　　1985, 경주, 그리고 메텔에 관한 이야기

김과 함께 콜라를 마시고 있는 게 보였다. 노는 물이며 성향이 많이 달라 그리 가깝게 지내진 않았지만 우리는 당시 현지와 혜리랑 가벼운 인사나 농담 정도는 주고받는 사이였다. 젠장, 하필이면 저 여자애들이 또 여기 있을 게 뭐람? 다른 여자애들은 몰라도 현지 쟤 진짜 내가 오늘만큼은 좀 안 만났으면 싶은 계집애였는데…….

"야, 쪽팔리니까 그냥 모른 척해! 이 새끼 그냥 계집애들만 보면 정신이 헬렐레 해갖고서는…….."

"쳇, 이 새끼 그냥 뻑 하면 쪽팔린대? 얀마, 쪽팔리긴 뭐가 쪽팔려? 서로 모르는 사이도 아니고 한두 번 본 사이도 아닌데…….."

내가 눈치를 주는 것도 아랑곳없이 쿤타는 기어이 현지와 혜리가 있는 자리로 갔다. 당연했다. 녀석은 자신이 아는 여자애한텐 무조건 다 아는 척하고 온갖 주접에 설레발을 떨어대야 직성이 풀리는 바람둥이였으니까.

"아, 내 저 꼴통 새끼! 하여튼 저 새끼 저건 지가 무슨 카사노바도 아니고 그저 계집애들만 보면 우째 한번 해 볼라꼬…….."

나는, 현지와 혜리가 있는 데로 가서 온갖 주접에 설레발을 다 떠는 쿤타를 보며 속으로 빌었다. 기도했다. 제발 오늘은 현지가 나를 좀 모른 척해주고 나에게 아무 말도 안 붙여주기를! 내가 너무 소심해지고 자존감이 떨어져서 그런지 모르겠지만, 나는 아까 걱정했던 것처럼 현지가 괜히 나에게 와서 내가 답하기 곤란한 질문을 던져올지도 모른다는 생각이 들었던 것이다. 뭐 현지 걘 이미 내가 원서를 낸 고교며 시험장을 뛰쳐나와버린 일에 대해서까지 모두 다 훤히 알고 있을지도 모른다는 생각이 들긴 했지만 말이다. 그랬다.

다른 애라면 몰라도 현지 갠 이미 나에 대한 뉴스며 소문 같은 걸 다 듣고 알고 있을 공산이 컸다. 갠 어렸을 때부터 우리 학교의 최고 정보통에 소식통이었고, 난 어쨌든 우리 동기 최고의 유명 인사에(내 말이 거짓말 같은가? 내 말에 동의하지 않아도 좋지만, 원래 학교 다닐 땐 싸움을 잘하는 애들이 가장 유명한 법이고 또 남의 입에 자주 이름이 오르내리는 법이다. 예컨대 내가 다니던 학교의 애들은 전교 회장이라든가 공부로 전교 1등을 하는 애들의 이름은 잘 몰라도, 모두 다 내 이름 석 자는 잘 알고 있었던 것이다. 우리 동기 애들은 물론 저 1, 2학년짜리 꼬마애들까지 싹 다!) 뉴스메이커였으니까.

그러나 내 기도는 전혀 아무런 효력도, 효험도 없었다. 가끔 간단한 안부를 묻거나 시시한 농담을 주고받을 때도 있었지만 우리는 그냥 가벼운 눈인사 정도만 하고 서로 데면데면하게 모른 척 지나칠 때도 많았다. 그런데 그날따라 무슨 바람이 불었는지 현지가 흘긋 내 쪽을 보더니, 자신이 앉아 있던 곳에서 마이클과 내가 앉은 탁자로 살랑살랑 다가왔던 것이다.

"안녕! 그래, 그동안 잘 지냈나?"

"으, 으응. 그래, 니도…… 잘 지냈제?"

나는 어색한 웃음을 지으며 말했다. 딱히 무슨 죄를 지은 것도 아니었지만 나는 괜히 현지를 보기가 좀 부끄럽고 껄끄러운 기분이 들었다. 아직 확인해보진 않았지만 현지는 분명 '여고(여자애들이 다니는 학교는 다 여고라 불러야 마땅하겠지만, 당시 경주에서는 여고 중에서 제일 공부를 잘하는 애들이 가는 K여고만이 여고라는 칭호를 얻을 수 있었다. 대체 왜 그런 인식이 생기고 룰이 만들어지게 되었는지 모르겠지만, 아무튼 그게 당시 내가 살던 고향 사람들의 인식이고 문화였다)'에 합격했을 것이다. 그것도 꽤 훌륭하고 우수한 성적으로. 애가 초등학교 때부터 조금 끼가 많고 음악이며 춤 같은 걸 좋아하긴 했지만, 현지는 그래도 초등학교 내내 학급 회장과 부회장 같은 걸 도맡아 할 만큼 공부도 잘하고 머리도 영리한 애였으니까. 그랬다. 현지와 나는 초등학교 때부터 서로 잘 아는 사이였다. 나는 초등학교 때부터 여자애들이랑은 말도 잘 안 하고 서먹서먹하게 지내던 편이긴 했지만, 어쨌든 현지는 나랑 같은 초등학교를 나온 초등학교 동창이었던 것이다. 그것도 5~6학년 내리 같은 반이었던 데다, 6학년 땐 1년 내내 내 바로 앞자리에 앉아 있던 여자애이기도 했던 것.

"그래, 나도 잘 지냈다. 하여튼 잘됐네, 안 그래도 내가 오늘쯤 너 그 집으로 전화할라 캤는데……."

"엥? 니가 왜 우리 집으로 전화를……?"

나는 눈이 탁구공만 해져 물었다. 대체 현지가 무슨 일로 갑자기 우리 집으로 전화를 걸어 온단 말인가?

"으응, 딴 게 아니고……."

옆에 있던 마이클 때문에 얘기를 하기 좀 그랬던 모양이었다. 현지가 마이클을 향해 살짝 미안하다는 표정을 지으며 말했으니까.

"저 미안한데…… 잠깐만 자리 좀 비켜주면 안 될까? 내가 철이랑 잠깐 얘기를 할 게 있어서 말이야……."

"그래? 으응, 알았어……."

다소 얼떨떨한 표정을 짓긴 했지만, 마이클은 흔쾌히 자신이 앉아 있던 자리에서 일어나주었다. 하긴 무슨 대단한 부탁을 하는 것도 아닌데, 대체 어떤 녀석이 거기서 계속 엉덩이를 뭉개고 앉아 있을 수 있겠는가? 더군다나 마이클은 당시 현지를 약간 좋아하는 눈치였는데 말이다. 그랬다. 녀석이 민망할까 봐 부러 아는 척 안 하고 있었지만, 당시 마이클은 현지에게 조금 관심이 있는 눈치였다. 또 현지 계집애도 마이클에게 약간의 호감 같은 걸 품고 있는 기색이었고 말이다.

"철아, 그럼 둘이서 얘기해라. 나는 저쪽, 쿤타가 있는 테이블에 가 있을 테니까."

"어, 그래……."

나는 마이클이 쿤타와 혜리가 있는 곳으로 가는 모습을 바라보다, 현지와 단둘이 있는 게 조금 멋쩍고 어색해져 실없는 농담부터 한마디 툭 던졌다.

"그래, 할 얘기가 뭔데? 설마 초등학교 때부터 나를 짝사랑 했다거나, 앞으로 나랑 사귀고 싶다는 얘기는 아니겠지? 미안하지만, 그런 얘기라면 미리 사양할게. 나는 34-24-35 정도의 글래머 아니면 아예 상대 안 하니까."

"호호홋, 하여튼 니도 참……."

현지는 목젖이 보일 정도로 크고 유쾌하게 웃었다. 마치 올해 들은 농담과 유머 중에 방금 내가 한 농담과 유머가 가장 재미있고 웃긴다는 듯이 말이다. 그런데 현지가 갑자기 6학년 때 담임이었던 선생님 얘기를 슬며시 꺼내기 시작했다.

"실은 다른 게 아니라……; 니 혹시 우리 선생님 소식 들었나? 왜 6학년 때 담임이었던, 김경희 선생님 소식 말이야."

"김경희 선생님? 와, 그 선생님한테 무슨 일 생겼나?"

"아니, 무슨 일 생긴 건 아니고…… 실은, 선생님 요번에 결혼하신 다더라!"

"뭐? 진짜가……?"

나는 묘한 질투심과 배신감 같은 것을 느끼며 물었다. 중3이 된 그때야 내가 왜 그런 말도 안 되는 상상과 망상을 했을까 싶었지만, 난 초등학교 6학년 때까지만 해도 가끔씩 내가 그 선생님과 결혼하는 상상과 망상을 하곤 했던 것이다. 그 선생님은 당시 스물네 살인가 스물다섯 살밖에 안 된 어린 여선생님이었고, 게다가 얼굴도 아주 예쁘고 착하게 생긴 여선생님이었으니까.

"응, 진짜다! 다음 달 초쯤에 결혼식 한단다. 여기 경주서 하는 건 아니고, 선생님 고향인 대구서."

"으음, 그랬군……."

나는 왠지 모를 상실감과 허탈감 같은 것을 느끼며 중얼거렸다. 대체 무슨 심리로 그런 상실감과 허탈감이 들었는지 잘 모르겠지만, 나는 아무튼 나의 첫사랑이 다른 남자에게 시집을 간다는 소리를 들었을 때랑 비슷한 감정이 들었던 것이다.

"근데, 갑자기 그 선생님 이야기는 와 하노? 설마 그 선생님 결혼식에 주례를 좀 서달라거나 사회를 좀 봐달라는 부탁을 하려고 그러는 건 아닐 거고……."

"뭐? 호호홋……."

현지는 아까처럼 크고 명랑하게 웃으며 내 팔을 몇 번 세게 후려쳤다. 계집애, 웃기면 그냥 웃지 왜 남의 팔은 세게 후려치고 난리야 난리가! 근데, 여자애들은 왜 남자애들이 조금만 웃기는 얘기를 하고 싯궂은 농담을 하면 남자애들의 팔을 세게 후려치는 것일까? 하긴 그건 남자의 뒤통수를 후려치거나 엉덩이를 걷어차는 것보단 훨씬 더 나은 버릇이기는 하다.

"사실은…… 이제 입시도 끝났겠다, 또 며칠 있으면 겨울방학도 하겠다…… 그래 갖꼬 이번 참에 겸사겸사 우리 반도 반창회를 한번 하는 게 어떨까 싶어서……."

"반창회?"

"그래, 반창회. 그저께 우연히 길에서 선생님 만났는데, 선생님이 그라더라. 다음 달에 결혼하면 아무래도 곧 미국으로 떠나게 될 거 같다고……."

"뭐, 미국? 미국엔 뭐 하러 가는데?"

나는 눈을 크게 뜨고 물었다. 요즘에야 뭐 돈만 있으면 미국이든 프랑스든 마음대로 다 갈 수 있는 세상이지만, 그때만 해도 미국이란 곳은 아무나 그렇게 쉽게 갈 수 있는 곳이 아니었으니까.

"글쎄, 나도 자세히는 모르겠는데…… 아무튼, 선생님하고 결혼하실 분이 재미교포라나 미국 유학생이라나 뭐 그렇다나 봐. 여하튼 그래서 선생님도 어쩔 수 없이 요번 학년을 끝으로 학교를 그만두고 미국으로 떠난대. 그 남편 될 분을 따라 뉴욕인가 보스턴인가로 말이야."

"으음, 그렇군……."

나는 쓸쓸한 미소를 띠며, 선생님이 미국으로 가기 전에 한번 보고 싶다는 생각을 했다. 다른 애들에게도 다 상냥하고 친절하게 대해주던 선생님이었지만, 그 선생님은 그중에서도 나를 아주 많이 칭찬해주고 귀여워해주던 선생님이었으니까.

"아무튼 그래서…… 너한테 전화하려 한 거야. 이번 기회에 우리 반도 반창회를 한번 하면 어떨까 싶어서. 보니까, 다른 반 애들은 벌써 다 작년에 한 번 모인 적도 있고 하던데…… 우리 반 애들은 아직 한 번도 그런 모임을 갖거나 만난 적이 없잖아? 그러니까 우리도 이번 기회에 서로 연락해서 한번 모이자, 이거지! 마침 선생님도 결혼 후 미국으로 떠난다고 하니까 그 전에 우리 반 애들이 한번 모여서 미국으로 떠나는 선생님께 좋은 추억도 만들어드리고, 또 우리도 서로 못 만났던 친구들 보고 하면 좋잖아? 안 그래?"

"글쎄, 뭐 괜찮은 것 같긴 한데…… 다른 애들 반응은 어떻던데? 다른 애들한테도 이런 얘기 다 알리고 물어봤을 거 아냐?"

나는 떨떠름한 미소를 흘리며 물었다. 다른 애들에겐 어떻게 들렸는지 모르겠지만 나로서는 꽤 당황스럽고 곤혹스러운 소식이었다. 나 역시 그동안 못 봤던 친구들이랑 김경희 선생님은 꼭 한번 만나보고 싶었다. 나는 초등학교 1학년 때부터 중학교 3학년 때까지 총 9년간 학교를 다녔지만 그래도 그 6학년 때가 가장 재밌고 즐겁게 학교를 다닌 것 같았으니까. 그런데 알다시피 나는 반 애들과 담임 선생님 앞에 그리 떳떳하게 나설 수 있는 입장이 아니었다. 나로선 뭐 별로 인정하고 싶지 않지만, 나는 반 애들과 담임 선생님이 보기에 가장 실패하고 몰락한 인간으로 비칠 공산이 컸다. 나는 초등학교 때까지만 해도 꽤 재능이 많고 똑똑한 놈으로 통했지만 3년이 지난 그때에는 남들이 다 가는 3류 실업 고등학교에조차 못 가게 된 문제아에 불량 청소년이 돼 있었으니까.

"아이다. 이건 몇몇 여자애들한테만 얘기했을 뿐, 남자애한테는 니한테 처음으로 하는 얘기다. 니가 원래 학급 행사라든가 모임 같은 걸 다 내한테 미루긴 했지만 그래도 니가 명색이 우리 반 부회장이었다 아이가? 게다가 우리 반 남자애들도 니가 다 꽉 잡고 있었고. 그러니까 이번 반창회 일은 니 도움이 제일 절실하게 필요할 것 같다. 여자애들한테야 내가 연락하면 되겠지만 아무래도 남자애들한테는 니가 연락하는 게 더 안 낫겠나? 원래 초등학교 때 하던 비상 연락망도 다 그런 식으로 되어 있었고……."

"무슨 소리고? 남자애들을 꽉 잡고 있었던 건 니지, 내가 아이다! 혹시 여자애들을 꽉 잡고 있었던 게 내라면 맞는 말이겠지만……."

나는 살짝 기분이 좋아져서 말했다. 나는 다 잊어버린 얘기지만, 현지는 제법 나의 초등학교 시절에 대한 얘기를 잘해주고 있었으니까. 맞다. 나는 초등학교 6학년 때 우리 학급의 부회장이었다. 나는 집 형편도 별로 좋지 않고 엄마도 학교에 잘 올 형편이 안 돼서 그런 감투 따위 전혀 쓰고 싶지 않았지만(그런 걸 하게 되면 아무래도 봄, 가을로 가는 소풍 때며 자모회 같은 데서 돈을 조금 쓸 수밖에 없다. 선생님 도시락도 준비해야 하고 또 약간의 선물이나 촌지 같은 것도 준비해야 하고 해서), 그래도 애들에게 제법 인기가 있고 리더십 같은 게 있는 편이어서 그만 그런 감투를 덜컥 쓰게 되어버렸던 것이다(나는 학급 회장이니 부회장이니 하는 것에 전혀 출마하지도 않았는데, 어떤 미친놈이 나를 학급 회장으로 추천하는 바람에 일이 그만 그렇게 되어버렸던 것이다).

"안 그래도 경미랑 은희가 니 보고 싶다고 난리더라? 다른 건 몰라도 니 아직 우리 반 여자애들한테 제법 인기 있더라, 응?"

"그거야 뭐 굳이 말 안 해도 당연한 사실일 테고…… 그래, 경미
랑 은희는 다 잘 있제?"

나는 쑥스러운 웃음을 흘리다 물었다. 둘 다 별로 예쁜 편은 아
니었지만, 그래도 그 여자애들은 초등학교 때부터 나를 조금 좋아
하던 여자애들이었으니까.

"그래, 다 잘 있더라. 내가 입시 날 경미랑 은희 만났는데…… 둘
다 옛날보다 많이 예뻐지고 공부도 잘하는 것 같더라. 둘 다 여고
로 시험 치러 온 거 보니까……."

"아, 맞나? 음, 그랬구나……."

나는 갑자기 좀 우울한 기분이 들었다. 둘 다 옛날보다 많이 예
뻐지고 여고로 시험 치러 왔다니 장한 일이었지만 걔들은 초등학교
때까지만 해도 나보다 훨씬 공부를 못하던 애들이었던 것이다.

"……그래서, 반창회 날짜는 언제쯤 할라꼬? 그리고 장소는?"

나는 애써 우울한 감정을 감추며 물었다. 뭐라 말할 수 없는 열
등감과 자괴감 같은 게 몽실몽실 피어올랐지만 그렇다고 그런 내
감정을 현지에게 고스란히 다 드러내고 밝힐 수는 없는 노릇이었으
니까.

"응, 애들이랑 좀 더 상의해보고 선생님이랑 시간 맞춰봐야겠지
만…… 내 생각으론 12월 23일이나 24일쯤 하는 게 어떨까 싶다. 그
리고 장소는 6학년 때 우리 반 교실로 하고. 어때, 괜찮제?"

"시간은?"

나는 고개를 끄덕이며 물었다. 내가 처해 있는 상황상 도저히 그

곳에 못 갈 것 같았지만 일단은 현지의 말에 대충 장단을 맞춰주어야 할 것 같았으니까.

"그건 아직 확실히 잘 모르겠다. 내 생각으론 한 11시나 12시쯤 하면 좋을 것 같은데…… 아무튼, 일단은 그렇게만 알고 있어라. 다른 공지사항 생기면 내가 너그 집으로 연락할 테니까."

"그래, 그럼 정확한 날짜랑 시간 잡히면 연락해주라? 대신 나랑 연락이 잘 되진 않을 거야. 왜냐하면, 내가 오늘부로 전신전화국에 가서 우리 집 전화번호를 확 바꿔버리거나, 아니면 아예 우리 집 전화선을 뻰찌로 확 다 잘라버릴 생각이거든. 하핫."

"호호호. 야, 웃기는 소리 그만하고…… 그럼 난 니도 오케이 한 걸로 알고, 이번 일은 그냥 다 내가 알아서 추진한다! 알았제?"

"그래, 알았어. 어차피 이번 일은 니가 다 기획하고 추진한 일인데 뭐."

바로 그때, 쿤타가 까불까불 현지와 내가 앉아 있던 테이블로 다가와서 물었다.

"야, 니들 아직 얘기 덜 끝났나? 대체 무슨 얘길 하는데, 둘이서 그렇게 사이좋게 얘기하고 있노? 설마 니들 내 몰래 둘이 사귀자거나 내 욕 하고 있었던 거는 아이제?"

"야, 쓸데없는 소리 말고…… 니는 빨리 마이클 데리고 이쪽 테이블로 다시 건너온나! 이제 방금 현지랑 내랑 할 얘기 다 끝냈으니까."

나는 사뭇 눈총을 주며 말했다. 쿤타가 아니었대도 현지가 한 말을 전화로 들을 수밖에 없었겠지만, 나는 아까 녀석이 반도리아로 가자고 했을 때—아니, 더 정확히 말하면 상고에 합격했다고 까불고 미처 날뛸 때—부터 영 마음에 안 들고 얄밉게 느껴졌던 것이다. 미운 놈 미운 짓만 골라 한다더니 그 말이 꼭 맞았다. 쿤타는 내 말에 아무런 구애도 받지 않고 현지와 내게 계속 쓸데없는 주접에 설레발 같은 것을 떨어댔으니까.

"아, 얘기 다 끝났나? 그럼 둘 다 빨리 일어나서 저쪽 테이블로 가자! 이왕 이렇게 된 거 같이 합석해서 맛있는 거도 묵고 음악도 듣고 재미있게 놀면 좋잖아. 안 그래, 현지야?"

"그래, 그러자! 서로 모르는 사이도 아니고 같이 합석해서 음악 얘기도 하고 영화 얘기도 하면서 놀면 좋지 뭐."

"봐라, 인마! 현지도 같이 합석하자 그라잖아? 그러니까 염세 니도 빨리 일어나서 저쪽 테이블로 가자. 괜히 현지랑 혜리도 좋다 그라고 마이클이랑 나도 좋다 그라는데, 니 혼자만 계속 쪽팔리니 어쩌니 고집 피우지 말고."

"야, 합석은 무슨 합석이고? 괜히 쓸데없는 주접에 설레발 그만 떨고 니나 빨리 마이클 데리고 일루 온나! 얀마, 니는 그라고 '남녀 칠세부동산'이라는 말도 모르나? 원래 일곱 살 넘은 남자랑 여자는 같은 자리에 앉아 있는 게 아이다, 알겠나? 하긴 니같이 무식하고 못 배운 놈들은 전혀 들어본 적도 없는 말이겠지만."

"미친놈! 송아지 껌 씹는 소리 그만하고, 빨리 현지랑 같이 절루 가자! 짜식이 괜히 좋으면서 튕기긴!"

"하! 갑자기 합석은 뭔 합석이고? 나는 합석하기 싫으니까 합석하고 싶으면 니나 많이 해라. 나는 그냥 합석 안 하고 여기 앉아 있을 테니까."

"그래, 쿤타 말대로 철이 니도 절루 가자. 내가 34-24-35의 정도의 글래머는 아니지만, 그래도 여자인 내가 이래 부탁하는데 끝까지 혼자 안 가겠다고 버틸 끼가? 그라믄 니는 진짜 남자도 아이다. 왜냐하면, 남자는……."

나는 결국 두 사람의 설득에 항복할 수밖에 없었다. 쿤타 녀석만 그랬다면 모를까, 현지까지 거들고 나서는 데에야 나도 더 이상 내 고집대로 안 간다고만 버티고 고집을 부릴 수야 없지 않겠나? 그리고 사실 말이 났으니까 말인데, 나도 현지나 혜리랑 같이 합석하고 노는 게 마냥 그렇게 싫고 짜증이 났던 것만은 아니었다. 둘 다 특별히 내가 좋아하는 스타일의 여자애들은 아니었지만, 어쨌든 현지와 혜리는 공부도 좀 하고 생긴 것도 꽤 귀엽고 예쁘게 생긴 여자애들이었으니까.

"우리 주문하러 갈 건데……, 너그는 뭐 더 안 묵을래? 묵고 싶은 거 있으면 얘기해봐라. 햄버그든 켄터키 치킨이든, 이 오빠야가 오늘 뭐든 다 팍팍 사줄 테니까. 물론 계산은 내 대신 여기 있는 우리 마이클이 다 하겠지만. 우헤헤헤."

쿤타의 너스레에 현지가 살래살래 고개를 저으며 말했다.

"아니, 우리는 됐으니까 너그는 너그 거나 시켜 무라. 우리는 방금 햄버그 하나에 콜라까지 다 마셨는데, 또 뭐 묵노?"

"그래? 그럼 마이클이랑 내랑 주문하고 올 테니까, 니들은 염세 애랑 같이 얘기나 좀 하고 있어라. 야, 가자!"

쿤타와 마이클이 주문하러 간 다음(그곳은 뭐든지 다 '셀프'였다), 나는 현지와 혜리랑 같이 앉아 있는 게 바늘방석에 앉아 있는 것만큼이나 괴롭고 불편했다. 뭐 대충 예상하고 있던 일이긴 했지만 현지와 혜리는 둘 다 여학교 중에서 제일 좋다는 '여고'에 합격한 모양이었다. 하여, 현지와 혜리는 쿤타와 마이클이 주문대로 주문을 하러 가자마자 자신들이 다니게 될 학교며 입시 후일담(누구는 어떤 고교에 가게 됐고, 또 누구는 어떤 고교에 떨어졌다는 식의) 같은 것들을 조잘조잘 떠들어대기 시작했는데, 나는 현지와 혜리의 그런 대화에 은근히 주눅이 들고 위화감 같은 것을 느낄 수밖에 없었던 것이다.

"……저 미안한데, 내 먼저 좀 일어날게. 애들이 물으면 급한 일이 생겨서 내 먼저 좀 나갔다 캐라. 알았제?"

나는 엉덩이를 떼며 슬그머니 일어났다. 현지와 혜리가 나를 놀리고 욕보이려고 그런 건 아니겠지만, 나는 현지와 혜리가 하는 말이며 행동 같은 것들이 영 못마땅하고 짜증스럽게만 느껴졌던 것이다.

"와, 갑자기 어디 갈라꼬?"

"그래, 갑자기 어디 가는데? 혹시 니 뭐 우리한테 기분 나쁜 거 있나?"

나는, 현지와 혜리의 물음에 애써 고개를 저으며 말했다.

"아니, 내가 너그한테 기분 나쁠 게 뭐 있노? 그런 게 아니고 내가 오늘 누구를 좀 만나기로 했는데, 깜빡 잊고 있다가 이제 생각이 나서……."

나는 대충 둘러댄 뒤, 도망치듯 빠르게 그 가게를 나왔다. 쿤타 녀석과 마이클 녀석이 알면 좀 황당하겠지만, 나는 아까부터 자꾸 녀석들과 헤어져 혼자 좀 있고 싶다는 생각이 들었던 것이다.

✕ ✕ ✕

알 수 없는 패배감과 자괴감으로 반도리아를 나온 후, 나는 르노 형의 방이 있는 쪽샘으로 걸었다. 반도리아의 콜라와 햄버그 대신 르노 형 방에서 라면이나 하나 끓여 먹어야겠다는 생각을 하면서. 그리고 나는 힘을 내 르노 형에게 다시 한번 얘기하고 부탁해야겠 다는 생각이 들었다. 이미 몇 번에 걸쳐 거절당한 얘기고 퇴짜 맞은 부탁이긴 했지만 그래도 내가 그런 얘기를 하고 부탁할 사람은 르 노 형밖에 달리 아무도 없었으니까.

나는 르노 형이 아직 이불 속에서 쿨쿨 자고 있을 거라고 생각했 다. 그땐 겨우 1시 정도밖에 안 된 시각이었고, 르노 형은 평소 2~3 시는 돼야 겨우 이불 속에서 일어나 밥도 먹고 머리도 감고 하며 움 직이기 시작했으니까.

그러나 웬걸, 르노 형은 벌써 이불을 개고 일어나 일어(日語) 공부 를 하고 있었다. 대체 무슨 까닭에 평소보다 일찍 일어나 일어 공부 를 하고 있었는지 알 수 없었지만, 아무튼 르노 형은 책상에 앉아 제법 열심히 일어 공부를 하고 있었다. 며칠 전 카세트에 꽂혀 있던 일어 테이프를 틀어놓고 그 테이프와 함께 산 일어 회화책을 떡하 니 펼쳐놓고서 말이다. 그랬다. 당시 르노 형은 일어 공부를 꽤 열 심히 하고 있었는데, 왜냐하면 자신의 직업상 일본어를 좀 열심히 배워둘 필요가 있었던 것이다. 뭐 꼭 르노 형의 가게에 일본 손님들

1985, 경주, 그리고 메텔에 관한 이야기

만 오는 건 아니었지만 아무래도 르노 형의 가게는 일본에서 온 재일교포나 혼또 일본인들이 대부분이라 들었으니까.

"어? 아직 자고 있는 줄 알았더니, 웬일로 이렇게 빨리 일어나서 일어 공부까지 하고 있는 거예요?"

"오늘부터 잠을 줄이더라도 일어 공부를 좀 열심히 하기로 했다. 그래야 일본 손님들한테 팁도 더 많이 받을 수 있고, 또 우리 사장님한테도 더 인정받고 할 거 아이가?"

나는 고개를 끄덕이며 방바닥에 풀썩 주저앉았다. 그러고는 거의 방바닥이 꺼질 정도의 크고 기다란 한숨을 푹 내쉬었다. 절로 한숨이 나오기도 했지만 나는 내 기분보다 약간 더 크고 과장된 한숨을 내쉬었다. 그래야 내가 하려는 얘기와 부탁을 르노 형이 좀 더 진지하고 심각하게 잘 들어줄 것 같았으니까.

"짜슥, 대가리 피도 안 마른 게 한숨은! 얀마, 어디 그래가 방구들 꺼지겠나?"

르노 형은 짐짓 한심하다는 표정으로 나를 나무랐다. 그러고는 '애가 또 무슨 일로 나를 찾아와서 이렇게 큰 한숨을 짓나?' 하는 얼굴로 나를 향해 천천히 묻기 시작했다.

"와, 또 무슨 일 있나? 또 뭐가 문젠데 내 앞에서 그렇게 큰 한숨이고, 한숨이?"

"아이, 진짜 골치 아파 죽겠어요! 전두환이 내일까지 우리 엄마를 학교에 모셔 오라는데……."

나는 학교에서 있은 일을 대충 얘기해주었다. 전두환이 나를 상담실로 호출한 일이며, 내일까지 엄마를 꼭 학교로 모셔 오라고 한 일들을 간략하게 요약하여서.

"으음, 골치가 좀 아프긴 아프겠네! 너그 엄마는 아직 아무것도 모르고 있을 거 아이가? 니가 입시 날 상고에서 친 사고며 사건 같은 것들에 대해서 말이다……?"

"당연하죠! 그러니까 내가 한숨이 안 나오게 생겼어요? 엄마가 그 사실을 알면, 난 그 길로 곧장 집에서 쫓겨나거나 다리몽뎅이가 부러질 각오를 해야 할 낀데……."

"그래서 앞으로 우짤라꼬? 니 진짜 학교랑은 완전히 빠이빠이 할 끼가?"

"얘기했잖아요. 차라리 감옥에 가거나 군대에 갔으면 갔지, 난 학교 따위는 절대 다시는 다니고 싶지 않다고!"

나는 결연한 태도로 말했다. 그러고는 입시 날 이후로 몇 번에 걸쳐 해왔던 얘기며 부탁을 다시 한번 더 르노 형에게 했다.

"그래서 말인데…… 형, 내 진짜 형 가게에 취직 좀 시켜주면 안 돼요? 내 진짜 취직만 시켜주면 누구보다 더 열심히 일하고 잘할 수 있는데……."

"아, 새끼 참! 그 얘긴 내가 누차 알아듣게 설명했잖아? 나도 웬만하면 니 부탁 들어주고 싶은데, 넌 아직 너무 어려서 우리 가게엔 절대 취직시켜줄 수 없다고."

르노 형이 답답하다는 듯 말했다. 나 때문에 이제 공부하기는 글렀다는 듯 그때껏 계속 켜두었던 카세트의 꺼짐 버튼을 탁 누르며.

"에이, 무조건 안 된다 그러지 말고…… 제발 부탁 좀 할게요, 예? 형이 크게 신경 안 써서 그렇지, 난 형이 좀만 신경 써주면 얼마든지 취직할 수 있다고 봐요! 형도 그랬잖아요? 마침 웨이터 자리가 하나 비어서 웨이터를 한 명 새로 구하긴 구해야 한다고……"

"그거야 그런데……."

"그러니까 제발 한 번만 내 부탁 좀 들어줘요, 예? 그럼 내 진짜 형한테 죽을 때까지 충성을 다하고 고마워할 테니까, 예?"

나는 계속해서 르노 형을 졸랐다. 이미 몇 번에 걸쳐 거절당한 터라 조금 자존심이 상하긴 했지만 어쩔 수 없었다. 당시 내가 비빌 데라곤 르노 형밖에 달리 아무도 없었고, 내가 원하는 삶을 살기 위해선 조금 자존심이 상해도 계속 그 형을 조르고 귀찮게 하는 수밖에 없었으니까.

그랬다. 난 당시 르노 형처럼 사는 게 소원이었다. 난 당시 르노 형의 삶이며 라이프 스타일 같은 것을 무척 부러워하고 동경하고 있었는데, 왜냐하면 그는 당시 내가 이루고 싶은 꿈을 다 이룬 '성공한 남자'였을 뿐만 아니라, 그때도 자신의 꿈을 향해한 발 한 발 앞으로 나아가고 있던 '의지의 한국인'이었던 것이다(그는 당시 우리나라를 떠나 일본에서 살고 싶다는 꿈을 갖고 있었다. 일본에 가면 우리나라보다 훨씬 더 많은 돈을 벌 수 있을 뿐 아니라, 자신의 꿈인 일본 에로 영화나 포르노 감독 같은 것들도 얼마든 될 수 있을 거라고 하면서 말이다. 두고 봐. 난 분명 일본으로 건너가 돈도 억수로 많이 벌고, 또 일본 에로 영화나 포르노 영화감독 같은 것도 꼭 될 수 있도록 할 테니까. 나는 르노 형의 다소 황당해 보이는 꿈과 장래 희망 같은 것을 들으며 '꿈이 너무 크네!'하고 생각하긴 했지만, 르노 형의 말도 마냥 헛된 꿈에 말도 안 되는 공상이라고만은 생각하지 않았다. 그도 그럴 게, 르노 형의 사장이 르노 형에게 직접 그런 언질과 소스 같은 것을 좀 주었다는 거였다. 내년인가 내후년쯤 일본에서 가라오케를 한 두 개쯤 더 차리고 마사지 업소 같은 것을 열 참인데, 너는 내가 아주 마음에 들어 하고 예뻐하는 놈이니까 앞으로 일본어나 좀 열심히 배워두라고 했다는 것이다. 만약 자신이 일본으로 사업을 하러 가게 되면 반드시 르노 형도 함께 데려갈 생각이라고 하면서).

그랬다. 좀 이해가 가지 않을 수도 있지만, 난 당시 르노 형의 삶과 라이프 스타일 같은 것이 아주 부러웠다. 존경스러웠다. 이제 겨우 열여섯밖에 안 된 놈에게 별로 바람직한 꿈은 아니었을지 몰라도 당시 내 꿈은 이런 것이었다. 하루빨리 학교를 때려치우고 집에서 독립하는 것과, 한시바삐 돈을 벌어 엄마나 다른 누구의 간섭도 받지 않고 나 혼자 내 멋대로 멋지고 자유롭게 사는 것! 맞다. 남들이 보기엔 어땠는지 몰라도, 당시 내가 보기엔 르노 형보다 더 멋지고 자유롭게 자신의 삶을 살고 있는 사람도 별로 없는 것 같았다. 그는 고1을 끝으로 다니던 공고를 때려치우고 몇몇 그렇고 그런 직업—여관 보이, 디스코텍 웨이터, 일식집 주방 보조—을 거쳐 보문의 한 호텔 가라오케에서 펄펄 날고 있는 중이었던 것이다. 물론 지금 내가 한 말에 이렇게 시비를 걸고 태클을 걸면 난 할 말 없다. 그게 대체 뭐가 그렇게 부럽고 존경스러우냐? 그건 그야말로 전형적인 동네 3류 양아치의 삶에 불과할 뿐, 결코 그 이상도 이하도 아니라는 식으로 내 말에 딴죽을 걸어오면 말이다. 하지만 사람은 항상 자기 주제에 맞는 직업을 선택해야 하고, 또 자기가 평소 좋아하고 잘할 수 있는 일을 하며 사는 게 제일 행복하고 성공할 수 있는 법 아니겠는가! 따라서 난 당시 그 형이 내가 아는 다른 어떤 사람

1985, 경주, 그리고 메텔에 관한 이야기

보다 더 재미있고 행복한 삶을 살고 있는 사람이라 생각했다. 실제로 그는 내가 아는 다른 어떤 사람보다 더 성공하고 출세한 사람이라고 봐도 무방했다. 자, 그럼 간단하게나마 그의 삶이며 라이프 스타일 같은 것을 여기서 잠깐 한번 얘기해볼까? 그럼 왜 내가 당시 그의 삶이며 라이프 스타일 같은 것들을 그렇게 부러워하고 동경하게 되었는지 좀 더 명확하고 소상하게 알 수 있을 테니까. 그는 비록 고1을 끝으로 학업을 중단한 꼴통에 불량 청소년이긴 했지만, 당시 그 또래 애들과는 비교도 할 수 없을 만큼 많은 돈을 벌고 풍족한 삶을 살고 있었다. 대체 통장에 어느 정도의 돈이 저축되어 있는지 알 수 없었지만 그는 우리랑 비슷한 부류의 아이들 사이에서 거의 **이병철**이나 **정주영**으로 통할 만큼 큰 부자였다. 그는 자신의 가게에 온 손님들에게 열심히 서빙을 하고 '아리갓또!'를 한 결과, 당시 웬만한 부잣집 아들이 아니고서는 결코 타고 다닐 수 없던 '기아 혼다'의 경기용 오토바이를 타고 다니고 있었고, 지갑엔 항상 팁으로 받은 일본 지폐와 한국 지폐가 그득히 들어 있었던 것이다. 뿐인가? 당시 르노 형한텐 제법 섹시하고 반드르르한 인물의 여자들도 많았다. 웬만한 부잣집 아들이 아니고서는 잘 타고 다니지 못하던 '기아 혼다'의 오토바이와 두둑한 지갑 때문이었는지 몰라도, 아무튼 르노 형의 주위엔 항상 제법 예쁘장하고 야시시하게 생긴 누나들까지 버글거리는 형편이었던 것이다. 자, 그러니 내가 어떻게 르노 형의 삶이며 라이프 스타일 같은 것들을 안 부러워하고 안 동경할 수가 있었겠는가? 그랬다. 남들이 보기엔 어떨지 몰라도 난 당시 르노 형의 가게서 일하는 것보다 더 출세하고 성공하는 일도 없다고 생각했다. 르노 형이 잘 말하지 않아 과연 어느 정도의 월급을 받고 팁을 받는지까진 잘 알 수 없었지만, 그는 당시 내가 보기에 웬만한 월급쟁이가 버는 돈의 한 3~4배 정도는 되는 돈을 버는 것 같았으니까. 어떤가, 그러니 내가 어떻게 르노 형에게 그런 부탁을 계속 끈질기게 안 하고 안 치근댈 수가 있었겠는가? 이제 고교 진학도 다 물 건너갔겠다, 좀 있으면 곧 겨울방학에 졸업이겠다…… 나도 이제 슬슬 내 밥벌이며 돈벌이 같은 것을 시작해야 되지 않겠는가? 앞서도 잠깐 얘기한 바 있지만, 난 당시 중학교만 졸업하면 곧바로 집을 나와 나 혼자 독립할 생각이었으니까.

"아, 진짜 안 된다니까! 얀마, 나도 웬만하면 니 부탁 들어주고 싶은데…… 암만 생각해도 니는 아직 너무 어리다, 알겠나? 이제 겨우 열여섯밖에 안 된 중삐리 주제에 무슨 술집에서 일을 한다고……."

"쳇, 너무 중삐리 중삐리 하지 마세요. 듣는 중삐리 기분 나쁘니까! 솔직히 말이 났으니까 얘긴데, 나도 형처럼 미장원에 가서 빠마나 좀 하고 옷도 좀 노티 나게 입고 그러면 대충 한 20살 정도는 보인다니까요! 그러니까 제발 형이 형 사장님이나 지배인한테 잘 아는 동생이라고 말만 좀 잘해주면……."

"글쎄, 안 된다니까! 내가 될 거 같으면 벌써 얘기했지 와 아직 니 부탁 안 들어줬겠노? 그러니까 제발 그 얘긴 이제 그만 좀 하자. 안 그래도 피곤해 죽겠는데, 제발 좀 사람 그만 피곤하게 만들고……."

르노 형은 넌더리를 내며 말했다. 그러고는 아무래도 나한테 좀 미안한 생각이 들었던지 갑자기 나에게 자신의 가게 말고 다른 가게라면 하나 소개시켜줄 수도 있고, 꽂아 넣어줄 수도 있다는 식으로 나를 달랬다.

"다른 가게요? 그럼 거긴 뭐 하는 덴데요……?"

나는 뾰로통하게 물었다. 르노 형 가게가 아니라 영 시큰둥하게 들리긴 했지만, 그렇다고 형이 얘기하는데 무조건 퇴짜를 놓을 수는 없는 노릇이었으니까.

"으응, 그게 어디냐면……."

나는 르노 형의 얘기에 연신 코웃음만 치고 콧방귀만 뀌었다. 대체 나를 뭐로 보고 그런 직장이며 직종들을 늘어놓는 건지 모르겠지만, 르노 형은 연방 중국집의 철가방(?)이며 당구장에서 당구공이나 닦는 당돌이(?) 같은 직장에 직종만 내게 소개하고 권유했던 것이다.

"쳇, 관둬요! 그런 일자리라면 나 혼자도 얼마든지 구하고 얻어걸릴 수가 있을 테니까. 나는 그런 시시하고 하찮은 일자리 말고 웨이터가 되고 싶다구요, 웨이터! 그것도 그냥 조그만 커피숍이나 경양식집 같은 곳의 웨이터가 아니라, 형이 일하는 그 호텔 가라오케나 나이트클럽 같은 데의 웨이터 말예요!"

나는 크게 항변하며 말했다. 나는 당시 웨이터, 그중에서도 특히 르노 형이 일하는 가라오케나 나이트클럽 같은 곳의 웨이터가 되는 게 소원이었다. 그곳은 르노 형이 권하고 소개한 다른 일자리보다 훨씬 더 폼도 많이 나고 돈도 많이 벌 수 있는 일자리였으니까.

"얌마, 니가 아직 몰라서 그런데…… 이쪽이라고 해서 어디 돈 벌기가 그렇게 쉽고 만만할 줄 아나? 니가 아직 안 겪어봐서 그런데, 세상에 술 취한 놈들한테 굽실거리고 아양 떨고 하는 게 얼마나 힘들고 짜증 나는 일인 줄 아냔 말이다? 그러니까 내 생각엔 니가 정 그렇게 일을 하고 싶으면 그런 곳보다 차라리……."

"아, 시끄러워요! 나는 형 가게 빼놓곤 전혀 취직할 생각 없으니까 형이 제발 한 번만 좀 날 도와줘요, 예?"

"와, 진짜 돌겠네, 돌겠어! 암만 그래도 니는 아직 너무 어려서 우리 가게엔 취직할 수 없대도 자꾸 그러네……."

"좋아요! 그럼 웨이턴 어렵다 치고…… 대신 형이 어떻게든 날 형 가게에만 좀 꽂아 넣어줘요, 예? 나는 형 가게의 주방 보조도 좋고, 또 화장실 청소 같은 것을 시켜도 좋으니까 제발 형 가게에만 좀 넣어달라구요, 예?"

나는 한발 물러서며 말했다. 나는 르노 형과 같은 웨이터가 되고 싶긴 했지만, 그게 안 되면 웨이터가 될 때까지 온갖 허드렛일이며 잡다한 일까지 다할 각오가 돼 있었으니까.

"와! 내가 진짜 니한테 졌다, 졌어!"

열 번 찍어 안 넘어가는 나무 없다더니, 과연 그 말이 꼭 맞았다. 내가 계속 지치지도 않고 르노 형을 괴롭히고 졸라대자, 마침내 르노 형이 절레절레 고개를 저으면서 승낙 비슷한 것을 내게 했으니까.

"그래, 되든 안 되든 일단 얘기는 한번 해볼 테니까…… 이제 그 얘기는 그만하자! 내가 니 때문에 완전 노이로제에 걸릴 것 같으니까."

"왓, 진짜요? 방금 한 말, 사실이죠?"

"그래, 근데 너무 큰 기대는 하지 마라. 니가 하도 징징대고 조르

　　　　1985, 경주, 그리고 메텔에 관한 이야기

니까 그냥 말이나 한번 해보겠다는 거지, 꼭 니를 100퍼센트 우리 가게에 취직시켜주겠다는 얘기는 아니니까."

"그럼요! 되든 안 되든, 일단 말이나 한번 해줘요. 정 안 된다 그러면, 그땐 나도 더 이상 형 괴롭히고 귀찮게 안 할 테니까."

"좋아, 그럼 니 퍼뜩 라면이나 하나 좀 끓여봐라. 입맛이 없어서 아직 아무것도 안 묵었더니, 이제 슬슬 배가 좀 고파지는 것 같으니까. 어때, 그 정돈 해줄 수 있겠지?"

"당연하죠! 근데 라면은 있어요?"

나는 신이 나서 말했다. 내 말을 계속 거절하고 무시했다면 모를까, 나는 당시 라면이 아니라 국수라도 삶아 대령하고 싶은 심정이었으니까.

"응, 밖에 있는 찬장에 가봐라. 그럼 거기 일본 라면이 몇 개 있을 테니까."

"엥, 일본 라면요? 갑자기 웬 일본 라면?"

"우리 사장한테 얻었어. 우리 사장이랑 잘 아는 재일 교포가 일본서 라면이랑 과자 같은 걸 몇 박스 보내왔는데, 우리 사장이 나랑 가게 직원들한테 몇 개씩 나눠주더라구. 요새 일본서 가장 잘 팔리고 인기 있는 라면이라나 어쩌면서……."

"와, 진짜요?"

나는 부러움을 감추지 못하며 물었다. 사실 내가 르노 형의 가게에 취직하고 싶은 이유도 바로 거기에 있었다. 나는 당시 일본 문화에 대한 관심과 호기심이 무척 많은 편이었는데, 거기서 일하면 그런 부분이 많이 해소되고 또 알게 될 것만 같은 기분이 들었던 것이다.

"응, 그러니까 빨리 라면 하나 끓여봐라. 나도 일본 과자나 담배 같은 건 많이 얻어먹어보고 피워봤지만, 일본 라면은 또 처음 먹어보니까. 어때, 잘 끓일 수 있겠제?"

"당연하죠! 그럼 내 것까지 두 개 끓여도 되죠? 형 덕분에 일본 담배도 피워보고 일본 과자 같은 거도 얻어먹어봤지만, 나 역시 일본 라면은 이번이 처음이니까."

"뭐 좋을 대로."

"옛써! 그럼 조금만 기다려요. 내가 빛의 속도로 라면을 끓여 형 앞에 대령할 테니까."

나는 방에서 벌떡 일어나 부엌으로 나갔다. 그러고는 부엌에 있는 찬장을 열어 르노 형이 넣어놓았다는 일본 라면을 찾았다. 과연 찬장 안에는 일본에서 건너온 일본 라면이 네다섯 개 정도 있었다. 나는 라면 봉지에 적힌 일본 글씨며 봉지의 디자인 같은 것을 요리조리 뜯어보고 살펴보다가, 이윽고 라면을 끓일 준비를 하기 시작했다. 제일 먼저 라면을 끓일 냄비를 찾아 냄비에 물을 붓고, 그 냄비를 다시 '린나이'에서 나온 석유 곤로에 올리고, 또 라면 봉지를 뜯어 라면을 먹기 좋게 두세 동강으로 쪼개고……

난생처음 보는 일본 라면을 끓이고 있자니, 문득 '은하철도 999'의 한 장면이 떠오르며 내가 끓이고 있는 라면의 맛이 무척 기대되고 궁금했다. 나는 당시 우리나라에서 방영된 만화 영화 —'우주 소년 아톰', '마징가Z', '그랜다이저', '그레이트 마징가', '미래 소년 코난' 등등은 거의 다 일본에서 만들어진 것이었는데, 나는 초등학교 4~5

학년 때까지만 해도 그런 것들이 다 우리나라에서 만들어진 것인 줄로만 알았다— 중에서도 '은하철도 999'를 제일 좋아하고 재미있게 봤는데, 그래서 나는 옛날부터 '은하철도 999'에 나오는 철이가 (르노 형한테 들었는데, 철이는 그냥 우리나라의 방송국에서 붙인 이름이고 철이의 진짜 이름은 '데츠로'라고 했다. 그리고 또 '은하철도 999'의 주제곡도 다 일본에서 만든 것들을 그대로 번역하고 번안해서 만든 것이고) 툭하면 먹던 일본 라면을 꼭 한번 먹어보고 싶다는 생각을 했던 것이다. 물론 나는 철이가 먹던 라면이 내가 끓이고 있던 라면과 다소 차이가 있다는 것쯤은 잘 알고 있었다. 내가 아무리 무식하고 일본 문화에 대해 아는 게 없어도 그렇지, 철이가 먹던 라면이 공장에서 대량 생산된 라면이 아니라 우리나라의 냉면이나 칼국수처럼 라면집 주인이 직접 육수를 내고 면을 뽑아 만든 일본의 정통 라면이라는 것쯤은 익히 잘 알고 있었으니까. 하지만 나는 르노 형이 얻어 온 라면 맛이 무척 기대되고 궁금했던 것이 사실이었다. 내가 기대하고 궁금해했던 것에 비해 영 별로일 수도 있겠지만, 나는 그런 것 따위와는 상관없이 약간 흥분되고 어깨가 으쓱거려지는 것을 어쩔 수 없었다. 나는 일본 라면이 내 입에 맞고 안 맞고를 떠나, 내 또래의 보통 아이들은 잘 맛볼 수 없는 일본 라면을 맛볼 수 있다는 사실만으로도 괜히 내가 좀 출세하고 특별한 사람이 된 것만 같은 기분이 들었던 것이다. 그러고 보면 당시 내가 왜 그렇게 르노 형 가게에 취직을 하고 싶어 했냐 하는 것도 다 그러한 이유에서 비롯된 것인지도 모른다. 겉으로는 다들 쪽발이니 원숭이니 하며 일본 사람들을 욕하고 미워했지만, 당시 우리나라 사람들은 다들 얼마간 일본에 대한 동경심이랄까 묘한 호기심 같은 것을 품고 있는 게 사실이었으니까.

"야, 라면 잘 끓여라? 저번처럼 또 푹 퍼지게 삶지 말고 쫄깃쫄깃하고 꼬들꼬들하게."

"알았어요, 알았으니까 잔소리 그만하고 형은 빨랑 상이나 펴요! 내가 둘이 먹다 하나 죽어도 모를 정도로 맛있게 끓여 갈 테니까."

나는 부글부글 물이 끓고 있는 냄비에다 라면을 넣고, 흥얼흥얼 노래를 부르기 시작했다.

기차가 어둠을 헤치며 은하수를 건너면
우주 정거장에 햇빛이 부서지네

'은하철도 999'의 주제곡이었다. 뭐 딱히 그 노래를 불러야겠단 생각은 없었지만, 나는 일본 라면을 끓이고 있자니 어떤 연상 작용으로 인해 나도 모르게 그만 그 노래를 흥얼흥얼 불러대고 있었던 것이다.

행복 찾는 나그네의 눈동자는 불타오르고
엄마 잃은 소년의 가슴엔 그리움이 솟아오르네
힘차게 달려라 은하철도 999,
힘차게 달려라 은하철도 999, 은하철도999……

1985, 경주, 그리고 메텔에 관한 이야기

episode 7

12월 19일, 종업식 날이었다.

나는 그날 학교로 가는 대신, 시내에 있는 '본전'으로 출근(?)했다. 겨울방학이 시작되는 종업식 날인 만큼 다들 즐겁고 신나는 마음으로 학교로 갔겠지만, 나는 도저히 학교에 갈 기분이 아니었다. 나는 거의 시베리아 벌판에 가까운 학교 운동장에서 발을 동동 구르며 교장 선생님의 훈화 말씀을 듣고 싶지도 않았고, 또 그 전날 밤 엄마랑 크게 한바탕 싸우고 집을 나와버리는 바람에 도저히 종업식에 참가하고 싶은 기분이 아니었던 것이다.

대충 예상하고 있던 분란이고 환란이긴 했지만, 엄마가 학교를 다녀간 후 우리 집은 완전 초상집 분위기였다. 전두환에게 얼마나 많은 수모를 당하고 닦인 건지 모르겠지만, 엄마는 교무실을 나와 (나는 엄마가 담임과 상담하는 동안 교무실 밖에서 혼자 전전긍긍하고 있었다) 집에 도착할 때까지 내게 단 한마디의 말도 하지 않았다. 차라

1985, 경주, 그리고 메텔에 관한 이야기

리 평소처럼 온갖 험한 욕을 다 하고 신발짝 같은 거로 내 등짝이라도 한 대 후려쳤다면 좋았겠건만, 엄마는 나랑 택시를 타고 집으로 돌아올 때까지 내게 단 한마디의 말도 건네지 않고 새치름한 표정만 짓고 있었던 것이다.

엄마는 신발을 벗고 안방으로 들어서고서야, 겨우 조개처럼 꽉 다물고 있던 입을 내게 열었다. 엄마는 자신의 앞에 나를 조용히 무릎 꿇려 앉혀놓고는 그 전날 밤에(나는 결국 그 전날 밤에 엄마에게 모든 사실을 다 털어놓을 수밖에 없었고, 그래서 그 전날 밤에도 우리 집에는 한바탕 큰 광풍이 휘몰아쳤었다) 이어 마지막으로 다시 한번 더 묻겠다면서 내게 물었다. 그래, 앞으로 니 진짜 뭘 어떻게 할 셈이고? 어제도 그랬던 것처럼, 니 진짜 계속 그렇게 엄마 말 안 듣고 니 고집대로 할 끼가, 응?

그래서 내가 뭐라 그랬느냐고? 대체 어떤 식으로 엄마를 설득하고, 내 논리며 생각 같은 것을 엄마에게 늘어놓았느냐고? 결과적으론 괜히 엄마를 더 열받게 만들고 혈압만 오르게 만들었지만, 나는 내가 갖고 있던 생각과 복안 같은 것들을 솔직하고 가감 없이 다 털어놓았다. 나는 이제 더 이상 학교에 다닐 마음이 없다, 학교에 다녀봤자 얼마 못 가서 학교서 잘리거나 자퇴서 같은 것을 내게 될 거다, 그러니까 제발 이번 한 번만 엄마가 내 뜻을 잘 좀 이해해주고 존중해달라고 말이다! 물론 난 엄마가 무슨 걱정을 하고 있는지 세상 누구보다 더 잘 알고 있다, 내가 생각하기엔 그깟 고교 졸업장 따위가 무슨 소용이냐 싶지만, 엄마가 정 그렇게 고교 졸업장이란 것을 원한다면 나는 맹세코 2년 안에 대입 검정고시에 합격해 엄마에게 고교 졸업장에 준하는 검정고시 합격증을 안겨주겠다(그리고 기회가 되면 대입 학력고사도 볼 생각이 있다고 말했다. 난 단지 아무것도 배울 게 없고 온갖 폭력과 억압이 난무하는 고교에 가기 싫었을 뿐이지, 대학 생활은 한 번쯤 경험해보고 싶다는 생각을 갖고 있었으니까), 그러니까 제발 이번 한 번만 이 아들인 나를 믿고 나를 좀 가만히 지켜봐주고 응원해달라……. 자세히 기억은 안 나지만, 나는 대충 그런 식의 설득과 논리 같은 것을 엄마에게 펼쳐 보였다. 엄마가 보기엔 내가 마냥 어리고 아무 생각이 없는 철딱서니에 천둥벌거숭이로밖에 안 보이겠지만, 나도 다 내 나름대로 생각이 있고 계획이 있으니 제발 이번 한 번만 내 뜻을 좀 따라주고 격려해달라고 말이다.

그래서 어떻게 됐냐고? 엄마가 내 뜻에 쉬 동의하고 수용해주더냐고? 뭐 내 뜻에 쉬 동의하고 수용할 거란 생각은 안 했지만, 엄마는 내 말에 눈도 꿈쩍 한 번 안 했다. 무슨 헛소리에 무슨 잠꼬대냐고 했다. 엄마는 내 말이 끝나자마자 방문을 확 열어젖히며 나더러 집을 나가라고 했다. 너같이 맨날 부모를 속이고 부모 말 안 듣는 자식은, 자식이 아니라 차라리 원수라면서 말이다. 그랬다. 엄마는 너 같은 자식은 차라리 없는 게 나으니, 더 이상 속 썩이지 말고 나가 뒈지라고 했던 것이다. 물론 나는 그날까지만 해도 그런 엄마를 그렇게 미워하거나 증오하진 않았다. 이해하려 노력했었다. 내 마음을 몰라주는 게 조금 야속하고 서운하긴 했지만, 어쨌든 엄마가 내 일에 그렇게 열을 내고 성을 내는 건 다 나의 장래며 미래가 걱정되어서 그러는 것이라 마음을 다독이면서. 하지만 나도 엄마가 학교를 다녀온 그 이튿날 밤엔 꽤나 열이 나고 짜증이 나지 않을 수

1985, 경주, 그리고 메텔에 관한 이야기

가 없었다. 자식 이기는 부모 없다고 제발 한 번만 나를 믿고 이해해주면 고맙겠건만, 엄마는 그날도 내 말을 전혀 무시한 채 나를 들들 볶아댔던 것이다. 그동안 있었던 일은 다 이해하고 용서해줄 테니, 제발 이제라도 정신 차리고 2차인 S고(당시 S고는 공고나 상고보다 다소 나은 학교로 통했다. 비록 2차이긴 했지만, 그곳엔 그래도 K고나 M고 같은 데서 떨어진 애들이 오는 학교였으니까)로 원서를 내자고 하면서 말이다. 그러니까 엄마의 논리는 대강 이런 거였다. 2차가 됐든 3차가 됐든, 어떻게든 고등학교는 무사히 졸업해야 이 사회의 올바른 구성원이 되고 인간 노릇을 하며 살 수가 있지 않겠냐는 것!

그래서 내가 어떻게 했냐고? 대체 내가 엄마에게 어떤 말을 하고 어떤 액션 따위를 취했느냐고? 나는 연 사흘째 계속 이어지는 엄마의 막말과 잔소리에 못 이겨 결국 엄마에게 해서는 안 될 거친 말과 행동을 해 보이고 말았고, 그러자 엄마는 급기야 내 귀싸대기를 날리며 그 전전날과 전날에 했던 것보다 훨씬 더 지독한 막말과 악담을 내게 막 퍼부어댔던 것이다. 그래서 나는 절대 그러면 안 되지만, 엄마의 그런 무식한 행동과 막말에 화가 나 결국 이런 입에 담지도 못할 언사를 내뱉으며 그만 집을 홱 뛰쳐나와버리고 말았던 것이다. 그래, 집 나가라면 내가 못 나갈 줄 아나? 그게 정 그렇게 엄마 소원이라면 내가 엄마 소원대로 밖에 나가서 칵 뒈져줄게! 에이, 씨팔! 내가 이놈의 집구석에 두 번 다시는 들어오나 봐라!

자, 그러니 종업식이고 졸업식이고를 떠나 내가 학교에 무슨 정이 그리 많아 학교에 다시 가고 싶었겠는가? 학교에 가는 게 다 뭔가! 나는 그 옛날 진시황이 아방궁에 있는 책들을 다 불태워버렸듯,

세상에 있는 학교란 학교는 다 불태워버리고 싶은 심정이었다. 대체 학교라는 게 뭔데 나를 이토록 열받게 만들고, 열등감에 빠지게 만들며, 부모와 자식 사이를 갈라놓게 만든단 말인가? 대체 그 학교라는 것이 무어고, 학교 성적이란 게 무엇이길래 말이다.

아무튼, 나는 한 11시쯤까지 본전에서 틀어주는 비디오를 보며 열심히 죽(?)을 때리고 있었다. 그러자 다방 입구의 카운터에 있던 전화기가 몇 번 울려대나 싶더니, 전화를 받던 다방 아가씨가 갑자기 마이크로 내 이름을 부르기 시작했다.

"김순철 씨, 김순철 씨…… 손님 중에 김순철 씨 계시면 카운터로 와서 전화 받으세요……. 김순철 씨, 김순철 씨……."

나는 전화통이 있는 카운터로 가며, 전화를 건 사람은 분명 쿤타나 마이클 놈일 거라 생각했다. 그 시간에 거기로 전화를 걸어 나를 찾을 놈들은 바로 그 두 놈밖에 아무도 없을 테니까. 아마 종업식을 마치고 시내로 나오면서 전화를 한 것이리라. 시간을 보니 대충 애들이 종업식을 마치고 시내로 마구 쏟아져 나올 시간이었으니까.

"잘하는 짓이다, 잘하는 짓이야! 학생이라는 놈이 학교는 안 나오고, 맨날 다방에서 죽이나 때리고……."

예상대로 쿤타 녀석이었다. 녀석은 콜록콜록 기침하며 다 죽어가는 소리를 하던 어제와 달리 제법 쌩쌩한 목소리였다. 어쩌면 어제의 콜록콜록하던 기침과 다 죽어가던 목소리도 다 녀석의 의뭉스러운 연기와 천연덕스러운 엄살이었을 수도 있었지만 말이다.

"남이야 죽을 때리든 밥을 때리든, 니가 무슨 상관이고? 친구를 위해서 단 하룻밤도 같이 못 있어주는 새끼가 무슨……."

나는 꽈배기처럼 배배 꼬인 말투로 말했다. 나는 어젯밤 엄마와 싸우고 집을 나온 뒤(대략 10시가 다 되어가는 시각이었다) 쿤타의 집으로 전화를 했었다(나는 평소 마이클 집으론 전화를 잘 안 했다. 녀석의 부모님은 둘 다 무척 무섭고 깐깐한 편이어서 좀체 녀석을 잘 바꿔주지 않았으니까). 지금 막 엄마랑 싸우고 집을 나왔으니까, 웬만하면 오늘 밤 나랑 좀 같이 있어주고 놀아달라고 하면서. 아마 나라면 만사를 제치고 녀석이 있는 곳으로 달려갔겠지만, 녀석은 얍삽하게도 그런 내 청을 냉정히 거절했다. 아마 현지나 혜리 같은 여자애가 그런 부탁을 했다면 폐암에 걸려도 후딱 튀어나왔을 성싶지만, 녀석은 별로 대수롭지도 않은 감기를 핑계로 내 부탁을 완곡히 거절했던 것이다. 방금 감기약 먹고 자리에 누웠는데, 어떻게 밖으로 나가냐고 하면서 말이다. 몸이 안 아프면 어찌어찌 거짓말해서 밖으로 나갈 수도 있겠지만, 몸이 아파 약까지 먹고 누운 마당에 대체 무슨 핑계로 아버지랑 누나들에게(녀석은 엄마가 일찍 돌아가시고 없어서 두 명의 누나랑 아버지와 넷이서 살았다) 밖으로 나가겠단 말을 할 수 있겠냐고 어설픈 핑계를 대면서.

"새끼, 아침부터 뾰쪽하기는! 니 어제 나랑 같이 안 놀아줬다고 좀 삐친 거 같은데, 내 진짜 어제는 밖으로 나올 상황이 안 됐다니까 자꾸 그러네. 지금은 약 묵고 좀 나아졌지만, 어제는 진짜 온몸에 열이 펄펄 끓고 기침이 나는 게……."

"됐어, 인마! 하여튼 새끼가 의리라고는 파리 뭣 대가리만큼도 없다니깐! 솔직히 니 현지나 혜리 같은 애들이 전화했어도 가만히 집에 붙어 있었겠나, 응? 쳇, 감기 몸살이 다 뭐고? 니는 아마 뇌종양에 걸렸거나 중풍에 걸렸더라도 곧바로 집에서 뛰쳐나왔을 놈이다, 알겠나? 어디 내 말이 틀렸으면 틀렸다 캐봐라? 내가 확 바늘로 주둥이를 다 꿰매뿔 테니깐."

녀석도 조금 찔리긴 찔리는 모양이었다. 웬만하면 내 말에 무슨 반박을 하거나 대거리를 할 텐데, 연신 수화기 너머로 미안하다는 식의 너털웃음만 지어댄 걸 보면 말이다. 하긴 지도 양심이 있으면 아무 할 말도 없겠지. 나는 지난 1년간 집에 들어가기 싫다는 녀석을 위해 몇 번이나 같이 외박을 해줬고, 더욱이 지난 여름방학 땐 한 3일간 가출한 녀석을 따라 나 역시 같이 가출한 적도 있는 의리의 사나이였으니까.

"여하튼, 니 밖으로 안 나오고 계속 거기 있을 거가……?"

"나가긴 어디 나가노? 추운 날씨에 별로 갈 데도 없는데……."

"그럼 니 오늘 이노끼랑 해글러한테 안 갈 끼가? 오늘이 바로 그날 아이가? 이노끼랑 해글러가 하는 바로 그 일일 찻집 날 말이다!"

그랬다. 그날은 바로 이노끼와 해글러가 한다던, 그 일일 찻집을 하는 날이었다.

"천천히 가지 뭐. 일찍 간다고 상 주는 것도 아니고……."

나는 심드렁한 어투로 말했다. 영화관처럼 조조할인 같은 거라도 해주면 모를까, 나는 이노끼와 해글러를 만나러 가는 걸 가급적 좀 뒤로 미루고 싶었다. 그동안 판 티켓 값을 갖다주러 가긴 가야 하겠지만, 나는 아직 놈들에게 받은 티켓을 완전히 다 팔지 못한 상태였기 때문에 아무래도 놈들을 보러 가기가 좀 겁나고 께름칙하게 느꺼졌던 것이다.

"그럼 거긴 이따 가기로 하고……, 일단 퍼뜩 밖으로 나온나. 내가 어제 일도 있고 해서 영화나 한 편 보여줄 테니까."

"영화? 와, 어디 재밌는 거라도 하나?"

나는 귀가 솔깃해져 물었다. 어제 일을 생각하면 계속 뚱하니 삐친 척하며 안 나간다고 하고 싶었지만, 나는 당시 영화관에 가는 걸 세상 어떤 일보다 좋아하고 재미있어 했으니까.

"몰랐나? 오늘부터 명보에서 '졸업여행'이란 영화 한다 아이가? 왜, **김범룡**이랑 **이미숙** 나오는 영화 말이야."

"아, 맞네! 그라고 보이 오늘이 바로 그 영화 하는 날이네?"

나는 구미가 확 당기는 것을 느끼며 말했다. 사실 그 영화는 김범룡이 나온다는 것만 빼면 별로 볼 것도 없고 기대할 것도 없는 영화였다. 나는 그 열흘 전쯤 다른 영화를 보러 갔다가 그 영화의 예고편을 봤는데, 그 영화는 누가 봐도 그 한 해 전 만들어진 '고래사냥(가수인 **김수철**과 **이미숙**과 **안성기**가 등장해, 공전의 히트를 친 영화였다)'을 대충 베끼고 모방해서 졸속으로 만들어진 영화였던 것이다. 하지만 나는 그런 것 따위 상관없이 그 영화를 꼭 한 번 보고 싶었다. 전문 연기자가 아닌, 김범룡이 등장하고 주연으로 나온 영화이니만큼 김범룡의 연기와 영화 내용 같은 것은 영 개판에 함량 미달일 수밖에 없겠지만, 그래도 난 당시 김범룡을 꽤 좋아하고 마음에 들어 하고 있었으니까.

"그래, 그러니까 빨리 이쪽으로 온나! 안 그라믄 마이클이랑 내랑 둘이만 영화 보러 들어가버릴 테니까."

"너그 지금 어딘데? 시내가?"

"그래, 지금 명보 앞에 있으니까 빨리 이쪽으로 나온나! 10분 안에 안 오면 그냥 우리끼리 영화 보러 들어가버릴 테니까."

"알았어. 대신 난 돈 없으니까 영화비는 확실히 니가 내 거까지 내야 된다, 알았제? 그라고 또, 내 아직 아침도 못 먹었으니까 영화관에서 사발면이랑 다른 맛있는 거도 좀 사주고…… 오케이?"

"그래, 알았으니까 빨리 전화 끊고 튀어나온나! 10분 기다리고 안 오면 그땐 진짜 우리끼리 영화관으로 들어가버릴 테니까."

나는 전화를 끊자마자 명보로 헐레벌떡 뛰어나갔다. 뭐 10분이 넘는다고 저희끼리 영화관으로 들어가버리진 않겠지만, 나는 어쨌든 녀석들을 빨리 만나 어젯밤에 엄마랑 싸운 얘기도 좀 하고 또 김범룡의 어색한 연기며 이미숙의 화사한 미모도 좀 감상하고 싶다는 생각이 들었던 것이다.

✕ ✕ ✕

명보는 우리 또래의 중고등학생들로 엄청 붐비고 시끄러웠다. 거기가 무슨 김범룡의 콘서트장이나 리사이틀장이라도 되는 것처럼 말이다. 당연했다. 그날은 겨울방학이 시작되는 종업식 날이었는데다, 당시 김범룡은 우리 또래의 중고교생들에게 있어 가장 인기 있고 핫한 '라이징 스타'였으니까.

우리는 곧바로 상영실로 들어가지 않고, 매점에 붙은 작은 휴게실에서 사발면을 한 개씩 사 먹었다. 내가 아직 아침도 못 먹었다며 사발면이나 하나 사달라고 했더니, 녀석들도 다들 나를 따라 사발면을 하나씩 먹겠다고 했던 것이다.

"그건 그렇고…… 니 진짜 우짤 끼고?"

다 익은 사발면을 후룩후룩 입으로 가져가던 쿤타가 물었다. 나를 향해 사뭇 걱정스럽고 염려스럽다는 표정을 지으며.

"이 새긴, 밑도 끝도 없이 갑자기 그게 뭔 말이고? 뜬금없이 우짤 끼고라니…… 대체 뭘?"

나는 전혀 짐작도 가지 않는다는 표정으로 되물었다. 하지만 쿤타에게 선뜻 대답하기 귀찮고 곤란해서 그랬지, 나는 녀석이 무엇에 대해 묻는지 충분히 다 이해하고 짐작할 수 있었다. 녀석은 뜨거운 물을 붓고 사발면이 다 익기를 기다리는 동안 줄곧 우리가 가야 할 일일 찻집에 관한 이야기―이번 일로 과연 개들은 어느 정도의 돈을 벌까? 그리고 또 오늘의 행사장으로 빌린 '제임스 딘'의 사장에게는 어느 정도의 대여료를 지불한 것일까? 하는 것 따위의―를 신이 나서 떠벌이고 있었으니까.

"에이, 뭐긴 뭐야? 티켓 값 말이지!"

"……."

나는 뚱하니 대답을 않고 사발면 가락만 후룩후룩 빨았다. 괴로우니까 제발 좀 그런 건 묻지 말아달라는 식으로.

"짜식, 갑자기 꿀 먹은 벙어리가 됐나? 야, 니 오늘까지 정확하게 몇 장 팔았노? 어제 물으니까 12장인가 13장인가 그러는 거 같더니……?"

"아직 어제 그대로다. 총 13장."

나는 마지못해 다소 풀이 죽은 목소리로 대답했다. 그러자 심히 걱정스럽다는 듯 콘티가 쯧쯧 혀를 차며 나를 막 나무라고 핀잔 비슷한 걸 줬다.

"얀마, 니 진짜 우짤라꼬 그라노? 늦어도 오후 6시까진 무조건 티켓비 다 맞춰 가야 될 낀데……."

"우짜긴 뭘 우짜노? 내 능력이 그것밖에 안 되는데! 지들도 인간이면 이해하겠지, 뭐. 내가 아예 20장 다 못 판 것도 아니고, 그래도 13장 정도는 티켓을 팔았으니까."

"뭐 이해? 내 참, 어이가 없어서! 니가 정말 꿈이 야무지구나, 응? 그 인간들이 잘도 이해하겠다, 잘도 이해하겠어! 새끼, 개들 성격 어떤지 뻔히 지가 더 잘 알면서……."

"이해 안 해주면 할 수 없고…… 암튼, 죽이든 살리든 지들 마음대로 하라고 해! 어차피 나도 이래저래 별로 오래 살고 싶지도 않은 놈이니까."

나는 이판사판이라는 식으로 말했다. 제발 한 번만 봐줬으면 했지만, 사실 나는 어느 정도 각오가 돼 있었다. 내가 맡은 티켓을 다 못 판 대신 녀석들에게 웬만큼의 구타를 당하고 욕을 얻어먹을 각오가 다.

"니가 진짜 죽고 싶어서 스텝을 밟는구나, 스텝을 밟아? 원, 애새끼가 무슨 변태도 아니고 가만히 보면 지가 일부러 매를 벌고 지 죽을 길로 간다니까!"

"뭐, 변태?"

나는 짐짓 인상을 구기며 말했다. 다 나를 걱정해서 하는 말이긴 했지만, 그렇다고 나를 변태라 부르는 놈에게 마냥 실없는 웃음을 지어 보일 순 없었으니까.

"솔직히 그렇잖아, 인마? 마이클 얘야 원래 남한테 싫은 소리도 잘 못하고 내성적인 성격이라 그렇다 쳐도, 니는 좀만 더 신경 쓰고 노력했으면 얼마든 티켓을 다 팔 수 있었다 아이가? 내 말이 어디 틀렸나?"

쿤타의 말도 틀린 건 아니었다. 사실 나는 팔려고만 했으면 얼마든지 더 많은 양의 티켓을 팔 수 있었다. 거의 살포 수준으로 뿌려진 티켓 때문에 티켓을 파는 게 그리 쉽거나 녹록한 일은 아니었지만 그래도 조금만 더 신경 쓰고 노력했으면 나는 내 몫의 티켓을 충분히 다 팔 수 있었으리라. 뭐 좀 치사하고 졸렬한 방법 같아 그 방법을 안 쓰긴 했지만, 내가 만약 이노끼와 해글러 식으로 애들에게 마구 인상을 쓰고 무시무시한 협박 같은 걸 늘어놓고 했으면 말이다. 하지만 나는 굳이 그런 방법을 동원하면서까지 티켓을 다 팔고 싶진 않았다. 내가 대체 왜 다른 애들의 미움과 원망을 받아가면서까지(나는 애들의 평판을 좀 중요하게 생각하는 인간이었다. 그렇다고 내가 무슨 국회의원에 나가거나 동창회장 같은 걸 하려고 해서 그런 건 아니지만, 그래도 나는 내 나름대로 다른 애들에게 꽤 괜찮은 친구에 인간으로 비치길 원하는 성격이었던 것이다), 그 빌어먹을 놈들의 티켓을 다 팔아주어야 한단 말인가? 물론 한 장도 안 팔았다간 목숨을 보존키 힘들 것 같아 나랑 친하고 가까운 애들에겐 몇 장의 티켓을 맡기고 팔긴 팔았지만.

"그건 그런데…… 하여튼, 니는 더 이상 내 일에 상관하지 마라!

내가 죽고 싶어서 스텝을 밟든 탭 댄스를 추든, 그건 다 내가 알아서 할 내 일이지 니가 간섭할 일은 아니까."

"하여튼, 고집은! 야, 되도 않는 고집 그만 부리고 웬만하면 니도 마이클 애처럼 티켓 값 니가 물어넣고 치아뿌라! 마침 마이클 애가 그끄저께 받은 용돈이 아직 남아 있다니까 그거라도 급한 대로 좀 빌려달라 캐라. 안 그럼 넌 진짜 오늘 어디가 부러져도 한 군덴 부러질 각오를 해야 할 테니까."

내가 좀 위험해 보이긴 위험해 보였던 모양이었다. 그때껏 쿤타와 내가 하고 있던 말을 가만히 듣고 있던 마이클 녀석까지 나서서 나를 살살 달래고 설득했던 걸 보면 말이다.

"그래, 내가 5천 원 빌려줄 테니까…… 우선 그거로 티켓 값 물어넣고 치앗뿌라. 뭐 돈이 좀 아깝긴 하지만, 그래도 이노끼랑 해글러한테 찍혀서 두고두고 고생하는 것보단 그 편이 훨씬 안 낫겠나? 그러니까 염세 니도 그냥 내 말 듣고 내처럼……."

그랬다. 마이클 녀석도 나처럼 못다 판 티켓을 10장쯤 재고로 갖고 있었는데, 녀석은 어떻게든 한번 개겨보고 몸으로 때울 생각이었던 나와 달리 자신이 직접 재고로 남은 티켓 값을 물어넣을 생각이었던 것이다(20장의 티켓을 받은 애들은 대개 두 부류로 나눌 수 있었다. 쿤타처럼 발도 넓고 수완도 좋아 이미 자신에게 할당된 20장의 티켓을 모두 다 판 부류와, 마이클처럼 내성적이고 남한테 싫은 소리를 잘 못 해 아직 20장의 티켓을 다 팔지 못한 두 부류의 애들로 말이다. 그러나 티켓을 다 팔지 못한 애들은 다 마이클처럼 자신이 맡은 티켓 값을 자신이 직접 물어넣을 생각을 갖고 있었다. 뭐 개인적으로 한 명 한 명 다 찾아가 너희들은 어떻게 할

1985, 경주, 그리고 메텔에 관한 이야기

거냐 물어보진 않았지만, 이노끼와 해글러의 명령에 대충 개기고 몸으로 때울 생각을 하는 놈은 아마 나밖에 없을 것 같았다. 다들 강제로 돈을 뺏기는 거나 마찬가지라 기분이 좋진 않겠지만, 애들은 거의 다 이노끼와 해글러에게 20장의 티켓 값을 갖다 바칠 거였다. 만약 나처럼 대충 개기고 몸으로 때울 생각을 하다간 장차 그놈들에게 어떤 험한 꼴을 당할지 아무도 몰랐으니까).

"아니, 그럴 필요 없어! 성의는 고마운데, 내가 굳이 남의 돈을 빌리면서까지 그 녀석들에게 돈을 갖다 바칠 필요가 뭐 있어? 돈 5천 원이 어디 애 이름이야? 돈 5천 원이면 자그마치 짜장면이 열 그릇이고 '솔' 담배가 열 갑인데, 내 말이 틀렸어?"

"그래, 니 말은 이해하는데…… 그래도 내 생각에는……."

"아니, 정말이야! 내가 진짜 그럴 생각이 있었으면 벌써 니나 르노 형한테 그런 부탁 했지, 와 아직 아무한테도 그런 부탁 안 했겠노? 하여튼 내 일은 내가 알아서 할 테니까 니들은 그만 신경 좀 꺼! 대체 녀석들이 어떤 식으로 나올지 몰라도, 나는 대충 몇 대 얻어맞고 몸으로 때우는 쪽으로 마음을 굳혔으니까."

나는 연신 손사래를 치며 말했다. 하지만 솔직히 고백하면, 살짝 유혹 같은 게 일긴 일었다. 조금 없어 보이고 구차스럽게 보이긴 하겠지만 지금이라도 녀석들의 충고며 제안에 따르는 게 훨씬 더 내 몸에 이롭지 않을까 하는 생각에 말이다. 하지만 나는 계속 되도 않는 고집에 아집을 피우며 녀석들의 말에 고개를 저었다. 돈이 아깝기 때문만은 아니었다. 물론 돈이 아깝기도 했지만, 나는 다른 녀석들이 다들 이노끼와 해글러의 명령에 못 이겨 티켓 값을 착착 갖다 바칠 거라는 생각을 하니 왠지 나 혼자만이라도 녀석들의 말에 좀 개기고 반항하고 싶은 기분이 들었던 것이다. 나는 원래 남들이 다 산으로 가면 일부러라도 강으로 가야 직성이 풀리는, 청개구리 같은 성격의 소유자였으니까. 씨팔! 그래, 이만큼이면 나도 할 만큼 했어. 아예 한 장도 안 팔고 엿 먹어라 한 것도 아니고, 나더러 더 이상 여기서 뭘 더 어떻게 하란 말이야. 맞아! 이노끼와 해글러한테 나만 나쁜 놈 되고 역적이 될 게 뻔하지만, 나는 어떻게든 한번 개기는 데까진 개겨봐야겠어. 내가 무슨 독립투사나 민주 열사는 아니지만, 나도 내 나름대로 조그만 정의감이라는 게 있고 저항심 같은 게 있는 어엿한 사내 녀석이니까.

나는 녀석들의 설득과 권유에도 불구하고, 계속해서 뻣뻣하게 녀석들의 청을 뿌리치고 내 고집만 부렸다. 그러자 마침내 쿤타가 졌다는 듯 절레절레 고개를 흔들며 마이클과 나를 향해 씨불거렸다.

"야, 냅둬라, 냅둬! 점마 저거 진짜 저러다가 한번 뒈져봐야 정신 차리지, 안 그라믄 절대 정신 못 차린다. 야, 김염세! 내가 미리 얘기하는데…… 니 진짜 이노끼랑 해글러한테 얻어터지고 나서 헛소리 하지 마라, 알았나? 괜히 내한테 파스 좀 붙여달라느니 아까징끼 좀 발라달라느니 하는 소리하지 마라, 알았제? 새끼, 그라기만 그래봐라? 내가 미싱으로, 그것도 일반 미싱이 아니라 공업용 미싱으로 주둥이를 확 다 박아버릴 테니까!"

"흥, 그런 걱정일랑 아예 하덜덜덜 마셔! 혹시 그런 부탁을 한다 쳐도 마이클한테 했으면 했지, 니한텐 절대로 그런 부탁 안 할 테니까."

"어휴, 저 꼴통 새끼! 그나마 말이나 못하면 밉지나 않지……"

나는 쿤타에게 혀를 쏙 내밀어 '메롱!'을 해 보인 뒤, 다시 먹고 있
던 사발면에 코를 박고 열심히 사발면을 먹기 시작했다.

episode 8

'제임스 딘'은 마치 결혼 예식장이나 무슨 파티장처럼 붐비고 소
란스러웠다. 그곳은 시내 한복판에 있던 한 음악다방이었는데(주로
약간 까진 날라리들이나 고교생들이 많이 다니던), 아무튼 그곳은 연신
들고 나는 손님들로 꽤나 흥청거리고 시끌벅적했던 것이다. 딱히 내
가 무슨 앙케트 조사나 갤럽 조사 같은 걸 하진 않았지만, 당시 내
가 본 손님들의 비율이랄까 성향 같은 건 대략 이런 정도의 퍼센티
지와 분포도를 띠고 있었다. 그러니까 나 같은 중학생이 2라면 고등
학생이 8, 남자 쪽이 7이라면 여자 쪽이 3. 그리고 순진한 외모에 모
범생 스타일의 애들이 2.5라면, 발랑 까진 외모에 나랑 비슷한 분위
기의 농땡이에 날라리들이 7.5정도의 퍼센티지에 분포도.

"씨팔! 완전 노 나는구나, 노 나! 저 자식들 저거 진짜 이번 행사
끝나면 빌딩이라도 한 채 세우겠는데?"

나는 실내를 꽉 메운 손님들과 다방 맨 앞쪽의 제일 크고 좋은

자리에 떡하니 앉아 있는 이노끼와 해글러를 보며 중얼거렸다(놈들은 웬 귀신 날라리 같이 생긴 여자애 둘이랑 신나게 웃고 있었다). 그러자 나랑 함께 제임스 딘 안의 풍경과 이노끼와 해글러가 있는 쪽을 두리번거리고 있던 쿤타가 내 귀에 대고 크게 소리치듯 말했다.

"야야, 너무 배 아파하지 마라. 내년 이맘때쯤이면 우린 저 녀석들보다 훨씬 더 크고 성대한 행사를 열고 있을 테니까. 녀석들은 겨우 한 장에 700원 하는 일일 찻집 티켓을 파는 데 그쳤지만, 우린 이 제임스 딘보다 훨씬 더 큰 음악다방이나 디스코텍 같은 걸 빌려 '록 페스티벌'이나 '댄스 축제' 같은 걸 벌이는 거야! 티켓도 한 장에 700원이 아니라, 1,000원이나 1,500원 정도를 받고. 어때, 내 아이디어가? 내 머리 잘 돌아가제, 응?"

나는 한심하다는 눈빛으로 쿤타를 흘겨봤다. 녀석은 내가 진짜 부러워서 하는 말인지, 그게 아니면 현재 내 눈앞에서 펼쳐지고 있는 풍경이 별로 마음에 들지 않아서 하는 말인지조차 모르는 바보였으니까. 하지만 솔직히 말해, 나는 그날만큼은 이노끼와 해글러가 조금 부러웠다. 존경스러웠다. 뭐 별로 바람직하지 않고 정의롭지 못한 방법으로 돈을 벌고 있긴 했지만, 어쨌든 녀석들은 우리 또래의 애들은 결코 만져볼 수도 없는 큰 거금을 마구 벌어들이고 있었으니까.

"후후, 그런가? 하긴, 내년 이맘때쯤엔 우리도 이런 일일 찻집 정도는 충분히 벌일 수 있을 거야, 그치?"

나는 사뭇 자조적이고 냉소적인 —그러나 다른 한편으론 은근히 녀석들을 부러워하고 질투하는— 말투로 말했다. 그러자 쿤타 녀석이 너무 그렇게 부러워할 것 없다는 듯 내 어깨를 톡톡 두드리며 계속 입을 나불거렸다.

"당연하지! 우리가 무슨 짱구가? 그동안 우리가 고생한 게 얼만데……. 그땐 우리도 한몫 톡톡히 챙겨야지. 야 마이클, 안 그냐?"

마이클은 선뜻 동의를 표시하지 않았다. 녀석은 쿤타의 생각과 사상이 별로 마음에 들지 않는 듯 살짝 불만에 찬 표정으로 웅얼거렸다.

"근데, 솔직히 난 이런 짓 하는 거 좀 반대야. 뭐 돈도 좋긴 좋지만……."

"뭔 소리고? 그럼 니는 나중에라도 절대 이런 일일 찻집이나 일일 생맥줏집 같은 거 안 하겠다, 이 말이가?"

"아니, 뭐 꼭 그렇다는 얘기는 아닌데…… 솔직히 난 별로 크게 안 내키는 것 같다."

"와?"

쿤타가 물었다. 녀석이 생각하기엔 전혀 말도 안 되는 소리고, 이해도 잘 가지 않는 소리라는 듯.

"솔직히, 좀 치사하잖아? 쪽팔리기도 하고. 딱 깨놓고 말해, 지금 여기 온 애들 중에 진짜 티켓 사고 싶어 산 애들 몇 명이나 되겠어? 다들 저보다 힘 세고 싸움 잘하는 애들한테 안 맞거나 안 찍히려고 어쩔 수 없이 산 거지……."

나는 마이클이 좀 기특하다는 생각을 했다. 우리보다 훨씬 부유하고 윤택한 가정에서 자라고(녀석의 아버지는 관광버스 회사의 사장인가 부사장인가 그랬는데, 녀석의 아버지는 당시 포드社의 '그라나다'란 차를

1985, 경주, 그리고 메텔에 관한 이야기

타고 다닐 만큼 큰 부자였던 것이다) 농땡이를 핀 경력이 짧아서 그런지 모르겠지만, 어쨌든 녀석은 쿤타나 나보다 한 10배 정도는 착하고 고운 심성을 갖고 있었으니까.

"그러니까, 뭐고? 그럼 니는 국어 교과서에 나오는 성삼문의 시처럼 '백설이 만건곤할제 독야청청'하겠다, 이 말이가? 쳇, 웃기고 있네! 니는 이게 무슨 대단한 나쁜 짓을 하는 거라고 생각하는지 모르겠지만, 나는 이게 별로 나쁜 짓이라고 생각 안 한다. 뭐 엄밀히 말하면 분명 나쁜 짓이겠지만, 솔직히 이 정도는 우리 같은 농땡이에 문제아가 당연히 누려야 할 혜택이고 권리 같은 거 아이가? 니도 알겠지만 솔직히 시내서 잘나가는 형들 치고 이런 행사 한두 번씩 안 한 형들 어디 있노? 막말로 이런 특권이나 혜택 같은 거도 없으면 농땡이는 와 피우노? 니는 어떻게 생각할지 몰라도, 내 생각에는 다 이런 맛에 농땡이도 피우고 시내에서 놀고 그라는 거지……."

"그래, 니 말도 일리가 있긴 있는데……."

"야야, 그 이야긴 그만하고…… 일단 아무 데나 좀 앉자. 비싼 돈 들여 가 산 티켓인데, 그래도 음료수라도 한잔하고 가야 조금이라도 덜 억울할 거 아이가?"

나는 티격태격 말싸움을 하고 있는 녀석들을 향해 말했다. 그런 건 굳이 여기가 아니고 지금이 아니더라도 얼마든 다시 토론할 수 있을 테니까. 그러자 웬 귀신 날라리 같이 생긴 두 명의 여자애와 하이에나처럼 웃고 있는 이노끼와 해글러를 보며 쿤타가 중얼거렸다.

"근데, 먼저 인사부터 해야 되는 거 아이가? 티켓비는 이따 사람 없을 때 조용하게 주더라도 먼저 인사부터 하는 게 예의지 싶은데?"

"아냐, 좀 이따 인사해도 돼. 지들끼리 있으면 몰라도, 여자들하고 같이 있는데 괜히 또 분위기 파악 못 한다고 지랄할지도 모르니까."

"그런가?"

"그래, 그러니까 빨리 저쪽에 가서 앉자!"

나는 쿤타의 말을 일축한 뒤, 녀석들과 함께 눈에 띄는 빈자리로 가서 엉덩이를 붙였다. 그러고는 홀 안을 분주히 오가며 열심히 커피나 다른 음료를 나르고 있는 '예쁜이' 형을 크게 손짓해 불렀다.

"어이, 여기요……."

이윽고 우리를 발견한 예쁜이 형이 우리가 앉은 자리로 쪼르르 달려왔다. 언제나 그랬듯 예쁜이 형 특유의 밝고 상냥한 미소를 띠며.

"어, 왔나? 그래, 마실 거는 뭐로 주꼬?"

우리는 각자 마시고 싶은 음료를 주문했다. 쿤타와 난 시원한 사이다를, 마이클은 따뜻한 코코아를 시켰다.

"알았다. 쪼매만 기다려라. 내가 금방 갖다줄 테니까."

예쁜이 형이 말했다. 그 형은 이노끼와 해글러의 친구였는데, 솔직히 말해 그 형은 이노끼와 해글러의 친구라기보다는 그 녀석들의 '가방모찌나'나 '호구'라고 하는 편이 더 옳았다. 그 형은 계집애처럼 예쁘장하게 생긴 얼굴에 인간성도 꽤 괜찮은 편이었는데, 대체 무슨 까닭인지 맨날 이노끼와 해글러에게 돈을 빼앗기고 녀석들이 시키는 심부름 같은 것을 다 하고 사는 형이었던 것이다. 모르긴 하지만, 아마 그날도 녀석들의 협박과 강요에 못 이겨 녀석들의 행사에 무료 봉사를 열나게 하고 있을 거였다.

"아, 형 잠깐만요! 근데, 브레이크 댄스나 스쿨 밴드 공연은 언제 하는 거예요? 티켓에 적혀 있기론 2시 30분부터라고 적혀 있는 것 같던데……?"

쿤타가 물었다. 우리가 시킨 사이다와 코코아를 가지러 가려는 예쁜이 형에게 말이다. 그랬다. 대체 누구한테 조언을 받고 도움을 구했는지 모르겠지만, 이노끼와 해글러는 자신이 찍은 티켓을 좀 더 쉽고 많이 팔아먹기 위해서 나름대로 약간의 이벤트랄까 미끼 상품 같은 것을 마련해놓고 있었다. 일일 찻집에 온 손님들을 위해 즉석 미팅 같은 것도 준비하고 주선했을 뿐만 아니라, 녀석들은 자신이 갖고 있던 인맥과 힘을 총동원해 당시 우리 또래에서 제법 인기가 많고 연예인 비슷한 노릇을 하는 녀석들까지 몇 명(팀) 섭외를 했던 것이다. 왜 그 있잖은가? 어느 도시 어느 학교에나 있겠지만, 딴에 브레이크 댄스를 좀 춘다거나 학교의 스쿨 밴드에서 기타나 좀 튕기고 어설픈 가수 노릇을 하는 녀석들 말이다. 그러고 보면 이노끼와 해글러는 장차 우리나라의 주먹계며 연예계를 좌우할지도 모르는 대단한 인물들이었다. 이제 겨우 17살의 나이에 그런 행사를 기획하고 유명 인물들을 섭외하는데, 대체 한 30살쯤 되면 김두한이나 이정재 같은 거물에 유명한 깡패가 될지 그 누가 알 수 있겠는가?

"으응, 맞다! 원래는 2시 30분부터 시작하기로 했는데, 좀 늦어지네? 하지만 곧 시작할 끼다. 저기 봐라, 애들 다 와 있잖아?"

예쁜이 형이 가리키는 곳을 보니, 아닌 게 아니라 그날 공연에 투입될 녀석들이 다방 한쪽 구석에 모여 좀비처럼 우글대고 있었다. 저 새끼들은 또 뭐야? 저 새끼들은 또 뭐 처먹을 게 있다고 여기까지 와서 이노끼와 해글러의 행사에 도움을 주고 있는 거야? 뭐 저 자식들도 이 자리에 참석하고 싶어서 참석한 게 아니라, 다 저 이노끼와 해글러의 협박과 회유—혹은, 부탁과 사정—에 못 이겨 어쩔 수 없이 참석한 것이겠지만.

"자, 그럼 난 이만……."

그때였다. 예쁜이 형이 우리가 주문한 음료를 가지러 우리 곁을 떠나자마자, 마침내 이노끼가 우리를 발견하고 우리가 앉은 테이블로 어슬렁어슬렁 다가왔다. 아마 해글러는 돈보다 여자 쪽이 더 좋은 모양이었다. 녀석은 이노끼와 함께 흘깃 우리 쪽을 보긴 했지만 계속 그 두 명의 날라리 빤스 같은 계집애들이랑 웃고 떠드느라 정신이 없었으니까.

"여어, 그래 왔나?"

이노끼의 등장에 우리는 발딱 일어나 90도의 깍듯한 인사를 했다. 그러고는 마치 조선시대의 간신배 같은 미소를 띠며, 연신 마음에도 없는 몇 가지의 아부성 멘트와 대사 같은 것을 날렸다. 일일 찻집이 너무 잘 되고 성황을 이룬 것 같아 다행이라는 둥, 오늘따라 두 선배님의 의상이며 외모 같은 게 너무 멋있어 보인다는 둥, 이번 행사를 성공적으로 치렀으니만큼 앞으론 이런 행사를 좀 더 자주 기획하고 규모 있게 추진해도 좋겠다는 식의 말도 안 되는 헛소리들과 개소리 같은 것들을 말이다.

"그래? 아무튼 그동안 니들이 고생 많았다. 후배로서 당연히 해야 될 노릇을 한 거긴 하지만…… 뭐 어쨌든."

꽤 기분이 좋은 모양이었다. 녀석은 웬만해선 우리를 칭찬하거나 다정한 미소 같은 것을 잘 안 보이는 성격이었는데, 그날만큼은 제법 우리가 하는 아부에 칭찬 비슷한 것도 하고 또 부처님 반토막짜리 같은 온화한 미소도 지어 보였으니까. 그러고 보면 과연 돈이 좋긴 좋은 모양이었다. 맨날 우리만 보면 무섭게 족치고 으르렁거리기만 하던 녀석이, 그날만큼은 진짜 부처님 저리 가라 할 정도의 인자한 미소도 짓고 또 칭찬 비슷한 소리도 늘어놓고 했으니까.

"아입니다, 고생은 무슨……. 형이 말한 것처럼 우리는 그냥 후배로서 당연히 해야 될 일을 한 것밖에 없는데요, 뭘……."

쿤타가 연방 고맙고 황송하다는 표정을 지으며 말했다. 그러자 이노끼가 아주 마음에 든다는 듯 흡족한 미소를 띠며, 다시 한번 우리에게 칭찬 비슷한 것에 치하 비스무레한 소리를 했다.

"어쨌든, 다들 수고 많았다. 내가 조만간 짜장면 한 그릇씩이라도 돌릴 테니까 그건 그냥 그렇게만 알고 있고…… 자, 그럼 우리 잠깐만 밖으로 나가서 얘기 좀 할까?"

나는 이노끼가 우리를 아무도 없는 옥상으로 끌고 가거나, 아니면 어디 사람이 잘 안 다니는 조용한 화장실 같은 데로 데려갈 거라 생각했다. 뭐 그 커피숍 안에서 수금을 해도 큰 상관은 없겠지만 아무래도 그 안에는 이래저래 보는 눈도 많고 시끄러워서 돈을 건네주고 돈을 건네받기엔 좀 그랬을 테니까.

아니나 다를까, 이노끼는 옥상으로 올라가는 길에 있던 한적한 남자 화장실로 우리를 데려갔다. 그러고는 우리를 향해 슬며시 티캣 얘기를 꺼내기 시작했다.

"그래, 다들 티켓 값은 차질 없이 착착 잘 맞춰 왔겠지?"

우리는 녀석의 말이 떨어지기가 무섭게 그동안 판 티켓비를 주머니에서 주섬주섬 꺼냈다.

"음, 좋아. 좋아……."

쿤타와 마이클의 돈을 받을 때만 해도 녀석은 얼굴이 더할 나위 없이 즐겁고 행복해 보였다. 그러나 마침내 내 차례가 되어 9,100원의 돈과 함께 7장의 남은 티켓을 우물쭈물 녀석에게 내밀자, 녀석의 얼굴이 금세 악마의 그것처럼 어둡고 험상궂게 확 변했다.

"뭐야? 니는 뭔데 돈이 이것밖에 안 되노! 그리고 또 이 티켓은 다 뭐고?"

"저, 그게……."

나는 면목 없다는 듯 고개를 푹 숙였다. 그러고는 미리 머릿속에 넣어둔 몇 마디의 궁색한 변명과 핑계를 우물우물 늘어놓았다. 나는 그동안 티켓을 다 팔기 위해 무진장 노력하고 신경 썼지만 결국은 티켓을 다 팔지 못했다고 말했다. 갑자기 집에 좀 안 좋은 일이 생긴 데다, 엎친 데 덮친 격으로 나는 이번 고교 입시에 떨어지는 바람에 그저께부터는 아예 집에서 쫓겨나 24시간 영업하는 오락실이나 심야 만화방 같은 데서 노숙을 하는 형편이라고 말했던 것이다.

"이 새끼가 지금 장난하나! 하, 내 이게 진짜 어디서 뒈질라꼬……."

이노끼는 기도 안 찬다는 표정이었다. 하긴 기도 안 차긴 안 찼을 것이다. 자기는 분명 자신의 명령을 어기는 놈이 단 한 명도 없

174   1985, 경주, 그리고 메텔에 관한 이야기

을 거라 생각했을 텐데, 내가 감히 자신의 명령에 물을 태우고 대충 몸으로 때울 기색을 보이고 있었으니까.

"얀마, 지금 그걸 내한테 변명이라고 하나? 내가 니 말을 믿지도 않지만, 내가 니 말을 믿는다 치자! 근데, 방금 니가 말한 이유랑 티켓을 다 팔지 못한 이유랑 대체 그게 무슨 상관이 있는데? 말해 봐라, 새꺄? 대체 그게 이거랑 무슨 관계고 무슨 연관인지 말이다?"

"……."

나는 고개를 숙인 채 계속 반성을 하는 자세만 취하고 있었다. 내가 왜 녀석에게 그런 식의 추궁과 수모를 당해야 하는지 모르겠지만, 아무튼 난 한 가지 사실만은 분명히 잘 알고 있었다. 설령 좀 할 말이 많고 억울한 면이 많아도 입을 꾹 닫고 있어야 옳은 일이지, 만약 무슨 불만을 표시하거나 말대꾸 같은 것을 하다간 내가 애초 생각하고 있던 것보다 훨씬 더 많은 매를 벌고 다른 여타의 불이익을 당하게 된다는 것을 말이다.

"얀마, 니는 내 말이 영 엿같이 들리고 물같이 들리제? 니는 내가 니 맘대로 해도 아무 상관 없는 호구에 핫바지로 보이제, 응?"

"아, 아입니다. 그런 게 아니고……."

"아이기는 뭐가 아이고! 그럼 니가 내한테 어디 한번 잘 설명해 봐라? 내가 니 말을 충분히 잘 알아들을 수 있고, 잘 납득할 수 있도록! 말해봐라, 새꺄? 지금 니 옆에 있는 애들은 물론이고 다른 니 친구들도 하나같이 티켓비를 착착 잘 갖다 바치고 있는데, 니는 와 중뿔나게 니 혼자만 티켓비를 반뚱가리 정도밖에 못 맞춰 왔는지 말이다?"

"……."

나는 계속 머리를 푹 숙이고만 있었다. 뭐라 다른 변명을 하다간 괜히 또 녀석의 성질만 더 돋구고 부아만 지를 것 같았으니까. 나는 녀석이 제발 그쯤에서 나를 좀 용서해주길 바랐지만 녀석은 전혀 그럴 생각이 없는 것 같았다. 녀석은 어느새 해머처럼 크고 묵직한 주먹으로 내 머리통을 툭툭 쥐어박고 있었으니까.

"어, 이 새끼가 감히 선배 말을 씹네? 야, 니는 이 선배 말이 영 말 같지가 않나, 응?"

"죄, 죄송합니다……."

"뭐, 죄송합니다? 하, 내 참 진짜 어이없어 가! 야, 니 지금 사람 성질 테스트하나? 사람 성격 테스트하는 거냐고, 응?"

"……."

"어, 이 새끼 봐라? 니 지금 내한테 인상 썼나, 응!"

녀석은 결코 나를 용서할 생각이 없는 것 같았다. 나는 별로 인상을 쓰지도 않고 그저 내 잘못을 이해해주고 용서해주길 빌고 있었을 뿐인데, 녀석은 괜히 내가 쓰지도 않은 인상을 쓴다며 말도 안 되는 꼬투리에 생트집을 잡고 있었으니까.

"아, 아닌데요……."

"에이, 이 개새끼가 진짜!"

순간, 눈에서 불이 번쩍했다. 녀석의 라이트 훅이 정확히 내 턱에 날아와 꽂힌 것이다.

"꿇어, 새꺄! 아니, 대가리 박어 새꺄! 실시!"

녀석이 사나운 개처럼 이빨을 드러내며 말했다. 녀석의 라이트

1985, 경주, 그리고 메텔에 관한 이야기

혹에 잠시 정신을 못 차리고 비틀거리고 있는 나에게 말이다.

"……"

다른 때 같았으면 제깍 녀석의 명령에 따랐을 것이다. 나는 1년 선배로부터 항상 '1년 선배는 하느님과 동기동창'이라는 말을 들었고, 또한 1년 선배님들의 말씀은 하느님의 말씀보다 중했으면 중했지 결코 가볍지 않다는 식으로 배웠으니까. 하지만 그날은 녀석의 말에 제깍 따르기가 좀 그랬다. 마침 화장실 안에 아무도 없기는 했지만 그때 그 화장실 바닥엔 오줌인지 물인지 모를 물기가 약간 질척거리고 있었던 것이다.

"어, 이 새끼 좀 보게? 니가 지금 내한테 한번 개겨보겠다 이거가, 응?"

녀석은 가소로워 죽겠다는 듯 혼자 픽픽 웃었다. 자신의 말에 제깍 따르지도 않고, 그렇다고 또 대놓고 개기지도 못한 채 어정쩡하게 서 있는 나를 보면서 말이다.

"에잇, 이 개새끼가 진짜!"

순간 이놈끼의 돌려차기가 내 얼굴을 향해 빠르고 강하게 날아왔고(이소룡과 성룡 영화를 너무 많이 보고 자라서 그랬나? 그땐 진짜 자신이 무슨 발차기의 고수라도 되는 듯 어설픈 발차기를 하는 놈들이 염병할 정도로 많았다), 나는 거의 동물적인 반사 신경으로 녀석의 돌려차기를 양팔로 팍 막았다. 녀석의 돌려차기를 양팔로 팍 막았기에 망정이지, 안 그랬으면 난 아마 녀석의 돌려차기에 KO가 되어버렸거나 면상이 다 깨지고 말았으리라. 녀석은 당시 태권도가 2단에 합기도가 초단인가 뭐 그랬는데, 아무튼 녀석의 키가 키고 체중이 체중이었으니만큼 그 위력은 실로 어마어마하고 대단한 것이었으니까.

"어쑤, 이 새끼 좀 보게? 선배가 때리는 데 감히 막아? 아, 내 이 새낄 진짜 확! 야, 좋은 말 할 때 빨리 대가리 박아라? 빨리 내가리 안 처박나!"

녀석의 말에 못 이겨 머뭇머뭇 화장실 바닥에 머리를 박으려 할 때였다. 그 비겁하고 얍삽한 새끼가 내 배를 마치 축구공 차듯 세고 빠르게 뻥 걷어찬 것은!

"옵!"

나는 단말마의 비명을 지르며 앞으로 푹 고꾸라졌다. 그러자 녀석이 화장실 바닥에 엎드려(화장실 바닥에 두 손과 무릎을 짚은 채) 있는 나에게 몇 대의 발길질을 더 가했다. 솔직히 그 뒤에 이어진 몇 대의 발길질은 그런대로 참을 만했다. 하지만 녀석이 날린 그 첫 번째의 '사커 킥'은 진짜 창자라도 터진 듯 아프고 고통스러웠다. 녀석의 발이 정확히 내 명치를 가격했던 것이다.

"으으으으……."

내가 창자라도 터진 듯 배를 싸쥐고 괴로워하자, 녀석도 조금 겁이 나긴 났던 모양이었다. 이게 어디서 엄살이냐며 나를 욕하고 나무라긴 했지만, 나는 녀석의 목소리에서 조금 겁을 먹은 듯하고 당혹스러워하는 미세한 떨림 같은 것을 느낄 수 있었으니까.

"이 새끼가 어디서 엄살이고? 야 빨리 안 일어나! 야, 쇼하지 말고 좋은 말 할 때 빨리 일어나라, 응?"

나는 녀석이 짖거나 말거나 한 30초가량 더 화장실 바닥에 엎드려 있었다. 하늘이 노란 게 숨을 잘 쉴 수가 없었던 것이다. 나는 화장실 바닥에 엎드려 숨이 넘어갈 듯한 고통과 아픔에 몸부림치고 있다가, 마침내 좀비처럼 일어나 비틀비틀 밖으로 나가려 했다. 나는 이노끼 자식과 1분 1초도 같은 공간에 있기 싫었을뿐더러, 1초라도 바삐 그 화장실에서 벗어나 바깥의 맑고 신선한 공기를 쐬고 싶었던 것이다.

"어쭈, 저 새끼 좀 보게? 야 김순철, 니 거기 안 서나! 이 새끼가 증말 뒈질라꼬 환장했나? 야, 스톱! 스톱! 동작 그만!"

나는 배를 싸쥔 채 비틀비틀 몇 발짝 걷다가, 살기에 가득 찬 눈으로 이노끼를 노려보았다. 잘못하면 자식에게 맞아 죽을지도 몰랐지만 나는 이미 그런 것 따위 하나도 겁이 안 날 만큼 눈이 휙 돌아 있었다. 나는 만약 자식이 한 번만 더 내게 손찌검을 한다면 그대로 한판 붙어버릴 참이었던 것이다. 물론 나는 아직 녀석의 적수가 못 될 게 뻔했다. 개 맞듯 맞을 게 뻔했다. 자식은 거의 **압둘 자바**나 골리앗과 맞먹는 거인인 데다, 그 성격 또한 타의 추종을 불허할 만큼 대단히 잔인하고 흉폭한 놈이었으니까. 모르긴 모르겠지만, 나는 아마 전치 4주나 6주 정도는 각오해야 할 거였다. 재수 없으면 아예 녀석에게 맞아 병신이 되거나 사망에 이를지도 몰랐고. 하지만 나는 예전처럼 가만히 맞고만 있진 않을 생각이었다. 자식은 이제 나에게 선배도 뭣도 아닌, 천하에 상종 못 할 개새끼에 생양아치 새끼라는 생각밖에 안 들었으니까. 그랬다. 지렁이도 밟으면 꿈틀한다고, 나는 그때 이노끼에 대한 분노와 증오로 완전히 이성을 잃은 상태였던 것이다.

"어라? 이 새끼가 증말 뒈질라꼬……!"

당혹감에 찬 얼굴로 나를 노려보긴 했지만, 다행히 녀석은 나에게 더 이상의 폭력과 구타를 행사하진 않았다. 하긴 겁이 좀 나긴 났을 것이다. 후배이긴 하지만 녀석도 내가 한번 돌면 무슨 짓을 할지 모르는 생또라이에 싸이코라는 것 정도는 익히 들어 알고 있었을 테니까. 하여튼 녀석은 더 이상 나를 건드려서는 별로 이로울 게 없다고 판단한 것 같았다. 사나이 체면에 차마 그럴 수는 없지만 만약 내가 미친 척 녀석의 행동에 앙심을 품고 파출소나 경찰서 같은 데로 신고라도 해보라! 모르긴 모르지만, 녀석은 그 길로 곧장 은 팔찌를 차고 감방으로 끌려갈 수밖에 없을 거였다. 그날 일은 접어 두더라도 녀석은 그동안 우리에게 수도 없을 만큼 많은 죄를 저질렀고, 또한 다른 사건으로 '기소중지'인지 뭔지 하는 게 내려져 있는 상태라 들었으니까. 그랬다. 다른 쪽으로는 몰라도 녀석은 그런 쪽으로는 대단히 머리가 잘 돌아가고 상황 판단 같은 게 빠른 놈이었다. 겉으로 보기엔 대단히 무식하고 우악스럽게 보였지만 녀석은 알고 보면 대단히 영악하고 주도면밀한 데가 있는 놈이었던 것이다.

"좋아, 그러니까 뭐고? 니가 내한테 정식으로 한번 개겨보겠다……? 오케이, 접수! 그래, 맞기 싫으면 꺼져 새꺄! 니 같은 새끼 때려봤자 괜히 내 주먹만 아까우니까. 대신 니 오늘 이 시간 이후로 절대 내 눈에 띄지 마라, 알겠나? 만약 지금 이 시각 이후로 내 눈에 띄었다 그라믄, 그땐 진짜 내가 완전히 땅에 파묻어버릴 테니깐!"

녀석은 거의 사형 선고라도 하듯 말했다. 그리고 그것만으로는 나에 대한 징계며 징벌이 영 부족하다고 생각했던지, 그때의 그런 상황에 잔뜩 놀라고 얼어 있는 쿤타와 마이클 녀석에게까지 단단히 주의를 주고 겁박 비슷한 짓을 했다.

"야 너그 앞으로 저 새끼하고 놀지 마라, 알았나? 경고하는데, 만약 오늘 이 시간 이후로 저 새끼랑 같이 어울려 다니거나 노는 거 내 눈에 띄기만 띄어 봐라? 그랬단 진짜 내가 너희 둘부터 먼저 다 죽어버릴 테니까! 그리고 내가 너그 친구들한테도 다 말해 놓겠지만, 너그도 너그 친구들한테 다들 똑똑히 전해라. 지금 이 시간 이후로 저 새끼랑 같이 노는 건 물론, 말 한마디라도 하는 놈 있으면 그땐 저 새끼보다 그 새끼부터 내한테 작살날 줄 알라고 말이야! 알겠어?"

아, 나쁜 놈. 치사한 놈. 비열한 놈. 놈은 나에게 물리적 폭력을 가하는 대신, 그것보다 훨씬 더 잔인하고 무서운 심리적인 폭력을 가했다. 놈은 저한테 반항했다는 이유로, 자신의 권위에 감히 도전했다는 이유로 나를 완전히 역적으로 만들려 하고 있었다. 녀석은 아이들 사이에서 나를 완전히 바보로 만들고, 또 우리들 세계에서 나를 완전히 추방시키고 생매장시킬 계획을 갖고 있었던 것이다.

"……."

"……."

쿤타와 마이클은 선뜻 대답하지 못하고, 힐끔힐끔 내 눈치와 이노끼의 눈치만 살피고 있었다. 그러자 이노끼가 금방이라도 녀석들을 때릴 듯 무섭게 인상을 쓰고 주먹을 무슨 장총처럼 겨누면서 말했다.

"이 개새끼들이, 진짜! 야 이 개새끼들아, 와 말이 없노? 알겠나, 모르겠나?"

"예······."

"······예에."

이윽고 녀석들의 음성이 내 귓바퀴를 타고 또르르 들렸다. 겁에 잔뜩 질리고 얼어붙은 녀석들의 작고 비겁한 목소리가 말이다.

"······!"

순간, 눈물이 핑 돌았다. 이노끼의 협박에 어쩔 수 없이 한 소리겠지만 그 말은 진짜 눈물이 핑 돌 만큼 내 마음을 아프게 했고 서럽게 했다. 아무리 이노끼의 협박이 겁나고 무서워도 그렇지, 어떻게 녀석들이 내 앞에서 그런 배신을 때릴 수가 있단 말인가? 지금껏 우리가 쌓아온 우정과 의리가 기껏 그 정도밖에 안 되는 얇고 허술한 것이었단 말인가? 쿤타와 마이클의 배신에 나는 눈물이 콱 쏟아질 만큼 괴롭고 슬펐다. 하지만 나랑은 반대로 이노끼는 아주 즐겁고 행복한 모양이었다. 녀석은 쿤타와 마이클이 나를 버리고 자신을 택했다는 사실에 아주 크고 만족한 웃음을 띠며, 다시 한번 나에게 더럽고 비열한 경고를 늘어놓았으니까.

"어이, 존만아! 들었제? 충고하는데, 니는 앞으로 여기 경주서 살 생각하지 마라, 알겠나? 왜냐하면, 내가 무슨 수를 써서라도 오늘 이 시간 이후로 절대 니를 여기 경주서 못 살게 할 생각이니까. 알았나, 이 개존만 한 새끼야!"

아아, 참으로 더럽고 비열한 개자식이었다. 그 정도까지만 해도 나는 이미 자살을 하고 싶을 만큼 충분히 괴롭고 서럽고 가슴이 아팠다. 하지만 녀석은 그것도 모자라 나와 내 친구들 사이까지 갈라놓고 서로 이간질시켰다. 아마 한층 더 나를 열받게 만들고 비참하

1985, 경주, 그리고 메텔에 관한 이야기

게 만들려는 수작이었겠지만 녀석은 마치 『백설공주』에 나오는 마귀할멈 같은 미소를 띠며 쿤타와 마이클에게 아양 비슷한 것을 막 떨어댔던 것이다.

"애들아, 우리는 이제 그만 들어가자! 내가 오늘 너그한테 특별히 이쁜 여자애들 몇 명 소개시켜줄 테니까. 자, 뭐 하노? 빨리 안으로 들어가자니까!"

"……."

"……."

과연 폭력의 힘이 크긴 크고 무섭긴 무서웠다. 내 눈치를 보느라 잠시 미적미적하긴 했지만, 녀석들은 결국 이노끼의 말에 못 이겨 이노끼의 뒤를 줄레줄레 따라나서고 말았으니까.

"……!"

나는 녀석들이 사라진 뒤, 한동안 제자리에 우두커니 서 있었다. 친구 녀석들에 대한 배신감과 이노끼에 대한 분노로 온몸을 부들부들 떨고 두 주먹이 으스러질 만큼 꽈악 부르쥔 채로 말이다.

✕ ✕ ✕

그때의 그 충격과 상처가 너무 컸던 탓일까? 솔직히 나는 어떻게 그 화장실을 뛰쳐나오고 어떻게 '봉황대(제임스 딘에서 한 300미터쯤 떨어진 곳에 있는 고대 신라의 문화 유적지였다. 그곳은 야구장 두 개 크기 정도의 넓이에 거대한 신라 고분이 몇 기 누워 있는 고분군이었다)' 앞까지 뛰어갔는지 잘 기억나지 않는다. 아무튼 내가 정신을 차렸을 땐, 나는 제임스 딘을 벗어나 봉황대 앞에서 허리를 꺾고 헉헉 가쁜 숨을 몰아쉬고 있었다(나는 아마 무의식적으로 그곳으로 가는 게 제일 편하고 좋을 것 같다는 생각이 들었던 모양이었다. 날씨가 추워 그즈음엔 잘 가지 않았지만 우리는 그 두어 달 전까지만 해도 그곳에 자주 들러 담배도 피우고 막 뛰어놀고 했으니까). 그러다가 나는 문득 봉황대 앞에 있는 구멍가게에서 소주를 한 병 산 다음(나는 부러 안주도 안 샀다. 아무도 보는 사람이 없었지만 그 상황에서 안주를 사면 내 스스로가 너무 좀 같잖고 부끄러울 것 같아서), 허리 높이의 낮은 펜스가 쳐져 있는 봉황대로 풀쩍 뛰어넘어 들어갔다. 나는 낮술을 마시는 걸 별로 좋아하진 않았지만 그때 정말 소주라도 한 병 마셔야 부들부들 떨리는 살도 좀 덜 떨리고 부글부글 끓는 속도 좀 가라앉을 것 같은 기분이 들었으니까.

나는 누렇게 변한 봉황대의 황량한 잔디밭에 주저앉아, 구멍가게에서 산 소주병을 들고 꿀꺽꿀꺽 병나발을 불었다. 아아, 정말이지 나는 약이라도 먹고 콱 뒈져버리고 싶은 심정이었다. 나는 세상에 태어나 별의별 수모와 굴욕을 다 겪었지만 그때까지 또 그런 모진 수모와 굴욕을 겪은 적은 또 처음이었던 것이다.

나는 역한 소줏내가 풀풀 나는 '금복주'를 꿀꺽꿀꺽 마시다가, 마침내 소주병을 멀리 내던지고(나는 마신다고 마셨지만 겨우 반병 정도밖에 못 마셨다. 원래 소주를 잘 못 마시기도 했지만 안주도 없는 깡소주를 마시려니 헛구역질이 나서 도저히 목구멍에 잘 안 넘어갔다) 내가 앉아 있던 자리에서 벌떡 일어섰다. 웬만하면 참으려고 했지만 나는 도저히 더 참을 수가 없었다. 나는 복수를 하러 갈 참이었다. 나에게 그런 모진 수모와 굴욕을 안겨 준 이노끼를 반쯤 죽여놓기 위해 다시 그

　　　　　　　　1985, 경주, 그리고 메텔에 관한 이야기

제임스 딘으로!

　그랬다. 나는 안주도 없는 소주를 반병 정도 깐 탓에 간이 좀 부어 있었다. 아마 홍콩 무술 영화를 너무 많이 봐서 생긴 폐해일 성싶지만, 나는 처음 자리를 떨치고 분연히 일어설 때만 해도 이소룡이나 성룡처럼 행동할 생각이었다. 나는 이노끼가 있는 제임스 딘의 문을 붕 날아서 차고 들어간 다음, 이노끼에게 정정당당히 결투 신청을 할 셈이었던 것이다. 야 이 개새꺄, 니가 그렇게 싸움을 잘 해? 잘 까? 좋아! 그럼 선후배 같은 계급장 떼고, 정정당당히 나랑 한판 붙어! 내가 오늘 니를 완전 '완 빤치, 쓰리 강냉이!'로 만들어줄 테니까! 그랬다. 나는 제임스 딘을 가득 메운 관중들 앞에서 놈을 작신 두들겨준 다음, 내 앞에 무릎 꿇릴 작정이었다. 아니, 무릎 꿇리는 것만으로는 부족하다. 성에 안 찬다. 그래, 내 가랑이(확실히 난 홍콩 무술 영화를 너무 많이 보았나 보다. 그건 영화 '취권'에서 **황정리**가 성룡에게 한 행동이었으니까) 사이로 지나가라고 하자. 그러면 적어도 네 목숨만은 살려주겠다는 식으로 녀석을 조롱하면서. 어떤가, 상상만 해도 통쾌하고 시원하지 않은가?

　하지만 봉황대를 나와 제임스 딘으로 가는 도중에, 나는 처음에 했던 생각을 조금 수정하고 바꿔야겠다는 생각이 들었다. 이노끼에게 한판 붙자고 결투 신청을 하는 대신에 그냥 그 자식에게 욕이나 좀 하고 사람들 앞에서 개망신이나 좀 주자는 쪽으로 말이다. 맨날 하라는 공부는 안 하고 쓸데없는 만화나 영화만 봤기 때문에 잠시 돈키호테와 같은 망상에 빠지긴 했지만, 난 적어도 **세르반테스**의 소설에 나오는 돈키호테처럼 심각한 과대망상을 앓고 있진 않았으니까. 나는 이노끼에 대한 분노와 살의 때문에 잠시 턱도 없는 상상에 과대밍싱을 하긴 했지만, 실상 그건 전혀 현실 가능성이 없는 허무맹랑한 상상과 공상에 불과했다. 마음 같아서야 머릿속의 생각을 현실로 그대로 옮겨놓고 싶었지만 그게 어디 현실에서 가당키나 한 일인가? 나는 영화 속의 이소룡이나 성룡 같은 쿵푸의 고수도 아니고(사실 난 쿵푸를 조금 하긴 했었다. 쿵푸의 고수가 되는 게 너무도 어렵고 힘들어 중간에 그만두긴 했지만 그래도 난 왕년에 쿵푸 도장을 한 1년쯤 다녔으니까), 또 무슨 특별한 특공 무술 같은 것을 오랫동안 갈고 닦지도 않았는데 말이다. 그럼 도대체 뭘 어떻게 하겠다는 얘기냐? 나는 제임스 딘의 문을 이단옆차기로 붕 날아서 힘껏 걷어찬 다음, 그 안을 가득 메운 아이들 앞에서 크게 소리칠 참이었다. 이노끼, 야 이 개새끼야아! 니가 그러고서도 선배야! 형이야! 니 같은 놈이 있기 때문에 우리나라가 아직 통일이 안 되고 요 모양 요 꼴인 거야, 이 개새끼야아! 그리고 이노끼의 협박에 못 이겨 나를 배신한 내 친구 놈들에게도 크게 한마디 쌍욕을 해줄 참이었다. 야 이 개새끼들아, 니들이 그러고도 내 친구들이야? 도모다찌야? 에라이, 이 의리 없고 얍삽한 새끼들아아! 다들 잘 처묵고 잘살아라, 이 개양아치 같은 새끼들아아아! 뭐 그런다고 내가 당한 수모며 굴욕감이 다 없어지진 않겠지만, 그렇게만 해도 나는 내가 당한 수모며 굴욕감을 어느 정도 보상받고 되갚아줄 수 있을 것만 같은 기분이 들었으니까.

나는 온갖 어지러운 망상과 치기로 제임스 딘 앞에 도착한 다음, 내 목에 둘러져 있던 목도리를 풀어 내 오른손 주먹에 둘둘 감았다(나는 주먹으로 제임스 딘의 유리창을 몇 장 깰 생각이었다. 제임스 딘의 출입문엔 얇은 유리가 몇 장 붙어 있었는데, 나는 그 안에 있던 사람들에게 좀 더 강한 인상을 주기 위해 그런 연출을 해야겠다는 아이디어가 퍼뜩 떠올랐던 것이다). 그러고는 3층에 있는 제임스 딘의 간판을 힐긋 올려다보며 독기에 찬 얼굴로 중얼거렸다. 개애새끼들, 다 뒈졌어! 니들이 다 나를 그렇게 만만한 호구에 좁밥으로 봤다 이건데…… 다들 기다려라, 이 개새끼들아! 내가 오늘 니들한테 지렁이도 밟으면 꿈틀한다는 것과, 내가 결코 니들이 생각하는 것만큼 그렇게 만만하고 호락호락한 놈이 아니라는 사실을 똑똑히 보여주고 말 테니까…….

"자아, 간다아……!"

나는 심호흡을 몇 번 크게 한 뒤, 3층에 있는 제임스 딘으로 거침없이 뛰어올라 갔다. 그러고는 마치 '정무문'에 나오는 이소룡처럼 붕 날아서 제임스 딘의 문을 힘껏 걸어찬 다음, 목도리가 둘둘 감긴 내 오른손 주먹으로 제임스 딘의 출입문에 달린 유리창을 몇 장 깼다. 나는 내 주먹에 와장창창 깨어지는 제임스 딘의 유리창을 보며 분노에 찬 목소리로 고래고래 땡고함을 막 내질렀다.

"야 이노끼, 이 개새끼야! 니가 그러고도 내 선배야, 이 개씨발 새끼야아아!"

순간, 실내는 비디오의 정지 버튼을 누른 것처럼 스톱 모션으로 딱 멈췄다. 당시 그 안에는 사회를 맡은 한 녀석이 무슨 개그 같은 것을 하고 있었는데, 갑작스런 한 불청객의 난입으로 그 안은 거의 핵폭탄이라도 맞은 듯 조용해지고 잠잠해졌던 것이다. 나는 그 안에 있던 손님들의 시선이 모두 나에게로 확 쏠리는 것을 느끼며, 다시 한번 온 실내가 떠나가라 악에 받친 고함을 마구 내질렀다.

"에라이, 이 쌩양아치 같은 새끼들아아! 다들 잘 처먹고 잘살아 라아, 이 쌩노무 새끼들아아!"

순간, 저 멀리서 이노끼가 나를 향해 미친 듯이 튀어나오고 있는 모습이 얼핏 보였다. 그리고 그에 뒤이어 해글러도 나를 잡기 위해 아이들의 숲을 마구 헤쳐나오고 있는 모습도 보였고 말이다.

"저, 저, 저 개새끼! 저 개새끼 잡아앗!"

"야 이 개새꺄, 거기 서! 거기 안 서, 이 개새끼야앗!"

나는 잡히면 죽는다는 생각에 거의 곤두박질치듯 제임스 딘의 계단을 마구 뛰어 내려왔다. 그러고는 칼 루이스 저리 가라 할 정도 의 빠르고 날쌘 주력으로 거친 아스팔트 위를 씩씩 힘껏 내달렸다.

✕ ✕ ✕

한 100미터쯤 헐레벌떡 쫓아오긴 했지만, 녀석들은 결국 나를 체 포하는 데 실패했다. 당연했다. 비록 선수 생활은 안 했지만 나는 달리기만큼은 항상 반에서 제일 빠르고 잘 뛰는 축에 속했으니까.

나는 녀석들의 추격을 무사히 따돌린 뒤, 지나가는 택시를 잡아 타고 우리 집으로 갔다. 나는 녀석들이 나를 잡으러 오기 전에 우 리 집에서 뭔가 좀 가지고 나올 게 있었으니까.

나는 도둑고양이처럼 조용히 집으로 들어선 뒤, 엄마가 있는 안 방의 동정—뚫어진 문풍지 사이로—을 한번 살펴보았다. 평소 같으 면 벌써 출근하고도 남았을 시각이었건만, 엄마의 방 앞에는 엄마 가 노상 신고 다니던 신발이 한 켤레 고스란히 놓여 있었던 것이다.

1985, 경주, 그리고 메텔에 관한 이야기

엄마는 아마 나 때문에 크게 홧병이라도 닌 모양이었다. 어쩌면 내 마음을 돌리려 부러 연기를 하는 건지도 몰랐지만 엄마는 그제 학교를 다녀온 뒤부터 내리 연사흘 계속 이불을 깔고 방에만 누워 있었던 것이다. 대체 하루 2교대씩 하는 식당은 어쩌고 저렇게 방에만 누워 있는진 나도 잘 모르겠지만.

나는 숨을 죽인 채 몇 초간 안방의 동정을 살피다, 발뒤꿈치를 들고 살금살금 부엌으로 향했다. 나는 부엌에서 약간의 볼일이 좀 있었다. 엄마는 항상 찬장 구석에 있는 작은 꿀단지에다 한 달 쓸 정도의 식비며 생활비를 넣어두고 다녔는데, 나는 엄마의 그 꿀단지 속에 든 돈을 몰래 훔칠 작정이었던 것이다.

꿀단지 속에는 제법 많은 돈이 들어 있었다. 경황이 없어 자세히 세어 볼 여유는 없었지만 대충 한 5만 원 정도의 돈이었다. 나는 단지 속에 든 지폐와 동전을 주머니에 마구 쑤셔넣은 뒤 부엌으로 들어설 때와 마찬가지로 다시 조심조심 까치발로 부엌을 나왔다.

그랬다. 나는 멀리 도망칠 생각이었다. 집에서 훔친 그 돈으로 어디 서울이나 부산 같은 데로 가출할 생각이었던 것이다. 내가 너무 겁을 먹은 건지 모르겠지만 나는 이제 더 이상 경주에서는 살 수가 없는 몸이었다. 이노끼와 해글러에게 그런 짓을 한 이상, 나는 녀석들에게 잡히면 거의 죽은 목숨이나 마찬가지일 테니까. 모르긴 몰라도, 녀석들은 지금쯤 나를 찾기 위해 눈이 시뻘게져 있을 거였다. 내가 갈 만한 곳을 모조리 다 찾아다니고 있을 거였고, 머지않은 시각에 우리 집으로도 나를 잡으러 들이닥칠 터였다. 녀석들은 우리 집이 아니라 지옥 끝까지라도 나를 잡으러 올 만큼 독하고 난

폭한 성격을 가진 녀석들이었으니까. 아니, 나는 단지 이노끼와 해글러에게 잡힐까 봐 도망치려고 했던 것은 아니었다. 뭐 녀석들의 후환이 가장 두렵고 무서워 그런 선택을 하긴 했지만 나는 모든 게 다 싫고 짜증스러웠던 것이다. 넌덜머리나고 원망스러웠던 것이다. 엄마, 친구, 집, 학교, 고향…… 그런 것들이 모두 다 싸그리 말이다. 그랬다. 나는 나를 둘러싸고 있던 모든 관계와 장소와 상황 같은 것들이 모두 다 구역질이 날 것처럼 밉고 혐오스럽게만 느껴졌던 것이다.

나는 무슨 큰 절도라도 하듯 쿵쾅거리는 가슴을 안고 집을 나온 뒤, 다시 택시를 타고 시외버스 터미널로 향했다. 그러고는 매표구의 매표원에게 1,000원짜리 한 장을 내밀면서 말했다.

"부산, 한 장요. 학생으로."

나는 서울로 가는 차표를 끊으려다, 부산으로 가는 차표를 끊었다. 서울로 가는 버스는 2시간 정도나 더 기다려야 했지만 부산으로 가는 버스는 10분 정도만 있으면 버스를 탈 수 있는 상황이었으니까. 그래, 서울로 가는 것보다는 일단 부산으로 가는 게 좋겠어. 부산은 여기 경주서 버스로 1시간 정도만 가면 되는 가까운 도시고, 또 서울에 이어 우리나라에서 두 번째로 큰 대도시니까. 그래, 차라리 잘된 거야. 이 기회에 아예 친구니 가족이니 하는 것과 연을 끊고 혼자 독립하는 거야. 어차피 인생은 혼자 사는 거지 친구가 대신 살아주는 것도, 부모가 대신 살아주는 것도 아니니까. 그래, 넌 분명 잘할 수 있을 거야. 아직 나이가 어린 탓에 남들처럼 번듯한 직장을 구하진 못하겠지만 그래도 무슨 일이든 하려고만 하면 설마 산 입에 기미줄이야 치겠어? 르노 형처럼 웨이터를 할 수 있다면 좋겠지만 여차하면 철가방이라도 들지 뭐. 고향에서야 아는 애도 많고 쪽팔리는 것도 많아 철가방을 들기 좀 그렇지만 부산에서야 뭐 별로 쪽팔릴 것도 거리낄 것도 없으니까. 그래, 한 몇 년 죽었다 생각하고 고생 좀 하지 뭐. 젊어 고생은 사서도 한다니까. 그래, 처음엔 좀 고생하겠지만 한 몇 년 뒤엔 나도 르노 형 못지않게 돈도 많이 벌고 성공할 수 있을 거야. 르노 형이 들으면 가소롭다고 웃겠지만 나는 만약 르노 형 나이만 되면 무엇을 하든 르노 형보다 훨씬 더 돈도 많이 벌고 성공할 자신이 있으니까.

대체 무슨 근거로 그런 자신감과 희망으로 들떠 있었는지 모르겠지만, 나는 부산으로 가는 버스에 처음 오를 때까지만 해도 아주 자신만만하고 미래에 대한 희망 같은 것으로 가득 차 있었다. 마치 저 미지의 신세계를 찾아 떠나는 **콜롬부스**나 **아문젠**이라도 된 듯 말이다. 뭐 약간의 걱정이나 두려움조차 없었다면 거짓말이겠지만, 나는 아무튼 내가 잘 모르는 미지의 신세계를 찾아 떠난다는 사실과 그동안 나를 줄기차게 괴롭혀 온 이노끼와 해글러에게 멋지게 한방 먹여주었다는 사실에 적잖이 고무되고 가슴이 들떠 있을 수밖에 없는 상황이었던 것이다.

그러나 그것도 잠시, 나는 내가 탄 버스가 터미널을 빠져나와 부산을 향해 맹렬히 달려가자마자 눈앞이 자꾸 뿌옇게 흐려지는 것을 느꼈다. 나는 마치 내가 살고 있던 초록의 별 지구에서, 저 우주 끝의 안드로메다나 머나먼 행성으로 영원히 추방되고 유배되는 것만 같은 두렵고 비참한 기분이 들었던 것이다. 젠장, 바보같이 울긴 왜 울어? 그 새끼들, 다들 잘 처먹고 잘살라 그래. 그래, 그런 의리 없고 비겁한 새끼들은 이제 깨끗이 다 잊고 새출발하는 거야. 비록 좀 서럽고 억울한 생각이 들긴 하지만 너무 그렇게 서럽게 생각하거나 억울해할 필요 없어. 왜냐하면, 넌 그따위 의리 없고 비겁한 새끼들보다 훨씬 더 성공하고 잘 먹고 잘살 테니까. 나는 내 의지와는 상관없이 자꾸만 주책없이 찔끔찔끔 흐르는 눈물을 훔치며 다시는 고향으로 돌아오지 않으리라 생각했다. 아니, 어쩌면 다시 돌아올지도 모르겠지만 적어도 몇 년 안에는 절대로 다시 돌아오지 않을 생각이었다. 나는 내가 아는 고향의 다른 어떤 인간들보다 더 성공하고 출세하기 전까지는, 다시 말해 그동안 나를 은근히 비웃고 무시한 인간들의 코를 납작하게 눌러주고 그들 앞에 떳떳이 나타날 수 있을 때까지는 절대로 다시 고향으로 돌아오지 않을 생각이었던 것이다. 어떤가, 정말이지 앞날이 창창한 녀석이지 않은가?

1985, 경주, 그리고 메텔에 관한 이야기

부산의 서면 주차장에 도착한 뒤, 나는 어둑어둑 어둠이 내리고 있는 부산의 밤거리를 터벅터벅 걸었다. 그런 걸 두고 '군중 속의 고독'이라 그러던가? 나는 경주에 비해 몇 배나 많은 사람들과 자동차로 붐비는 부산의 밤거리를 터덜터덜 걷다가, 갑자기 또 한 번 눈가가 뜨뜻해지며 눈물이 주르르 흐르는 것을 느꼈다. 시간이 지나면 차츰 나아지고 적응이 되겠지만, 나는 생전 한 번도 와본 적 없는 서면의 밤거리를 혼자 걷고 있자니 마치 이 세상에 나 혼자만 내던져지고 고립되어 버린 것만 같은 기분이 들었던 것이다. 젠장. 빌어먹을.

　나는 눈가에 흐르는 눈물을 닦으며 계속 서면의 밤거리를 걸었다. 딱히 어디로 가겠다는 목적지도 없이, 그저 발길이 닿는 대로 무작정 혼자 그렇게.

　한 30분 가까이 서면의 밤거리를 무작정 혼자 그렇게 걸었나? 나

　　　　　　　　　　1985, 경주, 그리고 메텔에 관한 이야기

는 문득 눈에 띄는 한 영화관 앞에서 스르르 발을 멈췄다. 나는 아까부터 자꾸 으슬으슬 춥고 한기가 들어 어디 오락실에라도 들어가 오락을 몇 판 하든가, 아니면 어디 영화관에라도 들어가 영화라도 한 편 봐야겠다는 생각을 했는데, 마침 내가 걷던 그 길에 낡은 영화관이 떡 하나 서 있었던 것이다. 당시 그 영화관에서는 '람보 2'가 상영되고 있었는데, 나는 그 영화관에 걸린 극장 간판이며 포스터를 보는 순간 곧바로 그 영화관으로 들어가야겠다는 생각이 들었다. 어, 잘됐네! 안 그래도 이 영화, 내가 꼭 한번 봐야지 했던 영화였는데. 그랬다. 그날 내가 발견했던 그 영화는 몇 달 전에 이미 서울에서 개봉된 영화였는데, 내가 살던 경주엔 어쩐 일인지 아직 그 영화를 상영하는 영화관이 한 군데도 없었던 것이다.

나는 '람보 2'의 전편인 '람보'를 아주 재미있고 흥미롭게 본 터라 그 영화를 무척 기대하고 봤었다. 하지만 그 영화는 내가 생각했던 것보다 훨씬 재미도 없고 감동도 없이 요란한 액션만 있는 영화였다. 그 영화는 '람보'에서 사고를 쳐 감옥에 간힌 람보가 자신의 옛 상관인 대령의 명령을 받고 다시 베트남으로 잠입해 포로수용소에 잡혀 있는 미군 포로를 한 명 구해 온다는 내용의 영화였는데(원래는 포로수용소에 간힌 포로들의 사진만 찍어 온다는 명령을 받고 간 거지만), 나는 그 영화를 보는 내내 말도 안 되는 내용에 허풍만 가득한 영화라고 헛헛 헛웃음만 지었다. 원래 액션 영화란 게 다 말도 안 되는 내용에 허풍으로 가득 찬 것이긴 하지만 이건 뭐 정말 해도 해도 너무한다 싶을 정도로 영화의 내용과 장면 같은 것들이 다 황당무계한 것들이었던 것이다. 일례로 영화의 주인공인 람보는 혼자서도 한 몇백 명의 베트콩을 총으로 쏴 죽이고 화살 폭탄으로 터뜨려 죽이고 했는데, 어떻게 된 게 영화의 주인공인 람보는 베트콩이 쏘는 총알이며 대포를 그렇게도 요리조리 잘 피하고 목숨을 잘 건사하던지! 하지만 그 영화도 나름 몇 가지 볼 만한 장면과 관객들에게 뭔가 좀 전해주고 싶어 하는 메시지 같은 게 있긴 있었다. 내가 당시 실베스터 스텔론을 좀 좋아해서 그랬는지 모르겠지만 나는 실베스터 스텔론이 가진 근육과 실베스터 스텔론 특유의 무뚝뚝하고 허스키한 목소리가 좀 멋있다고 느꼈고, 또한 실베스터 스텔론이 천신만고 끝에 베트남의 정글에서 미국으로 살아 돌아온 뒤 자신의 옛 상관인 대령과 장군인지 뭔지 하는 작자에게 자신이 가지고 있던 정신적 고통과 우울감 같은 것을 토로하는 장면 같은 것에선 나도 살짝 눈물이 나고 가슴 찡한 감동 같은 것을 받지 않을 수 없었던 것이다. 우리 아버지도 월남전에 참전한 파월 용사여서 그랬는지 모르겠지만, 나는 아무튼 영화의 주인공인 람보가 자신과 자신의 동료들을 전쟁터로 보낸 자신의 국가가 왜 전쟁터에서 죽거나 살아 돌아온 그들에게 더 이상 아무 관심도 가지지 않고 차가운 냉대와 멸시만 하는 거냐고 절규하는 데에선 나도 그만 울컥 눈물이 나지 않을 수 없었던 것이다. 그랬다. 내가 너무 어려 아버지로부터 직접 그런 말을 전해 듣거나 그런 눈치 같은 것을 알아채진 못했지만, 나는 아버지도 월남전에 참전했다 그 후유증으로 일찍 돌아가신 만큼 아마 속으론 람보가 했던 것과 같은 분노와 상실감 같은 것을 느끼지 않았을까 하는 생각이 문득 들었던 것이다. 하지만 개인적인 내 사연을 미뤄두고 그 영화를 평가하면, 그 영화는 그 전작인 '람보'에 비해 훨씬 재미도 없고 영화의 완성도도 떨어지는 영화였다. 내가 뭐 '주말의 영화'를 소개하는 **정영일**은 아니었지만, 그래도 나는 그때껏 영화라는 것은 우리 또래 애들 사이에선 결코 지지 않을 만큼 많이 보고 또 좋아하던 영화광이었으니까.

'람보 2'를 다 보고 영화관을 나오니, 대충 9시가 다 되어가는 시각이었다. 나는 그쯤에서 그만 적당한 여관이나 여인숙을 찾아 하룻밤 투숙을 할까 생각했다. 하지만 시간을 보니 아직 한두 시간쯤 더 밖에서 더 놀아도 괜찮겠다는 생각에 한두 시간을 더 영화관 주위를 맴돌며 시간을 보냈다. 오뎅이나 붕어빵 따위를 파는 리어커에서 오뎅이랑 붕어빵도 몇 개 사 먹고, 또 밤늦게까지 훤히 불을 켜 놓고 장사하는 오락실에서 '갤러그'랑 '제비우스'랑 '너구리'도 몇 판 하면서.

한두 시간을 더 그렇게 빈둥대다가, 나는 마침내 내가 잘 만한 여관이나 여인숙을 찾아 두리번거리고 다녔다. 마음 같아선 해운대나 광안리로 가서 밤바다라도 한번 보고 싶었지만 내 몸은 정상이 아니었다. 나는 그날 하루 동안 겪은 일련의 사건들로 인해 마치 철인 3종 경기를 하고 난 사람처럼 온몸이 녹초가 다 돼 있었던 것이다. 그랬다. 나는 애써 피곤하고 컨디션이 안 좋은 걸 참고 있었지만 그 몇 시간 전부터 자꾸 으슬으슬 춥고 한기가 드는 게 마치 큰 감기 몸살이라도 올 것 같은 예감이 들었던 것이다.

나는 눈에 띄는 몇 곳의 여관(대도시고 번화가여서 그런지 여인숙은 눈에 잘 안 띄었다)에 들렀다. 하지만 몇 곳 다 허탕을 치고 나올 수밖에 없었다. 내가 너무 어려 보여서 일부러 방이 없다고 한 것인지,

아니면 내가 들어간 여관마다 너무 장사가 잘되고 손님이 많아서 그랬는지 모르겠지만, 아무튼 내가 들어간 여관마다 모두 방이 하나도 없다는 거였다. 마침 오늘이 각 학교의 방학식이 있는 날인 데다 좀 있으면 크리스마스다 뭐다 해서 초저녁부터 손님들이 물밀듯이 마구 밀려닥쳤다나 어쨌다나 뭐 그러면서. 나는 세 번째로 들어간 여관마저 뻰찌(?)를 맞고 나오며 혼자 조금 골치를 썩었다. 아, 그럼 어쩐다? 다른 여관이나 여인숙을 몇 군데 더 돌아보아야 하나, 아니면 잠자리가 조금 불편하더라도 일찌감치 심야 만화방이나 독서실로 가는 게 더 현명한 일일까? 하고.

그나마 다행이었다. 안 되면 심야 만화방이나 독서실에라도 가야겠다는 생각을 하며 이리저리 내가 하룻밤 신세를 질 만한 숙소를 찾고 있는데, 왠지 한눈에 보기에도 손님이 별로 없을 것 같아 보이는 낡고 허름한 여인숙이 좁은 골목 사이로 하나 딱 눈에 띄었던 것이다. 왜 그 있잖은가? 영화 '고래사냥'에 나왔던 것과 비슷하게 생긴 1960~1970년대 풍의 낡고 허름한 싸구려 여인숙.

나는 '에덴 여인숙'이란 간판을 달고 있는 여인숙 안으로 주춤주춤 들어섰다. 그러고는 아마 그 여인숙의 주인이 있을 것으로 보이는 안채 쪽을 향해 짐짓 큰 소리로 여인숙의 주인장을 불렀다.

"저…… 여기요! 안 계십니까?"

그러자 조그만 마루가 깔린 안채 쪽에서 "예에, 나갑니다, 나가요!" 하는 새된 음성과 함께 40대 초반으로 보이는 아줌마가 재빨리 방문을 열고 내 앞으로 나왔다. 꼭 저팔계처럼 생긴 얼굴에, 저팔계처럼 뚱뚱한 몸매를 가진 아줌마였다. 그 아줌마는 어딘가 늙

1985, 경주, 그리고 메텔에 관한 이야기

은 창녀나 포주 같은 인상을 풍기고 있었는데, 마흔이 넘어 보이는 나이에도 얼굴에 덕지덕지 천박한 화장을 하고 쥐를 잡아먹은 것처럼 입술에 새빨간 루주를 칠하고 있었던 것이다.

"⋯⋯어떻게?"

저팔계의 눈에서 살짝 의심의 표정이 스쳐 지나가는 것을 느꼈다. 손님인 줄 알고 반갑게 뛰어나왔건만, 손님으로 보기엔 내가 너무 어리고 학생 같아 보였는지 저팔계의 눈에선 왠지 모를 의심과 실망 같은 것이 살짝 흐르고 있었던 것이다.

"실례지만⋯⋯ 방 있어요?"

나는 짐짓 굵고 노티 나는 바리톤으로 말했다. 저팔계의 인상을 보니 전혀 그런 걱정할 필요가 없는 듯했지만 혹시 내가 너무 어려 뵌다는 이유로 방이 없다고 하면 어쩌나 하는 걱정에서 말이다.

"아이고 있지, 있구말구! 잠자는 여인숙에 방이 없으면 대체 어쩌겠어, 호호호홍."

저팔계는 거의 교태에 가까운 표정과 목소리로 나를 환영해주었다. 휴, 다행이군. 또 방이 없다고 삔찌 맞으면 어쩌나 했더니. 하긴 당시 그런 싸구려 여인숙은 어떤 손님이든 다 개의치 않고 손님을 받았다. 당시 내가 살던 경주 역시 그 여인숙이랑 비슷하게 생긴 여인숙이 꽤 많이 있었는데, 그 여인숙의 주인들은 죄다 방값만 주면 만사 오케이고 땡큐였으니까.

"근데, 언제 갈 낀데? 낼 아침에? 그럼 3천 원만 줘. 원래 4천 원 받는데, 인자 제법 밤도 깊었고 또 학생 혼자 조용히 잠만 자는 거니까."

"3천 원요? 방은 따뜻하지요?"

"하모, 당연하지! 딴 건 몰라도 우리 집이 방 하나는 다들 절절 끓으니까 그 점은 염려 말고……."

그 말은 진짜였다. 저팔계가 나를 보여준 방은 아무 가구나 텔레비전도 없이 달랑 이부자리만 한 채 있는 작고 후줄근한 방이었는데, 그래도 저팔계의 말대로 방바닥만은 절절 끓을 정도로 불이 잘 들어오고 따뜻했다.

"자요, 그럼 여기 3천 원."

"자, 그럼 돈은 받았고…… 여기 숙박계 좀……. 숙박계는 쓸 줄 알제?"

"그럼요."

나는 자신만만하게 대답한 후, 저팔계가 내민 숙박계를 제법 능숙하게 작성하기 시작했다(나는 그동안 친구들과 여관이나 여인숙에서 몇 번 자본 적이 있었기 때문에 그런 숙박계쯤 별로 어렵지 않게 작성할 수 있었다. 그랬다. 어린놈이 너무 까지고 되바라졌다고 욕할지 모르겠지만, 나는 그 한 해 동안 친구들과 함께 여관이나 여인숙 같은 데서 몇 번 투숙한 경험이 있었다. 아마 다른 도시에서도 그런 여관이나 여인숙이 꽤 많았을 성싶지만, 당시 내가 살던 경주의 많은 여관이나 여인숙에선 밤새도록 포르노를 틀어주었기 때문에 우리는 다들 얼마간의 돈을 추렴해 그런 여관이나 여인숙에서 술도 사 처먹고 포르노도 감상하곤 했던 것이다). 나는 내 나이를 16세에서 20세로, 주소를 경주에서 부산으로, 그리고 내 이름이며 직업 등도 모두 다 내 멋대로 생각나는 대로 써넣었다. 그땐 파출소의 순경이며 방범대원들이 걸핏하면 여관이나 여인숙으로 '불심검문'이란 것을 나왔는데(나는 당시 여관이나 여인숙에서 자다 파출소에 끌려간 적이 두어 번쯤 있었다. 뭐 그리 큰 죄를 짓진 않았지만 너무 어려 보이는 나이에 친구들과 함께 여관이나 여인숙에 잔다는 이유로 말이다), 내가 어떻게 내 나이며 주소 따위를 솔직하게 써넣을 수가 있었겠는가? 만약 그런 걸 다 솔직히 써넣었다간 나는 그 불심검문이란 것에 걸려 파출소로 끌려가기 딱 좋은 몸이었는데 말이다.

"자요, 여기 숙박계."

나는 숙박계를 작성한 후, 검은 표지로 된 숙박계를 다시 저팔계에게 돌려주었다. 그러자 저팔계가 갑자기 요상한 웃음을 띠며 나에게 속삭이듯 물었다.

"저, 근데…… 뭐 딴 건 더 필요한 거 없나?"

"예?"

"그러니까 혹시 잠이 잘 안 오거나 심심하면……."

나는 저팔계의 말을 대충 다 알아들을 수 있었다. 나는 비단 그 날만이 아니라 고향 경주에서도 종종 그런 식의 유혹과 추파 같은 것을 받곤 했었으니까. 그랬다. 우리나라 어느 지역 어느 도시에서도 별반 다를 게 없었지만, 당시 내가 살던 경주역 앞에는 서울의 '588'과 같은 사창가가 훤히 불을 밝힌 채 남자들을 유혹하고 있었다. 하여 나는 괜히 친구들과 함께 그 골목을 지나는 체하며 그 골목 풍경들과 아가씨들을 감상(?)하곤 했었는데, 그럴 때면 으레 그 골목의 창녀나 포주쯤으로 보이는 여자들이 우리의 옷소매를 잡아채곤 했던 것이다. 총각, 싸게 해줄 테니까 놀다 가! 싸게 해준다니까, 응? 여하튼 저팔계는 내가 가진 돈을 좀 알겨먹고 싶은 모양이었다. 나는 숙박비를 낸답시고 주머니에 있는 돈을 몽땅 다 꺼내 보이는 실수(?)를 범하고 말았는데, 그걸 본 저팔계가 대뜸 나를 향해 그런 식의 유혹이랄까 추파 같은 것을 던져왔으니까.

"예? 아, 예에……."

저팔계의 제안에 다소 당황하긴 했지만, 나는 크게 동요하거나 마음의 평정 같은 것을 잃진 않았다. 아직 딱지를 떼지 못한 동정(아이들은 아직 내가 동정인 줄 꿈에도 잘 생각하지 못했다. 나는 아이들에게 무시당할까 봐 벌써 여자랑 그 짓을 한 10번은 한 것처럼 얘기하고 다녔으니까)이라 어쩔 수 없이 약간 떨리긴 했지만, 나는 지난 1년간 꽤 열심히 농땡이(아아, 정말이지 내가 그동안 이런저런 동네 형들이며 양아치 같은 놈들에게 보고 듣고 배운 게 얼마던란 말인가?)를 친 탓에 그 정도 대화쯤은 너끈히 이끌어갈 만한 넉살과 배짱을 갖고 있었던 것이다.

"얼만데요? 아가씨는 괜찮아요?"

저팔계는 흘긋 내 눈치를 보더니, 마치 뺑덕어멈처럼 뻔뻔하고 능청스러운 미소를 흘리며 말했다.

"보니까 긴 밤은 안 할 거 같고…… 5천 원만 줘, 5천 원짜리 한 장만!"

"에이, 너무 비싼 거 아입니까? 우리 동네선 3천 원만 주면 다 할 수 있는데……."

나는 살짝 비싸다는 표정을 지으며 말했다. 그러고 보면 나도 참 어지간히 까지긴 까지고 되바라지긴 되바라진 놈이었다. 이제 겨우 열여섯 밖에 안 된 녀석이 사창가의 포주나 다름없는 저팔계를 상대로 제법 흥정이란 것을 하고 거래 같은 하고 했으니까.

1985, 경주, 그리고 메텔에 관한 이야기

"그래? 근데 그 대신 내가 불러주는 애들은 다 A급이잖아! 그래서 그……. 좋아, 정 그럼 내가 4천 원까지 해줄게. 우짤래? 불러줄까?"

짧은 순간이긴 했지만, 나는 까딱 잘못했으면 저팔계의 유혹에 그만 넘어갈 뻔했다. 아마 너저분한 에로 영화나 멜로 영화를 너무 많이 본 탓일 성싶지만, 나는 저팔계의 유혹에 잠깐 혼자 에로틱하고 로맨틱한 상상을 했던 것이다. 뭐 영화랑 현실은 언제나 천양지차로 차이가 많이 나는 법이지만 혹시 또 아는가? 영화 '고래사냥'에 나왔던 이미숙처럼 젊고, 예쁘고, 순수한 영혼을 가진 창녀가 내 앞에 떡하니 나타나기라도 할지 말이다.

"아, 아뇨, 됐어요! 생각 있으면 부를 테니까 아줌만 그만 가봐요."

나는 애써 저팔계의 유혹을 뿌리치며 말했다. 아직 한 번도 그 짓을 해본 적이 없었기 때문에 나는 '이참에 그냥 확 총각 딱지를 떼버려?' 하는 생각도 없지 않았다. 하지만 나는 생전 한 번도 본 적 없는 낯선 창녀에게 동정을 바칠 바에야 차라리 혼자 '딸딸이'를 치는 게 훨씬 더 낫다고 생각했다. 창녀라고 무조건 다 더럽고 불결하게 생각하는 건 아니지만, 혹시 또 잘못하다 임질이나 매독 같은 성병에라도 걸려보라! 대체 그게 무슨 망신이고 끔찍한 노릇이겠는지? 더욱이 그때는 온 지구가 다 에이즈(AIDS)란 신종 성병으로 난리일 때였다. 나는 에이즈에 대해 자세히는 몰랐지만 그 병이 참으로 무서운 병이라는 것만은 잘 알고 있었다. 나는 언젠가 TV에서 에이즈에 관한 다큐멘터리 같은 것을 본 적이 있었는데, 그 병에 걸린 사람들은 정말이지 끔찍하기 짝이 없는 고통을 겪으며 살아가고 있었다. 대체 어쩌다 그런 몹쓸 병에 걸렸는지 모르겠지만, 아무튼 그 병에 걸린 사람들은 하나같이 다 미라처럼 비쩍 마르고 온몸이 썩어 문드러져 죽어가고 있었던 것이다.

"그으래? 뭐, 그래 그럼……."

저팔계는 약간 실망하는 기색이었다. 당연히 좀 실망스럽긴 실망스러웠을 것이다. 내가 만약 여자를 사겠다고 했으면 저팔계에게도 얼마간의 수수료랄까 소개료 같은 게 떨어졌을 테니까. 하지만 역시 닳을 대로 닳은 여인숙 주인에 포주답게 저팔계는 끝까지 포기하지 않았다. 저팔계는 혹시 내가 마음을 바꿔 여자를 불러달라고 할지도 모른다는 생각에 계속 나에게 추근대며 내 돈을 벗겨 먹으려고 최선을 다했으니까.

"대신 생각나면 언제든지 날 불러, 알았지? 전화 한 통이면 학생 또래의 영계에서부터 아가씨까지 언제든 가능하니까. 알았제?"

"예에, 알았어요……."

저팔계가 돌아간 뒤, 나는 알 수 없는 불안감과 초조감에 밖으로 다시 나가고 싶다는 생각이 들었다. 이미 숙박비를 다 치르고 난 뒤긴 했지만, 나는 그쯤에서 다시 그 여인숙을 나가 다른 잠자리를 찾는 게 더 편안하고 안전하지 않을까? 하는 생각이 들었던 것이다. 그랬다. 난생처음 와 보는 객지서 밤을 새려니 간이 완전 새 간이 된 건지 모르겠지만, 나는 괜히 저팔계가 인근의 불량배나 양아치를 시켜 내가 가진 돈을 몽땅 다 뺏을 것만 같은 기분이 자꾸 들었던 것이다.

1985, 경주, 그리고 메텔에 관한 이야기

"에이, 설마."

나는 애써 불안한 마음을 떨치며, 내가 입고 있던 점퍼며 바지를 벗었다. 조금 불안하고 찝찝한 생각이 들긴 했지만 나는 그날 하루 동안 겪은 일로 해서 진이 빠질 대로 다 빠져 있어서 다시 밖으로 나가 다른 잠자리를 구할 정도의 기력도 남아 있지 않았던 것이다. 그래, 괜한 걱정 말고 일단 잠이나 한숨 푹 자자. 여러 가지로 괴롭고 걱정되는 일이 많지만, 모든 걸 잊고 한숨 푹 자고 나면 몸도 좀 가뿐해지고 지금의 이 알 수 없는 불안과 초조감 같은 것들도 많이 가시고 없을 테니까. 나는 팬티와 런닝만 남긴 채 점퍼 안에 입었던 스웨터와 목도리를 다 훌훌 벗어젖혔다. 그러고는 방 안에 켜진 30 촉짜리 백열등을 딸각 끈 뒤에 그 여인숙의 더럽고 냄새나는 이불로 들어가 조용히 잠을 청했다. 그래, 이제 모든 걸 다 잊고 잠이나 한숨 푹 자자. 그럼 어느 유명한 영화 대사처럼, 내일은 또 내일의 태양이 다시 떠오를 테니까.

젠장! 하지만 나는 좀체 잠을 잘 이룰 수가 없었다. 내가 눈을 감는 것과 동시에 그날 하루 동안 있었던 일들이 무슨 영화 필름처럼 막 스쳐 지나가고 소용돌이쳤을 뿐만 아니라, 바로 옆방에서 나는 요상한 소리 때문에 도저히 잠을 잘 이룰 수가 없었던 것이다. 그랬다. 대체 어떤 몰상식한 남녀가 그렇게 심한 신음 소리를 내고 야한 섹스 소리를 내는 건지 모르겠지만 내가 자려고 눈을 감는 것과 거의 동시에 연방 자지러지고 숨이 넘어갈 듯한 신음 소리에 색을 쓰는 소리를 막 내질러댔던 것이다.

"에이, 쌍! 뭐야, 도대체……."

나는 머리맡에 있는 화장지로 귓구멍을 꽁꽁 틀어막은 뒤 다시 한번 눈을 감고 조용히 잠을 청했다. 하지만 나는 그로부터 한 1시간은 족히 지난 후에야 겨우 내가 원하는 꿈나라로 갈 수 있었다. 이런 말하기 좀 뭐하고 민망한 생각이 들지만, 나는 옆방에서 나는 섹스 소리에 흥분을 느껴 결국 딸딸이를 한 번 치고 양을 한 500 마리쯤은 센 후에야 겨우 내가 원하던 꿈나라로 갈 수가 있었던 것이다.

× × ×

다음 날 아침, 나는 한 10시께나 되어서야 겨우 내가 자고 있던 이부자리에서 벌떡 일어났다. 시계가 없어 정확한 시간을 알 순 없었지만 방 밖으로 비치는 햇빛과 본능적인 내 시간 감각 같은 걸로 미뤄 볼 때 아마 한 10시쯤 되지 않았을까 싶은 생각이 들었다. 아, 씨팔. 벌써 해가 중천에 떴네. 대체 몇 시인지 모르겠지만 아무튼 여기서 빨리 나가자. 벌써 해가 중천에 뜬 걸 보니 대충 여인숙을 나가야 할 시간도 다 된 것 같으니까.

나는 방바닥에 벗어놓은 옷과 목도리를 대충 입고 걸친 후에 내가 하룻밤 신세를 진 그 여인숙을 재빨리 뛰쳐나왔다. 생각 같아선 마당에 있는 수돗가로 가서 간단한 세수라도 하고 싶었지만 나는 어젯밤부터 자꾸 으슬으슬 춥고 열도 많이 나고 해서 도저히 찬물로 세수를 할 엄두가 잘 나지 않았던 것이다.

나는 거의 도망치듯 여인숙을 빠져나온 후, 눈에 띄는 한 약국을 찾아 그 안으로 들어갔다. 나는 어젯밤부터 자꾸 으슬으슬 춥고 머리가 지끈지끈 아픈 것 같더니, 결국 심한 감기 몸살에 걸린 것 같았다. 전날 자기 전까지만 해도 그럭저럭 견딜 만하더니, 그날 아침엔 전날 밤보다 훨씬 더 열도 많이 나고 머리도 더 지끈지끈 아프고 했던 것이다. 또 콧물이며 재채기 같은 것도 몇 번이나 계속 엣취, 엣취, 자꾸 나고 말이다.

"저, 감기 몸살인 것 같은데…… 약 좀 주이소."

"증상이 어떤지……?"

나는 은테 안경을 쓰고 흰 가운을 입은 여약사에게 내가 겪고 있던 증세며 통증 같은 것을 설명해주었다. 그러자 30대 초반에 약간 지적으로 생긴 여약사가 '조제실'이라고 쓰인 조그만 공간으로 들어가더니, 이윽고 이틀 치의 감기 몸살 약을 지어 내 앞으로 살짝 내밀었다.

"하루 세 번, 식후에 드세요. 그리고 될 수 있는 한, 뜨뜻한 방에서 푹 좀 잘 쉬시고……."

"예, 얼마죠? 아, 참 그리고 파스도 몇 장 좀 주이소. 이왕이면 제일 강하고 후끈후끈한 '대일파스'로."

나는 약국을 나온 뒤, 약국 근처의 한 곰탕집으로 밥을 먹으러 들어갔다. 딱히 곰탕을 먹고 싶단 생각은 없었지만 몸도 아픈데 뭔가 좀 몸에 좋은 것을 먹어야겠단 생각이 들었기 때문이었다. 아무도 아는 이 없는 객지서 병이 나거나 몸이 아프면 나만 고생이니까. 서러우니까. 꼬리곰탕을 시켰다. 당시 어른들은 누가 크게 앓거나 골병이 들거나 하면 으레 소꼬리라든가 소머리 같은 걸 사서 푹 고아 먹이곤 했으니까.

나는 꼬리곰탕에 밥을 말아 야무지게 한 술 크게 떴다. 하지만 야무지게 뜬 첫 술과는 달리 나는 한 대여섯 숟가락도 못 먹은 채 내가 들고 있던 숟가락을 다시 내려놓고 말았다. 몸을 생각해서 어떻게든 내가 국에 만 밥만큼은 다 먹으려고 했지만 나는 밥 한 술 뜨기가 마치 모래나 바늘을 삼키는 것만큼이나 괴롭고 힘들었던 것이다.

"저, 아줌마…… 여기 화장실이 어디죠?"

나는 탁자에 놓인 물로 약국에서 지은 약을 한 첩 꿀꺽한 뒤, 곰탕집의 화장실로 가서 혼자 파스를 붙였다. 정말이지 안 아픈 데가 없었다. 전날 이노끼에게 맞은 명치께와 등허리는 물론 양어깨와 목덜미에 이르기까지 온몸이 다 쑤시고 결렸던 것이다.

나는 세면대에 달린 작은 거울 앞에서 혼자 낑낑대며 파스를 붙이다가, 그만 세 살 먹은 어린애처럼 입을 비쭉비쭉하며 울음을 터뜨리고 말았다. 나는 거울 속에 비친 내 모습, 그러니까 그래도 안 죽고 한번 살아보겠다고 혼자 낑낑대며 파스를 붙이고 있는 내 모습을 보고 있자니 내 자신이 너무 처량하고 한심하다는 생각이 들어 울컥 울음이 나고 말았던 것이다. 씨팔, 다 필요 없어! 다들 잘 처먹고 잘살라 그래! 나는 원래 '독고다이'가 제일 좋고 마음 편한 놈이니까. 나는 주책없이 자꾸 삐질삐질 흐르는 눈물을 닦으며 수도를 틀어 푸푸 거칠고 박력 있게 세수를 했다. 그러고는 물기가 뚝뚝 떨어지는 얼굴로 거울 속에 비친 내 모습을 똑바로 한번 들여다보았다. 마음에 안 들었다. 바보 같았다. 거울 속에 비친 내 모습은 내가 생각하기에도 너무 어리고, 초라하고, 어리석어 보였던 것이다.

바로 그때였다. 내가 미장원으로 가서 르노 형처럼 퍼머를 한번 해봐야겠다고 생각한 것은!

그랬다. 거울 속에 비친 내 모습을 보고 있자니, 나는 문득 실연을 당한 여자처럼 지금의 내 모습을 확 바꾸어버리고 싶다는 충동이 들었고, 그래서 나는 이번 기회에 퍼머를 한번 해봐야겠다는 생각이 들었던 것이다. 나는 그동안 수차례 퍼머를 하고 싶었지만 학생이라는 이유로 그때껏 한 번도 퍼머를 할 수 없었으니까(당시 우리나라는 일본의 잔재를 없앤다는 이유로, 내가 딱 중학교에 입학하던 해부터 '복장 자율화'에 '두발 자율화'를 실시하고 있었다. 하지만 그래도 일선 학교에선 학생들이 퍼머를 하거나 염색을 하는 걸 엄격히 금지하고 있었다). 그래, 이번 기회에 시원하게 퍼머나 한번 하자. 난 이제 더 이상 전두환의 간섭을 받을 일도, 엄마의 잔소리를 들을 필요도 없는 자유의 몸이니까.

"얼마죠?"

"예, 1,200원입니다."

나는 몇 술 뜨지도 못한 곰탕 값을 계산한 후, 곰탕집 근처의 한 미용실로 들어갔다. 40대 후반으로 보이는 짜리몽땅한 아줌마가 운영하는 작고 초라한 동네 미용실. 나는 겨우 열 평 남짓 되는 작고 후줄근한 미용실에서 난생처음 퍼머라는 것을 했다. 속칭 '장정구 퍼머'라고 불리던 꼬불꼬불한 올퍼머를! 멋을 생각한다면 장정구 쪽이 아닌, '핀컬 퍼머'라는 것을 했을 것이다. 그땐 우리나라도 제법 '유니섹스'니 '남녀평등'이니 하는 바람이 불어 전국적으로 남자의 퍼머가 대유행이었는데, 웬만한 남자들은 다 앞머리만 살짝 지지는 '핀컬 퍼머'란 걸 하던 시대였으니까. 하지만 나는 기꺼이 핀컬이 아닌 장정구 쪽을 택했다. 나는 머리를 깎든 볶든 남들이랑 똑같이 하는 건 딱 질색이었고, 또 어디서 뭐를 하든 남들에게 묻히는 것보다 조금이라도 튀어야 직성이 풀리는 성격이었으니까. 그래, 아무래도 핀컬 쪽보단 장정구 쪽이 낫겠어. 모양은 좀 이상해 보일지 몰라도 장정구 쪽이 훨씬 더 개성 있게 보이고 또 나이 들어 보일 테니까.

세 시간 가량의 인내와 조바심 끝에 드디어 퍼머를 다 마쳤다. 뽀글뽀글 볶은 퍼머를 다 푼 다음, 나는 거울 속에 비친 내 모습에 거위처럼 크게 웃어버렸다. 핀컬이 아닌 장정구 쪽을 택하는 바람에 내 모습이 조금 우스울 거라는 생각은 하고 있었지만, 거울 속에 비친 내 모습은 내가 상상했던 것보다 훨씬 더 끔찍하고 우스꽝스러워 보였던 것이다.

그러나 그리 슬퍼하거나 크게 낙담하진 않았다. 아까운 인물 다 버려놓았다는 생각이 들긴 했지만, 나는 퍼머를 하기 전보다 훨씬 더 늙어 보이고 터프해 보였으니까. 예스, 좋아! 이 정도면 훌륭한 거야. 어차피 하나를 얻으면 하나를 잃는 게 세상 이치이니까.

미용실을 나온 뒤, 나는 내가 갖고 있던 돈을 다 꺼내 한번 세어 보았다. 전날부터 쓴 돈이 대충 얼마쯤 되는지 생각하고 있긴 했지만, 그래도 나는 내가 갖고 있는 돈이 얼마나 되는지 정확히 알아야 내가 갖고 있던 돈을 좀 더 조리 있게 쓰고 알뜰하게 쓸 수 있을 것

1985, 경주, 그리고 메텔에 관한 이야기

같았으니까. 10원짜리와 100원짜리를 빼고 총 38,000원 정도의 돈이 남아 있었다. 흠, 그렇다면 벌써 내가 쓴 돈이 12,000원쯤 되는가 보군. 하긴 그렇게 쓰긴 썼을 거야. 어제 쓴 돈에 오늘 쓴 돈까지 모두 합치면…….

나는 내가 갖고 있던 돈 중에서 10,000원짜리는 모두 팬티와 신발 깔창에 잘 숨겨 넣고, 나머지 1,000원짜리와 동전만 바지 주머니에 다시 집어넣었다. 나는 그런 내 행동에 조금 쪽팔리고 좀스럽단 생각이 들었지만 그래도 내가 살려면 어쩔 수 없다고 생각했다. 요즘엔 어떤지 모르겠지만, 그땐 조금만 방심하면 온갖 양아치에 불한당 같은 놈이 다 나타나 남의 돈을 막 빼앗고 시계 같은 것을 탈취해 가던 무법 시대였으니까(법이 있긴 했지만, 확실히 그땐 법보다 주먹이 훨씬 가까운 시대였다). 음, 좋아. 이제 좀 안심이 되는군. 근데 이제 어디로 가지? 이제 겨우 2시쯤밖에 안 된 것 같은데, 이제부터 어디서 뭘 하지?

나는 전날 잠시 생각했던 것처럼 광안리나 해운대로 가서 겨울 바다나 한번 볼까 생각했다. 하지만 날도 추운데 괜히 겨울 바다를 보며 혼자 청승을 떠느니, 나는 어디 따뜻한 영화관이나 오락실로 가는 게 훨씬 더 낫겠다고 판단했다. 만만한 게 홍어 뭐라고, 난 당시 조금만 심심하고 갈 데가 없으면 영화관이나 오락실로 가서 시간을 때우곤 했으니까. 그래, 일단 오락실로 가서 오락을 좀 하는 게 좋겠어. 머릿속에 든 걱정을 잊어버리고 스트레스를 푸는 덴 뭐니 뭐니 해도 전자오락이 제일이니까. 그것도 누군가를 미친 듯이 막 쏴 죽이고 무언가를 끊임없이 폭파시켜버리는, 그런 스피디하고 익사이팅한 전자오락들이.

　나는 근저에 있던 한 오락실로 들어가, 어제와 마찬가지로 '갤러
그'랑 '제비우스'랑 '너구리' 같은 전자오락들을 신나게 열심히 하기
시작했다.

episode 10

내가 경주로 돌아온 건 그 나흘 후였다. 그러니까 좀 더 정확히 얘기하면 12월 24일 저녁 5시 50분경.

　떠날 때와 달리 그날은 버스가 아닌, 기차를 타고 경주에 도착했다. 그것도 부산에서 경주까지 3시간인가 3시간 30분쯤 걸리던 낡은 비둘기호 열차를 타고. 딱히 급하게 경주로 돌아와야 할 이유도 없었지만, 나는 엄마와 이노끼에게 수배(?)가 된 몸이어서 아무래도 훤한 대낮보다는 어두컴컴한 밤에 경주로 돌아가는 게 훨씬 더 편하고 안전하겠다는 생각이 들었던 것이다.

　나는 검은 제복에 펀치를 들고 있는 역무원에게 기차표를 보여준 뒤, 조심조심 개찰구를 나왔다. 연신 사위를 두리번거리고 여차하면 불알에 요령 소리가 날 정도로 세게 뛸 준비를 하면서. 설마 그럴 리야 없겠지만, 나는 혹시 르노 형에게 어떤 정보를 듣고 엄마나 이노끼 녀석 따위가 나를 덮치러 와 있을지도 모른다는 생각이

　　　　　　　　　　　1985, 경주, 그리고 메텔에 관한 이야기

자꾸 들었던 것이다.

다행히 나를 잡으러 온 사람은 없는 것 같았다. 혹시 날 위한답시고 르노 형이 엄마나 다른 누군가에게 나의 귀향 소식을 알렸으면 어쩌나 했는데.

"휴우, 다행이군."

나는 안도의 한숨을 쉬며 역 광장에 있던 시계탑의 시계를 흘긋 올려다보았다. 시계는 정확히 6시를 가리키고 있었다. 나는 기차에서 내리고 플랫폼을 빠져나오고 하느라 10분 정도의 시간을 소요한 것 같았다. 부산에서 본 기차 시간표에는 분명 5시 50분에 기차가 경주에 도착한다고 씌어 있었으니까.

나는 어둠이 깔린 주위를 계속 두리번거리고 살피며, 역 마당 끝에 주르르 서 있는 공중전화 부스로 향했다. 나는 어젯밤 르노 형에게 경주에 도착하는 즉시 전화를 하기로 했었고, 그때 그 상황에서 내가 제일 먼저 할 일은 르노 형에게 전화를 하는 것밖에 달리 아무것도 없었으니까.

그랬다. 나는 전날 밤, 르노 형에게 살짝 한 통의 전화를 넣었다. 나는 경주를 떠난 후 고향의 다른 누구와도 일절 연락을 않고 지냈는데, 그날 밤엔 진짜 르노 형에게 전화를 걸어 그동안의 내 안부도 좀 전하고 경주에 대한 소식(내가 사라진 후 엄마는 과연 어떻게 지내고 있으며, 또 이노끼와 해글러를 비롯한 다른 내 친구 녀석들은 어떻게 지내고 있는지 하는 것 등등)도 좀 듣고 싶다는 생각이 들었던 것이다. 아니, 솔직히 말하면 그건 다 쓸데없는 핑계고 내가 진짜 르노 형에게 연락한 이유는 내가 다시 경주로 돌아가기 위한 발판이랄까 알리바이 같은 걸 만들기 위한 행동이었다. 사내자식이 약해빠졌다고 욕할지 모르겠지만, 나는 부산에 있던 그 사흘 내내 경주로 다시 돌아가고 싶다는 생각을 했다. 원래 몸이 아프면 다 고향이 그리워지고 향수병 비슷한 것에 걸리는지 몰라도(나는 첫날 걸린 감기 몸살이 덧나 그 사흘 내내 콧물을 줄줄 흘리고 콜록콜록 기침을 했다), 나는 하루에도 몇 번씩 경주로 다시 돌아가고 싶다는 생각이 들었던 것이다. 뭐 경주로 가봤자 끽소리 하나 못한 채 숨어 지내야 하겠지만 그래도 경주에 가면 부산에 있는 것보단 훨씬 더 마음도 편하고 몸도 덜 고달플 것 같았으니까. 그랬다. 나는 부산으로 가기 전 내 자신과 한 약속 —최소한 몇 년 안에는, 그리고 남들과 비교해 크게 성공하고 출세하기 전까지는 절대로 다시 경주로 돌아가지 않겠다는— 때문에 어떻게든 부산에서 더 버텨보려고 했지만 그날은 도저히 더 버틸 수가 없어서 르노 형에게 그만 전화를 걸고 말았던 것이다. 몸도 아프고 마음도 많이 지친 그 상황에서 나를 도와줄 이는 아무래도 르노 형밖에 아무도 더 생각나지 않았으니까.

"얀마, 니는 도대체 뭐 우째 된 기고? 아니, 것보다 니 지금 거기 어디고? 뭐, 부산? 아, 내 이 꼴통 새끼 진짜! 아, 됐어, 됐고⋯⋯ 니 빨리 일루 올라온나! 아, 글쎄 더 이상 토 달지 말고 빨리 일루 올라오라니깐!"

르노 형은 완전 생난리였다. 대충 예상하고 있던 멘트에 반응이 긴 했지만 빨리 부산을 떠나 고향 경주로 다시 돌아오라고 말이다. 사실 나는 그 점을 노리고 전화한 거였다. 나는 경주로 다시 돌아가고 싶긴 했지만 아무래도 내 발로 직접 경주로 돌아가기에는 좀 쪽

1985, 경주, 그리고 메텔에 관한 이야기

팔리고 민망하다는 생각이 들었으니까.

"홍, 싫어요! 내가 뭐 하러 거기로 다시 돌아가요? 여기 부산에 있으니까 만사 편하고 좋구만."

나는 짐짓 배짱을 퉁기며 말했다. 나는 내 생각대로 착착 움직여주는 르노 형이 고마워 죽을 지경이었지만, 그렇다고 르노 형 말에 기다렸다는 듯 선뜻 "예스!"라든가 "오케이!"라는 말을 할 수는 없는 노릇이었으니까.

"와? 이노끼랑 해글러 땜에 그라나? 괜찮타! 내가 걔들 문제 싹 다 해결해줄 테니까, 빨리 일루 올라온나! 내가 아무리 힘이 없어도 그렇지 그깟 이노끼랑 해글러 문제 하나 못 해결해주겠나, 응?"

"쳇, 큰소리는! 성의는 고마운데, 형은 그만 그 일에 신경 꺼요. 그러다가 괜히 형까지 다치는 수가 있으니까. 형도 그랬잖아요? 이노끼 녀석 형이나 해글러 녀석 누나, 둘 다 성깔 장난 아니라고……."

사실 나 역시 그런 생각을 안 해본 건 아니었다. 누구처럼 완전 잘나간 건 아니지만, 르노 형도 나름 시내에서 조금 놀고 한가락 하던 형이었으니까. 다른 선배들과의 문제였다면 내 쪽에서 먼저 도움을 요청했을지도 몰랐다. 나 대신 형이 그 엿 같은 자식들을 흠씬 좀 두들겨주고 깨끗이 정리해달라고 말이다. 하지만 이노끼와 해글러는 르노 형으로서도 쉽게 어쩔 수가 없는 녀석들이었다. 녀석들이 무서워서가 아니라, 그 녀석들이 가지고 있던 든든한 빽이며 인맥 같은 것 때문에. 그랬다. 당시 놈들에겐 굉장히 잘나가던 형이랑 누나가 한 명씩 있었는데, 이노끼의 형은 우리 같은 새까만 꼬마들도 익히 이름을 들어본 적이 있을 만큼 시내의 유명한 깡패였고, 또 해글러의 누나는 누나대로 시내에서 알아주는 여자 깡패에다 이노끼의 형이랑 동거하고 있던 시이였던 것이다. 자, 그러니 르노 형으로서도 어떻게 그 두 녀석을 쉽게 건드리고 내 사건을 잘 마무리할수가 있었겠는가? 비록 이노끼와 해글러의 2년 선배가 되긴 하지만, 까딱 잘못 내 편을 들고 녀석들을 혼내주다간 괜히 르노 형까지 놈들의 형과 누나에게 작살이 날지도 모르는데 말이다.

"그거야 그런데…… 그래도 뭐 우짜겠노? 내가 세상에서 제일 아끼고 사랑하는 동생이 그 일로 몇 날 며칠째 집에도 못 돌아오고 있는데……."

"에이, 형은 진짜 사람을 뭐로 보고! 형은 마치 내가 그 새끼들 겁나서 가출하고 여기서 이러고 있는 줄 아는 모양인데…… 아녜요, 그런 거!"

나는 살짝 약이 올라 말했다. 나를 위해주는 건 고마웠지만 나는 르노 형이 나를 약간 비웃고 놀리고 있다는 것을 느낄 수 있었으니까.

"그럼 니는 개들이 하나도 안 무섭고 안 겁난다, 이 말이가? 에이, 설마! 그럼 니는 와 갑자기 부산으로 가출했는데? 뭐 거기 부산 앞바다의 잠수부한테 잠수 타는 법이라도 배우러 갔나? 내 참, 그래도 쪼맨한 게 남자라꼬 자존심은 있어 가지고……."

나는 르노 형의 말투가 조금 밉고 짜증 나긴 했지만 어느 정도 인정할 건 인정해야겠다고 생각했다. 서로 모르는 사이도 아니고 계속 더 우기고 거짓말해 봤자 괜히 내 꼴만 더 우스워질 테니까.

"……그래요! 형 말마따나 녀석들이 좀 겁나고 무섭긴 해요. 근데, 형이 생각하는 것처럼 난 단지 녀석들이 겁나서 가출하고 경주로 못 돌아가고 있는 건 아녜요. 까짓거 지들이 날 패면 얼마나 패겠어요? 뭐 전치 6주나 8주쯤 각오를 하긴 해야 되겠지만, 설마 지들이 날 죽이기야 하겠어요? 안 그래요?"

"그럼 도대체 뭐가 문젠데? 아하! 그럼 니가 집에서 훔쳐 간 돈이랑 진학 문제 때문에 그라는구나, 맞제? 근데, 그거도 걱정하지 마라. 그 문제도 벌써 이 형이 너그 엄마 만나서 깔끔하게 다 해결해놓았으니까."

"옛? 갑자기 그게 뭔 소린데요? 좀 더 알아듣기 쉽게 설명해봐요, 예?"

나는 깜짝 놀라 물었다. 좀 더 상세히 들어봐야 알겠지만 아무래도 르노 형이 말하는 걸로 봐선 나한테 조금 밝고 기쁜 소식인 것 같았으니까.

"니도 대충 짐작하고 있겠지만, 내 요 며칠 너그 엄마랑 같이 니찾아다닌다고 얼마나 고생했는지 아나? 니가 요번에 가출한 거랑 내랑 무슨 상관 있다고 그라는지 몰라도 너그 엄마가 하루에도 몇번씩 내 방에 찾아와서 내 괴롭히는데…… 와, 내 진짜 죽는 줄 알았다, 죽는 줄 알았어! 내가 무슨 니 보호자도 아니고 너그 엄마가내 방에 와서 니 좀 찾아주고 잡아달라는데, 내가 어떻게 거절할방법이 있어야 말이지……."

나는 르노 형의 푸념에 슬그머니 웃음이 났다. 대충 예상하고 있던 상황에 스토리긴 했지만, 나는 엄마의 청에 못 이겨 엄마랑 함께여기저기 나를 찾고 다녔을 르노 형을 생각하니 나도 모르게 괜히 실실 헛웃음이 새어 나올 수밖에 없었던 것이다.

"쳇, 엄살은! 그래서요? 그래서 대체 뭐가 어떻게 됐다는 얘긴데요? 서론은 빼고 결론만 말해봐요. 대체 어떻게 해서 내가 훔쳐 간 돈이며 진학 문제를 깔끔하게 다 해결해두었다는 건지……?"

얘긴즉슨, 엄마가 모든 것을 다 이해하고 용서하기로 했다는 거였다. 그동안 있었던 일은 모두 다 불문에 부치고 용서할 테니 제발, 어서 집으로 돌아오기만 하라고 말이다. 다 나를 잡기 위한 꼼수고 빈말인지 모르겠지만 엄마는 나를 만나면 꼭 이런 말을 전해달라고 했다는 것이다. 내가 정 그렇게 학교가 싫고 학업에 뜻이 없다면 모든 걸 다 내 뜻대로 하도록 해주겠다, 그러니 제발 죽었는지 살았는지 전화라도 꼭 한 통 해달라고 말하고 사정했다는 거지 대체 뭐겠는가!

"쳇, 난 또 무슨 얘기라고…… 형은 울 엄마가 하는 말을 그대로 다 믿어요? 참 나, 형도 순진하긴! 그거 다 울 엄마가 나를 집으로 돌아오게 하려고 꾸민 연기고 미끼라구요, 미끼!"

나는 연신 코웃음을 치며 말했다. 하지만 나는 그게 다 엄마의 연기고 미끼일망정 한결 마음이 편해지고 가뿐해지는 기분이었다. 나는 집을 나간 후 혹시 엄마가 나 땜에 병원에 실려 가거나 식음을 전폐한 채 계속 방구들만 짊어지고 있는 게 아닐까 하는 걱정을 하고 있었는데, 르노 형의 말을 들으니 엄마는 내가 생각했던 것보다 훨씬 더 건강하고 씩씩하게 잘 지내고 있는 것 같아 보였던 것이다.

"에이, 설마."

"설마가 아니라 사실이에요. 형은 아직 울 엄마를 잘 몰라서 그런

데, 울 엄마는 내가 형보다 훨씬 더 잘 알아요. 집으로 들어가는 순
간, 난 그냥 죽은 목숨이라니까요."

"그럼 대체 어쩌겠다는 거야? 그럼 계속 거기서 혼자 개고생을
하겠다, 이 말이야?"

"개고생은 누가 개고생을 해요? 가출 이후, 난 여기서 완전 천국
같은 나날을 보내고 있는데! 혹시 들어봤는지 모르겠네요? 파라다
이스라고!"

"흥, 파라다이스 같은 소리하고 있네! 얀마, 누군 어디 니처럼 가
출 안 해봤는 줄 아나? 아니면 내 손에 장을 지지겠는데, 니는 지금
경주로 돌아오고 싶어서 미칠 지경일 거야. 그래, 니 말처럼 한 2~3
일 정도는 천국 같을 수도 있었겠지. 집에서 훔쳐 간 돈으로 이것저
것 맘대로 돈도 좀 펑펑 써보고, 또 니가 어디서 뭘 하든 아무 간섭
하는 사람도 없었을 테니까. 그런데 지금은? 지금은 좀 다를걸? 지
옥이 따로 없을걸? 모르긴 몰라도, 넌 지금쯤 지독한 향수병에 걸
려 있을 거야. 생각나느니 집 생각이고, 떠오르느니 친구들 얼굴일
거야. 뿐이야? 거기다 그나마 집에서 째벼 간 돈도 차츰 찬물에 뭣
줄듯 줄어들어가지, 엄마 걱정에, 친구들 생각에…… 하루하루가
고역이고 가시방석일걸? 아니야? 내 말이 틀렸어?"

"……"

나는 르노 형의 혜안에 납작 무릎이라도 꿇고 싶은 심정이었다.
어이쿠, 도사님 죄송합니다! 제가 감히 도사님 앞에서 요령을 흔들
었습니다 하고 말이다. 과연 르노 형도 나이를 그저 먹고 농땡이를
그저 피운 건 아니었다. 대체 그런 걸 어떻게 다 알고 있는지 모르

겠지만, 르노 형은 당시 내가 겪고 있던 심리 상태며 처지 같은 것을 손바닥 보듯 훤히 다 꿰뚫어 보고 있었던 것이다.

"짜식이 와 갑자기 꿀 먹은 벙어리가 됐노? 하핫, 내가 너무 니 속을 잘 들여다보고 정곡을 콕 찔러 말했나 보지? 그러니까 괜히 천국이니 파라다이스니 하는 소리 그만하고 빨리 이 형이 오라고 할 때 이 형 말 들어! 안 그럼 더 이상 용건이 없는 걸로 간주하고 이 형은 그만 전화 끊을 테니간."

나는 그쯤에서 그만 백기를 들 수밖에 없었다. 괜히 더 이상 허풍을 치고 허언을 하고 해봤자 르노 형에게 쪽만 더 팔 것 같았으니까.

"좋아요! 그럼 형이 내 부탁을 딱 두 가지만 들어줘요. 그럼 형 말대로 내일쯤 경주로 다시 돌아갈 테니까. 어때요, 내 부탁 들어줄 수 있겠어요?"

"부탁? 대체 그 부탁이라는 게 뭔데……?"

"첫째는, 내가 경주로 다시 돌아왔다는 사실을 절대로 다른 사람에게 알리지 말란 거예요. 우리 엄마는 물론 쿤타나 마이클 녀석들한테도 절대로."

나는 기다렸다는 듯 대답했다. 나는 르노 형에게 전화를 걸기 전 미리 내가 요구할 요구사항과 바라는 점 같은 것들을 다 생각해놓고 있었으니까.

"뭐야? 그럼 경주로 다시 돌아와도 집으론 안 들어가겠다는 얘기 아냐, 지금?"

"당연하죠! 내가 지금 이 꼴로 어떻게 집으로 다시 들어가요?"

"왜? 지금 니 꼴이 뭐 어때서?"

"그걸 몰라서 물어요? 형, 나 집 나올 때 집에서 엄마 돈 훔쳐서 나온 거 알고 있죠?"

"알지. 그래서?"

"그러니 내가 어떻게 집으로 다시 들어갈 수 있겠어요? 그동안 여기서 먹고 자고 쓰고 하다 보니 벌써 집에서 들고 나온 돈도 다 써버리고 이제 겨우 갖고 있는 돈이랬자 1~2만 원 정도밖에 안 남았는데……."

"짜식, 쓸데없는 걱정은! 얀마, 니는 너그 엄마가 설마 그런 돈 몇 푼 때문에 니를 그렇게 열심히 찾아다니고 노심초사 애태우는 줄 아나? 그런 건 상관없으니까 니는 빨리 집으로 들어가기만 하면 돼. 그게 쪼매라도 너그 엄마한테 효도하는 길이고 속 덜 썩이는 일이니까 그런 건 걱정 말고……."

"에이, 진짜! 형도 한번 생각해봐요? 벼룩도 낯짝이 있다고, 나도 내 나름대로 엄마한테 체면이 있고 면목이란 게 있는데 지금 이 꼴로 어떻게 집으로 들어갈 수 있겠어요? 물론 엄마야 그런 돈 따위 전혀 신경 쓰지 않을 수도 있겠죠. 하지만 내가 안 괜찮아요. 내가 안 괜찮다구요! 맨날 입만 떼면 내 용돈은 내가 벌어 쓰겠다느니, 하루빨리 돈 벌어서 호강시켜주겠다느니 하며 큰소리쳤는데, 지금 이 꼴로 집에 들어가 봐요? 엄마가 과연 날 얼마나 한심한 놈으로 보고 또 철딱서니 없는 놈으로 생각하겠는지?"

그랬다. 엄마가 들으면 고양이 쥐 생각한다고 웃을지 모르겠지만, 나는 어떻게든 내가 집에서 훔쳐 나온 돈만큼은 다시 엄마에게 돌려주고 싶었다. 벼룩도 낯짝이 있는 것처럼 나에게도 최소한의 양심과 자존심이란 게 있었으니까.

"좋아, 그럼 그 문제는 일단 패스하고…… 다른 한 가지는 뭐고? 빨리 말해라, 내 퍼뜩 전화 끊고 가게 청소해야 되니까."

"예? 아, 그거요? 따지고 보면 그것도 다 방금 말한 문제랑 연장선에 있는 부탁인데…… 형, 내 진짜 형 가게에 취직 좀 시켜주면 안 돼요? 내 정말 그렇게만 해주면 지금 당장이라도 경주로 다시 돌아갈 수 있는데……"

"얀마, 그건 며칠 전에 벌써 다 끝낸 얘기잖아! 내가 니한테 얘기했잖아? 괜히 니 취직시켜주려다 우리 사장한테 내만 욕을 바가지로 얻어묵었다꼬……"

그랬다. 그건 이미 다 끝난 얘기였다. 어쩌면 다 자기 선에서 자르고 배제시켜놓고 의뭉을 떠는 건지도 몰랐지만, 아무튼 르노 형은 나를 꽂아주려다 괜히 자기까지 잘릴 뻔했다는 식으로 내게 말했던 것이다. 그러니까 내가 부산으로 가출하기 하루 전인가 이틀 전에.

"그거야 아는데…… 그래도 형이 어떻게 한 번만 더 얘기해보면……"

"야, 그건 다 물 건너간 얘기니까 그 얘긴 그만하고…… 니가 정 그렇게 일자리를 구하고 싶으면 내가 다른 일자리를 한번 알아봐줄게. 우리 가게는 안 돼도 니한테 나름 딱 맞게 어울리는 일자리로 말이야."

"다른 일자리요? 그게 무슨 일자린데요?"

나는 약간의 희망을 갖고 물었다. 르노 형이 말하는 톤이며 뉘앙

1985, 경주, 그리고 메텔에 관한 이야기

스로 봤을 때, 며칠 전 말했던 것과 같은 시시하고 너저분한 일자리는 아닌 것 같았으니까.

"아, 다른 게 아이고…… 불국사에 있는 일자린데……."

"불국사요?"

"그래, 불국사! 니 옛날에 내가 불국사에 있는 여관촌에서 일했던 거 알제?"

"알죠. 형이 맨날 나한테 자랑하곤 했잖아요? 거기서 일할 때 수학여행 온 여학생들 엄청 많이 꼬셨다고."

"잘 아네! 내가 생각하기엔, 니 지금 거기서 일하는 게 딱 맞을 거 같다. 수학여행 철이 아니라서 여관 보이 자리가 있을지 모르겠지만, 그래도 거긴 숙식도 제공되고 또 시내랑 한참 떨어져 있어 니가 숨어 생활하기엔 안성맞춤일 테니까. 어때, 괜찮제?"

"으음, 그렇긴 한데……. 나는 그래도 형이 일하는 가게가 훨씬 더 좋은데……."

나는 못내 아쉬워하는 말투로 중얼거렸다. 나는 르노 형의 가게에서 웨이터 노릇을 하는 게 정말 꿈이었으니까. 거기서 일하다 나도 르노 형처럼 르노 형 사장에게 잘 보여 일본으로 가는 게 소원이었으니까. 그땐 일본이든 미국이든 외국으로만 가면 다 크게 성공하고 출세한 줄 알던 시대였으니까. 하지만 냉정히 따져볼 때, 내 주제에 르노 형이 제시한 일자리에 취직하기만 해도 꽤 성공한 거라 생각했다. 내가 부산서 몇 군데 취직해보려 해서 아는데, 사실 나로선 그만한 일자리도 쉬 구하기 힘든 일자리였다. 그랬다. 나는 사실 부산에 있는 동안 내가 일할 만한 가게를 몇 군데 들러보기도 하고 전화를 걸어보기도 했다. 나는 부산서 걸린 감기 몸살과 향수병 때문에 한시라도 빨리 고향으로 돌아가고 싶었지만 그래도 어떻게든 부산에서 더 버텨보고 생활해볼 생각으로 말이다. 하지만 내가 일할 만한 일자리를 구하는 건 생각처럼 그렇게 쉽고 만만한 일이 아니었다. 나는 구인 광고가 붙은 몇몇 가게—중국집, 당구장, 만화방, 레스토랑—에 들러 면접 비슷한 것을 보기도 하고, 또 전화로 이것저것 궁금한 것을 문의해보기도 했었다. 하지만 안타깝게도 나를 반갑게 맞아주거나 기쁘게 채용해주는 가게는 그 어디에도 없었다. 모든 가게가 다 '노(NO)!'였고 모든 사장이 다 살래살래 고개를 저었다. 하긴 내가 그 가게의 주인이었대도 나 같은 놈을 취직시켜주지 않았을 것이다. 생각해보라! 나같이 어리고 가출 소년티가 풀풀 나는 꼬마애, 더욱이 집 전화번호도 없고 신원 보증(나는 내가 들어간 가게의 사장들에게 일가붙이 하나 없는 고아라는 식으로 말할 수밖에 없었다. 내가 들어간 가게의 사장들마다 집 전화번호나 친척 집 전화번호라도 알려달라는데, 낸들 뭐 어떻게 고아라는 식으로 말을 안 할 수가 있었겠는가?)을 서줄 만한 사람도 없다는 나에게 대체 어떤 사람이 선뜻 채용을 시켜주겠는가?

"아 새끼, 우리 가겐 진짜 안 된다니까!"

"좋아요. 그럼 거긴 100프로 취직시켜줄 수 있는 거예요? 괜히 또 취직시켜준다 해놓고 나중에 딴소리하면 곤란한데……"

"그런 걱정 말고 넌 빨랑 일루 올라오기나 해! 그럼 어떻게든 내가 널 책임지고 그쪽에 꽂아줄 테니까."

"형, 정말이죠? 그 말 책임질 수 있죠?"

"알았다니까!"

"음…… 근데 혹시 뭐 다른 꿍꿍이가 있는 건 아니겠죠?"

나는 잠시 뜸을 들이다, 살짝 의심에 찬 말투로 물었다. 설마 그럴 리야 없겠지만, 혹시 르노 형이 예수를 판 유다처럼 나를 우리 엄마에게 팔아넘길지도 모른다는 생각이 문득 들었던 것이다.

"다른 꿍꿍이?"

"혹시 울 엄마한테 찌르려고……"

"앗, 어떻게 알았지? 하하핫. 얌마, 근데 번짓수가 좀 틀렸어. 실은 내가 니를 너그 엄마한테 넘길 생각이 아니라, 이노끼랑 해글러한테 넘길 생각이었거든! 하하하핫."

"어우, 진짜! 나는 지금 형이랑 농담 따묵기 할 기분이 아니라니까요."

"하하. 미안, 미안! 다 웃자고 한 소리니까, 잡소리 그만하고 넌 빨랑 일루 올라오기나 해! 내가 어떻게든 너한테 도움을 줬으면 줬지 피해를 주진 않을 테니까."

"좋아요! 그럼 내일 저녁때쯤 경주에 가서 다시 전화할게요. 대신 내가 오늘 형한테 전화한 거랑 내일 경주에 나타난다는 거 몽땅 다 비밀이에요. 알았죠?"

"알았어! 알았으니까, 경주에 도착하면 바로 전화나 해! 그럼 그 뒤의 일은 모두 내가 알아서 처리해줄 테니까. 오케이?"

그리하여 나는 고향 경주로 다시 돌아오게 된 것이었다. 그 닷새 동안의 힘들었던 부산 생활을 모두 깨끗이 정리하고 청산하고서 말이다.

episode 11

"어디고? 경주가?"

"예. 지금 마악 경주에 도착했어요."

나는 연신 주위를 살피고 두리번거리며 말했다. 아무도 나를 잡으러 온 사람이 없는 것 같았지만, 나는 여전히 자꾸만 가슴이 뛰고 누군가 나를 잡으러 올 것만 같은 기분이 들었던 것이다.

"잘했다! 그럼 니는 일단 내 방에 가 있어라. 그럼 내가 가게 마치는 대로 내 방으로 달려갈 테니까."

"형 방으로요? 아뇨, 그럴 필요 없이 내가 지금 형 가게 쪽으로 갈게요."

"여기로 온다고? 아냐, 그럴 필요 없이 넌 그냥 내 방에 가 있어라. 그럼 내가 가게 마치는 즉시 맛있는 거 사 가지고 방으로 갈 테니까."

"쳇, 뭐예요? 어제까지만 해도 빨리 오라고, 오기만 하면 간이든 뭐든 다 빼줄 것처럼 난리더니…… 이제 막상 내가 나타나니까 귀찮다 이거예요, 뭐예요?"

"아니, 그런 게 아니라…… 내가 지금 너무 바빠서 그래. 니도 알다시피 오늘이 우리 같은 웨이터들한텐 가장 큰 대목 아이가? 그래, 크리스마스이브라서 지금 엄청 바쁘다니깐! 그러니까 니가 좀 이해해주라, 응? 오늘은 초저녁부터 예약 손님이 잔뜩 밀려서 정말 오줌 누고 고추 털 새도 없이 많이 바쁘니까."

"그래도 그렇지…… 정말 너무하는 것 아녜요? 짜증 나는데, 확 다시 부산으로 가버릴까 부다!"

나는 못내 서운하다는 투로 툴툴거렸다. 르노 형의 입장이 이해가 되긴 했지만, 나는 르노 형이 나를 좀 더 따뜻하게 맞아주고 열렬히 환영해줄 거라 기대하고 있었던 것이다. 그렇다고 뭐 르노 형이 나에게 무슨 꽃다발을 건네거나 꽃목걸이를 걸어주길 기대한 건 아니지만.

"하하. 미안, 미안! 근데 우짜겠노? 이 형도 좀 묵고살아야지. 그러니까 너무 섭섭하게 생각하지 말고 니는 그냥 형 방에 가 있거라. 괜히 또 쓸데없이 싸돌아다니다 이노끼랑 해글러한테 잡히면 큰일이니까."

"……어쨌든, 알았어요. 그럼 형 말대로 형 방에 가 있죠, 뭐."

나는 맥이 쑥 빠진 목소리로 대답했다. 르노 형의 말에 다소 섭섭하긴 했지만, 내가 르노 형의 입장이었대도 달리 뭐 다른 말을 할 수 있는 상황이 아닌 것 같았으니까.

"그래, 잘 생각했다. 다른 데 있는 것보단 그래도 거기가 제일 편하고 안전할 테니까."

"알았으니까, 형은 일 마치는 대로 빨리 방으로 오기나 해요. 내 여러 가지로 진짜 형한테 하고 싶은 말도 많고, 또 묻고 싶은 것도 많고 하니까."

"알았다, 최대한 빨리 들어갈 테니까 좀만 기다리고 있거라. 아, 그리고…… 내 방에 가면 청소나 좀 깨끗이 해놔라, 알았제? 깔끔하게."

"방 청소요?"

"응. 내 요 며칠 니 잡으러 다닌다고 방 청소를 안 했더니 방이 완전 엉망이다, 엉망! 그러니까 니가 방 청소도 깨끗하게 하고 환기도 좀 활짝 시키고 그래라. 그럼 이 형이 퇴근할 때 맛있는 거 사 갈 테니까. 어때, 형 말 알아듣겠제?"

"맛있는 거? 뭐 사 올 건데요?"

내가 물었다. 나는 그때껏 아침으로 먹은 라면 한 개와 기차에서 파는 계란 세 개밖에 아무것도 안 먹어서 배가 약간 고픈 상황이었다.

"말해 봐라, 뭐 묵고 싶은데? 통닭? 족발? 뭐?"

"아뇨, 오늘은 그런 천한 음식 말고 좀 더 맛있고 고급스러운 음식이 먹고 싶은데……."

나는 잠시 뜸을 들인 뒤, 생전 먹어보지도 않은 음식들을 마구 지껄여댔다. 다 웃자고 한 유머에 헛소리였지만, 나는 외국의 큰 부호들이나 먹는 캐비어니 샥스핀이니 하는 것들을 마구 읊기 시작했던 것이다.

"미친놈! 와, 딴 건 더 생각 안 나나? 기왕 사달라는 거 한 100년쯤 된 포도주나 코냑 같은 거도 한 병쯤 사 오라 카지 와? 까짓것 다 해봐야 몇 푼이나 한다꼬……."

"좋아요, 그럼 그것도 추가! 어때, 사 올 수 있겠죠?"

"에라, 이 미친놈아! 니는 도대체 언제쯤 정신 차릴래, 응? 끊어, 인마!"

나는 공중전화 부스를 나온 뒤, 아까와 마찬가지로 연신 주위를 두리번리고 살피며 조심조심 르노 형의 방으로 걸었다. 생각 같아선 시내 한복판의 극장가로 나가 바람이라도 쐬고 싶었지만 나는 마스크와 목도리로 얼굴을 가린 채 르노 형의 방으로 향할 수밖에 없었다. 나는 부산에 있는 동안 하루에도 몇 번씩 경주의 그 극장가를 그리워하고 걷고 싶어 했었지만(당연했다. 그곳은 내가 거의 매일 같이 쏘다니고 뛰어놀고 하던 곳이었으니까), 아쉽게도 그곳은 이노끼와 해글러가 하루에도 몇 번씩 나다니고 출몰하던 곳이었으니까.

나는 옥탑방의 문을 열고 방 안으로 들어서다, 하마터면 우웩! 오바이트라도 할 뻔했다. 대체 며칠 동안이나 청소를 안 하고 환기를 안 시켰는지 몰라도 르노 형의 방은 거의 돼지우리를 연상시킬 만큼 더럽고 심한 악취가 나고 있었던 것이다. 르노 형이 함부로 벗어놓은 옷가지와 던져놓은 만화책, 그리고 재떨이에 산처럼 수북 쌓인 담배꽁초들과 다른 여타의 온갖 과자 봉지 같은 것들로 말이다.

"와, 진짜 돼지우리가 따로 없네, 따로 없어……."

나는 입고 있던 점퍼를 벗은 뒤, 두 팔을 걷어붙이고 열심히 청소를 하기 시작했다. 창문을 열고, 이불을 개고, 방을 쓸고, 방을 닦고…….

"휴, 이제 좀 낫네."

나는 약 20분에 걸쳐 방 청소를 깨끗이 한 다음, '뭐 좀 재미있는 게 없나?' 하고 TV를 켰다. 하지만 세 군데 다 시시하고 유치한 연속극이나 오락 프로그램만 하고 있었을 뿐, 그 어디에도 내가 좋아하거나 재미있어할 만한 방송을 틀어주는 방송국은 없었다. 뭐야? 크리스마스이브라 뭔가 좀 재미있는 걸 틀어줄 줄 알았더니, 이건 뭐 오히려 평소보다 더 시시한 게, 볼 게 없잖아? 나는 이리 틀고 저리 틀고 하던 TV를 그냥 꺼버릴까 하다가, 그러면 아무래도 너무 쓸쓸하고 외로운 기분이 들 것 같아 TV를 그대로 켜둔 채 방 안에 있던 'TV 가이드'를 보기 시작했다. 각 채널에서 하는 1주일 동안의 TV 편성표며 연예 스타들의 인터뷰 따위가 실려 있던 'TV 가이드'란 잡지를 말이다.

방바닥에 엎드려 한 10분쯤 'TV 가이드'를 보고 있었나? 갑자기 밖에서 옥탑방의 현관문을 거칠게 두드리고 흔들어대는 소리가 내 귀로 크게 들려왔다.

"……?"

순간, 가슴이 철렁 내려앉는 것 같았다. 제발 그런 일은 없어야 하겠지만, 나는 혹시 문을 두드리고 흔들어대는 사람이 엄마나 이 노끼 녀석이 아닌가 하는 생각이 들었던 것이다.

"야, 내다! 내 쿤타다, 빨리 문 열어라!"

"……!"

아니었다. 그건 바로 쿤타의 목소리였다. 대체 내가 그곳에 있는지 어떻게 알고 찾아왔는지 모르겠지만, 아무튼 그건 분명 쿤타의 목소리였던 것이다(뒤에 알게 된 거지만, 쿤타와 마이클은 르노 형과 미리 약속이 다 돼 있었다고 했다. 누구에게 연락이 오든 나한테 연락이 오면 서로 긴밀히 연락하고 나에 대한 정보며 소재 같은 걸 알려주기로 말이다).

"야, 없는 척해 봐야 소용없으니까 빨리 문 열어! 빨리 문 안 열래? 좋다, 그라믄 문 다 뿌라져도 책임 안 진다, 응? 야, 셋 셀 때까지 빨리 문 열어라. 안 그라믄 문 다 뿌사뿌고라도 안으로 들어갈 테니까. 하나! 두울……!"

나는 한숨을 푹 쉬며 옥탑방의 현관문을 열어주는 수밖에 없었다. 생각 같아선 끝까지 문을 안 열어주고 버티고 싶었지만, 쿤타는 진짜 옥탑방의 현관문을 다 부수고서라도 안으로 들어올 기세였으니까.

"와아, 새끼! 니 진짜 그동안 어디 있었더노, 응? 어, 근데 니 머리 볶았나? 우헤헤헷, 어이구 이 귀여운 자속! 하여튼 이렇게 안 죽고 살아있어줘서 고맙다, 고마워! 난 니가 어디서 목이라도 매거나 쥐약 같은 거라도 묵고 죽어뿟는 줄 알고 얼마나 걱정했는지 아나? 으헤헤헷."

"놔라, 새꺄! 웃지 마라, 인마! 난 지금 니같이 의리 없고 얍삽한 새끼랑 같이 웃고 장난치고 할 기분 아니니까."

나는 쿤타의 넉살과 익살에 슬그머니 웃음이 나려 했지만, 애써 차갑고 냉랭한 얼굴로 대답했다. 나는 쿤타와 마이클에 대한 분노와 배신감이 많이 사라지고 없었지만, 그래도 녀석들에 대한 미움과 원망 같은 게 완전히 다 가시지는 않고 있었으니까.

"도대체…… 뭐 우째 된 거고? 그래, 잘 있었나? 우리는 혹시 니가 어떻게 잘못됐는 줄 알고 얼마나 걱정했는데……."

마이클은 확실히 쿤타보다 한 10배는 더 착하고 양심이 고운 녀석이었다. 쿤타는 장난과 너스레로 대충 우리 사이에 있었던 일을 때울 생각이었지만, 녀석은 나에 대한 미안함과 죄책감으로 내 눈도 똑바로 쳐다보지 못한 채 주뼛주뼛 내 안부며 무사 같은 것을 물었으니까.

"흥, 내가 뭐 자살이라도 할 줄 알았나 보지? 미안하다, 내가 안 죽고 이렇게 생생히 살아 있어서……."

나는 계속 얼음처럼 차갑고 쌀쌀맞게 굴었다. 다 이노끼의 강압과 이간질 때문에 생긴 일이긴 했지만, 나는 그때까지도 녀석들을 완전히 다 용서하진 않고 있었으니까.

"에이, 니는 남자가 뭐 그런 걸로 삐치고 그라노? 니도 알다시피 우리가 니한테 그라고 싶어서 그런 것도 아니고……."

나는 쿤타의 태도가 영 마음에 들지 않았다. 뭐 사과를 하는 게 멋쩍고 부끄러워서 그랬을 수도 있지만, 녀석은 자꾸 까불까불 까불고 설레발만 쳤을 뿐 내게 단 한마디의 사과나 미안한 기색도 보이지 않고 있었으니까.

"뭐, 친구? 하, 내 참 기가 막혀서! 됐다, 됐으니까…… 너그는 그만 내 눈앞에서 좀 사라져주라, 응? 난 너그같이 비겁하고 얍삽한 새끼들하고는 두 번 다시 상종하고 싶지 않으니까."

내가 너무 거칠고 심하게 몰아붙인 것일까? 내 말을 가만히 듣고 있던 쿤타가 발끈 화를 내며 말했다.

"와아, 새끼가 진짜! 야 니 진짜 우리한테 말 다했나, 응?"

어, 이 자식 좀 보게? 죽은 듯 가만히 입 닫고 있으면 한번 봐줄까 했더니, 이 자식 이거 정말 안 되겠구만!

"그래, 말 다했다, 우짤래? 이 더럽고 얍삽한 새끼야!"

나는 버럭 소리를 지르며 말했다. 녀석이 내게 한 것보다 한층 더 열받고 신경질적인 말투로 말이다. 그러자 녀석이 처음 발끈했던 것과 달리 목소리며 인상 같은 것을 한결 부드럽게 펴고 누그러뜨리며 능글거렸다.

"어우, 진짜 실망이다, 실망! 남자 새끼가 그깟 걸로 꽁해 갖고선! 야 니 정말 그릇이 그것밖에 안 되나? 난 그래도 니가 우리보다 생각하는 것도 깊고 그릇도 훨씬 더 큰 줄 알고 있었는데……."

나는 쿤타의 칭찬인지 비난인지 모를 대사에 흥흥 헛웃음만 지었다. 쳇, 병 주고 약 주고 있네. 그런다고 내가 호락호락 니들을 용서할 줄 알고. 확실히 마이클은 쿤타보다 한 20배쯤 매너가 있고 양심이란 게 있는 녀석이었다. 별로 잘한 것도 없는 게 뻔뻔스럽게 머리를 들고 대드는 쿤타와 달리 녀석은 계속 나에게 미안하다는 표정도 짓고 진심 어린 사과의 말 같은 것도 몇 마디 웅얼거렸으니까.

"철이 니한텐 진짜 뭐라 할 말 없는데…… 그날 일은 정말 우리가 미안하게 됐다. 남자가 목에 칼이 들어와도 그라믄 안 되는데…… 미안하다, 진짜! 입이 열 개라도 할 말 없지만 쿤타랑 내랑 사과할 테니까 니가 한 번만 우리가 하는 사과 좀 받아주라, 응?"

"글쎄, 어쩌지? 난 파인애플이나 망고 같은 거라면 몰라도 사과 같은 건 별로 받고 싶은 생각이 없는데."

나는 계속 콧방귀만 뀌었다. 나는 내가 상처 입은 것만큼 녀석들에게도 약간의 상처랄까 마음고생 같은 것을 좀 시키고 싶었으니까. 그런데 쿤타는 정말 대책이 없는 녀석이었다. 마이클처럼 계속 사과하고 잘못했다 그러면 한 번쯤 용서해주려 했더니, 글쎄 그 미친 자식이 사과를 하기는커녕 오히려 나한테 더 성질을 내고 바락바락 대들어대는 거지 뭐겠는가!

"쳇, 이 자식은 항상 지 말만 옳고 지만 잘했다고 생각한다니까! 얀마, 솔직히 우리가 좀 비겁했던 건 맞지만 내가 생각하기엔 니도 별로 잘한 건 없어. 정작 친구는 생각 안 하고 지멋대로 행동해 우리를 곤경에 빠뜨린 게 누군데 난리야, 난리가?"

"이 새끼가 돌았나? 내가 뭘 니들을 곤경에 빠뜨려?"

내가 황당해하는 얼굴로 물었다. 그러자 녀석이 자신도 할 말이 많다는 듯 사뭇 억울하고 짜증이 난다는 말투로 몇 마디 내게 개아리를 틀었다.

"내가 말 안 할라 했는데…… 니가 그날 그렇게 깽판 치고 간 뒤에 우리는 대체 어떻게 됐을 거 같노? 이노끼랑 해글러가 우리를 그냥 가만히 내버려뒀을 것 같나 이 말이다, 내 말은?"

"……?"

나는 말문이 막혀 멍하니 녀석들의 얼굴을 보았다. 그날 그 사건으로 무슨 고초를 당했는지 모르겠지만, 아무튼 쿤타의 말이며 표정 같은 걸로 봤을 때 녀석들도 제법 큰 고초를 당하긴 당했나 보았다. 하긴 이노끼와 해글러 놈들이 쿤타와 마이클을 가만히 놓아두진 않았을 것이다. 아마 놈들은 쿤타와 마이클을 무섭게 잡아 족첬을 것이다. 내가 어디에 숨어 있는지, 또 내가 갈 만한 데가 어디 있는지 모두 다 아는 대로 빨랑 불라고 성을 내고 길길이 날뛰면서 말이다.

"그날 니 땜에 우리가 얼마나 많이 맞았는 줄 아나? 귀싸대기에 빠따에……. 얀마, 말을 안 해서 그렇지 지금 마이클 애랑 내 궁둥이가 어떤 상탠지나 니가 아냔 말이다? 에이, 쌍! 내가 직접 내 궁둥이를 까서 니한테 보여줘야 믿지……."

빠따를 좀 맞긴 맞았나 보았다. 굳이 그럴 필요까진 없건만, 쿤타 녀석이 갑자기 혁대를 풀어 자신의 궁둥이를 내게 확 까 보였으니까.

"……!"

맙소사! 아닌 게 아니라 녀석의 궁둥이에는 빠따를 맞은 자국이 선명히 남아 있었다. 대체 몇 대나 빠따를 맞았는지 모르겠지만 녀석의 궁둥이에는 닷새가 지난 그때까지도 시퍼러죽죽한 멍 자국이 뱀이 감긴 것처럼 뚜렷히 남아 있었던 것이다.

"자, 보이제? 보이제? 내가 그날 맞은 빠따 때문에 아직 똥 누러 변소로 제대로 못 가는 형편이다, 알겠나?"

"흥, 고거 참 깨소금이네! 그러니까 죄는 다 지은 대로 돌아가게 돼 있는 거야, 인마!"

나는 쿤타의 궁둥이를 보며 고소해 죽겠다는 투로 말했다. 그러나 솔직히 말하면 쿤타랑 마이클에게 조금 미안한 생각이 들었다. 인간이란 모두 다 자신이 잘한 것만 생각하고 자신이 잘못한 것은 잘 생각하지 못하는 이기적인 동물인 모양이었다. 나는 그동안 내가 받은 상처와 배신감 같은 것만 생각했을 뿐, 내가 저지른 행동으로 인해 쿤타와 마이클이 받게 될 고충이나 고통 따위는 전혀 한 번도 생각해본 적이 없는 형편이었던 것이다.

"좋아, 사과받기 싫으면 그만둬! 나도 니같이 속 좁은 놈한테 더 이상 사과하고 사정하고 싶은 생각 없으니까. 대신 그 전에 한 가지 알아둘 게 있는데, 그동안 우리가 니 찾는다고 얼마나 고생했는지 알면 니도 감히 우리한테 그렇게 큰소리치고 막말할 입장은 못 될 걸? 생색내려고 하는 게 아니라, 우리는 니가 그렇게 큰 사고를 치고 사라지고 난 뒤에 경주에 있는 만화방이며 오락실은 물론, 변두리 여인숙이며 독서실까지 다 샅샅이 뒤지고 훑고 다녔어. 며칠째 행방이 묘연한 걸로 봤을 때 아마 다른 도시로 튄 게 분명해 보였지만 혹시 또 니가 경주의 어딘가에 숨어 있을지도 모른다는 생각에 말이야. 뿐이야? 게다가 방금 니도 봤겠지만 우린 요 며칠 이노끼랑 해글러한테 맞은 빠따 때문에 잘 걸어 다닐 수도 없는 입장이었어. 그래도 우리는 니 원망 한마디 안 하고 오로지 니가 다시 우리 곁으로 무사히 돌아오기만을 빌고 또 빌었어. 그런데 넌 뭐야? 계집애도 아니고 남자 새끼가 그깟 일로 꽁해 가지고서는…… 뭐? 우리 같은 친구 둔 적 없다구? 그래, 그럼 니 말대로 우리 서로 앞으로 아는 척도 말고 전혀 모르는 사람처럼 쌩 까고 지내! 나도 니같이 속 좁고 계집애 같은 녀석하고는 더 이상 같이 친구 하기 싫으니까."

젠장. 나는 못 이기는 척 녀석들의 사과를 받아들이지 않을 수 없었다. 아니, 오히려 내가 사과해야 할 형편이었다. 사실 쿤타와 마이클 녀석이 무슨 잘못이 있었겠는가? 다 그 이노끼랑 해글러 놈이 우리 사이를 갈라놓고 이간질시켜서 그렇지…….

"좋아, 그럼 이제 그 이야기는 다 치아뿌자! 피차 조금씩 잘못이 있었던 것 같으니까 두 쪽 다 서로 없던 일로 퉁 치고. 자, 그럼 이 제 됐지?"

나는 한결 부드럽고 누그러진 표정으로 말했다. 그러자 마이클 이 다시 한번 내게 미안하다는 뜻의 진정 어린 사과를 해왔다.

"미안하다. 나도 내가 그렇게 비겁하고 얍삽한 놈인 줄 몰랐는 데…… 어쨌든 그날 일은 내가 다시 한번 진심으로 사과할게. 어때, 그럼 이제 그만 화 푸는 거 맞제?"

"좋아, 그럼 짜장면이나 한 그릇 사! 그럼 그동안 있었던 일은 다 잊고 없었던 일로 할 테니까."

나는 딱히 짜장면이 먹고 싶다기보다 마이클의 계속되는 사과에 약간 민망한 생각이 들어 말했다. 내가 모든 걸 잊고 없었던 일로 한다니 쿤타도 기분이 좋은 모양이었다. 녀석은 마이클이 무슨 대 꾸를 하기도 전에 크게 허세를 떨며 빨리 밖으로 나가자고 생난리 였으니까.

"야, 니는 없어 보이게 짜장면이 뭐고 짜장면이? 야 빨리 옷 챙겨 입고 일어나라. 이 형이 오늘 사과하는 의미로 엔젤스서 칼질 한번 시켜줄 테니까."

"엔젤스?"

내가 놀라 물었다. 여자가 있다면 모를까, 녀석은 같은 남자끼리 는 맨날 돈이 없다며 돈을 잘 안 쓰는 노랭이 같은 놈이었으니까.

"그래, 엔젤스! 그러니까 빨리 일어나라! 명색이 오늘이 크리스마스이븐데, 우리도 남들처럼 근사한 데서 칼질도 좀 하고 여자애들이랑 네이트도 좀 하고 해야지. 안 그냐?"

"새끼, 엔젤스서 세희 애들이랑 만나기로 했구나? 맞제?"

"땡! 아이다, 틀렸다! 여자애들이랑 만나기로 한 건 맞는데……세희 걔들은 아이다."

"새끼, 사기 치고 있네. 안 그럼 니가 갑자기 거기서 만날 여자애들이 어디 있다고……"

나는 쿤타가 괜히 허풍을 떠는 거라 생각했다. 진짜 여자애들과 약속이 있는지 없는지 모르겠지만 설령 약속이 있대도 그건 분명 세희 애들이겠거니 하고 말이다. 고 나이 또래 소녀들이란 다들 크리스마스에 대한 환상이랄까 로망 같은 걸 갖고 있기 마련인데, 그래서 그런지 세희 애들은 그 한 달 전부터 크리스마스이브엔 꼭 자기들이랑 같이 놀자고 말했던 것이다. 어디 근사한 레스토랑 같은 데서 밥도 좀 먹고, 또 술이며 담배 같은 걸 사서 밤새도록 함께 광란의 파티 같은 것을 벌이자나 어쩌자나 하면서.

"그게 아니고, 실은……"

나는 쿤타의 얘기에 조금 놀라지 않을 수 없었다. 쿤타의 얘긴즉, 녀석들이 만나기로 한 여자는 현지와 혜리라는 거였다. 그 왜 있잖은가? 입시 발표가 있던 날, 우리가 반도리아에서 만났던 그 두 명의 밝고 건전한 여자애들 말이다.

"정말이가? 그러니까 세희 애들이 아니고 진짜 현지랑 혜리를 거기서 만나기로 했다, 이거가?"

"그래! 내가 비싼 밥 묵고 뭐 하러 그런 거짓말 하겠노? 야, 마이클 맞제?"

"야, 맞나? 쿤타 애 하는 말 진짜가?"

나는 마이클을 보며 물었다. 저는 왜 비싼 밥 먹고 그런 거짓말을 하겠냐고 했지만 쿤타 녀석은 나 못지않게 비싼 밥 먹고 그런 거짓말에 헛소리 같은 걸 잘 늘어놓는 녀석이었으니까.

"응, 맞다! 좀 이따 현지랑 혜리를 거기서 만나기로 한 거 사실이다."

사실은 사실인 모양이었다. 맨날 비싼 밥 먹고 그런 거짓말에 헛소리를 잘하던 우리와 달리 마이클은 웬만해선 그런 거짓말과 쓸데없는 헛소리를 잘 안 늘어놓는 녀석이었으니까.

"햐, 참! 요새 애들 정말 진도 빠르네, 빨라! 도대체 걔들이랑은 또 언제 그렇게 진도가 나갔대?"

나는 웬지 모를 질투심과 시기심을 느끼며 물었다. 나는 그 여자애들과 아무 사이도 아니고 좋아하고 있지도 않았지만 괜히 좀 배가 아프고 속이 쓰라렸다. 나는 쿤타와 마이클이 나만 쏙 빼놓고 저희끼리만 입시에 합격하고 여자랑 놀아난다는 사실에 괜히 좀 짜증이 나고 심술 같은 게 치밀었던 것이다.

"아이다, 그런 건 아니고……."

괜히 또 내가 무슨 오해를 하거나 소외감 같은 걸 느낄까 걱정이 되었나 보았다. 굳이 그럴 필요까진 없건만, 마이클 녀석이 마치 변명하듯 저간의 사정을 빠르고 장황히 설명해준 것을 보면 말이다.

"실은, 그저께 우연히 시내서 현지랑 혜리를 만났어. 그래서 우리가 그냥 걔들한테 어디 가냐고 물었더니, 걔들이 그러는 거야. 이제

입시도 다 끝났고 방학이고 해서 오랜만에 롤러를 타러 롤러스케이
트장에 간다고. 그래서 쿤타가 그냥 우리도 같이 가면 안 되겠냐고
물었더니, 걔들이 흔쾌히 그러는 거야. 둘이 타는 것보단 넷이 타는
게 훨씬 더 재미있고 즐거울 것 같으니 같이 가고 싶으면 너희들도
같이 가자고. 아무튼 그래서 우리는 걔들이랑 시내에 있는 롤러장
에서 롤러도 타고 분식집에서 라면도 같이 먹고 했는데…… 그러다
보니 오늘 저녁에까지 자연스럽게 만나기로 하게 된 거야. 그러니까
너무 이상하게 생각하거나 확대 해석하진 마. 그냥 오늘 하루 가볍
게 만나서 밥도 먹고 영화도 보자 한 거지 아직 걔들이랑 정식으로
사귀기로 했다거나 또 누가 누구랑 눈이 맞았다거나 하는 단계는
아니니까."

"음, 그랬군! 하여튼 축하한다, 축하해! 아직 걔들이랑 정식으로
사귀기로 한 건 아니지만 그래도 내가 보기엔 걔들 둘 다 니들한테
완전 넘어온 것 같으니까."

나는 호탕하게 웃으며 말했다. 가슴속엔 여전히 알 수 없는 질투
심과 시기심 같은 게 스멀거리고 있었지만 사나이 체면에 그깟 일
로 꽁하거나 삐칠 수는 없는 노릇이었으니까.

"그리고 미리 말해두겠는데, 만약에 걔들이랑 정식으로 사귀게
된다거나 키스라도 하게 되면 니들 진짜 내한테 거하게 한턱 쓰야
된다, 알았제? 마이클 앤 몰라도, 특히 쿤타 니는 더 이 형님한테 말
이다! 새끼, 쌩만 팍 깠다 캐봐라? 그땐 내가 니 양다리 걸친다고
세희한테 다 코 땡기고 고자질해버리고 말 테니까."

"알았다, 알았어! 맛있는 거 살 테니까 제발 세희한테 엉뚱한 소

1985, 경주, 그리고 메텔에 관한 이야기

리하지 마라. 만약 그라기만 그래 봐라? 그땐 진짜 니 죽고 내 죽는 거니까!"

"그래, 그건 그렇다 치고…… 그래서 현지랑 혜리를 몇 시에 만나기로 했는데?"

나는 벽에 걸린 벽시계를 보며 물었다. 그러자 나를 따라 벽시계를 흘끗 보던 쿤타가 시간이 별로 없다는 듯 나를 재촉하며 말했다.

"보자, 지금 시간이 6시 40분이니까…… 야, 빨리 스탠드 업 해라! 엔젤스에서 7시 반에 만나기로 했으니까."

"됐어! 나는 됐으니까 그냥 너그 둘이만 갔다 온나. 짝을 맞춰 3:3으로 데이트하는 거라면 몰라도, 내가 뭐 하러 거기 끼노? 괜히 사람 없어 보이게시리."

나는 별로 가고 싶지 않다는 듯 심드렁하게 말했다. 나는 괜히 남의 약속 자리에 끼어 불청객이 되고 싶지도 않았을 뿐더러, 이 노끼와 해글러 때문에 밖으로 함부로 나다닐 처지도 못 되었던 것이다.

"그냥 같이 가자, 와? 서로 모르는 사이도 아닌데, 같이 가면 뭐 어때서……."

마이클 녀석까지 거들고 나섰지만, 나는 계속 고개를 잘래잘래 저었다. 우리끼리라면 모를까, 아무리 생각해도 그 자리는 내가 낄 자리가 아니라는 듯이 말이다.

"아이다, 너그끼리 갔다 온나. 난 그냥 여기서 라면이나 하나 끓여 먹고 잠이나 한숨 자고 있을 테니까."

"와, 이노끼랑 해글러 때문에 그라나? 혹시 금마들한테 잡히면 죽는다 싶어서……."

쿤타는 어떻게든 나를 데려가고 싶은 모양이었다. 그냥 저희들끼리 가면 되겠건만, 자식이 또 살살 내 자존심을 긁고 약점 같은 것을 공략해댄 것을 보면 말이다. 그랬다. 녀석은 어떻게 해야 내가 움직일지 귀신처럼 잘 아는 놈이었다. 녀석은 학교 공부는 더럽게 못하는 놈이긴 했지만 어쨌든 나란 놈의 성격이며 기질 같은 것에 대해선 세상 누구보다 더 잘 알고 있던 놈이었던 것이다.

"무슨 소리고? 내가 엔젤스에 안 가려고 하는 건 그런 거 때문이 아니라……."

"아이긴 뭐가 아이고? 바싹 쫀 얼굴인데, 뭐! 솔직히 말해 봐라. 겁나제, 응? 응?"

"아, 새끼가 진짜 귀찮게! 좋아, 가! 가자구!"

나는 왈칵 짜증이 나서 말했다. 나는 겁쟁이라고 놀림을 받으니 차라리 이노끼에게 붙잡혀 어디가 좀 깨지고 부러지는 쪽이 훨씬 더 마음 편할 것 같았으니까.

"엇, 그래? 그래, 잘 생각했어! 그래야 우리의 호프 염세지, 안 그럼 우리의 호프 김염세가 아니지. 암, 그럼! 그렇구말구! 야 안 그냐, 마이클? 우헤헤헷."

"그래, 이노끼 때문에 좀 그렇긴 한데…… 그래도 뭐 별일 없을 거야. 시내를 마구 싸돌아다니는 것도 아니고 그냥 엔젤스에서 조용히 밥만 먹고 아카데미로 영화만 보러 갈 건데……."

나는 좀 겁나고 찜찜한 생각이 들긴 했지만, 어깨를 쫙 펴고 애들과 함께 엔젤스로 향했다. 안 그럼 쿤타와 마이클 녀석이 나를 무

1985, 경주, 그리고 메텔에 관한 이야기

슨 형편없는 쫄보에 계집애 같은 녀석이라고 막 놀리고 비웃을 것만 같은 생각이 들었으니까.

episode 12

날이 날인 만큼 엔젤스는 우리 또래의 많은 학생들과 청소년들로 복작거리고 있었다. 하지만 우리랑 같은 학년의 중학생은 눈에 잘 안 띄었고, 그곳을 가득 메운 손님들은 다들 우리보다 한 살이나 두세 살쯤 많은 고등학생들이었다. 뭐 중학생이라고 해서 그곳에 오지 말란 법은 없었지만 아무래도 그곳은 중학생들보다는 고등학생들이 훨씬 더 많이 가고 자주 찾던 경양식집이었던 것이다.

우리는 혹시 현지와 혜리가 왔나 하고 홀 안을 두리번거리다, 커다란 관엽 식물이 놓인 구석의 빈자리로 가서 조용히 자리를 잡았다. 현지와 혜리는 아직 그곳에 나타나지 않고 있었다. 하긴 아직 약속 시간까지는 20~30분 정도가 더 남아 있던 상황이었으니까.

이윽고 검은 바지에 흰 남방을 입은 웨이터가 우리 자리로 주문을 받으러 왔다. 그 가게에서 팔던 메뉴며 가격 따위가 적힌 메뉴판을 옆구리에 척 하나 끼고서.

1985, 경주, 그리고 메텔에 관한 이야기

"저, 메뉴는 뭘로⋯⋯?"

"음⋯⋯ 우선 시원한 얼음물이나 한잔 갖다줘요. 나머진 좀 이따 시킬게요. 아직 오기로 한 친구가 덜 와서⋯⋯ 그래도 되죠?"

쿤타가 말했다. 웨이터가 내민 메뉴판을 대충 훑어본 후, 메뉴판을 다시 웨이터에게 얌전히 돌려주며.

"예, 알겠습니다⋯⋯."

웨이터가 물러가자마자, 아까부터 몹시 궁금하고 묻고 싶었다는 듯이 쿤타가 내게 물었다.

"그래, 그동안 뭐 어떻게 지냈노? 르노 형 얘기 들으니까 부산에 있다 캤다던데, 진짜 부산에 있었던 거 맞나?"

"와, 궁금하나? 내가 그동안 어디서 뭘 하며 어떻게 지냈는지⋯⋯?"

나는 약간 뻐기는 표정으로 되물었다. 뭐 가출한 게 큰 벼슬은 아니었지만, 당시 우리 사이에선 가출한 게 큰 벼슬을 한 것처럼 생각되고 치부되던 것이 사실이었으니까.

"응. 뭐 좀 재미있는 일 없었나? 예를 들면, 이번 가출 기간에 어떤 여자앨 하나 꼬셨다든가⋯⋯."

"좋아, 그럼 1,000원만 내! 그럼 니가 궁금해하는 것들을 처음부터 끝까지 싹 다 얘기해줄 테니까."

"미친놈! 내가 전봇대에 헤딩했나? 최신 영화도 한 프로에 700원밖에 안 하는데, 그깟 니 얘기가 뭐라고⋯⋯."

"그래, 차라리 안 듣는 게 나을 거야. 내가 부산서 뭘 하며 어떻게 지냈는지 알면, 넌 아마 배가 아파 맹장이 터져버릴지도 모를 일이니까."

나는 짐짓 거드름을 피우면서 말했다. 선뜻 내 말을 믿어주진 않 겠지만, 나는 녀석을 조금 놀려먹고 싶은 생각이 들었던 것이다. 녀 석은 언제나 나의 가장 만만한 호구에 밥이었으니까.

"흥, 사기 치고 있네! 야 같은 선수끼리 와 이라노? 여기 어디 왕 년에 가출 한두 번 안 해본 사람 있나? 흥, 안 봐도 비디오지 뭐. 보 나마나 맨날 영화관 아니면 만화방이나 오락실 같은 데서 비비 쪼 았을 거야. 그러다가 집에서 훔쳐 간 돈도 차츰 다 떨어지고, 또 따 로 어디 갈 데도 없으니까 다시 여기 경주로 돌아온 거고…… 내 말 맞제? 어디 내 말이 틀렸으면 틀렸다 캐봐라? 그럼 내가 니 말에 크 게 한바탕 비웃어줄 테니까. 우헤헤헷."

나는 녀석의 귀라도 물어뜯고 싶은 심정이었다. 녀석을 놀려주려 다 되려 내가 놀림을 당하는 판이었으니까. 그랬다. 맨날 나한테 놀 림을 받는 편이긴 했지만 녀석도 열에 두어 번 정도는 나를 놀려먹 을 줄 아는 놈이었다. 하긴 녀석도 머리를 그저 장식품으로 달고 다 니진 않았을 테니까.

"흥, 내가 뭐 니 같은 줄 아나? 좋아, 내가 얘기해줄 테니까…… 너무 부러워하거나 놀라지 마라, 알겠나?"

나는 약이 올라 더 흥정도 하지 않고 말했다. 물론 다 내 멋대로 지어내고 꾸며낸 거짓말이었다. 나는 부산에서 만난 저팔계를 이미 숙과 닮은 미모의 창녀로 둔갑시켰고(정확한 나이는 모르지만, 한 20살 쯤 보였다고 했다), 그것도 모자라 나는 가출 당일부터 경주로 가는 기차에 오를 때까지 그녀와 계속 같이 있었다는 식으로 사기를 쳤

1985, 경주, 그리고 메텔에 관한 이야기

던 것이다. 부산에 사는 그녀의 도움을 받아 부산의 유명 관광지인 해운대며 영도 다리 등을 다 가보고 둘러보았을 뿐만 아니라, 그녀와 함께 매일 밤 뜨거운 사랑을 나눴노라는 식으로 말이다.

"야, 말도 안 되는 소리 좀 하지 마라! 대체 누굴 바보로 아는 것도 아니고……."

쿤타는 크게 비웃으며 말했다. 사기를 치려면 좀 더 그럴듯하게 사기를 칠 것이지, 그게 대체 무슨 말도 안 되는 3류 소설에 멜로드라마냐면서 말이다. 나는 내가 생각하기에도 내 말에 좀 신빙성이 없고 작위적이라는 생각이 들었지만 그래도 계속 목에 핏대를 세우고 박박 우겼다. 다 웃자고 시작한 연기에 연극이긴 했지만, 그렇다고 그때까지 내가 한 연기며 연극을 다 사기에 구라를 친 거라고 고백하긴 싫었으니까.

"믿기 싫음 믿지 마! 믿든 안 믿든, 그건 어디까지나 니 자유니까. 근데 전부 다 사실이야. 100퍼센트 에누리 없는 사실!"

어설프고 과장된 연기이긴 했지만, 그래도 과히 나쁘지 않은 연기였던 모양이었다. 처음엔 말도 안 되는 소리라며 비웃기 바빴지만 쿤타의 얼굴은 차츰 긴가민가하고 아리송해하는 쪽으로 바뀌어가고 있었으니까. 사실 녀석은 귀가 무척 얇은 편이었다. 하여 내가 조금만 연기를 하고 정색을 하면 녀석은 언제나 나의 그런 뻔한 연극과 거짓말에도 잘 속아 넘어가는 팔랑귀(?)였던 것이다.

"야 근데…… 그 여자가 정말 그렇게 이쁘나, 응?"

"새끼, 사람 말 참 더럽게 못 믿네! 좋아, 그럼 딴 건 안 믿어도 내가 원래 여자 보는 눈이 좀 까다롭다는 건 인정하제? 응?"

"그거야 뭐 조금 그렇긴 한데……."

"좋아, 그럼 내가 부산에 있는 동안 창녀촌에서 그 짓을 했을 거 같냐, 안 했을 거 같냐? 그것만 말해봐라. 딴 건 말하지 말고."

"글쎄, 그거야 뭐……."

내 말에 크게 반박을 못하는 녀석에게 나는 계속해서 말도 안 되는 3류 소설에 3류 멜로드라마를 써댔다. 하긴 녀석도 마냥 내 말을 의심할 순 없었을 것이다. 요새야 사창가가 다 사라지고 음지화되고 해서 없어졌지만 그때만 해도 웬만한 도시의 역이며 터미널 주변엔 다 사창가—서울의 청량리나 미아리 같은—가 포진해 있었고, 그래서 당시 머리가 좀 굵었다거나 까졌다는 애들은 다들 그런 창녀촌에서 '숏 타임'을 뛰거나 '긴 밤'을 뛴 경험을 한두 번쯤 갖고 있었으니까.

"그런데 그런 내가 한눈에 뿅 갈 정도로 예쁘게 생겼다면 게임 끝난 거지 뭐! 어떻게 생겼냐고? 음, 보자 그러니까 어떻게 생겼냐면…… 그래, 한마디로 '고래사냥'의 이미숙이랑 '어우동'의 **이보희**를 반반씩 섞어놓았다 생각하면 돼! 어때, 그 정도면 상상이 가제?"

"진짜가? 진짜 그 정도로 예쁘게 생겼단 말이가?"

"와, 정말? 그 정도라면 진짜 미스 코리아 저리 가라 할 정도로 예쁘겠는데?"

쿤타와 마이클은 점점 더 내가 늘어놓는 소설과 드라마에 빠져들고 있었다. 물론 두 놈 다 내 말을 100프로 믿는 눈치는 아니었다. 하지만 내가 지껄이고 있는 소리가 마냥 지어낸 거짓말에 허풍이라고만은 생각하지 않는 것 같았다. 내가 보기에 놈들은 한 40퍼센트는 사실이고 60퍼센트는 거짓이라고 생각하는 것 같았다. 어쨌든 그럭저럭 뺑을 친 보람은 있는 것 같았다. 다 웃자고 한 흰소리에 허풍이긴 했지만 그래도 녀석들이 그만큼이라도 내 말을 믿어주고 내 말에 어떤 성적 환타지며 로망 같은 것을 느끼고 있는 것 같았으니까.

"그렇다니까! 캬, 정말이지 니들이 나랑 같이 잔 누나의 얼굴이며 몸매를 한번 봐야 하는 건데! 농담 아니라, 진짜 웬만한 탤런트나 영화배우는 저리 가라 할 정도로 몸매며 마스크가 죽여준다니깐!"

나는 그쯤에서 대충 나의 가출담과 무용담을 급하게 마무리 지었다. 나는 혹시 녀석들이 내가 한 말에 의심을 품고 꼬치꼬치 더 묻고 따지면 어쩌나 싶었는데, 마침 아까의 그 웨이터가 우리가 시킨 물을 들고 우리가 앉은 자리로 다가왔던 것이다.

"자, 여기 시원한 얼음물 나왔습니다. 그럼……"

나는 웨이터가 놓고 간 물을 한 모금 마신 뒤, 얘기를 슬쩍 이노끼와 해글러 쪽으로 돌렸다. 꼬리가 길면 밟힌다고 괜히 더 어설픈 거짓말을 하다간 녀석들에게 거짓말이 들통날 수도 있었거니와, 뭐니 뭐니 해도 당시 나의 가장 큰 걱정거리와 우환거리는 이노끼와 해글러 자식들이었으니까.

"참, 그건 그렇고…… 이노끼랑 해글러는 우째 됐노? 그 새끼들 아직 안 죽고 살아 있나?"

"새끼, 그래도 걱정이 되긴 되는 모양이지? 짜식이 아무리 맛이 가도 그렇지 니가 생각하기에도 니가 그날 너무 큰 사고를 치긴 쳤구나 싶제, 응?"

나를 따라 시원한 물을 한 모금 하고 있던 있던 쿤타가 고소를 금치 못하며 물었다.

"그럼 니 같으면 안 돌겠나? 내가 지들한테 뭘 그렇게 잘못한 게 많다고……."

나는 발끈 화가 나서 말했다. 내가 사고를 치던 날보단 많이 사그라들긴 했지만 그래도 나는 아직 그때까지 녀석들에 대한 분노며 울화 같은 게 많이 남아 있는 상태였으니까.

"그나저나 니 진짜 앞으로 우짤래? 그 자식들 진짜 니 보면 땅에 파묻어뿐다느니, 갈아마셔뿐다느니 별별 끔찍한 소리를 다하던데……."

"그야 뭐……."

나는 우물우물 대답을 못한 채 한숨만 푹 쉬었다. 잡히면 그냥 맞는 수밖에, 달리 마땅한 대책이 없었으니까. 그러자 쿤타가 슬쩍 내 눈치를 보며 나를 살살 달래고 구슬리는 말투로 말했다.

"야, 니 그라지 말고…… 차라리 자진 납세하는 게 어떻겠노? 내가 생각하기엔 아무래도 그 편이 제일 현명하고 속 편하지 싶은데?"

"자진 납세?"

"응. 녀석들에게 잡히기 전에 니가 먼저 녀석들을 찾아가 손이 발이 되도록 비는 거야! 죽을죄를 지었으니 제발 이번 한 번만 용서해 주십시오 하고 말이야. 그럼 지들도 인간인데, 아무래도 마음이 좀 안 약해지겠어? 물론 지은 죄가 하도 크고 중대한 만큼 진단 4주나 8주 정도는 각오해야 되겠지만……."

나 역시 그런 생각을 안 해본 건 아니었다. 경주를 뜬다면 모를까, 경주서 살려면 반드시 그 녀석들과 얽힌 문제를 풀어야 할 테니까. 그랬다. 녀석들에게 용서받지 않는 한, 나는 경주서 살아도 사는 게 아닐 터였다. 나는 녀석들이 무서워 함부로 길을 잘 다니지도 못할 거였고, 또 친구 녀석들도 잘 만나지 못할 터였으니까. 그런저런 것들을 모두 감안해볼 때, 나는 쿤타 말처럼 일찌감치 녀석들을 찾아가 비는 게 옳을 것 같았다. 내가 녀석들을 찾아가 빈다고 과연 녀석들이 얼마나 나를 봐주고 용서해줄지 모르겠지만, 사람을 죽인 살인자도 자수를 하고 그 죄를 깊이 뉘우치고 하면 그 죄나 형이 얼마간 감해지는 게 사실이니까. 하지만 나는 좀체 그러고 싶은 생각이 잘 들지 않았다. 대체 무슨 영웅 심리고 반발 심리에서 그런 건지 모르겠지만, 나는 절대 그 자식들에게 먼저 용서를 빌고 목숨을 구걸하고 싶은 생각이 잘 들지 않았던 것이다.

"쓸데없는 소리 마! 내가 왜 그 자식들한테 가서 먼저 그런 사과를 하고 용서를 빌고 해야 하는데? 그래, 니 말처럼 손이 발이 되도록 빌고 자진 납세를 하고 하면 다소 덜 두들겨 맞을 순 있겠지. 얼마간 나에 대한 징계며 징벌 같은 게 줄어들기도 하겠고 말이야. 하지만 나는 죽었으면 죽었지 절대 그런 짓은 못 해! 아니, 안 해! 내가 무슨 민주 열사도 아니고 독립투사도 아니지만, 도대체 내가 왜 그런 더러운 자식들에게 그런 비굴한 짓까지 하며 목숨을 구걸해야 한단 말이야?"

나는 쿤타를 크게 타박한 뒤, 무슨 독립 선언이라도 하듯 녀석들을 향해 크고 당당하게 말했다.

"여하튼, 니들이 걱정해주는 건 고마운데…… 니들은 더 이상 내 걱정하지 마! 난 오늘부로, 아니 지금 이 순간부터 내가 속해 있던 강호와 무림계를 완전 다 떠나…… 나 혼자 조용히 초야에 묻혀 살 생각이니까."

"뭐, 강호?"

"무림계?"

쿤타와 마이클이 물었다. 내가 무슨 '초류향'이나 '황비홍'도 아니면서 갑자기 웬 강호는 강호고 무림계는 무림계냐는 얼굴로 말이다. 나는 내 말을 퍼뜩 이해하지 못해 얼떨떨한 표정을 짓고 있는 녀석들에게 무슨 큰 도라도 닦고 모든 것을 해탈한 도인이라도 된 듯 계속해서 내 생각을 막 말하고 지껄여댔다.

"한마디로 난 더 이상 시내서 놀지도 않을 거고, 또 두 번 다시는 이노끼랑 해글러 같은 선배들도 안 키울 거란 얘기야, 내 얘기는! 그래, 지금 이 자리에서 니들한테 직접 공표하는데, 난 오늘부로 절대 옛날처럼 그렇게 바보처럼 살지 않을 거야. 괜히 같잖은 영웅심이나 유명세 같은 것에 들떠 남들이랑 싸움도 하지 않을 거고, 또 무슨 깡패나 야쿠자처럼 불량 써클 같은 것에 소속되어 패싸움 같은 것도 하지 않을 거란 말이야, 내 말은! 그러니까 니들도 이제 웬만하면 나처럼 강호와 무림계를 떠나 초야에 조용히 묻혀 살아. 니들도 직접 겪어보고 생활해봤으니 알겠지만, 강호의 의리는 이미 땅에 떨어진 지 오래니까."

"미친놈, 난 또 무슨 소리라고…… 얀마, 정신 차려! 니가 며칠 가출하고 오더니 무슨 큰 도사처럼 말하고 무림계의 큰 고수라도 되는 듯 말하는데……."

"아, 됐어, 됐고……."

나는 쿤타의 말을 자른 후, 녀석들에게 앞으로의 내 계획을 살짝 귀띔해주었다.

"어쨌든, 니들이 걱정해주는 건 고마운데…… 니들은 더 이상 내 걱정 안 해도 돼! 난 내일이나 모레쯤부터 여기 시내를 떠나 아무도 모르는 곳으로 다시 잠수를 탈 생각이니까."

"잠수?"

"어디로?"

나는 얘기하지 않으려 하다가, 괜히 또 좀 입이 간지럽고 녀석들에게 잘난 척하고 싶은 마음이 들어서 말했다.

"혹시 르노 형한테 들었는지 모르겠지만, 난 내일이나 모레부터 불국사에 있는 여관에서 일하기로 돼 있어. 그러니까 니들만 입 꾹 닫고 있으면 난 그 자식들이랑 앞으로 별로 얼굴 볼 일도 없고 같이 엮일 일도 없을 거야. 니들도 알다시피 불국사는 여기서 버스로 한 30분쯤 가야 할 만큼 멀리 떨어진 곳이고, 또 나는 르노 형이 소개시켜주는 여관에서 한 몇 년 동안 조용히 돈이나 벌며 지낼 생각이니까."

나는 녀석들이 나를 동정하거나 불쌍하게 생각할까 봐, 내가 하려는 일보다 세상에서 더 재미있고 신나는 일은 없다는 식으로 막 자랑을 하고 부풀려서 계속 더 말했다.

"르노 형이 그러던데, 거기서 일하면 여자애들은 거의 의자왕 못지않게 많이 만나고 사귈 수 있대. 왜 안 그렇겠어? 지금이야 수학여행 철이 아니어서 좀 어렵겠지만, 수학여행 철만 되면 전국의 여중생이며 여고생이 하루에도 몇 차씩 밀려닥치니까 말이지. 잘될지 모르겠지만, 난 서울서 온 여고생이나 하나 꼬셔 일찌감치 살림을 차리거나 결혼할 생각이야. 인생 뭐 있어? 그냥 얼굴 좀 되고 몸매 좀 되는 애 만나 알콩달콩 재밌게 살면 그게 장땡이지 뭐! 그러니까 니들은 그냥 내 걱정 말고 니들 일이나 잘해. 니들만 입 꾹 닫고 있으면 내가 불국사에 있는지 해인사에 있는지 별로 발각될 일도 없을뿐더러, 설령 이노끼나 해글러한테 잡혀도 난 이제 크게 신경 안 써! 솔직히 녀석들한테 맞는 게 조금 겁나긴 하지만, 난 어쨌든 요번 한 번만 얻어터지면 이제 다시는 그 녀석들에게 얻어터질 일도 없고 그 녀석들과 같이 어울릴 일도 없고 하니까 말이야."

내가 불국사의 보이 생활을 너무 근사하고 아름답게 묘사한 것일까? 내 말이 끝나자마자 마이클이 마치 애원이라도 하듯 내 손을 덥썩 잡으며 내게 물었다.

"야, 그럼 나도 같이 그 여관에서 일하면 안 될까? 나도 내일부터 옷 챙겨 갖고 집 나올 테니까…… 응?"

"뭐? 갑자기 니는 또 와 가출을……?"

나는 뜨악한 표정으로 물었다. 하지만 한편으론 조금 이해가 갔다. 마이클 녀석이 왜 나를 따라 가출하겠다는 것이며, 또 나를 따라 자신도 불국사의 여관에 취직하고 싶다는 말을 했는지 말이다. 내가 불국사의 보이 생활을 너무 근사하게 묘사하고 아름답게 포장했던 탓일 수도 있지만, 녀석은 그제라도 나에 대한 의리를 좀 지키고 싶었던 것이었으리라. 이노끼의 협박에 못 이겨 어쩔 수 없이 그런 비굴한 모습을 보이긴 했지만, 어쨌든 녀석은 예수를 부정하고

1985, 경주, 그리고 메텔에 관한 이야기

배신한 베드로처럼 나를 부정하고 배신한 게 사실이었으니까. 사실 녀석은 친구간의 의리랄까 우정 같은 것을 무척 중요하게 생각하는 성격이었다. 친구가 집을 나오면 자신도 같이 집을 나오는 것이 과연 진정한 의미에서의 의리고 우정인지는 나로서도 좀 의문이 가고 의심이 가는 노릇이긴 했지만, 뭐 어쨌든.

"그냥 나도 니처럼 학교 다니기 싫고, 혼자 자유롭게 좀 살고 싶어서 그래. 그러니까 자세한 이유는 묻지 말고……."

"야, 참아라 참아! 아닌 밤중에 홍두깨도 아니고 가만 있다가 갑자기 가출은 무슨……."

"아이다, 말리지 마라. 나도 그동안 말을 안 해서 그렇지 집 나오고 싶을 때가 한두 번이 아니었으니까."

"야 정말이가? 니 진짜 집 나올 끼가? 에이, 아이제? 그냥 괜히 한번 해본 말이제, 응?"

쿤타 역시 꽤 놀란 모양이었다. 내가 한 말이며 사상이 못마땅한지 그때껏 입만 비쭉거리고 있던 녀석이 마이클에게 연방 따져 물었으니까.

"아이다, 진짜다! 내가 언제 한 입 갖고 두말하는 거 봤나?"

"에이, 씨팔! 그럼 나도 내일부터 집 나온다! 너그 둘 다 집 나오는데, 의리상 내 혼자 집에 있을 순 없으니까."

일이 묘하게 돌아가고 있었다. 나는 아무 기대나 의도도 없이 그냥 내가 너무 초라하고 불쌍해 보일까 봐 떠들어댄 말이었건만, 이건 마치 내가 녀석들에게 나랑 같이 가출하자고 꼬드기고 선동한 꼴이 되어버렸던 것이다.

"얀마, 니는 또 와 갑자기 집을 나오겠다고 난리고? 숭어가 뛰니까 망둥이도 따라 뛴다더니…… 에이, 이 줏대 없고 철딱서니 없는 놈."

"야, 그럼 내가 어떻게 가만히 있노? 이 인간 조상구, 의리 빼면 시첸 거 너그도 뻔히 다 알면서. 우헤헤헷."

나는 녀석들이 하는 꼴을 보며 끌끌 혀를 차지 않을 수 없었다. 물론 녀석들이 하는 말이며 행동이 조금 기특하다는 생각이 들기는 했다. 그런 게 과연 진짜 의리고 우정인지는 모르겠지만, 어쨌든 녀석들은 우리 또래의 애들이 곧잘 의리라고 부르고 우정이라고 하던 행동을 조금 가슴 찡하게 보여주고 있었으니까. 하지만 대체 무슨 이유에서였을까? 나는 녀석들이 하는 말이며 행동이 조금 고맙기도 하고 귀엽기도 했지만, 왠지 그날만큼은 녀석들의 그런 말과 행동이 전혀 가슴에 와닿지도 않고 어리석게만 생각되었던 것이다. 그랬다. 며칠 동안의 가출로 갑자기 철이 들고 어른스러워진 건지 모르겠지만, 나는 녀석들이 하는 짓이 꼭 세 살 먹은 어린애처럼 철이 없고 한심하게만 느껴졌던 것이다. 에잉, 이래서 애들 앞에선 함부로 찬물도 못 마신다니깐!

"야, 제발 좀 참아주라 응? 니들은 날 생각해서 가출하겠다고 하는지 몰라도, 그건 날 도와주고 생각해주는 게 아니라 오히려 날 더 힘들게 하고 불편하게 할 뿐이니까. 생각해봐라, 응? 나 혼자면 어떻게 불국사의 여관에서 조용히 숨어 지낼 수 있겠지만, 만약 내가 니들이랑 같이 우르르 몰려다니다간 열흘도 못 가 내가 있는 곳을 울 엄마나 이노끼한테 발각되고 말 테니까. 그러니까 니들은 제발 쓸데없는 생각 그만하고……."

　나는 대략 그쯤에서 말을 멈췄다. 내가 거의 읍소를 하다시피 녀석들의 말과 행동을 열심히 말리고 있는데, 마침내 우리가 기다리고 있던 현지와 혜리가 저만치서 수줍은 미소를 띠며 우리가 앉은 곳으로 사뿐사뿐 다가오고 있었던 것이다.

episode 13

"어, 왔나? 빨리 일루 앉아라. 자."

"응, 고맙다."

"응, 고마워. 어, 근데……?"

쿤타의 인사를 받으며 자리에 앉던 여자애들의 눈이 갑자기 커다래졌다. 하긴 좀 놀라긴 놀랐을 것이다. 분명 2:2로 만나기로 했건만 쿤타와 마이클 옆에 웬 낯선 남자애가 하나 더 앉아 있었으니까.

그러나 현지와 혜리는 곧 나를 알아봤다. 라면처럼 꼬불꼬불 퍼머를 한 것과 실내의 어두컴컴한 조명 때문에 퍼뜩 알아보지 못했지만 쿤타와 마이클 옆에 앉은 남자애가 바로 이 김순철, 아니 김염세라는 사실을 말이다. 그런데 내 머리가 좀 웃기게 보이긴 웃기게 보였나 보았다. 현지와 혜리는 나를 알아보자마자 무슨 동물원의 원숭이라도 본 듯 까르르 웃음을 터뜨리고 나를 놀리기 바빴으

       1985, 경주, 그리고 메텔에 관한 이야기

니까.

"야 철아, 니 머리가 그게 뭐고? 호호호호. 니 정말 웃긴다, 응?"

"호호호, 그러게 말야. 퍼머를 하려면 좀 멋있게 하든가 하지…… 아줌마처럼 빠글빠글."

"왜, 이게 뭐 어때서? 아직 볶은 지 며칠 안 돼서 그렇지 좀 있으면 괜찮아질 거야. 그래도 나름 좀 멋있지 않냐?"

"멋있긴 무슨…… 내가 보기엔 그냥 딱 '부시맨' 같구만! 혜리야, 맞제?"

"호호호. 그래 맞다, 부시맨! 콜라 병 하나만 들고 있으면 딱 부시맨 그 자체일 것 같다. 호호호홋."

나는 괜히 남의 머리를 갖고 웃고 까불어대는 여자애들의 행동이 조금 얄미웠다. 부시맨이 뭔가, 부시맨이? 혹시 또 '잭슨 파이브' 시절의 **마이클 잭슨**이라면 몰라도. 하긴 걔들이 나를 무슨 동물원의 원숭이나 침팬지 보듯 크게 웃고 신기하게 보는 것도 이해가 가긴 했다. 라면처럼 꼬불꼬불 볶은 내 머리는 내가 봐도 좀 웃기고 부시맨 같은 데가 없지 않았으니까.

"아 참, 그 일은 우째 됐노? 반창회 한다더니 반창회는 재밌게 잘 했나?"

나는 여자애들을 따라 히죽히죽 웃다가(여자애들의 반응이 짜증 나긴 했지만, 그렇다고 사나이 체면에 그만 일로 화를 낼 순 없지 않은가?), 현지를 보며 물었다. 내 꼴이 너무 한심하고 처량해서 참석할 순 없었지만, 나는 부산에 있는 동안 현지가 할 거라던 반창회 일을 문득문득 떠올리곤 했으니까.

"응, 재밌게 다 잘 끝났다."

"언제 했는데? 저번에 내한텐 크리스마스이브에 했으면 좋겠다 그러는 것 같더니……?"

"응, 그랄라 했는데…… 그냥 어제 낮에 했다. 크리스마스이브엔 교회에 가야 된다는 애들도 많고, 또 가족과 함께 시간을 보내야 된다 그라는 애들도 많아서……."

"으음, 그랬구나……."

나는 씁쓸한 얼굴로 고개를 끄덕거렸다. 재밌게 다 잘 끝났다니 다행이긴 했지만, 나는 왠지 나 자신에 대한 무력감이랄까 존재의 가벼움 같은 것으로 조금 슬프고 우울한 생각이 들었던 것이다. 그랬다. 누구나 한 번쯤 그런 착각을 하며 산 적이 있겠지만, 나는 그때까지만 해도 내가 없으면 이 세상이 잘 돌아가지 않을 거라는 생각을 하며 살았다. 뭐 내가 없어도 세상이 돌아가긴 가겠지만, 세상 모든 일이 뭔가 좀 삐걱대고 온전하게 잘 돌아가지 않을 거라는 생각을 하면서 말이다. 하지만 그런 일은 없었다. 그건 다 나 혼자만의 어리석은 착각에 망상일 뿐이었다. 인정하고 싶지 않지만, 이 세상은 나 같은 인간 하나 없어도 눈도 꿈쩍 안 하고 팽팽 잘 돌아갔다. 예컨대 나 같은 인간 하나쯤 없어도 우리 반 애들은 현지가 추진한 반창회를 아무런 차질 없이 잘 치러낼 수 있었고, 아울러 내가 없으면 모든 일에 흥미를 잃고 실의에 빠져 있을 줄만 알았던 쿤타와 마이클 녀석까지도 나의 부재 따위와는 전혀 상관없이 얼마든지 재밌게 —내가 없는 사이에 현지와 혜리랑 썸싱을 만든 것만 해도 보라!— 잘 지내고 있었던 것이다. 그건 뭐 어쩔 수 없는 일이긴 했지만, 나로서는 꽤나 슬프고 우울하게 느껴지는 일이었다. 대체 무슨 이유로 내가 그런 슬프고 우울한 감정에 사로잡힌 건지 모르겠지만, 아무튼 나는 나로서도 잘 알 수 없는 존재의 가벼움이랄까 인생의 무상함 같은 것에 빠져 영 마음이 울적하고 쓸쓸하게만 자꾸 느껴졌던 것이다.

"참, 선생님이랑 애들이 니 많이 궁금해하더라? 철이 넌 왜 안 나왔냐면서……."

"으응, 그랬나? 음, 그랬구나……."

나는 현지의 말에 대충 몇 마디 대꾸한 뒤, 마침 우리 앞을 지나가는 웨이터를 "여기요!" 하고 불렀다. 빨리 밥이라도 시켜 대화의 주제를 다른 데로 돌려야 안 그럼 현지가 계속 반창회 얘기로 나를 슬프게 하고 우울하게 만들 것 같았으니까.

"니들은 뭐 먹을 건데? 난 돈가스!"

나를 선두로 각자 먹고 싶은 메뉴를 말했다. 쿤타와 마이클은 나랑 같은 돈가스를 시켰고, 현지와 혜리는 함박 스테이크를 먹겠다고 답했다.

"돈가스 셋이랑 함박 스테이크 둘요? 예, 알겠습니다. 그리고 뭐 또 더 시킬 건……?"

"다른 건 됐고…… 맥주 있죠? 맥주 있으면 그거나 두어 병 갖다 줘요. 목이 말라서 시원한 맥주나 한잔해야겠으니까."

내가 웨이터를 향해 덧붙였다. 딱히 술을 마시고 싶진 않았지만, 나는 맥주라도 한잔 마시면 그때의 그 슬프고 우울한 감정이 좀 사라질 것 같은 기분이 들었던 것이다.

"맥주요? 저 그게……."

웨이터는 좀 난처하다는 표정이었다. 나는 괜찮은데, 아무래도 내 곁에 앉은 애들 때문에 술을 주기엔 좀 곤란하겠다는 듯이 말이다.

"……어쩌죠? 아무래도 그건 좀 어려울 거 같은데……."

"옛? 아니, 왜요?"

나는 어이없다는 듯 뾰족한 표정으로 물었다. 나는 그동안 거기서 몇 번이나 맥주를 마신 적이 있었는데, 그날따라 그 웨이터가 맥주를 못 주겠다는 식으로 난색을 표하고 나섰던 것이다.

"죄송합니다. 웬만하면 그냥 드리겠는데, 요샌 워낙 단속이 심해서……."

우리끼리 있었다면 대충 눈치를 봐서 맥주를 갖다줄 수도 있었겠지만, 아무래도 현지와 혜리 때문에 마음에 조금 걸리는 것 같았다. 우리는 대략 고2 정도로는 볼 만큼 덩치도 크고 옷차림 같은 것들도 껄렁껄렁했지만(내 생각인지 모르겠지만, 그땐 다들 고2 정도면 대충 술을 마셔도 되고 술을 팔아도 된다는 식의 암묵적인 분위기 같은 게 있었다), 현지와 혜리는 내가 생각하기에도 너무 어리고 순진해 보였으니까. 그렇다고 맥주를 안 준 게 꼭 현지와 혜리 때문이라고 말할 순 없었지만, 아무튼 웨이터는 현지와 혜리 때문에 우리의 나이까지 좀 낮춰 본 게 틀림없었다. 그도 그럴 게 현지와 혜리는 웨이터가 다 보는 앞에서 우리에게 꼬박꼬박 반말을 하고 너나들이를 해 댔으니까. 하지만 그렇다고 가만히 입을 닫고 웨이터의 말을 받아들일 내가 아니었다. 처음부터 안 시켰다면 모를까, 나는 괜히 현지와 혜리 앞에서 망신을 당한 것만 같아 어떻게든 꼭 맥주를 갖고 오게 하고 싶었으니까.

"왜요? 아하, 애들이랑 내가 친구인 줄 알고 그라나 본데…… 애들 내 친구 아니에요! 난 애들보다 3살 많은 20살이거든요. 그러니까 그냥 주문한 대로 빨랑 맥주나 갖다줘요. 나 여기서 맨날 친구들이랑 같이 맥주도 마시고 진토닉 같은 것도 마시고 그러는데요 뭐."

나는 임기응변으로 말했다. 하지만 웨이터는 좀체 내가 하는 말을 믿으려 들지 않았다. 내가 미성년자가 아닌 20살의 성인이라는 식으로 계속 우기자, 웨이터는 그럼 주민등록증이라도 좀 보여달라는 식으로 내게 말했던 것이다.

"하, 참 미치겠네! 주민등록증이 없는 게 아니라 주민등록증을 안 갖고 왔다니까 자꾸 그러네. 그러니까 내 말 믿고……."

"죄송합니다, 손님! 다른 때 같으면 그냥 드리겠는데, 얼마 전에 저희가 단속을 맞는 바람에……."

웨이터와 실랑이가 길어지자 쿤타가 쿡쿡 내 옆구리를 찌르며 말렸다. 그리고 제 딴에는 제법 내 체면을 차려주려는 듯 웨이터와 내 사이에 끼어들며 나랑 웨이터를 향해 말했다.

"형, 섭섭하겠지만 오늘은 그냥 밥만 먹죠 뭐. 가게 방침이 그렇다는데 어쩌겠요? 좋아요, 됐어요! 알겠으니까 우리가 주문한 음식이나 빨리 갖다주세요."

"예, 그럼……."

마침내 웨이터가 가벼운 목례와 함께 우리 앞을 떠났고, 그러자 쿤타가 나를 향해 큰 타박이라도 하듯 눈을 흘기면서 쫑알거렸다.

"야, 니는 뭘 그런 걸 갖고 웨이터한테 사정을 하고 그래? 더군다나 우리끼리 있는 것도 아니고 현지랑 혜리도 다 보고 있는데 쪽팔리게……."

좀 덜떨어진 데가 있긴 했지만, 쿤타도 확실히 웃기긴 웃기는 놈이었다. 녀석은 나에게 온갖 구박을 다 하고 무안을 주는 것 같은 표정을 짓더니, 갑자기 자신의 입고 있던 파카에서 무언가를 "짠!" —특유의 능글맞고 장난스런 미소로— 하고 꺼내 보였으니까.

"엇, 그건……!"

맙소사! 나는 녀석이 꺼낸 것을 보고 실소를 금치 않을 수 없었다. 그건 다름 아닌, 술이었다. 소주병보다 훨씬 작고, 납작하고, 푸르스름한 병에 담긴 해태 '나폴레옹'. 말이 났으니까 얘기지만, 사실 녀석은 그런 짓을 하는 데 있어 거의 달인의 경지에 이른 놈이었다. 왜 학교 다니면 꼭 한 반에 그런 놈들이 한두 놈쯤 있지 않던가? 봄 가을로 가는 소풍 때나 수학여행 같은 것을 갈라치면 꼭 선생님 몰래 담배를 숨겨 오고 '장생'이니 '캡틴큐'니 하는 싸구려 양주 같은 것을 짱박아 오던 녀석들 말이다. 그랬다. 별로 자랑할 건 못 되지만, 쿤타 그 녀석이 바로 그런 장난꾸러기에 말썽꾸러기 같은 녀석이었던 것이다.

"히히힛, 내 이럴 줄 알고 이렇게 미리 다 준비해 왔지! 야, 어때? 내 잘했제, 응? 헤헤헷."

"짜식, 그땐 그래도 제법 마음에 드네…… 야, 그거 빨리 이리 한 번 줘봐."

나는 쿤타의 손에 들린 파란 병을 재빨리 낚아챈 뒤, 그 안에 든 술을 찔끔 한번 맛보았다. 마치 서부 영화에 나오는 **클린트 이스트 우드**나 **리 반 클리프**처럼 터프하고 시니컬한 표정으로 말이다.

"크으! 죽이네, 죽여! 야 쿤타, 니도 한 모금 해볼래?"

나는 짐짓 감미롭고 황홀한 표정으로 말했다. 하지만 솔직히 말하면, 혓바닥과 목구멍이 따가워 비명이라도 지르고 싶은 심정이었다. 당시 나플레옹은 알콜 도수가 35도인가 40도인가 그랬는데, 나는 아무런 안주나 얼음도 없이 그 술을 그냥 들이켠 탓에 마치 과산화수소수라도 마신 듯 혓바닥과 목구멍이 따가워 죽을 지경이었던 것이다.

"당연하지! 야, 한 모금 했으면 빨리 일루 넘겨! 나도 빨리 한 모금 해보게……."

"얀마, 잠깐만 좀 있어봐. 내 먼저 한 모금만 더 하고……."

"아, 새끼! 빨리 넘기라니까……."

"어허, 쫌만 기다려보라니깐! 이 형이 한 모금만 더 하고 니한테 넘겨줄 테니까……."

우리가 하는 짓이 꽤나 유치하고 꼴불견이었던 모양이었다. 우리가 하는 짓을 보며 차츰 열받고 짜증 난다는 표정을 짓고 있던 현지가, 마침내 우리 둘을 향해 도끼눈을 뜨며 무섭게 쏘아붙였으니까.

"야, 너그 지금 뭐고? 너그 지금 우리 앞에서 뭐 하는 건데, 응?"

"뭐긴 뭐야? 날이 날인 만큼 그냥 간단하게 한잔하려는 거지. 와, 뭐 기분 나쁜 거 있나? 실망한 거 있어? 거 참, 이상하네! 난 니도 우리가 이런 애들인 줄 익히 알고 있는 줄 알았는데……?"

나는 현지의 말에 약간 움찔하긴 했지만, 나 역시 현지 못지않게 까칠하고 날이 선 말투로 빈정거렸다. 현지는 자신이 모범생이랍시고 우리를 좀 나무라고 바른길로 인도하고 싶은 모양이었는데, 나는 현지의 그런 태도가 영 못마땅하고 아니꼽게만 느껴졌던 것이다.

"그거야…… 뭐 그치만……."

내가 너무 거칠고 공격적으로 말했던 것일까? 현지는 내 말에 퍼뜩 대꾸를 하지 못하고 좀 당황하고 있었다. 갑자기 얼굴이 빨개진 게 보는 내가 다 민망하고 안쓰럽게 보일 정도로 말이다. 하지만 현지도 꽤 성질이 있고 강단이 있는 여자애였다. 잠시 할 말이 없어 무안한 표정을 짓긴 했지만, 현지는 어느새 특유의 도도하고 잘난 체하는 말투로 나에게 또박또박 따지고 대들며 물었으니까.

"그럼 니는 지금 니들이 하는 행동이 잘한 일이다, 이 말이가? 이제 겨우 중3밖에 안 된 애들이 웨이터한테 술을 달라고 억지를 쓰고, 또 여기 이 경양식집의 주인 몰래 술을 숨겨 와서는 도둑술을 묵고 하는 지금 이 일이?"

"물론, 칭찬받을 일은 아니겠지! 그건 나도 인정해. 하지만 나는 니처럼 무조건 청소년들의 음주나 흡연을 나쁘게만 보고 마치 큰 역적죄라도 지은 양 호들갑 떨고 죄악시하는 것도 다소 문제가 많다고 생각해."

나는 짐짓 점잖고 여유로운 미소로 말했다. 나는 내 말이 옳고 그름을 떠나 이참에 현지의 콧대를 좀 납작하게 눌러줘야겠다는 생각이 들었다. 다 나의 자격지심과 피해의식 같은 게 만들어낸 결과

물이겠지만, 나는 그 며칠 전부터 현지가 하는 말이며 행동 같은 게 자꾸 눈에 거슬렸다. 뭐 대놓고 나를 무시하거나 깔보지는 않았지만, 나는 현지의 말투며 눈빛 같은 것에서 은근히 나를 깔보고 무시하고 있다는 느낌을 받고 있었던 것이다.

"어째서?"

현지는 말도 안 된다는 표정이었다. 현지가 듣기엔 당연히 말도 안 되는 헛소리로 들렸을 것이다. 걔들은 언제나 부모나 선생님이 가르쳐주는 대로만 생각하고 행동하는 모범생들이었으니까. 나는 현지에 비해 훨씬 공부도 못하고 공납금만 주면 누구나 들어갈 수 있는 3류 실업 고교에조차 못 가게 된 입장이긴 했지만, 그렇다고 내가 결코 너보다 지적 수준이 떨어지거나 네가 마음대로 나무랄 만큼 만만한 상대는 아니라는 것을 느끼게 해주기 위해서 짐짓 철학적이고 아카데믹한 어조로 계속 현지를 밀어붙였다.

"술 담배는 누구에게나 안 좋고 해로운 거야. 비단 우리같이 어린 청소년들에게뿐만 아니라, 우리보다 훨씬 나이도 많고 건장한 어른들에게도 말이야. 하지만 이 세상엔 왜 그렇게 술 담배를 사랑하고 좋아하는 사람들이 많은 걸까? 다시 말해, 그렇다면 과연 어른들은 그 술 담배라는 게 몸에 안 좋고 해로운 걸 몰라서 그것을 그렇게 미친 듯이 마셔대고 피워대는 걸까, 이 말이야 내 말은! 막말로 어른들의 폐와 간이라고 해서 강철로 만들어진 건 아니잖아? 아니야?"

현지는 꽤나 당황하고 곤혹스러워하는 눈빛이었다. 당연하지. 비록 입시 위주의 학교 공부—외우고, 외우고, 또 외우는—에는 젬병이었는지 몰라도, 나도 내 나름대로는 제법 책이라는 것도 읽고 똑똑한 축에 속한다고 믿던 놈이었으니까.

"누, 누가 언제 어른 얘기하쟀어? 내 말은 어디까지나 우리 같은 청소년들의 음주와 흡연에 대한 거라구. 물론 니가 무슨 얘기를 하고 싶은지는 대충 알아듣겠어. 하지만 우린 아직 열여섯 살밖에 안 됐잖아? 그러니까 우린 아직 술이나 담배 같은 걸 하기엔 너무 어리고 또⋯⋯."

"열여섯 살?"

나는 현지의 말을 끊으며 피식 웃었다. 확실히 넌 아직 나에 비해 너무 생각하는 게 짧고 온실 속의 화초처럼 곱게만 자라왔다는 듯이 말이다. 나는 현지에게 거의 경멸에 가까운 표정을 지은 후, 계속 더 나의 억지스러운 궤변과 역설 같은 것들을 줄기차게 펼쳐 나갔다.

"그래, 너 말 잘했어! 니 말따나 우린 이제 겨우 열여섯 살밖에 안 됐어. 그건 사실이야. 하지만 넌 혹시 이런 생각은 안 해봤어? 우린 이제 겨우 열여섯 살밖에 안 됐기 때문에 오히려 그런 것에 대해 더 호기심을 느끼고 흥미를 갖게 되는 것이라고 말이야. 이팔청춘, 그러니까 정신적으로나 육체적으로 가장 성장이 왕성하고 호기심이 많은 나이가 바로 우리 나이의 사춘기 청소년들이니까 말이야. 그래, 난 우리나라의 어른들이나 너 같은 모범생들이 우리 같은 불량 청소년들을 좀 더 따뜻하고 애정 어린 시선으로 바라봐줬으면 좋겠어. 청소년 특유의 흥미와 호기심으로 술이며 담배를 입에 좀 댄다고 해서 무조건 그렇게 나쁘게만 생각하고 무섭게 혼낼 것이 아니라 말이지. 내가 어디선가 읽은 건데, 우리같이 어린 청소년들이 자꾸 술 마시고 담배 피우고 하는 건 일종의 SOS 신호와 비슷하다는 거야. '나 아파요, 아파요, 도와주세요, 도와주세요' 하는······ SOS 신호! 사실 너나 다른 어른들은 무조건 술이며 담배가 청소년들의 건강—육체적인 건강이든 정신적인 건강이든—에 나쁘다고 생각하겠지만, 내 생각은 너나 다른 어른들의 생각과 조금 달라. 너는 무슨 말도 안 되는 헛소리에 궤변이냐고 생각하겠지만, 난 어쩌면 술이나 담배 같은 것 때문에 지금껏 이렇게 멀쩡히 살아 있는 건지도 몰라. 술이나 담배 같은 걸로 어떤 해방구를 찾고 스트레스를 풀었기에 망정이지, 만약 그런 것조차 안 했다면 난 아마 벌써 정신병원에 입원했거나 자살 같은 걸 해버렸을지도 모를 일이니까."

"······."

현지는 아무 말도 못 한 채 나를 빤히 노려보고만 있었다. 눈에서 레이저가 팍팍 나오고 입가에서 가느다란 경련이 이는 걸로 볼 때, 현지는 아마 꽤나 열이 받은 모양이었다. 하긴 열이 받지 왜 열이 안 받겠는가? 제 딴에는 그냥 우리를 생각한답시고 한 말이고 행동이었건만, 그걸 빌미로 괜히 또 내가 말도 안 되는 논리와 궤변으로 자신의 성질을 살살 돋구고 약을 올리고 있었으니까. 헤헷, 꼴좋다 꼴좋아! 마치 제가 세상에서 가장 잘나고 똑똑한 척 까불고 재수 없게 굴더니. 나는 좀 전에 비해 다소 기가 죽고 자존심이 상한 표정을 짓고 있는 현지에게 묘한 승리감을 느끼며, 계속해서 현지의 약을 살살 올리고 심기를 건드렸다. 대체 남자가 연약한 여자에게 무슨 짓이냐 싶긴 했지만, 나는 당시 현지에 대한 묘한 복수심과 호

승심 같은 것으로 눈이 약간 멀어 있었으니까.

 "그리고…… 기왕 말이 나왔으니까 말인데, 만약 현지 니 논리대로라면 니들이 지금 여기서 우리를 만나는 것만 해도 무척 나쁜 일이고 비난받을 일이야. 생각해봐? 중3짜리 여자애가 밤에 부모님 몰래(예상컨대 니들은 분명 니들과 같은 여자 친구끼리 모여 논다거나, 독서실에서 공부한다는 핑계로 집을 빠져나왔을 거야. 내 말이 틀려?) 남자애들, 그것도 우리같이 나쁜 남자애들이랑 같이 어울려 논다……? 니들도 알겠지만, 만약 니들의 부모님이나 담임 선생님이 이 사실을 알면 니들은 거의 귀가 퉁퉁 붓도록 잔소리를 듣거나 눈물이 쏙 빠지도록 혼이 나고 말 거야. 한창 공부할 시기에 무슨 쓸데없는 짓거리에 못된 송아지 엉덩이에 뿔난 짓이냐고 하면서 말이지. 하지만 현지 너도 어른들의 그런 시각과 생각에는 동의할 수 없을 거야. 반발심 같은 게 생길 수밖에 없을 거야. 그냥 또래의 남자애를 만나 같이 돈가스를 먹고 영화를 보러 가고 그러는 게 단데, 그게 마치 굉장히 나쁘고 위험한 일이라도 되는 양 잔소리를 하고 혼을 내고 하는 게 말이지. 좋아, 그렇다면 그 나쁘고 좋다는 기준은 과연 어디 있고 누가 정한 거지? 그건 결국 개인이 그어놓은 선악의 판단 기준이고 넘지 말아야 할 선 같은 것뿐이라구. 그러니까 현지야, 제발 부탁하는데…… 우리가 술이니 담배니 하는 걸 좀 한다고 해서 우릴 그렇게 너무 나쁜 놈 취급하거나 몹쓸 놈 취급은 하지 마. 이깟 싸구려 국산 양주를 몇 모금 하거나 담배를 몇 개피 피운다고 해서 우리가 무슨 부녀자를 상대로 살인을 하거나 어린아이를 유괴하는 그런 끔찍하고 나쁜 인간이 되는 건 아니니까. 아니, 긴말 필요 없

1985, 경주, 그리고 메텔에 관한 이야기

이 음주나 흡연이 그렇게 나쁘고 악한 일이라면 지금 니들이 우리랑 같이 이 자리에 앉아 있겠어? 니들같이 착하고 순진한 여학생들이 우리같이 못된 불량 청소년들이랑 같이 어울려 놀겠냔 말이야, 내 말은! 내 말이 틀렸어?"

"그, 그건……."

현지와 나의 설전은 대충 그쯤에서 일단락됐다. 현지가 내게 몇 마디 더 궁색한 변명과 반박을 하려는 순간, 아까의 그 웨이터가 우리가 시킨 메뉴를 들고 우리가 앉은 테이블로 성큼성큼 다가왔던 것이다. 휴, 잘됐네. 안 그래도 내가 몇 마디만 더하면 현지 저 계집애 완전히 미쳐버릴 것 같은 표정이었는데.

현지와 나의 설전으로 다들 조금 썰렁한 표정으로 포크와 나이프를 들긴 했지만, 현지와 나는 더 이상의 다툼 없이 조용히 포크와 나이프를 놀렸다. 하지만 나는 내 앞으로 놓인 돈가스를 몇 점 먹지 않아 현지와 또 한바탕 무시무시한 설전에 논쟁을 벌여야만 했다. **김승진** 때문이었다. 그 무렵 '스잔'이라는 노래로 한창 인기를 끌고 있던 고교생 가수 김승진. 마침 그 경양식집의 스피커에서는 **구창모**의 '희나리'가 끝나고 김승진의 '스잔'이라는 노래가 맑고 잔잔히 울려 퍼지고 있었는데, 그러자 현지의 옆에 있던 혜리가 갑자기 미친 듯이 좋아하고 흥분된 목소리로 현지에게 말했던 것이다. 현지와 나의 설전으로 잠시 어색해지고 냉랭해진 분위기를 바꾸려고 그랬는지, 그게 아니면 평소에도 그렇게 김승진을 사랑하고 좋아하는지 모르겠지만, 아무튼 혜리는 거기가 무슨 '가요 톱 10'의 방청석이라도 되는 듯 꺅꺅 소리를 지르고 손뼉을 치며 온갖 호들갑을 다 떨어댔던 것이다.

"와, 김승진 오빠닷! 야 현지야, 김승진 오빠야, 김승진!"

"웅, 나두 듣고 있어. 스잔, 이 노래 참 좋제, 웅?"

"그럼, 그걸 말이라고 하나! 현지야, 김승진 오빠 정말 너무너무 잘생기고 멋지지 않나, 웅? 남자가 어쩌면 그렇게 예쁘고 귀엽게 잘생겼을까? 그라고 또 노래는 얼마나 멋있게 잘하고……."

"흥, 잘생긴 거 좋아하네! 내가 보기엔 꼭 기생오라비에 호모같이 생겼더구만서두."

쿤타가 입을 비쭉거리며 말했다. 그게 다 무슨 헛소리에 말도 안 되는 잠꼬대냐는 식으로 말이다. 뭐 별로 신사적이라거나 매너 있는 행동은 아니었지만, 나는 솔직히 쿤타의 그런 행동에 조금 이해가 가기는 갔다. 나라고 해도 기분이 조금 나빴을 것이다. 자기가 좋아하는 여자애가 다른 남자에게 홀딱 정신이 빠져 있는데(딱히 파트너를 정하고 짝을 짓진 않았지만, 쿤타는 평소 혜리를 조금 좋아하고 있었다), 대체 어떤 녀석이 짜증이 안 나고 질투가 안 생길 수 있었겠는가?

"쳇, 하여튼 여자애들은 알다가도 모르겠다니까! 내가 보기엔 꼭 기생오라비에 호모같이 생겼더구만, 도대체 김승진이 뭐가 그리 좋다고 김승진만 나오면 그렇게 소리를 꺅꺅 지르고 호들갑을 떨어대는지! 다 TV에 나오고 연예 기획사에서 띄워주니까 그렇지, 솔직히 김승진 걔 볼 게 뭐 있냐? '고교생 일기'에 나오는 **손창민**이나 **최재성**처럼 특별히 뭐 잘생기길 했어? 아니면 조용필이나 김수철처럼 노래를 잘하기를 해?"

쿤타는 마치 김승진이 자신의 큰 원수라도 되는 듯 김승진의 외모며 노래 같은 것을 마구 깎아내리고 폄하하기 시작했다. 그러더니 아무래도 자신의 힘만으로는 현지와 혜리를 상대하기가 좀 버겁게 느껴졌던지 녀석이 슬쩍 마이클과 내 쪽을 보며 자기 편을 좀 들어달라는 식으로 물었다.

"야, 너그는 우쩨 생각하노? 김승진 점마, 솔직히 말이 가수지 저게 어디 가수가, 응?"

"……."

"……."

나는 마이클과 함께 그저 빙긋 웃어 보이기만 했다. 생각 같아선 또 한바탕 잘난 척하며 쿤타의 편을 들어주고 싶었지만, 그랬다간 괜히 여자애들에게 나만 더 나쁜 놈 되고 밉상이 될 것 같은 분위기였으니까. 사실 여자애들한테야 인기가 좀 있었는지 몰라도, 김승진은 우리 같은 남자애들에겐 인기가 거의 꽝이었다. 뭐 김승진이 우리 같은 남자애들에게 특별히 큰 잘못을 했다거나 욕먹을 이유는 없었지만, 우리 또래의 여자애들이 다들 김승진만 나오면 얼굴이 발그레해지고 정신이 헬렐레해 있는데, 우리가 어찌 그 인간을 안 미워하고 안 싫어할 수가 있었겠는가? 그랬다. 김승진! 그 인간은 정말 우리 같은 남자애들이 모두 다 싫어하고 미워해야 할 공공의 적이었다. 저 북한의 김일성이나 김정일처럼 우리 모두가 타도하고 말살해야 할 불구대천의 원수에 공공의 적.

"근데, 김승진 쟤가 가수였나? 난 여태 쟤가 연예 기획사에서 만든 팬시 상품이나 바비 인형 같은 것인 줄로만 알고 있었는데……."

나는 계속 입을 닫고 있으려다 쿤타 편을 든답시고 살짝 한마디를 거든 것뿐이었다. 김승진을 크게 욕한 것도 없고 흉본 것도 없이, 그냥 옆에 있는 애들을 한번 웃겨볼 요량으로. 하지만 그건 내가 생각했던 것보다 훨씬 더 큰 후폭풍에 대참사를 몰고 왔다. 나로서는 그냥 평소와 다름없이 재치 있는 말을 한번 해 볼 심산으로 한 대사와 멘트에 지나지 않았건만, 글쎄 그 말을 꼬투리로 현지가 발끈 내게 화를 내고 온갖 신경질에 히스테리 같은 것을 다 부려대는 거지 뭐겠는가!

"야 김순철! 니가 그렇게 잘났나? 니가 그렇게 똑똑하고 음악에 대해서 많이 아나, 응?"

하긴 내가 좀 얄밉긴 얄미웠을 것이다. 나한테 무슨 큰 잘못을 하거나 실수를 한 것도 없건만, 나는 괜히 아까부터 심술이 나서 현지의 말에 깐족깐족 시비를 걸고 살살 약을 올리고 있었으니까. 현지는 기분이 상해 도저히 나하고는 더 이상 밥을 못 먹겠다는 투였다. 현지는 자신이 들고 있던 포크와 나이프를 거칠게 내려놓은 후, 나에게 거의 뺨이라도 한 대 날릴 듯한 표정으로 나를 막 비난하고 공격하며 나섰으니까.

"야 김순철, 니는 도대체 뭐가 그렇게 똑똑하고 잘났길래 남을 그렇게 쉽게 평가하고 무시하는 건데? 내가 보기에 니는 완전히 열등감 덩어리에 콤플렉스 덩어리다, 알겠나? 니가 도대체 내한테 무슨 감정이 있어서 내가 하는 말마다 시비를 걸고 태클을 걸고 하는지 모르겠는데, 내가 생각하기엔 그래봤자 괜히 니만 더 속 좁은 놈 되고 손해다, 알겠나? 뭐 우선은 꽈배기처럼 배배 꼬인 니 마음이 좀 풀리고 후련해질지 몰라도, 결국엔 다 니의 그런 배배 꼬인 마음과 독설 같은 게 오히려 니를 향하는 화살이 되고 칼이 되어 니한테로 돌아갈 테니까!"

"……"

나는 현지의 비난과 충고를 묵묵히 듣고만 있었다. 생각 같아선 또 한바탕 이상한 논리와 궤변 같은 것으로 현지의 속을 뒤집어놓고 싶었지만, 그랬다간 진짜 현지가 손톱을 세워 내게 달려들거나 얼굴을 가린 채 엉엉 울음이라도 터뜨릴 것만 같았으니까. 사실 나는 현지와 티격태격 말싸움을 하고 있는 게 조금 한심하고 부끄러웠다. 현지가 좀 얄밉고 위선적으로 보인 건 사실이었지만, 그렇다고 괜히 현지같이 약한 여자애를 상대로 살살 시비를 걸고 약을 올리고 할 필요는 없었으니까. 나는 현지의 속이 조금이나마 풀릴 수 있게 현지의 비난과 충고를 고스란히 다 들어준 다음, 마침내 내가 앉아 있던 자리에서 슬그머니 엉덩이를 떼고 일어섰다.

"저 미안한데…… 내 먼저 일어날게."

조금 늦은 감이 있긴 했지만, 그제라도 빨리 그 자리에서 사라져주는 게 옳을 것 같았다. 괜히 남의 데이트 자리에 끼어 깽판을 친 것 같아 미안하기도 했거니와, 내가 먼저 자리를 뜨지 않으면 현지가 먼저 그 자리를 박차고 일어나버릴 것만 같은 분위기였으니까.

"와? 갑자기 어디 갈라꼬……?"

마이클이 물었다. 아직 몇 점 먹지도 못한 돈가스를 남긴 채 부랴부랴 그 자리를 뜨려는 나에게 말이다. 고래 싸움에 새우 등 터진다더니, 마이클 녀석이 꼭 그랬다. 녀석은 현지와 내 사이에 끼어서 현지 편도 못 들고 내 편도 못 든 채 아주 난처하고 난감해하는 표정만 짓고 있었으니까.

"으응, 그냥 그런 볼일이 좀 있어⋯⋯."

나는 대충 둘러댄 후, 현지에게 사과의 말이랄까 미안하다는 말을 좀 해야겠다고 생각했다. 계집애가 얄미워서 괜히 툭툭 시비를 걸고 딴지를 걸고 하긴 했지만, 막상 내 말에 열받아 씩씩대고 있는 현지를 보자 괜히 연약한 여자에게 내가 좀 옹졸한 짓을 했다는 생각도 들고 또 현지에게 조금 미안하다는 생각도 들고 했던 것이다.

"야 최현지, 그럼 내 먼저 갈게. 그럼 나중에 다시 또 보자, 응?"

나는 현지를 향해 최대한으로 부드럽고 상냥한 미소를 띠며 말했다. 너랑 잠깐 설전을 벌이고 논쟁을 하긴 했지만, 나는 결코 너에게 아무런 감정도 없고 유감도 없다는 식으로 말이다.

"⋯⋯."

나도 나긴 했지만, 현지 개도 참 현지 개였다. 내가 자존심 꺾고 사과 비슷한 것에 미안하다는 식의 제스처를 하고 했으면 저도 그냥 대충 내 말에 화해의 제스처를 하거나 간단한 대꾸라도 하면 될 텐데, 그 계집앤 어린애처럼 팩 토라져서는 나랑 아예 눈도 마주치려 안 했다. 고개를 외로 홱 꼰 채 그냥 콧방귀만 팡팡 뀌고 있었다. 어휴, 망할 놈의 계집애. 하여튼 성질머리 하고선! 나는 현지를 향해 미소를 한번 지어 보인 후, 쿤타와 마이클에게 살짝 내 뜻이 담긴 무언의 눈빛과 눈짓을 해 보였다. 이 불청객은 그만 사라져줄 테니, 나 대신 너희들이 현지와 혜리의 기분을 잘 좀 달래주고 풀어주라는 뜻의 눈빛과 눈짓을 말이다.

"자, 그럼 난 이만……."

나는 녀석들이 나를 잡을 사이도 없이 재빨리 엔젤스를 나왔다. 그러자 아무래도 나를 그냥 보내기가 좀 미안했던지 마이클이 엔젤스 밖까지 나를 따라 나오며 나를 가로막고 나섰다.

"야, 어디 가는데? 어디 가는지 몰라도, 니 혼자 이래 가 버리면 우리가 너무 미안하다 아이가? 그러니까 이라지 말고 다시 들어가서……."

"아이다, 나는 괜찮으니까 니나 빨리 다시 들어가라. 난 이참에 집에나 좀 갔다 와야겠으니까."

"집? 갑자기 집엔 와?"

"니도 알다시피 내가 집 나올 때 아무것도 못 챙겨 나왔다 아이가? 그래가 집에 가 보고 엄마 없으면 몇 가지 간단한 내 옷이랑 소지품 같은 거 좀 챙겨 나오려고……."

내 핑계가 그럴듯했던지 마이클도 더는 나를 잡지 않았다. 대신 녀석은 손목에 찬 시계를 흘긋 보더니 좀 이따 우리 다시 만나자고 말했다.

"좋아, 그럼 10시나 10시 반쯤 르노 형 방에서 다시 만나자. 여자애들이 삐쳐 영화를 보러 갈지 안 갈지 모르겠지만, 어쨌든 그때까진 —그 안에 헤어지면 곧바로 르노 형 방으로 갈게!— 여자애들 보내고 르노 형 방으로 갈 테니까. 알았제?"

"그래, 알았어. 그럼 그때 보는 걸로 하고 내 먼저 갈게."

"응, 그럼 이따 보자. 이노끼랑 해글러한테 안 잡히게 조심하고."

"내 걱정 말고 니는 현지나 좀 잘 달래줘라. 현지 걔, 내 때문에 혈압이 한 300 정도는 올라간 것 같으니까."

나는 마이클과 헤어진 뒤, 엄마의 가게가 있는 P로타리로 향했다. 나는 집으로 가기 전에 잠깐 엄마의 가게에 가볼 작정이었다. 엄마가 출근했나 안 했나, 한번 확인해보기 위해서. 만약 엄마가 출근 안 하고 집에 있다면, 나는 곧장 르노 형 방으로 가야 할 터였다. 한 일주일가량 옷을 못 갈아입은 터라 몸에서 하수도 같은 냄새가 풀풀 풍기고 있었지만, 그렇다고 엄마가 있는 집으로 들어가 옷이며 소지품 같은 걸 챙겨 나올 순 없는 노릇이었으니까.

나는 엄마가 제발 식당에 나와 있기를 바라며, 타박타박 엄마의 식당으로 걸었다. 혹시 이노끼와 해글러를 만나더라도 나를 잘 알아보지 못하게, 목도리와 마스크로 얼굴의 3분의 2가량을 휘휘 감고 가린 채로 말이다.

episode 14

다행히 엄마는 가게에 나와 있었다. 어쩌면 죽었는지 살았는지 모를 나 때문에 삶의 의욕을 잃어버리거나 식음을 전폐하고 방구들만 짊어지고 있을지도 모른다고 생각하고 있었는데, 엄마는 평소와 다름없이 씩씩하게 자신의 가게에 나와 있었던 것이다. 그런데 몇 초간 가만히 엄마의 모습을 지켜보니 엄마의 모습이 조금 이상했다. 엄마는 분명 자신이 맡은 타임에 맞춰 가게에 나와 있었지만, 손님을 맞을 생각은 않고 초저녁부터 혼자 소주를 홀짝거리고 있었던 것이다. 아무도 없는 홀의 한쪽 탁자에 앉아 왠지 좀 처량하고 쓸쓸해 보이는 모습으로.

　"……!"

　나는 엄마의 가게 앞에 있는 가로수 뒤에 숨어 엄마의 모습을 얼마간 지켜봤다(엄마의 가게는 안이 훤히 들여다보이는 민유리로 되어 있어 몇 미터 밖에서도 엄마의 모습을 충분히 잘 관찰할 수 있었다). 나는 마치 타락한 여자처럼 혼자 소주를 마시고 있는 엄마를 보며 괜히 눈물이 핑 돌았다. 모르긴 모르지만, 엄마는 아마 나 때문에 술을 마시고 있는 것 같았다. 집 나간 지 일주일이 다 되도록 아무 연락도 없고 생사 여부조차 모르는 나 때문에 새카맣게 속이 타고 울화증 같은 게 치밀어서. 나는 엄마의 그런 모습에 새삼 내 자신이 나쁜 놈이라는 생각이 들며 그만 엄마의 품으로 달려가 엉엉 울고 싶은 충동이 들었다. 엄마, 다 내가 잘못했어. 이제 두 번 다시는 엄마 속 안 썩이고 힘들게 안 할게 하는 말과 함께 펑펑 참회와 반성의 눈물 같은 것을 흘리며.

아마 1분만 더 그런 식으로 엄마가 혼자 앉아 있었다면 나는 엄마의 가게로 냅다 뛰어들었을 것이다. 그리고는 앞서 말했던 것처럼 엄마의 품에 안겨 엉엉 울면서 그동안의 내 잘못을 빌었을 것이다. 마치 성경에 나오는 돌아온 탕자처럼 말이다. 그랬다. 나는 고교 진학 문제와 강 사장과의 재혼 문제로 많이 서운하고 못마땅한 점이 있긴 했지만, 엄마를 모두 다 이해하고 용서할 생각이었다. 나는 그 며칠 동안의 가출로 세상에 엄마 품보다 더 따뜻한 곳은 없으며, 엄마보다 더 나를 걱정해주고 생각해주는 사람도 없다는 것을 몸소 잘 깨닫고 느낄 수 있었으니까.

젠장! 그런데 바로 그때, 내가 성경에 나오는 탕자처럼 엄마의 품으로 선뜻 달려갈 수 없는 상황이 하나 내 앞에서 발생하고 말았다. 내가 엄마에 대한 미안함과 연민의 정 같은 것으로 엄마의 가게로 들어가려는 순간, 내가 서 있던 가로수 뒤로 한 대의 택시가 끼익! 급하게 멈춰 서는가 싶더니(내 뒤는 차들이 쌩쌩 지나다니는 4차선 도로였다), 그 택시 안에서 바로 오토바이 상회의 강 사장이 부리나케 뛰어내리는 것이 아니겠는가!

"……!"

나는 혹시 강 사장과 눈이 마주칠까 싶어 얼른 가로수 쪽으로 다시 고개를 홱 돌렸다. 그러고는 택시에서 내려 헐레벌떡 엄마의 가게로 뛰어드는 강 사장의 모습을 가만히 지켜봤다. 강 사장의 오토바이 상회는 이미 불이 꺼진 채로 셔터가 굳게 내려져 있었는데, 그런 강 사장이 택시에서 내려 부랴부랴 엄마의 가게로 들어서는 걸로 볼 때 아마 엄마 쪽에서 같이 소주나 한잔하자면서 강 사장을 부른 것 같았다. 그게 아니면 강 사장이 먼저 엄마의 가게로 전화를 걸었다가 엄마가 혼자 소주를 마신다는 것을 알고 한달음에 엄마의 가게로 뛰어온 것일 수도 있고.

상황이 어쨌든 나로서는 꽤나 불쾌하고 섭섭한 일이었다. 엄마와 강 사장 사이를 모르고 있진 않았지만, 강 사장은 어느새 엄마의 옆에 찰싹 붙어 앉아 엄마랑 함께 다정히 술잔을 나누기 시작했으니까. 강 사장은 엄마랑 술을 마시면서 엄마의 어깨를 톡톡 다독여주기도 하고 가만히 손을 잡아주기도 하고 있었는데, 아마 그 작자는 나 때문에 많이 괴로워하고 힘들어하는 엄마에게 무슨 위로의 말이라도 하고 용기를 북돋워주는 말이라도 하는 모양이었다.

"……"

나는 엄마와 강 사장이 하는 짓을 보며 증오를 느끼거나 분노를 느낀 건 아니지만, 다시 한번 엄마에게 묘한 배신감과 실망 같은 것을 느꼈다. 뭐 엄마와 강 사장 사이가 보통이 아니라는 것은 모르

1985, 경주, 그리고 메텔에 관한 이야기

고 있지 않았지만, 나는 막상 엄마가 다른 남자의 품에 안겨(욕정에
젖은 모습으로 안겨 있는 게 아니라, 그냥 위로 차원의 간단한 포옹이었지만)
있는 모습을 보고 있자니 뭐라 말할 수 없는 쓸쓸함과 비애감 같은
걸 느낄 수밖에 없었던 것이다. 젠장. 빌어먹을. 아, 짜증 나!

나는 엄마와 강 사장이 연출하고 있는 멜로드라마를 얼마간 더
가만히 지켜보고 있다가, 마침내 내가 숨어 있던 가로수를 떠나 우
리 집으로 천천히 발길을 돌렸다. 마치 오랫동안 함께 살던 누나나
엄마를 다른 남자에게 시집 보내는 것 같은 묘한 상실감과 허탈감
같은 것을 느끼면서 말이다…….

✕ ✕ ✕

내 기분과 비슷하게 우리 집은 아주 음산하고 음울하게 서 있었
다. 훤하게 불이 켜진 다른 집과 달리 불이 꺼진 채로 무척이나 쓸
쓸하고 을씨년스럽게.

나는 주머니에 있던 열쇠로 우리 집의 낡고 녹슨 철 대문을 열
고, 엄마가 쓰는 안방으로 조용히 들어갔다. 그러고는 벽에 붙은 스
위치를 눌러 형광등을 켠 뒤 낡은 자개가 덕지덕지 붙은 장롱 속을
마구 뒤적이고 파헤치기 시작했다. 칫솔이나 비누 따위의 다른 소
지품도 챙겨야 했지만, 나는 뭐니 뭐니 해도 내가 자주 입는 겉옷이
며 속옷들이 가장 필요하고 중요했으니까. 나는 마치 남의 묘를 파
헤치는 구미호처럼 장롱 속을 마구 파헤치고 뒤적이다 문득 콧날
이 조금 시큰해지는 것을 느꼈다. 나는 아무 생각 없이 내가 입을

겉옷이며 속옷들을 챙기다가 갑자기 돌아가신 아버지의 유품이 담긴 유품 상자를 발견했던 것이다.

"······!"

그 속에는 아버지가 남긴 몇 가지의 유품이 담겨 있었다. 연애 시절 아버지가 엄마에게 보낸 수십 통의 연애편지에서부터 두 사람이 내가 태어나기 전에 유원지 같은 데서 찍은 낡고 빛바랜 사진들과, 또 돌아가신 아버지가 생전에 쓰던 미제 지포 라이터며 결혼 예물 시계 같은 것들이 차곡차곡 보관되어 있었던 것이다. 나는 아버지에 대한 그리움과 애틋함으로 아버지의 유품 상자를 얼마간 찡하게 내려다보다가(앞서도 잠깐 말했지만, 아버지는 월남전에 참전한 파월 용사였다. 대체 월남에서 무슨 일이 있었는지 모르겠지만, 아버지는 영화 '람보'에 나오는 람보처럼 전쟁 후유증 같은 것을 좀 심하게 앓다가 돌아가셨다. 내가 너무 어릴 때라 아버지의 병세며 증상 같은 것을 잘 눈치챌 순 없었지만, 아무튼 엄마의 말에 따르면 아버지는 월남전에 갔다 온 후부터 술 없이는 밤에 통 잠을 잘 자지 못하고 또 날이 갈수록 정신이 좀 이상해졌다고 했다. 뭐 영화에 나오는 람보처럼 그렇게 심할 정도로 경찰에 난동을 부리고 다른 공권력과 전쟁을 벌이고 한 건 아니지만, 그래도 아버지는 월남전에 갔다 온 후부터 이 사회에 잘 적응하지 못하고 맨날 술만 마시다 간암으로 돌아가셨다고 했다), 마침내 그 안에 있는 아버지의 지포 라이터(아버지가 월남에서 쓰던 것이라고 했다)와 세이코 시계를 한번 시험해보았다. 아직 쓸 수 있는 물건인가, 아니면 이미 낡고 고장이 나 쓸 수 없는 폐품인가 하고. 구닥다리긴 했지만, 둘 다 아직 그런대로 쓸 만한 것 같았다. 라이터는 휘발유만 넣으면 다시 불이 탁탁 잘 일어날 것 같았고, 또 일본의 세이코도 몇 번 흔들어주고 시계 옆에 붙은 좁쌀만 한 태엽을 몇 번 감아주고 나니 거짓말처럼 자고 있던 초침이 다시 째깍째깍 잘 움직였던 것이다. 뭐 처음부터 그것들이 그리 탐나거나 갖고 싶진 않았지만, 나는 아버지에 대한 동정과 연민으로 지포 라이터와 세이코 시계를 내가 갖고 가야겠다는 생각이 들었다. 거의 고물이나 다름없는 낡은 라이터에 시계이긴 했지만, 그래도 그것들은 아버지의 하나뿐인 아들인 나로서는 아주 소중하고 특별한 물건들이었으니까. 그래, 이건 엄마가 갖고 있는 것보다 내가 갖고 있는 게 더 낫겠어. 이제 엄마 곁에는 아버지 대신 엄마를 지켜줄 강 사장이라는 사람이 있고, 이제 돌아가신 아버지도 엄마보다는 자신의 하나뿐인 아들인 내가 자신의 유품을 간직하는 게 더 마땅하다고 생각할 테니까.

나는 아버지의 지포를 주머니에 넣은 뒤, 세이코도 왼쪽 손목에 잘 걸어 찼다. 그러고는 내친김에 나는 아버지의 바바리코트까지 내가 챙겨 입고 가야겠다는 생각이 들었다. 당시 내가 뒤지고 있던 장롱 속에는 아버지의 유품 상자 말고도 아버지가 즐겨 입었다던 낡은 바바리가 하나 걸려 있었는데, 나는 어렸을 때부터 왠지 아버지의 베이지색 바바리가 무척 멋지고 입고 싶다는 생각을 했던 것이다. 지금은 내가 너무 어리고 덩치도 작아 못 입고 있지만, 언젠가 때가 되면 그 바바리를 입고 온 시내를 한번 활보해보리라 하고 말이다. 그런데 바로 그날이 오늘이라는 생각이 들었다. 어릴 때부터 내가 그토록 바라고 손꼽아 기다려온 그날이, 바로 오늘이라는 생각이!

그랬다. 이제 겨우 열여섯 밖에 안 된 놈이 무슨 바바리냐 싶기도 했지만, 나는 아버지의 지포나 세이코와 마찬가지로 이제 그 바바리도 내가 입거나 간직하는 게 엄마의 장롱 속에 넣어두는 것보다 훨씬 더 유용하고 바람직할 것 같은 생각이 들었던 것이다. 흠, 그래! 별로 입을 옷도 없는데 잘됐어. 취직을 하려면 한 살이라도 더 늙어 보이고 노숙해 보이는 게 유리하니까, 당분간 내가 이 바바리를 좀 입고 다녀야겠어…. 나는 혼자 고개를 끄덕끄덕하고 중얼중얼하다가, 그때껏 내가 입고 있던 점퍼를 벗고 아버지의 그 낡고 오래된 바바리를 한번 걸쳐보았다. 나는 아버지의 바바리를 걸친 후 안방에 있는 거울 앞에서 그런 내 모습을 한번 비춰봤는데, 순간 나는 맛이 살짝 간 놈처럼 혼자 킬킬대며 실소를 터뜨리고 말았다. 나는 거울에 비친 내 모습이 '암흑가의 두 사람'에서 나온 **알랭 들롱**이나 '카사블랑카'에서 나온 **험프리 보가트**처럼 멋있게 보이고 터프해 보이길 기대했는데, 거울에 비친 내 모습은 꼭 '형사 콜롬보'에 나오는 **피터 포크**처럼 영 볼품없고 오종종한 모습이기만 했던 것이다. 아, 진짜 폼 안 나네, 폼 안 나와! 내가 너무 머리를 꼬불꼬불하게 볶고 드라이 같은 걸 안 해서 그런가, 왜 이렇게 진짜 오종종하게 폼이 안 나고 자세가 안 나오는 거야? 나는 거울에 비친 내 모습에 꽤 실망하긴 했지만, 그렇다고 내가 입고 있던 바바리를 벗어버릴 생각은 추호도 없었다. 장정구 퍼머에 바바리 때문에 애가 점점 더 요상하고 괴상망측한 모습으로 변한다 싶긴 했지만, 나는 어쨌든 아버지의 바바리 덕분에 바바리를 걸치기 전보다 훨씬 더 성숙해 보이고 어른스럽게 보이는 게 사실이었으니까.

나는 아버지의 베이지색 바바리를 걸친 채, 계속해서 내 옷가지며 밖에서 쓸 여러 가지 소지품 따위를 챙겼다. 엄마가 쓰는 안방은 물론, 겨우 두 평 남짓 크기의 작은 내 골방을 귀뚜라미처럼 폴짝폴짝 열심히 뛰어다니면서 말이다.

✕ ✕ ✕

　　나는 이민이라도 가듯 커다란 가출 가방을 꾸려 집을 나온 뒤, 시내 한복판에 있는 한 잡화점으로 향했다. 당시 아카데미(극장) 사거리에서 복권이나 토큰 따위의 자질구레한 잡화와 담배를 팔던 한 잡화점 앞으로. 그랬다. 나는 당시 아카데미 사거리에 있던 한 잡화점에서 집에서 갖고 나온 지포 라이터에 기름도 좀 넣고, 또 시내에서 가장 많은 사람들로 붐비는 그 거리에서 크리스마스 기분 같은 것도 한번 느껴보고 싶었던 것이다. 사실 그건 나로서는 꽤 많은 용기를 필요로 하는 큰 모험이었다. 앞서도 잠깐 얘기했다시피 시내 한복판의 그 거리는 이노끼와 해글러가 하루에도 몇 번씩 출몰하던 곳이었고, 하여 나는 까딱 잘못하면 녀석들에게 잡혀 이 세상을 그만 하직할지도 모를 일이었으니까. 하지만 나는 겁을 내면서도 이상하게 자꾸 그 거리로 한번 나가보고 싶은 충동이 들었다. 대체 무슨 심리로 그런 위험한 충동이 들었는지 잘 모르겠지만, 나는 아무튼 부산에 있을 때부터 시내 한복판에 있던 그 거리를 무척 그리워했을 뿐만 아니라, 어서 빨리 아버지의 지포 라이터에 기름을 넣어 그 라이터로 담배를 한번 피워보고 싶다는 생각이 들기도 했던 것이다.

"아저씨, 이 라이터 좀 봐줘요. 기름이 없는지 아니면 라이터 돌이 문젠지, 불이 잘 안 켜지는데…… 어떻게 좀 쓸 수 있겠는지?"

"와, 이거 억수로 오래된 골동품이네! 보자, 내가 한번 살펴볼게."

처음엔 조금 의문이었다. 과연 그 라이터가 아무 탈 없이 잘 켜질지 어떨지. 아버지의 유품이라는 생각에 무작정 들고 나오긴 했지만, 그 라이터는 아버지가 돌아가신 이후로 단 한 번도 사용한 적이 없는 골동품에 고물 라이터였으니까.

"와, 잘 켜지네! 아저씨 고마워요."

과연 미제가 좋긴 좋았다. 국산 같았으면 어디가 망가져도 망가졌을 텐데, 그 지포 라이터는 대충 만들어진 지 20년이 지난 그 시점에도 아직 새것처럼 불이 팍팍 잘 일어났으니까.

"고맙긴 뭘. 그냥 기름 좀 넣고 라이터 돌 하나 간 것뿐인데. 자, 이번엔 학생이 한번 켜봐."

나는 아저씨가 건네는 지포를 들고 탁탁 불을 튕겨 보았다. 백발백중이었다. 라이터는 내가 불을 켤 때마다 한 번도 실패 없이 불이 팍팍 잘 일어났다.

"와, 잘되네! 아저씨, 얼마지요?"

"500원만 줘."

"자요, 여기."

나는 500원짜리 동전을 하나 건넨 뒤, 사람들의 물결로 흘러넘치는 중앙통을 천천히 걸었다. 이노끼와 해글러에게 잡히면 거의 사망이겠지만, 나는 제법 보무도 당당히 그 거리를 걸었다. 나는 아버지의 바바리와 장정구 퍼머 때문에 본의 아니게 약간 변장을 한 셈이 됐을 뿐만 아니라, 날이 날인 만큼 그 거리를 거닐며 크리스마스 기분을 한번 만끽해보고 싶은 생각이 들었던 것이다. 뭐 서울의 명동이랑 비교할 순 없겠지만, 어쨌든 그 거리는 우리 경주에서 가장 많은 사람들로 북적이고 화려한 네온들로 번쩍이는 거리였으니까.

두근두근 뛰고 조마조마한 가슴으로 한 10분쯤 그 거리를 걸었나? 나는 마침내 온갖 사람들로 붐비고 시끌벅적한 그 거리를 벗어나 르노 형의 방이 있는 쪽샘 방향으로 발을 돌렸다. 꼬리가 길면 밟힌다고 괜히 더 위험한 모험을 벌이다 이노끼와 해글러에게 잡힐지도 모른다는 생각이 들기도 했을뿐더러, 어쩌면 쿤타와 마이클 녀석이 벌써 현지와 헤리랑 헤어져 르노 형 방으로 와 있을지도 모른다는 생각이 들었으니까.

나는 뚜벅뚜벅 르노 형의 방이 있는 쪽샘으로 걷다가, 문득 쿤타와 마이클을 만나는 게 조금 귀찮고 거추장스럽다는 생각이 들었다. 며칠 동안의 가출로 내가 갑자기 철이 들고 정신적으로 좀 성숙해진 건지 모르겠지만, 나는 괜히 쿤타와 마이클 녀석을 만나 여자애들과 시시덕거리며 노느니(쿤타는 세희 방에서 세희 애들과 같이 놀자고 할 거였다. 녀석은 본의 아니게 바람을 맞혀 미안하다고 하며 그제라도 세희 애들과 열심히 놀아줘야겠다는 생각을 할 게 뻔했으니까) 지금 이 길로 어디 영화관이나 만화방 같은 데로 가서 혼자 좀 조용히 있는 게 더 낫지 않겠냐는 생각이 들었던 것이다. 그랬다. 그 편이 훨씬 좋을 것 같았다. 녀석들을 위해서도 그렇고 또 나를 위해서도 그렇고.

보아하니 녀석들은 내일부터 나를 따라 집을 나오고 나랑 같이 행동할 참인 모양이었는데, 그렇게 되면 나는 꼼짝없이 녀석들을 뗄 수 없는 혹에다 부록(?)으로 달고 다녀야 할 형편이었으니까. 그래, 아무래도 르노 형이 퇴근할 때까지 혼자 좀 조용히 잠수를 타고 있는 게 낫겠어. 녀석들을 만나봤자 괜히 또 세희 애들이랑 같이 놀자고 하고, 게다가 나를 따라 저희들도 내일부터 가출을 하겠다느니 학교를 때려치우겠다느니 하는 소리를 할 게 뻔할 테니까.

나는 가던 길을 돌려 다시 온갖 사람들로 넘치고 화려한 불빛들로 번쩍이는 시내 한복판으로 나갔다. 명보로 갈 셈이었다. 며칠 전 애들과 함께 영화를 보러 갔던 바로 그 영화관으로. 명보에는 아직 그 영화가 상영되고 있었다. 종업식 날 우리가 봤던 그 '졸업여행'이라는 영화가. 나는 이미 그 영화를 한 번 본 터였지만 다시 그 영화관으로 영화를 보러 갈 수밖에 없었다. 당시 내가 살던 경주에는 영화관이 네다섯 개쯤 있었는데, 다른 영화관은 다 12시 정도에 영화관을 마쳤지만 오직 그 영화관만이 날이 훤하게 샐 때까지 상영하는 심야 영화관이었던 것이다. 그래, 이미 본 영화긴 하지만 명보로 가는 게 좋겠어. 나는 영화를 보러 가는 게 목적이 아니라 르노 형이 집에 올 때까지 혼자 좀 조용한 곳에서 생각도 하고 쉬고 싶은 공간이 필요할 뿐이니까.

나는 명보에 도착한 뒤, 그 극장 앞에서 오뎅이며 번데기 따위를 팔고 있는 작은 리어커에서 오뎅을 몇 개 사 먹었다. 나는 엔젤스에서 현지와 싸우고 나오느라 아직 제대로 된 저녁도 못 먹고 배가 좀 고팠으니까.

1985, 경주, 그리고 메텔에 관한 이야기

오뎅을 몇 개 먹고 표주박처럼 생긴 빨간 플라스틱 컵으로 오뎅 국물을 몇 모금 홀짝이고 있을 때였다. 갑자기 내 옆으로 한 여자가 와 선다 싶더니(고개를 돌려 얼굴을 보지 않았지만, 나는 내 옆으로 와 선 사람이 여자라는 것을 단박에 알아챌 수 있었다. 그녀에게선 내가 일찍이 맡아 보지 못한 향긋한 향수 냄새와 비누 냄새가 같은 게 은은히 풍겼으니까), 그 여자가 아주 세련되고 매끄러운 서울말로 리어커 행상의 아줌마에게 물었다.

"아줌마, 여기 귤이랑 사과는 어떻게 해요?"

나는 흘깃 고개를 돌려 내 옆으로 와 선 여자를 보았다. 오뎅 국물이 담긴 빨간 표주박을 든 채로, 대체 어떻게 생긴 여자일까? 하고 말이다.

"……!"

순간, 나는 큐피드의 화살에 맞은 것처럼 가슴이 두근대고 볼이 빨개지는 것을 느꼈다. 측면으로 흘깃 본 것이어서 내가 혹시 잘못 본 것일 수도 있었겠지만, 그녀는 내가 그때껏 본 여자 중에서 가장 예쁘고 세련된 외모를 가진 여자라고 해도 과언이 아닐 만큼 빼어난 미모의 소유자였던 것이다.

"귤은 한 망에 1,000원이고, 사과는 한 개 300원이에요."

리어커 행상의 아줌마가 말했다. 당시 그 리어커에는 내가 먹던 오뎅 말고도 제법 많은 먹거리와 군것질거리들이 놓여 있었다. 서울 말씨의 그녀가 물었던 사과와 귤 외에도 실에 꿴 군밤에 쥐포와 오징어 같은 것들이 그 작은 리어커 위를 가득 메우고 있었던 것이다.

"그래요? 그럼 귤 한 망이랑 사과 한 개만 주세요."

"예에…… 자아, 여기……."

"1,300원이랬죠? 지, 그럼 여기……."

여자는 계산하며 옆에 서 있던 나를 힐끔 쳐다봤는데, 순간 나는 빨간 표주박을 들고 있던 내 자신이 조금 쪽팔리고 원망스러웠다. 뭐 빨간 표주박을 들고 오뎅 국물을 먹는 게 그리 큰 죄를 짓거나 망신스러운 일은 아니겠지만, 솔직히 마음에 드는 여자 앞에서 그런 모습을 보인다는 건 아무래도 좀 낯이 화끈거리고 민망한 일일 수밖에 없었던 것이다.

그녀는 아마 나처럼 명보로 영화를 보러 왔다가 잠깐 그 리어커에 들른 모양이었다. 그녀는 자신이 산 귤과 사과 값을 다 계산한 다음, 리어커의 아줌마에게 "많이 파세요"라는 인사와 함께 그 영화관으로 리드미컬하게 들어가버렸으니까.

"……."

나는 뭔가에 홀린 듯 멍하니 그녀의 모습을 쫓고 있다가, 이윽고 내가 먹은 오뎅 값을 계산하고 그 영화관으로 들어갔다. 어쩌면 그녀를 따라왔다는 오해를 받을 수도 있겠지만, 나는 애당초 그 영화관에서 르노 형이 퇴근할 때까지 푹 좀 쉬고 빈둥거릴 생각이었으니까 뭐 어쩔 수 없었다.

episode 15

나는 2층에 있는 매표구에서 영화표를 끊고 영화관 안으로 들어
갔다. 그러자 방금 밖에서 보았던 그녀가 휴게실의 한 탁자에 앉아
그 영화관의 분위기며 인테리어 같은 것을 두리번거리며 살펴보고
있었다.

　"……!"

　나는 그녀를 보며 잠깐 숨을 멈추었다가, 그녀의 앞으로 천천히
다가갔다. 그리고는 그녀가 앉은 바로 옆 탁자에 내가 멘 가출 가
방을 털썩 내려놓은 뒤, 괜히 할 일 없이 그 영화관을 어슬렁거리며
돌아다녔다. 영화관 여기저기에 붙은 낡은 영화 포스터를 오랫동안
들여다보기도 하고, 또 그녀 몰래 그녀의 몸매며 얼굴 같은 것을 힐
끔힐끔 훔쳐보기도 하면서.

　확실히 그녀는 내가 본 여자 중에서 가장 예쁘고 매혹적인 여자
라고 봐도 무방했다. 나는 그녀의 모습을 좀 더 정확하고 자세히 보

　　　　　　　　　　1985, 경주, 그리고 메텔에 관한 이야기

기 위해서 그녀의 모습을 계속 힐끗힐끗 훔쳐봤는데, 그녀는 내가 딱 좋아하는 스타일의 아름답고 세련된 여자였던 것이다. 얼굴이면 얼굴, 몸매면 몸매, 또 머리 스타일이면 머리 스타일……. 그녀는 대충 스무 살이나 스물한 살쯤 되어 보이는 묘령의 여인이었는데, 나는 그녀의 모든 외모며 이미지 같은 게 그동안 내가 꿈꿔왔던 이상형의 여인과 많이 닮았다는 생각을 했다. 청순가련형의 희고 갸름한 얼굴에, 패션모델처럼 날씬하고 후리후리한 키, 그리고 또 거의 허리까지 내려오는 긴 생머리 같은 것들이 모두 다. 외모뿐만 아니라 패션도 아주 근사하고 멋있었다. 그녀는 어디 장례식장에라도 다녀오는 길인지 아래위로 모두 검은색의 옷(치마 정장에 롱코트를 입고 있었다)을 입고 있었는데, 그래서 그런지 나는 그녀가 어딘지 은하철도 999에 나오는 '메텔'과 많이 닮았다는 생각을 했다. 은하철도 999의 메텔처럼 노란 금발에 벨벳류의 의상을 입고 있진 않았지만, 어쨌든 그녀는 꼭 은하철도 999에 나오는 메텔과 비슷한 외모와 이미지를 갖고 있었던 것이다(나는 초등학교 6학년 때부터 중학교 1학년 때까지 매주 일요일 아침마다 하던 은하철도 999의 광팬이었는데, 그래서 그런지 나는 세상 그 어떤 여자보다 메텔이란 인물을 좋아하고 사랑했다. 만화 영화 속의 인물을 현실 속의 인물보다 더 좋아하고 사랑하는 게 조금 이상하긴 했지만, 그래도 나는 그때껏 이 세상에서 메텔보다 더 멋지고 아름다운 여자는 없다고 생각하고 있었다).

나는 그녀에게 수작 같은 것을 한번 걸어보고 싶었다. 그녀처럼 멋진 여자가 나처럼 볼품없고 덜떨어진 녀석의 수작에 넘어올 리 없겠지만, 어쨌든 그녀는 내가 본 여자 중에서 가장 멋지고 근사한 여자라 할 수 있었으니까. 그러나 쉬 용기가 나지 않았다. 입이 떨어지지 않았다. 내가 한 짓이라곤 괜히 그녀의 관심을 끌기 위해 아버지의 지포 라이터를 찰칵거리며 켰다 껐다 하는 것과 김범룡의 '겨울비는 내리고(당시 그 노래는 김범룡의 노래 중에서 가장 인기가 많고 여자들이 좋아하던 곡이었다. 뭐 다른 동네에서는 어땠는지 모르겠지만, 하여튼 내가 살던 우리 동네에서는 그랬다)'를 홍얼거린 것뿐이었다. 하긴 이제 겨우 열여섯밖에 안 된 녀석이 대체 무슨 대사며 액션 같은 것을 보여줄 수 있었겠는가? 그것도 또래의 평범한 여학생이나 그저 그렇게 예쁜 여자애라면 몰라도 그녀처럼 멋지고 근사한 숙녀 앞에서.

나는 10분이 넘도록 혼자 전전긍긍하고 조바심을 다 태우다(무슨 책인지 모르겠지만, 그녀는 어느 순간부터 자신의 작은 배낭에서 작은 책을 하나 꺼내 보고 있었다. 아까 극장 앞에서 산 귤을 하나 까먹으면서), 마침내 용기를 내 그녀의 앞으로 주뼛주뼛 다가갔다. 딱히 어떻게 하겠다는 계획은 없었다. 되든 안 되든 일단 말이나 한번 붙여볼 셈이었다. 거의 100프로 딱지를 맞겠지만, 내 인생에서 가장 멋지고 근사한 여자를 만났는데 그런 기회를 그냥 시도조차 안 해보고 공중으로 날려버릴 수는 없는 노릇이었으니까. 그리고 보면 나도 꽤 훌륭하고 용감한 놈이었다. 보통 놈이면 그냥 말 한마디 못 하고 그런 기회를 공중으로 날려버릴 텐데, 나는 그래도 제법 용기를 내 그녀에게 말이라도 한번 붙여봐야겠다는 생각을 갖고 있었으니까. 뭐 아무튼, 나는 "저, 혼자 오셨나 보죠?" 하고 말문을 열 셈이었다. 그럼 그녀가 어떤 식으로든 반응할 거였다. 떨떠름한 표정으로 "아, 네……"라고 하든가, 아니면 여자 특유의 새침함과 도도함 같

1985, 경주, 그리고 메텔에 관한 이야기

은 것으로 아예 내 말을 들은 체도 않고 "흥!" 하고 콧방귀를 뀌든 가……. 하여튼 처음 말을 붙이는 게 가장 중요했다. 처음 말을 붙이는 게 어려워서 그렇지 내가 또 한번 찬스를 잡았다 하면 아무도 못 말릴 정도로 우스갯소리도 잘하고 임기응변 같은 것에도 능한 편이니까. 자, 아무튼…… 침착하자구, 침착! 이건 진짜 하늘이 주신, 두 번 다시는 잘 오지 않을 좋은 기회니까.

"저……."

그러나 막상 그녀 앞에 딱 서니, 나는 마치 치매라도 걸린 듯 모든 걸 다 까맣게 잊어버리고 말았다. 내가 애초 생각해두었던 대사며 액션 같은 것을 모두 다 까마귀 고기를 먹은 것처럼 새까맣게 말이다. 외모가 외모인 만큼 그녀는 아마 나 같은 바보에 얼간이들을 많이 봐온 모양이었다. 그녀는 내가 자신의 앞으로 다가오자마자 이미 모든 걸 다 알고 있다는 눈빛으로 나를 빤히 올려다봤는데, 나는 그녀의 그런 눈빛에 주눅이 들어 전혀 내가 생각지도 않았던 바보 같은 대사에 액션을 취하고 말았던 것이다.

"호, 혹시 10원짜리 있으면 두 개만 좀 빌려줄래요? 고, 공중전화를 하려는데…… 마침 10원짜리가 하나도 없어서……."

속이 뻔히 보이는 수작이긴 했지만, 다행히 그녀는 꽤 마음씨가 좋은 아가씨였다. 좀 황당한 표정을 짓긴 했지만, 그녀는 그래도 제법 상냥한 미소를 띠며 자신의 주머니에 있는 동전을 쩔렁거리며 꺼냈으니까.

"얼마? 근데, 10원짜리가 있는지 모르겠네……."

✕ ✕ ✕

나는 다보탑이 새겨진 10원짜리를 두 개 빌린 뒤, 휴게실 한쪽에 걸린 공중전화로 가서 다이얼을 돌렸다. 42-197×. 나는 우리 집 전화번호와 끝 번호만 살짝 다른 전화번호로 다이얼을 돌린 후 그 집의 주인장과 한바탕 말도 안 되는 코미디에 꽁트를 펼쳐야만 했다. 나는 그녀에게 10원짜리를 두 개 빌린 이상 어디론가 전화를 걸 수밖에 없었는데(그래야 의심을 안 받을 것 같았다. 그녀는 내가 진짜 전화를 거나 안 거나, 내 뒤통수를 계속 쳐다보고 있다는 느낌을 받았으니까), 나는 수화기 너머의 어떤 할머니에게 연신 알아듣지도 못할 말을 지껄여 댈 수밖에 없었던 것이다. 크리스마스이브인데 집에서 뭐 하냐는 둥, 여기 명보로 방금 영화를 보러 왔는데 별일 없으면 나하고 같이 영화나 보자는 식의 헛소리를 마구 늘어놓으며 말이다. 그러자 아닌 밤중에 무슨 잠꼬대냐는 듯 "예? 예?" 하며 전화를 받던 할머니가 마침내 나에게 "에라이, 미친놈아! 내 참 오래 살다 보니 별 미친놈 다 보겠네" 하며 쾅 전화를 끊어버렸던 것이다.

"그래? 그럼 어쩔 수 없지 뭐. 그럼 내일 만나서 얘기해. 그래, 니도 크리스마스 잘 보내고. 메리 크리스마스."

나는 이미 전화가 끊겨 뚜뚜뚜뚜 소리가 나는 수화기에 몇 마디 더 지껄여댄 다음, 마침내 수화기를 놓고 공중전화 옆에 있던 화장실로 황급히 뛰어 들어갔다. 뭐 그만하면 제법 알리바이도 잘 맞추고 혼신의 연기를 펼친 셈이었지만, 나는 왠지 그녀가 나의 연기며 거짓말을 다 알아챈 것만 같아 선뜻 내 자리로 돌아갈 엄두가 잘

나지 않았던 것이다.

　나는 지린내와 나프탈렌 냄새가 훅 끼치는 화장실로 들어간 뒤, 주머니에 있던 담배부터 한 대 찾아 물었다. 대체 왜 그렇게 가슴이 뛰고 다리가 후들거렸는지 모르겠지만, 나는 아무튼 담배라도 한 대 피워야 벌렁벌렁 뛰는 가슴도 좀 진정되고 후들후들 떨리던 다리도 좀 덜 후들거릴 것만 같았던 것이다. 나는 무슨 아편쟁이처럼 급하게 담배를 한 대 붙여 물며 내 자신에 대한 한심함과 답답함으로 내 머리통을 두어 번쯤 쥐어박았다. 어이구, 이 바보 같은 자식아! 좀 더 세련되고 노련하게 대시하지 못하고 대체 그게 무슨 바보 같은 짓이고 망신이니, 망신이? 으이그, 이 덜떨어진 자식아. 도대체 왜 사니, 왜 살어?

　바로 그때였다. 좀 전까지만 해도 휴게실에 있던 그녀가 그 화장실 문을 열고 불쑥 그 화장실 안으로 들어온 것은! 갑자기 그녀가 화장실로 들어온 바람에 움찔 놀라긴 했지만, 사실 그녀가 그 화장실로 들어온 것은 그리 놀라거나 쇼킹한 일은 아니었다. 내가 갔던 그때의 그 영화관은 시내에서 가장 작고 좁은 소극장이었고(겨우 200석 정도의 규모였다), 하여 그 영화관에는 남녀 공용으로 쓰는 화장실이 단 한 개밖에 없는 구조였으니까.

　"……!"

　나는 그녀를 보기가 민망해 애써 그녀의 눈을 피하고 있었다. 아마 지퍼를 열고 오줌을 누고 있었다면 더 민망했을 테지만, 나는 그녀가 분명 내가 말을 건 의도며 목적 같은 것을 다 알고 있을 것만 같은 기분이 들었던 것이다.

"……."

나는 그녀의 시선을 피한 채 계속 담배만 피우고 있었다. 괜히 그녀를 보기가 쪽팔려 낯이 화끈거리긴 했지만, 그렇다고 냉큼 담배를 끄고 밖으로 나가버리면 그녀의 그런 의심에 외려 더 큰 확신만 주는 꼴이 되고 말 테니까. 나는 애써 태연한 얼굴로 담배만 빠끔빠끔 피우고 있었는데, 그녀는 아마 나처럼 화장실로 볼일을 보러 온 게 아니라 담배를 피우러 온 모양이었다. 그녀는 슬쩍 내 쪽을 한번 보긴 했지만, 자신이 입고 있던 코트에서 담배를 한 대 꺼냈으니까. 하지만 그녀는 곧 낭패감에 찬 얼굴로 자신의 주머니를 뒤지고 더듬거렸다. 아마 불이 없는 모양이었다. 그녀는 여기저기 자신의 몸을 더듬고 주머니를 뒤지긴 했지만, 끝내 자신의 몸이나 주머니에서 라이터나 성냥을 찾지 못하고 나에게 슬쩍 미소를 지으며 도움을 구했으니까.

"저, 미안하지만 담뱃불 좀 빌릴 수 있을까? 아까까지만 해도 분명 성냥이 있었는데, 갑자기 성냥이 어딘가로 사라지고 없어서……."

"예? 아, 예에……."

나는 얼떨떨한 표정을 짓다가, 그녀의 앞으로 가서 아버지의 지포를 켜주었다. 나는 그녀가 담배를 피운다는 사실에 조금 놀라긴 했지만, 담뱃불을 빌려주는 게 뭐 그리 어려운 일이거나 정색을 하고 거절할 만한 일은 아니었으니까.

"……고마워."

그녀는 담배를 붙여 문 뒤, 길고 가느다란 손가락으로 천천히 담배를 피우기 시작했다. 대체 언제부터 담배를 피우기 시작한 지 모르겠지만, 그녀는 담배를 피운 지 꽤 오래된 모양이었다. 그녀는 나보다 몇 배나 더 세련되고 능숙한 동작으로 담배를 피우고 있었으니까.

"……."

나는 그녀가 담배를 피우는 모습을 멍청히 쳐다보고 있었다. 그녀가 담배를 피우는 모습이 좀 신기하기도 하고 의외라는 생각이 들어서 말이다. 그러자 그녀가 반은 통박을 주고 반은 장난을 치는 듯한 얼굴을 나에게 도발 비슷한 것을 했다.

"근데, 뭘 그렇게 빤히 쳐다봐? 여자 담배 피우는 거 처음 봐?"

"예? 아, 아뇨. 그런 게 아니라……."

나는 뭐라 할 말이 없어 눈을 아래로 내리깔며 중얼거렸다. 하지만 왠지 좀 억울한 기분이 들었다. 내가 얼마나 어리고 만만해 보인 건지 모르겠지만, 그녀는 아까 내가 10원짜리를 좀 빌려달라고 했을 때부터 계속 나에게 반말을 하고 있었던 것이다.

"저, 근데 왜 자꾸 반말이에요? 내가 보기엔 그쪽이 나보다 별로 나이도 많지 않은 것 같은데……?"

"왜 억울해? 억울하면 너도 반말해. 하지만 아무래도 내가 너보다 한참 누나뻘 되지 싶은데……?"

그녀는 피식 실소를 흘리며 말했다. 마치 내가 자신의 새까만 후배나 막냇동생 정도로밖에는 안 보인다는 듯한 표정을 지어 보이며.

"쳇, 누나라니! 좋아요, 그럼 우리 주민등록증 한번 까볼래요?"

나는 짐짓 희극적인 동작으로 지갑을 꺼내는 시늉을 해 보였다.

바보 같은 대사에 바보 같은 액션이긴 했지만, 그녀와 친해지기 위해서는 그런 희극적인 대사에 행동이 좀 필요할 것 같았다. 원래 여자들이란 다들 재치 있고 유머러스한 남자들을 좋아하는 법이고, 아울러 여자랑 친해지는 데 있어 재치 있는 말이나 유머러스한 말보다 유용한 무기도 없을 테니까.

"좋아, 그럼 너 도대체 올해 몇 살인데?"

"먹을 만큼 먹었어요. 그러는 그쪽은?"

나는 그쪽부터 공개하라고 했다. 나는 그녀가 몇 살이라고 말하든 그녀보다 한 살 더 많다고 거짓부렁을 할 생각이었으니까.

"좋아, 난 올해 스물이야. 그러는, 넌?"

"애걔, 아직 그것밖에 안 됐어요? 그럼 오빠라고 불러요! 난 올해 스물하나니까."

"야, 웃기지 마! 애가 어디서 사기 치려고……."

그녀는 코웃음을 치며 말했다. 열흘 삶은 호박에 이빨도 들어가지 않을 소릴랑 아예 하지도 말라는 듯이 말이다.

"정말이에요! 내가 뭐 하러 그런 사기를 치겠어요?"

나는 펄쩍 뛰는 시늉을 하며 말했다. 내 나이를 다섯 살이나 더 올려 말해서 양심이 좀 찔리긴 했지만, 그렇다고 내 나이와 생년월일 같은 걸 모두 다 솔직히 밝힐 순 없는 노릇이었으니까.

"흥, 웃기고 있네! 내가 보기에, 넌 이제 겨우 열여덟이나 열아홉쯤으로밖에 안 보여. 그러니까 괜히 거짓말할 생각 말고 솔직히 다 얘기해. 내가 너보다 한두 살 많다고 해서 너한테 꼰대질을 하거나 누나 소릴 들을 생각은 전혀 없으니까. 어때, 내 말 맞지?"

1985, 경주, 그리고 메텔에 관한 이야기

"무슨 소리에요? 난 정말 올해 스물하나라니까요."

나는 계속 더 우기고 뻗대며 말했다. 그녀는 내 말을 전혀 믿지 않는 눈치였지만, 한번 시작된 거짓말은 절대 그렇게 쉽게 멈출 수 있고 그만둘 수 있는 것이 아니었으니까. 그러자 그녀가 내 얼굴을 한 5초간 빤히 건너다보더니, 갑자기 나에게 날카로운 질문을 하나 던졌다. 만약 내가 진짜 스물하나라면 내 띠가 뭐냐고 물었던 것이다. 허리띠나 머리띠 따위의 그런 띠가 아니라 소, 닭, 개, 돼지 따위의 12간지 중 과연 어떤 띠에 해당되느냐고 새침하게 물어왔던 것.

"예? 그, 그건……."

나는 당혹감에 찬 얼굴로 우물쭈물할 수밖에 없었다. 사주나 관상 따위를 보는 점쟁이라면 모를까, 내가 어떻게 그런 것을 구구단 외우듯 착착 잘 외우고 잘 대답할 수가 있었겠는가? 어우, 쪽팔려. 어유, 남세스러워. 이럴 줄 알았으면 내가 12간지인지 뭐니 하는 것을 미리 좀 잘 외워두고 알아두는 건데.

"좋아요, 솔직히 말할게요. 스물하나라고 한 건 다 웃자고 한 얘기고, 난 올해 열아홉이에요. 그러니까 그쪽보다 딱 한 살 적은……."

나는 결국 그렇게 둘러대고 눙칠 수밖에 없었다. 나도 그녀랑 같은 스물이라고 할 걸 그랬나 하는 생각이 들었지만, 그래도 나름대로 그녀의 질문에 잘 둘러대고 잘 눙친 것 같았다. 말이 났으니 하는 얘긴데, 사실 자신의 나이를 속이는 것도 생각처럼 그렇게 쉬운 일은 아니다. 우리 나이를 잘 파악하지 못하는 바보 같은 어른들이나 모범생 계통의 애들은 쉽게 속일 수 있을지 몰라도, 그녀처럼 눈치가 빠르고 왕년에 좀 놀아본 듯한 언니를 속이는 일은 결코 그렇게 쉽지 않은 일인 것이다.

"흠……."

그녀는 의심에 찬 눈길—아냐, 넌 그렇게까지도 안 보여. 내가 보기에 넌 열일곱이나 열여덟 살쯤으로밖에 안 보이는 것 같아, 라고 말하는 듯한—로 한 번 더 나를 건너다보고 훑어보긴 했지만, 다행히 내 나이를 갖고 더 이상 시비를 걸거나 유세를 떨진 않았다. 그녀는 꼭 미국 영화에 나올 법한 여배우처럼 아주 쿨하고 시니컬한 말투로 내게 말했으니까.

"하여튼 내가 한두 살쯤 많은 것 같지만, 억울하면 너도 반말해! 나이 한두 살 많은 게 무슨 큰 벼슬도 아니고, 어차피 난 그런 걸 별로 중요하게 생각하는 사람이 아니니까. 언더스텐?"

오, 멋진데! 좋아, 아주 좋아! 나는 그녀의 위트 있고 카리스마 넘치는 말투에 짐짓 항복하는 시늉—두 손을 번쩍 들어—을 해 보이며 말했다.

"아뇨, 괜찮아요. 초면에 이런 말하기 좀 그렇긴 해도, 실은 제가 마조히스트거든요! 그러니까 반말이 아니라 욕을 하거나 채찍 같은 걸로 날 때려도 전혀 상관없어요. 난 그런 것에 마음을 다치거나 기분이 나쁘기는커녕, 오히려 그런 것에 더 쾌감을 느끼고 흥분을 느끼는 쪽이니까. 오케이?"

"맙소사!"

확실히 좀 놀아본 누나에 센 누나인 것 같았다. 웬만한 여자 같으면 내가 한 멘트에 좀 당황하고 황당해할 법도 했건만, 그녀는 내가 한 멘트에 크게 웃으며 내가 좀 마음에 든다는 표정을 짓고 있었으니까. 어떤가, 대단히 열려 있고 화끈한 성격의 여성이지 않은가?

✖ ✖ ✖

"커피 한잔할래요?"

담배를 다 피운 다음, 화장실을 나오면서 내가 물었다. 휴게실 한쪽에 서 있는 커피 자판기를 가리키면서 말이다.

"좀 전에 동전 빌린 것도 있고, 괜찮다면 커피 한잔 사고 싶은데……."

나는 그녀가 제발 고개를 끄덕여주길 바랐다. 그때까지 대화를 나눈 것만 해도 충분히 즐겁고 행복했지만, 커피까지 마셔준다면 나는 한층 더 그녀와 많은 말을 나누고 가까워질 수 있을 터였으니까.

"커피? 좋지! 안 그래도 커피 한잔하고 싶었는데."

그녀는 쾌히 끄덕였다. 별다른 의심이나 망설임 없이, 아주 쿨하고 화통하게. 좋아, 좋았어! 지금 이대로만 계속 밀고 나가자구. 그녀도 과히 나를 싫어하거나 귀찮게 여기는 것 같진 않으니까.

"근데 어디서 왔어요? 보아하니 여기 경주가 집은 아닌 것 같은데……?"

자판기에서 뽑은 커피를 마시며 내가 물었다. 그녀는 아까부터 아주 정확하고 세련된 서울말을 구사하고 있었던 것이다. 지역 특유의 억세고 무뚝뚝한 경상도 사투리가 아니라 아주 상냥하고 매끈

매끈한 표준말을 말이다.

"응, 서울에서 왔어."

흐음, 역시 그랬군! 아무래도 생긴 외모며 옷차림 같은 게 딱 서울 스타일이더라니깐.

"근데, 여긴 무슨 일로……?"

"그냥 겸사겸사. 개인적인 볼일도 좀 있고, 또 이번 기회에 여기 경주 여행을 제대로 한번 해보고 싶어서……."

"음, 그랬군요. 근데 여기 경주엔 언제 왔어요?"

나는 고개를 주억이며 계속 물었다. 나는 그녀에 대해 궁금한 게 아주 무지무지하게 많았으니까.

"오늘 왔어. 오늘 오후에."

"혼자요?"

"응, 혼자."

야호. 앗싸. 나는 만세라도 부르고 싶은 심정이었다. 혹시 다른 남자랑 함께 여행 온 거라면, 나는 그야말로 닭 쫓던 개 지붕 쳐다보는 꼴이 되고 말 터였으니까.

"흠, 그랬군요."

나는 거의 날아갈 듯한 기분으로 내 앞에 놓인 커피를 홀짝였다. 나는 그녀에게 좀 있어 보이려고 생전 잘 먹지도 않던 블랙커피를 뽑았는데, 그럼에도 전혀 그 커피가 쓴 것을 잘 못 느꼈다. 하긴 그녀처럼 근사한 여자와 함께라면 새우깡에 깡소주를 마셔도 맹물처럼 잘 넘어갈 것이다. 새우깡에 깡소주가 다 뭔가? 새우깡에 조선간장을 마셔도 짠맛을 잘 못 느낄 것이다. 그렇지 않겠는가?

"그럼 숙소는 구했어요? 혹시 아직 숙소를 안 구했으면 내가 괜찮은 숙소를 알아봐주거나 추천해줄 수도 있는데……?"

"아냐, 난 이미 숙소를 구했어. 보문에 있는 콘도에."

"보문에 있는 콘도요?"

"응, 한국 콘도라고……."

"아……. 근데 집이 좀 사는가 봐요? 그런 데서 자려면 방값이 꽤 비쌀 텐데……."

나는 그녀가 부잣집 딸이라는 사실에 약간의 위축감을 느끼며 물었다. 의도하진 않았지만, 나도 모르게 다소 부러워하고 비아냥거리는 투가 되어서 말이다.

"뭐 쾨끔. 근데, 난 돈 안 주고 공짜로 자는 거야. 거기 콘도 지배인이 우리 부모님들이랑 잘 아는 사이고 또 우리 부모님이 사업상 쓰는 회원권이라는 게 있어서……."

그녀는 어깨를 으쓱하며 대답했다. 콘도에 자는 게 뭐 그리 대단한 일이거나 자랑할 만한 일은 아니라는 듯한 표정을 지으며. 그러고는 자신의 종이컵에 담긴 밀크 커피를 한 모금 마신 뒤 이번에는 자기가 물을 차례라는 듯이 나에게 물었다.

"넌 여기가 고향이지? 여기 경주가?"

"예, 물론예요."

나는 고개를 끄덕였다. 나는 경주에서 태어나고 경주에서 주욱 자란, 완전 경주 토박이였으니까.

"그럼 너 혹시 '쪽샘'이란 데 알아? 듣자 하니 여기 경주 시내에서 얼마 떨어지지 않은 곳에 있다던데……?"

"당연하죠! 근데 갑자기 거긴 왜요?"

나는 크게 끄더이며 물었다. 그녀가 왜 갑자기 쪽샘에 대해 묻는지 모르겠지만, 나는 쪽샘에 대해서라면 누구 못지않게 잘 알고 있었으니까. 알다시피 그곳은 르노 형의 자취방이 있는 곳이었는데다, 내가 살던 동네서 한 10분—도보로—쯤밖에 안 떨어진 동네였기 때문에 나는 어렸을 때부터 그곳을 아주 뻔질나게 드나들곤 했던 것이다. 그곳은 내가 아주 어렸을 때부터 목욕하러 가던 단골 목욕탕이 있는 곳이었고, 또한 내가 심심하면 항상 가곤 하던 단골 만화방에 오락실이 있던 동네였으니까.

"아, 그냥⋯⋯."

그녀는 살짝 답을 흐린 뒤, 종이컵에 담긴 커피를 한 모금 더 마셨다. 그러고는 무슨 까닭인지 방금 물었던 쪽샘에 대해 다시 한번 더 물었다.

"여기서 멀어? 그 쪽샘이라는 곳 말이야."

"아뇨, 바로 요 앞이에요. 여기서 한 10분쯤만 걸으면 바로 도착할 수 있는데요, 뭐."

"그래? 그럼 이따 잠깐 들러봐야겠네. 안 그래도 내일쯤 거기 한번 들러볼 생각이었는데⋯⋯."

"엇, 정말요? 그럼 제가 이따 거기까지 안내해줄게요. 영화 다 보고 여기서 나가면."

내가 대답했다. 대체 무슨 일로 쪽샘에 가려는지 모르겠지만, 나는 어떻게든 그녀와 좀 더 같이 있고 싶고 좀 더 친해지고 싶단 생각밖에 안 들었으니까.

"아냐, 굳이 그럴 필요 없어. 어디 멀리 떨어진 것도 아니고, 얘기 들어보니 나 혼자서도 금방 찾아갈 수 있겠는데 뭐."

"아뇨, 부담 가질 거 없어요. 나도 어차피 여기서 나가면 그쪽으로 가야 되니까."

"그래? 그렇다면 나도 굳이 사양할 이유야 없겠지만……."

그녀는 좋을 대로 하라는 듯 어깨를 으쓱한 뒤, 갑자기 내 이름이 뭐냐고 물었다. 뭐 별로 궁금한 건 아니지만, 그래도 이왕 이렇게 된 것 서로 간단한 통성명이나 하고 수인사나 하자는 듯.

"내 이름요? 음…… 그냥 염세라고 불러줘요."

나는 내 본명을 말할까 하다가, 아이들이 많이 부르는 내 별명을 말했다. 나는 김순철이라는 내 본명이 약간 촌스럽게 느껴졌기도 했거니와, 처음 보는 여자 앞에서 굳이 내 본명까지 밝힐 필요는 없다는 생각이 들었으니까.

"염세? 그게 네…… 본명이야?"

그녀는 고개를 갸웃거리며 물었다. 내 이름이 약간 이상하고 부자연스럽게 느껴진다는 듯.

"아뇨, 염세는 내 별명이자 가명이에요. 싫을 염(厭), 세상 세(世). 즉, 염세주의자란 뜻이죠. 어때요, 멋지죠?"

나는 내 별명에 얽힌 뜻을 밝혔다. 그러고는 다소 어이없어하고 황당해하는 미소를 짓고 있는 그녀에게 물었다.

"그쪽은 이름이 뭔데요?"

"내 이름은…… 그래, 메텔이라고 불러줘."

그녀는 잠시 머뭇거리다, 갑자기 좋은 생각이 났다는 듯 말했다.

내가 본명을 밝히지 않은 탓인지 그녀 역시 나를 따라 약간 장난스러운 두로 자신의 별명이랄까 가명 같은 것으로 답했던 것이다.

"메텔? 은하철도 999의, 그 메텔 말예요?"

"그래, 은하철도 999의 그 메텔! 어때, 좀 닮지 않았어? 다른 사람들은 내가 메텔이랑 많이 닮았다던데."

"설마."

나는 말도 안 된다는 듯 입을 비쭉거렸다. 하지만 그녀는 어딘지 메텔과 많이 닮은 외모와 분위기 같은 것을 갖고 있었다. 거의 허리까지 내려오는 긴 머리와 검은색의 롱코트도 그랬고, 또 패션모델처럼 길고 호리호리한 체형에 언뜻 밝고 명랑해 보이면서도 어쩐지 그 얼굴 어딘가에서 묘하게 느껴지는 우울감이랄까 우수에 찬 표정 같은 것들이 모두 다.

"메텔이 됐건 캔디가 됐건, 어쨌거나 반가워요. 자, 그럼 우리 그런 의미에서 악수나 한번 할까요?"

나는 손을 내밀어 악수를 청하며 말했다. 굳이 악수할 필요까진 없는 상황이었지만, 나는 악수를 핑계로 그녀의 손을 한번 잡아보고 싶었으니까.

"그래, 나도 반가워."

그녀는 내가 청하는 악수를 순순히 받아들이며 말했다. 내 속을 빤히 다 뚫어보고도 악수를 해준 것인지, 그게 아니면 그냥 아무런 의심 없이 순수한 마음으로 내 손에 악수한 건지는 나도 잘 모르겠지만 뭐 아무튼. 나는 그녀의 길고 흰 손을 잡고 몇 번 흔든 뒤 살짝 궁금한 생각이 들어 다시 물었다.

"근데 여기 시내엔 웬일이에요? 보문에 있는 콘도가 숙소라면서……."

"그냥 시내 구경도 좀 하고 바람 쐬러 나왔어. 아무래도 오늘이 크리스마스이브라 숙소에 혼자 있긴 좀 그렇더라구……."

"음, 그랬군요. 근데 김범룡 좋아하나 봐요? 다른 영화도 많은데 굳이 이 영화를 보러 온 걸 보면……?"

나는 머리를 끄덕이며 다시 물었다. 나는 아직 그녀에게 궁금한 게 차고 넘칠 정도로 많았으니까.

"거의 죽음이지 뭐! 김범룡 팬이라 안 그래도 이 영화 한번 봤으면 했는데, 마침 이 극장에서 이 영화를 하잖아? 그래서 그냥 잘됐다 하고 이 영화관으로 냉큼 들어왔지 뭐."

나는 그녀의 말에 슬며시 질투가 나려 했지만 그냥 묵묵히 고개를 끄덕였다. 거의 죽음까지는 아니었어도, 나 역시 김범룡의 1집은 테이프가 늘어질 때까지 많이 듣고 좋아했으니까.

"근데, 영화 보러 안 들어갈 거예요? 이제 커피도 다 마셨겠다, 슬슬 상영실 안으로 들어가는 게……?"

나는 손목에 찬 시계를 보며 말했다. 시계는 9시 20분을 가리키고 있었다. 상영 중인 영화가 다 끝나려면 아직 10분 정도가 더 남아 있는 것 같았는데, 나는 새삼 집에서 아버지의 세이코를 잘 갖고 나왔다는 생각이 들었다. 내가 태어나기도 전에 산 시계라 유행에 많이 떨어지긴 했지만, 그래도 그 시계는 제법 품격도 있어 보이고 시간도 정확히 잘 맞고 있는 것 같았으니까.

"아냐, 시간 보니까 이제 끝날 때 다 됐는데 뭐. 난 원래 영화를 시작할 때부터 끝까지 쭈욱 봐야지, 안 그럼 영화의 내용이 다 읽혀서 영 재미없고 시시하게 느껴지더라구. 그러니까 나 신경 쓰지 말고 들어가고 싶으면 너 먼저 들어가. 난 지금 하고 있는 영화 다 끝나면 들어갈 테니까."

그녀는 남자와 달리 손목 안쪽으로 찬 작고 얇은 여성용 시계를 보며 말했다. 그런데 왜 여자들은 남자와 달리 손목 바깥쪽이 아니라 손목 안쪽으로 시계를 차는 것일까? 딱히 누가 여자는 그런 식으로 시계를 차는 게 훨씬 더 어울리고 예뻐 보인다고 말해주고 가르쳐준 것도 아닐 텐데 말이다(그런 것도 다 유행이 있고 시대의 흐름 같은 게 있는 것일까? 요즘엔 전혀 그렇지 않은 듯하지만, 내가 느끼기에 그땐 진짜 대부분의 여자들이 시계를 다 그런 식으로 찼다).

"아뇨, 나도 좀 있다 들어가죠 뭐. 시간 보니까 한 10분 정도만 있으면 영화 다 끝날 것 같으니까."

나는 10분 정도 더 그녀와 휴게실에 앉아 있었다. 김범룡의 노래와 크리스마스를 화제로 이런저런 얘기도 좀 더 하고, 또 아까 그녀가 극장 앞에서 산 귤이랑 사과도 같이 나눠 먹고 하면서 말이다.

따르르르릉!

이윽고 우리가 앉아 있던 자리로 영화가 다 끝났음을 알리는 벨소리가 요란하게 울렸고, 우리는 마침내 자리에서 일어나 잔잔한 엔딩 음악과 엔딩 크레딧이 흐르고 있는 어두컴컴한 상영실 안으로 들어갔다.

episode 16

영화를 다 보고 밖으로 나오니, 어느덧 자정이 조금 넘어 있었다. 군이 그럴 필요까지는 없다고 했지만, 나는 약속대로 그녀를 쪽샘까지 안내해주었다.

자정이 넘은 시간이었지만, 쪽샘은 아직 제법 많은 술꾼들과 취객으로 흥청거리고 있었다. 가라오케나 룸살롱 같은 신식 술집에 밀려 그 위상이 많이 추락하긴 했지만, 어쨌든 그곳은 옛날부터 경주에서 제일 유명한 유흥가에 홍등가였으니까. 그랬다. 그곳은 약 300미터쯤 되는 좁고 구불구불한 소로를 따라 수십 개의 크고 작은 요정들이 띄엄띄엄 간판을 걸고 있던 요정 골목이었던 것이다.

"다 왔어요! 여기가 바로 쪽샘이에요."

나는 쪽샘으로 들어가는 골목으로 들어서며 말했다. 포장이 되지 않은 흙길을 따라 'ㅇㅇ장'이며, 'ㅇㅇ정'이며, 'ㅇㅇ관' 따위의 요정 간판들이 훤하게 불을 밝히고 있는 모습들을 가리키면서.

1985, 경주, 그리고 메텔에 관한 이야기

"그렇군! 그럼 넌 이제 그만 가봐. 여기서부턴 나 혼자 다녀도 되니까."

"아뇨, 이왕 여기까지 온 거 끝까지 에스코트하죠 뭐. 사실 이 동네가 여자 혼자 밤에 다니긴 좀 위험한 동네거든요. 이런저런 동네 양아치들도 많고, 또 코가 비뚤어지게 취한 취객들도 많고 그래서……."

나는 그녀의 만류를 뿌리치며 그녀의 가이드에 경호원 노릇을 계속 자처했다. 나 역시 그녀에게 음흉한 생각을 품고 있는 늑대임엔 다를 게 없었지만, 사실 그 골목은 여자 혼자 밤에 다니기에 조금 무서운 우범지대였으니까.

나는 그녀와 그 골목을 한 바퀴 빙 돌아본 다음, 처음 우리가 들어왔던 쪽샘 골목의 입구로 다시 나오면서 물었다.

"근데, 여긴 왜 오자고 한 거예요? 혹시 여기 일할 생각으로 사전 답사 온 거 아녜요? 아님 여기서 일하는 친구나 지인을 만나러 왔거나. 맞죠?"

농담처럼 던진 질문이긴 했지만, 얼핏 그런 의심이 든 게 사실이었다. 그녀는 한 집 건너 한 집 식으로 있는 요정을 보며 계속 그 요정 안의 분위기며 모습 같은 것을 유심히 살피고 훔쳐보고 그랬으니까(다들 대문을 활짝 열어놓고 장사를 했기 때문에 우리는 대충 그 요정 안의 분위기며 모습 같은 것을 살피고 훔쳐볼 수 있었다. 이를테면 한복을 곱게 차려입고 마루를 오가는 요정 아가씨라든가, 또 요정 안에서 들려오는 악사들의 밴드 소리 같은 것 등등). 뭐랄까…… 마치 그 술집 안에 자기가 찾는 사람이 있는 것 같기도 하고, 또 그 술집들에 대해 어떤 말 못

할 추억이나 사연이 있기라도 하는 듯 왠지 좀 씁쓸하고 상념에 듯한 잠긴 표정으로 말이다.

"왜 실망했어? 내가 그쪽 계통에서 일하는 여자 같아 보여서?"

"아뇨, 그럴 리가! 오히려 대환영이에요! 원래 그쪽 계통에 있는 누나들이 훨씬 더 의리도 있고 화끈하니까."

나는 두 손을 내저으며 말했다. 그 정도 농담으로 삐칠 성격 같진 않았지만, 듣기에 따라서는 내 말에 조금 기분이 상하기도 하고 언짢아질 수도 있었으니까. 하지만 나는 호기심을 못 참고 계속 그녀에게 넌지시 떠보는 투로 물었다.

"근데 여긴 진짜 왜 오자고 한 거예요? 아무래도 무슨 사연이 있긴 있는 것 같은데……."

"너무 많은 걸 알려고 하지 마. 그러다 다치는 수가 있으니까."

나는 더 이상 캐물을 수 없었다. 아무래도 무슨 사연이 있긴 있는 듯했지만 그녀는 그에 대해 별로 대답하고 싶지 않아 하는 눈치였으니까. 대신 나는 아까부터 이제나 할까 저제나 할까 망설이고 있던 얘기를 슬쩍 그녀에게 던졌다.

"어때요, 안 바쁘면 나랑 같이 간단하게 한잔 안 할래요? 날도 날이고 또 이것도 인연인데 이대로 헤어지긴 좀 그렇잖아요?"

확실히 나랑 좀 얘기가 통하는 여자였다. 나는 여자 특유의 소심함이나 경계심 같은 것으로 내 말을 거절하면 어쩌나 싶었는데, 그녀는 고맙게도 그런 내 제의를 아무런 의심이나 경계심 없이 흔쾌히 받아주었던 것이다.

"뭐, 좋아. 간단하게 한잔하지 뭐. 네 말마따나 날도 날이고 이것

1985, 경주, 그리고 메텔에 관한 이야기

도 인연인데. 근데 너 술 좀 마실 줄 알아? 내가 보기엔 뭐 술도 별로 잘 못 마시게 생겼구만."

"무슨 소리예요? 내 별명이 원래 '이태백'에 술고래구만서두!"

나는 억울하다는 듯 큰소리를 치며 말했다. 기껏해야 맥주 두 병밖에 안 되는 주량이긴 했지만, 내가 그녀에게 뭐라고 대답할 수 있었겠는가? 여자 앞에서 기가 죽긴 싫고, 나는 술이라면 거의 이태백에 고래라고 떵떵 큰소리를 쳐놓고 볼밖에!

"그래? 그럼 어디로 갈까?"

"그럼 그냥 저기 저 집으로 가죠, 뭐? 저 집이 그래도 이 근처에선 제일 맥주도 맛있고 분위기도 괜찮은 편인데."

나는 길 건너편으로 보이는 커다란 간판을 가리키며 말했다. 당시 그 길 건너편으로는 '뮌휀'이란 상호의 생맥줏집이 하나 서 있었는데(그땐 그냥 생맥줏집이라고 불렀지, 호프집이라는 명칭을 잘 쓰지 않았다), 그 생맥줏집은 그 주변에서 가장 규모도 크고 세련된 분위기의 생맥줏집이었던 것이다.

"그래? 그럼 그러지 뭐."

기세 좋게 뮌휀으로 들어서긴 했지만, 나는 내심 가슴을 좀 졸였다. 바바리와 퍼머 덕분에 웬만하면 무사통과일 거란 생각은 했지만, 혹시 또 뮌휀의 주인이나 종업원이 나에게 몇 살이냐고 묻거나 주민등록증을 좀 보여달라고 하면 어쩌나 하고. 그랬다. 나는 마치 뮌휀에 한 100번은 들어가본 놈처럼 말하고 행동했지만, 실은 그곳에 한 번도 들어가본 적이 없는 촌닭에 애송이였던 것이다. 나로선 몇 번이나 그곳에 들어가고 싶다는 생각을 했지만, 그곳은 원래 조금만 미성년자 같아 보여도 주민등록증을 좀 보여달라느니 나이가 몇 살이냐고 꼬치꼬치 따지고 캐묻는 기게라 들었으니까.

조마조마 가슴을 졸이긴 했지만, 괜한 걱정이었다. 기우였다. 나는 혹시 멘휀의 주인이나 종업원이 무슨 태클을 걸면 어쩌나 했는데, 다행히 그런 일은 전혀 발생하지 않았다. 멘휀의 주인이나 종업원은 모두 '어서 옵쇼!'였던 것이다. 하긴 감히 누가 내 앞을 가로막고 나에게 태클을 걸어온단 말인가? 나는 아버지의 바바리와 장정구 퍼머로 대충 한 스물 정도는 되어 보였고, 더욱이 내 곁에는 메텔처럼 멋지고 근사한 숙녀가 떡하니 동행을 하고 있었는데 말이다 (나는 확실히 메텔이 무척 마음에 들었다. 현지와 혜리가 내 나이를 까먹는 역할을 했다면, 메텔은 오히려 내 나이를 좀 올려주는 역할을 했으니까. 여담이지만, 난 당시 내 나이를 깎아먹는 애들이 제일 짜증 나고 싫었다. 뭐 학교 선생님들은 반 평균을 깎아먹는 애들이 제일 짜증 나고 싫었겠지만!).

1년 중 가장 북적거리고 로맨틱한 날이었던만큼 실내는 온통 젊은 청춘들로 가득 차 있었다. 연인, 혹은 친구끼리 몰려온 손님들로 그곳은 마치 월드컵 경기장만큼이나 시끄럽고 젊은 열기로 가득 차 있었던 것이다. 흠, 여기가 바로 내가 그렇게 와 보고 싶어 하던 생맥줏집이란 말이지? 르노 형이 말했던 것처럼(나는 르노 형에게 그곳의 분위기며 맥주 맛 같은 것을 몇 번에 걸쳐 전해 들었는데, 그래서 조만간 애들과 함께 그곳을 한번 뚫어봐야겠다는 생각을 갖고 있었다) 그런대로 분위기가 괜찮은 편이군. 음, 좋아! 아주 좋아! 나는 꼭 서독의 멘휀에 온 것 같은 얼굴로(멘휀에 가 보진 못했지만, 어쨌든 그곳은 멘휀이라는 상호에 걸맞게 실내의 인테리어며 소품 같은 것들이 모두 독일풍으로 훤하게 꾸며져 있었다) 그 안을 두리번거리며 살폈다. TV이나 영화를 통해 더러 보던 풍경이긴 했지만 내가 직접 생맥줏집을 탐방하기는 그때가 또 난생처음이었으니까.

"저기, 저쪽 자리가 좋겠네! 저쪽으로 가죠."

나는 그녀와 **루메니게**의 대형 사진이 걸려 있는 구석의 빈자리로 가서 앉았다. 그러자 꼭 '알프스 소녀 하이디'에서 하이디가 입은 것과 비슷한 옷을 입은 여종업원이 우리 앞으로 쪼르르 달려왔다. 우리가 시킨 맥주며 안주 따위를 적을 볼펜과 메뉴표 같은 것을 들고.

"뭘로 시킬까요?"

"그냥 아무거나 시켜. 너 좋은 걸로."

나는 메뉴판을 보며 잠시 고민하다가, 500cc 두 잔과 '소야'를 하나 시켰다. 르노 형이 그랬는데, 그곳의 안주 중에서 소야가 제일 맛있고 값도 싸며 푸짐하다고 했던 것이다.

"우선 생맥주부터 줘요. 안주 나올 때까지 기다리기 지루하니까."

하이디가 물러간 뒤, 나는 내 자신이 약간 자랑스러웠다. 난생처음 들어와 보는 생맥줏집이긴 했지만, 나는 마치 그런 생맥줏집을 한 100번은 드나든 놈처럼 노련하고 능숙하게 대처하고 있었던 것이다. 대체 왜 그런 게 그렇게 자랑스럽고 뿌듯하게 느껴졌는지 모르겠지만, 어쨌든 나는 당시 공부를 잘하고 선생님께 칭찬받는 것보다 그런 게 훨씬 더 자랑스럽고 뿌듯하게 느껴졌던 것이다.

"그래, 그런데 내 어디가 그렇게 멋있어 보인 거죠? 뭣 땜에 나를 유혹한 거냐 이 말이에요, 내 말은?"

나는 소야가 나오기 전, 팝콘과 함께 나온 생맥주를 한 모금 맛보며 물었다. 그녀를 만난 후 나는 계속 그런 식의 실없는 농담과 유머를 던져대고 있었다. 하긴 그런 식의 농담과 유머 외에 달리 내가 할 수 있는 말이 대체 뭐가 있었겠는가? 이제 겨우 만난 지 두세 시간밖에 안 되는 여자에게 아인슈타인의 상대성 이론이나 피타고라스의 정리에 관해 이야기할 수는 없는 노릇이지 않은가? 물론 난 아인슈타인의 상대성 이론과 피타고라스의 정리에 대해 전혀 아무것도 아는 게 없는, 수학 포기자에 과학 포기자였지만.

"뭔 소리야? 먼저 유혹한 건 너지 내가 아니야. 입은 비뚤어져도 말은 똑바로 하랬다고, 그건 똑바로 짚고 넘어가자구."

"무슨 소리예요? 그쪽에서 먼저 담뱃불을 빌려달라면서 접근해놓고서는……."

"흥, 누가 할 소릴? 동전을 빌려달라는 핑계로 먼저 수작을 건 게 누군데……."

"예? 뭔가 착각하시나 본데, 난 그냥 공중전화를 걸려고……."

나는 시치미를 뚝 떼며 말했다. 양심에 조금 찔리긴 했지만, 그렇다고 그녀의 추궁에 모든 것을 다 술술 불고 고백할 순 없는 노릇이었으니까.

"웃기지 마! 넌 아까 분명 10원짜리 동전을 몇 개나 갖고 있었어. 그런데도 넌……."

"무슨 소리예요? 내가 언제 10원짜리를 갖고 있었다고……."

"흥, 그럼 아까 영화관에서 커피 뽑을 때 내가 봤던 건 뭐였지? 내 기억이 틀리지 않다면, 넌 아까 분명 네 주머니에서 다섯 개 정도의 100원짜리와 일곱 개 정도의 10원짜리를 쩔렁거리며 꺼냈어. 어때, 이젠 기억나? 이젠 더 이상 못 우기겠지? 참 나, 내가 인생이 불쌍해서 여기까지 따라와줬더니 뭐? 내 참 진짜 어이없고 기가 막혀서!"

"······!"

나는 낯이 뜨거워 탁자 밑에라도 기어들고 싶은 심정이었다. 그녀는 처음부터 모든 걸 다 알고 있었던 것이다. 내가 괜히 말이나 한번 붙여볼 셈으로 동전을 빌려달라고 한 것과 그 외에 그녀에게 온갖 주접에 추태를 다 떨어댄 것을 아주 뻔하게 다 말이다. 어우, 쪽팔려. 어유, 남세스러워.

"뭐 그렇게 부끄러워할 필요까진 없어. 내가 원래 미모가 좀 되는 편이라 하루에도 몇 번씩 너 같은 남자애들의 대시 같은 것을 받곤 하니까. 그런데 넌 아무래도 여자를 꼬시는 수법이 너무 후지고 시대에 뒤떨어진 것 같아. 전화를 걸게 동전을 좀 빌려달라니······ 그게 대체 언제 적 수법이냔 말이지."

"에이, 그러지 말고 솔직히 좀 실토해봐요? 그래도 내가 좀 멋있게 보이긴 보였죠, 응?"

나는 부끄러운 것도 잊고 계속 더 뻔뻔하게 물었다. 나는 이미 망신이란 망신은 다 당한 터여서 더 당할 망신도 없었으니까.

"멋? 나 참, 어이없어서! 네가 착각해도 뭔가 단단히 착각하고 있는 모양인데, 내가 지금 여기서 너랑 같이 앉아 있는 건 네가 너무 불쌍하고 안돼 보여서야. 결코 네가 멋있게 보이거나 잘생겨 보여서가 아니라."

"에이, 설마."

"얘가 참, 사람 말 못 믿네! 생각해봐, 네가 내 눈에 얼마나 불쌍하고 안돼 보였겠는지? 난 너를 보면서 네가 진짜 불쌍하다는 생각이 들었어. 대체 애가 얼마나 할 짓이 없고 친구가 없으면 이런 날 혼자 영화관에 왔을까 하는 생각을 하니, 내가 도저히 너를 그냥 모른 척 지나칠 수가 있어야 말이지. 내가 겉으론 좀 차갑고 강하게 보여도, 사실은 굉장히 마음도 여리고 동정심 같은 것도 많은 편이거든. 그러니까 제발 방금 네가 말한 것 같은 엉뚱한 착각이나 망발은 좀 삼가줘! 내가 먼저 널 유혹했다거나 네 어디가 그렇게 멋져보였냐는 식의 엉뚱한 상상이나 질문 같은 것도 더 이상 하지 말고 말이야."

"쳇, 그러니까 뭐예요? 그쪽이 상대 안 해주면 꼭 자살이라도 할 것 같은 표정이었다…… 이 말이에요?"

"빙고! 잘 아네. 나라도 상대 안 해주면 넌 아마 자살할지도 모른다는 생각이 들었어. 그래서 이 한 몸 희생하기로 한 거지. 조금 귀찮고 지겹긴 하지만, 그래도 몇 시간 투자해 길 잃은 영혼 하나 구하면 나로서도 꽤 보람 있는 일이라는 생각에 말이지. 더욱이 오늘은 아기 예수가 태어나기 하루 전, 크리스마스이브이기도 하고. 어때, 이제 내 말이 조금 이해가 가?"

"쳇, 미남이라서 그랬다는 얘기는 죽어도 안 하네! 솔직히 말해요, 내숭 떨지 말고. 내가 한 마리 외로운 늑대처럼 불쌍해 보이기도 했지만, 실은 것보다 **리처드 기어**처럼 멋지고 잘생긴 미남이어서 그랬다고 말예요. 내 말이 맞죠?"

　　　　　　　　1985, 경주, 그리고 메텔에 관한 이야기

"그래, 맞아! 네 말 다 맞으니까 제발 그 입 좀 다물고 조용히 술이나 마셔. 그래, 넌 리처드 기어 못지않은 미남에다 핸섬 보이야! 이제 됐지?"

그녀가 대답했다. 계속되는 내 개그와 억지에 아주 지치고 지겹다는 표정을 지으면서 말이다.

"헤헤, 진작 그럴 것이지……."

내가 그녀의 항복에 키들키들 웃고 있는데, 아까의 그 하이디가 우리가 주문한 소야를 들고 우리가 앉은 테이블로 빠르게 다가왔다.

"우와, 맛있겠다."

나는 하이디가 날라 온 소야를 보고 침을 꿀꺽 삼키다, 하이디가 놓고 간 포크를 들고 소야를 한번 맛보았다. 소야는 소시지에 야채를 넣고 볶은 아주 단순한 음식이긴 했지만, 나는 소야의 맛이며 비주얼 등이 아주 마음에 들었다. 뭐 소야가 어떤 음식인 줄 대충 알고는 있었지만, 나는 어쨌든 그때까지 소야를 한 번도 먹어본 적이 없는 미개인에 촌뜨기였으니까.

"아무튼, 이렇게 만나게 돼서 정말 반가워요. 자, 그런 의미에서 우리 건배 한번 하죠. 자, 건배!"

나는 소야를 두어 포크 정도 맛본 다음, 생맥주가 담긴 500cc 잔을 그녀의 앞으로 내밀었다. 나는 그녀를 만난 게 정말 무지무지하게 반갑고 행복했으니까.

"좋아, 건배!"

나는 쨍 하고 잔을 부딪친 뒤, 차고 찝찔한 맛이 나는 생맥주를 몇 모금 들이켰다. 그러고는 아까부터 적당한 기회를 봐서 한번 물이봐야겠다 생각하고 있던 얘기를 슬그머니 꺼내기 시작했다.

"근데, 한 가지 물어볼 게 있어요. 아니, 묻는다기보다 차라리 제안이라고 하는 편이 더 낫겠네요."

"제안? 그게 뭔데?"

그녀가 의아한 표정으로 물었다. 대체 얼마나 마실 수 있는지 모르겠지만, 그녀는 아마 나보다 훨씬 더 주량이 센 것 같았다. 나는 이제 겨우 150cc 정도의 맥주를 마시고 있었을 뿐인데, 그녀는 어느새 300cc 정도의 맥주를 마시고 있었으니까.

"먼저 약속부터 해요. 내 말을 들어주겠다는."

"그건 좀 곤란해. 대신 이건 약속하지. 내가 들어보고 들어줄 만한 거면 들어주고, 못 들어줄 만한 거면 못 들어준다는 것. 너도 한번 생각해봐? 네가 말도 안 되는 이상한 부탁이나 제안을 하는데 무조건 다 오케이 할 수는 없는 노릇 아냐? 이를테면 별로 그림을 잘 그릴 줄도 모르면서 나한테 누드모델이 돼달라는 부탁을 한다거나, 어떤 부잣집을 털려는데 2인조로 같이 한탕 하자거나 하면 곤란한 일 아니냐구. 내 말이 틀려?"

나는 졌다는 듯 어깨를 들썩이며 키득거렸다. 나는 그때껏 그녀처럼 웃기는 말도 잘하고 재치 있는 말도 잘하는 여자는 또 처음 보았으니까.

"좋아요. 얘기하죠. 실은 다른 게 아니라, 혹시 가이드가 필요하지 않나 해서……."

"가이드?"

"그래요, 가이드! 몇 박 며칠로 여행 온 건지 모르겠지만, 아무래도 여자 혼자 여행하려면 여러모로 힘든 일도 많고 불편한 점도 많지 않겠어요? 예를 들어 여기 지리라든가 버스 노선 같은 거도 잘 모를 거고, 또 어디 맛있는 음식점이나 꼭 가봐야 할 명소 같은 곳도 잘 모를 거고……."

"글쎄……."

그녀는 선뜻 내 제안을 받아들이지 않았다. 하지만 내 제안에 그리 큰 거부감을 느끼거나 경계심 같은 것을 갖는다는 표정은 못 읽었고, 그녀는 그냥 내 깜냥에 자신의 가이드 노릇을 잘할 수 있겠냐는 표정으로 조용히 내게 되물었다.

"좋아, 고려해보지. 근데 너 경주에 대해 뭐 좀 알고 있는 거나 있어? 그러니까 여기 경주의 신라 문화나 문화 유적지에 대해 뭐 좀 나에게 도움이 될 만한 유용한 정보나 문화재적 지식 같은 걸 갖고 있냐는 거지, 내 말은?"

"당연하죠! 그동안 내가 여기 경주서 보고, 듣고, 산 게 대체 얼만데……."

나는 자신만만하게 말했다. 사실 나는 그녀의 가이드쯤 얼마든지 잘할 수 있을 거라고 생각했다. 뭐 경주에서 활동하는 향토사학자나 여행사의 전문 가이드만큼은 못하겠지만, 솔직히 내가 그동안 여기 경주에 살면서 보고, 듣고, 배운 것만 해도 대체 얼마더란 말인가? 일례로 내가 그동안 소풍을 갔던 장소며 백일장이며 사생 대회 같은 걸 나갔던 장소만 해도 생각해보라! 매번 가던 장소가 다 고대 신라의 왕들이 묻혀 있던 능이고 고색창연한 문화 유적지여서 조금 짜증 나긴 했지만, 나는 어쨌든 경주의 유명 관광지며 문화 유적지들을 죄다 가 보고 구경한 형편이었던 것이다. 자, 그러니 내가 그녀의 관광 가이드 노릇을 하지 못할 이유가 과연 어디 있단 말인가?

"그래? 좋아, 그럼 간단하게나마 테스트 한번 해보지. 가이드로서 자격이 있는지 없는지 말이야. 단, 이것 한 가지만 알아둬. 만약 내가 낸 시험에 통과하면 넌 내 가이드로서 자격을 얻는 거고, 통과하지 못하면 네 말은 전혀 없던 얘기로 하는 거야. 어때, 오케이?"

"오케이, 좋아요!"

나는 시작해보라는 듯 약간 긴장하며 말했다. 그것도 시험이라고 괜히 좀 초조하고 불안한 기분이 들었다. 젠장, 시험이란 건 항상 좀 사람을 긴장하게 만들고 피곤하게 만든다. 크나 작으나, 쉬우나 어려우나. 망할 놈의 시험. 빌어먹을 놈의 시험. 우리는 진정 시험이 없는 세상에서 아무 걱정 없이 마음껏 뛰어놀며 살 수는 없는 것일까?

"좋아, 그럼 제일 먼저 가장 쉽고 기초적인 문제부터 하나 묻지. 고대 신라의 맨 첫 번째 왕은? 그리고 또 그 왕의 탄생 설화가 얽힌 문화 유적지의 이름은?"

"박혁거세, 나정."

나는 의기양양하게 대답했다. 사실 그 문제는 너무 쉽고 난이도가 낮은 문제였다. 다른 지역 애들에게는 좀 어려운 문제일지 몰라도, 나는 저 초등학교 때부터 나정으로 몇 번이나 소풍을 가고 사생 대회 같은 걸 갔었으니까.

"호오, 제법인데?"

그녀는 짐짓 놀랍다는 표정을 지은 후, 이내 두 번째의 시험 문제를 내게 살짝 다시 내 왔다.

"좋아, 그럼 이번엔 난이도를 약간 높여서 단답형의 문제가 아니라 서술형의 문제를 하나 더 내지. 너, 석굴암에 대해 한번 설명해 봐. 석굴암 알지? 불국사 위 토함산에 있는 석굴암 말이야."

다소 까다로운 문제였다. 그것은 첫 문제와 달리 단답형의 문제가 아니라 약간의 설명과 지식을 요구하는 서술형의 문제였으니까. 그러나 그것도 그리 난이도가 높거나 어려운 문제는 아니었다. 저 초등학교 때부터 다 배우고 외우고 들은 이야기 아니었던가? 나는 사회 시간과 국사 시간에 배운 몇 줄의 얕고 단편적인 지식을 이용해 그녀의 두 번째 질문에 빠르고 자신 있게 대답해주었다.

"석굴암은, 신라 경덕왕 때 재상이던 김대성이 전생의 부모를 위해 토함산 중턱에 창건한 거예요. 그리고 또 서울의 남대문과 함께 우리나라를 상징하는, 우리나라의 가장 아름답고 대표적인 석조 건축물이고……"

"흠, 설명이 조금 부족하긴 하지만…… 그래도 생각보다는 제법 똑똑한데! 하지만 그 정도는 초등학교 4학년만 돼도 다 아는 문제야."

그녀는 생각보다 답을 착착 잘 말하는 내가 조금 얄미운 모양이었다. 그녀는 칭찬인지 빈정거림인지 모를 소리를 몇 마디 중얼거리더니, 이윽고 각오하라는 듯 다시 한번 내게 다음과 같은 질문을 툭 던졌다.

"좋아, 그럼 이번 문제는 마지막 문제니만큼 난이도를 좀 높여서 한 가지만 더 물을게. 너 그럼 석굴암의 본존불이 취하고 있는 수인(手印)이 뭔지 내게 한번 설명해봐. 그것만 잘 답하면 내가 널 약속대로 내 가이드로 채용해줄 테니까."

"예에……?"

나는 당황스러운 얼굴로 그녀를 빤히 쳐다보았다. 본존불이 취하고 있는 수인? 잘은 모르겠지만, 아마 석굴암의 부처님이 취하고 있는 손 자세를 묻는 것 같은데…… 알 길이 없었다. 사실 그건 나에게 너무 생소하고 난해한 문제였다. 나를 결코 자신의 가이드로 쓰지 않겠다는 그녀의 악의가 다분히 깔려 있는. 생각해보라! 내가 혹시 석굴암의 주지거나 불국사의 큰스님쯤 된다면 모를까, 내가 어찌 석굴암의 부처님이 취하고 있는 수인인지 뭔지 하는 것을 알 수 있었겠는가?

"……"

나는 그녀의 세 번째 질문에 답을 하지 못한 채 쩔쩔매고 있었다. 고개를 갸웃거리고 별로 가렵지도 않은 머리를 자꾸 긁적긁적 긁고 하면서. 그러자 마침내 그녀가 나를 대신해 석굴암의 본존불이 취하고 있는 수인을 설명해주었다.

"항마촉지(抗魔觸地), 혹은 촉지항마라고 하는 수인을 취하고 있어. 항마촉지, 즉 석가모니가 성도할 때 마귀들이 달려들어 성도를 방해하자 땅에 있는 지신을 불러 물리치는 모습을 표현한 거야."

항마촉지? 촉지항마? 난생처음 들어보는 단어에 생경한 지식이었다. 그런데 그녀는 어떻게 석굴암의 본존불이 취하고 있는 수인에 대해 그렇게 잘 알고 있는 것일까? 나는 혹시 그녀가 우리나라의 불교 미술이나 문화재 같은 것을 배우는 학과에 다니는 대학생일지도 모른다고 생각했다. 생긴 걸로 봐선 서울의 연극영화과나 모델 스쿨 같은 데에 다니면 딱 좋을 마스크에 이미지였지만, 그녀가 나한테 던진 질문이며 제법 학술적인 용어들을 구사하는 걸로 봐선 아마도 그녀의 전공이 그런 쪽이 아닐까 하는 생각이 강하게 들었던 것이다.

"쳇, 뭘 그렇게 어려운 걸 묻고 그래요? 내가 무슨 불교 미술을 전공하거나 문화재 같은 것을 연구하는 학자도 아니고 대체 그런 걸 누가 안다고……."

나는 그녀의 질문이 영 마음에 들지 않는다는 듯이 툴툴거렸다. 첫 번째 질문이랑 두 번째 질문은 그런대로 괜찮았지만, 마지막 세 번째 질문은 나로선 영 받아들이기 어려운 억지스럽고 악의적인 질문이라는 투로 말이다. 그러자 그녀도 내 말에 어느 정도 타당성이 있다고 생각했는지 이내 한 가지의 시험 문제를 더 내게 제출해 왔다.

"왜, 억울해? 좋아, 그럼 너 석굴암의 부처님이 짓고 있는 자세를 한번 취해봐. 그럼 이번 문제를 맞힌 걸로 해줄 테니까. 어때, 그건 할 수 있겠지?"

"……!"

나는 겸연쩍은 얼굴로 우물쭈물 어색한 미소만 흘리고 있었다. 석굴암의 부처님이 어떤 자세를 취하고 있는지 어렴풋이 기억날 것도 같았지만, 정확히 석굴암의 부처님이 어떤 자세를 취하고 있는지

잘 기억나지 않았던 것이다(나는 석굴암의 부처님이 연꽃 위에서 결가부
좌를 하고 있는 것 정도는 알고 있었다. 하지만 아무리 생각해도 석굴암의 부
처님 손이 어디 가 있고, 또 어느 손이 어떤 동작을 취하고 있는지는 잘 기억
나지 않았다). 그랬다. 나는 그동안 석굴암의 부처님을 한 500번도 넘
게 봐왔지만(나는 당시 TV나 영화관에서 석굴암의 부처님을 수도 없이 많
이 봐왔다. 석굴암의 부처님은 항상 애국가가 나올 때면 애국가의 제일 끝부
분에 웅장한 음악과 함께 아름다운 영상으로 흘러나왔으니까), 그때마다
매번 건성으로만 보았지 한 번도 석굴암의 부처님을 자세히 눈여겨
보지 않았던 것이다. 젠장. 빌어먹을. 이럴 줄 알았으면 평소 석굴암
의 부처님을 좀 더 자세하고 꼼꼼하게 잘 보아두는 건데…….

"바보, 그런 것도 모르는 주제에 무슨 가이드를 하겠다고……."

그녀는 실망이라는 듯 쯧쯧 혀를 차며 말했다. 그리고는 이번 기
회에 확실히 알아두라는 듯 자신이 직접 내 옆자리까지 건너와서
석굴암의 부처님이 짓고 있는 수인이며 형상 같은 만들어 보이고 시
연해 보였다.

"자, 잘 봐? 이렇게 왼손을 배 위에 대고, 그리고 이 오른손은
오른쪽 무릎 위에 살포시 얹고…… 자, 보이지? 자, 이렇게 말이
야……."

그녀는 나를 놀려먹는 게 즐거운 모양이었다. 그녀는 석굴암의
부처님이 짓고 있는 수인이며 형상 같은 것을 얼마간 설명해주고 가
르쳐준 다음, 마치 내가 낫 놓고 기역 자도 모르는 바보에 무식쟁이
라는 식으로 나를 계속 몰아붙이고 닦아세웠으니까.

"어쨌든…… 넌 내 가이드를 할 자격이 별로 없는 것 같아. 그래

도 우리나라 제1의 역사 도시이자 관광 도시인 경주에 살면서 그 정도도 모른다는 게 말이 돼? 안 그래?"

나는 그녀의 빈정거림에 꽤 약이 오르긴 했지만, 솔직히 조금 부끄러운 생각이 들었다. 그녀를 보기도 부끄러웠고, 나 스스로도 좀 부끄러웠다. 뭐 경주에 산다고 해서 꼭 신라 문화에 대한 지식이라든가 조예 같은 게 깊을 필요는 없을 것이다. 하지만 막상 타지에서 온 그녀로부터 그런 빈정거림과 놀림을 당하고 나니, 나는 왠지 내가 좀 무식하고 경주에 살 자격이 없는 한심한 놈이라는 생각이 들 수밖에 없었던 것이다.

"난 또 가이드 어쩌고 하길래 경주랑 신라 문화에 대해 좀 아는 게 있나 했더니, 이건 뭐 완전히 입만 살아서 떠들어댄 거잖아? 하긴, 난 네가 가이드 어쩌구 할 때부터 전혀 기대 같은 걸 하고 있지도 않았지만. 야, 참 근데 너 설마 그것까진 모르고 있진 않겠지? 그것까지 모르면 넌 정말……."

"뜬금없이 그거라뇨? 그게 뭔데요?"

나는 와락 짜증이 나서 물었다. 괜히 또 긁어 부스럼 만들지도 몰랐지만, 나는 어떻게든 그녀에게 잃었던 점수를 조금이나마 만회하고 싶었으니까.

"으응, 다른 게 아니라…… 뉴욕에 있는 자유의 여신상 말이야! 설마 너 아무리 바보라 해도 자유의 여신상이 취하고 있는 모습까지 모르고 있진 않겠지? 그것까지 모르면 넌 정말……."

"에이, 정말 사람을 뭐로 보고! 왼손엔 독립 선언문을, 그리고 오른손엔 자유를 상징하는 횃불을 들고 있어요. 이제 됐어요?"

"호호홋. 미안, 미안."

나는 낀죽깐죽 계속 놀리고 비웃는 그녀가 조금 얄미웠다. 하지만 그건 내가 생각하기에도 조금 이상하고 아이러니한 얘기였다. 생각해보라! 뉴욕에 있는 자유의 여신상에 대해서는 그렇게 잘 알고 (물론 그렇게 잘 알고 있지는 못했지만, 나는 어쨌든 자유의 여신상이 왼손에는 독립 선언문을, 그리고 오른손에는 자유를 상징하는 횃불을 들고 있다는 것 정도는 알고 있었다) 있으면서도 정작 우리나라의 가장 크고 아름다운 석조 건물인 석굴암, 더욱이 엎어지면 바로 코 닿을 거리에 있는 석굴암에 대해서는 제대로 아는 것이 하나도 없다니 어떻게 그런 생각이 안 들 수가 있었겠는가?

"흥, 너무 그렇게 잘난 척하지 말아요. 석굴암에 대해 많이 안다고 해서 그쪽이 나보다 더 똑똑하고 잘났다고 할 수는 없는 노릇이니까. 아니에요?"

나는 투덜투덜 푸념을 늘어놓으며 말했다. 나는 입이 열 개라도 할 말이 없는 입장이었지만, 괜히 나 자신에 대한 창피함과 자괴감 같은 것을 감추기 위해서 말이다.

"누가 너보다 똑똑하고 잘났대? 난 단지 네가 내 여행 가이드로서 적합하지 않다는 뜻으로 말했을 뿐이야."

그녀는 생글생글 웃으며 말했다. 자기는 가만히 있는데, 왜 너 혼자 열받아 난리냐는 식으로 말이다. 나는 그녀의 그런 느물거리는 말투와 뺀질거리는 태도에 한층 더 열받고 약이 올라서 말했다.

"알았어요, 관둬요! 그럼 그 얘긴 그냥 없던 걸로 하고 그만 끝내자구요. 더 이상 자꾸 가타부타 약 올리고 놀려먹지 말고. 솔직히 내가 가이드 얘기를 꺼낸 건 그냥 예의—내가 사는 곳을 찾은 손님에 대한 예의—로 물은 거였지, 딱히 나도 그쪽의 가이드를 할 생각으로 물은 건 아니니까."

"그으래? 흠, 그렇다면 좀 아쉬운데? 난 네가 좀 무식하긴 해도 네 호의가 고마워서 널 내 가이드로 한번 써볼까 하는 생각도 없지 않았는데……."

맙소사, 정말이지 보통 여자가 아니었다. 대체 그동안 무엇을 하며 어떻게 살아온 여자인지 모르겠지만, 아무튼 그녀는 나보다 훨씬 지식도 많고 말빨도 센 여자였다. 나도 누군가와 설전을 벌이거나 사람을 들었다 놓았다 하는 거라면 제법 자신 있다 생각하고 있었는데, 그녀는 그런 나를 완전 어린아이 대하듯 갖고 놀고 있었던 것이다.

"사양하겠어요! 이미 버스는 떠난 지 오래니까."

"정말이지? 정말 후회 안 하겠어? 나중에 또 딴소리하기 없기다, 응?"

"자, 잠깐만요! 그래도 잠깐 생각할 시간은 주셔야지……."

나는 얼른 꼬리를 내리며 말했다. 사나이 체면에 말이 아니긴 했지만 계속 더 자존심 세우고 오기를 부릴 순 없었다. 계속 더 자존심 세우고 오기를 부리단 다 된 밥에 코를 빠뜨리는 우를 범할지도 몰랐으니까.

"참 나, 튕기긴! 야, 생각하고 자시고 할 게 뭐 있냐? 네가 먼저 제시하고 제안한 거면서."

"보채지 마세요. 내가 먼저 제시하고 제안한 건 맞지만, 실은 내가 내일부터 좀 바쁘거든요. 그러니까 나도 잠시 생각 좀 해보고……."

"쳇, 바쁘긴 뭐가 바빠. 집 나온 가출 소년 주제에……."

"옛?"

나는 입을 딱 벌린 채 그녀의 얼굴을 쳐다보았다. 대체 무슨 근거로 그런 소리를 한 건지 모르겠지만, 그녀는 내가 가출 소년이라는 것을 벌써 다 훤히 꿰뚫어 보고 있었던 것이다. 뭐야, 이 누나? 혹시 점쟁이 빤스라도 입은 거야, 뭐야? 나는 그녀의 신통력에 입이 잘 다물어지지 않긴 했지만 애써 그녀의 넘겨짚기에 크게 반발하며 말했다.

"참 나, 미치겠네! 누가 그래요, 내가 가출 소년이라고? 부탁하는데, 제발 쓸데없는 넘겨짚기 좀 하지 마세요. 괜히 말도 안 되는 지레짐작에 오버센스 좀 하지 말란 말씀이에요!"

그녀는 가소롭다는 듯 픽 웃었다. 그러고는 거의 확신에 찬 얼굴로 날카롭게 나를 쏘아보며 몰아붙였다.

"뭐, 쓸데없는 넘겨짚기? 오버센스? 좋아, 그럼 하나만 물어볼게. 대체 지금 네 옆에 놓인 그 가방은 뭐지? 내 짐작이 틀리지 않다면, 지금 네 옆에 놓인 그 커다란 가방에는 네가 집 나올 때 들고 온 옷가지며 소지품 같은 걸로 가득할 거야. 좋아, 내 말이 틀리면 당장 그 가방을 열어봐! 그럼 내 말이 맞는지 틀린지 금세 알 수 있을 테니까. 자, 어서?"

"쳇, 메텔이 아니라 차라리 '아가사 크리스티'라고 불러야겠군요! 좋아요, 솔직히 다 이야기할게요. 사실 저 집 나온 지 한 닷새쯤 됐어요. 왜냐고요? 부탁인데, 제발 그런 건 좀 묻지 마세요. 그런 걸 다 시시콜콜 말하고 세세하게 늘어놓다간 난 아마 분통이 터져 헐크로 변해버릴지도 모를 일이니까."

나는 솔직히 고백할 수밖에 없었다. 계속 더 버티고 거짓말하면 자신이 직접 내 가방을 뒤져보겠다는 식으로 나오는 데야 나도 어쩔 수 없이 항복할 수밖에 없지 않겠나? 그런데 그녀는 어떻게 내가 가출한 것을 한눈에 딱 알아볼 수 있었던 것일까? 하긴 그건 그리 놀랄 일이 아닐지도 모른다. 그녀가 지금껏 보여준 말투며 행동 같은 걸로 볼 때 그녀는 분명 왕년에 좀 놀아본 누나 같아 보였고, 원래 같은 선수끼리는 선수를 서로 잘 알아보고 간파하는 법이니까. 나는 혹시 그녀가 나를 가출 소년이라고 무시하거나 동정할지도 모른다는 생각에 짐짓 밝고 명랑한 표정으로 계속 야부리(?)를 까댔다.

"가출 청소년이라고 나를 아무 할 일 없는 백수에 장기판의 졸쯤으로 무시하는 모양인데, 너무 무시하지 마세요. 내가 말을 안 하려다 하는데, 나도 내일이나 내일모레부턴 근사한 직장에서 일하기로 예약이 되어 있는 귀한 몸이간."

"흐흥, 그래? 하긴 뭐, 어련하시겠어?"

그녀는 전혀 내 말을 믿지 않는 투로 말했다. 하긴 내 말이 잘 믿어지지 않긴 믿어지지 않았을 것이다. 나는 그녀를 만난 후 계속 말도 안 되는 거짓말에 흰소리만 잔뜩 늘어놓고 있었으니까.

"헛 참, 진짜 사람 말 못 믿네! 나 정말 내일이나 내일모레부터 불국사에 있는 여관에서 일하기로 되어 있다니까요."

나는 왈칵 짜증이 나서 말했다. 원래 아무한테도 가르쳐주면 안 되는 비밀이긴 했지만, 그녀는 우리 엄마도 모르고 이노끼와 해글러도 전혀 모르는 서울 아가씨였으니까.

"불국사 여관?"

"네, 불국사 앞에 있는 여관단지요. 나랑 친한 형이 거기 여관 사장님들이랑 잘 아는데, 그 형이 하루이틀 내로 나를 그곳에 취직시켜준다 그랬거든요. 뭐 내 말을 믿을지 안 믿을지는 모르겠지만."

"그래? 네 말이 사실인지 모르겠지만, 거기서 일하는 게 그렇게 쉽고 만만하지만은 않을 텐데?"

"뭐 쉽지야 않겠죠. 하지만 설마 공부보다 더 어렵겠어요? 여하튼, 난 경험 삼아 이번 겨울방학 동안 돈을 좀 벌어볼 생각이에요. 내 꿈이 하루빨리 돈을 벌어 집에서 독립하는 것이거든요."

그제야 조금 믿음이 가는 모양이었다. 내 말을 100프로 믿는 건 아니었지만, 어쩌면 내 말이 사실일 수도 있겠다고 생각하고 있는 것 같았으니까. 그녀는 내 말에 고개를 끄덕끄덕하더니, 잠시 얘기가 본론에서 멀어진 것 같다는 듯 단도직입적으로 물었다.

"그래서 결론이 뭐야? 그래서 내 가이드를 할 마음이 있단 얘기야, 없단 얘기야? 예스면 예스, 노면 노! 태도를 확실히 하라구."

"음…… 뭐 좋아요! 내가 좀 바쁘긴 하지만…… 이렇게 만난 것도 인연이니까."

나는 잠시 고심하는 척하다가 무슨 큰 결정이라도 내듯 말했다. 그러고는 그 전에 잠깐 물어볼 게 있다는 듯 애써 사무적이고 계산적인 말투로 물었다.

"아, 근데 참! 그 전에 잠깐 짚고 넘어갈 게 있는데…… 말해도 괜찮죠?"

"짚고 넘어갈 거? 그게 뭔데?"

"다른 게 아니고 수고비는 얼마쯤 생각하고 있나 싶어서…… 가이드 수고비 말예요!"

"가이드 수고비? 대체 뭔 소리야? 난 당연히 공짜로 가이드해주는 걸로 알고 있었는데……."

"무슨 소리예요? 내가 얼마나 비싼 고급 인력인데……."

나는 어처구니없어 죽겠다는 표정으로 말했다. 하지만 그건 다 웃자고 한 헛소리였고, 실은 그런 수고비 따위 전혀 안중에도 없었다. 수고비는 대체 뭔 수고비? 나는 오히려 그녀의 여행 경비를 모두 내가 대면서라도 그녀를 졸졸 따라다니고 싶은 심정이었다. 내 인생에서 가장 멋지고 마음에 드는 여인을 만났는데, 그깟 수고비 따위가 뭐 그리 대수란 말인가?

"대신 여행에 드는 경비는 모두 내가 부담하기로 하지. 쉽게 말해, 네가 먹는 식비며 교통비며 사적 관람료 따위는 모두 다 내가 책임지기로 하겠다 이 말이지."

"그래도……."

나는 그것만으론 부족하다는 듯 계속 난감한 표정을 지었다. 나는 더 이상 그녀에게 아무것도 바랄 게 없었지만, 그녀와 그런 농담을 나누고 실랑이를 벌이는 게 무척이나 재미있고 즐겁게 느껴졌으니까.

"싫으면 관둬! 아무 할 일 없이 빈둥대는 가출 소년한테 그만하면 더없이 좋은 조건이지, 대체 나한테 더 이상 뭘 바래? 어때, 할 거야 말 거야? 그것만 말해. 괜히 쓸데없는 농담이랑 흥정 따위는 그만 집어치우고. 자, 어서?"

"뭐, 좋아요! 나도 돈 때문에 가이드 얘길 꺼낸 게 아니라, 그냥 여기 경주를 찾은 여행객에게 뭔가 도움을 좀 주고 싶다는 생각에 가이드 얘길 꺼낸 거니까."

나는 큰 선심이라도 쓰듯 고개를 끄덕였다. 그리고는 아까부터 몹시 묻고 싶었지만 딱히 물을 기회가 없어 못 묻고 있던 그녀의 여행 일정에 대해 한번 물어보았다.

"근데, 경주엔 얼마나 있을 거예요? 며칠 예정으로 여행 온 거냐 이 말이죠, 내 말은?"

"음, 특별한 일이 없는 한 새해 아침까지는 여기 있을 생각이야. 들어보니까 여기 감포 앞바다의 일출이 아주 유명하다 그러더라구? 그래서 이왕 경주로 내려온 거 이번 기회에 대왕암의 새해 일출까지 싹 다 보고 서울로 올라가려구."

앗싸 가오리! 할렐루야! 나는 기쁨에 겨운 나머지 기도라도 올리고 싶은 심정이었다. 마치 '할렐루야'의 축구 선수들이 골을 넣으면 모두 무릎을 꿇고 하느님께 감격에 찬 무릎 기도를 올리는 것처럼 말이다. 생각해보라! 하루 이틀도 아니고 자그마치 앞으로 한 7~8일 동안을 여기 경주서 머물 생각이라니! 농담이 아니라 그건 나에게 있어 거의 복음에 가까울 정도로 기쁘고 감사한 소식이었다. 성경에 대해 잘 아는 건 없지만, 마치 '마태복음'이라든가 '누가복음'이라든가 하는 그런 유명한 복음 말이다. 그런데 바로 그 순간, 한 가

1985, 경주, 그리고 메텔에 관한 이야기

지 걱정이 문득 들었다. 그럼 그때까지 르노 형이 말한 불국사의 일자리는 어떻게 하지 하는 걱정이. 그러나 그건 그리 오래 걱정하거나 고민할 거리가 못 되었다. 지금 거의 '운명'이라고 해도 좋을 정도의 아름답고 마음에 쏙 드는 여인을 만났는데, 그깟 개도 안 물어갈 하찮은 여관 보이 자리가 무어 그리 큰 대수란 말인가?

"그렇군요! 자, 그럼 이제 계약도 끝났겠다, 앞으로 서로 잘해보자는 의미에서 건배나 한번 더 하죠? 자, 브라보!"

"브라보!"

나는 그녀와 건배한 뒤, 노란색의 생맥주를 꿀꺽꿀꺽 들이켰다. 확실히 그녀는 나보다 훨씬 더 술이 센 것 같았다. 나는 이제 겨우 300cc 정도의 생맥주밖에 못 마시고 있었지만, 그녀는 어느새 자신의 잔에 담긴 500cc의 생맥주를 다 마셔버리는 중이었으니까.

"여기요! 여기 500cc 한 잔 더 줘요."

그녀는 자신의 잔을 깨끗이 비운 뒤, 저만큼 있는 하이디를 불러 500cc 한 잔을 더 시켰다. 그러고는 아까부터 못내 궁금했다는 듯 빤히 내 얼굴을 쳐다보며 물었다.

"근데 넌 대체 왜 가출한 거야? 그것도 이 추운 엄동설한에, 응?"

"묻지 마세요. 그런 걸 얘기하면 헐크가 되어버릴지도 모른다고 아까 얘기했잖아요?"

나는 기다란 한숨을 내뱉으며 말했다. 쪽팔리니까 제발 그런 얘기는 좀 묻지 말아달라는 식으로.

"에이, 그러지 말고 한번 얘기해봐. 뭐 어때? 이젠 거의 한배를 탄 동지에 한솥밥을 먹는 식구나 마찬가진데."

"안 돼요! 우리 조직에서 알면 난 그날로 바로 끝장이니까."

나는 슬쩍 대답을 회피한 후, 오히려 묻고 싶은 건 나라는 식으로 그녀에게 되물었다.

"그런데 혹 그쪽도 가출한 것 아녜요?"

"뭐? 왜, 그렇게 보여?"

그녀가 풋, 실소를 지으며 물었다. 전혀 가당치도 않고 예상치도 못했던 황당한 질문이라는 듯.

"아니, 뭐 꼭 그렇다는 얘긴 아닌데…… 솔직히 이해가 잘 안 가잖아요? 만일 가출한 게 아니라면 왜 그쪽같이 젊고 아리따운 여자가, 그것도 이런 크리스마스이브에 혼자 이런 객지에 여행을 왔는지 말예요. 그러니까 어디 솔직하게 한번 말해봐요. 그쪽도 가출한 거 맞죠? 내 눈은 못 속인다구요."

"미치겠군. 도대체 왜 그런 엉뚱한……."

"내 생각이 틀릴지 모르겠지만, 그쪽이 왜 여기로 내려왔는지 한번 맞혀볼까요? 아마 내 생각으론 95프로 정도는 맞힐 수 있지 않을까 싶은데……."

"좋아, 자신 있음 한번 맞혀봐. 만약 제대로 맞히기만 하면 내가 너 원하는 것 다 해줄 테니까."

"정말이죠? 약속한 거 맞죠? 좋아요, 그럼 내가 정확히 맞혀볼 테니까 너무 놀라거나 당황하진 마세요. 알았죠?"

나는 아까 석굴암 건으로 망신을 당한 것도 있고, 또 그녀를 조금 웃겨볼 생각으로 내 멋대로 마구 바보 같은 추리에 추측을 늘어놓기 시작했다.

1985, 경주, 그리고 메텔에 관한 이야기

"그러니까 그쪽은…… 오늘 아침에 사랑하는 연인의 아파트에 갔어요. 근데 그쪽 애인이 어떤 여자와 침대에서 같이 뒹굴고 있는 걸 우연히 엿보게 된 거예요. 그래서 그쪽은 이불 밖으로 나와 있는 네 개의 다리를 보며 혼자 이렇게 큰 탄식을 했어요. '둘은 내 해이건만, 둘은 뉘 해인고?' 하고 말이죠. 아무튼 그쪽은 그런 더럽고 추잡한 장면을 목격한 후, 무작정 이곳 경주행 버스나 기차를 타고 경주로 온 거예요. 믿었던 애인에 대한 배신감과 인간에 대한 환멸 같은 것으로 혼자 여기서 조용히 자살할 결심을 갖고 말이죠. 어때요, 내 말이 맞죠?"

"어쭈, 그래도 제법 똑똑한데? 전혀 얼토당토 않은 소설에 바보 같은 추리긴 하지만, 슬쩍 처용의 설화까지 차용하고 각색한 걸 보면. 근데 너무 진부해. 그러니까 좀 더 창의적이고 그럴싸한 상상력을 발휘해봐."

내 말이 좀 웃기긴 웃겼나 보았다. 그녀는 좀 더 창의적이고 그럴싸한 상상력을 발휘해보라고 했지만, 어쨌든 내 말에 어깨를 들썩이며 쿡쿡 웃어댔으니까. 나는 그녀의 반응이 생각보다 좋은 것 같아 계속 더 그런 말도 안 되는 추리에 바보 같은 추측을 늘어놓았다.

"아니에요? 음, 그렇다면…… 아, 그럼 이거구나! 그래요, 그쪽은 우연히 출생에 대한 비밀에 대해 듣게 된 거예요. 그러니까 그쪽이 갓난아이 시절에 고아원에서 입양되었는데……."

"땡! 틀렸어. 내가 얘기했지? 좀 더 창의적이고 그럴싸한 상상력을 발휘해보라고 말이야."

"엣, 그것도 아녜요? 그럼 뭐지? 아, 오케이! 이제 알겠어요. 당신은 백혈병이라든가 에이즈 같은, 그런 불치병이나 난치병에 걸린 거예요. 그래서 자살할 결심을 하고 무작정 이곳 경주로 자살 여행을 온 거예요, 맞죠? 아무튼 그래서 당신은 죽기 전에 마지막으로 어떤 남자랑 하룻밤을 같이 보내기로 했는데, 그게 누군가 하면 당신에게 제일 먼저 말을 걸어오는 남자였던 거예요. 어때요, 내 추리가? 콜롬보가 따로 없죠?"

다 웃자고 한 유머에 조크이긴 했지만, 사실 나는 아까부터 그녀에게 뭔가 말 못 할 사연이나 비밀 같은 게 있을 것 같다는 생각을 했다. 그것이 정말 실연의 아픔이나 출생의 비밀, 혹은 죽음을 위협하는 모진 병마 같은 것 때문인지는 모르겠지만 아무튼 내가 그녀를 보며 느낀 눈치랄까 직관 같은 것에 의하면 말이다. 생각해보라! 친구나 가족과 함께라면 모를까, 이런 크리스마스 전날에 여자 혼자 천 리 길이나 되는 낯선 경주로 여행을 온다는 것이 사실 그렇게 자연스럽고 평범한 일은 아니지 않은가?

"흥, 콜롬보 같은 소리하고 있네! 충고하는데, 제발 그런 말도 안 되는 추리에 바보 같은 추측 좀 늘어놓지 마. 나야 원체 마음이 넓어 그냥 웃고 넘어가지만, 다른 사람한테 그런 말도 안 되는 추리에 바보 같은 추측을 늘어놓다간 뺨 맞기 딱 좋겠으니까."

그녀는 짐짓 차갑고 비난하는 투로 말했다. 그러고는 마침 아까의 그 하이디가 그녀의 앞으로 가져온 생맥주를 길게 한 모금 들이켠 뒤, 자신이 오늘 경주에 오게 된 이유며 경위 같은 것들을 천천히 얘기해주었다.

"실은…… 오늘이 우리 외할머니가 돌아가신 지 꼭 1년째 되는

1985, 경주, 그리고 메텔에 관한 이야기

날이야. 그래서 여기 경주로 엄마랑 함께 내려온 거야. 여기 경주에 돌아가신 할머니 산소도 있고, 또 할머니가 생전에 자주 다니던 절—할머니의 위패가 모셔져 있는—도 있고 그래서……."

"아, 정말요?"

나는 조금 놀라는 표정을 짓다가, 내친김에 아까부터 궁금했던 것을 다시 한번 물어보았다.

"그럼 좀 전에 쪽샘엔 왜 간 거예요? 거기도 나름대로 무슨 이유나 사연 같은 게 있을 것 같은데……?"

"으, 으응. 그건……."

그녀는 잠시 망설이는 표정이었다. 내가 꼭 이런 걸 모두 너에게 말하고 밝힐 필요가 있을까 하는 눈빛과 얼굴로 말이다. 하지만 이왕 말한 것, 모두 솔직하게 말하고 밝히는 게 낫겠다는 생각이 든 모양이었다. 그녀는 자신의 앞에 놓인 생맥주를 몇 모금 더 꼴깍꼴깍 들이켜더니, 마침내 아주 침착하고 차분한 표정으로 내가 궁금해하던 것을 하나둘씩 알려주고 가르쳐주기 시작했다.

"실은, 우리 할머니가 여기 쪽샘서 아주 오랫동안 사시고 장사를 하셨어. 지금은 없어졌지만, 한일관(韓日館)이라고 무척 큰 요정도 하시고 요릿집도 하시고 그랬대. 그래서 여기 경주에 온 김에 한번 가봐야겠다는 생각이 들었고, 이렇게 한번 와본 거야. 오늘이 할머니의 첫 기일이라 유난히 돌아가신 할머니 생각도 많이 나고, 또 여러 가지로 마음도 조금 복잡하고 울적한 기분이 들어서 말이지……."

"음, 그랬군요. 난 몰랐어요."

나는 조용히 고개를 끄덕이며 말했다. 음, 그랬군. 그래서 그녀가 여기 경주에 온 거고, 또 여기 쪽샘을 찾은 거였군……

"올해 할머니 연세가 얼만데요? 만약 안 돌아가시고 아직 살아 계시다면……?"

나는 딱히 궁금했다기보다 왠지 모를 의무감과 책임감 같은 것으로 물었다. 그녀의 할머니가 그녀에게 어떤 영향을 주고 얼마나 중요한 존재인지는 모르겠지만, 나는 아무튼 그녀의 말이며 표정에서 돌아가신 할머니에 대한 그리움이랄까 애틋함 같은 게 무척이나 크고 특별하다고 느꼈으니까.

"1924년생이니까…… 올해 예순둘이야. 물론 안 돌아가시고, 아직 살아 계시다면 말이지만."

그녀는 씁쓸한 미소를 지으며 말했다. 그리고는 자신의 지갑에서 꽤나 오래되고 낡은 사진을 한 장 꺼내어 불쑥 내 앞으로 내밀었다.

"누구예요? 이분이 바로 작년에 돌아가셨다는 외할머니예요?"

나는 그녀가 건넨 사진을 내려다보며 물었다. 명함 크기의 낡고 색이 바랜 흑백 사진이었다. 누렇게 변한 사진 색이나 그 무렵에는 잘 쓰지 않던 사진 사이즈로 봤을 때 대충 한 30~40년은 지난 듯한 낡고 오래된 옛날 사진이었는데, 그 사진 속에는 한 20살쯤으로 보이는 묘령의 여인이 맑고 싱그러운 미소를 짓고 있었다. 이마가 반듯하고 미목이 수려한, 전형적인 동양 미인의 얼굴을 가진 아름다운 여인이 말이다.

"응, 우리 외할머니야. 어때, 미인이지?"

"그렇군요. 그런데 할머니 옷이……?"

나는 고개를 끄덕이다, 그녀의 할머니가 입고 있는 의상을 보며 조금 이상하다는 표정을 지었다. 그녀의 할머니는 한복이나 양장 차림이 아닌, 일본 여성들이 입는 기모노를 입고 있었던 것이다.

"으응, 그건……."

그녀는 잠시 머뭇거리더니, 내가 들여다보고 있던 사진을 같이 들여다보며 설명해주었다. 그녀의 할머니는 여기 한국이 아니라 일본의 도쿄에서 태어나셨다고. 열아홉인가 스물까지 일본의 도쿄에서 학교를 다니고 사시다가, 해방 한 해 전에야 여기 조선 땅으로 건너오셨다고.

"으음, 그랬군요."

나는 그제야 이해했다는 듯 고개를 주억였다. 그건 다소 놀라운 일이긴 했지만 그렇다고 뭐 특별히 그렇게 깜짝 놀랄 만한 일은 아니었다. 그땐 우리나라가 일본의 식민지로 있을 때라 우리나라 사람들도 일본에 가서 많이 살고, 또 일본 사람들도 여기 조선 땅에서 많이 살았다고 들었으니까.

"참, 오늘이 할머니 기일이라면서 여기서 이러고 있어도 돼요? 시간 보니까 지금이 딱 제사 모실 시간이구만."

나는 내가 보고 있던 사진을 다시 그녀에게 돌려주며 물었다. 그러자 그녀가 그 사진을 다시 자신의 지갑에 잘 챙겨 넣고 갈무리하며 말했다.

"우린 따로 할머니의 제사를 모시진 않아. 대신 아까 오후에 엄마랑 함께 할머니가 계신 산소에도 다녀오고, 또 할머니의 넋을 모신 절에도 다녀왔으니까 그게 다 그거지 뭐."

아하, 그랬군! 그래서 그녀가 마치 장례식장에 다녀온 것처럼 죄다 검은색의 치마며 롱코트 같은 것을 입고 있었던 거로군…….

"아! 그럼 어머니께선……?"

"엄만 바쁜 일이 많아 먼저 서울로 올라가셨어. 난 여기 내려온 김에 한 일주일 정도 더 여기서 여행도 하고 쉴 생각으로 혼자 남았고……."

"음, 그렇군요."

나는 그제야 모든 의혹이 풀렸다는 듯 고개를 끄덕였다. 그러자 그녀가 내 얼굴을 똑바로 쳐다보며 이제 내가 자신의 궁금증을 풀어줄 차례라는 듯이 물었다.

"자, 그럼 이제 내 얘긴 그만하고…… 너도 나한테 얘기 좀 해봐. 넌 도대체 뭣 땜에 이런 엄동설한에 혼자 집에서 덜렁 가출한 거야? 대체 무슨 고민이 그리 많고 불만이 그리 많길래, 응?"

"에이, 관둬요. 대체 그런 걸 알아서 뭐 하려고……."

"그냥 좀 궁금해. 대충 눈치챘겠지만, 나도 너같이 한때 무척 방황하고 부모님 속깨나 썩이던 가출 청소년이던 때가 있었거든! 그래서 너 보니까 왠지 남 같지 않고 꼭 예전의 나를 보는 것 같아서 그래. 그러니까 너무 부끄럽다 생각하지 말고 빨리 이 누나한테 얘기해봐. 혹시 또 알아? 이 누나가 너한테 어떤 도움을 주거나 뾰족한 해결책 같은 거라도 알려주게 될지 말이야. 자, 그러니까 어서……."

"에이, 됐어요! 쪽팔리게 그런 걸 알아서 뭐 하려고……."

나는 절레절레 고개를 저었다. 하지만 나는 결국 모든 걸 다 털어놓고 얘기할 수밖에 없었다. 술을 마시면 누구나 다 조금씩 입이 가벼워지고 자신의 고민과 하소연 같은 것을 하기 마련이지만, 나는 왠지 그녀라면 그때의 내 마음을 잘 좀 이해해주고 보듬어줄 것만 같은 기분이 들었던 것이다.

episode 17

12월 25일, 크리스마스 아침.

나는 타는 듯한 갈증과 귀를 간질이는 음악 소리에 스르르 눈을
떴다.

"……!"

나는 내가 누워 있던 침대며 방 안의 낯선 풍경에 좀 어리둥절했
다. 내가 왜 여기 누워 있고 여긴 또 어디지? 하는 생각에 말이다.
하지만 나는 곧 간밤의 일들을 기억해내고 내가 누워 있던 침대에
서 천천히 몸을 일으켰다. 나는 어젯밤 분위기에 취하고 알콜에 취
해 필름이 살짝 끊어지긴 했지만(나는 평소 캔맥주를 두 캔 정도밖에 못
마셨는데, 어젯밤엔 생전 마시지도 않던 생맥주를 세 잔 가까이나 마셨던 것
이다), 그런 와중에서도 용케 그녀와 함께 보문의 콘도로 택시를 타
고 온 기억이 희미하게 떠올랐던 것이다(행인지 불행인지 그녀가 묵고
있는 콘도는 방이 두 개 있는 구조였다).

　　　　　　　　　1985, 경주, 그리고 메텔에 관한 이야기

나는 침대에 앉아 멍하니 간밤의 일들을 떠올리고 있다가, 이윽고 침대에서 내려와 방문을 열고 어기적어기적 거실로 나갔다(다행히 나는 어젯밤 입고 있던 옷을 그대로 입고 있었다. 내가 벗었는지 그녀가 벗겨줬는지 모르겠지만 아버지의 바바리만 빼고). 나는 간밤에 섭취한 알콜 때문에 목이 탈 것처럼 바싹 말랐을 뿐 아니라, 금방이라도 오줌을 쌀 것처럼 방광이 팅팅 불어올라 있었던 것이다.

나는 거실로 나온 뒤 수도가 있는 주방 쪽으로 가서 수돗물을 틀었다. 그러고는 차가운 수돗물이 쏟아지는 수도꼭지에 입을 대고 정신이 번쩍 들 때까지 꿀꺽꿀꺽 수돗물을 마셨다. 그러자 거실 한 켠에 붙은 욕실 문이 벌컥 열리는가 싶더니, 말갛게 화장을 지운 얼굴의 메텔이 어딘가 좀 어색하고 쑥스러워하는 미소를 지으며 말했다.

"아, 일어났군! 안 그래도 조금만 더 기다려보고 안 일어나면 내가 직접 깨우려 했더니. 그래, 잘 잤어?"

그녀는 이를 닦고 있었던 모양이었다. 그녀의 손에는 파란 칫솔이 들려 있었고, 입에는 하얀 치약 거품이 잔뜩 묻어 있었으니까.

"아뇨, 별로 잘 못 잤어요. 근데 아침부터 웬 음악을 이렇게 크게 틀고 난리예요? 빨리 안 일어난다고 부러 기상나팔을 부는 것도 아니고……."

나는 짐짓 불만에 찬 얼굴로 투덜거렸다. 그녀가 틀어놓은 음악이 조금 시끄럽기도 했지만(몇 분 후에야 알게 된 거지만, 그녀가 틀어놓은 음악은 FM 라디오의 클래식 음악이었다. 날이 날인지라 그녀가 틀어놓은 라디오에서는 베토벤의 '합창'이 흐르고 있었는데, 그중에서도 음악 시간에 배운 '환희의 송가'라는 합창곡이 크고 웅장하게 울려 퍼지고 있었다), 실은 것보다 그녀를 보기가 영 수줍고 민망한 기분이 들었기 때문이었다. 그랬다. 나는 어젯밤엔 제법 크리스마스의 들뜬 분위기와 알콜의 힘 때문에 농담도 잘하고 헛소리도 잘했지만, 막상 날이 밝아 해가 뜨고 보니 마치 초야를 치른 새색시처럼 부끄럽고 어색한 기분이 들었던 것이다.

"너 갑자기 생리라도 터졌니? 아님 아침부터 웬 말도 안 되는 짜증에 생트집이야? 볼륨을 조금 높여놓은 건 맞지만, 내가 듣기엔 뭐 그렇게 귀청이 떨어질 정도로 크게 틀어놓은 것 같지도 않구만."

"건들지 마세요. 난 지금 완전히 사기라도 당한 기분이니까."

나는 그녀의 얼굴과 몸매를 쓰윽 한번 훑어보는 시늉을 한 뒤, 짐짓 실망에 찬 얼굴로 중얼거렸다.

"제길, 또 속았군, 또 속았어! 이럴 줄 알았으면 가이드를 하겠다고 그러는 게 아닌데……."

흡사 큰 사기라도 당한 듯 투덜거리긴 했지만, 그건 다 나의 어색함과 수줍음을 감추려고 한 농담이었다. 하지만 그녀의 미모는 어젯밤에 비해 다소 덜 빛나 보이고 덜 황홀해 보였던 게 사실이었다. 하긴 그럴 수밖에! 마치 패션잡지에 나오는 모델처럼 세련된 패션과 화장으로 꾸민 어제와 달리, 그녀는 오늘 아침엔 화장이 말끔히 지워진 민얼굴에다 그냥 집에서 입는 헐렁한 박스티에 물이 다 빠진 청바지를 입고 있었으니까. 그러나 솔직히 말하면, 그녀는 어제와는 또 다른 매력을 물씬 풍기고 있었다. 뭐랄까, 어제 마치 패션잡지에 나오는 패션모델처럼 묘한 신비감과 관능미 같은 것을 풍기고 있었다면, 오늘은 그냥 옆집 누나 같은 청순미와 자연미를 뿜어내고 있었던 것이다. 여자들은 좋겠다. 화장을 하느냐 안 하느냐, 바지를 입느냐 치마를 입느냐 하는 것에 따라 전혀 다른 매력과 이미지 같은 것을 연출할 수 있으니까.

"왜, 어울해? 그럼 지금이라도 물러! 나도 지금 니 보고 있으니까 내가 왜 어제 널 내 가이드로 쓰겠다고 했는지 후회막심이니까."

"아뇨, 내 실수니까 내 쪽에서 감수해야죠 뭐. 약속은 약속이고 치사하게 남자가 한 입 갖고 두말할 순 없으니까."

나는 퍼뜩 꼬리를 내리고 빨리 화장실이나 좀 비워달라고 했다. 나는 거의 방광이 애드벌룬만 하게 부풀어올라 있었거니와, 간밤에 너무 과음한 탓인지 설사를 할 것처럼 배도 살살 아팠으니까.

"급해? 급하면 먼저 써."

"아, 아뇨. 먼저 씻으세요. 아직 그렇게 못 견딜 정도는 아니니까."

나는 사양했다. 그녀라고 해서 그런 생리적인 일을 하지 않는 건 아니겠지만, 그녀처럼 멋진 숙녀 앞에서 그리 향기롭지 못한 냄새를 피워서 나한테 유리할 건 별로 없을 것 같았으니까.

"그래? 그럼 좀만 기다려. 내가 최대한 빨리 씻고 화장실 비워줄 테니까."

나는 그녀가 욕실 문을 닫는 것과 동시에 기쁨에 찬 탄성을 질렀다. 고생 끝에 낙이 온다더니, 그 말이 꼭 맞았다. 생각해보라! 나는 어제까지만 해도 세상에서 가장 슬프고 우울한 크리스마스를 맞고 있었는데, 오늘 아침엔 세상 그 누구보다 즐겁고 행복한 크리스마스를 맞고 있으니 말이다. 조금 불경스러운 비유일지 모르겠지만, 아마 교황 요한 바오로 2세도 나보다 더 즐겁고 행복한 크리스마스를 맞고 있진 못하리라.

나는 내 몸에서 흐르는 기쁨과 즐거움을 주체하지 못한 나머지, 라디오에서 나오는 '환희의 송가'에 맞춰 마구 열정적인 지휘를 해댔다. 마치 내가 빈 필하모니의 **폰 카라얀**이나 KBS교향악단의 유명한 지휘자라도 되는 듯 말이다.

$$\times\ \times\ \times$$

9시쯤 콘도를 나와, 보문에서 시내로 가는 버스를 탔다.

우리는 경주역에서 버스를 내린 뒤, 역 근처의 작은 분식점에서 김치찌개로 아침을 먹었다. 나는 그녀와 다소 늦은 아침을 먹으며, 오늘 그녀가 가고자 하는 행선지와 유명 관광지 같은 것을 물었다. 그녀는 우선 천마총이 있는 대릉원부터 가볼 생각이라고 했다. 그리고 그다음은 첨성대와 반월성, 그리고 안압지와 박물관 등등 여러 가지 문화 유적지와 유물 등을 둘러보고 살펴볼 계획이라고 말이다. 어제도 느낀 거지만, 그녀는 경주와 신라 문화에 대해 제법 많은 공부를 하고 온 것 같았다. 대체 무슨 이유로 경주와 신라 문화에 대한 관심이 그리 많은 건지 모르겠지만, 그녀는 이번 기회에 경주의 유명 관광지며 문화 유적지들을 죄다 둘러보고 구경할 생각인 것 같았다. 그것도 그냥 건성건성 둘러보고 구경하는 게 아니라 나름대로 아주 꼼꼼하고 자세하게 말이다. 그녀가 갖고 있는 다이어리에는 그날그날마다 둘러보고 답사해야 할 경주의 유명 관광지며 문화 유적지 같은 게 빼곡하게 다 쓰여 있었으니까.

나는 그녀와 분식점을 나온 뒤, 분식점 바로 옆에 붙은 구멍가게에서 약간의 과자와 음료수를 샀다. 하루 종일 그녀와 함께 경주를 돌아다니려면 입도 조금 궁금하고 목도 조금 마르고 할 테니까.

"흐음, 이러고 보니 꼭 어릴 때 소풍 가는 기분이다. 그치?"

그녀가 말했다. 마치 소풍을 가는 초등학생처럼 들뜨고 해맑은 얼굴로.

"그러게요."

나 역시 그녀와 마찬가지로 기분이 무척 들뜨고 좋았다. 그녀처럼 멋지고 근사한 여자와 함께라면 누구나 다 기분이 들뜨고 좋을 수밖에 없겠지만, 그날따라 날씨까지 더할 나위 없이 포근하고 화창했던 것이다. 하지만 나는 내심 조금 불안하고 초조한 마음이 들기도 했다. 호사다마(好事多魔)라고, 혹시 그녀와 함께 거리를 쏘다니다 엄마나 이노끼에게 붙잡히면 어쩌나 하는 걱정에 말이다. 하지만 나는 애써 그런 걱정을 떨쳐버리려고 마음을 굳게 다잡았다. 경주가 아무리 좁다지만 설마 무슨 마가 끼지 않은 이상 그런 일은 없을 거야, 생각하고 자기 최면 같은 것을 걸면서.

우리는 덕수궁의 돌담길과 비슷한 대릉원의 돌담길을 따라 걷다가, 마침내 대릉원 입구에 도착했다. 우리는 대릉원 입구의 작은 매표소에서 대학생 한 장과 중학생(젠장! 나는 어젯밤에 모든 것을 다 털어놓고 말았다. 내가 중학생이라는 것과 저 입시 날부터 내가 그녀를 만나기 전까지 겪었던 일들을 모두 다 술에 취해 깡그리 말이다) 한 장을 끊은 뒤, 천마총과 다른 여타의 거대한 무덤이 누워 있는 대릉원으로 천천히 들어갔다.

나는 그녀와 함께 소나무가 우거진 소로(小路)를 따라 걸으며 물었다.

"참, 그럼 누난 여기 경주에 많이 와봤겠네요? 외할머니 댁이 여기 쪽샘에 있었으면 어렸을 때 외갓집에 자주 와봤을 거 아녜요?"

"아냐, 내가 경주에 온 건 지금까지 —물론 요번은 빼고— 딱 두 번밖에 안 돼. 한 번은 중학교 2학년 때 여기로 수학여행 온 거고, 또 다른 한 번은 작년 이맘때 할머니의 장례를 치르러 이곳으로 온 거 해서 딱 두 번."

"그래요? 그럼 누난 이때까지 누나의 외할머니집에 한 번도 안 와봤었단 말예요?"

나는 조금 의아한 표정으로 물었다. 그녀의 할머니가 언제까지 경주에서 살았는지 모르겠지만, 보통의 애들이라면 다들 어렸을 때 —여름방학이나 겨울방학 때— 외할머니가 사는 외갓집에서 며칠간 놀고 오는 것이 기본이고 상식이었으니까.

"으응, 우리 할머니는 내가 초등학교 4학년 때부터 서울로 올라와서 우리랑 함께 사셨거든. 그동안 운영하던 장사를 모두 정리하고 서울의 우리 집에서 우리 엄마 아빠랑 함께 말이야."

"그럼 그전에도 한 번도 안 와봤단 말예요? 초등학교를 다니기 전이나 초등학교 1, 2, 3학년 때도 말이죠?"

"으응, 아쉽게도. 우리 할머니가 하던 장사가 좀 그래서 그랬는지 아무튼 내 기억엔 우리 엄마가 한 번도 우리 할머니 집에 날 데리고 간 적이 없었어. 대신 우리 할머니가 1년에 한두 번씩 우리 집으로 우리를 보러 오셨지."

"음, 그랬군요. 그럼 누난 여기 대릉원이랑 천마총엔 두 번째로 와보는 거겠네요?"

나는 고개를 끄덕이며 다시 물었다. 그녀는 비록 외갓집엔 한 번도 못 와봤다고 했지만, 그래도 중2 때 여기 경주로 수학여행을 한 번 온 적이 있다고 했으니까.

"아냐, 난 오늘 여기 처음 와봐. 여기 경주로 수학여행을 오긴 했지만, 난 그때까지만 해도 우리나라의 역사며 문화재에 대한 관심이 별로 없어서 버스에서 혼자 쿨쿨 잠만 자고 있었거든. 다른 애들이 다들 여기 대릉원에서 천마총을 구경하고 친구들이랑 사진도 찍고 할 때, 나는 괜히 아프지도 않은 머리도 아프다고 하고 생리통 같은 것도 있다고 꾀병을 피우면서 말이야."

"하하, 그랬군요. 그럼 누난 왜 그때껏 전혀 관심이 없던 우리나라의 역사며 문화재 같은 것에 대한 관심이 생긴 거예요? 특별히 그런 것에 대해 관심을 가질 만한 어떤 계기랄까 사건 같은 거라도 있었어요?"

"글쎄……."

그녀는 얘기하기 좀 그렇다는 듯 애매한 웃음만 지었다. 그러고는 어느새 우리 앞으로 나타난 넓은 공지와 '미추왕릉'이라고 알려진 커다란 왕릉을 보며 물었다.

"엇, 뭐야? 저기가 천마총이야?"

"아뇨, 저긴 미추왕릉이고 천마총은 저기서 한 200미터쯤 북쪽으로 더 가야 있어요."

"아, 그래? 그럼 저기가 김씨로서는 처음 왕이 된 미추왕의 무덤 이로군."

우리는 한 30~40명 정도의 관광객들이 모여 있는 미추왕릉 앞으로 천천히 걸었다. 그러고는 미추왕릉 앞에 서 있는 안내판을 조용히 읽기 시작했다. 거기에는 미추왕이 신라 13대 왕이며, 김씨로서는 처음 신라 왕에 오른 인물이라는 사실 등이 아주 간략하게 기술되어 있었다.

"참, 넌 성이 뭐니?"

그녀가 물었다. 안내판에 씌어 있는 설명을 다 읽은 뒤, 괜히 **마이클 잭슨**의 '문 워크'를 연습하고 있는 나에게(많은 애들이 그랬을 성싶지만, 나는 당시 심심하면 마이클 잭슨의 문워크를 연습하곤 했었다).

"잭슨! 잭슨이에요, 이름은 마이클이고."

"야, 너 진짜 확!"

그녀가 주먹을 확 들어 보이며 말했다. 괜히 더 까불고 출싹거리단 한 대 맞을 줄 알라는 듯이 말이다. 나는 그녀의 그런 행동에 키들키들 웃다가 마침내 대대로부터 내려오는 내 성(姓)과 본(本)을 가르쳐주었다.

"김씨예요. 경주 김가. 누난요?"

"엇, 정말? 와, 이거 반가운데! 실은 나도 너랑 같은 경주 김씨, 아니 경주 김가거든."

"진짜요?"

"그럼! 내가 왜 너한테 그런 거짓말을 하겠어? 여하튼 반가워, 이렇게 같은 성과 본을 가진 종씨를 만나게 돼서."

그녀는 아주 반갑고 기쁘다는 듯이 말했다. 하지만 나는 딱 울고 싶은 심정이었다. 제기랄. 빌어먹을. 재수가 없는 놈은 곰을 잡아도 쓸개가 없다더니, 세상의 그 많은 성씨 중에 하필이면 그녀의 성이 나와 같은 김씨에 같은 본을 가진 '동성동본'일 게 뭐란 말인가? 대체 누가 그런 법을 만든 건지 모르겠지만, 아무튼 우리나라는 그때까지만 해도 같은 성과 본을 가진 남녀끼리는 법으로 엄연히 결혼이 금지된 국가였던 것이다. 뭐 그렇다고 내가 꼭 그녀와 결혼하겠다거나 깊은 사랑에 빠진 건 아니었지만, 어쨌든 나로서는 온몸에 힘이 좍 빠지고 맥이 탁 풀려버릴 만큼 안 좋은 소식인 게 사실이었다. 그녀처럼 멋지고 근사한 여인이 나 같은 중삐리에 가출 소년을 남자로 느낄 리 만무하겠지만, 대체 사람 일을 그 누가 단정 짓고 장담할 수 있단 말인가? 그녀는 아마 하늘이 두 쪽 나기 전엔 있을 수 없는 일이라며 코웃음 치겠지만, 혹시 또 누가 알겠는가? 거의 낙타가 바늘구멍을 통과하는 것만큼 어렵고 힘든 일이겠지만, 내가 진짜 그녀와 사랑에 빠져 장차 결혼이란 것을 고려하게 되고 고민하게 될지 말이다. 에이, 쌍. 난 진짜 왜 이렇게 하는 일마다 재수가 없고 일이 꼬이는 거야? 모처럼 진짜 마음에 쏙 드는 이상형의 여인을 만났는데, 대체 이게 무슨 운명의 장난이고 마른하늘에 날벼락이란 말인가?

"자, 그럼 여긴 그만 보고 저기 천마총 있는 데로 가요. 뭐니 뭐니 해도 여기 대릉원은 천마총을 보는 게 가장 신기하고, 또 재밌으니까."

나는 그녀의 손을 잡고 천마총이 있는 2호 광장으로 빠르게 걸었다. 천마총은 미추왕릉에서 북쪽으로 한 200~300미터 정도 떨어진 곳에 위치해 있었다.

이윽고 우리는 천마총이 있는 2호 광장에 도착했다. 겨울철인 데다 아직 이른 오전이라 그리 많은 사람들이 있다고 할 순 없었지만, 그래도 천마총이 있는 2호 광장에는 미추왕릉보다 훨씬 많은 수의 사람들이 서 있거나 오락가락하며 휴일 오전을 즐기고 있었다. 당연했다. 여기 대릉원에서 천마총은 가장 인기가 많고 명성이 높은 문화 유적지였으니까.

"그래도 생각보다 관광객들이 많네요? 난 오늘이 크리스마스고, 또 이른 오전이라 대릉원을 찾은 관광객이 별로 없을 줄 알았는데."

"그러게."

"자, 그럼 들어가볼까요?"

"그래, 그러자."

우리는 좁고 어두운 통로를 지나 천마총 안으로 천천히 들어갔다. 그러고는 그 무덤 안에서 출토된 고대 신라의 화려한 금관과 천마도가 그려진 말다래, 그리고 그 외의 다른 여러 가지 부장품들을 신기하고 경외감에 가득 찬 눈으로 하나하나 살펴보고 감상하기 시작했다.

✖ ✖ ✖

"아, 눈부셔! 이건 뭐 드라큘라도 아니고…… 누난 눈 안 부셔요?"

나는 그녀와 함께 천마총을 나오며 물었다. 낮은 조도의 조명이

커져 있긴 했지만, 우리는 한 30분 가까이 어두컴컴한 무덤 속에 있다 밖으로 나왔기 때문에 마치 햇빛을 보면 괴로워하는 드라큘라처럼 햇빛을 손으로 가리고 피하기 바빴던 것이다.

"나도 눈부셔 죽겠어! 이럴 줄 알았으면 선글라스라도 가져올 걸 그랬나 하는 생각이 들 만큼."

그녀가 중얼거렸다. 나처럼 무척 눈이 부신지 눈썹 위로 퍼뜩 손차양을 만들어 눈으로 쏟아지는 햇빛을 가리면서 말이다.

"우리 저기서 조금 쉬었다 갈까요? 그러고 보니 다리도 좀 아픈 것 같고 목도 조금 마른 것 같은데……"

나는 저만치 보이는 벤치를 가리키며 말했다. 천마총 앞에는 통나무를 반으로 쪼개놓은 형태의 시멘트 벤치가 몇 개쯤 마련되어 있었던 것이다.

"그래, 그러자. 나도 다리도 좀 아픈 것 같고 단 게 조금 먹고 싶단 생각이 드니까."

나는 그녀와 나란히 통나무를 반으로 쪼갠 형상의 시멘트 벤치에 앉았다. 대충 예상하고 있던 일이긴 했지만, 나는 시멘트 벤치에 앉는 순간 미사일처럼 하늘 위로 크게 솟구쳐 오를 뻔했다. 진짜 통나무로 만들면 돈이 얼마나 든다고 그런 짓을 하는지 모르겠지만, 아무튼 그때의 그 시멘트 벤치에 앉는 건 얼음덩이에 앉는 거나 마찬가지일 정도로 엉덩이가 차고 시렸던 것이다. 만약 1시간 정도만 앉아 있으면 곧바로 동상에 걸리거나 치질에 걸려버릴 것 같은 망할 놈의 싸구려 시멘트 벤치.

"먹을래?"

그녀가 물었다. 아까 구멍가게에서 산 초콜릿을 내게 슬쩍 내밀어 보이며.

"아뇨, 난 그것보다 콜라."

나는 그녀와 함께 콜라와 초콜릿을 먹으며, 우리 앞으로 지나다니는 많은 관광객들을 살피고 쳐다보았다. 한국 사람들도 많았지만 외국 사람들도 많았다. 비율로 따지면 7:3 정도 될 것 같았다. 간혹 백인이나 흑인들도 보이긴 했지만, 외국인의 대부분은 일본에서 온 재일교포나 순도 100프로의 일본인들 같았다. 다들 무슨 모임이나 학교(학원) 같은 데서 온 단체 관광객이었지만, 다양한 세대의 일본인들이 보였다. 머리가 희끗희끗한 노인층에서부터 검은 교복(세일러복) 차림의 여고생들까지……. 다른 외국인들도 흥미롭게 쳐다보긴 했지만, 나는 그중에서도 특히 검은 교복 차림의 일본 여학생들을 제일 즐겁고 흥미롭게 쳐다보고 있었다. 다른 도시와 달리 여기 경주에서는 자주 볼 수 있는 풍경이긴 했지만(다른 도시와 달리 경주에서는 일본인들을 자주 보고 접할 기회가 많았다. 당시 한국을 찾는 외국인들은 거의 일본인이라고 해도 과언이 아닐 만큼 그 수가 많았고, 또한 그런 일본인들은 우리나라 제1의 역사 도시이자 관광 도시인 경주에서 많은 관광을 하고 엔화를 쓰고 했으니까), 그래도 우리나라와 전혀 언어도 다르고 문화도 다른 이국(異國) 소녀들을 보는 일은 언제나 즐겁고 흥미로운 일이었으니까.

내가 너무 입을 헤 벌린 채 그 소녀들을 흐뭇하게 바라보고 있었던 것일까? 롯데의 '가나 초콜릿'을 먹고 있던 그녀가 내게 찌릿 눈총을 주며 말했다.

"야, 뭘 그렇게 헬렐레해서 처다보고 있어? 일본 여자애들을 보는 건 좋은데, 제발 그 입 좀 다물어. 그러다 까딱하면 턱이라도 빠지거나 파리라도 입에 들어갈 것 같으니까."

"에이, 너무 그러지 마세요. 예쁜 여자를 보고 헬렐레하는 건 세상 모든 남자들의 공통점이자 신이 만든 섭리니까."

나는 천연덕스레 웃으며 말했다. 그러고는 일본말로 무슨 말을 하는지 저희들끼리 까르르 웃고 떠들며 우리 앞을 지나가는 일본 소녀들을 보며 중얼거렸다.

"아깝다, 내가 일본어만 좀 되면 한번 대시해보는 건데! 어때요, 일본 여학생들 예쁘죠, 응?"

"쳇, 예쁘긴 뭐가 예뻐? 내가 생각하기엔 우리나라 여학생들이 훨씬 키도 크고 예쁜 것 같구만."

"에이, 설마. 내가 보기엔 일본 여학생 쪽이 우리나라 여학생들보다 훨씬 예쁘고 세련돼 보이는 것 같구만."

나는 말도 안 된다는 듯 입을 비쭉거렸다. 보는 눈이야 다 다르겠지만, 내 생각으론 일본 여학생 쪽이 조금 우세할 것 같았다. 이국(異國) 소녀에 대한 동경과 일본 특유의 선정적인 성 문화 때문인지는 모르겠지만, 나는 어쨌든 당시 한국 여학생보다 일본 여학생 쪽이 훨씬 더 귀엽고 예쁘다는 생각이 들었던 것이다. 한국 여학생들이 들으면 욕할지 모르겠지만, 당시 내 여성 취향과 성적 기호 같은 것들이(어쩌면 그건 다 일본 포르노와 도색 잡지를 너무 많이 본 탓에 생긴 부작용일지도 몰랐다. 그런 것들은 아직 열여섯 소년에 불과한 나에게 일본 여인이 훨씬 더 귀엽고 예쁘다는 어떤 성적 환타지며 착각에 빠지게 하기 충분했으니까) 그런 걸 낸들 뭐 어쩌겠는가?

"원래 남의 떡이 더 크게 보이는 법이야. 실제로는 자기 것이 더 크거나 둘 다 크게 차이가 나지도 않는데도 말이지."

"하여튼 여자들이란! 도대체 여자들은 왜 그래요?"

나는 샐쭉 삐친 표정을 짓는 그녀에게 물었다. 짐짓 타박하고 질타하는 말투로 말이다.

"왜? 여자들이 대체 뭐 어때서?"

"몰라서 물어요? 여자들은 왜 하나같이 다른 여자를 예쁘다고 하면 질투 어린 시선을 보내고 시샘에 찬 험담부터 늘어놓냔 말에요! 하여튼 난 일본 여학생 쪽에 한 표를 던지겠어요. 저 봐요, 얼마나 귀엽고 예쁘게 보여요, 예?"

"쳇, 그렇게 마음에 들면 한번 대시해보지 그래? 통역은 내가 해줄 테니까. 다른 건 몰라도 내가 또 우리 할머니한테 배워서 일어는 좀 하는 편이니까."

"왓, 정말요? 그럼 누나 말 믿고 한번 대시해볼까요? 내 꿈이 원래 다른 나라 여자랑 국제결혼을 하는 건데……."

그녀는 정말 못 말린다는 듯 설레설레 고개를 저었다. 그러더니 갑자기 무슨 이유에서인지 나에게 약간 심사가 틀린 듯한 말투로 조용히 물었다.

"야, 나 너한테 한 가지 충고랄까 조언 같은 것을 좀 하고 싶은데…… 어때, 해도 괜찮겠지?"

"예? 아, 네…… 물론이죠. 해보세요. 뭔데요?"

나는 약간 긴장한 얼굴로 말했다. 딱히 뭐 큰 실수를 하거나 결례를 범한 건 없는 것 같지만, 나는 그녀의 입에서 무슨 말이 나올지 조금 두려운 생각이 들었던 것이다.

"내가 어제부터 가만히 지켜봤는데…… 넌 내가 보기에 일본이라는 나라를 너무 과대평가하고 좋게만 생각하고 있는 것 같아. 그 반면에 우리나라는 너무 과소평가하고 폄하하고 있는 것 같고."

"옛? 제가 뭘 또 그렇게……?"

나는 다소 당황한 얼굴로 물었다. 그녀의 지적이 어느 정도 맞긴 했지만, 나는 막상 그녀로부터 그런 지적을 당하고 나니 괜히 좀 무안을 당한 기분이 들었던 것이다.

"아냐, 내가 느낀 바에 의하면 넌 확실히 내가 말한 경향이 좀 강한 것 같아. 어떤 식이냐 하면, 넌 무조건 우리나라보다 일본이 몇 배 더 우수하고 훌륭한 나라라고 생각한단 말이지. 그러니까 내 말은……."

나는 슬며시 기분이 좀 나빠지려고 했다. 대체 무슨 까닭에 그런 충고를 하고 지적을 하는지 모르겠지만, 그녀는 은근히 나를 친일파 취급하며 나를 가르치려 하고 있었던 것이다. 뭐 물론 나는 그녀가 왜 갑자기 그런 충고며 조언 비슷한 것을 하는지 조금 이해가 가기는 갔다. 나는 어젯밤 그녀와 일본을 주제로 몇 마디 설전을 벌일 기회가 있었는데(술이 취해 잘 기억나진 않지만, 아마 가라오케서 일하는 르노 형 얘기를 하던 중이었을 것이다), 나는 그녀의 말대로 우리나라에 대해선 한없이 비판적이고 냉소적인 발언을 한 반면 일본에 대해선 한없이 호의적이고 동경에 찬 발언을 해댔던 것이다. 우리나라도 이제 제법 많이 발전하긴 했지만 일본에 비하면 아직 새카맣게 뒤떨어진 후진국에다 미개한 나라라는 식으로 말이다. 그러니 그녀로서는 당연히 내가 좀 마음에 안 들고 못마땅하게 느껴졌을 것이다. 대체 무슨 이유로 우리나라 역사며 문화(재)에 대해 그리 큰 관심과 애정을 갖게 된 건지 모르겠지만, 아무튼 그녀는 우리나라의 역사며 문화(재)에 무척 큰 관심과 애정을 갖고 있는 것 같았고, 그것으로 유추해볼 때 그건 곧 그녀 자신이 그만큼 '한국인'이라는 사실에 큰 자부심을 느끼고 자긍심을 가지고 있다는 얘기에 다름 아닐 테니까. 그랬다. 그녀는 내가 좀 꼴불견이고 밥맛으로 느껴졌을 것이다. 나는 일본에 대해 별로 잘 아는 것도 없으면서 말끝마다 일본을 칭찬하고 칭송하는 발언을 한 반면(예컨대 나는 일본 프로 야구와 우리나라 프로 야구를 비교하기도 하고, 또 삼성과 소니의 전자 제품 따위를 끊임없이 비교해댔던 것이다), 우리나라는 정말 일본을 따라가라면 평생을 따라가도 못 따라갈 거라는 식의 꼰대 같고 친일파(변명 같지만, 당시 우리나라의 어른들은 이런 말을 거의 예사로 했다. 우리나라는 일본에 비해 한 30년—정치, 경제, 사회, 문화…… 거의 모든 분야에 있어—은 뒤떨어져 있으며, 우리나라는 평생을 따라가도 일본을 못 따라갈 거라는 식의 자기 비하적이고 자기 부정적인 말들을 말이다) 같은 발언을 마구 내뱉어댔으니까. 그러나 나에게도 할 말은 많았다. 나는 반문하고 싶었다. 비록 나에게 충고 비슷한 것에 비난 비슷한 것을 하고 있지만, 실은 누나 자신도 일본을 은근히 부러워하고 있으며 동경하고 있지 않냐고. 예를 들어 누나도 한국 만화 영화보다는 일본 만화 영화를, 삼성이나 금성보다는 소니나 산요 같은 일본 전자 제품을 훨씬 더 좋아하고 우수한 것으로 생각하고 있지 않냐고. 나는 그녀에게 항변

1985, 경주, 그리고 메텔에 관한 이야기

하고 싶었다. 핑계 대고 싶었다. 내가 혹시 누나의 눈에 일본이라는 나라를 무조건 찬양하고 고무하는 친일파나 사대주의자로 비칠지 모르겠지만, 솔직히 난 우리나라가 처해 있는 현실을 조금 비판적으로 얘기하고 자조적으로 얘기했을 뿐, 그렇다고 내가 무슨 이완용이나 을사오적 같은 매국노에 친일파는 아니지 않냐고. 일본이 이룩한 경제 성장과 문화적 우수성을 인정하기 싫긴 하지만, 난 솔직히 일본이 독도가 자기네 땅이라고 우기면 속에서 부글부글 부아가 끓고 또 일본과 한국이 축구를 하거나 야구를 하면 난 틀림없이 목이 터져라 한국을 응원하는 애국자라고. 그러니까 내가 일본을 칭찬하고 칭송하는 말을 한 것과 달리 우리나라를 무시하고 비하하는 말을 한 것은 내가 진짜 우리나라를 미워하거나 싫어해서가 아니라, 우리나라는 왜 아직 일본보다 발전하지 못하고 정치, 경제, 사회, 문화 같은 그런 모든 분야에서 뒤떨어져 있나 하는 자괴감과 안타까움 같은 것에서 비롯된 하소연이자 반어법 같은 거라고 말이다.

"……."

나는 아무 말도 않은 채 그녀의 말을 가만히 듣고만 있었다. 생각 같아선 그녀의 말에 조목조목 반박하고 항변하고 싶었지만, 나는 입가에 엷은 미소만 지은 채 그녀의 말을 묵묵히 경청하고만 있었다. 조금 억울한 면이 있어도 가만히 참고 있는 게 낫지, 괜히 또 잘난 척 입을 나불거리다 그녀가 현지처럼 팩 토라져버리면 큰일이었으니까! 운 좋은 줄 아세요. 다른 사람 같았으면 내가 또 한바탕 말싸움하고 온갖 궤변으로 누나 속을 왈칵 뒤집어놓았겠지만, 누난

특별히 서울서 온 손님이고 예쁘다는 이유로 내가 한번 봐주는 거
니까.

"……물론, 나도 네 태도에는 어느 정도 이해가 가기는 가. 일본
은 현재 미국에 이어 세계에서 두 번째로 잘사는 나라고, 또 요즈
음 분위기 같아선 일본이 거의 미국을 따라잡는 게 아닌가 싶을 정
도로 일본의 경제력이며 위상 같은 게 막강하니까. 그런데 넌 한 가
지 중요한 걸 놓치고 있어. 그건……."

"알았어요, 알았어! 그러니까 누나 말은 이거잖아요? 일본 것도
좋고 미국 것도 좋지만, 넌 너무 외국 것만 좋아하고 훌륭한 것으로
생각하는 경향이 많은 것 같으니까 우리나라 것도 좀 좋아해라. 맞
죠? 그래요, 인정할게요. 누나 말대로 일본 여학생들보다 우리나라
여학생들이 훨씬 더 예뻐요. 됐죠, 이제?"

나는 그녀의 말을 가로채며 말했다. 누나가 무슨 말을 하고 싶은
지 다 알아들었으니까, 제발 이제 더 이상의 설교랑 훈계는 좀 멈추
어달라는 식으로 말이다.

"아니, 그런 게 아니라……."

그녀로서도 더 이상의 설교랑 훈계는 늘어놓기가 좀 뭣한 모양이
었다. 대신 그녀는 과연 애를 어떻게 계몽시키고 계도시키면 좋을
까 하는 표정을 짓더니, 이윽고 좋은 생각이 떠올랐다는 듯 자신의
옆에 놓인 작은 배낭에서 한 권의 책을 꺼내 슬며시 내 앞으로 내밀
었다.

"뭔데요, 이게?"

나는 그녀가 내민 책을 뜨악하게 내려다보며 물었다. 그 책은 보

1985, 경주, 그리고 메텔에 관한 이야기

통 크기의 소설책이나 에세이집보다 훨씬 크기가 작고 얇은 문고판이었는데, 어제 그녀가 극장에서 잠깐 보고 있던 바로 그 책인 것 같았다.

"뭐긴 뭐야? 책이지."

"그건 나도 알고 있어요. 내가 아무리 아는 게 없고 무식해도 책이랑 도시락을 구분 못 할 정도의 바보는 아니니까. 내가 묻고 싶은 건, 왜 갑자기 나한테 이런 책을 건네냐는 거예요. 설마 이 책을 나한테 엿 바꿔 먹으라는 얘기는 아닐 테고."

"야, 웃기는 소리 그만하고…… 내가 이 책 빌려줄 테니까, 너 이 책 한번 꼭 읽어봐! 내가 보기에 넌 비교적 머리도 좋고 영리한 편이긴 한데, 아쉽게도 넌 아직 우리나라에 대한 역사의식이나 문화적 자긍심 같은 게 많이 부족한 것 같으니까. 그러니까 이 누나 말 듣고 이 책 한번 꼭 읽어봐. 그럼 여러 가지로 느끼는 것도 많고 배우게 되는 것도 많을 테니까. 알았지?"

"무슨 내용의 책인데요?"

나는 그녀가 건넨 책의 책 제목과 책날개에 붙은 저자의 이름을 한번 훑어보았다. 『조선과 예술』이란 제목에, **야나기 무네요시**란 이름의 저자가 쓴 책이었다. 조선과 예술? 야나기 무네요시? 나로서는 난생처음 들어보는 생경한 책 제목에 저자의 이름이었다.

"직접 읽어봐. 읽어보면 알게 될 테니까."

"암튼, 고마워요. 잘 읽을게요."

"내일모레까지 다 읽고 독후감 제출해, 알았지? 기껏해야 100페이지가 조금 넘는 분량밖에 안 되는 짧은 책이니까 그 책을 읽기가 그리 어렵거나 지루하진 않을 거야. 어때, 할 수 있겠지?"

"쳇, 관둬요! 누나가 무슨 학교 신생님이에요? 난 어떤 책이 읽고 싶다가도 누가 독후감 쓰란 소리만 하면 그 책을 읽고 싶은 생각이 싹 없어지더라? 누난 안 그래요?"

"좋아, 그럼 독후감 쓰란 소린 안 할게. 대신 며칠 내로 그 책 다 읽고, 그 책을 다 읽은 다음의 감상이랄까 소감 같은 것만 살짝 내게 말해줘. 어때, 그 정도는 할 수 있겠지?"

"그거야 뭐……."

나는 뿌루퉁하게 말했다. 그리 흥미가 가는 책은 아니었지만, 그래도 그녀가 그토록 권하니 안 읽어볼 수 없었다. 만약 그녀가 아니라 다른 사람이 권했더라면 나는 흥 하고 콧방귀를 뀌며 그 책을 다시 돌려주었을 것이다. 읽고 싶으면 너나 많이 읽어. 난 이런 고리타분하고 따분하게 보이는 책보단 『선데이 서울』이나 『주간 경향』 같은 걸 읽는 편이 훨씬 즐거우니까 하고 말이다.

"근데, 이 책 꽤나 여러 번 봤나 봐요? 책 중간중간에 밑줄 친 것도 많이 있고 또 형광펜으로 여기저기 칠해져 있는 곳도 많이 눈에 띄는 걸 보면……."

나는 그녀가 준 책을 후르르 넘겨보며 중얼거렸다. 헌책방에서 그 책을 샀거나 다른 사람이 그랬을 수도 있지만, 그녀가 빌려준 『조선과 예술』이라는 책에는 연필로 밑줄 친 것도 많이 있고 또 여기저기 형광펜으로 칠한 자국도 많이 눈에 띄곤 했던 것이다.

"응, 내가 읽은 책 중에서 가장 재미있고 감동적으로 읽은 책이라 한 번 더 읽으려고 집에서 가져온 거야. 그러니까 너도 꼭 한 번 읽어봐. 그럼 우리나라의 문화재에 대한 지식 같은 것도 많이 생기고, 또 우리나라에 대한 역사의식이나 문화적 자부심 같은 것도 많이 생기게 되는 계기를 마련해줄 테니까."

나는 고개를 끄덕이다, 괜히 또 실없는 소리를 하고 싶어 실없는 농담을 한마디 더 던졌다.

"근데, 이런 책 말고 다른 책 좀 빌려주면 안 돼요? 난 이런 고리타분하고 따분해 보이는 책보다 다른 책이 훨씬 더 좋은데."

"다른 책? 그럼 넌 뭐 어떤 책이 좋은데?"

"그림책이죠, 뭐."

"그림책?"

"에이, 거 왜 있잖아요? 『펜트하우스』나 『플레이보이』지 같은 남자들이 보는 야한 책."

순간, 나는 "욱!" 소리를 내며 앞으로 푹 고꾸라졌다. 내가 너무 짓궂은 농담을 한 것일까? 그녀의 빠르고 매서운 주먹이 정확히 내 배로 날아와 꽂힌 것이다.

"짜식이 꼭 매를 벌어요, 벌어! 웬만하면 주먹을 안 쓸랬더니, 이건 뭐 속이 메슥거려 더 듣고 있어줄 수가 있어야 말이지……."

나는 그녀가 손을 탁탁 털고 일어서는 모습을 보며, 한동안 웃음도 아니고 울음도 아닌 요상한 신음만 내뱉어야 했다. 전혀 예상치 못한 그녀의 주먹에 나는 괜히 미친놈처럼 킬킬 웃음이 나기도 하고, 또한 눈물이 쏙 빠질 만큼 배가 아파 배를 싸쥔 채 혼자 끙끙 아픈 배를 감당해야 했던 것이다. 아, 배야. 아, 웃겨. 아, 정말 배 아파 죽겠네. 히히힛.

episode 18

시간은 빠르게 흘렀다.

메텔과 만난 게 바로 엊그제 같은데, 우리는 어느새 경주 여행을 다 끝마쳐가고 있었다.

12월 30일.

우리는 그날 경주 남산(南山)을 다녀오는 것을 끝으로, 그녀가 계획한 여행 일정을 무사히 다 끝마칠 수 있었다. 그녀는 이번 여행을 꽤 알차게 꼼꼼히 준비한 듯했다. 그녀는 이번 여행이 좀 더 뜻깊고 의미 있는 여행이 되기를 바란 듯 그녀가 미리 짜 온 여행 일정표대로 착착 움직였는데(물론 우리는 기계가 아닌 이상 약간의 시간 지체나 차질 같은 것을 겪을 수밖에 없었다. 하지만 대체적으로 우리는 그녀가 짜 온 일정표로 움직일 수 있도록 최대한 노력했다), 나는 그녀의 그런 부지런함과 성실한 면모 덕분에 그녀와 지난 엿새 동안 경주의 많은 유명 관광지와 문화유산들을 다 둘러보고 감상할 수 있었던 것이다. 뭐

                                               1985, 경주, 그리고 메텔에 관한 이야기

나로서는 익히 다 보아온 것이고 가본 곳이기는 했지만(물론 개중에는 내가 아직 한 번도 가본 적이 없고 직접 본 적이 없는 문화 유적지며 문화재도 몇 가지 있기는 했다), 어쨌든 나로서도 꽤 보람 있고 즐거운 여행이었다. 나는 내가 사는 경주와 고대 신라에 대한 관심이 많은 그녀 덕분에 전에는 내가 잘 알지 못했던 많은 역사적 사실과 신라 문화에 대한 우수성 같은 것들을 많이 깨닫고 느끼게 되는 계기가 되었으니까.

내가 르노 형을 만나야겠다고 생각한 것은 역 앞에 있던 버스 정류장에서였다. 우리는 그때 그 여행의 제일 마지막 코스인 남산에 갔다 내려와 보문의 숙소로 다시 돌아가려고 버스를 기다리는 중이었는데, 나는 문득 르노 형에게 잠깐 들러 그동안의 정보도 좀 듣고 뉴스도 좀 알아봐야겠다는 생각이 들었던 것이다.

"저, 잠깐 볼일이 있어 그런데…… 누나 혼자 들어갈 수 있겠어요? 난 누나만 괜찮다면 어디 좀 들렀다 숙소로 들어갔으면 싶은데……."

나는 약간 미안한 표정을 지으며 물었다. 뭐 어린애도 아니고 혼자서도 충분히 숙소로 돌아갈 수 있겠지만, 나는 어쨌든 그녀를 숙소까지 바래다주는 게 예의이자 도리라는 생각이 들었으니까.

"왜, 어디 갈 데 있어? 어디 가려구?"

그녀가 물었다. 하긴 좀 궁금하긴 궁금했을 것이다. 나는 그녀를 만난 후 거의 잠잘 때만 빼놓곤 항상 그녀의 곁에 껍처럼 찰싹 달라붙어 있었으니까.

"르노 형한테요."

"아, 그 가라오케에서 일한다는 동네 형 말이지?"

"예, 그동안 잠수 단 깃도 있고…… 아무래도 오늘쯤은 르노 형을 한번 만나보는 게 좋을 것 같아서……."

정말이지 이것저것 궁금한 게 한두 가지가 아니었다. 모르긴 모르겠지만, 르노 형을 만나면 그동안 내가 전해 듣지 못한 새로운 정보와 뉴스 같은 것들을 많이 전해 듣고 알아볼 수 있으리라. 엄마는 내가 가출 가방을 꾸려 집을 나간 뒤 과연 어떤 반응을 보이고 있으며, 또 르노 형에게 어떤 전언과 메시지를 전하였는지? 그리고 또 쿤타랑 마이클 녀석은 요사이 뭘 하고 어떻게 지내고 있으며, 그 빌어먹을 이노끼랑 해글러 자식은 아직까지 나를 잡지 못해 눈알이 시뻘게져 있는지 어쩐지? 그랬다. 메텔과 보내는 시간이 즐거워 그동안 쭉 잠수를 타고 있긴 했지만, 사실 나는 그런 것들이 궁금해 하루에도 몇 번씩 르노 형에게 전화를 걸고 싶은 충동이 들었다. 내가 잠수 탄 사이 그들에게 뭔가 특별한 상황이 생기거나 내가 깜짝 놀랄 만한 이상한 사건 같은 게 발생하진 않았을까 하고 말이다. 하지만 나는 애써 그런 궁금증을 꾹 참고 르노 형이나 쿤타 녀석들에게 아무런 연락도 취하지 않았다. 내가 어디서 뭘 하며 지내고 있는지 가르쳐줄 생각은 없었지만, 그래도 까딱 입을 잘못 놀렸단 그 인간들 때문에 메텔과의 오붓한 시간을 방해받을지도 모른다는 생각이 들었으니까.

"그래? 좋아, 그럼 그렇게 해."

그녀는 쾌히 승낙했다. 하지만 막상 대답해놓고 보니 조금 걱정이 되는지 나에게 조심스럽게 물었다.

"근데 혼자 가도 괜찮겠어? 네 어머니한테 잡히는 거야 괜찮지만, 혹시 이노끼랑 해글러란 애한테 잡히면 어쩌려구? 내가 르노 형인가 뭔가 하는 애 방까지 같이 따라가줄까, 응?"

"아뇨, 됐어요. 괜히 녀석들한테 잡혀서 고운 얼굴에 기스라도 나면 어쩌려구……."

"뭐, 기스? 쳇, 네가 아직 내 실체를 몰라서 그러는 모양인데…… 나도 한때는 껌 좀 씹던 여자애였다구, 이거 왜 이래?"

"하핫, 염려 마세요! 다른 건 몰라도 내가 36계를 놓는 거라면 또 자신 있으니까. 그 자식들이랑 별로 맞닥뜨릴 일도 없겠지만, 여차하면 걸음아 날 살려라 36계 놓죠 뭐. 그런 비곗덩어리들한테는 깨금발로 뛰어도 안 잡힐 자신이 있으니까."

나는 키들키들 웃으며 말했다. 그녀는 무슨 여자 깡패라도 되는 듯 불량스런 말투와 제스처를 만들어 보이며 나를 웃겼으니까.

"정말 괜찮겠어?"

"물론이죠. 그러니까 누난 아무 걱정 말고 혼자 좀 쉬고 있어요. 그동안 쌓인 여독이나 푹 좀 풀면서."

"좋아, 그럼 빨리 가봐. 대신 너무 늦진 말고."

"아뇨, 괜찮아요. 조금만 있으면 버스 도착할 텐데요 뭐."

나는 고개를 저으며 손목에 찬 시계를 보았다. 시계는 오후 3시 50분에서 4시를 향해 째깍째깍 달려가고 있었다. 나는 우리가 기다리고 있는 버스가 곧 오겠다는 생각을 하며 메텔을 향해 다정하게 말했다.

"아무튼, 내 걱정 말고 심심해도 좀 참고 있어요. 쿤타와 마이클을 만나볼까도 싶지만, 지금 생각으론 르노 형만 잠깐 보고 보문의 콘도로 돌아길 생각이니까."

"아냐, 굳이 그럴 필요 없어. 오랜만에 친구들 보러 가는데, 하룻밤 자고 와도 돼. 단, 여자랑 자고 오는 건 안 되니까 그것만 좀 명심해줘! 다른 건 다 참아도 난 바람피우는 남자는 절대 못 참으니까."

"하핫, 걱정하지 마세요. 그냥 르노 형만 잠깐 보고 올 생각이니까. 어쨌든 내일 하루는 좀 쉬면서 재미있게 놀자구요. 보문호에서 오리배도 타고 또 '도투락 월드'에서 회전목마랑 범퍼카 같은 것도 좀 타고 하면서. 그동안 맨날 불국사랑 석굴암 같은 문화 유적지만 돌아다녔지 놀이공원이나 위락 시설 같은 데서 놀아본 적은 한 번도 없었으니까. 어때요, 내일은 내 말대로 하는 거죠?"

"그래, 알았어. 하지만 그 전에 잠깐 들를 데가 있어."

"들를 데? 어딘데요, 거기가?"

"있어. 나자레원이라고……."

"나자레원? 거기가 뭐 하는 덴데요?"

"음, 거기가 뭐 하는 데냐 하면……."

나는 그녀의 대답을 다 들을 수 없었다. 그녀가 대답하려는 순간, 마침내 우리가 기다리고 있던 버스가 우리가 서 있던 버스 정류장으로 끼익 도착했던 것이다. 그녀가 재빨리 보문으로 가는 버스에 오르며 말했다.

"그럼 조심해서 잘 다녀와. 무슨 일 생기면 곧바로 이 누나한테 SOS 치고, 알았지?"

　　　　　　　1985, 경주, 그리고 메텔에 관한 이야기

"알았어요. 걱정 말고 푹 좀 쉬고 있어요. 르노 형만 만나고 금방 숙소로 돌아갈 테니까."

나는 그녀를 태운 버스가 보문으로 향하는 모습을 몇 초간 지켜보고 있다가, 르노 형의 방이 있는 쪽샘으로 성큼성큼 걸었다.

✕ ✕ ✕

혹시 어디 외출하거나 출근하고 없으면 어쩌나 했는데, 다행히 르노 형은 자신의 방에서 한창 출근 준비를 하고 있었다. 르노 형은 방금 머리를 감았는지 거울 앞에서 젖은 머리칼을 말리며 흥얼흥얼 콧노래를 부르고 있었는데, 나를 보자마자 대뜸 인상을 쓰며 화부터 냈다.

"얀마, 니는 도대체 뭐 우째 된 놈이고? 새끼가 취직시켜달라고 애걸복걸할 땐 언제고…… 니가 그렇게 잠수 타면 나는 도대체 뭐 우짜란 말이고? 니 일자리 부탁한 사람한테 난 도대체 무슨 꼴이 되냔 말이다, 엉?"

"헤헤, 미안해요. 갑자기 피치 못할 상황이 좀 생기는 바람에……"

나는 르노 형의 화를 풀어주기 위해 얼마간 좀 살살거리고 헤헤거려준 다음, 제일 먼저 엄마의 근황부터 물었다.

"참, 울 엄만 어떻게 됐어요? 그동안 울 엄마가 또 여길 찾아오거나 형에게 무슨 부탁 같은 걸 하진 않았어요?"

"아니, 너그 엄만 더 이상 안 찾아왔어. 근데 웃기는 건, 너그 엄마 대신 엉뚱하게도 우리 아버지가 날 찾아왔다는 거야. 너그 엄마의 사주랄까 부탁 같은 것을 받고 말이야."

"엥? 그건 또 무슨 소리예요?"

나는 퍼뜩 이해가 가지 않아 물었다. 그러자 르노 형이 우리 엄마와 르노 형 아버지(두 사람은 서로 잘 아는 사이였다. 어려서부터 한동네에 살았는데다, 르노 형 아버지는 우리 동네에서 제일 발이 넓고 오지랖이 넓은 통장님이었던 것이다) 사이에 있었던 일들을 가르쳐주며 킬킬 쓰게 웃었다.

"내한텐 더 기대할 게 없다고 판단했는지 너그 엄마가 우리 아버질 찾아가서 그랬대. 모른다고 딱 잡아떼긴 하지만 아무래도 만수랑 철이는 서로 연락하고 있는 것 같다, 그러니까 제발 만수 아버님께서 만수한테 애기를 잘해 우리 철이를 집으로 속히 좀 돌아오게 해달라고 말이지."

"맙소사. 그래서요?"

"물론, 난 계속 오리발에 닭발을 내밀었지. 농담이 아니라 난 진짜 니가 숨어 있는 곳이랑 니 행방에 대해 전혀 아는 바가 없다고! 만약 니가 어딨는지 알면, 난 벌써 니를 잡아 너그 엄마 앞에 끌고 갔을 거라고 큰소리치며 말이야."

"그러니까요? 그러니까 형 아버지가 뭐라 그러던데요?"

"뭐라 그러긴 뭐라 그래? 심증은 있지만 물증이 없으니 그냥 헛걸음만 하고 집으로 돌아갔지, 뭐."

"잘했어요! 앞으로도 누가 나 찾거든 절대 모른다고 해요, 알았죠?"

"글쎄, 그건 나도 확실히 장담할 수 없을 것 같은데? 웬만하면 니 사정 좀 봐주고 싶지만, 너한테 걸린 현상금이 너무 크고 어마어마 해서 말이야."

르노 형이 실실 웃음을 흘리며 말했다. 대체 무슨 일인지 모르겠 지만, 르노 형은 또 나를 살살 놀리고 골리려는 듯 자꾸 나를 보며 히죽히죽 웃었다.

"엥, 현상금? 현상금이라니, 갑자기 그건 또 무슨 소리예요?"

"그래, 현상금! 울 아버지가 그러던데, 너그 엄마가 그랬대! 우리 애만 집에 빨리 돌아오게 해 주면 만수 아버님한테도 거하게 한잔 대접하고, 또 만수한테도 나이키니 아식스니 하는 메이커로다 옷 한 벌 쫙 고르게 해주겠다고 말이야."

"진짜요? 내 참, 진짜 미치겠네!"

나는 실소를 짓지 않을 수 없었다. 나가 뒈지라느니 자식이 아니 라 원수라느니 해도, 엄마는 제법 나를 사랑하는 모양이었다. 평소 콩나물 값 100~200원에도 벌벌 떠는 엄마가 내게 그런 큰 현상금 과 사례비 같은 것을 내건 것을 보면 말이다.

"그러니까 니 이쯤에서 그만 가출 끝내고 내랑 같이 집에 들어가 자! 니가 집에 들어가면 누이 좋고 매부 좋고 다들 얼마나 좋냐? 니 어머닌 집 나간 아들 다시 돌아와서 좋고, 또 나는 나대로 나이키 니 아식스니 하는 옷을 쫙 한 벌 얻어걸러서 좋고. 안 그냐, 응?"

"참 나! 세상에 믿을 놈 없다더니, 진짜 옛말 그른 것 하나도 없 네. 잘하면 내 모가지라도 끌고 울 엄마한테 데려갈 폼이네요?"

"당연하지! 메이커 옷 한 벌이 어디냐? 물론 니한텐 얍삽한 형이 라고 욕은 좀 얻어먹겠지만, 욕이 뭐 칼처럼 배 따고 들어오는 것도 아니고. 푸하하핫."

"에이, 진짜!"

나는 르노 형과 몇 마디 더 시시껄렁한 농담을 하고 장난을 치고 하다가, 쿤타와 마이클 녀석 쪽으로 슬쩍 얘기를 돌렸다.

"참, 쿤타랑 마이클 녀석은 어떻게 됐어요? 녀석들은 잘 있죠?"

"말도 마라! 안 그래도 녀석들 때문에 골치 아파 죽겠으니까."

"왜요? 녀석들한테 무슨 일 있어요?"

나는 눈을 크게 뜨며 물었다. 나는 그냥 녀석들이 잘 있겠거니 하고 물은 것이었는데, 아무래도 무슨 일이 좀 생기긴 생긴 모양이었다. 대체 무슨 일 때문에 그렇게 피곤하다는 표정에 골치 아프다는 표정을 짓는지 모르겠지만, 아무튼 르노 형은 녀석들에게 무슨 큰 사건이라도 생긴 것처럼 은밀한 말투로 물었으니까.

"니 아직 소문 못 들었나? 얘기 들으니까 벌써 니 친구들 사이에선 쫙하니 소문 다 퍼진 모양이던데……."

"소문? 아뇨, 무슨 소문인데요?"

"그게 어떻게 된 거냐면…… 아냐, 니 친구들 만나면 니가 직접 물어봐. 니한테 말해도 되긴 되겠지만, 아무래도 니들보다 세 살이나 많은 형이 니한테 말하기엔 좀 그런 얘기니까."

"무슨 일인데요? 형한테 들었다 안 할 테니까 살짝 귀띔만 좀 해 줘요, 예? 왜요, 혹시 나 없는 새 녀석들이 누구한테 얻어터졌어요? 아님 내 따라 녀석들도 혹시 집을 나오기라도?"

"아냐, 그런 건 아닌데…… 하여튼 쿤타한테 좀 안 좋은 일이 생겼어! 그러니까 니는 그냥 그렇게만 알고 빨리 녀석들이나 좀 만나

1985, 경주, 그리고 메텔에 관한 이야기

봐. 녀석들, 니한테 무슨 연락 온 거 없냐면서 오늘만 해도 벌써 여기 두 번이나 왔다 갔는데…… 쿤타 녀석 완전 맛이 반쯤 갔더라구! 대낮부터 무슨 술을 그렇게 많이 마셨는지 애가 '복수'니 '칼침'이니 하며 횡설수설하는 게 아무래도 무슨 큰 사고라도 칠 것 같은 폼이었으니까."

아무래도 꽤 민감한 사안인 것 같았다. 웬만한 일 같으면 대충 다 얘기해주고 가르쳐주고 할 텐데, 르노 형은 끝내 자신의 나이에 도리 운운하며 자세한 내막까진 잘 얘기해주지 않았으니까. 그런데 정말 무슨 일이지? 르노 형의 말이며 표정으로 볼 땐 분명 쿤타 녀석에게 무슨 일이 좀 생기긴 생긴 모양인데……:

"녀석들 지금 어딨는데요? 어디로 간다고 형한테 말 안 했어요?"

"글쎄, 자세히는 모르겠는데…… 아마 호돌이에 있지 않을까 싶다. 니네 학교 앞에 있는 호돌이 말이야."

르노 형이 말했다. 우리와 같은 중학교를 졸업했기 때문에 르노 형 역시 호돌이에 대해 잘 알고 있었다. 호돌이는 우리가 중학교에 입학하기 전부터 있었던 학교 앞의 유명한 만화방이자 분식점이었고, 르노 형 역시 우리와 마찬가지로 맨날 호돌이에서 라면도 사 먹고 낱담배도 사 피웠다 들었으니까.

"호돌이에요?"

"으응. 내가 취했으면 조용히 여기서 잠이나 자든가 집에 들어가라고 했더니, 쿤타 녀석 기어코 마이클을 데리고 밖으로 나가더라구. 호돌이로 가서 떡볶이로 한잔 더 할 거라나 뭐라나 그러면서."

"으음, 알았어요. 그럼 전 그만 가볼게요."

"그래, 빨리 가봐라. 쿤타 녀석 사고 치지 않게 니가 잘 좀 다독거려주고. 딴 사람 말은 안 들어도, 그래도 쿤타 개가 니 말은 좀 잘 듣는 편이잖아."

"알았어요, 그럼 상황 보고 내가 다시 형에게 연락하든 어쩌든 할게요. 자, 그럼 저는 이만……."

나는 르노 형의 방을 나온 뒤, 택시를 잡아타고 호돌이로 향했다. 생각 같아선 그냥 보문으로 돌아가 메텔과 함께 푹 쉬고 싶었지만, 그래도 의리상 녀석들을 한번 만나보는 게 좋을 것 같았다. 대체 무슨 일 때문에 애들이 그렇게 나를 찾는지 모르겠지만, 아무래도 내가 생각하기엔 쿤타에게 뭔가 좀 안 좋은 일이 생기고 심각한 일이 발생한 게 분명해 보였으니까.

✕ ✕ ✕

호돌이에 도착한 뒤, 나는 동네 꼬맹이들을 상대로 오뎅이며 떡볶이 따위를 팔고 있는 호돌이 아줌마에게 물었다.

"아줌마, 혹시 여기 쿤타랑 마이클 애들 안 왔어요?"

안 그래도 쿤타 때문에 골치가 좀 아픈 모양이었다. 아줌마는 내가 나타나자마자 무슨 구세주라도 만난 듯 기쁘고 반가운 표정으로 말했으니까.

"오, 철이 니 마침 잘 왔다! 부탁하는데, 철이 니가 쿤타 재 좀 달래서 빨리 밖으로 데리고 나가라. 쿤타 재 평소엔 안 그러더니 오늘은 무슨 일 때문인지 술이 엉망진창이 돼 가 집으로 가라 해도 안 가고 계속 저러고 있는데…… 내 진짜 미치겠다, 응?"

"알았어요, 아줌마. 내가 쿤타 쟤 빨리 데리고 나가서 어디서 좀 재우든가, 아니면 저희 집에 데려다주든가 할게요."

나는 고개를 끄덕이며 가게 맨 뒤쪽에 붙은 작은 골방으로 향했다. 우리는 항상 가게 맨 뒤쪽에 붙은 작은 골방에서 술을 마시거나 담배를 피우거나 했으니까. 나는 마치 밀실처럼 꾸며진 작은 골방으로 다가간 뒤 골방에 처져 있던 싸구려 커튼을 확 열어젖혔다.

"이 자식들 이거 진짜 안 되겠구만! 아직 호적에 잉크도 덜 마른 것들이 어디서 함부로 술이야, 술이! 엉?"

순간, 녀석들이 놀란 토끼마냥 겁에 질린 눈으로 나를 쳐다보았다. 하긴 좀 놀라긴 놀랐을 것이다. 나는 무슨 범죄 현장을 덮친 형사처럼 굵고 불호령을 내리는 듯한 목소리로 크게 고함쳤으니까. 그러나 놀라는 것도 잠깐, 녀석들은 곧 나를 알아보고 반가움과 실소가 뒤섞인 안도의 한숨을 내쉬었다.

"어, 철아! 어휴, 난 또 누구라고……."

"엇, 염세 저 새끼 저거……"

르노 형과 아줌마에게 들은 것처럼 쿤타는 이미 많이 취한 상태였다. 녀석들은 소주와 써니텐을 섞은 '소텐'에다 떡볶이를 안주로 술을 마시고 있었는데, 실상 술을 마시고 있는 것은 쿤타뿐이었고 마이클은 그저 쿤타 옆에서 술이나 따라주고 말상대나 해주고 있는 모양새였다. 아마 쿤타의 권에 못 이겨 몇 잔 정도는 받아먹지 않았을까 싶지만, 마이클은 쿤타와 달리 전혀 눈빛도 흐리멍덩하지 않고 취하지도 않아 보였으니까.

"뭘 그렇게 멀뚱멀뚱 쳐다보고 있노? 형님 오셨으면 빨리 앉으라고 자리부터 안 권하고. 에잉, 애새끼들이 나들 군기가 빠져 갖고…….

"아, 그래. 빨리 일루 앉어. 자, 여기 내 옆으로."

나는 마이클의 옆에 털썩 앉은 뒤, 탁자 너머로 보이는 쿤타의 모습을 빠르게 한번 훑어봤다. 이 자식은 대체 무슨 일 때문에 이렇게 우거지상을 해 갖고 대낮부터 알콜에 절어 있나 하고 말이다. 아무래도 꽤 큰 사건이 있긴 있는 모양이었다. 평소 같으면 왜 그동안 잠수 탔냐면서 온갖 욕설에 발광을 다 떨어댈 녀석이었건만, 오늘은 왠지 나라를 잃은 듯한 침통한 표정으로 잔뜩 무게만 잡고 있었으니까.

"야 니 도대체 뭐 어째 된 기고? 그동안 어디서 뭘 했길래 우리한테 전화도 한 통 없이…… 그래, 그동안 어디 있었더노?"

"미안해. 그럴 일이 좀 있었어……."

나는 마이클을 향해 씨익 웃기만 했다. 생각 같아선 그동안 있었던 일을 자랑하며 좀 으스대고 싶었지만, 아무래도 쿤타 녀석 때문에 그럴 분위기는 좀 아닌 것 같았으니까.

"무슨 일인데? 나쁜 일은 아이제?"

"아냐, 그런 건 아니고……."

나는 마이클을 향해 대충 얼버무린 뒤, 내가 온 후로 계속 인상만 쓰며 침묵을 지키고 있는 쿤타에게 슬슬 장난을 걸었다. 녀석의 표정과 르노 형이 했던 말로 미루어 볼 때 분명 장난을 칠 상황은 아닌 것 같았지만, 그렇다고 내가 갑자기 녀석에게 백화점의 여직원

1985, 경주, 그리고 메텔에 관한 이야기

처럼 상냥하고 부드러운 말을 던질 수는 없는 노릇이었으니까.

"짜샤, 넌 오랜만에 형을 봤으면 아는 척이라도 해야지 아는 척도 안 하냐? 에이, 못 배워먹은 놈! 하긴 옛날부터 낮술 먹은 놈은 에미 애비도 못 알아본다는 말이 있긴 하지만."

"야! 내 지금 장난칠 기분 아니니까 좀 건들지 마라, 응? 농담이 아니고, 내 지금 폭발 일보 직전이니까!"

쿤타가 버럭 성을 내며 말했다. 확실히 뭔가 꼭지가 돌 만한 일이 있긴 하나 보았다. 대체 그게 무슨 일인지 모르겠지만, 쿤타의 표정과 목소리에는 전에 없던 어떤 독기와 날카로움 같은 게 잔뜩 배어 있었으니까.

"어쭈, 제법 심각한데! 얀마, 뭔 일인데 그래? 설마 생리는 아니겠고, 유방암 진단이라도 받은 거야 뭐야?"

"아, 이 새끼가 진짜! 내가 얘기했제? 내 지금 농담할 기분 아니니까 제발 내한테 깔짝깔짝 장난칠 생각하지 말라꼬!"

"하, 새끼 무섭네! 얀마, 뭔 일인데 그래? 대체 뭣 땜에 이렇게 낮술을 푸고 잔뜩 열받아 있는지 모르겠지만, 빨랑 이 형한테 얘기해 봐라. 자, 어서? 그럼 이 형이 니가 가진 문제며 고민거리 같은 것들을 싹 다 깨끗이 해결해줄 테니까. 뭐야? 대체, 뭔데?"

선뜻 입을 열어 말을 하진 않았지만, 녀석은 그래도 자신이 지금 얼마나 괴롭고 분한 상태에 있는지 좀 보이고 싶은 모양이었다. 녀석은 내 말이 끝나자마자 소텐이 아닌, 탁자 위에 놓인 소주병을 들고 꿀꺽꿀꺽 나발을 불기 시작했으니까.

"인마 이게 미쳤나? 야, 니 빨리 그 소주병 안 내놓나!"

나는 손을 뻗어 쿤타의 손에 들린 소주병을 억지로 빼앗았다. 그러자 쿤타가 징밀 분하고 익울해서 못 살겠다는 듯 부득부득 이를 갈며 크게 소리쳤다.

"내 이 개새끼들을 진짜! 야, 니들 다 내가 오늘 어떻게 하는지 똑똑히 두고 봐! 내 오늘 진짜 이노끼랑 해글러, 이 개자식들을 진짜 확 다 죽여버리고 말 테니까!"

나는 그때까지만 해도 쿤타가 이노끼랑 해글러한테 엄청 두들겨 맞거나, 내가 당했던 것과 비슷한 식의 어떤 억울한 일을 당한 줄로만 알았다. 하지만 아니었다. 그건 녀석에게 일어난 문제가 아니라 자신이 사귀고 있던 세희와 세희의 친구인 미나와 영미에게 일어난 일 때문이었다.

"이노끼랑 해글러가 와? 그 새끼들이 뭘 어쨌는데? 빨리 얘기해 봐라. 그래야 이 형이 니랑 같이 그 새끼들을 죽여버리든가 땅에 파묻어버리든가 할 게 아이가? 자, 쪽팔린다 생각하지 말고 빨리 말해 보라니깐!"

나는 답답하다는 듯 물었다. 하지만 녀석은 자신의 입으로는 도저히 말할 엄두가 잘 나지 않는지 자신의 머리칼을 쥐어뜯으며 씩씩 울분에 찬 한숨만 내쉬고 있었다.

"야, 뭔 일이고? 대체 뭔 일인데, 쿤타 애가 낮부터 이렇게 술을 퍼마시고 이노끼와 해글러를 죽이네 마네 하고 있노?"

내가 마이클을 보며 물었다. 딱히 제 입으로 얘기는 안 했지만, 쿤타는 자신에게 묻지 말고 마이클에게 물어보길 원하는 것 같았으니까.

1985, 경주, 그리고 메텔에 관한 이야기

"실은…… 세희 걔들이 그 자식들한테 당했어. 그래서……."

마이클이 슬쩍 쿤타의 눈치를 보며 웅얼거렸다. 어차피 나한테 다 얘기를 하긴 해야 하겠지만, 아무래도 쿤타 앞에서 얘기하려니 마음이 영 편치 않고 입이 잘 떨어지지 않는다는 듯이 말이다.

"당하다니 뭘? 말을 하려면 좀 더 자세히 해야지 그게 무슨……."

나는 그쯤에서 뭔가 뇌리를 파박 스쳐 가는 것을 느꼈다. 내가 너무 속되고 나쁜 상상을 한 것인지 모르겠지만, 내 머릿속으로 어떤 불쾌하고 찝찝한 생각들이 빠르게 스쳐 지나갔던 것이다.

"……그럼?"

나는 쿤타와 마이클을 번갈아 보며 물었다. 두 녀석 다 내 눈을 똑바로 보지 못하고 있는 걸로 볼 때 아무래도 내 예감이 맞는 것 같았다. 성폭행. 강간. 윤간. 그랬다. 자세한 내막까진 알 수 없지만, 이노끼와 해글러가 세희랑 세희 친구들을 강제로 욕보인 것 같았다. 아, 그 더러운 놈의 새끼들. 때려죽일 놈의 새끼들.

"그게 정말이가? 도대체 언제 그랬는데? 자세히 얘기해봐라, 내가 좀 잘 알아들을 수 있게."

"저어, 그게 어떻게 된 거냐면……."

마침내 마이클이 이노끼 놈들과(이노끼와 해글러 말고도 다른 공범이 몇 명쯤 더 있었다. 이노끼와 해글러처럼 악질이진 않지만 평소 우리가 모시던 다른 1년 선배 놈들이 말이다) 세희 애들 사이에 있었던 사건을 설명해주었다. 사건이 벌어진 건 크리스마스이브 밤이었다. 그러니까 다시 말해, 우리가 현지와 혜리를 만나느라 세희랑 세희 친구들을 배신하고 바람맞힌(꼭 손가락 걸어 약속하고 각서를 쓰고 한 건 아니지만, 우리는 세희 애들과 좀 놀아줘야 할 책임감과 의무감 같은 게 있었다. 세희 애들의 싱화에 못 이겨 어쩔 수 없이 승낙한 것이긴 했지만, 우리는 크리스마스이브에 걔들과 같이 놀기로 한 기억이 있었으니까) 그 크리스마스이브 밤. 아무튼 저희가 바람맞았다는 사실을 안 이후, 걔들은 밤 10시가 넘을 때까지 시내를 빨빨거리며 돌아다녔더랜다. 홧김에 서방질한다고 우리에 대한 배신감과 복수심 같은 것으로 어디 근사한 날라리나 놈팽이 놈이라도 몇 꼬셔볼 요량으로 말이다. 그런데 바로 10시가 조금 넘은 그 시각, 하필이면 시내의 한 디스코텍 앞에서 이노끼랑 해글러 놈들을 떡 만나게 됐다는 거지 뭐겠는가!

"……물론, 평소 같았음 별일 안 일어났을 거야. 이노끼 애들이랑 아는 척하고 지내긴 했지만, 세희 애들도 대충 이노끼 놈들이 어떤 놈인지 다 알고 있었으니까. 그런데 그날은 우리한테 바람을 맞아서 그랬는지, 아니면 무슨 귀신이 씌어서 그랬는지 세희 걔들이 그만 그 녀석들의 꾐에 홀딱 넘어가고 말았던 거야."

"꾐? 무슨 꾐?"

놈들이 온갖 달콤한 말로 꼬드기고 속살거리더란다. 지금 우리 디스코텍에 놀러 가는 참인데, 괜찮으면 너희들도 우리랑 같이 놀러 안 갈래? 너희들만 좋다면 우리가 입장료도 다 내주고, 또 오늘 하루 완전 공주님 대하듯 깍듯이 모시고 재밌게 해줄게, 하면서.

"어때, 이제 대충 이해가 가지? 세희 걔들이 왜 그 녀석들이랑 같이 어울리게 된 것인지 말이야……."

마이클이 말했듯 그제야 대충 이해할 수 있을 것 같았다. 그날의 자세한 상황과 사건의 내용 같은 것까진 아직 다 알 수 없지만,

1985, 경주, 그리고 메텔에 관한 이야기

세희 애들이 왜 이노끼 놈들을 따라 쫄랑쫄랑 그 디스코텍 안으로 들어갔는지 말이다. 이노끼 놈들이 어떤 놈들이라는 것은 대충 알고 있었겠지만, 아마 세희 애들로서는 쉽게 뿌리칠 수 없는 유혹이었으리라. 뭐 우리도 크게 다르지 않았지만, 세희 애들은 당시 디스코텍과 나이트클럽에 가는 게 가장 큰 소원 중에 하나였으니까. 그랬다. 당시 또래 애들 사이에선 가장 까지고 불량스런 소녀들이긴 했지만, 세희 애들은 아직 나이가 어려 디스코텍이나 나이트클럽 같은 곳엔 출입할 군번이 못 됐다(꼭 그렇게 정해져 있는 건 아니었지만, 우린 대충 한 1년쯤 후에야 그런 곳에 출입할 군번이 됐다). 하여 그 여자 애들은 항상 우리에게 "우리는 대체 언제쯤 디스코텍이나 나이트클럽 같은 데 한번 가보노?" 하고 푸념하곤 했었는데, 마침 그 이노끼 놈들이 그런 달콤한 유혹을 해오니 어떻게 세희 애들처럼 놀기 좋아하고 끼가 많은 여자애들이 그런 유혹에 안 넘어갈 수가 있었겠는가?

"그래서 그다음은? 계속해봐. 더 듣지 않아도 그다음 일들은 대충 짐작이 가고도 남지만……."

처음 얼마간은 잘 놀았단다. 디스코텍의 신나는 음악에 맞춰 같이 춤도 추고, 또 약간의 맥주도 같이 마시고 하면서. 그러나 그것도 잠시, 마침내 디스코텍을 나와 여자애들이 그만 집으로 ―이제 밤도 많이 깊었고 또 술도 약간 취하고 해서― 들어가봐야겠다고 하자 녀석들의 태도가 180도로 싹 바뀌더라고 했다. 글쎄, 그때까지의 친절함이나 상냥함은 간 곳 없고 이것들이 지금 어디서 장난치냐면서 마구 욕을 하고 두들겨 패더라고 했다. 그러고는 누구의 자취방인지도 모르는 이상한 자취방으로 강제로 끌고 가서 그만…….

"으음…….."

나는 낮은 한숨을 토하며 점퍼(그날은 아버지의 바바리를 입을 수 없었다. 나는 메텔과 함께 남산에 다녀오느라 그냥 활동하기 좋은 점퍼를 입고 있었다)에 있던 담배를 한 대 찾아 물었다. 정말이지 뭐라 할 말이 없었다. 여자애들이 불쌍했다. 안쓰러웠다. 모르긴 모르겠지만, 이 노끼 놈들은 여자애들에게 온갖 협박을 다 하고 폭력을 다 동원해 그 짓을 했을 것이다. 그것도 한 녀석이 한 여자애에게만 그런 몹쓸 짓을 한 게 아니라 한 녀석이 두어 명 정도의 여자애를 욕보였을 것이다. 난 아직 다행히 한 번도 그런 일에 휩쓸린 적이 없지만, 이 노끼와 해글러 놈들은 그전에도 그런 일을 수도 없이 많이 저질러 왔으니까. 그러나 솔직히 말하면, 나는 그 일에 그리 큰 분노를 느끼거나 충격을 받거나 하진 않았다. 여자를 강제로 범하는 일은 분명 큰 죄이고, 사회적 지탄을 받아 마땅한 일일 것이다. 어쩌면 특수 절도나 특수 강도보다 훨씬 더 그 죄가 크고 죄질이 나쁜 중대한 범죄. 하지만 우리 또래의 10대, 더구나 딴에 좀 논다는 불량 청소년들의 세계에서 그건 그리 큰 범죄나 심각한 문제가 못 되었다. 세희 애들에겐 미안한 얘기지만, 그건 어떤 의미에서 '통과 의례'와도 같은 일이었다. 집을 나온 가출 소녀들과 밤거리를 배회하는 불량 소녀들이라면 으레 한 번쯤 겪어야만 하고 거칠 수밖에 없는 통과 의례. 내 말이 너무 심하고 야박하게 들릴지 모르겠지만, 실제로 나는 밤거리를 배회하는 가출 소녀나 불량 소녀를 따먹은 놈들을 20명도 더 넘게 알고 있었고 또 이노끼나 해글러 같은 놈에게 강간을 당하거나 윤간을 당한 여자애들을 10명도 더 넘게 알고 있던 처지였던 것이다.

"근데, 혹시 뭐 잘못 안 거 아이가? 어디서 그 이야기를 들었는지 모르겠지만, 괜한 헛소문에 뜬소문일 수도 있잖아?"

나는 괜한 헛소문에 뜬소문이기를 바라면서 물었다. 무슨 과시욕이고 덜 떨어진 영웅심에서 그런 짓을 하는지 모르겠지만, 남자들이란 원래 여자 손목만 잡아도 같이 잤다는 식으로 허풍을 치고 사기를 치는 저속한 족속들이니까.

"그랬으면 좋겠지만…… 모두 다 사실이야."

마이클이 힘없이 무기력한 목소리로 말했다. 쿤타만큼은 아니었지만 녀석도 제법 속이 상하고 여자애들에게 미안한 모양이었다. 하긴 왜 그런 마음이 들지 않았겠는가? 쿤타처럼 직접 누군가를 사귀고 썸을 타고 한 건 아니었지만, 그래도 녀석은 쿤타 때문에 세희 애들과 자주 얼굴도 보고 같이 어울려 놀기도 하던 사이였으니까.

"그럼 니들은 어떻게 알았는데? 니들이 직접 그 사건을 본 건 아닐 거 아냐?"

"그건 아닌데……."

놈들은 동네방네 자랑을 하고 다닌 것 같았다. 미친 새끼들. 그런 일이 있었음 그냥 조용히 입이나 닫고 있을 일이지 그게 무슨 자랑이라고 동네방네 나팔을 불고 광고를 하고 다닌단 말인가? 아무튼 그 일은 결국 애들의 입에서 입으로 빠르게 퍼져나갔고, 마침내 어제저녁엔 그 말이 쿤타와 마이클의 귀에까지 들어오게 되었다는 거였다(뒤에 알게 된 거지만, 녀석들은 새로 사귀게 된 현지와 혜리랑 노느라 며칠째 세희랑 연락도 안 하고 세희의 자취방으로 놀러도 가지 않았다고 했다). 당연한 얘기겠지만, 쿤타와 마이클은 그 길로 곧장 세희의 자취방으로 달려가 여자애들에게 확인했단다. 밖에서 지금 너희를 둘러싼 이상한 소문이 들리는데, 그 말이 진짜 사실이냐 아니냐? 사실이면 사실이라고 말하고, 아니면 빨리 아니라고 말을 하라고. 대단히 유감스러운 얘기지만, 그 말은 모두 다 사실로 밝혀졌다고 했다. 처음에는 여자 특유의 자존심과 수치심으로 딱 잡아뗐지만, 결국 모든 것을 있는 그대로 다 얘기해주더란다. 쿤타의 계속되는 추궁과 자기 자신의 설움에 복받쳐 엉엉 울면서, 자기들 대신 너희들이 그놈들에게 복수를 좀 해달라고 하면서 말이다.

"이노끼랑 해글러, 그 새끼들은 진짜 인간도 아니야! 다른 선배 놈들도 다 나쁜 놈이긴 하지만, 보나 마나 이노끼랑 해글러 자식이 제일 먼저 작전을 짜고 주동을 해서 그런 몹쓸 짓을 저지른 것 같으니까……."

사건의 전말을 다 들려준 뒤, 마이클은 이노끼를 비롯해 그날의 그 사건에 연루된 놈들을 마구 욕하고 씹으면서 내게 물었다.

"그래서 말인데…… 철이 니는 대체 어떻게 했으면 좋겠노? 그 새끼들이 아무리 선배들이긴 하지만 이건 진짜 우리한테 해도 너무하는 거 아이가?"

"글쎄, 그건 그런데……."

나는 난감한 얼굴로 피우고 있던 담배를 재떨이에 비벼 끄며 말했다. 이노끼와 해글러 놈들의 악행에 한층 더 큰 혐오감을 느끼고 적대감을 느끼긴 했지만, 나로서도 퍼뜩 어떻게 행동하고 대처해야 할지 잘 판단이 서지 않는다는 듯이 말이다. 그러자 그때껏 —마이클이 내게 사건의 전말을 들려주는 동안— 울분에 찬 얼굴로 푹푹 큰 한숨만 짓고 자신의 머리칼만 마구 쥐어뜯고 있던 쿤타가 무섭게 소리를 내질렀다.

"어떻게 하긴 뭘 어떻게 해? 난 그 개새끼들 절대 용서 못 해! 아니, 안 해!"

"그럼, 넌 뭐 어쩔 건데? 니는 뭐 달리 큰 뾰족한 수라도 있나?"

나는 냉소적으로 물었다. 뾰족한 수가 떠오르지 않았다. 우리보다 약한 녀석들이라면 어떻게든 해볼 수 있을 것이다. 거의 실신할 정도로 실컷 두들겨준 다음 여자애들 앞에 무릎 꿇릴 수도 있을 것이고, 아니면 제 스스로 경찰서로 가서 자수하게 할 수도 있을 것이다. 하지만 이노끼와 해글러—그리고 놈들과 함께한 몇몇의 다른 선배들—는 결코 우리로서는 어떻게 해볼 수가 없는 존재들이었다. 그놈들은 우리보다 훨씬 싸움도 잘하고 성질도 더러운 우리의 학교 선배에 무소불위의 권력을 가진 시내 선배들이었던 것이다.

쿤타가 칼을 꺼낸 건 바로 그때였다. 녀석은 내 말이 끝남과 동시에 자신의 주머니에 있던 잭나이프를 꺼내, 이리저리 살벌하게 막 찌르고 베는 시늉을 하며 크게 소리를 질렀다.

"그 새끼들, 내가 오늘 다 죽여버릴 거야! 내가 오늘 진짜 이 칼로, 그 새끼들을 싹 다 쓸어버리고 죽여버릴 거라구!"

"뭐야! 야, 당장 그 칼 이리 안 내놔? 이게 괜히 간도 없는 게 어디서 함부로 칼이야, 칼이!"

나는 쿤타가 들고 있는 칼을 뺏으려 노력하며 말했다. 대체 어디서 그런 칼을 구했는지 모르겠지만, 아무튼 녀석은 잭나이프의 예리한 킬날을 펼쳐 미친놈처럼 이리저리 막 휘두르고 있었으니까.

"와, 내가 못할 것 같나? 씨팔, 나도 한번 한다면 하는 놈이야! 똑똑히 두고 봐, 내 요번엔 진짜 그 개새끼들을 이걸로 다 찔러버리고 죽여버리고 말 테니깐!"

일단 칼부터 빼앗아야 할 것 같았다. 괜히 술김에 하는 소리에 액션일 수도 있지만, 혹시 또 누가 아는가? 녀석이 진짜 꼭지가 돌아 그날 그 사건에 연루된 놈들을 찾아가 무슨 큰 사건이라도 치게 될지 말이다. 하긴 꼭지가 돌게도 생겼지. 뭐 그리 대단한 요조숙녀도 아니고 절세가인도 아니긴 했지만, 자신이 사귀는 여자애에게 그런 지독한 짓을 저질렀으니 대체 어떤 녀석이 꼭지가 돌지 안 돌겠는가?

"야, 당장 그거 이리 내! 빨리 그 칼 이리 내놓으라니깐!"

"안 돼! 못 줘! 난 이걸로 진짜 그 새끼들을 몽땅 다 죽여버릴 거야! 그 새끼들은 진짜 선배도 뭣도 아닌, 완전 개새끼들이니까!"

"야, 그라지 말고…… 제발 좀 참아라, 응? 물론 니 맘은 다 이해하지만, 이건 절대 흥분해서 될 일이 아니라 좀 더 냉정하고 신중하게 해결해야 될 문제 같으니까. 자, 그러니까 내 말 듣고 일단 그 칼부터 내한테 주고……."

나는 쿤타의 손에 들린 칼을 직접 빼앗기보다는 살살 달래고 설득해야겠다는 생각이 들었다. 괜히 녀석의 손에 들린 칼을 뺏으려다 우리 둘 중에 한 명이 칼에 베이거나 찔릴지도 몰랐으니까. 나는 쿤타의 손에 들린 칼을 조용히 건네받기 위해 녀석을 향해 살살 달

1985, 경주, 그리고 메텔에 관한 이야기

래고 설득하는 말투로 말했다.

"좋아, 니 말대로 이노끼 놈들한테 칼침을 놓는다 치자! 그런다고 대체 뭐가 달라지는데? 그런다고 여자애들이 당한 피해가 어디 없어져? 사라지냔 말이야? 그리고 또 니가 만약 그 자식들을 칼로 찔렀다 치자! 그럼 그다음엔 어쩔 건데? 그 뒷감당은 어떻게 할 거냐 말이야? 죽일 거야? 그래, 자신 있음 한번 그래봐. 그럼 넌 아마 한 10년에서 15년 정도는 감방에서 푹 썩어야 할 테니까! 그냥 겁이나 좀 주고 몸에 살짝 기스만 낼 생각이라면 아예 생각을 하지 마! 그건 괜히 가만히 있는 벌집을 쑤시는 꼴밖에 안 될 테니까. 얀마, 니도 머리라는 게 있으면 생각 좀 해봐라? 그 새끼들 성격에 복수를 안 할 것 같은지 말이야? 그러니까 니는 무조건 그렇게 꼭지가 돌아서 미쳐 날뛰지만 말고 좀 더 차분하고 냉정하게……."

"그렇지만……."

다행히 좀 효과가 있었다. 금방이라도 사람을 찌를 듯 미쳐 날뛰던 녀석의 기세가 다소 꺾인 듯 보였으니까. 하긴 겁도 나겠지. 말이야 죽이니 살리니 온갖 위악을 다 떨어댔지만, 그게 어디 말처럼 그렇게 쉽고 간단한 일이겠는가? 그랬다. 겉으론 독한 척 온갖 위악에 허세를 다 떨어댔지만, 녀석도 알고 보면 무진장 겁이 많고 가슴이 여린 놈이었다. 사람을 찌르거나 죽이기는커녕 쥐새끼 한 마리도 제대로 못 찌르고 못 죽이는 착하고 순진한.

"그럼 니는 어쩌자는 말이고? 그냥 비겁하게 내 몰라라 하자, 이 말이가?"

"어쩔 수 없잖아? 여자애들이 안된 건 사실이지만…… 이왕 다

엎질러진 물인데. 그러니까 일단 그 칼부터 이리 좀 주고 내하고 천천히 이야기하자, 응? 자, 퍼뜩……"

일견 내 말에 수긍하면서도 쿤타는 좀체 자신의 칼을 내게 넘겨주지 않았다. 나는 녀석의 손에 들린 잭나이프를 1초라도 빨리 뺏고 싶었지만, 그랬다간 괜히 또 녀석의 흥분 상태만 돋울 것 같아 계속 녀석을 살살 달래고 어르면서 말했다.

"그리고 솔직히 이런 말 좀 그렇긴 해도…… 난 이번 일은 세희 애들한테도 여러 가지로 좀 문제가 많고 잘못이 많다고 생각해. 이노끼랑 해글러를 모른다면 모를까, 이노끼랑 해글러가 어떤 놈인지 뻔히 알면서(우리도 몇 번 주의를 줬잖아? 그 녀석들 상당히 위험한 놈이니까 혹시라도 그 녀석들이랑 같이 어울릴 생각은 아예 하지도 말라고 말이야) 왜 그런 놈들이랑 같이 어울려 그런 험한 꼴을 당했느냐 말이야, 내 말은! 뭐 어쨌든 지금 와서 이런 얘기해 봤자 다 쓸데없는 일밖에 안 되고…… 우린 그만 이쯤에서 세희 애들 일에 손 떼고 다 잊어버리자, 응? 생각 같아선 진짜 그 자식들 다 죽여버리고 묵사발 내버리고 싶지만, 우리가 무슨 이소룡이나 성룡도 아니고……. 그리고 우리끼리니까 하는 얘기지만, 세희 걔들 어차피 대단한 요조숙녀도 아니고 남자 경험이 한 번도 없는 '아다'도 아니었잖아? 그러니까 다시 말해 내 말은……."

순간적으로 내가 너무 저속하고 비열한 말을 내뱉었나 보았다. 처음 얼마간은 내 말에 다소 얌전해지고 누그러진다 싶던 녀석이 얼굴이 내가 내뱉은 '아다'라는 소리와 함께 다시 무섭고 날카롭게 확 변했으니까.

1985, 경주, 그리고 메텔에 관한 이야기

"뭐, 아다? 뭐 어차피 요조숙녀에 아다도 아니지 않았느냐고? 나쁜 새끼! 만약 걔들이 니 누나나 여동생이라고 해도 니가 그런 소리를 막 지껄일 수 있어? 얀마, 넌 맨날 니 일 아니라고 세상 모든 일을 니 멋대로 마구 재단하고 비판하는 버릇이 있는데, 제발 니 일 아니라고 세상 모든 일을 그런 식으로 비판하고 염세적으로 말하지 좀 마! 그래, 니 말대로 세희 걔들이 무슨 대단한 요조숙녀도 아니고 남자 경험이 한 번도 없는 아다가 아닌 건 사실이야. 하지만 그건 어디까지나 지가 좋아서, 지가 하고 싶어서 한 일이지 제 의사랑 전혀 상관없이 강제로 여러 놈들에게 당한 것과는 전혀 차원이 다른 얘기란 말이야. 내 말 무슨 말인지 알겠어? 이 더럽고 비겁한 새끼야!"

나는 쿤타의 비난에 그저 미안한 표정만 짓고 있었다. 확실히 내가 좀 실수를 하긴 한 것 같았다. 그래도 명색이 쿤타랑 사귀는 사이고 나랑도 잘 아는 여자애들인데, 그런 여자애들에게 내가 무슨 아다가 어떻니 요조숙녀가 어떻니 하는 비열한 소리를 마구 지껄여 댔으니 말이다. 하지만 맹세하건대, 나는 세희 애들이 당한 일이 고소했다거나 쿤타를 엿 먹일 생각으로 그런 소리를 한 건 절대 아니었다. 말을 약간 삐딱하게 하고 과격하게 하긴 했지만, 그건 어디까지나 평소의 내 말버릇일 뿐이었다. 정작 본심은 그렇지 않으면서도 세상 모든 일을 다 삐딱하게 말하고 시니컬하게 말하기 좋아하는 내 말버릇.

"그래, 그건 니 말이 맞는데……"

나는 몇 마디 더 변명하다가, 마침내 결론을 내리듯 아주 단호하고 확신에 찬 어조로 말했다.

"이쨌든, 지금 우리가 이 시점에서 할 수 있는 일은 딱 두 가지뿐이야! 첫 번짼 아까도 말했던 것처럼 그냥 모르는 일인 척 잊어버리는 거고, 그리고 두 번짼 이노끼랑 해글러 녀석들이 있는 데를 알아내 경찰에 신고하는 것."

"맞아! 나도 염세 너랑 같은 생각이야. 어차피 방법은 그 두 가지뿐인데…… 염세, 니는 어느 쪽이 더 좋겠노?"

마이클이 내 말에 동의를 표시하며 말했다. 녀석은 그때껏 묵묵히 침묵만 지키고 있었는데, 자신이 생각하기에도 그 두 가지 방법밖에 달리 아무런 방법이 없다고 생각한 것 같았다.

"글쎄, 그러는 넌 어느 쪽이 더 좋을 것 같은데?"

"나? 난, 둘 중 하나를 택해야 한다면…… 두 번째 쪽을 택하겠어. 좀 쪽팔리다는 생각이 들지만, 난 이번 기회에 그 녀석들의 버릇을 단단히 좀 고쳐줬으면 좋겠어. 이건 뭐 그 녀석들의 등쌀에 우리가 살 수가 없잖아, 안 그래? 그래, 그럼 염세 니 생각은 어떤데?"

"글쎄……"

나는 선뜻 대답하지 못한 채 애매한 미소만 흘리고 있었다. 나역시 마이클의 생각과 크게 다르지 않았다. 그 편이 가장 안전하고 합리적인 복수가 될 것 같았다. 이노끼와 해글러는 이미 다른 사건으로 경찰에 수배가 되어 있는 몸이었고, 우리가 녀석들의 소재를 알아내 경찰에 전화만 한 통 하면 녀석들은 금방 경찰에 잡혀 감옥으로 끌려가게 될 테니까. 하지만 나는 마이클의 말에 퍼뜩 동의를 표할 수 없었다. 만약 우리가 경찰에 찔렀다는 사실이 밝혀지는 날

1985, 경주, 그리고 메텔에 관한 이야기

엔, 우리는 그야말로 녀석들의 손에 맞아 죽을 각오를 해야 할 테니까. 아니, 그런 걱정은 제쳐 두고라도 경찰에 밀고한다는 것 자체가 대단히 비겁하고 수치스러운 짓으로 느껴졌다. 내 말에 동의할지 모르겠지만, 사실 남자 녀석들에게 있어 '밀고자'라느니 '배신자'라는 소리를 듣는 것보다 더 부끄럽고 수치스럽게 느껴지는 일도 없을 테니까. 그랬다. 놈들이 아무리 더럽고 비열한 놈이라 해도 우리가 경찰에 밀고하고 신고한다면, 그래서 만약에 경찰에 밀고하고 신고한 게 우리라는 사실이 밝혀진다면, 그때는 오히려 우리가 그놈들보다 더 더럽고 비열한 놈들로 몰릴 공산이 컸다. 다른 세계의 사람들에겐 어떤 인간으로 비칠지 모르겠지만, 적어도 우리랑 비슷한 부류의 불량 청소년들의 세계에서는 말이다.

"마, 다 때려치아라! 경찰에 찌를 바에야 차라리 염세 말처럼 모른 척 신경 끄고 말겠으니까. 난 죽었으면 죽었지 절대로 그런 더럽고 얍삽한 밀대 짓은 못한다! 아니, 안 한다! 알겠나?"

아니나 다를까, 사뭇 비난조로 쿤타가 마이클을 향해 말했다. 그러자 마이클이 자기도 답답하다는 듯 쿤타를 향해 크게 언성을 높였다.

"그럼 뭐 어쩌자고? 낸들 뭐 밀대 짓 하는 게 좋아서 그러자는 줄 아나? 하지만 현실적으로 우리가 어떻게 녀석들을 혼내주고 응징할 방법이 없잖냐구, 방법이!"

"글쎄, 입 닥치라니까! 내가 볼 때 너그 둘 다 그 새끼들 겁나가 이 일에서 그냥 빠지고 싶은 모양인데…… 좋아, 너그는 둘 다 이 일에서 빠져라! 니들이 안 도와줘도 난 얼마든지 혼자서 그 새끼들

다 죽이고 작살내버릴 자신 있으니까! 두고 봐라, 내 오늘 진짜 그 새끼들이 죽든가 내가 죽든가 사생결단을 내버리고 말 테니까!"

"야, 일단 좀 앉아라, 앉아! 일단 좀 앉고, 빨리 그 칼이나 이리 좀 주라, 응? 일단 그 칼만 주면, 나머진 다 니가 하자는 대로 우리가 해줄 테니까. 자, 어서!"

나는 쿤타를 살살 달래고 진정시키며 말했다. 상황이 어쨌든 일단 쿤타의 손에 들린 칼부터 빼앗아야 할 것 같았다. 녀석은 술에 너무 취하고 악에 받친 나머지, 금세라도 그 칼을 들고 이노끼와 해글러를 찾아 나설 것만 같은 폼이었으니까.

episode 19

얼마간의 논쟁과 실랑이 끝에 우리는 세희의 자취방으로 향했다.

내가 당장 놈들을 찾아 나서려는 쿤타를 설득했던 것이다. 복수를 하는 것도 좋고 사생결단을 내는 것도 좋지만, 그 전에 잠깐 세희 애들의 의견부터 들어보는 게 올바른 순서일 것 같다고 하면서. 그랬다. 나는 우리의 의견도 좋고 판단도 좋지만, 세희 애들의 의견과 판단이 가장 중요하다고 생각했다. 우리 셋 중에선 분명 쿤타가 가장 큰 피해자고 괴로운 놈이었지만, 그렇다고 세희 애들이 우리가 이노끼 놈들이랑 칼부림을 벌이고 경찰에 찌르고 하는 것을 진짜 원하고 바랄지는 좀 의문이었으니까.

세희랑 미나는 없고, 영미만 혼자 세희의 방에 있었다. 영미는 방바닥에 엎드려 공책에 무슨 낙서를 하고 있었는데, 우리가 마치 사건 현장을 급습하듯 와락 방문을 열자 영미는 거의 경기를 일으키듯 놀라 방바닥에서 벌떡 몸을 일으켰다. 두려움과 수치심이 묘

1985, 경주, 그리고 메텔에 관한 이야기

하게 뒤섞인 얼굴로 말이다.

"세희랑 미나는? 다른 계집애들은 어디 가고 와 니 혼자 있노?"

쿤타는 다짜고짜 영미가 있는 방으로 들어서며 물었다. 나는 영미를 보기가 영 불편하고 어색하긴 했지만, 애써 아무 내색을 하지 않고 마이클과 함께 신발을 벗고 영미가 있는 방으로 들어갔다.

"으, 으응? 그, 그게……."

영미는 좀 당황하는 얼굴이었다. 세희랑 미나가 어디 있는지 모르겠지만, 영미는 퍼뜩 답을 하지 못한 채 뭔가 좀 켕기고 숨기고 싶어 하는 표정이었던 것이다.

"빨리 바른대로 말 안 하나? 내 지금 돌기 일보 직전이니까 빨리 솔직하게 말해라! 세희 미나, 이 가시나들 다 어디 갔는데?"

"저, 그게…… 좀 전에 이노끼랑 해글러 오빠가 와서……."

쿤타의 재촉과 윽박지름에 못 이겨 영미가 웅얼거렸다. 나는 영미가 웅얼거리는 소리에 내 귀를 의심하지 않을 수 없었다. 글쎄, 세희랑 미나가 이노끼와 해글러랑 같이 시내로 바람을 쐬러 나갔다는 거지 뭐겠는가!

"뭐? 그게 진짜가?"

쿤타 역시 제 귀가 의심스러운 모양이었다. 녀석은 해머에라도 맞은 듯 띵한 얼굴로 영미를 보며 크게 물었으니까. 그러자 영미가 쿤타의 눈을 피하며 조심스럽게 떠듬떠듬 입을 열었다.

"실은, 그게……."

세희 애들이 경찰에 찌를까 겁났던 것일까? 아니면 저희에게도 일말의 양심이란 게 있어 그제라도 세희 애들의 마음을 좀 풀어주려 한 것일까? 대체 무슨 꿍꿍이로 세희 애들을 찾은 건지 모르겠지만, 아무튼 그날 그 사건 이후로 세희 애들을 전혀 한 번도 찾은 적이 없고 사과 한마디 없던 녀석들이 몇 시간 전에 여기 이 자취방으로 불쑥 찾아왔더라고 했다. 그러고는 세희 애들에게 좋은 말로 살살 달래고 사과를 하더라고 했다. 그날 일은 정말 미안하게 됐으며, 술이 너무 취해 자기들이 무슨 일을 했는지 잘 기억나지 않으니 제발 너희들이 좀 너그럽게 이해해주고 용서해주면 좋겠다는 식으로 열심히 변명하며 말이다(녀석들은 이런 핑계를 댔다고 했다. 진작 찾아와 사과하고 용서를 구하고 싶었지만, 너희들이 있는 방도 잘 모르고, 또 너희들을 볼 면목도 없고 해서 오늘에야 겨우 용기를 내 이 방을 찾을 수밖에 없었다는 식으로 말이다). 그래서 어떻게 됐냐고? 나는 영미가 떠듬떠듬 들려주는 얘기를 들으며 정말이지 기가 차고 어이가 없어서 말도 잘 안 나왔다. 영미의 얘긴즉, 세희랑 미나는 놈들의 그런 사과와 용서를 구하는 말 몇 마디에 그만 홀랑 넘어가버렸다는 거였다. 그러니까 다시 얘기해 세희랑 미나는 놈들의 그런 세 치 혀에 놀아나 놈들에 대한 원한이랄까 복수심 같은 것을 그만 다 풀어버렸고, 결국 그날 일을 사과한다는 의미로 밥도 사고 영화도 보여주겠다는 식의 얘기를 늘어놓는 놈들을 따라 쫄랑쫄랑 같이 밖으로 외출을 나갔다는 거지 뭐였겠는가!

"뭐? 니 그 말 다 진짜가! 이 가시나들이 진짜 정신이 있나, 없나? 와, 내 진짜 돌겠네, 돌겠어!"

쿤타는 거의 제정신이 아니었다. 녀석은 부글부글 끓는 분노를 참지 못해 연신 쌍욕을 퍼부으며 제 머리칼을 쥐어뜯고 주먹으로

1985, 경주, 그리고 메텔에 관한 이야기

꽝꽝 방바닥을 내려쳐댔으니까. 쿤타만큼은 아니지만, 나 역시도 세희와 미나의 행동에 열받고 울화가 치밀긴 마찬가지였다. 뭐 몇 대 맞거나 돈을 빼앗긴 거라면 이해할 수도 있지만, 어떻게 자신의 몸을 강제로 욕보인 놈들을 그렇게 쉽고 빠르게 용서할 수가 있는지 말이다. 생각해보라! 이노끼와 헤글러에 대한 복수심으로 어제까지만 해도 경찰에 신고하겠다느니, 너희들이 자기들을 대신해 꼭 좀 복수를 해달라는 식으로 찔찔 짜던 애들이 어떻게 하루아침에 마음을 바꿔 그놈들이랑 같이 밥을 먹으러 가고 영화를 보러 갈 수가 있는지 말이다. 그래도 그나마 영미가 제일 자존심이 강하고 성적 수치심이라는 게 있는 여자애 같았다. 세희랑 미나는 놈들을 따라 졸래졸래 같이 밥을 먹으러 가고 영화를 보러 갔지만, 영미는 그래도 혼자 방구석에 처박혀 자신의 미래랄지 여자로서의 자존감이랄지에 대해서 곰곰 좀 생각하고 고민하고 있는 것 같은 눈치였으니까. 하지만 내가 보건대, 영미도 어쩔 수 없는 일인 양 모든 걸 다 체념하고 있는 것 같았다. 속으로 무슨 생각을 하고 있는지 모르겠지만, 영미 걔 역시 TV 드라마에 나오는 강간 피해자처럼 괴로워하거나 자폐증 증세 같은 걸 보이진 않았으니까. 그랬다. 내가 혹 잘못 본 것일 수도 있었겠지만, 나는 영미의 표정과 눈빛 같은 것에서 오히려 어딘가 시원해하고 홀가분해하고 있다는 느낌마저 받았다. 내가 왜 영미를 보며 그런 느낌을 받았는지 모르겠지만, 나는 아무튼 영미의 표정과 눈빛 같은 것에서 '언젠가 한 번쯤 당해야 할 일을 이제야 당했다'라는 식의 이상한 체념과 포기의식 같은 것을 느낄 수 있었던 것이다. 하긴 영미의 그런 심리도 영 이해가 가지 않는 건 아니었다. 영미의 머리에 직접 들어가보지 않아 잘 모르겠지만, 영미도 나름 좀 논다는 여자애였으니만큼 어느 정도 각오하고 있었을 것이다. 운이 좋아 아직 한 번도 그런 험한 꼴을 당한 적은 없지만, 언젠간 저희들도 그런 일을 당할 수도 있다는 것을 말이다. 딴에 좀 논다는 언니들이나 또래 여자애들 중에서 그런 식의 강간과 윤간을 당한 애들은 저도 익히 차고 넘치게 많이 보고 들어왔을 테니까. 혹시 내가 잘못 느낀 것일 수도 있지만, 세희 애들은 이런 일 따위 하루빨리 잊어버리는 게 상책이라고 생각하는 것 같았다. 이건 뭐 세상 모든 가출 소녀와 불량 소녀들이 반드시 거쳐야만 할 숙명이고 통과 의례 같은 거다 하고 자위하면서. 그랬다. 세희 애들이 가진 생각과 처신이 조금 이해가 안 가고 짜증 나긴 했지만, 사실 생각해보면 그 여자애들의 심정도 충분히 이해가 가긴 갔다. 집에도 잘 안 들어가고 학교도 안 다니는 여자애들이 그런 일로 부모님에게 상담을 할 건가, 아니면 경찰서로 가서 직접 경찰에 고소를 할 건가? 물론 부모에게 이르고 경찰서로 뛰어가는 여자애들도 있을 것이다. 하지만 내가 생각하건대, 그런 여자애들은 열에 하나도 제대로 되지 않을 것 같았다. 부모에게 이르고 경찰서로 간다고 해서 이미 당한 피해며 상처가 없어지지도 않겠지만, 그래봤자 괜히 저희들만 더 행실이 나쁜 여자애들이며 남자애들을 밝히는 여자애들이라고 욕을 먹고 손가락질당하기 십상이었으니까. 사실 다들 쉬쉬해서 그렇지 당시 우리나라는 그런 식으로 남자들에게 성폭행당하고 성추행당하는 여자들이 수도 없이 많았다. 대체 무슨 이유로 그랬는지 모르겠지만, 그땐 여자들이 무슨 성폭행이나 성추행 같은 것을 당하면 다 여자 쪽에서 먼저 꼬리를 치고 남자의 성적 충동을 자극해서 그렇다는 식으로 생각하고 몰아가던 시대였으니까.

"내 참 할 말이 없네, 할 말이 없어……. 근데, 영미 넌 왜 걔들이랑 같이 밖으로 안 나갔냐? 걔들이랑 같이 이노끼랑 해글러를 따라갔으면 맛있는 것도 얻어먹고 영화도 보고 재밌었을 텐데……."

세희와 미나의 행방을 알려준 뒤, 마치 큰 죄인처럼 방바닥만 내려다보고 있는 영미에게 내가 비아냥거렸다. 영미를 괴롭히거나 상처를 줄 생각은 없었지만, 나는 이노끼 놈들에게 강제로 몸을 빼앗기고 능욕을 당한 영미를 보니 괜히 짜증이 나고 신경질 같은 게 치밀 수밖에 없었던 것이다.

"……."

영미는 원망에 찬 눈으로 나를 바라보았다. 내 말에 별다른 대꾸를 하거나 원한을 가진 것 같진 않았지만, 영미의 크고 굵은 두 눈에 눈물이 그렁그렁하게 맺히는 걸로 볼 때 아마 내 말이 날카로운 비수가 되어 그 애의 가슴에 푹 꽂힌 것 같았다. 어이구, 이 새끼야. 넌 항상 네 멋대로 지껄여대는 입이 말썽이야, 말썽! 영미 쟤, 안 그래도 여러 가지로 많이 괴롭고 힘들 텐데…… 왜 너까지 나서서 영미의 상처 난 가슴에 돌을 던지고 소금을 뿌리고 지랄이냔 말이야, 지랄이! 나는 영미에 대한 미안함으로 내 혀를 다 뽑아버리고 싶은 심정이었다. 영미가 크게 잘한 건 없지만 그래도 그 애는 어디까지나 이번 사건의 피해자였지 가해자가 아니었고, 따라서 영미는 우리에게 따뜻한 위로를 받거나 위안을 받아야 할 대상이었지 결코 차가운 비난을 받거나 비아냥거림을 받아야 할 대상은 아니었으니까.

더욱이 영미는 평소 나를 꽤 많이 좋아하고 짝사랑하던 여자애가 아니었던가! 아아, 정말이지 나는 영미에게 너럽게 나쁜 놈이었고 모진 놈이었다. 안 그래도 무슨 죄인처럼 고개를 푹 숙이고 있는 그 애에게 따뜻한 말을 하거나 위로는 못해줄망정 괜히 그런 인정머리 없고 야비한 말이나 마구 찍찍 내뱉어댔으니.

"에이, 씨팔! 진짜 돌겠네, 돌겠어!"

나는 영미에 대한 미안함과 내 자신에 대한 자괴감으로 괜히 혼자 막 짜증을 내고 신경질을 냈다. 영미의 눈에서 흐르는 눈물 때문에 너무 자학적으로 생각한 건지 모르겠지만, 나는 어쩌면 이노끼 놈들이랑 내가 하나도 다를 게 없는 나쁜 놈일지도 모른다는 생각이 들었다. 나는 이노끼 놈들을 천하에 둘도 없는 나쁜 놈들에 형편없는 쓰레기들이라고 욕하고 있지만, 내가 과연 놈들보다 착하면 얼마나 더 착하고 또 나으면 얼마나 나은 놈일까 하는 생각이 들었던 것이다. 물론 놈들에 비하면 나는 아직 얼마간 더 착하고 순수한 축에 속할 것이다. 하지만 좀 더 크고 전체적인 관점에서 보면 나도 그놈들이랑 크게 다르지 않은 나쁜 놈에 쓰레기 같은 놈이 아닐까 하는 자책감과 의문 같은 게 문득 들었던 것이다. 그랬다. 나는 뭐 예수도 아니고 교회도 안 다니지만, 이노끼 놈들이랑 세희 애들을 비난하고 돌팔매질할 수는 없다는 생각이 들었다. 다행히 나는 아직 싫다고 하는 여자애를 강제로 욕보이고 성폭행할 만큼 타락하지 않았지만, 우리는 모두 다 죄악으로 가득한 죄인들이었던 것이다. 순수하지 못하고, 정의롭지 못하고, 또 여러 가지로 못된 생각들과 비뚤어진 습관들로 가득 찬 죄인 말이다.

1985, 경주, 그리고 메텔에 관한 이야기

"에이, 이 자존심도 없고 정신머리 빠진 가시나들! 야, 손영미! 세희랑 미나 이 가시나들 지금 어딨어? 내 진짜 이 가시나들 만났다 하면 이 가시나들부터 당장 다……"

처음 세희 방으로 올 때만 해도 쿤타는 이노끼와 해글러 놈들에게만 잔뜩 열이 받고 꽂혀 있는 상태였다. 하지만 쿤타는 이제 그놈들보다 오히려 세희랑 미나에게 더 많이 열이 받고 꽂혀 있는 모습이었다. 녀석은 세희와 미나가 있는 곳을 대라며 연신 영미에게 눈을 부라리고 화를 내며 영미를 닦달하고 있었으니까.

"야, 관둬라, 관둬! 괜히 죄 없는 영미 그만 잡고 우린 그만 이쯤에서 철수하자! 얘기 들어보니 세희랑 미나 걔들 벌써 놈들이랑 다 화해하고 용서하기로 한 모양인데, 지금 이 상황에서 우리가 끼어들어 봤자 괜히 주제넘는 일밖에 안 될 것 같으니까. 야, 마이클 안 그냐?"

나는 방바닥에서 벌떡 일어서며 말했다. 그러자 마이클 녀석도 나랑 크게 생각이 다르지 않은지 쿤타의 어깨를 툭툭 두드리며 쿤타를 살살 달래고 좋게 타일렀다.

"그래, 철이 말처럼 빨리 여기서 나가자! 세희랑 미나가 아직 놈들에게 원한을 가지고 있다면 모를까, 지금 이 상황에선 우리가 더 이상 끼어들고 간섭하는 것도 좀 우스운 일 같으니까."

"가고 싶으면 너희들끼리나 가! 난 세희랑 미나 이 계집애들 만나서, 이것들부터 먼저 다 요절을 내버리고 말 테니까! 그리고 이노끼랑 해글러는 물론, 그날 그 사건에 연루된 다른 놈들도 다 죽여버리고 말 거라구, 알겠어?"

쿤타는 좀체 우리가 하는 말을 듣지 않았다. 녀석은 대체 무슨 고집에 아집에서인지 계속 그 방에서 뻗대며 우리가 하는 말에 연신 고개를 저었다.

"알아, 니 기분이 어떤지 아는데…… 제발 오늘은 여기서 그만 좀 나가자, 응? 오늘은 술도 많이 취했고, 또 세희랑 미나도 지금 여기 없으니까 오늘은 그만 여기서 나가고……."

나는 한번 더 쿤타를 달래고 좋게 타일렀다. 세희의 방으로 오며 웬만한 각오는 다 하고 있던 터였지만, 나는 왠지 거기서 더 얼쩡거리고 머뭇거리다가는 이노끼와 해글러를 만날 것 같은 불안감이 확 들었던 것이다.

내 예감이 옳았다. 나는 쿤타를 살살 달래고 얼래고 해서 겨우 방에서 일으켜 세우는 데까진 성공했다. 하지만 그건 괜한 헛수고에 공염불이었다. 내가 쿤타를 거의 일으켜 세우다시피 해서 밖으로 데리고 나가려는데, 바로 그 순간 저 마당 밖으로 왁자한 웃음소리와 함께 몇 명의 애들이 우리가 있는 방으로 덜렁덜렁 다가오고 있는 소리가 들렸던 것이다.

"야, 쉿! 조용, 조용히 해봐!"

나는 검지를 입에 대고 귀를 쫑긋 세웠다. 그러나 그건 확실히 밖으로 외출을 나갔다 돌아오는 네 사람의 목소리였다. 그랬다. 대체 뭐가 그리 즐겁고 재미있는지 모르겠지만, 그들은 우리가 있는 방 쪽으로 오며 계속 크게 웃고 뭔가를 신나게 지껄여대고 있었던 것이다.

"……!"

1985, 경주, 그리고 메텔에 관한 이야기

나는 심장이 얼어붙는 듯한 두려움과 공포감을 느끼며, 내 옆에 선 쿤타와 마이클을 보았다. 나도 그랬겠지만, 녀석들의 얼굴은 백짓장처럼 하얗게 질려 있었다. 당연했다. 우리는 호돌이를 나올 때 웬만큼 합의—여차하면 한판 붙어버리자고!—를 보고 나오긴 했지만, 막상 거기서 그런 식으로 놈들과 만나게 되니 우리는 모두 등허리로 식은땀이 죽 흐르고 온몸에 소름이 좍 끼칠 수밖에 없었던 것이다.

"어, 누가 왔나 본데? 남자 신발이 있는 거 보니까……."

마침내 이노끼가 그런 소리와 함께 우리가 있는 방문을 확 열었고, 우리는 모두 무엇을 훔치다 들킨 사람처럼 방구석에 황망히 서 있었다.

"어? 너희들……."

전혀 예상치 못했던 만남이라 이노끼 역시 우리랑 마찬가지로 많이 놀라고 당황스러워하는 눈치였다. 하긴 저도 인간이면 마음이 편친 않겠지. 나랑 얽힌 일이야 그렇다 쳐도 쿤타에겐 진짜 입이 열 개라도 할 말이 없을 만큼 큰 죄를 저질렀으니! 하지만 이노끼는 역시 양심이라고는 찾을 수 없는 철면피에 개자식이었다. 이노끼의 눈에선 언뜻 죄책감이랄까 미안함 같은 게 빠르게 스쳐 지나가는 듯도 했지만, 어느새 우리에게 한마디 사과나 미안해하는 기색도 없이 우리를 —특히 나를!— 향해 느물느물 웃으며 말했으니까.

"우와, 이게 누구고! 철이 이 새끼, 이게 대체 얼마 만이고? 그래, 그동안 어디 있었길래 우리가 그렇게 찾는데도 그렇게 눈에 잘 안 띄었노? 에구, 이 귀엽고 기특한 새끼! 안 그래도 오늘쯤 널 한번 꼭 봤으면 했는데, 니가 어떻게 그런 내 마음을 알고 이렇게 내 눈에 딱 띄냐, 응?"

해글러는 역시 이노끼의 가장 큰 동업자이자 훌륭한 조력자였다. 이노끼랑 마찬가지로 우리를 보고 많이 놀라고 당혹스러워하는 듯했지만, 그 녀석 역시 우리에게 한마디 사과나 미안해하는 기색도 보이지 않았다. 녀석은 언제나 그랬듯 제 친구의 말에 크게 장단을 맞추고 베이스를 넣으며 우리를 향해 차갑게 이죽거렸다.

"근데, 이 새끼들이 다들 목에 기브스를 했나? 선배를 봤으면 냉큼 인사부터 할 것이지 뭘 그렇게 똥 씹은 얼굴로 우리를 멍청하게 쳐다보고 있노, 응?"

제일 먼저 반항한 건 쿤타였다. 하지만 애초 우리가 모의했던 것처럼 쿤타도 그렇게 대차게 반항하거나 거칠게 항거하진 못했다. 개새끼들, 선배고 뭐고 다 뒈졌어! 지들이 얼마나 싸움을 잘하는지 모르겠지만, 뭐 지들 배에는 철판 깔아놓은 줄 알아? 쿤타는 놈들을 보면 금방이라도 칼침을 놓고 아구통을 날릴 듯 떠들고 이빨을 갈아댔지만, 막상 놈들을 보자 그럴 용기까진 나지 않았던지 놈들의 곁에 서 있던 세희의 뺨을 냅다 세게 후려쳤던 것이다.

"가시나 이게 진짜 죽을라꼬! 야 정세희, 니 잠깐만 내 좀 따라나와봐라? 이게 진짜 오냐오냐 해줬더니……."

쿤타의 돌발적인 행동에 두 놈은 좀 당황하는 얼굴이었다. 그도 그럴 게 전 같으면 냉큼 90도의 깍듯한 인사부터 할 녀석이, 감히 자신과 함께 놀고 온 세희의 뺨을 세게 후려치고 온갖 미친 지랄병을 다 떨어댔으니 말이다. 하지만 쿤타의 그런 버르장머리 없는 행

　　　　　1985, 경주, 그리고 메텔에 관한 이야기

동을 가만히 두고 보고만 있을 놈들이 아니었다. 쿤타의 미치광이 같은 행동에 잠시 얼떨떨하고 당혹스러워하긴 했지만, 놈들은 어느새 사나운 개처럼 으르렁거리며 쿤타를 향해 달려들 것만 같은 액션을 취했으니까.

"어, 이 새끼 좀 보게! 야 쿤타, 니 지금 우리 앞에서 뭐 하고 있는 기고, 응?"

"이 새끼가 진짜 돌았나? 야, 당장 그만 못 두겠나!"

그러나 쿤타도 이미 웬만큼 이성을 잃은 듯했다. 이노끼와 해글러의 위협에 잠시 움찔하긴 했지만, 녀석은 이노끼와 해글러의 그런 위협에도 굴하지 않고 계속 세희의 팔을 잡고 세희를 밖으로 끌고 나가려 했으니까.

"야 정세희, 니 빨리 안 따라 나오나? 이게 진짜 오늘 확 디질라꼬!"

"야, 니 퍼뜩 그 손 못 놓나? 이 새끼가 정말 디질라꼬 환장했나!"

그 꼴을 가만 두고 볼 리 없었다. 이노끼는 마치 자신이 큰 모욕이라도 당한 듯 쿤타의 얼굴에 원투 스트레이트를 날렸고, 그러자 **남철, 남성남** 이후 최고의 명콤비였던 해글러까지 합세해 뒤로 벌렁 넘어진 쿤타를 마구 짓밟고 걷어차고 했던 것이다.

"그래, 죽여라! 죽여라, 이 개애새끼들아아아!"

한바탕 큰 난리가 일었다. 정말이지 난리도 그런 큰 난리가 없었다. 두 녀석이 한꺼번에 차고 밟고 하는 바람에 속수무책으로 얻어터지고 있는 형편이긴 했지만, 쿤타는 마치 지옥에서 온 악귀처럼 고래고래 소리를 지르며 악을 쓰고 있었고, 또 우리는 우리대로 "형, 그만하세요! 이러다 정말 애 죽겠어요!" 하고 두 녀석을 뜯어

말리고 있었던 것이다(원래 계획대로라면 우리는 쿤타를 도와 이노끼와 해글러에게 같이 달려들이야 했다. 하지만 우리는 차마 그럴 용기가 나지 않아 이노끼와 해글러를 그저 뜯어말리고만 있었다). 그런가 하면 또 여자애들은 여자애들대로 방 안에서 벌어지는 참극에 새된 비명을 지르며 겁에 질린 울음을 마구 터뜨리고 있었던 것이다. 오빠, 하지 마세요! 하지 마세요, 오빠! 오빠! 하면서.

바로 그때, 우리가 소란을 피우고 있는 방으로 한 명의 구원군이 홀연히 나타났다. 집주인 아줌마였다. 안방에 있던 집주인 아줌마가 우리가 있는 방에서 나는 소리를 듣고 허둥지둥 달려왔던 것이다. 대체 무슨 일이 있길래 그렇게 큰 비명이 나고 고함이 들리는지 모르겠지만, 아무튼 우리가 있는 방에서 무슨 큰 살인 사건이라도 나고 참극이라도 벌어지는 줄 알고서.

"애들이, 애들이! 야, 너그 이게 다 뭐 하는 짓들이고, 엉? 여기가 감히 어딘 줄 알고 이 야밤에 이 소란이고, 소란이! 엉?"

아줌마의 출현 덕분에 방 안의 난리는 잠시 스톱 상태로 멈췄다. 나는 거의 그로기 상태에서 풀려난 쿤타의 얼굴과 눈빛부터 살폈다. 두 팔로 머리를 감싼 채 죽어라 악만 써대고 있었기 때문에 아줌마가 나타나기 전까진 잘 몰랐지만, 쿤타의 얼굴은 차마 눈 뜨고 볼 수 없을 정도로 터지고 뭉개져 있었다. 이노끼와 해글러의 다구리(?) 덕분에 녀석의 얼굴은 온통 깨지고 짓무른 토마토처럼 벌겋게 피로 물들어 있었던 것이다.

"세, 세상에! 저 피, 피 좀 봐라, 응? 야 너그 도대체 뭐하는 애들이고? 뭐 하는 애들인데 이 야밤에 남의 집에 와서 이 행패고, 행패

가, 엉! 아, 긴말 할 필요 없고 너그 다 당장 여기서 나가라! 안 그라
믄 내가 당장 경찰 불러 다들 콩밥 먹여버릴 테니까! 원, 아직 머리
에 쇠똥도 안 벗겨진 것들이 무슨 깡패도 아니고……."

아줌마는 연신 혀를 쯧쯧 차며 우리—특히 가해자로 보이는 이
노끼와 해글러—를 향해 나무랐다. 집주인으로서, 그리고 마땅히
어린 청소년들을 보호하고 선도해야 할 의무를 가진 어른으로서 말
이다. 그러나 쉽게 아줌마의 말을 들을 녀석들이 아니었다. 이노끼
는 자신을 나무라고 훈계하는 아줌마를 향해 같잖아 죽겠다는 투
로 비아냥거리고 구시렁거렸다.

"쳇, 경찰 부르면 누가 겁낼 줄 아나? 꼭 돼지우리 같은 방 하나
갖고 더럽게 유세 떠네, 더럽게 유세 떨어……."

"뭐, 뭐라꼬? 니 방금 뭐라 그랬노? 뭐라 그랬노, 응? 애들이 정말
보자보자 하니까…… 애들이 증말 못 쓰겠네! 아직 머리에 쇠똥도
덜 벗겨진 것들이 어디서 함부로 어른이 하는 말에……."

정말 아무도 못 말릴 악동에 악한들이었다. 웬만하면 어른이 하
는 말에 못 이긴 척 빨리 밖으로 나가겠건만, 해글러는 오히려 이노
끼보다 한층 더 불량하고 버르장머리 없는 말투로 아줌마를 향해
엿을 먹였으니까.

"어른? 쳇, 까고 있네! 글쎄, 나이가 많았으면 많았지 왜 자꾸 우
리한테 반말이냔 말예요, 반말이?"

"아, 아니! 애, 애들이 정말……."

아줌마는 부들부들 살을 떨며 말했다. 하긴 왜 부들부들 살이
안 떨리겠는가? 이제 겨우 자신의 막내아들쯤으로밖에 안 보이는

애들에게 그런 식의 심한 모욕과 봉변을 당했으니 말이다. 아무튼 아줌마는 그곳에 있다가는 뭔가 더 큰 모욕을 당하거나 봉변을 당할까 봐 두려웠던 모양이었다. 아줌마는 연신 경찰에 신고하겠다는 말과 함께 자신이 사는 안방 쪽으로 가버렸으니까.

"너그 둘 다 꼼짝 말고 여기 있어, 응? 내가 지금 당장 파출소로 연락해서 너그 둘 다 콩밥을 먹어버리고야 말 테니까!"

그제야 조금 겁이 나는 모양이었다. 짐짓 여유에 찬 미소를 지어 보이긴 했지만, 그래도 이노끼와 해글러의 얼굴에 약간의 긴장과 두려움 같은 게 살짝 비치고 있었으니까.

"야, 아무래도 여기서 빨리 나가는 게 좋을 것 같은데? 괜히 그냥 쇼하는 것일 수도 있지만, 저 할망구 저거 아무래도 진짜 파출소로 신고하러 간 것 같아 보이니까."

"에이, 설마? 너무 걱정하지 마. 내가 보기엔 괜히 우리한테 겁주려고 저러는 거 같으니까. 주책없이 괜히 남의 일에 끼어들었다가 망신만 당하고 가는 게 못내 쪽팔리고 분해서 말이야."

"아냐, 느낌이 별로 안 좋으니까 빨리 여기서 나가는 게 좋겠어! 괜히 여기서 더 얼쩡거리다 진짜 짭새라도 오면 큰일이니까."

나는 그쯤에서 녀석들이 빨리 좀 사라져주기를 빌었다. 여차하면 한번 붙어버리자고 입을 맞추긴 했지만, 나는 거의 묵사발이 될 정도로 얻어터진 쿤타의 얼굴을 보고 있자니 어느새 녀석들에 대한 전의(戰意)가 싹 다 사라지고 없었으니까.

참, 대단히 질기고 독한 녀석들이었다. 나는 놈들이 서둘러 신발을 신을 때까지만 해도 우리를 내버려두고 그냥 저희들끼리만 사라

질 줄 알았다. 도망갈 줄 알았다. 하지만 놈들은 우리를 쉽게 놓아
줄 생각이 없는 것 같았다. 이노끼는 아줌마의 개입으로 잠시 한숨
을(나는 마이클과 함께 방에 있는 휴지로 쿤타의 피를 닦고 막아주고 있었
다. 녀석은 놈들에게 맞아 연신 코피를 줄줄 흘리고 있었으니까) 돌리고 있
는 우리를 향해 애써 차분하고 상냥한 미소를 띠며 말했으니까.

"야, 너그 잠깐만 좀 따라 나와봐라! 내가 너그한테 조용히 좀 할
애기가 있으니까, 응?"

새끼, 사기 치고 있네! 애기는 무슨 애기? 밖으로 나가자마자 또
우리를 개 패듯 마구 두들겨 팰 거면서. 우리는 긴장과 공포가 뒤섞
인 얼굴로 서로의 눈치만 보고 있었다. 이대로 놈들을 따라가 또 한
바탕 개 맞듯 실컷 두들겨 맞아야 하나, 아니면 애초 우리가 모의했
던 것처럼 이쯤에서 한번 받아버려야 하나 어쩌나? 우리가 선뜻 행
동을 취하지 않고 서로의 눈치만 슬슬 살피고 있자, 해글러가 다시
제 친구의 말에 크게 장단을 맞추고 추임새를 넣으며 말했다.

"그래, 더 이상 안 때릴 테니까…… 우리 밖에서 조용히 애기나
좀 하자, 응? 너그도 그렇고 우리도 그렇고 서로 오해가 많이 쌓인
것 같은데, 여기서 이러지 말고 우리 남자 대 남자로 서로 확 터놓
고 애기나 좀 하자. 서로 오해를 풀 게 있으면 풀고 또 화해를 할 게
있으면 화해를 하고…… 응?"

잠시 더 눈치를 보고 머뭇거리긴 했지만, 우리는 마침내 녀석들
의 명령에 못 이겨 꾸물꾸물 녀석들을 따라나서려는 제스처를 취
했다. 녀석들을 따라나서면 분명 머리가 다 깨지고 갈비뼈가 다 나
갈 것 같은 기분이 들었지만, 우리는 이상하리만치 놈들의 명령을

잘 거역할 수 없었다. 그러고 보면 우리는 마치 '파블로프의 개'와도 같은 신세였다. 우리는 녀석들에게 하도 많이 얻어맞고 이상한 훈련 같은 것을 많이 당해온 터라 녀석들의 그런 부당한 명령이나 처사에도 좀체 거절할 용기며 의지 같은 게 없었던 것이다. 마치 종을 치면 자신의 의지와는 무관하게 침을 질질 흘리는 파블로프의 그 개처럼 말이다. 그래, 머리가 다 깨지든 갈비가 다 나가든 일단 한 번 따라 나가보자. 설마 지들이 우리를 진짜 죽이진 못할 테니까. 나는 우리 셋 중에서 가장 먼저 방 밖에 벗어놓은 신발을 찾아 신고 녀석들을 따라나섰다. 나는 남자답게 시원하게 한번 얻어터지거나 미친 척 한번 받아버리는 게 낫지, 계집애처럼 그 상황에서 계속 더 버티고 개기는 것도 좀 쪽팔린다는 생각이 들었으니까. 생각해보라! 우리끼리만 있는 것도 아니고 여자애들도 다 보고 있는 그 상황에서 우리가 계속 계집애처럼 슬슬 뒤꽁무니를 빼고 우물쭈물한다면 여자애들이 과연 우리를 얼마나 우습게 보고 같잖게 생각하겠는지 말이다. 물론 여자애들은 연신 우리의 잘못을 녀석들에게 빌며(오빠, 하지 마세요, 오빠들이 이번 한 번만 좀 봐주세요 하면서), 우리에게 절대 밖으로 따라 나가면 안 된다는 식의 신호며 눈빛 같은 것을 애타게 보내고 있었다. 하지만 여자애들의 그런 행동은 오히려 우리에게 더 녀석들을 따라나서게 만든 계기랄까 구실 같은 게 되고 말았다. 여자애들의 성의며 걱정이 고맙긴 했지만, 만약 여자애들의 말을 듣고 계속 더 그 방에서 우물쭈물 개기고 꽁무니를 슬슬 빼고 한다면 여자애들이 진짜 우리를 얼마나 한심하게 여기고 꼴사납게 생각하겠는지 말이다.

1985, 경주, 그리고 메텔에 관한 이야기

혹시나 했지만, 역시나였다! 제 버릇 개 못 준다고, 역시 놈들은 우리가 모시던 1년 선배들 중에서도 가장 성격이 모질고 더러운 녀석들이었다. 녀석들의 명령에 못 이겨 세희의 방을 나설 때까지만 해도 나는 뭔가 어떤 기대감이랄까 희망 같은 걸 조금 갖고 있었다. 별로 확률이 높아 보이진 않지만 그래도 녀석들이 우리에게 뭔가 따뜻한 위로의 말을 하거나 사과의 말을 할지도 모른다 하는 기대감이랄까 희망 같은 게 말이다. 지들이 아무리 나쁜 놈이고 정의감이란 게 없는 놈이라 처도 우리한테 한 짓이 있으니 우리에게 뭔가 좀 미안한 감정이랄까 양심의 가책 같은 것을 느끼지 않을까 하는 생각이 들었던 것이다. 아니었다. 그건 너무 안일하고 감상적인 생각이었다. 녀석들은 애초 미안함이라든가 양심의 가책 같은 게 없는 사이보그에 기계 인간들 같았다. 왜 그 있잖은가? 영화 '터미네이터'에 나오는 피도 눈물도 없는 사이보그에, '은하철도 999'에서 철이 엄마를 총으로 사정없이 막 쏴 죽이던 '기계 백작' 같은 존재들 말이다. 그랬다. 녀석들은 서로 오해를 풀 건 풀고 화해를 할 건 하자고 했던 것과는 달리 세희의 자취방을 나오자마자 온갖 거친 쌍욕과 살벌한 용어를 다 써가며 우리를 다 때려죽이려 했던 것이다.

"개새끼들, 다 뒈졌어! 이것들이 정말 오냐오냐했더니, 간이 다 배 밖으로 튀어나와 갖고선!"

"개새끼들, 니들이 감히 우리한테 반항을 해? 개겨? 다들 죽을 준비하고 있어, 내가 오늘 진짜 니들 셋 다 땅에 파묻어버릴 테니깐!"

"근데, 이것들을 어디로 데려가서 죽여야 잘 죽였다 소문이 나지? 수도산으로 갈까? 아님 반월성?"

"아냐, 거긴 너무 멀고 그냥 요 앞에 있는 K고로 가! K고 담만 넘으면 거긴 진짜 요것들을 다 때려죽여도 아무도 모를 정도로 어둡고 조용하니까."

"좋아, 그럼 거기로 가자! 야, 얼른얼른 안 따라와? 이것들이 다들 군기가 처빠져 갖고!"

나는 녀석들이 주고받는 말을 들으며 소름이 끼치는 것을 느꼈다. 이대로 계속 녀석들의 손에 끌려가다간 정말 녀석들의 손에 죽을지도 모른다는 생각이 들었던 것이다. 나는 내 옆으로 걷고 있는 쿤타와 마이클에게 연방 이런 눈빛과 신호를 해 보였다. 야, 어쩔래? 계속 이대로 끌려가면 우린 그냥 이 새끼들 손에 다 죽어! 그러니까 아까 계획한 대로 쿠데타 같은 걸 한판 벌이는 게 좋을지, 아니면 그냥 대충 눈치 봐서 36계를 놓는 게 좋을지 빨리 대책 좀 세워봐. 어서!

그러나 누구 하나 선뜻 용기 있게 나서지 못했다. 우리는 완전 '이솝 우화' 속에 나오는 생쥐 꼴이었다. 왜 그 있잖은가? 고양이 목에 방울을 달기로 했지만, 끝내 고양이가 무서워 아무도 고양이 목에 방울을 달지 못하는 용기 없는 생쥐들. 나는 내 옆에서 걷고 있던 쿤타를 연신 짜증스레 쳐다보고 원망했다. 마이클은 원래 마음이 좀 약하고 애가 착해서 그렇다 쳐도 쿤타 저 자식 저건 뭐야? 아까까지만 해도 칼침이 어쩌니 복수가 어쩌니 온갖 큰소릴 다 치더니 꼴좋다, 꼴좋아! 한번 반항했으면 끝까지 반항해야지 이제 와서 기가 팍 죽어서는(매에는 장사가 없다고 했던가? 녀석은 아까까지만 해도 제법 깡다구를 보이고 악을 바락바락 써댔지만, 그새 녀석들에 대한 무섬증

1985, 경주, 그리고 메텔에 관한 이야기

이 도저 이제 꼭 가스실로 끌려가는 유태인들처럼 녀석들의 손에 맥없이 질질 끌려가고만 있었다) 계속 이대로 끌려가면 어쩌자는 거야? 하긴 처음부터 저 자식 저걸 믿고 여기까지 따라온 내가 미친놈이지 대체 누굴 탓하겠어? 뭐, 어쩌고 어째? 이노끼랑 해글러를 만나도 니들은 아무 걱정할 게 없다고? 자기 혼자 걔들 다 죽여버릴 테니까 마이클이랑 나는 그냥 친구로서 지 곁에만 있어주면 된다고? 내 참, 기가 막히고 코가 막혀서! 아, 그나저나 진짜 이 난관을 어떻게 빠져나가고 어떻게 헤쳐나간다? 그냥 냅다 36계 줄행랑을 쳐버릴까? 분위기 보니 오늘은 진짜 중상 아니면 사망일 정도로 엄청 두들겨 맞지 싶은데. 그러나 내가 생각하건대, 딱히 36계를 놓기도 그리 쉽지 않은 상황이었다. 세희의 자취방은 막다른 골목에 있는 제일 끝 집이어서 뒤로는 전혀 따로 도망칠 퇴로가 없는 지형이었고, 또 우리 앞으로는 이노끼와 해글러가 연신 우리를 죽이니 살리니 하며 건들건들 걸어가고 있었으니까. 아, 진짜 어쩐다? 이대로 계속 K고까지 끌려갔다간 진짜 쥐도 새도 모르게 맞아 뒈지지 싶은데…….

좁고 어두운 세희의 자취방 골목을 벗어나, 가로등이 켜진 넓은 공터에 이르렀을 때였다. 내가 쿤타의 잭나이프로 그 난관을 빠져나오고 헤쳐나와야겠다 생각한 것은!

그랬다. 당시 내 점퍼 주머니에는 호돌이에서 뺏은 쿤타의 잭나이프가 덜렁거리고 있었는데, 나는 그 잭나이프를 이용해 녀석들의 손아귀에서 벗어날 생각이었던 것이다. 물론 둘 다 놀 만큼 노는 놈들이어서 내가 쉽게 도망칠 길을 열어주지는 않을 것이다. 보통 애들 같으면 내가 꺼낸 잭나이프에 놀라 엄마야 하고 쉽게 길을 열어주거나 제 쪽에서 먼저 36계를 놓고 말겠지만 말이다. 하지만 나는 어떻게든 가스실로 끌려가는 유태인들 꼴은 되지 않을 생각이었다. 죽을 때 죽더라도 꽥 소리는 한번 내고 죽어야지, 아무 맥없이 그냥 아우슈비츠의 유태인들처럼 죽을 수는 없는 노릇이었으니까.

"야 이 개새끼들아아! 니들이 뭐야? 니들이 뭔데 우리를 자꾸 이렇게 못살게 굴고 괴롭히는 거야아앗!"

나는 잭나이프의 예리한 칼날을 촥 펼침과 동시에 내 앞쪽과 옆쪽서 걷고 있던 두 녀석을(우리가 도망칠지도 모른다는 생각에 녀석들은 제법 우리를 감시하며 걷고 있었다. 마치 저희들이 무슨 큰 죄인을 압송하는 교도관이라도 되고 경찰이라도 되는 듯 말이다) 향해 크게 소리쳤다.

"······?"

"······!"

나는, 난데없는 땡고함과 내 손에 들린 잭나이프에 놀라 눈이 휘둥그레져 있는 녀석들을 향해 잭나이프를 마구 휘둘렀다. 물론 녀석들을 찌르거나 벨 생각으로 그런 건 아니었고, 만약 내 앞을 가로막거나 내게 어떤 위해를 가할 시 다들 내 칼에 크게 찔리거나 베일 줄 알라는 듯이 말이다. 아뿔싸, 그런데 이게 웬일인가! 내가 생각했던 것처럼 쉽게 나를 놓아주거나 36계 칠 거라는 생각은 안 했지만, 놈들은 내가 생각했던 것보다 훨씬 더 간이 크고 배짱이 좋은 놈들이었던 것이다. 웬만한 놈들 같으면 다들 그런 내 위협과 깡다구에 엄마야! 하고 겁을 냈겠지만, 놈들은 그런 내 위협과 깡다구에 눈도 꿈적 안 했다. 아니, 조금 겁을 내는 듯은 했다. 잭나이프를 막 휘두르고 빽빽 생발악을 다 떨어대는 내게 둘 다 쉽게 다가서지 못하고

1985, 경주, 그리고 메텔에 관한 이야기

주춤주춤 뒤로 몇 발 물러서긴 물러섰으니까. 그러나 그게 다였다. 녀석들은 이미 또래 애들 사이에서 호가 날 대로 호가 난 싸움꾼이었고, 그래서 녀석들은 그동안 그런 칼부림쯤 —이런저런 동네 양아치나 불량배를 상대로— 몇 번 해본 적이 있는 거친 녀석들이었던 것이다. 아무튼 녀석들은 그런 내 위협과 깡다구에도 전혀 위축되거나 겁을 집어먹은 표정이 아니었다. 녀석들은 갑작스런 내 행동과 괴성에 잠시 좀 놀라긴 했지만, 어느새 그런 놀란 마음과 눈빛을 가다듬고 나를 향해 무섭게 소리치고 협악한 인상을 썼으니까.

"어쭈, 이 새끼 좀 보게? 이 새끼가 증말 뒈질려고 환장을 했나!"

"하! 이게 진짜 간이 배 밖으로 나왔구만, 응? 좋아, 한번 해보겠다 이거지? 그래, 이 개새꺄 어디 한번 해보자!"

괜히 녀석들의 성질만 더 돋구고 부아만 지른 셈이었다. 이노끼는 어디 한번 찌를 테면 찔러보라는 듯 제 배를 훌렁 까며 한 발 한 발 내 앞으로 다가왔고, 해글러 놈 역시 근처에 있던 커다란 벽돌을 하나 집어든 채 나를 찍으려고 움찔움찔 겁을 주며 나를 향해 다가오고 있었으니까.

"새꺄, 당장 그 칼 못 버리나? 안 내려놓나! 니 증말 그러다가 영영 골로 가는 수가 있다, 응?"

"좋은 말할 때 빨리 그거 버려라, 응? 셋 셀 때까지 안 버리면, 그땐 진짜 이 벽돌로 대가리를 콱 찍어 버릴 테니까! 하나! 두……울!"

나는 죽을 듯한 공포감에 휩싸여 주춤주춤 뒤로 물러서기 바빴다. 하늘이 도우지 않는 한, 나는 꼼짝없이 녀석들의 손에 죽을 수밖에 없었다. 녀석들은 이미 한 차례 나한테(며칠 전 제임스 딘에서)

엿을 먹은 적이 있는 탓인지 오늘만큼은 절대 나를 놓치지 않겠다는 자세로 한 발 한 발 신중히 내 앞으로 다가왔으니까. 그것도 거의 살의에 찬 분노와 결사항전의 태도를 가지고 말이다.

바로 그때였다. 마치 홍해가 갈라지듯 하느님의 놀라운 기적이 내게 일어난 것은!

누구나 급하면 하느님을 찾기 마련이지만, 나는 절체절명의 바로 그 순간 생전 잘 찾지도 않던 하느님을 찾았다. 오, 하느님! 제발 저를 한 번만 좀 살려주시옵소서. 만약 그렇게만 해 주신다면 저는 진짜 앞으로 착하게 살고 또…….

내 기도를 듣고 하느님이 진짜 나를 도운 것인지, 아니면 그건 그냥 우연의 일치로 일어난 일인지 잘 모르겠지만, 아무튼 나는 이제 꼼짝없이 죽는 수밖에 없구나 하고 조용히 죽을 준비만 하고 있었다. 그런데 이게 대체 어찌 된 일인가? 내가 모든 걸 체념한 채 내 손에 들린 잭나이프를 그만 내려놓으려는데, 바로 그 순간 날카로운 호루라기 소리와 함께 몇 명의 경찰과 방범대원들이 우리를 향해 마구 뛰어오고 있는 게 아니겠는가!

"앗, 짭새닷! 야, 튀어!"

"엇! 에이, 씨팔!"

나는 이노끼와 해글러가 혼비백산 달아나는 모습을 보며, 나 역시 그 녀석들과 마찬가지로 총알처럼 빠르게 튀었다. 나는 녀석들처럼 경찰에 수배되거나 큰 죄를 지은 적은 없었지만, 그래도 경찰에 잡히면 아주 난처해지고 곤란해질 수밖에 없는 가출 청소년에 불량 청소년이었으니까.

1985, 경주, 그리고 메텔에 관한 이야기

episode 20

내가 보문의 콘도로 돌아간 건 9시가 조금 넘은 시각이었다.

너무 늦은 시간이어서 잠이 든 건 아닐까 했지만, 다행히 메텔은 아직 잠을 자지 않고 나를 기다리고 있었다.

"왜 이렇게 늦었어? 말하는 것 같아선 금방 올 것 같더니……."

"그러려고 했는데…… 일이 좀 그렇게 됐어요."

나는 맥이 쑥 빠진 얼굴로 말한 뒤, 그녀를 따라 거실 소파에 털썩 주저앉았다. 그녀는 맥주를 마시고 있었던 모양이었다. 소파 앞 협탁에는 몇 통의 캔맥주와(이제 거의 다 마신 것 같았다. 협탁에는 총 3개의 맥주 캔이 놓여 있었는데, 두 캔은 이미 내용물을 다 마시고 없는 듯했고 나머지 한 캔은 아직 내용물이 좀 들어 있는 것 같았다) 먹다 남은 땅콩과 '에이스 크래커'가 어지럽게 놓여 있었으니까.

"근데, 혼자 웬 술이에요? 왜…… 뭐 안 좋은 일이라도 있어요?"

나는 약간 걱정스러운 생각이 들어 물었다. 단지 맥주를 마시고

1985, 경주, 그리고 메텔에 관한 이야기

싫어 마신 것일 수도 있지만, 나는 왠지 그녀의 표정에서 뭔가 좀 우울하고 쓸쓸한 감정 같은 것을 느낄 수 있었던 것이다.

"으응, 그냥 네 걱정도 좀 되고 또 오랜만에 맥주도 한잔 마시고 싶고 해서……."

그녀는 연한 미소를 지으며 말했다. 그리고는 자신에 대한 관심을 나에게 돌리려고 슬쩍 내 얼굴을 살피면서 물었다.

"그래, 넌 잘 다녀왔어? 오랜만에 친구들 보니까 좋지?"

"말도 마세요! 까딱 잘못했으면 누나 얼굴도 못 보고 저세상으로 갈 뻔했으니까……."

나는 몸서리를 치듯 말했다. 세희의 방에서 있었던 일과 그 이후에 벌어진 일들을 생각하니 저절로 큰 한숨이 나고 몸이 다 부르르 떨렸던 것이다.

"왜, 무슨 일 있었어? 얼굴 보니까 아무래도 무슨 일이 있긴 있었던 모양인데…… 뭐야, 무슨 일인데 그래? 빨랑 이 누나한테 말해봐. 대체 무슨 일 때문에 얼굴이 그렇게 핼쑥해지고 어깨가 축 늘어진 건지 모르겠지만…… 자, 어서 얘기해보라니까."

"알았어요. 근데 그 전에 맥주 있으면 나도 좀 줘봐요? 나 지금 목도 너무 마르고 온몸에 있는 진이랑 진은 다 빠져서 맥주라도 한 모금 마셔야 얘기할 수 있을 것 같으니까."

나는 그녀가 마시고 있던 캔맥주로 손을 뻗으며 말했다. 그러자 그녀가 내 손을 탁 치고 제지시키며 눈을 흘겼다.

"안 돼, 먹지 마! 이제 겨우 열여섯밖에 안 된 녀석이 술은 무슨……."

그랬다. 첫날 함께 담배를 피우고 생맥주를 마시고 했지만, 나는 그날 이후 그녀 앞에서 제대로 담배를 피우지도 못하고 술도 마시지 못했다. 그녀는 내가 담배를 피우거나 술을 마시려 할 때마다 내 나이와 신분 따위를 거론하며 내 행동을 가로막고 제지시켰던 것이다. 물론 나도 그녀의 그런 말과 간섭을 고분고분 다 따르고 참고 있지만은 않았다. 쳇, 누나는 좀 다른 줄 알았더니 누나도 역시 다른 꼰대들이랑 다를 게 없군요. 글쎄, 음주랑 흡연이 나쁘다는 건 나도 잘 알고 있다니까요. 끊고 싶으면 내가 끊지 제발 그런 식의 케케묵은 간섭이나 훈계 같은 건 좀 집어치워요. 자꾸 하지 마라 하지 마라 그러면, 오히려 더 하고 싶어지는 게 사람 심리니까. 하지만 나는 그녀의 그런 간섭과 훈계가 그리 싫다거나 못마땅진 않았다. 투덜투덜 혼자 푸념을 하긴 했지만, 나는 그녀의 그런 마음을 어느 정도 다 이해하고 감수할 수 있었으니까. 만약 입장이 바뀌어 나보다 네 살이나 어린 놈(혹은 소녀)이 내 앞에서 빠끔빠끔 담배를 피우고 술을 마신다 가정해보라! 내가 아무리 나쁜 놈이고 막돼먹은 놈이긴 하지만, 나로서도 그 어린 놈(소녀)을 가만히 보고만 있진 않을 테니까. 가만히 보고 있는 게 다 뭔가? 아마 내 성질 같아선 눈알이 빠져라 뒤통수를 세게 후려쳐줄 것이다. 아직 호적에 잉크도 덜 마른 녀석이 무슨 놈에 술은 술이고 담배는 담배냐고 큰 호통을 치면서 말이다.

　"그럼 딱 한 모금이라도 좀 줘요. 나 진짜 온몸에 있는 맥이란 맥은 다 빠지고 진은 다 빠져 맥주라도 한 모금 마셔야 얘기를 할 수 있을 것 같으니까."

"좋아, 그럼 딱 한 모금만이야. 더 마시면 안 돼, 알았지?"

나는 협탁 위에 놓인 캔맥주를 받아 길게 한 모금 들이켰다. 그러고는 협탁 위에 놓인 빈 맥주 캔을 다 날려버릴 듯한 큰 한숨을 내쉬면서, 내가 그녀와 헤어진 뒤 벌어진 일들을 하나하나 다 얘기하고 설명해주었다.

"맙소사! 정말 하느님이 도왔군, 하느님이 도왔어……."

내 얘기를 다 들은 그녀가 큰 탄식을 하며 말했다. 정말이지 큰일 날 뻔했다는 듯 내 얼굴과 몸 여기저기를 훑어보고 만져보며.

"근데 어디 다친 데는 없어? 괜찮아?"

"네, 다행히."

"어쨌든 다행이야. 그래도 아무 다친 데 없이 이렇게 무사히 돌아와서. 마침 그때 경찰이 나타났기에 망정이지 안 그럼 대체 어떻게 됐겠어?"

"그러게 말예요. 까딱 잘못했음 정말 장가도 한번 못 가보고 총각 귀신이 될 뻔했다니까요."

나는 상상만 해도 끔찍하다는 듯 진저리를 쳤다. 그러자 그녀가 그동안 고생했다는 듯 내 어깨를 툭툭 두드리며 위로해주었다.

"불행 중 다행이라더니, 어쨌든 너로서는 크게 한시름 덜은 셈이군. 널 그렇게 괴롭히던 이노끼랑 해글러가 모두 경찰 손에 잡혔다니까. 야, 축하한다, 축하해! 정말이지 불행 중 다행이다, 그치?"

"뭘 축하씩이나! 물론, 불행 중 다행에 한시름 덜은 건 맞지만."

나는 피식 실소를 흘리며 말했다. 그랬다. 메텔이 말했듯 그 시각 이노끼와 해글러는 모두 경찰에 잡혀 있었다. 우리는 아까 경찰의 호루라기 소리에 모두 산지사방으로 콩 튀듯 튀어 달아났는데, 다른 놈들은 모두 경찰의 손에 붙잡힌 반면 다행히 나 혼자만 경찰의 추격을 따돌리고 무사히 그 위기의 순간에서 탈출할 수 있었던 것이다.

"근데 다른 애들 땜에 걱정이에요. 걔들도 거기서 무슨 조사를 받는 것 같던데……."

나는 사뭇 걱정스럽다는 투로 중얼거렸다. 나는 나를 따라오던 경찰을 무사히 따돌린 뒤 조심조심 녀석들이 끌려간 동네 파출소로 가보았다. 경찰에 잡힐까 봐 아주 가까이 가진 못했지만, 나는 괜히 파출소 앞을 오락가락하고 기웃기웃하며 파출소 내의 분위기와 동정 같은 것을 살펴봤던 것이다. 과연 몇 명이나 파출소에 끌려갔으며, 또 상황은 대충 어떻게 돌아가고 있는지 파악하기 위해서.

메텔의 말처럼 확실히 하늘이 도우긴 도운 모양이었다. 거기 있던 애들 중 내가 제일 달리기를 잘하고 몸이 날랜 편이기는 했지만, 그날 그 자리에 있던 애들이 모두 다 싸그리 그 파출소로 끌려와 있었으니까. 그러나 내가 더욱더 운이 좋고 하늘이 도왔다고 느낀 건 우리 남자 녀석들뿐 아니라, 세희 애들과 세희의 자취방 아줌마까지 모두 다 파출소로 끌려와 있다는 사실 때문이었다. 젠장. 많이도 잡혀 왔네, 많이도 잡혀 왔어. 그런데 대체 어떻게 그 시간에 경찰들이 우리가 있던 골목으로 딱 알맞게 나타난 것일까? 모르긴 모르겠지만, 아마 세희의 자취방 아줌마가 진짜 파출소로 전화를 한 모양이었다. 지금 여기 웬 불한당 같은 놈들이 나타나 아무 죄도 없는 애들을 막 때리고 행패를 부리고 있으니, 제발 좀 빨리 여기로 와서 이놈들을 잡아가달라고 하면서 말이다.

"너무 걱정하지 마. 내가 뭐 판사나 검사는 아니지만, 대충 네 얘기 들으니 네 친구들은 금방 풀려날 것 같으니까. 비록 다 파출소로 끌려가긴 했지만, 걔들은 어디까지나 이노끼랑 해글러란 애한테 피해를 입은 피해자들이니까."

"그렇겠죠?"

"그래, 그럴 거야. 그러니까 너무 걱정하지 마."

그녀는 내 손을 톡톡 두드려주며 말했다. 그러고는 마치 자신이 '수사반장'에 나오는 **최불암**이라도 되는 듯 안타깝고 씁쓸한 미소로 몇 마디 더 조용히 중얼거렸다.

"그나저나 네 선배 녀석들 정말 불쌍하게 됐군. 한동안 바깥 구경하기 힘들겠어. 경찰에 끌려간 이상 오늘 있었던 일들을 경찰이 모두 꼬치꼬치 캐물을 거고, 그렇게 되면 네 선배 녀석들이 너나 네 친구들에게 한 그동안의 나쁜 짓들이 모두 하나하나 밝혀지고 들통나게 될 테니까. 그렇지?"

"글쎄요, 내 생각에도 아마 그렇게 되지 않을까 싶긴 한데……."

나 역시 그녀처럼 씁쓸한 미소를 지으며 말했다. 그랬다. 메텔이 말했듯 놈들은 한동안 바깥 구경을 못하게 될 터였다. 모르긴 모르지만, 메텔이 예상한 것처럼 경찰은 애들에게 하나하나 다 캐물을 것이다. 너희들은 몇 살이냐, 어떤 사이냐, 왜 남의 자취방에서 서로 피 터지게 싸우고 그 소란을 피우게 되었느냐 하는 것 따위의 여러 가지 사건 경위와 자초지종 같은 것들을 말이다. 그리고 그렇게 되면 애들은 분명 그동안 있었던 일들과 사건의 자초지종 같은 것들을 모두 하나둘씩 얘기할 수밖에 없고 설명할 수밖에 없을 것이다. 물론 애들은 노는 애 특유의 이상한 의리나 동류의식 같은 것으로 자신이 입은 피해며 사건의 정황 같은 걸 애써 숨기려 할지도 모른다. 하지만 우리나라 경찰이 어디 바본가? 물론 나도 우리나라 경찰이 그렇게 똑똑하거나 명석하다고는 생각하고 있지 않았지만, 아무리 그래도 우리나라 경찰이 이제 겨우 중고등학생밖에 안 되는 애들에게까지 쉽고 속고 희롱당할 정도의 바보는 아닐 거라는 게 당시 내 생각이었던 것이다. 아니, 설령 애들이 놈들의 악행을 다 얘기하지 않고 어물쩍 넘어간다고 해도 놈들은 어차피 철창신세를 면하지 못할 터였다. 경찰에 끌려간 이상 경찰은 맨 먼저 피의자 신분인 이노끼와 해글러의 신원조회부터 하게 될 것이고, 그렇게 되면 당시 다른 사건으로 경찰에 수배가 되어 있던 놈들의 손에 크고 차가운 은팔찌가 철컥 채워지게 될 것임은 불 보듯 뻔한 일이었으니까.

"그런데 넌 왜 아까부터 인상이 그렇게 어둡고 무거워? 내 생각엔 덩실덩실 춤이라도 추며 만세라도 불러야 정상일 것 같은데? 혹시 네 선배 녀석들이 걱정돼서 그래?"

"설마. 내가 무슨 예수도 아니고……."

나는 말도 안 된다는 듯 고개를 저었다. 하지만 왠지 모르게 마음이 조금 무거웠다. 불편했다. 미운 것도 정이라더니, 그 말이 꼭 맞았다. 나는 놈들이 제발 어디론가 좀 사라지길 바라고 있었지만, 막상 놈들이 어둡고 차가운 감옥으로 끌려간다고 생각하니 내 마음도 마냥 그렇게 편하고 시원하지만은 않았던 것이다. 에이, 빌어먹

1985, 경주, 그리고 메텔에 관한 이야기

을 놈들. 벼락 맞을 놈들. 그러게 평소에 좀 착하게 살지 왜 그렇게 나쁜 짓만 골라하고 살아 갖고선. 에잉, 마음에 안 드는 새끼들.

"그럼 뭐야? 무슨 딴 걱정 있어? 이왕 얘기한 것, 이 누나한테 다 얘기해봐. 하나도 숨김없이 모두 다."

"실은…… 엄마 때문에 그래요. 울 엄마."

나는 잠시 머뭇거리다 한숨 섞인 목소리로 말했다. 그랬다. 내가 진짜 걱정되고 염려됐던 건 바로 엄마 때문이었다. 좀 더 정확히 말하면, 엄마의 건강 상태와 심리 상태. 파출소 앞에서 얼핏 본 터라 그리 자세히 볼 수는 없었지만, 엄마의 모습은 내가 처음 집을 나왔던 날과 비교해 한 10년은 더 늙어 보이고 지쳐 보였던 것이다.

"엄마? 너희 엄마가 왜?"

"일이 어떻게 돌아가나 하고 파출소 앞을 얼쩡거리고 있는데…… 글쎄, 쿤타와 마이클 부모님은 물론 우리 엄마까지 택시— 거의 10분 간격으로—에서 내려 파출소로 들어가잖아요! 아마 애들이 다 불었나 봐요. 내 이름이며 우리 집 전화번호까지 모두 싹 다."

어떻게 해서 엄마까지 파출소로 불려오게 된 건지 모르겠지만, 아마 어린 학생들이 연루된 사건이라 모든 아이들의 집에 전화를 한 것 같았다. 댁의 자녀가 지금 이러저러한 일로 파출소에 잡혀 와 있으니, 일단 보호자 되는 분께서는 급히 좀 파출소로 와주셔야겠노라고 말이다.

"으음. 그랬군."

그녀는 고개를 끄덕끄덕한 후, 나를 보며 넌지시 물었다.

"……그래, 그래서 넌 어쩔 거야?"

"뭘요?"

"뭐긴 뭐야? 집에 언제 들어갈 거냔 말이지……."

"……."

나는 아무 말 없이 나직한 한숨만 쉬었다. 이노끼와 해글러 일이야 잘 해결된 셈이지만, 그 문제를 생각하니 또다시 체한 것처럼 가슴이 답답하고 막막해졌던 것이다.

"네가 싫다면 어쩔 수 없겠지만, 너도 이제 웬만하면 집에 들어가지 그래? 이제 이노끼랑 해글러란 애도 만날 일 없겠다, 굳이 더 이상 집에 안 들어갈 이유도 없잖아? 그리고 네 어머니도 그랬다면서? 집에만 들어오면 그동안의 일들을 다 용서해주고, 또 고교 진학이든 뭐든 네가 원하는 대로 다 들어주고 지켜봐주겠다고 말이야."

그랬다. 나는 이제 더 이상 밖으로 떠돌아다닐 이유가 없었다. 이번 가출 사건의 가장 큰 원인을 제공한 이노끼와 해글러와의 일도 이제 다 잘 정리가 된 셈이었고, 또 메텔이 말한 것처럼 엄마도 이미 르노 형을 통해서 내가 고등학교에 가든 취직을 하든 아무 간섭도 않겠다고 말하고 있었으니까.

"그러니까 너도 이제 그만 집에 들어가는 게 어때? 이제 거의 모든 문제가 다 해결됐잖아? 너를 괴롭히던 네 선배들 문제도 그렇고, 또 앞으로의 네 진로 문제도 그렇고……."

"그거야 그런데……."

"쓸데없는 핑계 말고 내일이라도 집에 들어가. 나도 너만 할 땐 툭하면 부모님께 대들고 집 나오고 했지만, 이제 와서 남는 건 내가 왜 그때 그렇게 철없이 굴고 어리석은 행동을 했을까 하는 후회뿐

1985, 경주, 그리고 메텔에 관한 이야기

이니까."

"쳇, 너무 보채지 마세요. 난 원래 청개구리랑 비슷한 성정이 있어서 누가 자꾸 산으로 가라 그러면 일부러라도 강으로 가야 직성이 풀리는 고집불통이니까!"

"그러니까 너한테 말하는 거야. 부디 너는 나나 그 이야기 속에 나오는 청개구리와 같은 우를 범하지 말란 의미로 말이야. 얘기한 것처럼 나도 한때는 너처럼 우리 부모님이랑 할머니 속을 무진장 썩였는데, 요즘에 와선 맨날 그 이야기 속에 나오는 청개구리처럼 돌아가신 할머니를 생각하며 후회하고 눈물짓고 그러거든. 뭐 다행히 우리 할머니는 강가에 묘를 쓰지 않아 그 이야기 속에 나오는 청개구리처럼 비 오는 날마다 엉엉 울고 그러지는 않지만."

"누난 대체 뭐가 문제였는데요? 누난 대체 무슨 불만이 그리 많고 고민이 많았길래 그렇게 자주 집을 나오고 힘든 사춘기 시절을 보낸 거냔 말예요? 내가 보기엔 어렸을 때부터 집도 좀 살고 아무 걱정 없이 그냥 공주님처럼 곱게만 자랐을 것 같은데……?"

내가 물었다. 그녀가 한 청개구리 얘기에 괜히 실없는 놈처럼 혼자 키들키들 쓴웃음을 지으며.

"얘기하자면 길어. 또 우리 집안의 다소 복잡하고 비극적인 가족사가 얽혀 있는 얘기라 남들한테 쉽게 들려주기도 좀 뭐한 얘기고……."

"에이, 얘기해봐요? 나는 있는 얘기 없는 얘기 다 얘기해줬구만 누난 의리 없이……. 에이, 그러지 말고…… 빨리 얘기해봐요, 예?"

나는 계속 귀찮게 조르고 다그쳐 물었다. 그러자 마침내 그녀가 내 뜻을 못 이겨 자신의 얘기를 천천히 들려줄 생각을 하기 시작했다.

"좋아, 그렇게 듣고 싶다니까 얘기해주지. 뭐 별로 밝히고 싶은 과거는 아니지만, 어쩌면 내 얘기에 네가 어떤 교훈을 느끼거나 감화를 받아 가출을 끝내고 집으로 들어갈지도 모르겠으니까."

"그러니까 빨리 얘기해봐요. 자, 어서요?"

"……."

그녀는 어디서부터 어떻게 얘기를 시작해야 좋을지 모르겠다는 듯 가벼운 한숨을 몇 번 내쉬었다. 그러더니 이내 결심했다는 듯 진지한 표정으로 내가 듣고 싶어 하던 얘기를 천천히 털어놓기 시작했다.

"아까 내가 너한테 내일 어디 갈 데가 있다고 했었지? 역 앞 버스 정류장에서 말이야. 기억 나?"

"그랬죠."

나는 고개를 끄덕였다. 담배를 많이 피운 탓에 기억력이 많이 나빠지긴 했지만, 그렇다고 내가 아직 오늘 오후에 있었던 일들을 까먹을 정도로까지 기억력이 감퇴하진 않았으니까.

"거기가 어디냐면, '나자레원'이라는 덴데…… 너 혹시 나자레원이라는 곳에 대해 들어봤어?"

"나자레원? 아뇨. 거기가 뭐 하는 덴데요? 어감으로 봐선 아무래도 무슨 보육원이나 양로원 같은 느낌인데……."

"맞아, 양로원이야. 그런데 거긴 일반 양로원이랑은 성격이 조금 다른 양로원이야. 우리나라 할머니들이 계신 양로원이 아니라, 일본

출신의 일본 할머니들이 계신 양로원이거든!"

"옛? 일본 할머니들이라구요?"

나는 어리둥절해서 물었다. 나는 우리나라의 양로원에 대해 특별히 아는 것도 없고 관심을 가져본 적도 없었지만, 한국에 일본 할머니들이 계신 양로원이 있다는 소리는 또 난생처음 들어보는 소리였던 것이다. 그러자 그녀가 어리둥절해진 눈으로 그녀를 보고 있는 나에게 설명해주었다.

"왜, 너도 알 거야. 요즘도 종종 한국 사람이랑 일본 사람이 결혼하지만, 일제시대 땐 요새보다 훨씬 더 많은 한국 사람이랑 일본 사람들이 결혼했다는 사실을 말이야."

아마도 그럴 것이었다. 그땐 우리나라의 학교에서도 모두 일본어를 국어로 배웠다 들었고, 언어의 소통이 자유로웠던 것만큼 자연히 두 나라 간의 남녀 사이에도 연애 감정이랄까 로맨스 같은 것들이 쉽게 싹트고 만들어질 수 있었을 테니까.

"그랬겠죠. 그런데요?"

"그런 할머니들이 사는 곳이야. 여기 조선 남자랑 결혼한 할머니 중에서 자식도 없고 노년이 외로운 할머니들이 모여 사시는……."

"그래요? 난 금시초문인데……."

"못 들어봤어? 하긴 그럴 수도 있겠지. 나도 우리 할머니한테 듣기 전까진 여기 경주에 그런 시설이(참고로 말하는데, 전국적으로 여기 경주에 단 한 개밖에 없다더군. 그래서 종종 일본의 NHK나 다른 방송국에서 취재도 하러 나오고 다큐멘터리 같은 걸 제작하러 나오기도 한다고 그러시더군) 있다는 사실을 전혀 몰랐으니까."

"그런데 거간…… 왜?"

나는 감이 잘 안 왔다. 대체 무슨 일 때문에 그녀가 내일 그 양로원을 찾는다는 것이며, 또 무슨 연유로 갑자기 그 양로원 얘기를 내게 꺼내는 것인지.

"……."

그녀는 잠시 얘기를 멈춘 뒤, 어딘가 모르게 약간 울적하고 씁쓸한 얼굴로 조용히 다시 입을 열었다.

"실은…… 우리 할머니도 그분들과 같은 처지의 일본 사람이야. 여기 한국 사람이 아닌, 일본 사람……."

"……!"

나는 마치 **래리 홈즈**의 주먹에 한 대 맞은 것처럼 멍하니 그녀를 쳐다보았다. 충격적이라는 표현을 쓸 만큼 크게 놀라진 않았지만, 아무튼 그건 나로서는 조금 놀랄 수밖에 없는 일이었다.

"왜, 놀랐어? 우리 할머니가 일본 사람이라고 해서……."

"아뇨, 뭐 그다지! 난 또 누나가 메텔처럼 무슨 비밀을 가진 기계인간이거나 누나의 엄마가 안드로메다의 프로메슘 여왕이라고 고백이라도 하는 줄 알았거든요."

나는 애써 태연한 얼굴로 말했다. 그러자 그녀의 입가에 옅은 미소가 잠시 스쳐 가는 듯싶더니, 마침내 자신의 은밀한 성장사와 내밀한 가족사 같은 것을 천천히 설명하기 시작했다.

"네가 이렇게 물었지? 누난 도대체 몇 살 때부터 가출하고 음주나 흡연 같은 것을 하는 불량 청소년이 됐냐고? 무슨 불만과 고민이 그리 많았길래 그런 범상치 않은 청소년 시절을 보낸 거냐고? 돌아가신 할머니한테 죄송하지만, 내 경우엔 우리 외할머니 때문이었어. 나이는 지금의 네 나이랑 똑같은 열여섯 살 때였고."

"음……."

나는 낮게 한숨을 쉬며 그녀의 애기가 다시 이어지기를 기다렸다. 그러자 그녀가 애써 담담하고 의연한 미소를 지으며 자신의 애기를 다시 조용하게 이어나갔다.

"난 중2 때까진 제법 착하고 순진한 모범생이었어. 선생님 말씀이랑 부모님 말씀도 잘 듣고, 또 나름 공부도 잘하는 밝고 명랑한 소녀. 그런데 중3 올라가서 두어 달쯤 지났나? 어느 날부턴가 반 애들이 뒤에서 쑥덕쑥덕 내 흉을 본다는 느낌이 들기 시작하더니, 갑자기 애들이 날 막 따돌리기 시작하는 거야. 처음엔 그냥 내가 반 애들에게 말을 걸어도 대답을 잘 안 한다거나 내가 있어도 안 보이는 척 투명 인간 취급을 하고 그러더니, 나중에는 아예 노골적으로 나를 웃음거리로 만들고 괴롭히더라구. 내가 교실서 복도로 나갈라치면 슬쩍 다리를 걸어 나를 넘어뜨린다든가, 아니면 점심시간에 내가 먹을 도시락에 몰래 침을 뱉거나 지우개밥 같은 걸 잔뜩 넣어놓거나 하는 식으로 말이야. 그래, 나는 소위 하는 말로 애들 사이에서 '찐따' 혹은 '밉상'으로 불리는 따돌림의 대상이 된 거지. 왜 학교 다니다 보면 종종 그런 애들 볼 수 있잖아? 하는 짓이 좀 얄밉다든가 다른 애들에 비해 지나치게 예쁘다는 이유로 반 애들의 미움을 받거나 집단 따돌림을 당하는 불쌍한 여자애 말이야. 아무튼 반 애들의 따돌림과 괴롭힘은 날이 갈수록 그 수위가 더 높아져갔고……그러던 어느 날 난 참다못해 그동안 나를 따돌리고 괴롭히는 데 가장 앞장서고 우두머리 역할을 하던 여자애랑 대판 한번 붙어버렸어. 당시 그 여자앤 우리 학교는 물론 인근의 다른 여학교에까지 명성이 자자할 정도로 싸움도 잘하고 얼굴도 반반한 여자애였는데(예컨대, '캔디'에 나오는 **이라이저**를 떠올리면 이해가 빠를 거야. 그렇다고 뭐 내가 **캔디**라는 얘기는 아니지만), 어쨌든 나는 그 여자애한테 머리를 다 쥐어뜯기다시피 하면서도 고래고래 고함치며 악에 받친 소리로 이렇게 따졌지. 도대체 내가 너한테 뭘 그렇게 잘못하고, 내 어디가 그렇게 못마땅하길래 날 이렇게 못살게 구는 거냐고! 그러자 걔가 경멸과 조소로 가득한 얼굴로 이렇게 얘기하더군. 네 잘못이 아니긴 하지만, 난 너 같은 쪽발이에 빨갱이 같은 애들을 보면 정말이지 밥맛 떨어진다고! 난 차라리 깜둥이랑 같이 학교를 다녔으면 다녔지 너처럼 비겁한 쪽발이랑 빨갱이 피가 흐르는 애하곤 절대 같이 학교를 다니고 싶지 않다고 말이지. 쪽발이? 빨갱이 피? 난 걔가 무슨 말을 하는지 몰라서 그 여자애한테 물었어. 뜬금없이 그게 무슨 소리냐, 내가 좀 잘 알아들을 수 있게 쉽게 설명해달라고 말이지. 그랬더니 걔가 그동안 내가 전혀 알 수도 없었고 알지도 못했던 우리 외가 쪽의 슬픈 가족사와 외할머니의 치부 같은 것을 하나하나 다 밝히고 빈정거리면서 얘기하더군……."

"음, 그랬군요. 그런데 빨갱이 얘기는 또 뭐예요?"

나는 고개를 끄덕인 후, 궁금하다는 듯 물었다. 앞에 한 쪽발이 얘기는 그런대로 좀 이해가 갔지만, 아무래도 그녀가 뒤에 한 빨갱이 얘기는 나로서도 퍼뜩 잘 이해가 가지 않았던 것이다.

"나도 잘 몰랐는데, 알고 보니 우리 외할아버지가 여기 이 지역에

1985, 경주, 그리고 메텔에 관한 이야기

선 누구나 다 알아주던 유명한 공산주의자에 빨갱이였다더군. 그
래서……."

"으음, 그랬군요."

나는 낮게 신음했다. 그러고는 도대체 그 여자애가 그런 걸 어떻
게 다 알게 되어 그런 말을 하고 그런 짓을 하게 됐을까 하는 생각
이 들어 그녀에게 다시 물었다.

"그런데 그 여자애는 어떻게 그런 사실을 다 알았대요? 누구한테
들었으니까 그런 얘기를 반 애들한테 다 퍼뜨리고 누나한테 그런
나쁜 짓을 하고 했을 거 아녜요……?"

"아, 그거? 왜, 세상 좁다는 말 있지? 난 그때까지만 해도 그냥 그
말을 그저 옛날 속담 정도로만 알고 있었는데, 그 말은 진짜 그냥
괜히 나온 말이 아니라는 것을 몸소 체험하고 깨달을 수 있었어. 글
쎄, 그 이라이저를 닮은 애의 엄마가 옛날에 우리 엄마랑 같은 동네
에서 같이 살고 같은 초중학교를 나온 또래 친구였다지 뭐야! 아무
튼 딸은 엄마를 닮는다더니 그 말이 꼭 맞나 봐. 나중에 엄마한테
들은 얘기지만, 그 여자애의 엄마도 학교 다닐 때 그렇게 우리 엄마
를 많이 괴롭히고 따돌림시키고 그랬대. 자기가 무슨 독립투사의
딸도 아니고 대단한 민족주의자의 집에서 태어난 것도 아니지만, 단
지 울 엄마의 엄마가 일본인이라는 이유와 요정 같은 것으로 자기
집보다 훨씬 더 부유하고 윤택하게 잘살고 또 우리 외할아버지가
옛날에 좌익 활동을 좀 심하게 하다 돌아가셨다는 이유로 말이야.
여하튼, 울 엄마와 걔 엄마는 어렸을 때부터 서로 아주 싫어하고 경
멸하고 그러는 앙숙이었는데…… 대체 울 엄마랑 걔 엄마 사이에

무슨 마가 끼었는지 글쎄 그 두 사람이 우리가 다니는 학교의 자모회에서 다시 우연히 만나게 된 모양이었어. 둘 다 고향 경주를 떠나 서울에 온 지 20년이 다 되어가던 그 시점에 말이야. 대체 무슨 질투심과 시기심으로 그랬는지 모르겠지만, 어쨌든 개 엄마는 그때까지도 그렇게 울 엄마가 싫고 미웠던 모양이었어. 어렸을 때야 뭘 잘 모르고 철이 없어서 그랬을 수도 있다지만, 개네 엄마는 마흔이 다 된 그때까지도 울 엄마나 우리 외가 쪽에 대한 악의를 품고 개 앞에서 온갖 악의적인 소문에 험담을 다 퍼뜨려댄 걸 보면 말이야……."

"후우, 그랬군요……."

나는 크게 한숨지었다. 그러고는 이야기가 너무 무겁고 우울한 쪽으로 흐른다 싶기도 하고, 또 그녀에게 조그만 위로라도 하고 생각에 나는 짐짓 밝고 명랑한 얼굴로 그녀의 편을 들고 그녀를 칭찬해주었다.

"근데, 설마 그런 것 때문에 괴롭힘당하고 따돌림당하진 않았을 거예요! 난 그런 것 때문에 괴롭힘당하고 따돌림당한 게 아니라, 거의 여신에 가까운 누나의 미모 때문이라고 봐요. 누나가 너무 예쁘고 귀여우니까 괜히 질투가 나고 시기가 나서……."

"뭐, 그런 점도 없진 않았을 거야. 그건 나도 인정할 수밖에 없는 사실이니까."

그녀는 어깨를 으쓱한 후, 내 말에 조금 호응해주었다. 그러고는 다시 좀 전의 낮고 진지한 말투로 돌아가서 자신의 얘기를 계속 더 조용히 연결해나갔다.

"아무튼, 난 거의 패닉 상태에 빠져 집으로 달려갔어. 물론 난 그때 우리 할머니가 경주에서 오래 사셨다는 것, 또 여기 경주에서 일본 손님들을 상대로 하는 요정과 요릿집 등으로 꽤 많은 부를 축적하셨다는 것 정도는 대충 들어 알고 있었어. 하지만 난 그날 그 여자애에게 들은 우리 외할아버지와 외할머니 얘기에 아무래도 조금 큰 충격을 받고 수치심에 굴욕감 같은 것을 느낄 수밖에 없었어. 생각해봐, 아닌 밤중에 홍두깨도 아니고 별안간 우리 할머니가 여기 조선 사람이 아니고 일본 사람이라니! 게다가 또 우리 외할아버지가 왕년에 이 지역에서 다 알아주던 유명한 빨갱이에 지독한 공산주의자였다니! 하지만 무엇보다 그 여자애가 하는 말에 내가 더 큰 충격을 받고 수치감을 느낀 건 그 여자애가 우리 할머니를 무슨 돈밖에 모르는 더러운 포주에 뚜쟁이 취급을 하는 것 때문이었어. 왜냐하면, 우리 외할아버지는 이미 6·25 전쟁이 나기 한두 해 전에 돌아가신 걸로 알고 있었고, 그때의 그 여자애도 우리 외할아버지의 행적에 대해선 그렇게 자세히 알고 있진 못했는지 우리 할머니에 대해서만 유독 더 큰 비난과 험담 같은 것을 내게 막 퍼부어댔거든. 요즘에도 뉴스에 자주 거론되곤 하지만, 일본인들의 '기생 관광' 문제나 '현지처' 문제가 정말 큰 사회 문제라느니 부끄러운 일이라느니 하면서 내게 막 빈정대고 우리 할머니를 욕하고 하는데…… 와, 진짜 내가 그날 다른 애들 앞에서 얼마나 많은 수치감을 느끼고 굴욕감 같은 걸 느끼고 했던지!"

"저 근데, 누난 그런 의심 한번 안 해봤어요? 아무리 한국에 오래 살아도 일본 사람들은 원래 일본 사람 특유의 독특한 말투나 분위기 같은 게 있기 마련인데……."

나는 살짝 궁금한 생각이 들어 다시 물었다. 그러자 그녀가 절레절레 고개를 저으며 내가 궁금해하는 궁금증을 풀어주었다.

"아니, 잘 눈치채지 못했어. 물론 네 말처럼 할머니에겐 일본 사람 특유의 말투라든가 독특한 분위기 같은 게 있었어. 하지만 우리 할머니랑 엄마는 한 번도 내게 그런 사실을 얘기해주거나 가르쳐준 적이 없었어. 괜히 내가 어린 마음에 어떤 마음의 상처를 받거나 콤플렉스 같은 걸 느끼지 않을까 하는 두려움에서 말이야. 그래, 방금 네가 말한 것과 같은 의문을 표할라치면 할머니랑 엄마는 항상 내게 이런 식으로 얘기해주었어. 할머니의 말투며 분위기가 일본 사람의 그것 같은 건 할머니가 이곳 조선 땅으로 오기 전 일본에서 태어나고 자라서 그렇다 하는 식으로 말이야."

"음, 이해할 수 있겠어요. 계속 얘기해봐요."

"여하튼, 난 집에 도착하자마자 할머니랑 엄마를 붙잡고 엉엉 울면서 따졌어. 오늘 여차저차한 일로 학교서 어떤 여자애랑 크게 싸웠는데, 그 여자애가 하는 얘기가 다 무슨 얘기냐? 그 여자애한테 들어서 모든 걸 다 알고 있으니 더 이상 나한테 거짓말하거나 숨기지 말고 제발 우리 외가 쪽의 숨은 가족사나 비밀 같은 걸 솔직히 다 말해달라고 말이야."

"그랬더니요?"

"처음에는 그게 무슨 얘기냐, 네가 뭘 잘못 안 거다 하는 식으로 딱 잡아떼더군! 하지만 내가 계속 따지고 다그쳐 묻자, 결국엔 우리 할머니도 나를 못 이기고 할머니의 파란만장한 인생과 우리 외가 쪽에 얽힌 어둡고 신산스런 가족사를 다 하나하나 얘기해주더군.

지난 세월이 무척 원망스럽고 한스러운 듯 할머니는 연신 손수건으로 눈가를 훔치면서 얘기해주셨는데…… 아무튼, 난 그날 할머니의 그런 고백 덕분에 전에는 전혀 내가 알지 못했던 여러 가지 많은 사실을 알 수 있었어. 예를 들면 당시 스무 살이었던 할머니가 일본 유학생이었던 할아버지를 어떻게 만나 어떤 열렬한 사랑을 하고 어떤 쉽지 않은 과정을 거쳐 이곳 조선 땅으로 건너오게 되었는지에 대해서도 들을 수 있었고(조선인과는 절대 결혼할 수 없다는 할머니 집의 반대로 할머니는 결국 할아버지를 따라 무작정 이곳 조선 땅으로 건너올 수밖에 없었다더군. 거의 야반도주를 하다시피 집과 고향을 떠나오는 바람에 무척 괴롭고 쓸쓸했지만 그녀의 뱃속에는 이미 우리 엄마가 무럭무럭 자라고 있었고, 또한 그녀의 곁에는 더없이 그녀를 사랑하고 아끼는 우리 외할아버지가 있었으니까), 또한 외할아버지의 갑작스럽고 비극적인 죽음(외할아버지는 고향 경주—정확하게는 문무왕의 수중릉이 있는 감포—에서 좌익 활동을 무척 과격하게 하셨던 분이었던 모양인데, 어쨌든 해방 이후 이 땅의 극심한 좌우 이데올로기의 혼란 속에서 너무도 허망한 죽음을 맞고 말았다더군. 뭐 그땐 좌익이니 우익이니 해서 조금만 자기네 편과 생각이 다르고 사상이 틀려도 서로를 죽이고 죽이던 참혹한 시대였으니까) 이후 이 땅에서 얼마나 많은 모진 고생과 설움을 당하며 살아왔는지에 대해서도 생생히 듣게 됐는데(일본인이라는 이유로 받았던 시댁의 냉대와 남편이 빨갱이라는 이유로 받았던 이웃의 멸시, 그리고 또 일본 여자가 일본인과 여러 남자를 상대로 더러운 물장사와 색시 장사를 한다는 식의 반감과 조롱 등등)…… 정말이지 그건 8·15특집극이나 6·25특집극에서나 볼 수 있는 기구하고도 파란만장한 이야기더군. 하긴 8·15며 6·25를 겪은 사람들은 다들 우리 할머니랑 같은 비참하고 비극적인 사연들을 한두 가지씩 갖고 있기 마련이겠지만, 여하튼 할머니는 거의 몇 시간에 걸쳐 가슴속에 꽁꽁 숨겨두었던 할머니의 삶과 우리 외가 쪽의 아픈 가족사를 들려주시고는 마지막으로 내게 그러셨어. 내가 좀 더 일찍 밝혔더라면 좋았겠지만, 혹시 네게 무슨 안 좋은 영향을 끼칠까 봐 지금껏 네게 쉬쉬할 수밖에 없었으니 제발 그런 이 할미와 네 어미를 이해해주면 좋겠다고 말이야. 영원히 숨길 생각은 아니었고, 몇 년 후 네가 좀 더 나이가 들고 성숙한 어른이 되면 모든 걸 다 사실대로 하나하나 얘기하고 밝힐 생각이었노라고 하면서 말이지……."

"으음, 그랬군요. 정말이지 누나가 한 얘기는 8·15특집극이나 6·25특집극에나 나올 법한 얘기네요……."

나는 그녀가 들려주는 얘기에 왠지 모를 처연함과 숙연함을 느끼면서 말했다. 그녀의 얘기는 정말 8·15특집극이나 6·25특집극에서나 볼 수 있는 가슴 아프고도 찡한 내용의 무겁고 진지한 얘기였으니까.

"어쨌든, 난 그때 그 사건으로 인해 꽤 오랫동안 방황하고 소위 애들이 말하는 반항이라는 것을 했어. 학교를 때려치운 것은 물론 음주에, 흡연에, 가출에…… 고 나이 또래의 불량 청소년이 할 만한 짓은 다 저지르고 다녔지. 아니, 그건 꼭 그 사건 때문만은 아니었을지도 몰라. 고 나이 또래의 학생들이란 다들 부모에 대한 반항심도 많고 사회에 대한 불만 같은 것도 많아서, 굳이 그런 일이 없더라도 삐끗 잘못된 길로 들어서는 애들이 아주 허다하니까. 그래, 난 사실 할머니와 엄마를 원망할 마음은 추호도 없었어. 아니, 그런 마음이 하나도 없었다면 거짓말이겠지. 하지만 난 어느 쪽이었냐 하면, 오히려 그 두 모녀의 삶에 무척이나 많은 동정심과 연민을 느끼는 쪽이었어. 한일 두 나라 간의 불편한 역사로 인해, 또 그리고 좌익 활동을 하다 빨갱이란 오명을 쓰고 무참하게 돌아가신 외할아버지 때문에 우리 할머니랑 엄마가 여기 이 땅에서 얼마나 많은 편견과 멸시를 당하며 살아왔는지 훤히 다 짐작이 가고도 남았으니까. 생각해봐. 단지 우리 외할머니가 일본인이라는 이유와 외할아버지가 좌익 활동을 하다 돌아가셨다는 이유만으로 그토록 많은 아이들의 놀림과 따돌림을 받는데, 할머니와 엄마가 살아온 그 시절에야 더 말해 무엇하겠어? 그래, 난 속으로 할머니와 엄마를 미워해서도 안 되고 원망해서도 안 된다는 생각이 들었어. 솔직히 그녀들에게 무슨 잘못이 있겠어? 죄가 있다면 오로지 일본인으로 조선 청년을 사랑해 여기 이 조선 땅으로 시집왔다는 것과, 또 여기 조선인 어머니가 아니라 일본인 어머니를 둔 죄밖에 더 있어? 안 그래?"

"그럼요! 당연하죠."

나는 크게 맞장구를 치며 말했다. 그건 내가 생각하기에도 너무 부당하고 편협하고 옹졸한 처사로 느껴졌으니까. 하지만 그녀는 내 말에 기뻐하기보다 오히려 자신을 조금 책망하는 듯한 어조로 계속 자신의 얘기를 더 조용하게 이어나갔다.

"……근데 그게 생각처럼 그렇게 쉽지는 않더군. 머릿속의 생각과 밖으로 표출되는 행동은 달랐어. 반항을 했지. 삐딱한 아이가 되어간 거야. 정말이지 그땐 세상 모든 것들이 다 싫고, 밉고, 역겨웠어! 할머니, 엄마, 학교, 나…… 또 그리고 이 세상에 있는 거의 모든 것들이 전부 다!"

그녀는 자신의 정체성에 심한 혼란을 느꼈다고 했다. 그녀 자신이 마치 한국과 일본, 그 어느 쪽에서도 환영받지 못하고 저주받은 사생아 같은 느낌이 들더라고 했다. 그래, 그랬겠지. 나라도 그랬을 것이다. 누군들 그런 느낌이 들지 않았겠는가?

"……아마 그때부터였을 거야. 내가 한국의 역사나 문화재 같은 것에 관심을 갖게 되고 애정을 느끼게 된 건. 그래, 난 내 자신의 정체성을 찾기 위해 어느 날부터인가 우리나라의 역사나 문화재에 관한 책을 막 찾아 읽기 시작했어. 그래야 난 그 이라이저같이 아무것도 잘 모르면서 무조건 우리 외할아버지와 할머니를 막 비웃고 비난하는 사람들에게 이렇게 떳떳하게 얘기하고 항변할 수 있을 것 같았거든. '그래, 네 말처럼 우리 외할아버지가 옛날에 좌익 활동을 하다 우익 사람들에게 무참하게 돌아가신 건 사실이고 또 우리 할머니가 일본 사람이고 먹고 살기 위해 물장사를 해서 많은 돈을 번 건 사실이야. 하지만 난 적어도 니들보다 훨씬 더 우리나라의 역사며 문화에 대해 많이 알고 있고, 또 사랑하고 있어!' 하고 말이야. 어때, 내 말이 무슨 얘긴지 이해할 수 있겠어?"

"아하, 그래서 누나가 우리나라의 역사며 문화재에 대한 관심과 지식 같은 게 많았군요? 어쩐지! 여하튼, 그래서요? 그래서 누나가 말하는 그 정체성이라는 걸 찾았어요? 콤플렉스 같은 거에 대해서도 벗어나고?"

나는 약간 놀리듯이 물었다. 뭐 정황상 농담하거나 독설할 분위기는 아니었지만, 나는 원래 모든 걸 다 약간 비꼬아서 얘기하고 떠들어대길 좋아하는 인간이었으니까.

"뭐 다소는. 일부는 계속 찾아가고 있는 중이고."

그녀는 가볍게 웃으며 대꾸했다. 그러고는 다시 좀 전에 지었던 진지하고 회한에 찬 표정을 지으며 자신의 애기를 계속 더 조근조근하게 들려주었다.

"아무튼, 난 사춘기 소녀 특유의 감수성과 정체성의 혼란으로 꽤 오랫동안 방황했었어. 이쯤에서 그만 모든 걸 훌훌 털고 마음을 잡아야지 싶다가도 난 다시 내 자신도 잘 알 수 없는 자괴감과 콤플렉스 같은 것으로 세상을 원망하고 사람들을 미워하며 지냈어. 당시 난 한국과 일본(우리나라의 좌익과 우익에 관한 문제는 여기서 그만두기로 하겠어. 그 부분에서도 나로선 좀 할 말이 많지만, 난 솔직히 우리 외할머니가 일본인이라는 사실에 훨씬 더 많은 고민과 자괴감 같은 걸 느꼈으니까), 이 두 나라 모두를 무척이나 미워하고 원망하고 있었는데, 특히 일본에 대한 내 감정은 거의 병적일 정도로 적대적이고 혐오적인 것이었어. 그것도 그럴 수밖에 없는 게 역사라는 걸 알면 알게 될수록 일본이 정말 조선에 많은 죄를 저질렀구나 하는 걸 깨달을 수밖에 없었거든! 일례로 우리나라에서 제일 존경받고 추앙받는 인물들을 한번 생각해봐. 세종대왕을 빼놓곤 거의 다 일본과 싸워 이긴 장군들이거나 일본의 침략에 맞서 싸운 독립투사들뿐이지. 그게 대체 무얼 말하는 거겠어? 그건 그만큼 일본이라는 나라가 우리나라 사람들을 많이 괴롭히고 죽였다는 것에 대한 반증이 아니겠어? 후후, 옛날이야기를 하다 보니 문득 웃기는 기억이 하나 떠오르는데, 내가 웃기는 애기 하나 해줄까? 내가 애기하려다 안 했는데, 우리 엄마랑 아빠는 현재 일본과 한국을 오가며 서울서 조그만 무역 회사를 하나 운영하고 계셔. 일본에 친한 사람도 많고 또 그쪽 사정에 밝은 할머니 도움을 받아 주로 일본의 전자 제품이며 기계 부품 같은 것을 수입하는 일을 하는데…… 그래서 우리 집엔 내가 어렸을 때부터 일본의 전자 제품이며 만화책이며 먹거리 같은 것들이 지천으로 깔려 있었어. 그래서 난 어렸을 때부터 일본 게 아니면 거들떠보지도 않을 정도로 일본 걸 좋아하고 최고라 생각하고 있었는데(너도 알다시피 국산과 일제는 그 기술이며 만듦새에 있어서 다분히 차이가 있을 수밖에 없으니까), 할머니에게 앞에서 말한 얘기를 다 전해 들은 후부터 난 일본 거라면 아예 쓰지도 보지도 먹지도 않았어. 지금 생각하면 내가 왜 그때 그런 말도 안 되는 억지에 치기를 부렸을까 헛웃음밖에 안 나지만, 난 당시 중국집에서 짜장면을 시켜먹을 때도 다꾸앙을(단지 일본 음식이라는 이유로 말이야) 먹지 않고 일부러 김치를 먹을 정도였으니까 말 다한 거지 뭐. 어때, 그 정도면 대충 이해할 수 있겠지? 당시 내가 일본이라는 나라를 얼마나 미워하고 혐오하고 있었는지 말이야……"

"맙소사, 그건 또 무슨 말도 안 되는 바보 같은 행동에 심리래요? 무슨 변태도 아니고……"

"후후, 글쎄 그건 정말 무슨 바보 같은 행동에 심리에서 비롯된 짓이었을까? 심리학자는 아니지만, 아마 난 내 자신에게 이렇게 크게 소리치고 자기변호 같은 것을 하고 싶었던 것 같아. '내 몸엔 비록 일본인의 피가 25프로쯤 흐르고 있지만, 누가 뭐래도 난 순도 100퍼센트의 떳떳한 한국인이다!'라고 말이지…… 어때, 이해가 가?"

"뭐, 약간은……."

"여하튼 그러던 와중에 난 그동안의 방황을 접고 예전의 나로, 아니 예전의 내가 아니라 예전의 나보다 훨씬 더 성숙해지고 어른스러워진 나로 돌아올 수 있게 해준 계기랄까 사건 같은 걸 두 가지쯤 만나고 겪게 되었어."

"어떤?"

"첫 번째, 며칠 전 네게 권해준 그 책 때문이었어. 『조선과 예술』이라는 제목의 그 얇고 짧은 책 말이야. 말했다시피 난 그 책을 읽기 전까지만 해도 일본과 일본 사람들에 대해 거의 병적일 정도의 많은 혐오감이랄까 적대감 같은 걸 갖고 있었어. 너도 한국 사람이니까 알 테지만, 솔직히 저 임진왜란에서부터 일제 36년까지 일본이라는 나라가 이 땅의 조선 사람을 얼마나 많이 죽이고 괴롭히고 그랬니? 그래서 난 언젠가부터 거의 극일주의자라고 해도 좋을 만큼 일본이라는 나라를 많이 미워하고 적대시해왔는데, 그 책의 저자인 **야나기 무네요시**란 사람은 일본 사람이고 조선 사람이고를 떠나서 정말 존경받고 추앙받을 만한 사람이더군. 일본인이긴 하지만 그는 정말 조선과 조선의 여러 가지 문화재를 사랑한 사람이었어. 너도 읽어봤으니까 알 테지만, 그는 그 책에서 일본이 조선과 조선인에게 정말 큰 죄를 짓고 많은 과오를 범하고 있다는 걸 떳떳이 밝히면서 일본의 반성을 촉구하고 있어. 그건 정말 쉽지 않은 일이지. 요즘처럼 국가와 국가 간의 동등한 입장이라면 또 모르겠지만, 일본의 군국주의와 조선에 대한 일본의 악랄한 식민지 정책이 한창 기승을 부리고 있던 그때 그 시절에 그런 발언을 할 수 있다는 건 정말 마음 깊이 조선을 사랑하고 조선인을 존중하는 마음이 없었다면 하지 못할 일이지. 너는 그 책을 읽고 어떤 느낌을 받았는지 모르겠지만, 그 책은 정말 나에게 많은 감동과 영감을 전해주었어. 뭐랄까, 캄캄한 어둠 속에서 한 줄기 빛을 찾은 기분이었다고나 할까? 두 나라 간의 불행한 역사로 인해 정치적인 관계에서는 서로가 서로를 미워하는 적대적인 관계에 있지만 문화와 예술의 관계에서는 국경이나 이념 같은 걸 모두 다 초월하고 친구로서, 이웃으로서, 서로를 이해하고 사랑하며 지낼 수 있다는 사실을 깨닫게 된 거야. 어때, 이해할 수 있겠어? 갑자기 얘기하다 보니 조금 두서가 없고 횡설수설한 면이 없지 않지만, 그 『조선과 예술』이란 책을 읽고 난 후의 내 감정과 어떤 감동 같은 것들을 말이야."

"뭐, 조금은……."

나는 조그맣게 고개를 끄덕였다. 100프로 이해한다고 하면 무리겠지만, 나는 아무튼 그녀의 마음을 어렴풋하게나마 이해할 수 있을 것 같았던 것이다.

"그럼 다른 한 가지는 뭐예요? 누나가 그동안의 방황을 접고 다시 마음을 다잡게 된 다른 한 가지 계기 말예요."

"위암 선고 때문이었어. 할머니의 갑작스런 위암 선고."

"위암요?"

"응, 위암. 오래전부터 위염으로 고생하긴 했지만 내가 너무 속을 썩여서 그런가 할머니께서 갑자기 병원에서 위암 진단을 받으신 거야."

1985, 경주, 그리고 메텔에 관한 이야기

"으음. 그랬군요. 그럼 그 일로 크게 깨닫게 되었다 이 말이군요? 병상에 누워 계신 할머니를 보자 그동안 할머니에게 가졌던 애증이 랄까 원망 같은 감정도 모두 다 눈 녹듯 사라지고…… 맞죠?"

"잘 아는군. 하지만 내가 진짜 그동안 너무 어리석은 생각과 행 동을 하며 살았구나 하고 느낀 건 암으로 투병 중이던 할머니와 함 께 할머니의 고향집을 방문하게 된 일 때문이었어. 죽을 때가 되면 누구나 다 고향을 그리워하게 되고 자신과 피를 나눈 가족들을 한 번쯤 만나보고 싶은 생각이 드나 봐. 지난날에 대한 상처며 한 같은 게 너무 컸던 것일까? 할머니는 자신의 고향 얘기며 가족 얘기 같 은 걸 일체 잘 하지 않으셨는데, 이제 자신이 살날이 얼마 남지 않 았다고 판단했던지 어느 날 병상을 지키고 있는 엄마와 나에게 죽 기 전에 마지막으로 꼭 한 가지 하고 싶은 소원이 있다 그러시더군. 그래서 엄마와 내가 그게 뭐냐고 물었지. 그랬더니 자신이 죽기 전 에 꼭 한 번 자신이 태어나고 자랐던 고향집에 가보고 싶다는 거셨 어(그것도 단지 할머니 혼자가 아니라 할머니의 유일한 혈육인 엄마와 나 이 렇게 우리 삼대가 함께). 그러고는 어린애처럼 훌쩍훌쩍 우시면서 할머 니의 고향집에 계시는 할머니의 오라버니에 대해 말씀해주시더군. 부모님은 이미 두 분 다 돌아가시고 안 계시지만, 칠순이 다 되어가 는 오라버니가 아직 한 분(물론 혼자가 아니라 그 밑으로 난 아들 손주들 과 함께) 고향집에 살아 계시다고 말이야. 그때서야 안 거지만, 할머 니는 조선으로 건너온 후 그때껏 한 번도 고향집에 가보지 못했다 고 했어. 그동안 몇 번이나 고향집에 가보려고 했지만 그때마다 매 번 중도에 그만 포기하고 말았다는 거셨어."

"아니, 왜요?"

내가 물었다. 대체 무슨 사정이 있었는지 모르겠지만, 그건 내가 생각하기에 다소 이상하고 의아스럽게 느껴지는 일이었으니까.

"할머니의 오라버니 되는 분이 보통 고집이 세고 괴팍한 분이 아니어서 그동안 죽 의절하며 살아왔던 거야. 1965년, 그러니까 '한일 협정'이 맺어지고 또 할머니의 살림살이가 어느 정도 퍼지고 난 후 할머니는 일본에 있는 오라버니에게 몇 번이나 고향집을 한번 방문하겠다고 연락하고 사정하셨대(한일 협정이 맺어지기 전까진 일본에 가려야 갈 수조차 없었지. 해방 이후 한일 두 나라는 20년간 국교를 아예 단절하고 지냈으니까). 하지만 할머니의 오라버니께선 그때마다 매번 '난 너 같은 동생 둔 적 없다, 내 동생은 이미 오래전에 죽었으니까 두 번 다시는 나한테 연락하지 마라' 하고 매정하게 대하셨다는 거지 뭐겠어? 나로서는 도저히 이해가 안 가지만, 할머니의 오라버니께선 할머니가 집안의 수치라고(조선인과 결혼하는 게 과연 그렇게 수치스럽고 비난받을 일인가 묻고 싶었지만, 할머니가 살던 그 시절에는 그럴 수도 있었겠다 싶더군. 인간이란 옛날이나 지금이나 수많은 편견과 아집으로 똘똘 뭉쳐진 존재니까) 생각해 할머닐 만나주지 않았던 거야. 그러다 보니 할머니는 또 할머니대로 하나뿐인 오라버니에게 서운함과 자격지심 같은 게 많아서 죽 연락을 안 하며 지내게 되었고……. 아무튼, 그러던 와중에 할머닌 결국 위암이라는 큰 병을 얻었고 이게 마지막이라는 심정으로 일본에 있는 오라버니에게 다시 한번 더 연락했던 거야. 할머닌 암으로 투병 중이라는 사실과 함께 죽기 전에 꼭 한 번 보고 싶다는 말을 전했고, 결국 할머니의 그런 애원에 할머니의 오라버니께서도 마음을 여셨던 거야. 이번 기회를 놓치면 정말 살아서는 다시 만나지 못할 거라는 생각이 들어서 말이지."

"그랬군요. 그래서 할머니랑 같이 일본에 있는 할머니의 오빠랑 다른 친척들을 만나러 갔어요?"

"응. 가보니까 정말 뭐라 얘기할 수 없는 만감이 교차하더군. 어렴풋이 듣긴 했지만 난생처음 보는 일본의 여러 친척들과…… 또 옛날에 할머니와 한동네에서 같이 자라고 살았다는 할머니의 여러 친구들과 지인들……."

그때 느꼈던 슬픔과 안타까운 감정이 다시 떠올랐던 것일까? 그녀가 잠시 말을 잇지 못하고 멈추더니, 애써 울컥하는 감정을 추스르는 목소리로 다시 자신의 얘기를 천천히 더 이어나갔다.

"슬펐어. 얼마나 울었는지 몰라. 불과 몇 시간이면 만날 수 있는 가까운 곳에 살고 있었지만, 그들은 결국 지난 40년 동안 서로 얼굴도 한 번 못 보고 살아왔던 거야. 지금의 너나 나처럼 새파랗게 젊었던 홍안의 청춘들이 호호백발이 다 되어서야 겨우 만날 수 있었던 거야. 생각해봐, 그게 얼마나 가슴 아프고 슬픈 광경이었겠는지……."

"……."

나는 아무 말 없이 숙연한 표정만 짓고 있었다. 이유는 다르지만, 그건 마치 KBS의 '이산가족 찾기'에서 봤던 것과 같은 가슴 아프고도 코끝이 찡해지는 안타까운 사연이었으니까. 그런데 정말 무엇이 그녀의 할머니와 할머니의 오라버니를 40년 동안이나 못 만나게 한 것일까? 비행기를 타면 겨우 한두 시간 정도면 갈 수 있는 가까운 거리에 있는 나라고 땅인데 말이다.

"그 일로 난 정말 많은 걸 깨닫게 됐어. 그래, 말했다시피 난 일본이라는 나라에 대해 거의 병적일 정도의 많은 거부감과 혐오감을 갖고 있었는데, 그건 마치 김일성이 6·25를 일으킨 장본인이라고 해서 북한 사람 전부를 우리의 적이나 원수라고 생각하는 것만큼이나 어리석고 어린애 같은 짓이라는 걸 깨닫게 된 거야. 실제로 내가 할머니의 고향집에서 만나본 일본 사람들은(할머니의 고향에는 아직 할머니의 소녀 시절과 처녀 시절을 기억하고 있는 사람들이 많았어) 다들 착하고 친절한 사람들이었어. 그들은 결코 남의 나라를 침략하는 것도 싸우는 것도 원하지 않는, 그저 다른 나라 사람들과 사이좋게 지내고 평화롭게 살기를 희망하는 사람들이었어. 그러니까 과거 일본이 우리나라를 침략하고 대동아 전쟁 같은 것을 일으키고 한 것은 다 그 **히틀러**나 **도조 히데끼** 같은 몇몇 전쟁광들이거나 군국주의자들이 벌인 만행이고 야욕이지, 대다수의 일본 사람들은 우리나라 사람들과 마찬가지로 평화를 사랑하고 문화를 사랑하는 선량한 사람들일 뿐이라는 사실을 깨닫게 된 거야. 그래, 난 그동안 우리 할머니가 일본인이라는 이유로 말도 안 되는 자괴감과 콤플렉스 같은 것에 빠져 있었는데, 나는 단지 '나'일 뿐 우리 할머니가 일본 사람이건 미국 사람이건 —마찬가지로 우리 할아버지가 좌익 사상을 가진 좌익이든 우익 사상을 가진 우익이든— 내가 달라질 건 아무것도 없다는 생각이 들었어. 그래, 중요한 건 그런 게 아니라는 생각이 들었어. 그러니까 진짜 중요한 건 누가 어느 나라 사람이냐, 남자냐 여자냐, 공부를 잘하냐 못하냐 하는 것 따위의 그런 겉모습

1985, 경주, 그리고 메텔에 관한 이야기

적이고 껍데기적인 게 아니라 자신이 과연 누구이며, 평소 어떤 마음과 생각을 갖고 세상을 살아가는 사람인가 하는 게 훨씬 더 중요한 거라는 것을 말이야……."

그동안 겪었던 아픔과 상처가 떠올라 다시금 울컥 감정이 복받친 모양이었다. 아까부터 살짝 그녀의 음성에서 가벼운 균열과 물기 같은 것이 느껴진다 싶더니, 마침내 그녀의 눈에서 맑고 투명한 눈물이 몇 방울 주르르 흘러내렸던 것이다.

"……미안하지만, 거기 있는 휴지 좀 줄래?"

"자요, 여기."

나는 내 옆에 있는 티슈곽에서 티슈를 몇 장 뽑아 그녀에게 건넸다. 그러자 그녀가 뺨 위로 흘러내린 눈물을 닦으며 멋쩍은 미소를 지었다.

"미안해. 내가 원래 잘 우는 편이 아닌데, 오늘따라 괜히 눈물이 나네. 겨우 맥주도 세 캔 정도밖에 안 마셨는데 말이야."

"뭘요, 그럴 수도 있죠 뭐. 오히려 내가 미안해요. 괜히 쓸데없는 얘기를 들려달래서……."

"아냐, 미안해할 거 없어. 오히려 고마워. 솔직히 그동안 이런 얘기 한 번도 다른 사람한테 한 적이 없었는데, 오늘 이렇게 너한테 내 애길 다 털어놓고 나니 왠지 모르게 오랫동안 메고 있던 무거운 짐 하나를 내려놓은 기분이야. 어딘지 모르게 치유받은 기분도 좀 들고."

"그렇담 다행이네요. 여하튼 힘내고, 그만 우세요. 명색이 메텔이라고 자칭하는 여자가 나약하게 철이 앞에서 우는 모습을 보여서야 되겠어요?"

"후훗, 그런가……?"

그녀가 수줍은 미소를 띠며 말했다. 내가 준 티슈로 눈가에 묻은 눈물을 꼭꼭 누르고 훔쳐내면서.

"그래요, 웃어요. 누난 우는 것보다 웃는 게 훨씬 예쁘니까. 근데 그거 알죠? 울다가 웃으면 어떻게 되는지?"

"알아. 엉덩이가 한결 더 예뻐지고 섹시하게 하늘로 치켜 올라간다는 거. 맞지?"

"아마도."

나는 그녀와 마주보며 환하게 웃었다.

어느새 10시가 됐는지 벽에 걸린 벽시계에서 커다란 괘종 소리가 뎅, 뎅 크게 열 번 울렸다.

episode 21

다음 날 아침, 우리는 불국사로 가는 버스를 타고 나자레원으로 향했다. 그곳은 불국사에서 두어 정류장쯤 떨어져 있는 한적한 곳에 위치해 있었다.

　둘 다 초행길이라 나자레원을 찾는 데 애를 좀 먹지 않을까 했지만, 다행히 우리는 별 어려움 없이 나자레원을 찾을 수 있었다. 그녀가 미리 그려 온 약도를 따라 버스에서 내리고 얼마간 걸으니, 마침내 보도블록이 깔린 조용한 길가에 '나자레원 入口'라고 써 붙인 작은 나무 푯말이 하나 서 있었던 것이다.

　"앗, 저깄다! 누나, 저긴가 본데요?"

　"그래, 그런가 보네……."

　나는 그녀와 나무 푯말이 서 있는 곳으로 빠르게 걸었다. 그러고는 나자레원으로 들어가는 좁은 골목길로 천천히 들어서며 물었다.

　"저…… 근데, 이렇게 빈손으로 들어가도 되는 거예요? 명색이 그래도 양로원을 방문하는 건데, 라면 박스나 사과 상자 같은 거라도 몇 개 들고 가야 하는 것 아녜요?"

솔직히 좀 미안하고 후회스러운 기분이 들었다. 경황이 없어 미처 생각하지 못했지만, 나는 막상 나자레원에 다 왔다고 생각하니 그곳에 계신 할머니들에게 뭔가 좀 맛난 것을 선물하고 대접하고 싶다는 생각이 들었던 것이다.

"이봐, 난 노회한 정치가나 욕심 많은 사업가가 아냐. 그런 건 괜히 얼마 안 되는 물품을 기부하면서 사진만 찍기 좋아하고 생색내기 좋아하는 사람들이나 가지고 다니는 거라구."

그녀는 짐짓 시니컬한 말투로 말한 뒤, 너무 걱정 말라는 듯 자신의 코트 주머니를 톡톡 두드려 보였다.

"걱정 마. 그리 큰 액수는 아니지만, 나름 조그만 성의를 준비했으니까."

"역시!"

나는 엄지를 척 세워 보이며, 그녀와 계속 나자레원으로 가는 고샅길을 걸었다. 그러자 이윽고 우리가 찾던 나자레원이 우리의 눈에 훤하게 들어왔다. 겨우 자동차 한 대가 지나갈 정도의 좁은 출입구와 포장이 되지 않은 옹색한 골목길에 비해서는 제법 넓은 공지에 깔끔하게 세워진 현대식 건물이 우리 앞에 몇 채 나타났던 것이다.

"여기군요."

"그래, 여긴가 봐."

우리는 나자레원 정문을 지나 밝고 조용한 느낌을 주는 나자레원 안으로 들어갔다. 그녀는 나자레원 건물과 마당을 얼마간 살펴보고 휘둘러보다가 물었다.

"어쩔래? 너도 같이 들어길래?"

"아, 아뇨. 내가 뭐 하러……."

나는 손사래를 치며 말했다. 하지만 좀 궁금하긴 궁금했다. 그 안의 시설이며 분위기 같은 게 과연 어떨까 하고 말이다. 그러나 나는 계속 손사래를 치며 누나가 나올 때까지 그냥 밖에서 바람이나 쐬고 있겠다고 했다. 나는 괜히 할 일 없이 그녀를 따라 그 안으로 들어가는 게 조금 실례가 되는 것 같고 주제넘은 짓 같다는 생각이 들었던 것이다. 그녀야 그 안에서 잠깐 만나볼 할머니도 있고 양로원의 원장 선생님이랑 면담할 것도 있다고 했지만 나로서는 그냥 그녀의 옆에서 멋쩍게 들러리로 서 있을 수밖에 없을 테니까.

"왜? 여기까지 왔는데 너도 같이 들어가지……."

"아뇨, 사양할게요. 솔직히 일본 소녀들이나 아가씨들이 있는 데라면 입장료를 주고서라도 들어가고 싶지만 나는 일본 할머니든 미국 할머니든 세상 모든 할머니들에겐 별로 관심이 없으니까. 대신, 안에 있는 할머니들의 손녀나 친척 중에 괜찮은 여학생이 있는지 그거나 잘 좀 알아보고 와요. 만약 내가 그 여학생이랑 미팅을 하거나 펜팔이라도 하게 되면 누나 공은 잊지 않을 테니까."

"하여튼 못 말린다니까! 아무튼 그럼 나 혼자 들어갔다 올 테니까 여기서 조금만 기다리고 있어. 그리 오래 걸리진 않을 거야. 잠깐 인사만 드리고 올 거니까."

"어서 들어갔다 와요. 난 누나가 나올 때까지 여기서 바람이나 좀 쐬고 있을 테니까."

1985, 경주, 그리고 메텔에 관한 이야기

"그래, 그럼……."

나는 그녀가 양로원 건물 중 가장 큰 본관 건물로 들어가는 모습을 가만히 지켜보고 있다가, 이윽고 양로원 마당을 혼자 어슬렁거리며 돌아다녔다. 다행이었다. 나는 거기 그 양로원으로 가기 전 혼자 약간 걱정했었다. '양로원'이란 단어가 주는 편견과 이미지 때문에 거기 그 양로원의 시설과 환경이 너무 불우하고 열악하지는 않을까 하고. 그런데 거기 그 양로원에 직접 가보니 그런 걱정은 크게 안 해도 될 것 같았다. 거기 그 나자레원은 내가 생각했던 것보다 훨씬 더 시설과 환경 같은 게 밝고 쾌적해 보였으니까. 그곳은 아마 가톨릭 단체에서 운영하는 양로원인 것 같았다. 그녀가 들어간 본관 건물 뒤쪽에는 제법 예쁘고 아담하게 지어진 한 채의 성당과 성모 마리아상이 세워져 있었는데, 그래서 그런지 그곳은 다른 양로원보다 (물론 난 그때껏 양로원이란 곳을 한 번도 가본 적이 없었지만) 훨씬 더 아늑하고 평화로운 분위기를 자아내고 있었던 것이다.

나는 양로원의 건물 뒤뜰에서 몇몇 할머니들을 목도할 수 있었다. 할머니들은 볕이 잘 드는 양달에서 햇볕을 쬐며 이런저런 담소를 나누고 있었는데, 나는 괜히 할머니들의 그런 모습에 콧날이 시큰해지는 것을 느꼈다. 어젯밤 그녀의 애기를 들은 탓인지 나는 그 할머니들의 삶이랄까 운명도 그녀의 할머니처럼 무척 사납고 기구하다는 생각이 들었던 것이다. 생각해보라! 그녀들에게도 분명 꿈 많은 소녀 시절과 아름다운 처녀 시절이 있었을진대, 대체 그녀들은 왜 남편도 자식도 하나 없이 이런 타국의 양로원에서 홀로 쓸쓸히 생을 마감해야 한단 말인가? 여하튼, 그녀의 말에 따르면 그녀의 할머니는 평소 이곳을 자주 찾았다고 했다. 와서 매달 얼마만큼의 후원금을 기부하기도 하고 또 자신과 같은 처지(비록 여기 계신 할머니들처럼 돌봐줄 자식이 없거나 금전적으로 여유가 없는 건 아니지만)의 다른 할머니들과 서로의 아픔과 애환 같은 것을 나누다 돌아가셨다고 말이다. 나는 어젯밤 그녀와 밤늦게까지 얘기를 나누다가 물었다. 근데, 나자레원엔 왜 가는 거예요? 이제 누나 할머니께선 돌아가시고 안 계시는데. 그러자 그녀가 대답해주었다. 으응, 돌아가신 할머니랑 특별히 가깝게 지내던 할머니가 몇 분 계시는데, 그래서 그 할머니들께 내가 돌아가신 할머니의 손녀딸이라고 인사도 드리고…… 또 거기 원장님을 만나 할머니가 돌아가신 후로 끊겼던 후원금도 다시 계속 더 이어가려 한다고 말씀도 드리려고 말이야.

나는 한 10분쯤 더 양로원 마당을 거닐다, '면회실' 앞에 서 있는 공중전화로 가서 전화를 걸었다. 어젯밤 이노끼와 해글러한테 엉망으로 얻어터진 쿤타 녀석의 집으로 말이다. 나는 쿤타에게 전화해 토마토처럼 으깨진 얼굴에 대해서도 좀 묻고 또 어젯밤 파출소에서 벌어진 일들을 좀 더 명확하고 상세하게 알고 싶었던 것이다. 파출소에서 벌어진 일들을 대충 유추할 수 있긴 했으나 아무래도 그건 그 현장에서 직접 보고 들은 쿤타에게 전해 듣는 게 훨씬 더 정확하고 확실하게 알 수 있을 터였으니까.

"여보세요……"

나는 수화기 너머로 들리는 음성에 얼른 전화를 끊었다. 쿤타 아버지는 내가 전화만 했다 하면 "상구 없다!" 하고 전화를 탁 끊어버리곤 했는데(하긴 녀석의 아버지가 그러는 것도 무리는 아니었다. 우리는 그동안 하라는 공부는 안 하고 맨날 쓸데없는 사고만 치고 말썽만 부리고 다녔으니까), 전화를 받는 사람은 분명 굵고 탁한 음성의 쿤타 아버지였으니까.

나는 어쩔 수 없이 마이클의 집으로 다시 다이얼을 돌렸다. 이번에는 제발 마이클의 부모님이 아니라 마이클 녀석이 직접 전화를 받기를 기도하면서.

"여보세요……."

나는 수화기에서 들리는 소리에 크게 안도의 한숨을 쉬었다. 수화기에서 들려온 소리는 분명 마이클 녀석의 목소리였으니까.

"야, 내다!"

"어, 철아!"

나는 마이클과 간단한 안부를 주고받은 뒤 어젯밤 파출소에서 벌어진 일들을 좀 들려달라고 했다. 녀석의 입에선 메텔과 내가 짐작한 거랑 크게 다르지 않은 얘기가 흘러나오고 있었다. 이노끼와 해글러는 지금쯤 경찰서의 보호실이나 유치장에 있을 거라고 했다. 다른 사건으로 이미 경찰에 수배가 되어 있는 몸이었는 데다, 쿤타를 때린 일부터 세희 애들을 성폭행한 일까지 모두 밝혀지는 바람에 녀석들은 어젯밤부로 파출소에서 경찰서로 넘겨졌다는 것이었다.

"으음, 그랬군. 그나저나 짜식들 좀 안됐네. 요번에 들어가면 진짜 한동안 햇빛 보기 힘들 텐데……."

나는 나직한 탄식과 함께 중얼거렸다. 죄가 있으니 당연히 벌을 받아야겠지만 나는 왠지 녀석들의 일이 남의 일 같지 않았다. 제발 나한텐 그런 일이 일어나지 말아야겠지만 사실 나 역시 녀석들과 같은 신세가 되지 말란 법이 없었다. 아니, 그렇게 될 확률이 아주 높았다. 녀석들의 행동이 다소 심하고 무자비한 데가 있긴 했지만 녀석들이 저지른 행동은 우리 또래의 애들 —조금 논다는— 사이에선 흔히 벌어지는 일들이었고, 하여 녀석의 친구들이나 선배들 중에는 이미 소년원이나 소년 교도소로 끌려간 인간들이 수두룩하게 많았으니까.

"어쩌겠어? 다 지들이 자초한 일인데……."

"그거야 그런데……."

나는 안타깝다는 듯 크게 한숨을 내쉬었다. 그러다가 녀석들에게 뭐라 더 할 말이 없어 우리 엄마 쪽으로 살짝 얘기를 돌렸다.

"참, 울 엄마는 뭐라 하더노? 니들한테 나는 어디 있냐고 안 물어보더나?"

"뭐라 하기는 뭐라 하겠노? 우리 철이는 어디 있냐고, 우리 철이 있는 데 알면 제발 좀 가르쳐달라고 생난리시지……."

마이클은 빨리 전화나 한 통 넣어드리라고 했다. 마이클의 얘긴 즉, 엄마가 신신부탁을 했다는 것이다. 행여 나를 만나거나 나한테서 무슨 연락이 오면 일단 집으로 전화나 꼭 한 통 넣어달라고 말이다. 집에 들어오는 건 잠시 뒤로 미뤄도 좋으니, 제발 조금이나마 안심할 수 있도록 내 목소리라도 좀 듣고 싶다고 하면서.

"그래, 무슨 말인지 알았으니까…… 내 걱정 너무 하지 마라. 안 그래도 내일쯤 대충 상황 보고 집에 들어갈 작정이니까."

나는 마이클과 통화를 끝낸 뒤 잠시 달막거렸다. 엄마가 조금이

1985, 경주, 그리고 메텔에 관한 이야기

나마 걱정을 덜 할 수 있게 집으로 전화를 한 통 넣어야 하나, 말아야 하나. 나는 수화기를 든 채 잠시 달막달막하다가, 결국 수화기를 놓고 화단 저쪽으로 보이는 하얀 나무 벤치가 있는 쪽으로 갔다. 엄마는 보나 마나 내 목소리가 들리자마자 "아이고, 철아……." 어쩌구 하면서 한바탕 눈물 바람부터 할 테고, 그럼 난 괜히 엄마에 대한 미안함과 안쓰러움으로 마음만 더 괴로워지고 편치 않을 테니까. 엄마, 미안하지만 하루만 더 참고 기다려. 내일은 꼭 집으로 들어가겠다는 약속은 못 하겠지만, 아무튼 지금 마음 같아선 내일 메텔과 헤어진 뒤 나도 그만 가출을 끝내고 집으로 들어갈 생각이니까.

나는 하얀 페인트가 칠해진 나무 벤치에 앉아 잠시 새파란 하늘과 하늘에 떠가는 구름을 바라보고 있다가, 그녀가 나올 때까지 조용히 책이나 좀 읽고 있어야겠다는 생각이 들었다. 그래, 노느니 염불한다고 책이나 좀 읽고 있자. 메텔이 나오려면 아직 한 30분 정도는 족히 기다리고 있어야 할 것 같으니…….

나는 바바리에 있던 『조선과 예술』을 꺼내, 내가 어제까지 읽었던 부분을 펼쳐 거기서부터 다시 그 책을 천천히 읽었다. 나는 이미 그 책을 한 번 다 읽은 터였지만 엊그제부터 다시 한 번 그 책을 틈틈이 읽고 있었다. 나는 웬만해선 같은 책을 두 번 세 번 계속해서 읽는 스타일은 아니었지만, 그 책은 갖고 다니기에도 무척 편리하고 또 분량도 얼마 되지 않아 아무 부담 없이 한 번 더 읽을 수 있는 유익한 책이었으니까. 그랬다. 메텔이 빌려주며 말했지만, 그 책은 나에게 무척 유익하고 많은 것을 깨닫게 해준 책이었다. 나는 그 책을 읽기 전까지만 해도 우리나라의 문화적 우수성과 독창성 같은 것을 잘 깨닫지 못하고 있었는데(물론 나는 국어책과 국사책 같은 데서 누차 그런 얘기를 많이 듣고 배웠다. 하지만 그건 어디까지나 우리나라 문화를 자화자찬하고 아전인수 격으로 생각하는 것으로만 알고 있었지, 그것이 왜 진짜 그렇게 문화적으로 우수하고 독창적인 것인지에 대해서는 잘 인식하지 못하고 있었던 것이다), 그 책은 그런 것에 대해 전혀 아무 관심도 없고 흥미도 없던 내게 어떤 민족적 자부심이랄까 자긍심 같은 것을 일깨워주기에 충분한 책이었던 것이다.

어젯밤 메텔이 말했던 것처럼 그 책의 저자는 무척 훌륭한 사람이었다. 그 책은 일본의 유명한 민속학자이자 미학인인 **야나기 무네요시**란 사람이 쓴 책이었는데(그 책은 우리나라의 광화문과 고려청자 ―혹은 조선백자― 그리고 경주에 있는 석굴암의 아름다움과 미적 독창성에 감탄하고 경의를 표하는 책이었다), 그는 일본인이고 조선인이고를 떠나 무척이나 훌륭하고 존경받을 만한 사람이었다. 그는 일본의 제국주의가 한창 활개를 치고 일본이 조선을 통치하던 그 엄혹한 시절에, 그것도 우리나라 사람이 아닌 일본인으로서 같은 일본인들에게 당당히 외치고 있었던 것이다. 일본이 총칼로 조선을 침략하고 식민지로 삼은 것은 대단히 어리석고 잘못된 일이며, 그건 결코 자랑스러워하거나 거들먹거릴 일이 아니라 오히려 대단히 부끄러워하고 머리 숙여 사죄해야 하는 일이라는 식으로 말이다. 나는 일본의 그 미학자가 쓴 글을 읽으며 꽤나 큰 자부심과 자긍심 같은 것을 느꼈다. 내가 일본인이 아니라 여기 이 땅의 조선인, 아니 한국인이라는 사실에 말이다! 그랬다. 나는 일본이 오랫동안 조선을 식민지로 삼왔다는 사실과 또 일본이 우리나라보다 몇 배나 더 잘살고 문명이 발전한 나라라는 사실에 항상 어떤 열등감과 동경심 같은 것을 품어왔는데, 나는『조선과 예술』이란 책을 읽으며 우리나라가 세상 그 어떤 나라나 민족과 견주어도 결코 열등한 나라거나 민족이 아니라는 것, 또 그리고 세상 그 어떤 나라나 민족보다 더 인간을 사랑하고 평화를 사랑하는 문화 민족이라는 사실을 깨닫게 되었던 것이다. 그랬다. 비록 130페이지 정도밖에 안 되는 얇고 짧은 책이긴 했지만 그 책은 그 한 해 동안 온갖 이상한 열등감과 자괴감 같은 것으로 잔뜩 화가 나 있던 나에게, 항상 누군가에게 무지막지한 폭력을 당하고 폭력을 행사하던 나에게 뭔가 대단히 큰 깨달음을 주고 묵직한 메시지 같은 것을 전해주었던 것이다. 구절구절 다 옳은 말이고 가슴에 와닿았던 말들이지만, 나는 특히 그 책의 저자가 쓴 글들 중에서 이런 구절이 가장 가슴에 크게 와닿고 마음에 어떤 큰 감명을 주었다. 인류는 폭력으로는, 그러니까 상대를 무조건 짓누르고 억압하는 총칼로는 아무것도 이루어낼 수 없으며(이루어낼 수 있는 건 오로지 파괴와 파멸뿐!), 오직 인간의 마음 저 깊숙한 곳에 있는 양심을 들여다보고 잃어버린 인간애를 회복하는 것만이 우리네 인간을 더욱더 인간답게 만들고 우리가 사는 세상을 더욱더 풍요롭게 만들 것이라는 그 준엄한 충고와 조언의 말들이 말이다! 어떤가? 내가 아무리 선생님 말을 안 듣고 부모님 말을 안 듣는 나쁜 놈이긴 하지만 정말이지 그 책의 저자가 쓴 글은 가슴에 두고두고 새기고 귀를 크게 열어 경청할 만한 말이지 않은가?

✖ ✖ ✖

나자레원을 나온 후 우리는 어제 약속한 대로 보문관광단지에서 즐겁고 유쾌한 시간을 보냈다. 보문호에서 함께 오리배를 타기도 하고 또 그 한 해 전 개장한 '도투락 월드'에서 회전목마며 범퍼카 등의 몇 가지 신나는 놀이기구를 타기도 하면서……

몇 시간을 그렇게 즐겁고 유쾌한 시간을 보내다, 우리는 다시 시내로 가는 버스를 타고 시내로 나갔다. 내일 해돋이를 보기 위해선 어차피 시내로 나가야 하기도 했지만 그 전에 그녀와 함께 갑자기 가보고 싶은 곳이 한 군데 생겼던 것이다.

그곳은 바로 내가 졸업한 초등학교였다. 대릉원 바로 옆에 있는 H초등학교. 나는 그녀와 '도투락 월드'에서 점심으로 김밥을 사 먹다 내가 졸업한 초등학교며 초등학교 때 갔던 소풍에 대한 얘기를 늘어놓았는데(김밥을 먹다 자연스레 나온 이야기였다), 그러자 그녀가 갑자기 그녀의 엄마도 나랑 같은 H초등학교 출신이라고 말했던 것이다. 엇, 정말요? 그럼 누나 엄마도 나랑 같은 초등학교를 나왔단 말이죠? 그래, 그렇다니까! 언젠가 엄마의 초등학교 졸업 앨범을 본 적이 있는데, 거기 분명히 네가 다녔다는 초등학교의 이름이 씌어 있었어. 와, 정말요? 하긴, 누나 말이 맞겠네요. 어릴 때부터 쪽샘에 살았으면 분명 내가 다닌 초등학교를(행정 구역상) 다닐 수밖에 없었을 테니까. 그럼 말난 김에 우리 거기나 한번 가볼까요? 좋아, 나도 울 엄마가 옛날에 다녔던 초등학교가 어디 있으며 어떻게 생겼는지 무척 궁금하니까.

1985, 경주, 그리고 메텔에 관한 이야기

H초등학교의 운동장은 시베리아처럼 휑하고 을씨년스러웠다. 춥고 바람이 많이 부는 날씨여서 그런지 동네 꼬맹이들은 하나도 안 보이고, 조기 축구회의 회원으로 보이는 아저씨들 몇 명만이 뻥뻥 축구공을 차며 축구 연습을 하고 있었다.

"어때요? 엄마가 다녔던 모교에 와본 소감이?"

내가 물었다. 교문으로 들어선 후 자신의 엄마가 졸업한 초등학교의 분위기며 정취 같은 것에 잠시 젖어 있는 그녀를 향해.

"글쎄……."

그녀는 뭐라 표현하기 힘들다는 표정을 짓더니, 이내 특유의 냉소적이고 장난기 어린 미소를 지으며 말했다.

"근데, 한 가진 확실히 느꼈어."

"뭔데요, 그게?"

"하루빨리 통일이 돼야 한다는 것."

"엥, 그건 또 갑자기 무슨 소리예요? 뜬금없이 웬 통일?"

나는 의아한 표정으로 물었다. 그러자 그녀가 교문 앞에 서 있는 '이승복 어린이'의 동상을 가리키며 말했다.

"이승복 어린이가 너무 불쌍하단 생각이 들어. 생각해봐, 얼마나 목이 아프고 춥겠어? 이렇게 추운 날씨에도 저렇게 계속 '나는 공산당이 싫어요!' 하고 외치고 있어야 한다니! 저건 명백한 아동 학대라구, 아동 학대."

나는 킥킥 소리를 내며 웃었다. 조금 생뚱맞은 유머이긴 했지만 그건 꽤 뼈가 있고 시사하는 바가 많은 유머였으니까.

"듣고 보니 정말 그렇네요. 다른 건 접어두고 이승복 어린이를 위해서라도 하루빨리 통일이 돼야 되겠어요. 봄이나 가을이라면 모를까, 이렇게 추운 겨울 날씨에도 저렇게 계속 '나는 공산당이 싫어요!'라고 외치고 있어야 한다니!"

나는 그녀와 찬바람이 횡횡 부는 운동장을 가로질러 간 다음, 내가 6학년 때 다녔던 교사(校舍)와 교실이 있는 쪽으로 그녀를 이끌었다. 나는 얼마 전 현지와 애들이 다 모인 반창회에 유독 혼자만 참석하지 못했다는 생각이 들었고(아니, 정확히 말하면 나 혼자만이 아니라 제법 많은 수의 애들이 반창회에 나오지 못했을 것이다. 자신이 생각하기에 예전보다 훨씬 공부를 못하고, 못생겨지고, 잘살던 집안이 갑자기 망해버렸다는 등의 이유로 말이다), 그래서 어쩐지 지금이라도 그 교실에 한번 가보고 싶다는 생각이 들었던 것이다.

"저기 저 교실 보이죠? 저기 저 교실이 바로 내가 6학년 때 다녔던 교실이에요."

나는 화단 너머로 보이는 1층의 한 교실을 가리키며 말했다. 내가 다닐 때까지만 해도 그 교실은 6학년 2반 교실이었는데, 이제 그 교실에는 5학년 2반 교실이라는 팻말이 붙어 있었다.

"아, 그래? 그럼 저 교실이 바로 얼마 전 반창회를 했다는 그 교실이구나. 맞지?"

"네에. 날씨도 추운데 우리 잠깐 저 안에 들어갔다 갈래요? 몸도 녹일 겸 교실 구경도 좀 할 겸. 어때요?"

"그랬으면 좋겠지만…… 내 생각엔 문이 다 잠겨 있지 싶은데……?"

"괜찮아요. 문이 잠겨 있으면 창문을 뜯고라도 들어가면 되죠, 뭐."

"아서! 그러다 괜히 당직 선생님이나 소사 아저씨한테 걸리면 어

1985, 경주, 그리고 메텔에 관한 이야기

쩌려고……."

"맞아 죽어도 할 수 없고 콩밥을 먹어도 어쩔 수 없죠, 뭐. 누나가 원하는데 그 정도까지는 감수해야 되지 않겠어요?"

나는 찡긋 윙크를 해 보인 후, 화단 너머의 교실 쪽으로 풀쩍 뛰어들었다. 그러고는 교실 창틀에 찰싹 달라붙어 여기저기 몇 개의 창문을 열어보고 흔들어보았다. 혹시 까먹고 안 잠근 창문이 있거나 창문의 잠금쇠가 망가져 열린 창문이 하나쯤 있지 않을까 하고.

"야, 정말 괜찮겠어? 그러지 말고 차라리 당직 선생님이나 소사 아저씨한테 교실 구경을 시켜달라고 하는 게 더 낫지 싶은데……."

"에이, 괜찮아요. 내가 뭐 **조세형** 같은 절도범도 아니고, 그래도 명색이 이 학교를 졸업한 졸업생인데 설마 큰 혼이야 내겠어요? 들켜도 봐줄 거예요. 오랜만에 모교에 들렀다 옛날 생각이 나서 한번 들어와봤다 그러면."

내 생각이 옳았다. 아마 까먹고 안 잠근 창문이 있거나 잠금쇠가 망가진 창문이 하나쯤 있지 않을까 했는데, 과연 내가 생각했던 것처럼 교실 맨 뒤쪽 창문 하나가 허술히 열려 있었던 것이다.

"예스! 빙고!"

나는 손가락으로 동그라미를 만들어 보인 후, 재빨리 교실로 뛰어넘어 들어갔다. 그러고는 그녀를 향해 두 팔을 쭉 뻗어 보이며 말했다.

"뭐해요? 누나도 빨리 넘어와요, 어서."

몇 초간 망설이긴 했지만 그녀는 곧 내 팔을 잡고 내가 있는 교실로 뛰어넘어 들어왔다. 그녀는 교실로 들어온 뒤 교실에 있는 책상이며 칠판 같은 것을 쓰윽 한번 훑어보고 둘러보며 중얼거렸다.

"와아, 진짜 신기하다? 여기 이 교실, 어쩌면 내가 다녔던 초등학교 교실이랑 이렇게 똑같이 닮았지? 거짓말이 아니라 거의 모든 게 다 비슷해. 칠판, 교탁, 청소함, 그리고 교실 뒤쪽의 환경 미화란에 붙은 '우리들 솜씨'까지 모두 다……."

"당연하죠. 서울이고 경주고를 떠나서 초등학교 교실은 다 비슷비슷한 분위기나 정취를 풍길 수밖에 없을 거예요. 서울에 있는 학교의 교실이라고 해서 킹사이즈의 침대나 샹들리에 같은 걸 설치해놓진 않을 테니까."

"후훗, 그런가?"

그녀는 싱긋 미소 지은 후, 칠판 앞으로 가서 하얀 분필을 하나 집어들었다. 그리고는 그 분필로 무슨 글씨인가를 몇 자 소리 나게 딱딱 써내려가더니, 이내 몸을 돌려 무슨 큰 수수께끼라도 내듯 내게 물었다.

"너, 어릴 적 내 소원이 뭐였는지 아니?"

"글쎄요, 뭐였는데요?"

나는 전혀 짐작도 가지 않는다는 표정으로 되물었다. 하지만 나는 그녀의 입에서 무슨 소리가 나올지 대충 짐작하고 있었다. 모르긴 모르지만 아마 '선생님'이라는 단어가 튀어나올 것 같은 예감이 들었다. 내가 뭐 큰 예언자나 독심술사는 아니었지만 그래도 그녀가 묻는 정황이며 뉘앙스 같은 것들로 봤을 때 딱 '선생님'이라는 단어가 튀어나올 것 같은 분위기였으니까.

"선생님이 되는 거였어. 특히 초등학교 선생님……."

1985, 경주, 그리고 메텔에 관한 이야기

"진부하군요."

나는 빙긋 웃으며 그녀가 써놓은 칠판의 글씨로 눈을 주었다. 그녀는 반듯반듯하고 또박또박한 글씨체로 '우리나라 대한민국'이라는 글씨를 써놓았다. 하긴 그 상황에서 누구도 거기다 '변태'라거나 '섹스', 혹은 '펠라치오' 따위의 난잡하고 요상한 글자를 쓰지는 않을 것이다.

"무슨 소리야? 선생님이 얼마나 좋은 직업인데. 세상에 학생을 가르치는 것보다 더 뜻깊고 보람찬 직업도 아마 없을 거야."

그녀는 발끈 반박하며 말했다. 그러고는 칠판에 글씨를 쓰느라 손에 묻은 분필 가루를 탁탁 털어내고 닦아내며 내게 물었다.

"그럼 넌 커서 뭐가 되고 싶었는데? 지금은 가라오케의 웨이터가 되는 게 꿈이라지만, 처음부터 네 꿈이 그런 것이진 않았을 거 아냐?"

"물론이죠. 지금이야 겨우 르노 형이 일하는 가라오케의 웨이터가 되는 게 꿈이긴 하지만, 어렸을 적 내 꿈은 따로 있었어요."

"그게 뭐였는데?"

"음, 그게……"

이제 셋 다 포기한 지 오래지만, 나는 그 한두 ─혹은 서너─ 해 전까지만 해도 나름대로 몇 가지의 꿈이랄까 장래 희망 같은 것을 갖고 있었다. 첫 번째는 **최동원**이나 **이만수** 같은 유명한 야구선수가 되고 싶다는 것이었고, 두 번째는 성룡이나 실베스터 스텔론 같은 멋진 액션 배우가 되고 싶다는 것, 그리고 마지막으로 세 번째는 『톰 소여의 모험』이나 『허클베리 핀의 모험』같은 멋진 모험 소설 같은 것을 쓰고 싶다는 것이었다. 어떤가? 비록 그 꿈을 버린 지 오래긴 하지만 다들 제법 근사하고 뽀대(?)나는 직업이지 않은가?

"오호, 그래? 그러니까 뭐야? 지금은 비록 가라오케 웨이터가 되는 게 꿈이지만, 원래 네 꿈은 프로 야구 선수에다, 액션 배우에다, 소설가가 되는 거였다 이 말이지?"

"예. 너무 거창한 꿈에다 전혀 현실 가능성이 없는 허황된 꿈이라고 생각할지 모르겠지만……."

나는 멋쩍은 웃음을 지으며 말했다. 그랬다. 이제 다 말도 안 되는 거창한 꿈에다 전혀 현실 가능성이 부족한 헛된 꿈이라고 포기하고 말았지만, 사실 난 그 몇 해 전까지만 해도 내가 가진 꿈을 이루기 위해 제법 노력이란 것을 했었다. 나는 초등학교 5학년 때부터 6학년 때까지 내가 다니던 학교의 야구부에서 야구를 했었고, 또 성룡의 '취권'과 '사형도수'를 본 다음부터는 쿵푸에 꽂혀 한 1년 가까이 쿵푸 도장을 다녔으니까. 마찬가지로 나는 또 그 무렵 학교 문고에 있던 『톰 소여의 모험』과 『허클베리 핀의 모험』을 읽고 그 책의 매력에 풍덩 빠져, **마크 트웨인**처럼 멋지고 재미있는 글을 쓰는 유머 작가가 되어야겠다고 생각했었다. 마크 트웨인처럼 멋지고 훌륭한 작가가 되려면 무조건 많이 읽고 많이 써야 한다는 말을 어디선가 주워듣고서는, 나는 혼자 시립 도서관으로 가서 이것저것 유명한 소설책도 좀 찾아 읽고 또 이른바 습작이라는 걸 한답시고 내 멋대로 소설 비슷한 것을 몇 줄 *끄적거려*보기도 했으니까. 하지만 나는 내가 보기에도 내가 가진 꿈을 이룰 만한 특별한 재능이나 천재성 같은 게 별로 없는 것 같아 보였고, 무엇보다 나는 내가 가진

1985, 경주, 그리고 메텔에 관한 이야기

꿈이며 장래 희망 같은 것을 반드시 이루어내고야 말겠다는 의지며 노력 같은 게 많이 부족한 인간이었다. 나는 무슨 일이든 처음에는 제법 열정을 갖고 열심히 임하다가도 조금만 힘들거나 어려운 일이 생기면 모든 걸 다 금방 포기하고 때려치워버리는, 우유부단하고 끈기가 부족한 인간이었던 것이다.

"왜 이런 말 있죠? 국어를 배웠으면 '주제'를 알고 산수를 배웠으면 '분수'를 알아야 한다는 말? 그래서 셋 다 일찌감치 포기하고 말았어요. 말 그대로 꿈은 그저 꿈에 불과할 뿐, 그 이상도 그 이하도 아니라고 스스로를 위로하고 위안하며 말이죠."

"야, 그러지 말고 지금부터라도 열심히 더 노력해보지 그래? 야구는 초등학교 때부터 프로 선수가 될 때까지 꾸준하게 해야 하는 운동이니까 어렵겠지만, 뒤의 그 두 가지 꿈은 아직 가능할 수도 있잖아? 혹시 또 알아? 네가 또 나중에 성룡이나 실베스터 스텔론처럼 걸출한 액션 스타가 되거나 또 『톰 소여의 모험』이나 『허클베리 핀의 모험』 같은 멋진 소설을 쓰게 될지……."

그녀가 충고했다. 이제 겨우 열여섯밖에 안 된 나이에 벌써 꿈을 잃고 희망을 포기해버리는 건 너무 안타깝고 어리석은 일이라는 듯 말이다.

"에이, 제 주제에 무슨……."

나는 절레절레 고개를 저으며 말했다. 하지만 은근히 기분이 좋았다. 괜히 나한테 용기와 희망을 주려고 한 말인지 모르겠지만 나는 그녀의 얘기에 오래전 —그래봤자 불과 3~4년, 혹은 1~2년 전의 얘기지만— 내가 잊어버리고 포기해버렸던 꿈들에 다시 한번 더 도

전해보고 싶다는 충동이 들었던 것이다.

"아냐, 넌 아직 충분히 가능성 있어. 물론 그러기 위해선 앞으로 엄청난 노력과 땀들과 눈물이 필요하겠지. 아니, 어쩌면 넌 그런 노력과 땀들과 눈물에도 불구하고 끝내 그 꿈을 이루지 못할지도 몰라. 하지만 내가 너라면, 난 다시 한번 더 내가 예전에 꾸었던 꿈들에 도전해보겠어. 뭐 그렇다고 현재의 네 꿈이 그리 나쁘다거나 무조건 잘못됐다는 말은 아냐. 가라오케에 취직해 집에서 독립하고 돈을 많이 벌고 하는 것도 좋겠지. 하지만 만약 내가 지금의 너라면, 난 내가 예전에 꾸었던 꿈들에 다시 한번 더 도전해보겠어! 왜냐하면, 넌 아직 네가 꾸었던 꿈들을 포기하기엔 너무 어리고 이른 나이니까. 어때, 내 말이 틀려?"

"⋯⋯어쨌든, 고마워요. 누나의 충고는 내가 진지하게 한번 고민해볼게요."

나는 고개를 끄덕이며 말했다. 나는 진짜 그녀의 말대로 내가 가진 꿈들을 잃어버리고 포기해버리기엔 너무 이르고 어린 나이가 아닐까 하는 생각이 잠깐 들었으니까.

"그래, 열심히 한번 고민해봐. 넌 아직 꿈을 포기하기엔 너무 어리고 아까운 나이니까."

"알았어요. 그럴게요."

나는 고개를 끄덕인 뒤 손목에 찬 세이코 시계를 보았다. 시계는 어느새 4시를 지나 4시 30분을 향해 달려가고 있었다.

"엇, 벌써 시간이 이렇게 됐네? 어때요, 이제 그만 밖으로 나갈까요?"

1985, 경주, 그리고 메텔에 관한 이야기

"그래, 그러자. 좀 있으면 금방 해가 떨어지고 날이 어두워질 것 같으니까."

"아, 잠깐만요! 그 전에 잠깐 좀 할 일이 있어요."

나는 그녀와 함께 밖으로 나가려다 칠판 앞으로 쪼르르 달려갔다. 그러고는 아까 그녀가 쓴 그 글씨 옆에다 크게 이런 글씨를 몇 자 썼다. 마치 국립묘지를 방문한 방문객이나 맛있는 음식점에 간 손님들이 그곳을 다녀간 소회나 간단한 후기를 남기는 것처럼 말이다.

김경희 선생님, 결혼 축하해요!
부디 미국에 가서도 내내 건강하고 행복하게 잘 지내시길!

사랑하는 후배들아. 제발 이 못난 언니를 닮지 마라.
너희들은 제발 이 못난 언니를 닮지 말고, 이 나라의 밝고 든든한 새 일꾼이 되어주렴!

1985년 12월 31일
어느 못난 졸업생이

✕ ✕ ✕

1986년 1월 1일.
그날 아침 우리는 문무왕의 수중릉이 있는 대왕암 앞바다에 서 있었다.

우리 주위는 제법 많은 사람들로 북적거렸다. 그들은 모두 추위에 언 손을 호호 불고 시린 발을 동동 구르면서 새해 아침의 일출을 간절하게 기다리고 있었다.

7시를 지나, 7시 20분쯤 되었을까? 우리는 마침내 "와아!" 하는 사람들의 탄성 속에서 바다 저 너머로 천천히 떠오르는 새해 아침의 일출을 목도할 수 있었다.

"아아……."

"오오……."

나는 그녀와 감동에 찬 탄성을 발하며, 바다 저 멀리로 떠오르는 새해 아침의 붉은 태양을 오랫동안 바라보고 있었다. 아무 말 없이 그냥 가슴 벅찬 감동과 새해 아침의 야릇한 희망과 감상에 젖은 채.

……얼마간의 시간이 지났을까? 나는, 두 눈을 감은 채 새해 소원이랄까 소망 같은 걸 빌고 있는 그녀에게 물었다.

"누난…… 뭘 빌었어요? 새해 소원이랄까 소망 같은 거 말예요?"

"뭐, 그냥…… 난 이렇게 빌었어."

그녀는 쑥스러운 미소를 지은 후, 갑자기 윤동주의 『서시』를 인용하며 말했다.

"……하늘을 우러러 한 점 부끄럼 없이 살게 해달라고 말이야. 그리고 또 별을 노래하는 마음으로 모든 죽어가는 것을 사랑하게 해달라고 빌었지. 근데, 그러는 넌……?"

나는 어이없다는 듯 절레절레 고개를 저었다. 그러곤 나 역시 그녀를 따라 윤동주의 서시를 살짝 비틀고 패러디하며 말했다.

"나요? 음, 난…… 이런 결심을 했어요. 어떻게든 누나와 연인 관계가 되어야겠다고. 네 살 정도의 나이 차이는 충분히 극복할 수 있다고. 그리고 또 오늘을 끝으로 서울로 떠나는 누나를 따라 나 역시 오늘 서울로 상경을 해야겠다고……"

"참, 너도 대단하긴 대단하다, 응? 다른 날도 아니고 꼭 새해 첫날부터 그런 싱거운 소리를 늘어놓아야 속이 시원하겠니? 난 또 네가 지난날의 잘못을 깨닫고 새사람이 되어야겠다는, 뭐 그런 대답을 할 줄 알았더니만."

"쳇, 내게 너무 많은 걸 기대하지 마세요. 난 꼭 청소년 드라마에 나오는 것 같은, 그런 진부한 대사에 스토리는 딱 질색이니까."

나는 실소를 흘리며 말했다. 하지만 솔직히 말하면 메텔이 말한 것과 비슷한 생각이 조금 들긴 들었다. 새해 아침이면 누구나 다 그런 생각을 하게 마련이겠지만 나는 작년 한 해 동안 너무 방탕하고 무절제한 삶을 살았다는 생각이 들었던 것이다. 그랬다. 장담할 순 없지만 나는 올 한 해는 정말 작년 한 해보다 훨씬 더 내 자신에게 부끄럽지 않고 떳떳한 삶을 살아야겠다는 생각이 들었다. 그게 과연 내 마음대로, 내 의지대로 잘될지 어쩔지는 나로서도 조금 의문이 들었지만.

"부탁하는데, 제발 쓸데없는 위악 좀 떨지 마! 넌 위선을 떠느니 차라리 위악을 떠는 게 더 낫다고 생각하는 모양인데, 내가 생각하기엔 너의 그 냉소적이고 뭐든 삐딱하게 말하는 위악도 위선 못지않게 밥맛 떨어지고 못된 버릇이니까. 어쨌든 난 너를 믿어! 네가 아무리 못된 척 툴툴거리고 위악을 떨어도 난 다 알고 있어. 네가 겉으로는 뭐든 다 삐딱하게 말하고 불량하게 행동하고 하지만 실은 네가 아주 착하고 따뜻한 감성을 가진 애라는 걸 말이야."

"쳇, 착하고 따뜻한 감성을 가진 애들 다 얼어 죽었군요. 나 같은 꼴통에 문제아가 착하고 따뜻한 감성을 가진 애라면……."

나는 메텔의 칭찬에 괜히 낯이 뜨거워서 투덜거렸다. 그러자 그녀가 입고 있던 코트 주머니에서 미리 준비해 온 듯한 흰 편지봉투를 하나 꺼내 내게 슬쩍 건네주었다.

"그만 투덜거리고…… 자, 이거나 받아."

"뭐죠, 이게?"

나는 뜨악한 시선으로 물었다. 이제 곧 서울로 떠날 몸이니 간단한 편지 같은 걸 건네는 것일 수도 있지만, 나는 어쩐지 그녀가 그 봉투 속에 돈을 넣었을 것만 같은 생각이 들었던 것이다.

"돈이야. 네가 집 나올 때 집에서 들고 나왔다는……."

"근데, 이걸 왜……?"

"누나가 주는 거니까, 이따 집에 들어갈 때 엄마 갖다드려. 괜히 사나이 자존심 어쩌고 하면서 더 이상 밖으로 떠돌아다닐 생각 말고. 알았지? 자, 받으라니까."

"에이, 쪽팔리게 진짜 왜 이래요? 싫어요! 내가 왜 이 돈을 받아요? 받을 수 없어요."

나는 그녀가 내미는 봉투를 한사코 뿌리치며 말했다. 그녀의 마음이야 눈물 나게 고마웠지만 내가 무슨 제비도 아니고 어떻게 그녀가 내민 돈을 넙죽 받아 챙길 수 있겠는가?

1985, 경주, 그리고 메텔에 관한 이야기

"글쎄, 받으라면 좀 받아. 이거 공짜로 주는 거 아니고, 그동안 내 가이드 한 대가로 주는 거니까. 그리고 너도 알다시피 내 별명이 뭐니? 명색이 메텔 아니니? 그러니까 제발 사양 말고 이거 좀 받아 줘. 메텔은 철이에게 안드로메다까지 가는 기차표까지 끊어줬는데, 그 기차표 값에 비하면 이건 정말 새 발에 피밖에 안 되는 적은 돈이니까. 자, 어서!"

"참 나, 갖다 붙이기는! 좋아요, 받을게요. 대신 내가 다음에 돈 벌면 두 배로 갚을 테니 조금만 기다려요. 알았죠?"

나는 두어 번쯤 거절하다 그녀가 건네는 봉투를 받았다. 좀 염치가 없긴 했지만 그 상황에서 계속 그녀의 호의를 거절하는 것도 예의가 아닌 것 같았으니까. 그러자 그녀가 내 어깨 위로 길게 팔을 뻗어 어깨동무를 하며 말했다.

"그래, 잘 생각했어. 누나 말 듣고 이제 그만 집으로 들어가. 물론 나는 네 맘을 충분히 다 이해할 수 있어. 나 역시 네 나이 땐 세상 모든 것들이 다 마음에 안 들고 위선적으로 보이고 부조리하게 느껴지고 그랬으니까. 하지만 내가 경험해보건대, 너처럼 무작정 집을 나와 밖으로 돌아다닌다고 해서 문제가 해결되진 않아. 오히려 네가 가진 문제를 훨씬 더 복잡하게 만들고 꼬이게 할 뿐이지. 그래, 넌 이제 더 이상 철부지 어린애가 아냐. 넌 이제 자그마치 열일곱 살이고, 열일곱 살이면 이제 거의 다 큰 어른이나 마찬가지라구."

"……"

나는 그녀의 충고에 아무런 반박도 않은 채 묵묵히 듣고만 있었다. 한 살 더 나이를 먹는다는 게 그런 것일까? 확실히 작년에는 느끼지 못했던 어떤 책임감과 의무감 같은 게 가슴 깊숙이 느껴졌다. 그랬다. 한 살 더 나이를 먹는다고 갑자기 어른이 되는 것도 아니고 또 이제껏 내가 해왔던 행동이며 사고방식 같은 게 하루아침에 다 싹 바뀌는 것도 아니겠지만 확실히 내게는 전과는 다른 어떤 책임감과 의무감 같은 것들이 무겁게 꿈틀거리고 있었다. 딱히 내가 어떤 삶을 살고 어떤 인간이 될지는 잘 모르겠지만 나는 적어도 더이상 엄마를 고생시키고 걱정시켜서는 안 된다는 생각이 들었던 것이다.

"열일곱 살, 무언가를 다시 시작하고 도전하기에는 더할 수 없이 좋은 나이야! 그러니까 너무 그렇게 네 자신을 학대하거나 자포자기하지 말고 미래에 대한 희망을 가져. 넌 이제 겨우 열일곱밖에 안 된 어린 나이고, 너 정도 나이면 아직 미래에 대한 희망과 가능성 같은 게 무궁무진하게 많이 열려 있으니까. 그러니까 너 그렇게 너무 움츠려 있지 말고 어깨를 쫙 펴! 어깨를 쫙 펴고 용기를 가져. 너에게는 아직 세상 무엇과도 바꿀 수 없는 젊음과 청춘이라는 큰 밑천이 있으니까. 어때, 그렇게 생각하지 않아?"

그녀가 다시 한번 따뜻한 말로 용기를 북돋워주었다. 추운 날씨 때문에 잔뜩 어깨를 움츠리고 옹송그리고 있는 나에게.

"……그럴까요?"

"그럼!"

세상 어떤 것보다 뜨겁고 에너지가 넘치는 찬란한 태양 때문이었을까? 아니면 메텔의 그 가슴 따뜻하고 희망찬 격려 때문이었을까? 나는 갑자기 내일에 대한 희망과 미래에 대한 설렘 같은 것으로 두

494   1985, 경주, 그리고 메텔에 관한 이야기

근두근 가슴이 뛰는 것을 느꼈다. 그렇다. 나는 아직 새파랗게 젊고 무한한 가능성을 가진 어린 청소년이었다. 무엇이든 하려고만 하면 할 수 있고, 무엇이든 되려고만 하면 될 수 있는, 앞길이 구만리 같이 창창하고 밝은 어린 청소년. 그런데 이제 겨우 열여섯, 아니 열일곱밖에 안 된 녀석이 뭘 그렇게 세상을 다 산 것처럼 자기 자신을 학대하고 자포자기하듯 세상을 막 살아갈 필요가 있단 말인가?

"스물하나, 누나 나이도 더할 수 없이 좋은 나이예요! 무언가를 다시 시작하고, 무엇이든 다 이루어낼 수 있는!"

내가 얘기해주었다. 나는 원래 뻔한 덕담과 의례적인 인사치레 같은 건 딱 질색이었지만, 그녀 역시 나처럼 뭔가 중요한 인생의 갈림길과 고비에 서 있는 것 같다는 생각이 들었던 것이다.

"그렇겠지? 나도 그렇게 생각해."

그녀가 말했다. 내가 용기를 복돋워준 탓인지 그녀 역시 나처럼 뭔가 힘을 얻고 용기를 얻은 듯한 표정으로 말이다.

"어쨌든 고마워요, 정말! 이 돈도 그렇고, 누나 덕분에 진짜 그동안 너무 재밌고 즐거웠어요. 또 여러 가지로 너무 많이 배우고 느낀 것도 많고……."

"나 역시 마찬가지야. 나도 너 땜에 이번 여행이 한층 더 즐겁고 뜻깊은 여행이 된 것 같아."

그녀가 환하게 웃으며 답했다. 그러곤 그때껏 그녀가 준 봉투를 계속 손에 들고 있는 나를 보며 그녀가 덧붙였다.

"야, 그거 빨리 주머니에 넣어. 까딱 잘못하다 바람에 날아가버리거나 잃어버릴 수도 있으니까."

"예? 아, 이거……."

나는 손에 들린 봉투를 바바리 주머니에 잘 찔러 넣었다. 그러다 문득 차가운 금속성의 물체가 내 손에 싸늘히 닿는 것을 느꼈다. 나는 바바리에 있던 차가운 금속성의 물체를 천천히 꺼냈다. 잭나이프였다. 세희의 자취방으로 경찰이 출동한 후 쿤타에게 돌려주지 못하고 줄곧 내 주머니에 넣어 가지고 다니던 쿤타의 그 싸구려 잭나이프.

"어, 그 잭나이프? 너 그거 아직 안 버리고 가지고 다녔어? 내가 어제부터 그 잭나이프 버리라고 했잖아? 괜히 그런 거 갖고 다니면 쓸데없는 사고나 치고 말썽이나 부리기 십상이라고."

그랬다. 메텔은 어제부터 몇 번이나 그 잭나이프를 버리라고 했었다. 쓰레기통에 넣어버리거나 멀리 보문의 호숫가로 던져 넣어버리라고 말이다. 하지만 나는 매번 알았다고만 하고 계속 그 잭나이프를 주머니에 넣어 가지고 다녔다. 비록 좀 위험하고 섬뜩한 물건이긴 했지만 쿤타 녀석이 제 칼을 버렸다는 걸 알면 온갖 지랄에 발광을 다 할 게 뻔했으니까.

"그거 빨리 저 바닷속으로 던져버려! 네 물건이 아니긴 해도 그런 잭나이프 따윈 네 친구를 위해서도 차라리 안 돌려주는 게 더 나을 테니까."

나는 메텔의 말에 밀려, 바다 저 멀리로 잭나이프를 던져버려야겠다는 생각이 들었다. 쿤타 녀석이 알면 새것으로 사달라느니 합의금 조로 돈가스를 사달라느니 할 게 뻔했지만 메텔이 말했듯 이런 섬뜩한 칼 따위 녀석의 인생에 아무런 도움도 이득도 안 될 테니까.

"걱정 마세요. 안 그래도 이거, 바다 저 멀리로 던져버릴 생각을 하고 있었으니까."

나는 창던지기 선수처럼 몇 발을 힘껏 앞으로 내닫은 뒤, 내 손에 들린 잭나이프를 바다 저 멀리로 강하고 힘차게 내던졌다. 그러고는 끼룩끼룩 갈매기가 날고 찬란한 태양이 비치는 바다 저 멀리로 날아가는 잭나이프를 보며, 혼자 이렇게 낮고 조용하게 중얼거렸다.

1985년이여 안녕! 열여섯 살이여 안녕! 가출이여 안녕! 안녕!